KERRY UND THEO

Band 2

Das Leben ist nicht fair

GABRIELE E. FLEISCHMANN

Impressum

Kerry und Theo Band 2

Das Leben ist nicht fair!

Deutsche Erstausgabe März 2015

https://www.facebook.com/pages/Gabriele-E-Fleischmann-Autorin/752592831454445?ref=hl

gabriele1964@gmail.com

Lektorat: Sonja Jacobs
Korrektorat: Sonja Jacobs

Cover: Annette Eickert

That´s what friends are for

1. KERRY!

Warum?

Wie eine Blöde schlage ich auf mein Lenkrad ein. Da hatte ich mir selbst ein Ultimatum gestellt und mir vorgenommen, wenn vor der Schule kein Parkplatz frei ist, dann hole ich mein Zeugnis nicht ab – soll Frau Groß es sich doch an die Wand nageln – und was passiert? Gerade als ich mir für meinen cleveren Schachzug selbst auf die Schulter klopfen will, da fährt vor meiner Nase jemand aus einer Parklücke.

Zehn Jahre bin ich hier zur Schule gegangen, seit drei Jahren habe ich den Führerschein und noch nie, wirklich nie, niemals war hier auch nur annähernd ein Parkplatz frei.

Gemächlich parke ich ein – vielleicht habe ich ja Glück und jemand schnappt mir die Lücke noch vor der Nase weg – aber nichts dergleichen geschieht. Ein Blick auf die Uhr zeigt mir, dass ich sogar pünktlich bin. Trotzdem oder gerade deswegen bleibe ich noch etwas sitzen. Erstens ärgert es mich, dass Frau Groß den Termin vorgegeben hat –schließlich hat sie meinen Namen falsch geschrieben, also hätte sie sich eigentlich nach mir richten müssen – zweitens wird mir schon wieder schlecht, – dabei habe ich heute schon vier Mal meinen Kopf in die Kloschüssel gesteckt – und drittens befindet sich Theo in diesem Gebäude. Oh mein Gott, bei dem Gedanken an ihn zieht sich mein Herz krampfhaft zusammen. Außerdem spüre ich, dass es nicht mehr lange dauern kann, bis ich mir mein Frühstück mal wieder durch den Kopf gehen lasse. Schweiß bricht mir aus, ich drehe ein wenig das Fenster meines Wägelchens runter und atme tief ein. Wenn das wirklich noch bis zur zwölften, dreizehnten Woche so gehen sollte, bin ich bis dahin ausgedörrt.

Leider hilft auch der komische Tee nicht viel, den mir Tom

gestern noch in der Apotheke besorgt hat. Wer hätte gedacht, dass mein Schwager – oder so gut wie Schwager – so liebevoll sein kann. Rührend hatte er sich gestern um mich gekümmert, als ich nach meiner Trennung von Theo, fix und fertig nachhause kam.

Im Gegensatz zu meiner Schwester, die mich seit sie weiß, dass ich nicht abtreiben werde, mit Missachtung bestraft. Dabei brauche ich sie gerade jetzt so sehr. Leonie ist schon in den Urlaub abgedüst und Michi wird sicher schon in Ohio angekommen sein – aber es würde mir eh nichts nutzen, wenn meine Maus in Köln wäre, denn sie würde ja sowieso nicht mit mir reden. Auch Fronk kommt erst Ende der Woche aus Hamburg zurück, wenn überhaupt. So voller Sorgen, wie er gestern nach Hamburg geflogen ist, scheint es Detlef wieder richtig schlecht zu gehen.

Ganz so traurig bin ich auch nicht, dass mein Daddy nicht da ist, weil ich immer noch nicht weiß, wie ich es ihm beibringen soll, dass ich mich von Theo getrennt habe. Er wird mich eindeutig für verrückt erklären.

****

Das Schrillen der Pausenklingel, das so laut ist, dass ich es bis zu meinem Wagen höre, lässt mich hochschrecken. Sekunden später schwirren schon die ersten Schüler (natürlich unerlaubterweise) nach draußen. Schnell bücke ich mich ein wenig, sodass mich keiner erkennen kann. Nach Konversation mit meinen ehemaligen Mitschülern steht mir wirklich nicht der Sinn.

Ausgerechnet jetzt müssen auch noch Frau Blümel und der neue Referendar, dessen Name ich mir nie merken kann, aus der Schule kommen und für ein Pläuschchen genau vor der Türe stehen bleiben. Ich rutsche noch etwas tiefer in meinen Sitz. Auf ein Zusammentreffen mit Blümchen habe ich noch weniger Lust, denn ich weiß nicht was mich mehr quälen würde, wenn sie mich auf meine Verlobung mit Theo ansprechen sollte oder wenn sie schon von der Trennung wüsste.

Ob Theo heute schon im Kollegium mitgeteilt hat, dass aus unserer Hochzeit nichts wird? Schon wieder schießen mir Tränen in die Augen. Wie kann ein Mensch denn so viel Flüssigkeit in sich haben? Nicht nur, dass ich andauernd erbrechen muss und unaufhörlich weine, nein ich kann auch noch halbstündlich zur Toilette rennen, um das Wasser wegzubringen, das sich nicht den Weg nach oben sucht.

Auch jetzt muss ich heulen, mir ist schlecht und meine Blase drückt.

Aber ich muss tapfer sein. Ich kann erst nach der Pause in das Schulgebäude, denn ich weiß nicht, ob es meine Nerven schaffen Theo nach dieser Nacht gegenüberzutreten.

Das nächste Päckchen Tempo muss dran glauben, es ist ja nicht so, dass nicht schon zwölf vollgeheulte Taschentücher auf dem Beifahrersitz liegen, aber die Erinnerung an die letzten vierundzwanzig Stunden, lassen meine Tränendrüsen auf Hochtouren Nachschub produzieren.

Eine Gänsehaut läuft mir über den Rücken, wenn ich daran denke, wie verzweifelt Theo gegen meine Schlafzimmertür gehämmert hat.

183 Nachrichten hat er mir geschickt, bei denen von Anflehen ihm doch bitte zu öffnen, bis zur Drohung, dass er Frau Groß alles brühwarm erzählen würde, alles dabei war.

Erneut zucke ich wie ein aufgescheuchtes Kaninchen zusammen, diesmal, weil mein Handy klingelt. Das wird er doch nicht schon wieder sein? Sicherlich weiß er, dass ich jeden Moment in der Schule auftauchen muss, und wird mich um ein Treffen bitten.

Nein, ich kann auf keinen Fall mit ihm reden. Mit zitternden Fingern krame ich mein Telefon hervor und will es gerade auf stumm stellen, da fällt mir erst auf, dass es Toms Klingelton ist, der mir fast einen Herzstillstand bescherte.

»Hey Kleine«, begrüßt er mich fröhlich, »wollte dir nur Bescheid geben, wenn du magst, kannst du in einer Stunde zur Untersuchung kommen«

Och nein, nicht auch das noch. So schnell wollte ich eigentlich nicht wieder zu einer Untersuchung, aber Tom hat sich extra darum bemüht, da kann ich wohl kaum absagen.

»In einer Stunde schon?« Ein Würgen macht sich in meiner Kehle breit. Bevor ich weiter rede, reiße ich die Autotüre auf und spucke vor meinen Wagen.

»Komm bitte Kerry«, legt mir mein Lieblingsgynäkologe ans Herz, als ich wieder telefonieren kann. »Deine Blutwerte sind katastrophal, da muss ein Spezialist ran.«

»Bin in einer Stunde da«, verspreche ich ihm. Was bleibt mir denn auch anderes übrig?

Dic crsten Schüler strömen wieder ins Schulgebäude, denn in wenigen Minuten wird es zum Unterricht klingeln, dann kann ich mich ja mal auf den Weg machen. In meincr Tasche suche ich nach etwas Kleingeld für die Parkuhr und finde natürlich keines.

»Kann man helfen?«, spricht mich ein junger Mann an, der mir schon eine ganze Weile amüsiert zusieht, wie ich meine Tasche durchsuche.

»Danke, ganz lieb gemeint. Ich habe kein verdammtes Kleingeld«, lächele ich ihn an.

»Da schaue ich doch mal, ob ich was finde.«

Mit einem schiefen Grinsen beginnt der junge Mann, in den Hosentaschen nach Kleingeld zu fahnden. Aber auch er wird nicht fündig und so klettere ich noch mal halb in meinen Wagen, um nachzusehen, ob ich vielleicht dort ein paar Münzen unter dem Sitz finde.

»Gefällt Ihnen der Arsch meiner Freundin?«, höre ich plötzlich Theos Stimme hinter mir.

Für einen Augenblick erstarre ich in dieser etwas dämlichen Position, denn sein Erscheinen wirft mich vollkommen aus dem Konzept. Was macht er hier? Er muss doch längst im Unterricht sein.

»Entschuldigung. Ich wollte doch nur helfen«, stammelt der Junge und hat es plötzlich ziemlich eilig von hier fortzukommen. Ihm ist wohl nicht entgangen, dass mit meinem Großen – nein er ist ja nicht mehr mein Großer – dass mit Theo nicht zu spaßen ist. Schon gar nicht in seiner gegenwärtigen Gefühlslage.

»Geht doch«, brummt Theo wütend, als er dem Jungen hinterher sieht, dann holt er eine Münze hervor, schmeißt sie in den Ticketautomaten und reicht mir den Beleg. Als seine Hand mich berührt, möchte ich mich in seine Arme stürzen und von ihm festgehalten werden. Sein Anblick reicht, um meine Beine wacklig werden zu lassen. Er sieht mitgenommen aus. Tiefe Ringe unter seinen Augen zeigen mir, dass auch er nicht geschlafen hat.

»Gehst du zu Frau Groß?«, unterbricht er die Stille zwischen uns. Er rückt noch etwas näher heran und sofort steigt mir sein Aftershave in die Nase. Einer der wenigen Gerüche, die mir zurzeit keine Übelkeit bereitet. Mein Herz rast immer schneller. Wie gerne würde ich ihn jetzt küssen, ihn schmecken, aber mein Verstand sagt mir, dass ich weg muss. Wenn denn meine Beine mitspielen würden, denn die sind so weich, dass ich keinen Schritt machen kann, ohne die Gefahr einzugehen, dass ich umkippe.

»Musst du nicht in den Unterricht?«, frage ich beinahe tonlos, nur um irgendetwas zu sagen.

»Nein, du weißt doch montags Fünfte und Sechste hatte ich LK in der Dreizehn. Die ist ja jetzt weg, wie du dich sicher erinnerst.« Er ist jetzt so nah bei mir, dass er mit Sicherheit meinen Herzschlag spüren kann. »Weiß du noch, wie wir davon geträumt haben, wie es sein wird, wenn diese Klasse durch ist? Ehrlich gesagt hatte ich es mir etwas anders vorgestellt.«

»Theo ...ich, ich«, stottere ich wie ein kleines Schulmädchen, das beim Spicken erwischt wurde. Mein Mund ist so trocken, dass ich mir, ohne darüber nachzudenken, was ich bei meinem Großen damit auslöse, mit der Zunge über die Lippe lecke.

»Macht es dir eigentlich Spaß mich zu quälen?«, zischt er mich auch prompt an.

»Natürlich nicht«, zucke ich zusammen, als hätte ich mit nassen Fingern in die Steckdose gepackt. Meine Nerven sind bis aufs Äußerste gespannt. Was denkt er nur von mir? Als wenn ich mich von ihm getrennt hätte, um ihn zu ärgern. Hat er denn gar nichts begriffen? Ich muss weg, weg, weg hämmert es in meinem Hirn, denn ich weiß, jede Sekunde, die ich hier länger stehe, macht mir umso schmerzlicher bewusst, was ich verloren habe. Es tut so weh, dass es mich fast zerreißt.

»Ich muss mich beeilen, Frau Groß wartet sicher.« Ein paar Mal schlucke ich, dann habe ich mich und auch meine Beine wieder einigermaßen unter Kontrolle und kann weggehen. Zumindest ist das mein Plan, doch Theo hält mich fest.

»Warte, ich komme mit. Ich muss der guten Frau doch mal erzählen, was wir schon so alles getrieben haben«

»Du bluffst doch nur«, stelle ich mutig fest, obwohl ich mir bei meinem irren Exfreund nie sicher sein kann.

»Ich würde es an deiner Stelle nicht ausprobieren, denn ich bin ein guter Pokerspieler, Baby.«

Er lässt meinen Arm nicht los, sondern schiebt mich in die Schule hinein, wo mir als Erstes auffällt, dass auf dem Lehrerparkplatz sein Porsche steht. Noch nie hat er seinen Wagen mit zur Schule genommen. Was hat das jetzt zu bedeuten? Alles, was er tut, hat meistens einen Hintergrund, aber viel Zeit mir über den Wagen Gedanken zu machen bleibt mir nicht, denn er schiebt mich weiter Richtung Lehrerflur. Er macht Ernst, da bin ich mir sicher. Das muss ich verhindern.

»Theo!« Ich stemme mich regelrecht in den Boden, um nicht weiter gehen zu müssen. »Solltest du dich wagen, irgendeine Bemerkung über unser Sexualleben loszulassen, werde ich alles abstreiten«

»Ach Baby, was glaubst du, wem die alte Hexe mehr Glauben schenkt?« Provokativ löst er seine Krawatte und öffnet ein Stück seines Hemdes. »Sicher findet sie mein Tattoo genauso schön wie du, Baby.«

»Dass du ein Tattoo mit meinem Namen hast, heißt ja nicht, dass wir Sex hatten«, kontere ich mutig, obwohl die Groß es sicher vor Freude küssen würde, wenn sie es sähe. Für sie wäre es ein schlagkräftiges Indiz, dass Theo und ich schon vor meinem Abi ein Paar waren.

»Nicht?« Wieder kommt er mir so nahe, dass ich mich am liebsten an seine Brust schmiegen möchte. »Vielleicht interessiert meine Kollegin aber, wie gut deine Pussy schmeckt. Wie du dich aufbäumst, wenn mein Finger deinen empfindlichen Punkt findet ...oder wie du es liebst, wenn ich an deinen Nippeln sauge.«

»Hör auf damit, Theo«, unterbreche ich ihn, bevor noch irgendjemand etwas mitbekommt. Wir sind zwar alleine, aber ich habe die letzten Monate so oft erlebt, dass Menschen aus dem Nichts auftauchen, dass ich kein Risiko eingehen möchte.

»Warum soll ich aufhören, Baby?« Sein Atem dringt heiß an mein Ohr, etwas was mich erneut kräftig schlucken lässt. »Macht es dich feucht, wenn du daran denkst, wie du den ersten Tropfen meines Safts ableckst?«

»Theo!« Vorsichtshalber gehe ich ein paar Schritte von ihm weg. Der Mistkerl kennt mich einfach zu gut und weiß genau, dass mich sein Dirty Talk erregt. »Lass mich bitte jetzt gehen, ich habe noch einen Termin.«

»Wo muss du denn hin?«, will Theo von mir wissen, während er sich – glücklicherweise – sein Hemd wieder zuknöpft. Soll ich ihm sagen, dass ich einen Termin in der Klinik habe? Lieber nicht, er kommt glatt auf die Idee und will mit. So schaffe ich es doch dann nie, ohne ihn zu leben. Bei dem Gedanken schießen mir schon wieder heiße Tränen in die Augen. Diese beschissenen Hormone lassen mich noch Gefühlsduseliger werden, als ich eh schon bin.

»Du hast meine Frage noch nicht beantwortet«, hält mich Theo zurück, als ich die Gunst der Stunde nutzen will, um zu verschwinden, während er damit beschäftigt ist, seine Krawatte zu binden.

»Hast du vergessen, dass wir getrennt sind? Ich bin dir also keine Rechenschaft schuldig« Mein Versuch trotzig zu klingen, scheitert an meiner belegten Stimme.

Wie schlimm es sich anfühlen kann, wenn man es ausspricht, dass man getrennt ist, hätte ich in meinen schlimmsten Albträumen nicht vermutet. Mein Herz schmerzt im wahrsten Sinne des Wortes und ich muss mich so zusammenreißen, um keinen Weinkrampf zu bekommen.

»Baby«, fest packt Theo mich um meine Taille und zieht mich so eng an sich, dass ich jeden seiner Bauchmuskeln spüre. »Du hast Glück, dass ich diesen Schwachsinn, den du von dir gibst, deinen Hormonen zuschreibe.«

Er fährt mit dem Zeigefinger leicht über den dünnen Stoff meines Sommerkleidchens. Wie auf Kommando stellen sich meine Brustwarzen – diese Verräter – auf.

»Ich hatte heute Nacht sehr viel Zeit zum Nachdenken, Baby«, sanft haucht er einen Kuss auf meine Halsbeuge, was mir ein kleines Stöhnen entlockt. »Mir ist aufgefallen, dass deine Nippel in den letzten Wochen noch empfindsamer waren als sonst, vorgestern habe ich sie kaum berührt schon bist du gekommen.«

Wenn der Dreckskerl jetzt nicht aufhört, reiße ich ihm hier auf dem Flur die Klamotten vom Leib. Und das ist genau das, was er bezweckt. Er will mir zeigen, was mir alles entgeht, aber ich muss vernünftig bleiben und mit meinem Hirn denken und nicht mit meiner immer stärker werdenden Lust auf ihn.

Zum ersten Mal im Leben freue ich mich Frau Groß zu sehen, die wutentbrannt die Türe des Sekretariats aufreißt.

»Ach Frau Fischer, kommen Sie auch noch mal?«, brüllt sie über den Flur, als sie mich entdeckt. »Ich wollte schon in den Unterricht gehen, da ich mir dachte Sie hätten es nicht mehr nötig hier aufzutauchen.«

»Keine Angst Frau Kollegin, Frau Fischer kommt ja schon«, flötet ihr Theo – für ihn vollkommen untypisch – regelrecht zu. Mir ist bewusst, dass er das eindeutig, zweideutig gemeint hat. Wie zur Bestätigung streichelt er mir über den Po und so wie die Stelle brennt, die er gerade berührt hat, ist seine Andeutung gar nicht so weit hergeholt. Erst heute Morgen, als ich geduscht habe, bemerkte ich nämlich das Gleiche. Meine Brustwarzen sind so empfindlich, dass sie schon vom Wasserstrahl wie eine Eins standen. Mir fällt gerade auf, dass ich nicht unbedingt an Brustwarzen denken sollte, wenn ich zu Frau Groß gehe.

»Bis gleich, Baby«, ruft Theo mir noch hinterher. Er zieht das knallhart durch und tut so als wäre alles beim Alten. Seine Nerven hätte ich gerne.

»Wen will Doktor Laufenberg eigentlich mit diesem albernen Spielchen beeindrucken?«, faucht die Hexe mich auch sofort an, als sie die Türe hinter mir schließt.

Zu meinem Entsetzen strömt mir gleich ein extremer Kaffeeduft in die Nase. Nur nicht zu tief Luft holen und zu viel von dem Geruch aufnehmen, sonst ist der nächste Weg zur Toilettenschüssel schon vorprogrammiert. Frau Scholz sitzt an ihrem PC und würdigt mich keines Blickes. Was ist denn in die gefahren? Schölzchen ist doch sonst immer so redselig.

»Hallo Frau Scholz«, versuche ich sie ein wenig aus der Reserve zu locken.

»Mit Ihnen rede ich nicht mehr Kerry.« Sie starrt stur auf ihren Bildschirm, als würde dort gerade die Geburt eines ihrer geliebten Königskinder gezeigt.

»Wir kennen ja alle den Humor von Doktor Laufenberg«, fängt sie dann doch an zu jammern, »aber das sie bei so einem Unsinn noch mitmachen, wenn das die Runde macht, wie steht denn die Schule da?«

Erst mal verstehe ich kein Wort, dann begreife ich was sie damit sagen will, auch sie denkt, dass Theos Antrag ein Fake war. Fast bin ich schon geneigt ihr zu sagen, dass Theo und ich nicht zusammen sind, aber das wäre ihm gegenüber nicht fair. Er soll entscheiden, wann er es dem Kollegium mitteilt und was er sagen will.

Unser nette Plauderei wird abrupt von Frau Groß unterbrochen. Zornig schmeißt sie mir mein Zeugnis vor die Nase.

»Hätten Sie die Güte mal drüber zu schauen«, pflaumt sie mich an, als wäre es meine Schuld, dass sie zu blöde ist, einen Namen mit fünf Buchstaben richtig zu schreiben.

Ich habe noch keinen Blick auf das Dokument geschmissen, da schenkt sich Schölzchen eine weitere Tasse Kaffee ein. So wie ich sie kenne, bestimmt die zehnte an diesem Tag.

Nicht einatmen, nicht einatmen, rede ich mir noch gut zu, aber da ist es schon zu spät.

Ich schaffe es gerade noch mir die Hand vor den Mund zu pressen, nach draußen zu stürmen, die zehn Stufen hinunter zum Pausenhof zu springen, Marcus (der mir auf der Treppe entgegenkommt) fast umzurennen und meinen Kopf in die große Mülltonne zu stecken.

Gott sei Dank ist die Pause schon vorbei, so dass sich keiner mehr hier unten befindet. Außer Marcus, der ist mir nämlich hinterher gekommen.

»Geht es dir immer noch nicht besser?« Mitfühlend stützt er

mich, als meine Beine sich mal wieder in Pudding verwandeln. »Du solltest dringend zum Arzt.«

»Halb so wild, es geht mir schon wesentlich besser.« Schweißüberströmt halte ich mich an dem riesigen Abfalleimer fest, was Marcus bestimmt an meiner Aussage etwas zweifeln lässt.

»Was ist wirklich los Kerry?«

Ich hatte es befürchtet. Warum durchschauen mich eigentlich immer alle sofort? Jetzt fängt auch noch er damit an. Und da er wie alle Anderen ist, die mir sofort ansehen, wenn ich lüge oder etwas verschweige, werde ich mich ihm wohl anvertrauen müssen.

»Marcus, was ich dir jetzt sage bleibt unter uns. Hörst du?« Hektisch schaue ich mich um, besser ist es. »Ich bin schwanger«, wispere ich so leise es geht

»Du bist was?!«, schreit dafür Marcus um so lauter und lässt mich vor Schreck fast fallen. Glücklicherweise packt er aber gerade noch rechtzeitig zu, als ich drohe zusammenzusacken.

»Seid ihr verrückt? Das kostet Theo den Job.«

»Mach dir keine Sorgen um ihn ...«

Tief atme ich ein, um etwas Zeit zu gewinnen. Ich will, ich kann es nicht aussprechen. Ich werde es aber müssen.

»Ich habe mich von ihm getrennt. So kann keiner darauf kommen, dass es sein Kind ist.« Es ist raus, und es tut so weh. Ich kann nicht mehr. Zitternd lasse ich mich auf die untere Stufe der Treppe fallen.

Sprachlos sieht mich Marcus an, dann setzt er sich neben mich. »Kerry sei nicht albern.« Er wischt mir mit einem frischen Taschentuch den Schweiß von meiner Stirn, »du glaubst doch nicht, dass Theo dich so einfach gehen lässt.«

»Einfach?!«, lache ich bitter auf, »jetzt mal ehrlich Marcus, ist bei ihm irgendetwas einfach?«

Ich lehne meinen Kopf an seine Schulter und jetzt übermannt mich der eben zurückgehaltene Weinkrampf doch noch.

2. THEO!

»*W*o ist denn Frau Fischer?« Etwas irritiert sehe ich mich in dem kleinen Sekretariat um. Kerry kann doch unmöglich schon fertig sein. Ich habe nur eine halbe Zigarette geraucht, damit ich sie ja nicht verpasse und jetzt soll sie schon weg sein, dass würde blöderweise meine Pläne durchkreuzen.

»Meinen Sie ihre angebliche Verlobte? Die Irre, die hier gerade herausgestürmt ist, als wäre der Satan persönlich hinter ihr her?« Meine liebe Kollegin kocht dermaßen vor Wut, dass sie krebsrot angelaufen ist.

»Das ist Ihr Einfluss«, giftet sie mich an, »weil sie den jungen Dingern solche Flausen in den Kopf setzen.«

Bevor sie sich weiter austoben kann, klopft es und mein Mädchen kommt, ziemlich blass und verweint, etwas zögerlich ins Sekretariat.

»Entschuldigen Sie bitte.« Verlegen sieht sie auf den Boden, »ich musste dringend zur Toilette, sonst wäre meine Blase geplatzt«

Die Hexe, wie sie alle Schüler nennen, stößt kleine Rauchwölkchen aus. Wütend tippt sie mit den Fingern auf Kerrys Zeugnis, was mein Mädchen aber nicht weiter beachtet, sie schnappt sich das Stückchen Papier und will auch gleich hinausstürmen.

»Ich muss dann auch wieder weg. Hab noch einen Termin«, nuschelt sie noch und hat ihre Hand auch schon an der Türklinke und das Ganze ohne mich auch nur eines Blickes zu würdigen.

»Nicht so schnell, Baby«, halte ich sie auf, was mir jetzt zumindest einen vernichtenden Blick beschert. Da ich mir aber sicher bin, dass sie mir vor Frau Groß keine Szene machen wird, provoziere ich sie noch etwas mehr. »Du willst doch nicht gehen,

ohne dich von mir zu verabschieden?«
Sanft berühre ich ihre Lippen, lecke vorsichtig darüber und beiße ein klein wenig hinein.

»Unglaublich«, schnaubt Frau Groß.

»Ja unglaublich schön«, strahlt Schölzchen, Kerry und mich an. »Also war es doch kein blöder Streich von Ihnen Doktor Laufenberg.«

Mit lautem Prusten putzt sie sich die Nase und auch ein paar Tränchen weg. »Da gratuliere ich aber von Herzen. Wie schade, dass ich bei dem Heiratsantrag nicht dabei war«

»ICH HASSE DICH«, formt Kerry mit ihren Lippen, als sie mit dem Rücken zu Frau Groß und Schölzchen steht.

»Ich liebe dich auch Baby«, sage ich laut genug, dass es auch die beiden Damen hören können. Das ist zu viel für mein Mädchen. Sie quetscht sich an mir vorbei und hastet über den Flur.

»Frau Scholz, ich bin dann mal kurz weg. Meine Verlobte und ich müssen etwas erledigen«, informiere ich schnell meine Sekretärin, denn ich muss Kerry folgen, bevor sie mir noch gänzlich entwischt.

Mit zehn großen Schritten habe ich mein Mädchen eingeholt und packe sie am Arm. Verzweifelt versucht sie meine Hand abzuschütteln, was ihr selbstverständlich nicht gelingt.

»Was zum Teufel sollte dieses Theater da drin?« faucht mich Kerry schließlich an, als sie merkt, dass sie eh verloren hat.

»Was für ein Theater, Baby?«, spiele ich den Unschuldigen.

»Stell dich nicht blöd Theo. Das steht dir nicht.« Erneut schüttelt sie meine Hand von ihrem Arm, dafür lege ich, wie selbstverständlich meinen Arm um ihre Taille und schiebe sie Richtung Lehrerparkplatz.

»Was gibt das, wenn es fertig ist?« Mit aller Macht versucht mein Mädchen mich davon abzuhalten sie dahin zu bringen, wo ich sie hin haben möchte.

»Wir gehen zu meinem Wagen, denn in zehn Minuten müssen wir in der Klinik sein.« Ohne auch nur im Geringsten auf ihren Protest einzugehen, schiebe ich sie weiter.

»Ich werde nicht mit dir fahren.« Verzweifelt versucht sie meinen Arm abzuschütteln. Sie ist so süß in ihren Bemühungen mich davon zu überzeugen, dass wir getrennt sind.

Ich finde es beinahe amüsant, denn sie glaubt doch nicht ernsthaft, dass sie mich los wird.

»Theo!«, kreischt sie hysterisch, als ich den Wagen öffne und sie mehr oder weniger dort hinein bugsiere. »Hast du mich nicht verstanden? Ich fahre mit meinem Wagen, ohne dich.«

»Baby, was denkst du? Warum bin ich heute wohl mit meinem Wagen hier? Damit ihn die Schüler bewundern können? Sicherlich nicht.«

In aller Seelenruhe stelle ich den Motor an und fahre vom Lehrerparkplatz. Ich kann regelrecht sehen, dass Kerry überlegt woher ich weiß, dass sie zur Klinik muss – und dass sogar, bevor sie es überhaupt wusste – gut, dass ich überall meine Spione habe. So wurde ich rechtzeitig informiert, dass meine süße Verlobte heute einen Termin in der Klinik hat. Für mich stand natürlich sofort fest, dass sie dort nicht alleine hingeht und wir von hier aus zusammen zur Untersuchung fahren. Dafür war ich sogar bereit mir blöde Sprüche, von meinen Kollegen, über meinen >Protzwagen< anzuhören. Denn bevor ich mich in die Karre von meinem Mädchen setze, laufe ich lieber zu Fuß, wenn es sein muss, sogar bis zum Ende der Welt.

»Du sollst mich sofort raus lassen«, protestiert Kerry lauthals weiter. Mann sie ist so sexy, wenn sie sauer ist. »Theo ich meine das ernst, ich werde an der nächsten Ampel aussteigen.«

»Gut, dass du mich warnst.« Mit einem Knopfdruck habe ich die Zentralverriegelung betätigt. Sicher ist sicher.

»Du kannst so ein Arsch sein«, tobt sie weiter, doch dann wird sie plötzlich leise. Traurig sieht sie mich an. »Du findest das alles komisch, weil es für dich, wie immer nur ein Spielchen ist.«

»Was sagst du da?« Wie ein Wahnsinniger trete ich auf die Bremse und das, obwohl ich mich auf der linken Spur einer Schnellstraße befinde. »Du glaubst, das wäre ein Spielchen für mich, Baby?« Hinter mir wird wild gehupt. Autos rasen an uns vorbei, manch ein Fahrer dreht die Autoscheibe runter und beschimpft mich wüst.

»Typisch Porschefahrer«, brüllt ein Autofahrer mich an.

»Leck mich!« Zeige ich dem Idioten den Mittelfinger. Leute, heute ist kein Tag um sich mit mir anzulegen.

»Theo könntest du bitte weiter fahren«, fleht mich Kerry an. Sie ist tatsächlich noch eine Spur blasser geworden. Ängstlich beobachtet sie im Seitenspiegel, wie die PKWs an uns vorbei rasen.

»Ich fahre sofort weiter, wenn du mir antwortest, Baby.« Meine Finger umklammern so fest das Lenkrad, dass meine Knöchel weiß heraus treten. »Glaubst du ernsthaft, dass ich diese Scheiße, als ein fucking Spiel ansehe?«

»Ja Theo, genau das denke ich. Du nimmst mich nicht ernst. Du glaubst, ach ich weiß nicht, was in deinem Kopf vorgeht.« Resigniert sinkt Kerry noch etwas tiefer in den Sitz und ich kann nicht anders, als ihr zärtlich über ihr Gesicht zu streicheln.

»Baby, die vergangene Nacht war die schlimmste meines Lebens.« Und das ist noch die Untertreibung des Jahres.

****

Kerry hat Recht.

Als gestern Mittag die Tür hinter ihr ins Schloss fiel, hielt ich das ganze auch erst für einen Scherz. Einen ziemlich schlechten, den schlechtesten seit es Scherze gibt. Ich rechnete fest damit, dass mein Mädchen ein paar Minuten später wieder zurückkommen würde.

Tatsächlich hörte ich nach wenigen Minuten die Aufzugtüre aufgehen. Doch nicht etwa Kerry kam aus dem Lift, sondern Andre.

»Was ist passiert?«, stürzte er mir entgegen und blickte sich etwas verwundert um, als er mich alleine antraf.

»Wie kommst du darauf, dass etwas passiert sein soll?«, fragte ich ihn, schon ein wenig nervöser, als noch ein paar Minuten zu vor.

»Kerry hat mich angerufen und mir gesagt es ginge um Leben und Tod und dass ich mich um Dich kümmern müsse.«

Spätestens ab diesem Moment wurde ich panisch. Ich ließ Andre da stehen, wo er stand und lief wie ein Irrer die siebzehn Stockwerke nach unten, rüber zu Kerrys Wohnung, in der mich schon ziemlich viele Leute verwirrt erwarteten.

Mom, Milanda und George, die eigentlich schon auf dem Heimweg sein wollten, hatten sich doch sehr gewundert, als Kerry ihnen im Vorbeilaufen eine gute Reise gewünscht hatte und sich dann hektisch in ihrem Zimmer einschloss.

Ja mein Mädchen hatte vorgesorgt. In dem sie Andre geholt hatte, bewahrte der sie davor, dass ich ihre Zimmertür eintrat. Alles, vom Betteln, bis Flehen und Drohen habe ich probiert, um sie zu überzeugen, dass sie mir die verdammte Tür aufmachte ...ohne Erfolg. Schließlich packte Andre mich und schleppte mich in meine Wohnung, da hielt er mich davon ab, mir mit einer Flasche Whiskey eine Alkoholvergiftung zuzulegen. Zwei Gläser genehmigte er mir, dann sperrte er die Flasche weg.

Er telefonierte mit Gudrun, die ihm leider das bestätigte, was ich schon längst wusste. Würde herauskommen, dass Kerry von mir schwanger ist, wäre ich meinen Job los. Ich war nicht nur ihr Lehrer, sondern auch Schulleiter einer katholischen Schule, vor der wir ja sogar bis zu unserer Hochzeit verheimlichen mussten, dass wir zusammenwohnen würden.

Aber was interessierte mich denn mein Job. Kerry konnte doch nicht ernsthaft annehmen, dass ich in meinem Job glücklich würde, wenn sie nicht mehr bei mir wäre.

Andre und ich hatten uns die Köpfe heiß geredet und irgendwann war der arme Kerl auf meiner Couch eingepennt, ohne dass wir zu einem Ergebnis gekommen waren.
Ich hingegen konnte keine Sekunde schlafen, rauchte vier Päckchen Zigaretten, bis ich kotzen musste.

****

»Baby, wenn du wirklich glaubst, dass es ein Spiel für mich ist, dann kennst du mich aber schlecht«, zaghaft greife nach ihrer Hand, doch sie zieht sie schnell zurück, »Bis du nicht wieder zur Vernunft gekommen bist Baby, werde ich tausend Tode gestorben sein. Also glaube niemals, dass ich irgendetwas was mit uns zu tun hat, für ein verdammtes Spielchen halte.«

»Sorry, ich wollte dich nicht verletzen, ich weiß im Moment nur nicht, wo mir der Kopf steht«,
murmelt Kerry schuldbewusst. Sie schweigt einen Augenblick und wartet, bis ich den Gang eingelegt habe und weiter fahre, »Theo, woher weißt du eigentlich, dass ich einen Termin in der Klinik habe?«, will sie dann aber wissen. »Was frage ich eigentlich so blöde«, schlägt sie sich gegen die Stirn, »das kann ja nur Tom gewesen sein, der gepetzt hat. Also der kann was erleben, der hat wohl noch nichts von Schweigepflicht gehört.«

»Nein, der ist unschuldig«, jetzt muss ich doch ein wenig grinsen, »Der hat ja auch erst vor einer Stunde grünes Licht für den Termin bekommen, aber wie dir ja aufgefallen sein mag, habe ich schon heute Morgen vorsorglich meinen Wagen mit zur Schule genommen.«

»Also von wem? Ach, vergiss es, du wirst es mir eh nicht sagen, lass uns lieber fahren.« Mit resignierter Miene dreht sich Kerry zu Seite und schaut aus dem Fenster, um mir zu signalisieren, dass es besser ist, sie jetzt in Ruhe zu lassen.

****

Die Uniklinik ist auch um die Mittagszeit gut besucht, so dass wir weit in die Tiefgarage rein fahren müssen, um einen Parkplatz zu finden. Noch bevor ich den Wagen richtig abgestellt habe, reißt Kerry schon die Türe auf und sprintet hinaus. Hastig hetzt sie zu den Aufzügen. Fast finde ich es lustig, dass sie es nie aufgibt, vor mir wegzulaufen, obwohl sie weiß, dass ihre Chance gleich null ist.

Zu ihrer großen Freude steht auch schon ein Aufzug auf der Etage und öffnet sofort die Tür, als sie hektisch auf den Knopf drückt. Sie schlüpft hinein und schon schließen sich die Türen wieder, aber ich schaffe es trotzdem noch, in die Kabine zu gelangen.

Der Aufzug ist überraschenderweise leer, so drückt sich Kerry in die hinterste Ecke, um möglichst weit von mir weg zu stehen. Was ich natürlich ignoriere. Ich presse mich so dicht neben sie, als wäre die Kabine so voll, dass kein Blatt Papier zwischen uns passen könnte. Die Schweißperlen auf ihrer Stirn sind für mich ein sicheres Zeichen, dass es ihr schon wieder schlecht geht.

»Baby sollen wir erst etwas trinken?« Sanft wische ich ihr den Schweiß ab und will sie in den Arm schließen, doch sie sträubt sich mit Händen und Füßen.

»Lass mich Theo, bitte.« Ein paar Mal holt sie tief Luft. »Wir sind getrennt, akzeptiert das doch endlich. Bitte, bitte, mach es doch nicht noch schwerer.«

Wenn sie nicht bald mit diesem Unsinn aufhört, drehe ich durch. »Baby, hör mit diesem Irrsinn auf«, warne ich sie und wie zur Untermauerung schlage ich mit voller Kraft gegen die Glasscheibe des Aufzuges. Die ist zum Glück ziemlich massiv, so dass sie nur leicht erzittert. Erschrocken zuckt Kerry zusammen und flüchtet in eine andere Ecke der Kabine.

Das Spiel können wir so lange spielen, bis wir im 18. Stock sind. Erneut rücke ich ihr auf die Pelle.

»Wie stellst du dir das denn alles vor, Baby?« Nur Millimeter stehe ich vor ihr. Ihr Parfum steigt in meine Nase, ihre Wärme dringt durch meinen Anzug. Deutlich kann ich ihren Herzschlag sehen. »Wie soll das deiner Meinung nach ablaufen? Dir ist klar, dass ich in vier Wochen in unser Haus einziehen werde. Meine Mom braucht meine Wohnung. Soll ich dann auf die erste Etage ziehen und wenn unser Kind da ist? Bin ich dann so etwas wie Olli und Tom für es?«

»Natürlich nicht«, erklärt sie mit tränenerstickter Stimme. »Ich habe doch gesagt, dass ich in Fronks Wohnung ziehen werde. Die ist so groß, da laufen wir uns, wenn wir wollen noch nicht mal über den Weg. Vielleicht kann ich ja auch eine der Wohnungen im zweiten Stock haben. Da kann ich dann mit dem Kind leben.«

Mit dem Handrücken wischt sie schnell ein paar Tränen ab. »Finanziell brauche ich mir keine Gedanken zu machen. Ich hatte in der Vergangenheit so viele gut bezahlte Jobs, dass ich einiges gespart habe. Außerdem hat Fronk, seit ich für ihn modele, immer die Hälfte meines Geldes angelegt, damit meine Oma es nicht verprasste. Eigentlich wollte ich damit mal meine Traumhochzeit bezahlen.«

Der Aufzug hält an und ein paar Leute gesellen sich zu uns, so müssen wir unser Gespräch fürs Erste unterbrechen. Auf der nächsten Etage wir es noch voller, so dass ich unvermeidlich noch näher an Kerry ran rücken muss.

Eine Mixtur aus Schweiß, billigem Parfum und anderen Gerüchen macht sich in der kleinen Kabine breit. Ein Umstand, der meinem Mädchen schwer zu schaffen macht. Keuchend stößt sie

immer wieder die Luft aus und versucht dabei, so wenig, wie es eben nur geht einzuatmen.
Anscheinend ohne nennenswerten Erfolg, denn langsam rutscht sie an der Wand nach unten. Ich kann sie gerade noch schnappen und auf den Arm heben. Glücklicherweise hält der Aufzug schon wieder mal, so dass wir aussteigen können. Ohne sich zu beschweren, lässt sie sich von mir nach draußen tragen. Sie ist vollkommen entkräftet, das spüre ich an ihrer immer geringer werdenden Gegenwehr. Als ich sie gerade absetzen möchte, schlingt sie die Arme um meinen Hals und beginnt hemmungslos zu weinen.

»Theo ich kann nicht mehr«, schluchzt sie laut auf. Heiß dringen ihre Tränen durch mein Hemd. Ob sie weint, weil es ihr so schlecht geht oder wegen unserer bekloppten Trennung, kann ich nicht sagen. Aber es hat den Vorteil, dass ich sie im Arm halten darf. Das ist schon mal ein Schritt in die richtige Richtung.

3. KERRY!

Zum ersten Mal in meinem Leben befinde ich mich in einer Situation, die ich nicht durch Weglaufen oder Verdrängen umgehen kann. Diese Erkenntnis reißt mich in ein so großes Loch, dass ich es sogar zulasse, dass Theo mich im Arm hält. So gerne – beziehungsweise natürlich nicht gerne – ich ihn auf Distanz halten möchte, jetzt brauche ich einfach ein paar starke Arme die mich halten.

»Schaffst du es zwei Etagen hochzugehen, Baby?« Besorgt hält mich Theo nach wie vor im Arm und ich vermute, wenn ich es wünsche, trägt er mich auch bis nach oben.

»Das schaffe ich gerade noch«, erkläre ich tapfer. Ich muss mich endlich mal zusammenreißen, denn langsam aber sicher mutiere ich zur Heulsuse der Nation.

Prüfend blickt mich Theo an, stellt mich dann aber hin und greift wie selbstverständlich nach meiner Hand. Da meine Beine ziemlich wacklig sind, lasse ich auch dies zu.

Auf der gynäkologischen Station schlägt mir gleich mein heißgeliebter Krankenhausgeruch entgegen. Etwas, für das sich mein Magen mal wieder meldet. Selbst Magensäure kann sich normalerweise nicht mehr in diesem Organ befinden. Allein heute habe ich schon fünf Mal erbrochen, ohne in den vergangenen sechsunddreißig Stunden auch nur einen Bissen Nahrung zu mir genommen zu haben.

Ohne diesen fürchterlichen Geruch würde ich es hier gar nicht so schlimm finden. An den Wänden befinden sich große Babybilder, Mobilés hängen von den Decken und überall laufen nur strahlende Menschen herum. Frischgebackene Eltern, die stolz die kleinen durchsichtigen Bettchen durch den Flur schieben. Ein paar

Schwangere mit extrem dicken Bäuchen kommen allen Anschein nach von der Schwangerschaftsgymnastik. Ein Pärchen sieht so aus, als würden sie in den nächsten Stunden Mama und Papa werden, denn die hochschwangere Frau läuft oder besser gesagt watschelt laut pustend und stöhnend den Flur hinauf und hinunter.

Hier werde ich also in ein paar Monaten auch herumlaufen, nur dass der Vater des Kindes nicht dabei sein kann.

»Wo wollen Sie denn hin?«, spricht uns eine Krankenschwester an.

Ihr Ton erinnert mich doch sehr an die herzerweichende Schwester von gestern. Muss man, wenn man im Pflegebereich arbeitet, ein Seminar machen, *wie benehme ich mich Patienten gegenüber besonders scheiße*?

»Wir haben einen Termin bei Professor Eickel«, blafft Theo genauso unfreundlich zurück.

»Nein, Theo«, stoppe ich ihn mal gleich. »Wie kommst du darauf, dass ich bei einem Professor einen Termin habe? Ich bin zwar privatversichert, aber dass heißt ja nicht, dass ich hier gleich beim Chefarzt aufschlage.«

Ich hätte auch mit der Wand reden können, so ignoriert Theo was ich ihm gerade gesagt habe. Auch die Schwester – die durch Theos Ansage, eher noch unfreundlicher geworden ist – blafft weiterhin in seine Richtung, als wäre er der Patient.

»Name?«

»Doktor Laufenberg«, antwortet er von oben herab – und das sogar mit Titel – wenn er will, kann Theo so was von arrogant sein.

»Oh ...«, entgeistert reißt die Schwester die Augen auf. »Sagen Sie das doch gleich, dass Sie einen Termin beim Chef haben. Schwester Sonja wird Sie sofort in sein Büro bringen«.

Wie freundlich Menschen doch werden, wenn man den Chef kennt. Wobei mir immer noch nicht klar ist, wie, weshalb, warum, wir Audienz beim Boss haben werden.

»Moment mal«, halte ich daher auch Theo kurz zurück, als wir der Schwester folgen. »Was hat das alles zu bedeuten? Wieso gehen wir zu einem Professor und nicht zu Tom?«

»Ganz einfach Baby, weil der Prof. ein Freund von Konrad ist«, informiert er mich mal eben so, um dann einer jungen Schwester zu folgen, die ihn dermaßen anhimmelt, dass ich ihr eine verpassen möchte. Früher habe ich mich zwar auch geärgert, aber mir im Stillen gedacht, dass sie schwärmen können, soviel sie wollen, da der Kerl meiner ist. Und jetzt?

Jetzt ist er nicht mehr meiner und sicherlich wird er, wenn erst mal der erste Schock vorbei ist, schnell wieder mit Andre um die Häuser ziehen. Die Vorstellung, wie er mit anderen Frauen Sex hat, reißt mir fast das Herz aus der Brust. Es wird ihm nicht an Anwärterinnen fehlen, wie dieses blöde Stück von Krankenschwester direkt demonstriert. Sie hält Theo die Tür des Behandlungszimmer auf, bietet ihm einen Sitzplatz an und wird ihm sicherlich gleich noch eine Tasse Kaffee an den Mund halten, damit er ja nicht selbst trinken muss.

»Soll ich das Fenster etwas öffnen?«, erkundigt sich die blöde Kuh bei Theo!– mich übersieht sie konsequent. »Finden sie nicht auch, dass es hier furchtbar heiß ist?«

»Mir ist kalt«, fauche ich sie an, obwohl ich vor Hitze fast schmelze. Man kann ich bescheuert sein. »Aber wenn es dir heiß ist Theo, kann die nette Schwester ja das Fenster aufmachen.«

Wütend, mehr über mich selbst als über die rollige Krankenschwester, schnappe ich mir eine Broschüre von dem kleinen Beistelltisch und blättere lautstark darin.

»Der Herr Professor kommt gleich«, säuselt sie Theo mit einem strahlenden Lächeln zu.

»Möchten Sie vielleicht ein Glas Wasser? Bei der Hitze.« Wieder ein Megawattstrahlen in Richtung Theo. Wieso wird er gefragt? Ist er vielleicht schwanger?

»Das wäre natürlich sehr nett von Ihnen«, strahlt der Mistkerl auch noch zurück. Ich koche vor Wut. Er könnte wenigstens so tun, als würde er ihr Geschmachte nicht bemerken.

»Lauf ihr doch hinterher und fragt nach ihrer Nummer«, knurre ich ihn an, als die hohle Nuss, endlich den Raum verlassen hat.

»Gute Idee Baby«, grinst er mich an. Ist das sein Ernst? Er versucht noch nicht mal zu verbergen, dass er quasi schon auf der Jagd ist. Oh mein Gott, ich führe mich gerade wie die letzte Vollidiotin auf. Mir steht es bestimmt nicht zu eifersüchtig zu sein, aber es ärgert mich, dass er nicht mal vierundzwanzig Stunden nach unserer Trennung wie Theo zur Schule gegangen ist und nicht wie Doktor Laufenberg. Noch nie ist er mit Dreitagebart, Kontaktlinsen und meinem Lieblingsanzug in der Schule erschienen und ausgerechnet heute muss er damit anfangen?

»Warum bist du eigentlich heute so zur Schule gegangen?« kann ich mir leider nicht verkneifen. »Wolltest du mal sehen, wie du ankommst?«

»Hey Baby, da hast du mich glatt ertappt.« Wie ihn das Ganze wieder amüsiert.

Am liebsten würde ich ihn rausschmeißen und ohne ihn die Untersuchung über mich ergehen lassen.

»Und bist du gut angekommen?«, frage ich bissig nach und blättere dabei so heftig die Seiten der nächsten Broschüre um, dass ich sie fast herausreiße.

»Sagen wir mal so«, genüsslich lehnt er sich zurück und spielt mit seinem Handy, »ich habe drei Handynummern zugesteckt bekommen. Eine Schülerin wollte ein Kind von mir und ein Schüler hat mir für die große Pause einen Blow Job angeboten.«

»Du kannst so ein Arsch sein.« Mit Schwung feuere ich das Heftchen auf den Stapel zurück, stoße dabei so blöde an den Tisch, dass ich alles hinunterschmeiße.

Es wird glaube ich Zeit zu gehen. Soll Theo sich mit seinem

Professor und den tollen Schwestern hier alleine vergnügen. Köln ist groß, da gibt es auch noch andere Gynäkologen.

»Wo willst du hin?«, fragt Theo argwöhnisch nach, als ich nach meiner Tasche greife.

»Weg, dann kannst du dir die Nummer von der hohlen Frucht holen und heute Abend würfeln, wen du zuerst anrufst.« Mit aller Kraft ziehe ich an meiner Tasche, die Theo konsequent festhält.

»Ich gehe auch ohne«, drohe ich ihm, was ihn wenig beeindruckt.

»Warte mal Baby, ich muss dir was zeigen«, plaudert er mit mir, als säßen wir beim Käffchen zusammen. Aus der Jacketttasche kramt er ein zusammengefaltetes Blatt Papier und reicht es mir. »Los, Baby schau nach, was draufsteht.«

Widerwillig folge ich seiner Aufforderung und traue meinen Augen nicht.

»Das ist jetzt nicht dein Ernst?« Wie von selbst falle ich auf den Stuhl zurück. Hypnotisiert starre ich das Blatt an, das zur Hälfte von einem Foto mit unserem Kuss nach meinem Ja-Wort bedeckt ist.

Darunter steht in großen, schwungvollen Buchstaben:

****

Ihre Verlobung geben bekannt,

Kerry Katharina Fischer

und

Doktor Theo Johannes Laufenberg

****

»Was genau hast du damit vor?«

»Vor habe ich damit nichts Baby«, beteuert Theo mit Unschuldsmiene. »Brauche ich ja nicht, das gleiche Bild hängt ja bereits in der Schule am schwarzen Brett. Dieses hier kannst du haben, wenn du möchtest.«

»Hast du Sie nicht mehr alle?« Hat er Glück, dass ich ihn hier nicht anschreien kann. »Das hängst du, wenn du gleich zurückfährst, sofort wieder ab.«

Weiter komme ich leider nicht, denn die Türe geht auf und ein älterer Herr, eine Frau, Tom und ein Trupp Krankenschwestern belagern in Sekundenschnelle den kleinen Raum.

4. THEO!

»So«, freundlich lächelnd reicht der Professor – der wirklich so ein netter Kerl ist, wie Konrad ihn beschrieben hat – Kerry ein paar Papiertücher, damit sie ihren Bauch abwischen kann. »Dem Baby geht es prima. Es ist, wie unser junger Kollege ja gestern schon richtig errechnet hat, 10 Wochen alt.«

Über den Rand der Brille blickt er Kerry an, der wieder mal Schweißperlen auf der Stirn stehen.

Noch ehe er weiter reden kann, ist mein Mädchen auch schon aufgesprungen und spuckt ins kleine Handwaschbecken. Kopfschüttelnd tritt der Prof. neben sie und stützt sie väterlich. Fürsorglich hilft er ihr auf die Liege zurück.

»Herr von Hansen, sorgen Sie mal bitte dafür, dass Frau Fischer ein Bett bekommt«, weist er unseren Freund an.

»Tom ich brauche kein Bett«, krächzt Kerry. Ein paar Mal atmet sie ein und aus, dann wendet sie sich Professor Eickert zu. »Sie haben gesagt, dass es dem Baby gut geht, dann kann ich auch nachhause gehen.«

»Dem Kind schon.« Der in die Jahre gekommene Arzt nimmt Kerrys Hand und prüft den Puls.

»Der Mutter geht es dafür umso schlechter. Mädchen, Konrad hat mir Ihre Blutwerte gefaxt, dass Sie überhaupt noch auf den Beinen stehen können, ist ja schon ein Wunder.«

Wie zur Bestätigung schaut er sich noch mal die Unterlagen an.

»Ich wohne mit drei Ärzten zusammen«, schwindelt das kleine Luder ihn an.

Denn noch wohnen Olli und Tom ja nicht in ihrer Haushälfte, und wenn ich ihr den Mist mit der Trennung abkaufen würde, ist sie ja bereits weg, wenn du Jungs einziehen.

»Wohnen Sie mit Frau Fischer zusammen?«, forscht der Professor bei Tom nach.
Flehend sieht ihn Kerry an.

»Ja«, murmelt Tom und stiert dabei den Boden an, als wollte er überprüfen, ob auch alles sauber ist. Es ist ihm unangenehm seinem Chef nicht die ganze Wahrheit, zu sagen, das ist nicht zu übersehen, um so mehr wundert es mich, dass er Kerry diesen – wenn auch fragwürdigen – Gefallen tut.
»Na gut.« Etwas mürrisch nimmt sich Professor Eickert einen Rezeptblock und schreibt eine ganze Litanei an Medikamenten auf. »Ich habe Ihnen Eisenpräparate, Vitamine, Folsäure und Magnesium aufgeschrieben.«

Man merkt ihm an, dass er nicht damit einverstanden ist, dass Kerry ihren Sturkopf durchsetzt und nicht ein paar Tage stationär bleibt. »In einer Woche sind Sie wieder hier. Sollten Sie dann unter sechsundvierzig Kilo wiegen, werde ich Sie an ein Bett fesseln.«

»Baby, willst du nicht lieber doch hierbleiben?«, versuche ich mein Glück. »Ein paar Tage Ruhe würden dir sicher gut tun.«
»Das ist genau die richtige Einstellung«, freut sich der Professor und klopft mir freundlich auf die Schulter. »Hören Sie auf Ihren Verlobten, Frau Fischer.«

»Er ist nicht mein Verlobter«, erklärt Kerry mit belegter Stimme und rappelt sich von der Liege auf. »Wenn ich fertig bin, kann ich ja gehen. Wir sehen uns dann in einer Woche.«
Sie richtet sich das Kleid, nimmt sich ihr Rezept und will gerade gehen, da hält der Professor sie auf.

»Frau Fischer hätten Sie noch eine Minute? Ich würde gerne etwas mit Ihnen und Doktor Laufenberg besprechen.«
Mir wird etwas mulmig. Vielleicht ist doch nicht alles mit dem Kind in Ordnung? Oder die Blutergebnisse von Kerry haben eventuell auch noch etwas anderes als nur die Schwangerschaft

aufgedeckt?

Ohne dass der Professor ein Wort gesagt hat, verlassen alle wie auf Kommando den Raum.

Entsetzt greift Kerry nach meiner Hand, wenn es überhaupt möglich ist, dann wirkt sie noch etwas blasser als noch vor fünf Minuten. Auch ihr scheinen ähnliche Schreckensszenarien wie mir durch den Kopf zu gehen.

»Sie sehen beide aus, als würde man Sie zur Schlachtbank bringen«, lacht der Prof. laut auf, als er die Vorhänge öffnet, die für den Ultraschall geschlossen waren. »Dabei habe ich eigentlich gute Nachrichten für Sie, denke ich zumindest.«

Der macht es aber geheimnisvoll.

»Lieber Doktor Laufenberg«, wendet er sich an mich und sieht mich so streng an, dass sogar ich ein klein wenig zusammensacke. »Konrad hat mir von Ihrem Dilemma erzählt« Ein leichtes Lächeln huscht über sein Gesicht, als er zu Kerry rüber schaut.

»Ich bin wirklich kein Freund von solchen Liebeleien zwischen Lehrern und Schülern, Vorgesetzten und Untergebenen. Ich kann Ihnen sagen, wenn ich erführe, dass ein Oberarzt etwas mit einer Schwesternschülerin hätte, dem würde ich eins auf die Finger geben.«

Na prima, jetzt muss ich mir eine Standpauke anhören, als hätte ich wegen dieser Scheiße nicht schon genug Probleme. Warum muss Konrad denn auch meine Lebensgeschichte ausplaudern?

»Aber«, fährt der Professor fort, »Konrad hat mir berichtet, dass bei Ihnen die Sachlage etwas anders ist. Dass da nicht ein gutaussehender Lehrer, eine noch viel besser aussehende Schülerin mal eben in seinem Bett haben wollte, sondern, dass Sie sich wirklich lieben und schon seit einer ganzen Weile ein Paar sind.«

Stumm nicken Kerry und ich, uns fehlen beiden die Worte.

»Deshalb werde ich Ihnen helfen.« Aus einer Schublade holt der Professor zwei blaue Heftchen. Schreibt in beide etwas rein und reicht sie Kerry rüber.

»Der rechte Mutterpass, den ich Ihnen gegeben habe, lassen Sie gleich von Herrn von Hansen vollständig ausfüllen. Der linke, der ist nur für Ihre Dienststelle, Doktor Laufenberg.«

****

Seit der Prof. uns den gefälschten Mutterpass gegeben hat, hat Kerry kaum ein Wort gesagt. Es ist, als könne sie nicht glauben, dass wir es geschafft haben. Mit dem verschobenen Geburtstermin von acht Wochen kann uns niemand mehr etwas an haben. Nach dem großen Jubiläumsfest im September werde ich den Hochzeitstermin bekannt geben und ein bis zwei Wochen später die frohe Botschaft verkünden, dass ich Vater werde.

Alles wird gut. Hätte mir das jemand vor zwei Stunden erzählt, dem hätte ich kein Wort geglaubt.

Am liebsten würde ich die ganze Welt umarmen und so sehe ich auch großzügig über die Gruppe Hormongeladener, sabbernder Ärzte hinweg, die mein Mädchen gierig anstarren, als wir den Aufzug betreten. Leute ihr könnt schauen, bis euch die Augen ausfallen, diese super Frau ist mir. Kerry bekommt von dem Testosteron, das in der Luft liegt gar nichts mit.

Immer noch, wie unter Schock stehend, krampft sie ihre Hand um ihre Tasche, als würden sich darin nicht zwei Mutterpässe, sondern der Kronjuwelenschatz der englischen Königin befinden.

»Baby du kannst dich entspannt, es ist geschafft«, flüstere ich ihr zu.

»Ja ich glaube, uns kann wirklich nichts mehr passieren Theo ...« Etwas unerschlossen sieht sie zu mir hoch und leckt sich über die Lippen. »Würdest du mich küssen, damit ich weiß, dass ich das hier nicht gerade träume.«

»Da fragst du noch, Baby?« Vorsichtig nehme ich ihr Gesicht in meine Hände und berühre sanft ihre Lippen. Ein Stromschlag fegt durch meinen Körper. Beinahe hätte ich diesen Mund nicht mehr berühren dürfen.

Ganz sanft wie bei einem ersten Kuss berühren sich unsere Lippen, um dann immer intensiver zu werden. Unsere Zungen finden sich, gierig, wie nach einer ewigen Zeit ohne diese Berührung, spielen sie miteinander. Uns ist egal, dass wir Zuschauer haben, die anscheinend aufgehört haben zu atmen, denn man könnte eine Stecknadel fallen hören, so still ist es um uns herum geworden. Die letzten vierundzwanzig Stunden, die sich nach vierundzwanzig Jahren angefühlt haben, müssen ausgelöscht werden. Fest presse ich Kerry gegen die Aufzugwand und möchte nie wieder aufhören, sie zu küssen. Zu Schade, dass diese Clowns hier drin sind, denen das Wasser vom Kinn tropft.

»Ich liebe dich Theo«, stöhnt Kerry in meinen Mund, und wenn ich mich nicht getäuscht habe, dann war sie nicht die Einzige, die gestöhnt hat.

OH MEIN GOTT.

Ich habe mein Baby wieder und möchte am liebsten meinem Schöpfer auf Knien dafür danken.

5. KERRY!

*S*o ganz glauben, dass der Albtraum vorbei ist, kann ich es ja immer noch nicht, aber es muss so sein, sonst würde ich jetzt nicht auf Theos Bett liegen und warten das er aus der Schule kommt.

So wie ich es meinem Höhlenmenschen versprochen habe, mache ich nichts weiter als mich auszuruhen und zu warten, dass mein zukünftiger Mann nachhause kommt. Noch nicht einmal einkaufen durfte ich, als wir aus der Klinik kamen.

Geradezu gnädigerweise hat er mir gestattet Cassy anzurufen und mal nachzuhören, ob die Furie sich allmählich beruhigt hat. Denn nachdem sie gestern stundenlang vor meinem Schlafzimmer getobt hat, muss sie sich heute Morgen wohl ein Schweigegelübde abgelegt haben. Kein Wort kam über ihre Lippen, und als Tom nachfragte, ob er einen Termin für mich vereinbaren sollte, kommentierte sie das nur mit einem spöttischen Lachen.

Mit den Worten, »Mann bin ich froh, dass ich meiner Mom versprochen habe, bis ich endgültig ausziehe, etwas häufiger zuhause zu sein«, war Olli eiligst verschwunden und auch Tom war auffällig früh heute zur Klinik gefahren.

Aber auch beim sechsten Versuch geht sie nicht an ihr Handy, dann eben nicht.

Ich bin viel zu erschöpft und ausgelaugt um mich jetzt weiter über mein Schwesterchen zu ärgern. Ärgern kann man es ja eigentlich nicht nennen, ich weiß ja, dass dieses Theater ihre Art ist, mir zu zeigen, dass sie sich Sorgen macht. Sie kann eben nicht akzeptieren, dass ich ein großes Mädchen bin, welches bald selbst Verantwortung übernehmen muss.

Das macht mir schon ein wenig Angst, aber wie sagt Fronk

immer, der Mensch wächst mit seinen Aufgaben. Was er wohl dazu sagt, dass er Opa wird?
Bin ich denn verrückt? Was mache ich mir da Gedanken drüber? Er wird ausflippen, genau wie Detlef, die beiden werden die Großväter des Jahrtausends.

Aus meiner Tasche hole ich den gefälschten Mutterpass und lege ihn Theo auf den Schreibtisch, nicht ohne ihn vorher zwanzig Mal zu küssen und zu versprechen, dass ich dem Professor im Kölner Dom eine Kerze aufstellen werde.

Als er mir den Pass rüber schob, wusste ich erst gar nicht so recht, was diese Aktion sollte. Erst als er mit dem Kuli auf das voraussichtliche Geburtsdatum unseres Babys zeigte, bin ich fast umgefallen. Da stand nicht 11.Februar, wie es Tom errechnet hatte und wie es auch in dem anderen Pass vermerkt ist, sondern mit rotem Kugelschreiber war dort der 11. April vermerkt.

Mir läuft erneut ein Schauer über den Rücken, wenn ich an diesen Moment zurückdenke. An den Augenblick, wo mir bewusst wurde, dieses kleine, blaue Heftchen ist unsere Eintrittskarte in die Freiheit. Und während Theo sich schon ausgiebig bedankte, starrte ich immer wieder diese roten Zahlen an, die mir den Menschen, den ich am meisten auf diesem Planeten liebe, wieder brachte und unserem Baby, Vater und Mutter garantierte.

Wir werden eine richtige Familie sein, so wie ich es mir als kleines Mädchen immer gewünscht habe.
Mit einem kalten Tee krabbele ich wieder in Theos Kingsize Bett.

Neben mir liegt der echte Mutterpass mit vielen rot markierten Stellen. Zu wenig Eisen, zu niedrigen Blutdruck, Untergewicht, übermäßiges Schwangerschaftserbrechen und natürlich (wie könnte es denn auch anders sein), haben Theo und ich eine Blutgruppenunverträglichkeit, da ich einen negativen Rhesusfaktor habe.

Außerdem wird, wegen der familiären Vorgeschichte des Vaters,

ein Screening empfohlen.
»Weißt du Pünktchen«, rede ich mit meinem Zwerg in mir. »Das bekommen wir auch noch alles hin. Dein Daddy und ich, wir haben schon so viel geschafft, dann wird es ein Klacks sein, dich gesund zur Welt zu bringen.«

Beide Hände lege ich dorthin, wo, wenn ich dem Ultraschall glauben darf, mein Kind herumschwimmt.

»Ich muss dich nur warnen, Pünktchen. Dein Dad wird der beste Papi auf der Welt werden, aber er ist ein Höhlenmensch, und wenn du ein Mädchen bist ...oh Mann, oh Mann, da werden wir beide sehr zusammenhalten müssen.«

Langsam aber sicher fallen mir die Augen zu. Die letzten Tage waren so Kraft zehrend, aber bevor ich schlafe, muss ich mein Kind noch über unsere irre Familie aufklären.

»Leider Pünktchen muss ich dir gestehen, dass deine Mom einen Hau hat. Am liebsten läuft sie vor Dingen, die sie nicht mag weg. Außerdem wäre sie beinahe Schuld daran, dass du den tollsten Kerl der Welt nicht Daddy hättest nennen dürfen.«

Herzhaft muss ich gähnen, es ist so erholend ruhig hier im Penthaus.
Die Jalousien sind halb herabgelassen, die Klimaanlage ist an, so dass von der irrsinnigen Hitze, die schon seit einer Woche herrscht, nichts zu spüren ist. Ganz im Gegenteil, ich nehme mir eines von Theos T-Shirts und kuschele mich in eine dünne Decke.

»Pass auf Pünktchen«, versuche ich weiter mein Kind aufzuklären, da sind mir aber auch schon die Augen zu gefallen.

6. THEO!

An einem Samstagmorgen um halb neun aufzustehen grenzt schon an Folter, wenn man aber aus den Federn muss, weil heute das große Jubiläumsfest stattfindet, dann empfindet man Guantanamo Bay geradezu als ein Naherholungsgebiet.

Bis in den späten Abend rein werde ich heute den Pausenclown spielen dürfen. Das einzige Highlight wird unser Gig nach dem offiziellen Teil werden.

»Muss du wirklich schon raus?« Kerry kuschelt sich, soweit ihr Kügelchen das zulässt, noch etwas enger an mich.

»Hmmm«, überlege ich laut. »So zehn bis fünfzehn Minuten könnte ich für euch beide noch opfern.«

»Du bist zu gütig«, murmelt mein Mädchen verschlafen. »Und so aufopferungsvoll. Pünktchen, dein Dad ist ein Heuchler.«

Lächelnd legt sie ihre Hand auf ihr Bäuchlein. Eine Geste, die mich gleichermaßen rührt, wie auch anturnt. Mit Schwung drehe ich sie auf den Rücken und beginne ihren Bauch zu küssen.

»Hey, Pünktchen hör niemals auf deine Mami. Sie liebt nämlich Morgensex.« Mit meiner Zunge fahre ich um ihr Bauchnabelpiercing, welches sich ganz schön nach vorne gereckt hat.

»Und ganz unter uns Pünktchen, sie liebt auch Sex am Mittag, am Abend und in der Nacht. Seit du da drin bist ...olala, da ist sie ganz wild.«

Kerrys flache Hand landet schmerzhaft auf meiner Schulter.

»Hörst du auf so mit unserem Kind zu reden.« Beschützend legt sie ihre Hände dort hin, wo ich gerade mit unserem Nachwuchs geredet habe. »Das ist reines Wunschdenken von deinem Daddy, Pünktchen. Deine Mami ist eine anständige Frau, die eben gerne etwas schmust.«

»Ach ja?!« Da muss ich meine zuckersüße, zukünftige Frau doch gleich mal Lügen strafen. Ich stecke mir meinen Mittelfinger in den Mund, mache ihn schön feucht und ohne Vorwarnung schiebe ich ihn, am Tanga vorbei in ihre – doch schon ziemlich heiße – Mitte.

Ein lautes Aufstöhnen dringt aus Kerrys Kehle.

Mit einem Handgriff streife ich den lästigen Stoff von ihrem wunderschönen Körper, der mit dieser Kugel noch attraktiver ist. Meine Zunge fährt immer größere Kreise um den Bauchnabel und je näher ich an ihre Pussy komme, umso flacher geht ihr Atem.

Leider habe ich nicht so viel Zeit um sie ein wenig zu quälen.

So bin ich gnädig und widme mich ihrer Hitze, die sie mir fordernd entgegen reckt.

Als ich über ihre Knospe streife, stößt sie einen spitzen Schrei aus. Wie schön, dass Cassy und die Jungs jetzt drüben wohnen und wir uns keine bissigen Kommentare mehr anhören müssen.

Wieder und wieder sauge ich an ihren so gut schmeckenden Knöpfchen, was sie feuchter als eine Tropfsteinhöhle werden lässt.

»Komm zu mir Theo«, keucht sie. »Bitte!!! Ich möchte kommen, wenn du in mir bist.«

Das ist doch eine Bitte, der ich nur zu gerne nachkomme, denn ich bin mittlerweile steinhart.

Ein bisschen herauszögern muss aber drin sein, so lasse ich genüsslich meine Spitze durch ihre heiße Spalte gleiten, ohne in sie einzudringen.

Wütend blitzt mich Kerry an, etwas was mich noch härter werden lässt.

Sie rutscht noch etwas tiefer, um so zu erreichen, dass ich automatisch in sie hinein gleite.

»Wer wird denn so gierig sein?«, necke ich sie und stoße langsam,

Zentimeter für Zentimeter in sie rein.

Laut stöhnend beugt mein Mädchen den Rücken durch, so dass ihr Bäuchlein meinen Bauch berührt. Ein wahnsinniges Gefühl durchströmt mich.

Mit meiner schwangeren Frau Sex zu haben ist das Erregendste, was ich je erlebt habe. Und auch Kerry ist kaum wiederzuerkennen. Wenn wir auch vor der Schwangerschaft tollen Sex hatten, ist sie jetzt (nachdem sie endlich keine Schwangerschaftsübelkeit mehr quält), fast unersättlich.

Sie hat ihre Beine um meine Hüften geschlungen, so dass ich noch tiefer in sie eindringen kann. Mit geschlossenen Augen genießt sie jeden Stoß, lässt sich höher und höher tragen. Als ich mich zu ihr hinunterbeuge und in eine der steinhart aufstehenden Brustwarzen beiße, ist es um sie geschehen. Mit einem lauten Schrei presst sie ihre Pussy so eng um meine Erektion, dass auch ich mich nur noch in ihr ergießen will.

»Wie war das Baby?«, keuche ich. »Nur kuscheln?«

»Wie kann man nur so gemein zu der Mutter seines Kindes sein?« Fest zwickt mich Kerry in meine Pobacken, so dass ich mich vor Schreck aus ihr hinausziehe.

»Oh Schade.« Mit vorgeschobener Unterlippe fordert mein Mädchen Nachschub.

Nur leider muss ich jetzt wirklich aufstehen.

Ich möchte vermeiden, dass meine Lieblingsfeindin vor mir in der Schule ist und wieder versucht das Zepter an sich zu reißen.

Was hat die liebe Frau Groß nicht für Unternehmungen gestartet, um mir an den Karren zu pinkeln. Das Kollegium nach und nach ausgefragt, ob auch tatsächlich niemand etwas von Kerry und mir mitbekommen hätte. Die Schüler der Oberstufe systematisch ausgequetscht (was die mir brühwarm erzählten). Seit sie wussten, dass ich in so einer coolen Band wie CASSY AND FRIENDS spielte, war ich in ihrer Gunst doch sehr gestiegen. Bei Leonie hatte sie angerufen, um nachzuhören, ob die denn in der Vergangenheit nicht bemerkt hätte, dass etwas zwischen Kerry und mir gelaufen sei. Leonie verneinte das wahrheitsgemäß und kündigte an, Frau Groß unglaubliches Verhalten doch ihrem Vater mitzuteilen.

Der war seinerseits ein großer Sponsor der Schule und da Leonies jüngere Brüder noch Schüler des St. Paul Gymnasiums sind, wird er das hoffentlich auch noch bleiben.

Zähneknirschend musste mir die alte Hexe beichten, dass Herr Franke vielleicht ein ganz klein wenig verärgert sei.

Glücklicherweise kam ich sehr gut mit ihm zurecht und so sagte er mir seine ganze Unterstützung zu, falls Frau Groß irgendetwas gegen mich plante.

****

Tief in die Decke eingekuschelt schläft mein Mädchen schon fast wieder, als ich aus dem Bad komme und meine Krawatte binde. Zärtlich streichle ich ihr ein paar Strähnen aus dem Gesicht.

»Ich liebe dich mein Großer«, gähnt sie herzhaft.

»Du bist pünktlich, Baby?«, frage ich beim Einsortieren von Wagenschlüssel, Zigaretten und Handy in meine Jacketttasche, nach.

Besser ist besser, lieber erinnere ich sie noch mal daran, dass sie heute Mittag kommen muss, bevor sie es (ganz zufällig natürlich), vergisst.

Auch als ich meine Kontaktlinsen schon drin habe, hat mir Kerry immer noch nicht geantwortet und mimt die Schlafende. Sie ist so süß, wenn sie glaubt mich austricksen zu können.

»Baby, ich weiß, dass du nicht schläfst«

»Muss ich wirklich kommen?« Mit einem Augenaufschlag der Eisberge zum Schmelzen bringen würde, sieht sie mich flehend an.

»Ach, Baby.« Ich setzte mich auf die Bettkante und küsse ihre

Hand, mehr lieber nicht, sonst bin ich nachher doch nicht vor der Hexe da. »Das Thema haben wir doch gründlich durchgekaut. Wenn du nicht erscheinst, ist das für die Alte doch wieder ein Grund zu spekulieren und Gerüchte zu streuen.«

»Sie wird meinen Bauch entdecken«, jammert Kerry und setzt sich im Schneidersitz ins Bett.

Mir ist klar, dass sie wirklich die optimale Kleidung finden muss, damit unsere Feindin das doch sehr beachtliche zwanzigste Woche Bäuchlein, nicht bemerkt.

Da meine süße zukünftige Frau ja Meisterin darin ist alles zu verdrängen, hat sie sich noch nicht darum gekümmert etwas Passendes zu finden, so dass sie sich gleich noch auf zum Shoppen machen muss.

»Ich bin mir sicher, du wirst schon das Richtige finden«, spreche ich ihr Mut zu. »Wenn du gleich losziehst, nimm jemanden mit der beurteilen kann, ob man was sieht oder nicht.«

»Das mache ich sowieso«, schmollend lässt sich Kerry wieder in die Kissen fallen. »Alex kennt sich mit Mode aus.«

»Du nimmst Alex mit?« Ich weiß meine Frage ist überflüssig, schließlich hat sie es mir ja gerade gesagt. Von allen Menschen, die wir kennen, muss sie ausgerechnet mit ihm shoppen gehen. Dieser kleine Schönling ist nach wie vor scharf auf sie und würde sie auch mit Babybauch nehmen da bin ich mir sicher.

»Wen soll ich denn sonst fragen?«, mault Kerry genervt, als sie zum Bad geht.

Sie mag es gar nicht, dass ich ihren tollen Freund nicht ausstehen kann.

»Es gibt doch noch andere Modeexperten, außer Mr. Sexy persönlich«, muffele ich herum.

»Ach und wen?«, nuschelt sie mit der Zahnbürste im Mund. »Wie du weißt, ist Fronk bei Detlef.« Kurz unterbricht sie, weil sie laut gurgelt.

»Cassy ist bis mittags in der Klinik«, fährt sie fort, während sie Pipi macht. »Außerdem würde ich sie nicht mitnehmen, denn ich möchte ihre gerade beginnende Zuneigung zu ihrer Nichte oder Neffen nicht durch eine Shoppingtour mit mir ruinieren.«

Wegen der Klospülung verstehe ich kurz kein Wort, aber nachdem Hände waschen, steht das süßeste Geschöpf der Erde nackt vor mir und ich muss mich ziemlich zusammenreißen, um nicht alle Pläne über Bord zu werfen.

»Was ist denn mit Leonie?«, versuche ich Kerry jemand anderen schmackhaft zu machen.

»Die trifft sich vor der Feier mit Michelle«

Ups, falsches Thema. Kerrys Freundin ist seit zwei Wochen wieder in Köln und hat sich noch nicht bei ihr gemeldet.

»Vielleicht kann Leonie sie ja dazu bringen, dass Michelle sich bei dir meldet.«

Ich hoffe so sehr, dass die beiden Mädchen wieder zueinander finden. Schließlich war es bisher eine ähnliche Freundschaft, wie bei mir und Andre und ich kann Kerry verstehen, dass ihr der Verlust der besten Freundin sehr nah geht.

»Muss sie gar nicht«, strahlt Kerry wie ein Weihnachtsbaum »Fronk hatte schon ein langes Gespräch mit ihr und sie hat sich bereit erklärt, mit mir zu reden.«

»Wirst du ihr von Pünktchen erzählen?«, frage ich mal ganz vorsichtig nach.

»Werde ich wohl müssen.« Erneut lässt sich mein Mädchen resigniert in die Kissen fallen, »ich will sie ja nicht wieder belügen, außerdem kennt sie mich, ihr kann ich auch mit der besten Kleidung nichts vormachen.«

Womit wir wieder beim Thema shoppen wären und soviel ich auch dagegen rede, ich muss (zähneknirschend) einsehen, dass an Alex kein Weg vorbei führt.

7. KERRY!

Alex in einer großen Menge zu finden ist kein Problem. Immer dort, wo sich die meisten jungen Frauen und Mädchen aufhalten, kann er nicht weit sein. Und genau so ist es auch, als ich das Café in dem wir uns verabredet haben, betrete.

Auffällig viele Frauen hocken in der hinteren Ecke, dort wo er an einem kleinen Tischchen sitzt.

Er fällt sofort ins Auge. Die Beine weit von sich gestreckt, sein weißes V-Ausschnitt T-Shirt liegt wie eine zweite Haut an seinem durchtrainierten Oberkörper. Die hellblauen Jeans entsprechen dem neuesten Schnitt und die Boots an seinen Füßen sind natürlich von einer der teuersten Marken.

Die – dank seines südländischen Vaters, vererbte – bronzefarbene Haut ist makellos und mit seinem Dreitagebart wirkt er, als käme er frisch aus dcm Urlaub.

Wie meistens hat er die Haare als Zopf zusammengebunden und um den Hals trägt er sein obligatorisches Lederband mit einem silbernen Kreuz.

Eine Kellnerin wischt – schon seit ich ins Café gekommen bin– über das Tischchen und himmelt ihn dabei an.

Leider findet Alex dieses Anbiedern ziemlich nervend und so spielt er auch jetzt eher gelangweilt mit seinem Handy. Erst als er mich entdeckt, huscht ein Lächeln über sein Gesicht und eine Reihe schneeweißer Zähne zeigt sich.

»Da bist du ja«, freudestrahlend drückt er mir einen Kuss auf den Mund und tätschelt liebevoll meinen Bauch, der sich in meinem Sommerkleidchen mehr als deutlich abzeichnet. Vielleicht habe ich ja Glück und ich finde nicht nur das ultimative Kleid für heute Nachmittag, sondern kann auch gleich mal meine Garderobe meinem wachsenden Umfang anpassen.

Im Bruchteil von Sekunde sind die Gesichtszüge der anwesenden Frauen entgleist. Fast glaube ich ein leises OH gehört zu haben.

»So bekommst du nie eine Freundin«, grinse ich ihn an, als er mir charmant den Stuhl zurechtrückt.

»Will ich doch auch gar nicht.« Und als wollte er das noch untermauern, schiebt er den Stuhl ganz nah zu mir rüber und legt den Arm auf meine Lehne.

Gut, dass Theo in der Schule ist und nicht zufällig hier hineinschneien kann, der nächste Eifersuchtsanfall wäre vorprogrammiert.

Als wir eine halbe Stunde später aufbrechen, ist es in der Innenstadt schon brechend voll. Die Septembersonne brennt vom Himmel, als wäre es Hochsommer und schon bald wird mir so warm, dass ich mein Jeansjäckchen ausziehen muss.

Zuvorkommend trägt Alex nicht nur meine Jacke, sondern auch jede Tüte, die wir aus den verschiedenen Boutiquen nach und nach hinausschleppen. Nach zweieinhalb Stunden sind wir voll beladen. Aber außer fünf Paar Schuhen, drei Taschen, entzückender Unterwäsche für mich und ein paar Shirts für Theo, haben wir nichts gekauft, was ich auch nur annähernd auf dem Fest anziehen könnte.

»Und jetzt?«, ratlos schaut sich Alex den Wust an Tüten und Taschen in seiner Hand an. »Hast du noch irgendeinen Laden im Auge, in dem wir noch nicht waren?«

»Ganz ehrlich, Alex.« Erschöpft lass ich mich auf die Umrandung eines Brunnen sinken, »ich glaube, wir müssen dahin gehen, wo ich niemals hin wollte.«

Alex Blick spricht Bände.

»Bevor du mich schockst«, hält er mich auf, »brauche ich erst eine Erfrischung.« Er stellt die Tüten neben mich und verschwindet in einem Supermarkt, der gleich gegenüberliegt.

Verzweifelt sehe ich mir die Tüten an.

Ich weiß gar nicht wie viele Kleider, Tops, Hosen und Blusen ich anprobiert habe. Nahm ich mir eine Size Zero, saß alles so eng, dass auch ein blinder Mensch mit verbundenen Augen bemerkt hätte, dass ich schwanger bin.

Eine Nummer größer, schlotterte es entweder an den Beinen oder war an den Schultern viel zu weit und spannte trotzdem am Bauch. Die weitfließenden Kleider wirkten bei mir wie Säcke und niemand würde mir abkaufen, dass ich mich freiwillig so gekleidet unter die Menschheit begeben würde.

»Und wo ist dieser Ort des Grauens?«, will Alex wissen, als er beladen mit zwei Eistüten und einer Flasche Wasser wieder zurückkommt.

»Ein Mutter-Kind-Laden, ganz in der Nähe.« Dankbar nehme ich das Wasser entgegen und leere die Flasche fast in einem Zug.

Es ist wirklich ungewöhnlich heiß für Mitte September und so tauche ich kurz meine angeschwollenen Füße in den Brunnen. Nachdem wir beide unser Eis gegessen haben, machen wir uns auf in die Höhle des Löwen.

Dass diese Bezeichnung noch eine Untertreibung ist, fällt uns auf, als wir den ersten Fuß in diese Hölle setzen.

»Oh mein Gott«, flüstert Alex mir geschockt zu.

Und ich kann ihm nur zustimmen. Gefühlte fünfhundert Kinder im Alter zwischen eins und zehn laufen hysterisch kreischend durch den Laden. Grüppchen von frischgebackenen Eltern stehen zusammen und starren weltentrückt in die Kinderwagen der jeweils anderen. In einer Sitzgruppe hocken ein paar stillende Muttis beieinander und tauschen sich aus. Dazwischen watscheln Bäuche in verschiedenen Größen umher, auf der Suche nach der passenden Kleidung.

Genervte Männer stehen vor den Kabinen, wahlweise mit oder ohne Nachwuchs.

Eine schwülheiße Luft, getränkt von dem Geruch nach Babykotze oder vollen Windeln, dringt mir in die Nase. Ich kann von Glück sagen, dass sich meine übermäßige Schwangerschaftsübelkeit mit dem Eintritt in das zweite Trimester verabschiedet hat, noch vor ein paar Wochen hätte ich bei diesem Geruchscocktail den nächsten Papierkorb vollgespuckt.

»Schatz ist das dein Ernst?« Nach einer kurzen Panikattacke hat Alex sich als Erster von uns gefangen.

Mehr als zustimmend nicken ist im Moment für mich noch nicht drin.

»Dann tue mir einen Gefallen. Finde was, probiere es an und dann nichts wie raus.«

Verzweifelt reißt Alex meine Handtasche an sich, damit ich auch beide Hände frei habe, um mich schnellstmöglich aus meinem Kleid zu schälen.

Alex Wunsch, dass ich schnell was finde, scheitert schon an den Größen. Gibt es nur große Frauen, die schwanger sind? Alle Kleider gehen mir mindestens bis über das Knie, also indiskutabel. Wenigstens findet Alex die Kleider teilweise so lustig, dass er einen Lachanfall nach dem nächsten bekommt.

»Schön, dass du dich so gut amüsierst.« Wütend schmeiße ich ihm einen Stapel Klamotten auf den Arm, die kann er jetzt schön wegräumen.

Aber mein supersexy Freund, wäre ja nicht er, wenn er nicht die Verkäuferin mit einem Lächeln, welches den Nordpol zum Schmelzen bringen würde, dazu überreden könnte, dass sie alles wieder einsortiert.

In der Kabine ist es so heiß und stickig, dass mir der Schweiß ausbricht, während ich mir von draußen tiefschürfende Gespräche über die Vor-und Nachteile von Wegwerfwindeln anhöre.

Ein Vater lässt sich groß und breit über die entzündeten Brustwarzen seiner Frau aus und ein anderer erzählt über den -

quasi meterlangen - Dammschnitt seiner Freundin.

Memo an mich selbst, sollte ich Theo einmal im Leben so über mich reden hören, drehe ich ihm persönlich den Hals um.

Nach weiteren fünfundzwanzig Minuten Fegefeuer und vierzig anderen Kleidungsstücken resigniere ich. Lieber gehe ich nackt oder erscheine erst gar nicht beim Jubiläum und riskiere damit einen fürchterlichen Streit mit meinem Höhlenmenschen, als das ich auch nur noch eine Minute länger hier bleibe.

Ich greife nach Alex Hand, der kann gerade noch unsere Tüten packen und dann verlassen wir fluchtartig dieses Gruselkabinett. Auch als wir schon längst aus dem Dunstkreis des kleinen Horrorladens sind, rennt er immer noch, als hätte er Angst, dass ein Fangarm ihn wieder zurückreißen könnte.

»Schatz warte«, halte ich Alex atemlos auf, »versprich mir, solltest du merken, dass ich auch nur ansatzweise so seltsam werde, wie diese Menschen da drin, lass mich bitte einweisen.“

Feierlich hebt er zwei Finger in die Luft, um sie dann auf sein Herz zu legen.

»Nichts was ich dir lieber verspreche.«

Dem Wahnsinn sind wir also entkommen, nur etwas zum Anziehen habe ich immer noch nicht und der Zeiger der Uhr rennt unaufhörlich Richtung Schulfest.

»Hat denn Fronk nichts im Fundus?«, überlegt Alex laut, »du holst dir doch häufiger was aus seiner Kleiderkammer.«

Daran hatte ich auch schon gedacht, aber jetzt nachhause zu laufen, um den Schlüssel von der Agentur zu holen, dort hin zufahren, dann vielleicht doch nicht fündig zu werden und wieder zurück in die Stadt zu müssen, dafür fehlt mir definitiv die Zeit. Wäre ganz günstig gewesen, wenn ich gestern oder vielleicht sogar vorgestern mal nachgeschaut hätte.

Ich will gerade Theo anrufen und stelle mich innerlich schon mal auf ein Donnerwetter ein, als eine junge Promotorin zielstrebig auf uns zukommt.

»Hey«, strahlt sie uns mit einem Werbelächeln an, »ihr seht aus, als hättet ihr Lust auf zwanzig Prozent Rabatt in unseren neuen Filiale.« Sie drückt mir den Flyer einer Boutique – deren Namen ich noch nie gehört habe – in die Hand.

Unentschlossen drehe ich das Stück Papier in meinen Händen hin und her.

»Worauf wartest du noch?« Bevor ich mich entschieden habe, ob ich den Weg quer durch die gesamte Einkaufsmeile auf mich nehmen möchte, hat Alex auch schon meine Hand gepackt und zieht mich regelrecht hinter sich her.

Zwanzig Minuten später kommen wir an der kleinen Boutique an. Beide sind wir pitschnass geschwitzt. Glücklicherweise drängen sich nicht gerade Menschenmassen vor dem Laden, um genau zu sein, ist das Geschäft leer.

Eine ziemlich gelangweilte Verkäuferin, Marke, ich habe die vergangenen achtundvierzig Stunden auf der Sonnenbank geschlafen, schaut nur kurz auf, als ich die Boutique betrete.

Eigentlich müsste ich meine Augen mit einer Sonnenbrille schützen, so grell sind ihre Lippen geschminkt. Ohrringe so groß, wie Wagenräder baumeln unter ihrer aufwendig toupierten Hochsteckfrisur. Dazu trägt sie ein pinkes Stretchkleid, unter das mit Sicherheit keine Unterwäsche mehr passt.

Die Zeitschrift in der Barbie blättert, muss furchtbar interessant sein, denn sie würdigt mich auch weiterhin keines Blickes, als ich mit meiner Erkundungstour durch den Laden beginne.

Allerdings verliert die Lektüre sofort ihren Reiz als Alex – der nur kurz in der Kneipe nebenan für kleine Jungs war – hereinmarschiert.

Jetzt kommt Alex auch nicht einfach irgendwo herein, er beschreitet sein Territorium.

In Filmen würden Vögel aufhören zu fliegen, sämtliche Geräusche verstummten und Frauen lief der Sabber aus dem Mund.

So ähnlich geht es jetzt auch Miss Sonnenbank. Der Kaugummi, den sie vor einer Minute noch so laut kaute, dass sie die Musik die im Hintergrund läuft, übertönte, fällt ihr glatt aus dem Mund.

»Hey«, säuselt Püppi und klimpert dabei so sehr mit ihren falschen Wimpern, dass ich befürchte, dass sie gleich von diesem Luftzug abhebt.

»Kann ich dir helfen?«

Mit einem Blick hat, Mr. "ich lasse Frauen durch meine bloße Anwesenheit feucht werden" mich entdeckt und gleich gecheckt, dass ich noch nicht fündig wurde.

»Klar kannst du mir helfen«, strahlt er Blondie an.

Noch nie habe ich eine Verkäuferin so schnell aktiv werden sehen. Mit Schwung springt sie von ihrem Barhocker, streicht sich lasziv über ihr Stückchen Stoff und strahlt nun ihrerseits Alex so an, dass man neben ihr im Dunkeln lesen könnte.

»Was suchst du denn?«, piepst sie.

»Ich nichts. Meine Freundin könnte glaube ich Hilfe gebrauchen.« Mit großen Schritten hat er den Laden durchkreuzt und wartet, dass die Verkäuferin des Jahres ihm folgt.

Ein Kübel mit Eisklümpchen hätte die wohl nicht noch mehr abkühlen können. Wie ein begossener Pudel steht sie noch immer an der gleichen Stelle und starrt mich feindselig an.

»Kannst du jetzt helfen oder nicht?«, brüllt Alex durch den halben Laden.

Mit einer Kinnlade, die bis auf den Boden reicht, stolziert Barbie zu uns. Kurz erkläre ich ihr, was ich suche und tatsächlich kommt sie auch schon recht bald mit einem Arm voller Kleider, Blusen und Tops zurück.

Na dann mal auf zur Anprobe.

In der Kabine schaue ich mir alles an und ich muss Blondie zugestehen, dass wirklich ein paar hübsche Stücke dabei sind. Ein

schwarzes, ärmelloses Kleidchen gefällt mir besonders gut.
Es ist am Dekolleté eng geschnitten und fällt darunter in einen weiten Rock, der mittig in einer Falte aufspringt.

Das Kleid ist optimal, ich kann mich drehen und wenden und bin mir sicher, man muss es schon wissen, um einen Babybauch zu vermuten.
Freudestrahlend schiebe ich den Vorhang zur Seite, damit ich Alex das Prachtstück präsentieren kann, da kommt das GRAUEN in Gestalt von Britta Sommer in die Boutique.
Das kann doch jetzt nicht wahr sein. In Köln leben über eine Million Menschen und ich muss ausgerechnet der schlimmsten Frau, seit Bestehen der Menschheit (gegen sie war Marie Antoinette ein herziges Wesen), in einer der tausend Boutiquen, die es in dieser Stadt gibt, über den Weg laufen.

Hastig ziehe ich den Vorhang wieder zu. Wenn ich einem Menschen auf diesem Planeten nicht über den Weg laufen möchte, dann dieser Person.
»Bedient hier keiner?«, blafft sie auch gleich los, kaum dass sie den Laden betreten hat.

Diese Ansage ist wohl für Barbie erst mal ein Grund sie vollkommen zu ignorieren.
Die ärmste kennt Britta Sommer nicht, fast empfinde ich so was wie Mitleid mit der Verkäuferin, die mir ja wirklich sehr geholfen hat.

»Haben sie was an den Ohren?«, faucht die Kuh meine neugewonnene Lieblingsverkäuferin an.
Dann verstummt die Furie. Ich kann mir schon denken, was geschehen ist. Sie hat Alex entdeckt.
»Ja aber hallo.«

Gänsehaut überzieht meinen Körper. Schon alleine ihre Stimme macht mich aggressiv. Sicher wird die notgeile Alte jetzt die ganze Zeit vor ihm herumtänzeln und ich stecke ich in der Kabine fest.

Notgedrungen, um mir die Zeit zu vertreiben, schaue ich mal die anderen Kleidungsstücke durch und mit jedem Stück wird mir Barbie sympathischer. Ich befürchte, meine Kreditkarte glüht gleich, aber ich kann mich wirklich von nichts mehr trennen.

Währenddessen scheucht der Teufel der Nation meine arme Verkäuferin durch den Laden. Mittlerweile ist sie schon von Größe sechsunddreißig – die sie lächerlicherweise am Anfang verlangt hat – auf vierzig hoch. Was ihrer Meinung nach nur an den komischen italienischen Größen liegt.

Wie gerne würde ich raus gehen und ihr die vierundvierzig, die sie braucht, ums Ohr hauen. Aber ich habe so großen Ekel vor dieser Frau, dass ich mich selbst dann nicht aus der Kabine traue, wenn die Alte sich umzieht. Die Gefahr, dass sie raus kommt, während ich bezahle, ist mir einfach zu groß.

»Schatz alles klar bei dir?«, horcht Alex mal nach.

Ich habe es befürchtet. Er wundert sich natürlich, dass ich gar nicht mehr raus komme.

»Hmm«, antworte ich so leise es geht.

»Kerry geht es dir gut?«

Mist, anscheinend war ich zu leise.

Vorsichtig luge ich hinter dem Vorhang hervor und will meinem Freund gerade per Handzeichen zeigen, dass er still sein soll, da steht CRUELLA DE VILLE vor mir.

»Ach sieh mal einer an. Wen haben wir denn da?«

Gerne würde ich ihr antworten, dass ich nicht weiß, wen wir! da haben, aber ich habe keine Lust, mich mir ihr abzugeben. Sie setzt ein Lächeln auf, dass ebenso falsch wie ihr Busen ist. Seit wann hat die Olle denn aufgepushte Brüste? Der arme Marcus, ihm bleibt aber auch nichts erspart.

Mein Blick auf ihr Dekolleté deutet sie vollkommen falsch, denn stolz zieht sie ihren Ausschnitt noch etwas tiefer.

Zum zweiten Mal an diesem Tag bin ich froh, dass mir nicht

mehr so schnell schlecht wird.

»Wer ist denn deine nette Begleitung?«, fragt sie süffisant nach und verschlingt dabei Alex bei lebendigem Leib.

Ja, das wüsste die blöde Kuh nur zu gerne, deshalb lasse ich sie auch zappeln und bin froh, dass mich die netteste Verkäuferin der Himmelsphäre, von dieser Hexe wegholt.

»Und hat dir etwas gefallen?«

»Alles. Danke dir«, lächle ich dankbar. »Ich nehme auch alles.« Provokativ streichele ich über meinen Bauch. »Der wird ja noch um einiges wachsen, da muss ich ihn hübsch verpacken. Das Auge isst ja mit.«

»Schatz, du könntest einen Sack anziehen und wärst immer noch zum Niederknien«, versichert Alex und genau in diesem Moment könnte ich ihn dafür küssen.

»Weiß Theo eigentlich, dass du mit so einem Schnuckelchen unterwegs bist?«, will die dämliche Ziege doch tatsächlich von mir wissen. Na, dann muss ich doch ein wenig die Ertappte spielen.

Geschockt schlage ich mir die Hand vor den Mund und sehe mich um, als erwarte ich, dass mein Zukünftiger gleich zur Ladentüre hereinspaziert.

»Natürlich weiß Theo nicht, mit wem ich unterwegs bin«, flüstere ich der Alten laut genug zu, dass auch Alex es verstehen kann.

»Bitte verrate mich nicht«, setze ich noch eins drauf.

Cruella weitet die Augen, sie kann ihre Freude darüber, mich bei so einem Vergehen ertappt zu haben, nicht wirklich verbergen.

»Was?«, kreischt sie dann so laut, dass ein paar neu eintreffende Kunden gleich wieder den Laden verlassen. »Du kleines Flittchen, betrügst den geilsten Kerl auf der Welt? Meinen Theo?« Hat sie jetzt ernsthaft >meinen Theo< gesagt?

»Sag mal hast du einen Schaden?«, mischt sich Alex ungehalten ein. »Wie redest du mit Kerry?«

Schon wieder könnte ich ihm um den Hals fallen, nutze aber lieber die Ablenkung und laufe der Verkäuferin zur Kasse hinterher.

»Kennst du die Alte?«, fragt sie leise nach, während eine Tüte nach der anderen gefüllt wird.

»Leider.« Ich schmeiße der Süßen fünf Euro in die Kaffeekasse und lasse Mal eben meine Kreditkarte durchziehen.

»Das ist mal ein kleiner Einkauf«, amüsiert sich Alex, als ich ihm zehn Tüten in die Hand drücke. »Da kannst du ja gleich beruhigt zu eurem Schulfest gehen.«

»Was?«, kreischt die Kuh erneut auf (zehn Minuten mit ihr in einem Raum und man hat einen Tinnitus), »du gehst zum Schulfest?«

Wie eine Barriere baut sie sich vor mir auf, als ich an ihr vorbei den Laden verlassen möchte.

»Marcus hat gesagt, da dürfen nur Lehrer und Schüler hin.«

Kluges Köpfchen lobe ich meinen Ex Sportlehrer innerlich. Damit hat er sich und uns allen einen großen Gefallen getan.

»Und wieso gehst du dahin?«, blafft die Kuh mich an.

»Das kann ich dir sagen«, grinse ich ihr ins Gesicht, »weil ich jede Nacht mit dem Direktor vögele.

****

Zum tausendsten Mal drehe ich mich vor dem Spiegel hin und her.

»Prinzessin, man kann nichts sehen«, amüsiert sich Andre, der sich gemütlich auf unserm Bett breitgemacht hat.

»Und wenn du dich weiter so drehst, ist die Milch in deinen Brüsten zu Sahne geschlagen.«

Relaxt hat er die Arme hinter dem Kopf verschränkt und beobachtet schon eine ganze Weile meine Bemühungen, Pünktchen so gut es geht zu verstecken.

»Also erstens habe ich noch keine Milch«, fauche ich ihn böse an.

»und zweitens geh mit den Schuhen von meinem Bett.«

Er hört sogar aufs Wort. Mit Schwung springt er auf, packt mich um die Taille und schiebt mich aus dem Schlafzimmer. Wie sein Freund, der liebt es auch, mich gegen meinen Willen irgendwohin zu bugsieren.

»Ich bin noch nicht fertig«, protestiere ich und weiß genau, dass es vollkommen sinnlos ist.

»Du bist fertig Prinzessin. Du siehst bezaubernd aus. Kein Mensch wird auf die Idee kommen, dass unter deinem Kleid ein Bäuchlein versteckt ist und wenn wir jetzt nicht gehen, kündigt mir Theo die Freundschaft.«

In der Diele schnappt er sich meine Kameratasche, öffnet die Haustüre und ist schon so gut wie draußen.

»Ich muss noch mal.« Wenigstens das wird doch wohl von den beiden Obermachos noch gestattet werden.

»Ernsthaft?« Abschätzend scannt mich Andre ab, als ob er so den Inhalt meiner Blase erkennen könnte. »Du hast aber nicht vor durch das Badezimmerfenster zu klettern oder so?«

»Willst du zugucken, wie ich pinkle?« Langsam komme ich mir vor wie in einem Strafgefangenlager. Die beiden neigen etwas zu Übertreibungen. Ich muss zugeben, dass ich alles versucht habe, um mich vor den folgenden Stunden zu drücken. Selbst vor der kleinen Schwindelei, dass meine Schwangerschaftsübelkeit zurückgekehrt ist, habe ich nicht halt gemacht, was mir auch Andres Bewachung eingebrockt hat. Dass ich mich aber wegen des dämlichen Schulfestes aus dem Fenster stürze, das ist selbst für meine Verhältnisse zu viel.

»Ehrlich, ich darf zusehen?« Mit breitem Grinsen zieht mich der wahnsinnige, beste Freund, meines ebenso wahnsinnigen, zukünftigen Mannes Richtung Bad.

Zu seinem Glück weiß er, wann der Spaß (der bisher auch nur für ihn spaßig war) zu Ende ist und so bleibt er brav an der Tür stehen und lässt mich (gnädigerweise) doch alleine aufs Klo gehen.

Zehn Minuten später sitze ich in seinem Porsche und überlege mir, wie ich mich doch noch drücken könnte. Leider fällt mir aber so gar nichts mehr ein.

Für einen Augenblick habe ich schon in Erwägung gezogen Wehen vorzutäuschen, aber so weit will ich dann doch nicht gehen.

Also werde ich dem schlimmsten Samstag meines Lebens todesmutig ins Auge sehen und nur hoffen, dass ich die nächsten Stunden ohne Nervenzusammenbruch durchstehe.

****

Als wir kurze Zeit später den Lehrerparkplatz ansteuern, herrscht hier schon ein Treiben wie in einem Bienenstock.

Obwohl das Fest erst in gut einer halben Stunde beginnt, tummeln sich schon die ersten Besucher auf dem Schulhof. Gleichzeitig werden noch Bänke, Tische und Sonnenschirme aufgestellt. Ein paar Schüler verteilen bereits Flyer, mit dem heutigen Programm und auch der Bonstand wird schon eröffnet.

Auch wenn ich mich vor dem heutigen Fest fürchte, genieße ich es trotzdem für den Bruchteil einer Sekunde meine geliebte, alte Schule wiederzusehen.

Was dieses imposante Backsteingebäude so alles nach hundertfünfundzwanzig Jahren erzählen könnte.

Zwei Weltkriege hat es mehr oder weniger unbeschadet überstanden. Wie viele Lehrer, Schüler und Angestellte in dieser Zeit gekommen und gegangen sind. Freundschaften und leider auch Feindschaften wurden geknüpft und manch eine Liebe wurde hier geboren, wie bei Theo und mir, obwohl die ja nur indirekt hier entstanden ist.

Wie zur Erinnerung, dass ich hier nicht in sentimentale

Gefühlsduseleien verfallen kann, stupst Pünktchen mich ein wenig. Dies macht es jetzt seit etwa vier Wochen. Das erste Mal passenderweise nach dem Sex. Ich spürte noch das Nachbeben eines gewaltigen Orgasmus, als plötzlich in meinem Bauch etwas blubberte. Etwas verdutzt legte ich die Hand auf die Stelle und genau in diesem Augenblick blubberte es wieder. Seitdem ist aus dem zarten Blubbern, ein kräftiges Stupsen geworden und mein Kind hat bereits jetzt das richtige Timing, wie es mir gerade mal wieder bewiesen hat.

»Lass den Stress beginnen.« Resigniert greife ich mir meine Handtasche und möchte aussteigen, da sehe ich im Seitenspiegel Frau Groß auf Andres Wagen zu fliegen.

»Hier können Sie nicht parken«, keift sie. »Das ist der Lehrerparkplatz und kein Privatparkplatz für größenwahnsinnige Porschefahrer. So einer ist schon der Direktor der Schule ... Oh ...« Erst jetzt hat sie bemerkt, dass ich auch im Wagen sitze.

»Hallo Frau Groß«, strahlt Andre sie an, »erinnern sie sich noch an mich?«

In aller Ruhe steigt er aus, reicht mir seine Hand, damit ich besser raus komme, holt meine Kameratasche und lässt das Verdeck zu fahren.

Frau Groß steht immer noch sprachlos neben dem Wagen und sieht uns entgeistert zu.

Freundlich reicht Mr. Provokativ, der Hexe seine Hand.

»Sicher erinnern sie sich noch an mich.« Er lässt seine makellosen Zähne aufblitzen und zwinkert ihr verschwörerisch zu,

»Mich vergisst man doch nicht. Andre von Hansen, im Übrigen der beste Freund von Doktor Theo Laufenberg, seines Zeichens größenwahnsinniger Porschefahrer und Direktor.«

Die Hexe schnappt hörbar nach Luft, dann scheint sie die Sprache wieder gefunden zu haben.

»Sie können hier nicht stehen bleiben«, giftet sie los, ohne auf

Andres Aussage einzugehen.
»Es müssen fünf Plätze frei bleiben. Für den Bezirks-Bürgermeister, den Kirchenvorstand, den Kaplan, die Band und den Fotografen.« Wütend sieht sie sich suchend um, »dafür hat doch Herr Scholz zu sorgen. Wo steckt der Mann nur schon wieder?«

»Dann ist ja alles geregelt«, grinst Andre über das ganze Gesicht und ohne den Drachen weiter zu beachten, steckt er seine Schlüssel in die Hosentasche.

»Haben Sie mich nicht gehört?« Die Stimme von Frau Groß geht gleich noch ein paar Oktaven höher. »Fahren sie ihren Angeberschlitten weg, sonst werde ich Herrn Scholz beauftragen, dass er ihn abschleppen lässt.“

»Liebe Frau Groß!« Andre stellt sich neben die Alte und legt ihr schmunzelnd den Arm um die Schulter. Fast hätte ich bei diesem Bild laut aufgelacht, kann mich aber glücklicherweise noch gerade so beherrschen. Missmutig streift sie seine Hand weg.

»Wie Sie doch vor wenigen Sekunden aufgczählt haben, ist ein Parkplatz für den Fotografen.«
»Und sind Sie etwa unter das fotografierende Volk gegangen?«, fragt sie bissig nach.
»Nein«, lacht jetzt dafür Andre seinerseits amüsiert auf.
Wie ähnlich er doch Theo in vielem ist.

»Ich nicht, nur die liebe Frau Fischer.«
»Sie?« Erst jetzt scheint meine Ex Lieblingslehrerin zu bemerken, dass ich überhaupt da bin. Eine Tatsache, auf die ich gut verzichten könnte.

»Haben wir jetzt Vetternwirtschaft an der Schule? Bekommt man jetzt schon als Verlobte die Aufträge persönlich vom Direktor zugeschanzt?«
»Kriegen Sie sich mal wieder ein«, unterbricht Andre sie schroff. »Bevor man herummeckert, sollte man sich erst mal

schlaumachen. Frau Fischer macht das Ganze unentgeltlich.«

Meine Güte, Theo muss Andre aber genauestens informiert haben. Das ganze Theater wird mir aber langsam zu blöd und so lasse ich Andre stehen – soll er sich doch mit der Alten rumzanken– ich mach mich mal lieber auf den Weg zu Theo. Genau in diesem Moment biegen Leonie und Michelle um die Ecke.

Gut sieht meine "ehemals" beste Freundin aus. Die Wochen in den Staaten haben ihr, wie schon im vergangenen Jahr gut getan. Mein Herz setzt für einen Moment aus. Elf Wochen habe ich Michi nicht gesehen, noch nie waren wir in den vergangenen sechzehn Jahren so lange getrennt.

Wie gerne würde ich sie jetzt einfach in den Arm nehmen. Stattdessen fliegt mir Leonie um den Hals. Sie genießt es sichtlich, mal nicht die Nummer zwei zu sein.

»Na wie war deine Shoppingtour mit Alex?«, trällert sie fröhlich drauflos, ohne zu merken, dass ich jetzt wenig Lust habe über meine Shoppingerlebnisse zu berichten.

Dafür hat dies aber Andre bemerkt, der es aufgegeben hat Frau Groß zu provozieren und so packt er Leonie kurzerhand am Arm und zieht sie mit sich weg.

»Ich glaube die beide brauchen mal ein paar Minuten für sich alleine«, höre ich ihn noch der protestierenden Leonie zu zischen. Damit hat er sie endgültig zu seiner Feindin gemacht, wobei ich immer noch nicht weiß, wieso sie so eine Aversion gegen ihn hat.

»Du bist also tatsächlich mit dem Spinner zusammen?«, unterbricht Michelle endlich die schon fast schmerzende Stille zwischen uns.

»Ich hatte fest damit gerechnet, dass der Typ Geschichte wäre, wenn ich wieder zurückkäme. Aber Fronk und Marcus haben mir beide versichert, dass es echt was Ernstes zwischen euch sei«

Stumm nicke ich zustimmend, im Moment bekomme ich kein

Wort raus, zu groß ist der Kloß, der in meinem Hals sitzt. Michelle wirkt so distanziert, so kühl. Meine Güte, wir beide waren über eineinhalb Jahrzehnte wie siamesische Zwillinge und sie behandelt mich gerade abweisender wie eine Fremde.

»Und du bist dir immer noch sicher, dass du den Kerl heiraten willst? Ich meine nur, bis vor drei Monaten warst du noch Jungfrau. Ich geh davon aus, dass sich das geändert hat?«

Wie zu Bestätigung meldet sich Pünktchen, fast hätte ich, wie ich es immer mache, die Hand auf meinen Bauch gelegt.

»Ja, Theo und ich werden heiraten«, bringe ich nach einer gefühlten Ewigkeit heraus.

»Kerry ich begreife es immer noch nicht«, wettert Michi auch gleich weiter, ohne mich zu Wort kommen zu lassen.

Das ist nicht unüblich für sie und heute bin ich regelrecht glücklich darüber, denn im Augenblick wüsste ich noch nicht mal, was ich erwidern sollte.

»Wie kann man sich in seinen Lehrer verlieben? Was heißt hier man? Wie konnte dir so was passieren?« Mit jedem Wort wird sie lauter und ich befürchte schon, dass wir in wenigen Minuten die Attraktion des jetzt doch schon dicht bevölkerten Pausenhofs werden.

»Du warst doch immer das >Fräulein Rühr mich nicht an<. Meine Güte was hattest du für Kerle, die für dich gestorben wären und dann, dann vögelst du mit deinem ehemaligen Mathelehrer. Wie pervers ist das denn?«

»Bist du jetzt fertig?«, frage ich, jetzt doch etwas gereizt, nach. Sie geht eindeutig zu weit.

»Nein, bin ich nicht«

Michelle will erneut mit ihren Vorwürfen starten, aber dieses Mal bin ich es, die sie nicht zu Wort kommen lässt.

»Jetzt tu doch nicht so scheinheilig Michi. Ich kenne dich wie kein anderer Mensch auf diesem Planeten«

»KERRY! Wie schön, dass du hier bis«, werden wir von ein paar Mädchen aus der jetzigen Dreizehn unterbrochen. Sie scheinen sich ehrlich zu freuen mich zu sehen, denn ich werde umarmt und geküsst, als hätte ich gerade eine Expedition vom Nordpol hinter mir. Von allen Seiten reden sie auf mich ein.

»Wie geht es dir? Sag mal stimmen die Gerüchte? Du und Laufenberg?«

Zeit zum Antworten lässt mir keine, ich hatte es aber eh nicht vor.

Plötzlich reißt mich Michelle so heftig am Arm, dass ich fast ins Stolpern komme und ohne abzuwarten, ob ich überhaupt mitkommen möchte, rennt sie los. Jetzt fängt die auch noch mit dieser Unart an.

»Kannst du mal stehen bleiben?«, jammere ich, als sie immer schneller wird.

Michelle ist wesentlich größer als ich, hat ellenlange Beine und ist zudem so sportlich, dass für sie, was für andere schon strammes Joggen bedeutet, ein Bummelschritt ist.

In der abgelegensten Ecke, die vor Urzeiten mal als Raucherecke genutzt wurde, bleibt sie endlich stehen.

»Hast du einen Schaden?«, brülle ich sie an.

Ich bin regelrecht aus der Puste und muss mich einen Moment auf die Umrandung des verrotteten Blumenbeetes setzen.

»Ich habe zwölf Zentimeter High Heels an und du rennst mit mir, als wolltest du am Kölner Marathon mitmachen.«

»Ja und nicht zu vergessen deinen Schwangerschaftsbauch«, giftet mich Michelle an.

Oh mein Gott, sie hat es also schon bemerkt. War ja eigentlich nur eine Frage der Zeit, aber ich hätte es ihr gerne Selbst gesagt. Jetzt glaubt sie wieder, dass ich etwas verheimlichen wollte.

»Wie weit?«

Mit zusammengekniffenen Augen starrt sie mich an und erwartet eine Antwort.

Nur was soll ich ihr sagen? Die Wahrheit, dass ich schon in der zwanzigsten Woche bin, dann wird sie sofort bemerken, dass meine Lügen ein viel größeres Ausmaß haben, als sie sich je vorstellen konnte. Wenn ich aber so tue, als wäre ich quasi beim ersten Mal schwanger geworden und dann kommt irgendwann mal die Wahrheit heraus ... Nein ich muss mit offenen Karten spielen.

»Michi tu mir einen Gefallen und setz dich«, bitte ich sie, denn wenn sie weiter so vor mir hin und her läuft, drehe ich durch.

»Ich stehe lieber.« Sie benimmt sich gerade wie ein stures Kleinkind.

»Meine Güte Michelle.« Langsam aber sicher platzt mir echt der Kragen. »Ich habe ja Verständnis dafür, dass du sauer bist«

»Wie gütig von dir«, bemerkt sie spöttisch, aber ich werde mich nicht mehr auf dieses Theater einlassen und ihr sagen, was zu sagen ist. Danach kann sie entscheiden, ob sie mit mir noch befreundet sein will, oder nicht. Ich bin doch nicht im Kindergarten.

»Also ich kann verstehen, dass du wütend auf mich bist«, fange ich erneut an,

»Aber bitte versetz dich doch mal in meine Lage. Was wäre denn gewesen, wenn du und Marcus…«

»Was hat Marcus denn jetzt damit zu tun?«, kreischt Michelle regelrecht auf und ich glaube, doch eine zartrosa Verfärbung in ihrem Gesicht zu erkennen.

»Das kann ich dir sagen, mein Schatz.« Mein Verdacht hat sich also bestätigt freue ich mich,

»Michi du bist bis über beide Ohren in Marcus verknallt.«

Und wenn ich mich nicht täusche, geht es ihm nicht viel anders, nur hat er ja leider dieses Monster am Hals.

»So ein Quatsch«, wiegelt meine Freundin hastig ab und nimmt dabei die Farbe eines Feuermelders an. Dass ich das Mal erleben darf, meine taffe Michi ist verlegen, ist das süß.

»Hier seid ihr«, kommt Leonie angeprustet. »Wisst ihr eigentlich, wo ich euch schon überall gesucht habe?«
Ihre Stimme ist nicht ohne Vorwurf und das, obwohl sie kaum ein Wort heraus bekommt, so keucht sie. Man könnte glatt vermuten, dass sie gerade einen 10 Kilometer Lauf hinter sich hätte. Sie ringt weiter nach Luft und wischt sich den Schweiß von der Stirn. Menschen nach einer Stunde Konditionstraining können nicht abgekämpfter sein.
Sie beugt sich nach vorne und hält sich mit schmerzverzerrtem Blick die Seite, und ich dachte schon, ich sei unsportlich.
»Theo will mit der Begrüßung anfangen«, presst sie schließlich heraus.
»Ja, und? Soll er doch, wir müssen doch nicht zwingend dabei sein.« Eigentlich bin ich Leonie ziemlich dankbar, dass sie uns unterbrochen hat, denn so brauche ich Michi nicht zu antworten und habe noch ein wenig Bedenkzeit.

»Kerry, wir sprechen von deinem irren zukünftigen Mann«
Mir schwant Böses, als Leonie noch mal kurz nach Luft ringt.
»Er steht auf der Bühne und hat verkündet, dass es losginge, sobald seine Verlobte da sei.«
ICH BRINGE IHN UM!

****

Die Aula ist bis auf einige, wenige Plätze belegt. Dieses Mal scheinen wir Glück zu haben, denn die vorderen Reihen sind für geladene Gäste reserviert, so dass Leonie, Michi und mir erspart bleibt, ganz nach vorne zu müssen.

So leise es eben mit High Heels auf Parkettboden geht, schleichen wir zu ein paar freien Sitzplätzen, die sich im hinteren Drittel des Saales befinden.

Wir sitzen noch nicht ganz, da hat uns mein wahnsinniger Freund auch schon entdeckt. Ich kann ihm gerade noch zeigen, dass ich ihm den Hals umdrehe, wenn er sich wagt, irgendetwas zu kommentieren.

Ein Wunder geschieht, Theo hält sich tatsächlich zurück und eröffnet mit launigen Worten die Veranstaltung.

Was jetzt folgt, ist an Langeweile nicht zu übertreffen. Eine Rede, nach der nächsten wird gehalten. Ich bin kurz davor einzuschlafen.

Pünktchen hingegen scheint seinen Spaß zu haben, denn es poltert lustig in mir herum. Ohne darüber nachzudenken, lege ich beruhigend meine Hand auf meinen Bauch.

»Alles in Ordnung?«, flüstert Michi mir erschrocken zu.

»Ja, wieso fragst du?« Ich kann ihre Frage gar nicht verstehen.

Aber dass sie überhaupt nachfragt, zeigt mir, dass sie wohl nicht mehr sauer ist.

»Du hältst deinen Bauch«, raunt sie mir zu.

Erschrocken nehme ich meine Hände runter. Glücklicherweise ist niemand in der Nähe, den ich kenne.

»Pünktchen war nur etwas stürmisch«, erkläre ich leise.

Michelle reißt ihre Augen so entsetzt auf, als habe ich ihr erzählt, dass Frau Groß den Papst heiraten würde.

»Mitkommen!«, zischt sie mich an und will mal wieder nach meiner Hand greifen.

Nur bin ich dieses Mal schneller und ziehe sie vorsorglich weg.

»Michi wage dich nicht mich hinter dir herzuziehen«, warne ich sie. Nochmal lasse ich mich nicht zum Affen machen.

»Ich komme gerne mit, aber dann werden wir hier anständig die Aula verlassen.«

»Können wir endlich gehen?«, freut sich auch Leonie, als sie bemerkt, dass wir abhauen wollen. »Ihr seid meine Rettung, noch zwei Minuten länger und ich wäre auf dem Stuhl eingeschlafen.«

In gebückter Haltung schleichen wir aus der Stuhlreihe, als

genau in diesem Augenblick Redner Nummer fünftausendsechshundertsiebzig sein Blabla beendet und Theo das Mikro wieder in die Hände bekommt.

»Wie schade, dass uns die drei bezaubernden Damen aus den hinteren Reihen schon verlassen wollen«, blökt er laut und deutlich in die Aula und wie auf Kommando drehen sich die vorderen Reihen zu uns um.

Hatte ich schon erwähnt, dass ich ihn umbringen werde?

»Ach übrigens, die wunderschöne, blonde junge Frau ist meine Verlobte, die uns eben hat etwas warten lassen, aber dafür geht sie ja jetzt etwas früher.«

Umbringen ist noch zu milde, das wird er mir büßen.

»Ist das schon wieder peinlich«, stottert Leonie leise. Ich bin mir sicher, sie möchte vor Scham im Erdboden versinken. Und genau so reagiert sie auch. Panisch rennt sie aus der Aula und läuft prompt eine Servicekraft über den Haufen, die mit einem Tablett mit gefüllten Sektgläsern um die Ecke kommt.

Es kracht, es scheppert und kurz schreit die bedauernswerte Kellnerin auf, als sie mit Sekt geduscht wird.

»Ich warte in der Cafeteria auf euch«, heult Leonie los und ist auch schon verschwunden.

Wenn Blicke töten könnten, wäre Theo jetzt auf der Stelle tot umgefallen, denn Michi und ich erdolchen ihn gerade gleichermaßen mit unseren Blicken.

Ein paar Kollegen der Servicekraft eilen auch gleich herbei um den Schaden zu beheben, so dass Michi und ich uns verdrücken können.

»Cafeteria?«, frage ich vorsichtig nach und hoffe, dass meine Freundin vergessen hat, dass sie mich eigentlich sprechen wollte.

»Später, erst müssen wir etwas klären.« Zerstört sie aber auch gleich meine Hoffnung und steuert den Schulhof an.

Da dieser mittlerweile so voll ist wie der Strand der Copacabana,

versuchen wir unser Glück in der Sporthalle, um dort ein ruhiges Plätzchen zu finden, aber auch hier herrscht Hochbetrieb.
In den Umkleidekabinen sieht es nicht anders aus, dort wuseln kleine Fünft - und Sechsklässler herum, die sich auf ein Basketballturnier vorbereiten. Also auch hier gibt es kein Fleckchen, wo wir in Ruhe reden könnten, was mich gleich zweifach glücklich macht. Einerseits umgehe ich so einem unerfreulichen Gespräch mit Michi und andererseits bin ich nicht diesem penetranten Geruch von Fußschweiß ausgesetzt, das Leben kann so schön sein.

»Warte, ich frage Marcus, ob wir in seiner Umkleide reden können«, schlägt Michelle vor – hatte ich gerade behauptet, das Leben wäre schön? – mit glänzenden Äugelchen hüpft Michi regelrecht los.

Nein, natürlich ist sie nicht verliebt. Dass ich nicht lache, das kann sie jemandem erzählen der dass nicht gerade hinter sich hat.
Eine Minute später ist sie auch schon wieder zurück. Fröhlich schwenkt sie den Schlüssel in ihrer Hand und strahlt ihn dabei so an, dass ich befürchte, dass sie ihn gleich abknutscht.

War ich auch so?
Oh ja, ich habe mich genauso irre aufgeführt. Mit Schrecken denke ich daran zurück, wie ich einmal beim Duschen meinen rechten Arm ausgespart habe, weil er so gut nach Theos Aftershave roch.

Von Gut riechen ist Marcus Umkleide weit entfernt, aber wenigstens sind wir hier alleine.
Es gibt nur einen Stuhl, auf den ich mich direkt fallen lasse. Der Vorteil des Schwangerseins ist, dass man immer Anrecht auf einen Sitzplatz hat. Neugierig mustert meine Freundin mich. Auf so schlechte Krimi Verhörmethoden habe ich nun gar keine Lust, also werden wir das Ganze jetzt mal schnell zu Ende bringen. Ich komme eh nicht Drumherum, also Augen zu und durch.

»Michi, sage was du zu sagen hast, denn den Gestank halte ich nicht wirklich lange aus, außerdem drückt meine Blase.« „

»Okay, also ohne Umschweife.« Mit verschränkten Armen steht meine Freundin nach wie vor ganz dicht bei mir und schaut mich durchdringend an. Es fehlt nur noch die Lampe, die mir in die Augen leuchtet.

»Soll ich Andre holen? Der kennt bestimmt ein paar gute Tricks um Verbrecher auszuhorchen«, versuche ich ein wenig zu scherzen, aber Michelle sieht mich weiter an, ohne mit der Wimper zu zucken.

»Michelle mach voran. Ich pinkle mir gleich in die Hose.«

Langsam werde ich ungeduldig. Was versteht sie unter ohne Umschweife?

»Wie weit bist du? Und überlege dir gut, was du sagst.« Wie freundlich von ihr mich vorzuwarnen. »Ich bin zwar nicht so ein Mathegenie wie der Mistkerl, mit dem du zusammen bist, aber ich kann trotzdem rechnen«

Sie macht eine kurze Pause und sieht mir direkt in die Augen,

»Kerry, selbst wenn du wirklich direkt an unserem Abiball mit dem Typ in die Kiste gegangen bist, kannst du höchstens in der zwölften Woche sein. Du weißt, ich kenne mich damit aus.«

Natürlich kennt sie sich aus, ihre Mutter arbeitet bei einem Gynäkologen und Michi hat dort schon häufiger in den Ferien gearbeitet.

Außerdem gibt sie mit einer Hebamme zusammen einen Gymnastikkurs, also wenn einer Ahnung hat dann meine Freundin.

»Wenn du aber in der zwölften Woche bist, dann kannst du dein Kind noch nicht spüren.«

Als wäre sie Sherlok Holmes und hätte so eben den Fall des Kronjuwelenraubes gelöst, steht sie vor mir und wartet regelrecht auf Applaus.

»Ich bin ja auch in der zwanzigsten Woche«, muss ich kleinlaut zugeben.

»Was?«, schreit Michi auf, »dann ist das Kind nicht vom Laufenberg?«
»Sag mal, hast du einen Schaden Michelle?«

Ich fasse es nicht, wie kann meine Freundin nur auf die Idee kommen, dass ich von jemand anderem schwanger sein könnte. »Natürlich ist es Theos Kind. Was hältst du von mir?«
»Das willst du im Moment nicht hören.«

Aufgebracht läuft Michelle durch die kleine Umkleide, plötzlich bleibt sie wie angewurzelt stehen. »Soll das etwa heißen, dass du mit dem Laufenberg schon rumgevögelt hast, als du noch zur Schule gegangen bist?«
Endlich scheint auch bei ihr der Groschen gefallen zu sein.

»Ja klar, anders geht es ja nicht.« Beantwortet sie sich ihre Frage auch schon selbst.
»Du hast mit Laufenberg gefickt, als er noch dein Lehrer war?«, brüllt sie auch gleich hysterisch los.
Zu meinem Glück stürzt Marcus in die Kabine. Ich bin mir nicht sicher, ob Michi mir sonst nicht noch eine Ohrfeige verpasst hätte so aufgebracht, wie sie ist.

»Michi bist du verrückt? Man hört dich bis in die Sporthalle.« Versucht er die Furie zu stoppen. »Gut, dass die Halle gerade leer ist. Nicht auszudenken, wenn dich jemand gehört hätte.«

„Jetzt sag mir nicht, dass du wusstest, dass dein toller Kumpel meine Freundin fickt?«, faucht Michelle jetzt den armen Marcus an.
»Leider, Michi«, gesteht er ziemlich geknickt. Dabei streichelt er ihr so liebevoll über den Rücken, dass selbst Mrs Choleriker verstummt.
Wieder fällt mir auf, dass die beiden das perfekte Paar sind.
»Siehst du Kerry, so machen Freunde das. Dein toller Theo hat seinem Kumpel gebeichtet, dass er es mit seiner Schülerin treibt.« Michelles Blick ist eine einzige Anklage.

»Nein Michi, ganz so war es nicht. Ich habe es auch durch Zufall erfahren«, klärt Marcus glücklicherweise das Missverständnis auf. »Und glaube mir, diesen Zufall, möchte keiner so wirklich miterleben.«

Danke Marcus, bei dem Gedanken, wie er uns in flagranti erwischt hat, schießt mir noch heute die Röte ins Gesicht.

»Du warst also schon zwei Monate vor dem Abitur mit diesem Vollidioten zusammen«, fasst Michelle zusammen, nachdem sie das Ganze hat, etwas sacken lassen.

»Ehrlich gesagt elf Monate vorher«, gestehe ich lieber gleich alles. Denn erstens will ich Michelle auch nicht mehr anlügen und zweitens muss ich aufs Klo und will das hier nicht unnötig in die Länge ziehen.

»WAS?!«, schreit sie erneut so laut, dass man sie ohne Mühe bis zur Aula hören kann.

Sofort greift aber Marcus ein und legt ihr beschwörend den Finger auf den Mund.

Erst jetzt fällt mir auf, dass die beiden doch sehr vertraut wirken und er, sie Michi nennt, das darf eigentlich nur ich. Selbst ihre Mom oder Fronk dürfen sie nicht so nennen.

Seit wann sind die beiden überhaupt beim DU? Da läuft doch nicht etwa was?

Quatsch, dafür ist Marcus – leider muss ich in diesem Fall sagen – viel zu anständig. Außerdem würde sich dann auch Michi nicht so über Theo und mich aufregen.

»Michi höre mir zu«, greift jetzt Marcus erneut ein.

Er nimmt ihre Hände und sieht ihr fest in die Augen. Bin ich froh, dass er hier ist.

»Ich war auch zuerst alles andere als erfreut, als ich die beiden entdeckt habe«, grinsend sieht er zu mir rüber. Ekel! Es macht ihm Spaß, dass ich mich auch heute noch für unsere Sahnenummer vor seinen Augen schäme. »Aber in den vergangenen Monaten musste ich feststellen, dass ich noch nie ein Paar getroffen habe, dass sich so liebt wie die beiden Chaoten.«

Ach, Marcus ist doch kein Ekel. Nein das ist er wirklich nicht, wir können uns glücklich schätzen in ihm so einen loyalen Freund zu haben. Zärtlich streichelt er Michelles Wange und wirkt plötzlich ziemlich traurig.

»Wenn zwei Menschen sich so lieben, dann sollte man ihnen auch nicht im Weg stehen.«

Kurz schaut er zu mir rüber und ich kann regelrecht den Schmerz in seinen Augen sehen.

»Michi gönne den beiden ihr Glück. Sie haben es verdient, und wenn du Theo von seiner anderen Seite kennenlernst, dann wirst du feststellen, was für ein toller Kerl er ist und Kerry sehr glücklich macht.“

»Pah, das sagst du doch nur, weil er dein Freund ist.« Noch immer schmollt meine – vielleicht doch – beste Freundin ein wenig, aber ich spüre, dass ihr Widerstand bröckelt.

Ganz nett wäre es, wenn er noch schneller bröckeln könnte, denn lange hält meine Blase nicht mehr durch.

»Nein, das tut er nicht Michi.«

Ich greife nach ihrer Hand und lege sie auf meinen Bauch, in dem Pünktchen gerade Samba Stunden nimmt. »Spürst du das?«, frage ich sie und drücke ihre Hand dort hin, wo Pünktchen am meisten turnt.

»Ohne mit der Wimper zu zucken, hätte Theo für uns beide seinen Job an den Nagel gehangen.«

»Ja und du Wahnsinnige wolltest dich, um ihn zu schützen von ihm trennen«, unterbricht Marcus mich. »Ihr beide seid schon die anstrengendsten Freunde, die man haben kann.«

So wie er dabei lächelt, weiß ich, dass er trotzdem gerne unser Freund ist.

Kopfschüttelnd legt Michelle ihren Kopf auf Marcus Brust. Diese

Körperlichkeiten sind so untypisch für sie. Sie ist kein Mensch, der gerne andere Menschen berührt, außer ... sie ist verliebt.

»Das mag ja alles stimmen ...«, fängt sie schließlich stockend an, »aber das ändert doch nichts daran, dass Kerry mich ewig belogen hat.«

Mit Tränen in den Augen sieht sie zu mir rüber. »Ich hab dir schon mal gesagt, dass du der Mensch bist, den ich am meisten auf dieser Erde liebe.«

Wenn ich mir Michi und Marcus so ansehe, glaube ich, hat sich das mit dem am meisten lieben aber beachtlich verschoben, aber das behalte ich natürlich für mich.

Vorsichtig wische ich ihr eine Träne von der Wange, die sich auf den Weg gemacht hat, langsam über ihr Gesicht zu kullern. Marcus lässt ihre Hände los, so dass ich eine Hand nehmen kann.

»Ich kann dich verstehen, Michi.« Ängstlich drücke ich ihr einen Kuss auf die Hand und muss schon fast selbst wieder mitheulen.

»Ich wäre bestimmt genauso enttäuscht, wenn du mir so etwas verheimlicht hättest, aber ...«

Der Kloß in meinem Hals wird größer und größer,

»Michi,«, schnell wische ich diesen blöden Schleier von meinen Augen, »was wäre denn gewesen, wenn du es gewusst hättest? Mit was für einem Gefühl wärst du denn dann jeden Tag zur Schule gekommen? Wie hättest du dich denn Theo gegenüber verhalten?«

Innerlich puste ich kurz durch und schwöre mir Leonie gleich ein extragroßes Stück Kuchen auszugeben, denn ihre Worte, die sie mir gesagt hat, als sie von Theo und mir erfahren hat, scheinen Michelle zumindest nachdenklich werden zu lassen.

Für einen Moment ist Stille, dann fällt meine Freundin mir um den Hals, lacht und weint gleichzeitig und endlich drückt sie mir einen Kuss auf die Wangen.

»Du blöde Kuh«, schluchzt sie weiter, »wenn du mir ja nicht so wichtig wärst.«

Ziemlich undamenhaft wischt sie sich mit dem Handrücken über die Nase, bis Marcus ihr ein Taschentuch reicht.

»Ich kann es immer noch nicht glauben, da verliert meine beste Freundin ihre Jungfräulichkeit und ich erfahre das nicht. Das ist echt gemein von dir. Ich habe es dir sofort erzählt.«

Erst jetzt scheint ihr bewusst zu werden, dass sie immer noch neben Marcus steht und prompt wird sie etwas rot.

Meine beste Freundin, Miss "WER DAS MAUL AUF MACHT BEKOMMT EINE REIN " wird rot. Ich finde das süß.

»Mann war das eine schwere Geburt.« Atmet Marcus erleichtert auf. Zufrieden zwinkert er mir zu, legt den Arm um Michelles Taille und wischt ihr das letzte Tränchen weg. »Hilfst du mir, Michi? Jetzt ist Halbfinale von unseren Basketballern.«

»Klar!« Strahlt Michelle ihn an. »Ich komme dann später zur Cafeteria.«

Nochmal umarmt sie mich fest, um erschrocken zurückzuweichen, als sie meinen Bauch spürt.

»Ich bin nicht aus Zucker«, beruhige ich sie und ziehe sie ganz fest an mich. Wie habe ich meine Michi vermisst.

****

Kurze Zeit später, als ich gefühlte hundert Liter Wasser losgeworden bin, habe ich immer noch ein Lächeln auf den Lippen.

Meine Maus ist verliebt. Wie glücklich sie Marcus angestrahlt hat. Wenn man doch jetzt nur irgendwie diese Hexe von Britta loswerden könnte.

Irgendetwas wird da doch zu machen sein, die Alte hat so einen netten Kerl nicht verdient.

Bevor ich mir darüber aber den Kopf zerbreche, brauche ich dringend etwas zu essen.

Die Cafeteria ist brechend voll, was mich sehr freut denn ich weiß, wie viel Mühe sich alle Helfer gegeben haben, dass dieses Fest ein Erfolg wird.

Alleine die Deko ist schon ein Hingucker. Stühle und Tische im Stil des 1900 Jahrhunderts – wo immer die auch aufgetrieben wurden – versetzen den Raum in eine andere Zeit.

Die Damen an den beiden Buffets tragen zeitgemäße Kleidung und für die Kleinen gibt es einen Bonbonstand wie zu Uromazeiten.

Original Siegerurkunden aus dem Jahre 1900 bis zur heutigen Zeit hängen neben alten Klassenfotos aller Jahrgangsstufen.

Neugierig suche ich das Abschlussfoto von Theo und Andre und ich brauche auch nicht lange um sie zu finden.

Genauso habe ich mir die beiden vorgestellt. Rechts und links ein Mädchen im Arm und cool bis in die Yuppiefrisur. Die obligatorische Lederjacke fehlt natürlich ebenso wenig wie die berühmt berüchtigte Pilotensonnenbrille. Was für Spinner grinse ich vor mich hin.

Lautstark erinnert mich mein Magen daran, weshalb ich eigentlich hergekommen bin und so unterbreche ich fürs Erste meine Erkundungstour.

Suchend schaue ich mich um, dann entdecke ich auch endlich Leonie, die an einem der hinteren Tische sitzt und sich angeregt mit einem Typen unterhält, der mir schon vom bloßen Ansehen unsympathisch ist. Solche Kerle kenne ich zur Genüge. Sie marschieren täglich in die Agentur, halten sich für die tollsten und erwarten, dass Fronk ihnen gleich einen Vertrag vor die Nase hält.

Nicht dass du Vorurteile hättest, schimpfe ich mit mir selbst.

Unbemerkt von Leonie, die an den Lippen von Mister Selbstüberschätzung hängt, steuere ich den kleinen Tisch an, da umfasst mich von hinten jemand. Erschrocken drehe ich mich um und sehe in Michelles enttäuschtes Gesicht.

»Was machst du hier, Schatz?« Ich bin ehrlich etwas irritiert.

»Ich dachte, du hilfst Marcus in der Halle?«
»Mach ich ja auch gleich ... aber ...«
Ohne das ich auch nur eine Chance hätte mich anders zu entscheiden, packt Michelle mich am Arm und zieht mich vor die Cafeteria.

Warum können die Menschen eigentlich nicht fragen, ob ich mitkomme, sondern glauben mich immer wegzerren zu müssen?
»Marcus Frau hat angerufen. Sie hat ihn aufgefordert, dass er Tabletten bringen müsse, sie hätte so starke Migräne.«
Michi macht ein Gesicht als hätte sie in eine saure Zitrone gebissen.

»Ist ja klar, dass er dann fahren muss«, fügt sie noch leise und ziemlich traurig hinzu.
»Wie ich diese Frau hasse«, platzt es aus mir heraus.
Natürlich hat diese Fregatte mit Sicherheit keine Migräne. Das ist doch nur reine Schikane, weil sie nicht hier sein kann.

»Du kennst sie? Wie ist sie denn so?«, fragt meine Maus zögerlich nach. Ich kann mir gut vorstellen, dass sie gar nicht sicher ist, ob sie wissen möchte, wie die Hexe so tickt.
»Ja, ich kenne sie ... leider«, seufze ich genervt auf.

Die Alte bringt mein Blut, auch ohne dass sie in der Nähe ist, zum Kochen.
»Glaub mir Schatz, leider ist da wirklich noch die nette Umschreibung für dieses Weib«

»So schlimm?«, hakt Michi ungläubig nach.
Kein Wunder, dass sie zweifelt, wer würde denn auch vermuten, dass Marcus mit dem Satan persönlich verheiratet ist.

»Schlimmer ... stell dir Frau Groß in jünger vor.«
Bei meinem Vergleich fällt mir auf, dass der doch sehr ungerecht gegenüber meiner ehemaligen Lehrerin ist.

»Und das mal tausend, dann hast du Britta Sommer«, füge ich deshalb noch zur Ehrenrettung von dem älteren Satan hinzu.

»Das ist nicht dein Ernst, ... du verarschst mich«, stottert meine Freundin fassungslos.
»Ich wäre froh, wenn es so wäre«, stöhne ich noch mal gequält auf. »Aber du wirst sie ja in drei Wochen auf unserem Fest kennenlernen und jetzt lass uns bitte das Thema wechseln, sonst wird mir schlecht.«
»Bloß nicht schon wieder.« Zwinkert mir Michi verschwörerisch zu. »Das hatten wir doch auf dem Abiball zur Genüge. Ich sage nur Magen Darm Virus.«

Übermütig fällt sie mir um den Hals und drückt mich so fest, dass mir fast die Luft wegbleibt.
»Mann bin ich froh dich wieder zuhaben, Schatz.«
Sie sagt das mit so viel Überzeugung, als sei ihr eine Zentnerlast von der Schulter genommen worden. Michi und ich, wir sind eben seelenverwandt.

»Schade ist nur, dass wir nun nicht mehr zusammen, wegen du weiß schon wem, auf die Piste gehen können«, stellt sie bedauernd fest, dann stutzt sie, als wäre ihr etwas eingefallen. »Moment mal, von welchem Fest hast du eben geredet?«

»Meinst du unser Verlobungs-einweihungs-geburtstags-einjährigesfest?« Wie lange habe ich geübt um dieses Wort auszusprechen, fast solange wie wir dieses Fest schon planen.
Immer ist uns etwas dazwischen gekommen. Zuerst kam uns gewissermaßen meine Schwangerschaftsübelkeit in die Quere. Dadurch, dass es mir so schlecht ging, hatten die anderen beschlossen, die Umbauarbeiten erst mal Ruhen zu lassen. Dann gab es Ärger mit den Handwerkern, und als schließlich der Umbau fertig war und alle – außer mir natürlich – ihr neues Domizil bezogen hatten, stecke Theo so tief in den Vorbereitungen für das Jubiläum, dass wir kurzerhand das Fest auf Oktober verlegt haben.

Das Gute daran ist, dass jetzt Michi dabei sein wird.
»Maus, bevor ich dir jetzt von unserer Mega Party erzählen kann,

muss ich mindestens ein Stück Kuchen und zwei Tassen Kaffee in meinem Magen habe.«

Ich brauche dringend etwas Energiezufuhr am besten in Gestalt von 1600 Kalorien. Deshalb nehme ich auch die Hand meiner Freundin und wie zu alten Zeiten verknoteten wir unsere Finger und gehen zurück zur Cafeteria.

Hier bleibt einem wirklich kein Wunsch unerfüllt. Die Kuchenbuffets sind ein wahrer Augenschmaus. Ein namhafter Konditor hat zur Feier des Tages Kuchen und Torten der Extraklasse spendiert. Während am Stand direkt neben der Eingangstüre nur Kuchensorten angeboten werden, die man auch im Gründungsjahr der Schule kaufen konnte, ist das Buffet das Michi und ich uns ausgesucht haben mit den leckersten Sahnetorten und Petits Fours bestückt.

Mir läuft das Wasser im Mund zusammen, am liebsten würde ich von allem ein Stück nehmen.

»Schon was gefunden?«, spricht mich die Bedienung hinter dem Buffet – Typ Frau Neureich – etwas von oben herab an.

»Nein ... ich überlege noch«

Trotz ihrer Arroganz lächle ich sie freundlich an, schließlich habe ich Manieren.

Ich muss ja nicht genauso blöde wie sie sein. Außerdem sind die Damen, die hier helfen alle ausnahmslos Mütter von Schülern, da muss ich mich ja von meiner Schokoladenseite zeigen. Nicht dass jemand weiß, dass ich Theos Verlobte bin. Es wirft bestimmt kein gutes Licht auf ihn, wenn ich dann die Oberzicke gebe.

»Melden Sie sich, wenn Sie was gefunden haben«, bemerkt Madame noch kühl, dann dreht sie Michi und mir den Rücken zu und fängt eine Unterhaltung mit Frau Neureich Nummer zwei an.

»Hast du auch schon gesehen, wie toll der Doktor Laufenberg heute aussieht, Franziska?«,

fragt sie in so einer dezenten Lautstärke nach, als hätte sie ein

Megaphon in der Hand.
»Oh ja Annette ...«, antwortet die andere, nicht minder laut, »der Mann ist ja zum Verlieben.«

Klar ist er das, freue ich mich, ist ja auch meiner.
Noch gefühlte zehn Minuten muss ich mir anhören, wie toll doch "DER Doktor Laufenberg " ist. Wenn mein irrer Freund das hören könnte, er würde noch ein bisschen größenwahnsinniger.

»Aber hast du auch gehört, dass der was mit einer Schülerin haben soll?«, wechselt Tratschtante Nummer eins plötzlich zu einem pikanteren Thema.
Jetzt wird es interessant. Michi und ich werfen uns vielversprechende Blicke zu. Wir verstehen uns eben auch ohne Worte.

»Nein, erzähl Franziska. Der soll etwas mit einer Schülerin gehabt haben?«
Eine dritte Klatschtante, die sich bisher diskret zurückgehalten hat, bekommt leuchtende Äuglein bei diesem Thema. Das kann jetzt lustig werden.

Gut, dass ich Zeit habe und mir diesen Unsinn in aller Ruhe anhören kann.
»Meine Freundin, deren Sohn erst vor kurzem Abitur gemacht hat, hat mir erzählt der Doktor habe einem Mädchen aus der Schule einen Heiratsantrag gemacht.«
Aha, Plappermäulchen Nummer zwei scheint also bestens informiert zu sein.

»So ein Quatsch«, wird die aber sofort wieder unterbrochen. »das war doch alles nur Show. Sehr wahrscheinlich hat dieses Flittchen den armen Doktor so lange heißgemacht, bis der drauf reingefallen ist.«

Kopfschüttelnd, als könnte sie nicht begreifen, was dem armen Doktor doch so widerfahren ist, stoppt sie kurz.
Sicherlich um ihrem Kummer Herr zu werden, schmeißt sie sich

ein XXL Stück Torte auf den Teller und schiebt sich einen großen Bissen in ihr Schandmaul.

Erstick dran – wünsche ich ihr.

Den Gefallen tut sie mir zwar nicht, dafür plaudert aber sie mit vollem Mund munter weiter.

»Dabei muss das so ein ganz unscheinbares, graues Mäuschen sein«, berichtet sie schmatzend,

»Hat meine Freundin mir erzählt. Sie sagt, dass sie keine Ahnung hat, womit sie den Doktor geködert hat. Wahrscheinlich ist sie gut im Bett«

Ein Stück Torte fällt aus ihrem Mund und landet auf ihrem Glitzerblüschen. Mit dem Finger wischt sie den Kuchen weg, dann lutscht sie ihren Finger ab, was sich mir die Nackenhaare hochstellen lässt. Die gibt mir schon mal keinen Kuchen, da habe ich ja morgen Herpes.

»Ich hatte ja keine Ahnung.« Entsetzt gönnt sich jetzt eine vierte Frau, die erst vor ein paar Minuten dazu gekommen ist und aufmerksam zugehört hat, ein Gläschen Sekt. »Dcr arme Doktor Laufenberg, aber solche Mädchen kennt man ja, machen für jeden die Beine breit, nur um einen Vorteil zu erlangen.«

»Ich störe nur ungern.« Michelle hat die Nase voll, das ist ihr mehr als deutlich anzumerken. »Wenn Sie fertig sind, über Menschen zu reden, die Sie nicht kennen, könnten wir dann wohl ein Stück Kuchen haben?“

»Natürlich.« Genervt nimmt sich die frisch hinzugekommene Lästertante die Kuchenzange und wartet auf Michis Auftrag. Man sieht ihr an, dass sie hofft, dass Michi schnell auswählt, damit sie weiter plaudern kann. Vorzugsweise über mich. Aber Michelle wäre nicht meine Freundin, wenn sie die Unverschämtheiten unkommentiert ließe.

»Schatzi«, säuselt meine Maus zuckersüß.

Sie strahlt mich wie ein Kernkraftwerk nach dem Super-GAU an, schaut zu Frau Neureich rüber und klimpert mit den Wimpern, bevor sie sich erneut mir zuwendet.

»War es eigentlich schwer den Doc ins Bett zu bekommen?«, flötet sie und grinst provokant zum Plappermäulchen rüber. »Ich meine, Süße du hast es natürlich schwer, so unscheinbar und unattraktiv, wie du bist.«

Kopfschütteln lässt sie ihren Blick einmal hoch und dann wieder an mir heruntergleiten.

»Aber was ein echtes Flittchen ist, macht so was sicherlich mit ein paar Extravaganzen im Bett wett, oder?«

»Mausi, da liegst du genau richtig«, falle ich in den gleichen Tonfall ein. »Natürlich musste ich schon ziemlich oft auf die Knie gehen. Aber all das hat nicht gereicht, da konnte ich so oft blasen, wie ich wollte. Erst als ich die Beine breitgemacht habe, da hatte ich ihn am Wickel.«

Frau " ich weiß besser über das Liebesleben des Direx Bescheid, als er selbst " fällt vor Schreck mit einem lauten Knall die Kuchenzange aus der Hand und auch die anderen Damen wirken mit einem Mal ziemlich blass um das gepuderte Näschen.

»Wo sind nur meine Manieren?«

Ich strahle die Lästertante an, als stünde meine Busenfreundin vor mir.

»Hab ich mich eigentlich schon vorgestellt? Nein natürlich nicht. Ich habe Ihrem Gespräch so gespannt zugehört, da ist mir das glatt entfallen. Mein Name ist Kerry Fischer das Flittchen vom Direktor.«

»Oh ... also eh ... ich, wir ...«, stammelt die blöde Kuh und erwartet vergeblich, dass ihr eine der anderen dämlichen Ziegen zur Hilfe kommt.

»Ich hätte gerne ein Stück Sahnetorte, ein Stück Käsesahne und einen Apfelkuchen« Ignoriere ich ihren erbärmlichen Versuch eine Entschuldigung über ihre Lippen kommen zu lassen.

»Alle auf einen Teller?«, fragt sie immer noch sichtlich geschockt. »Ist das nicht ein bisschen viel?«

»Bestimmt nicht«, flöte ich geradezu. »Wissen Sie auch warum? Ich kann gar nicht so viel essen, wie ich kotzen möchte, wenn ich Ihr Getratsche höre.«

Mit zitternden Händen packt die auf einmal gar nicht mehr so gesprächige Frau Neureich mir den Kuchen auf den Teller.

»Ist gut so.« Winkt sie, gequält lächelnd ab, als ich meine Bons rüber reiche.

Natürliche lege ich meine Bons hin. Erstens hat die Kuh hier nichts zu verschenken und zweitens selbst wenn dann würde ich von ihr bestimmt nichts annehmen. Auch Michi hat ihren Kuchen und so bahnen wir uns einen Weg durch die immer voller werdende Cafeteria.

»Schatz, du hast mich gerade ziemlich fertig gemacht«, kichert meine Maus plötzlich, neben mir. »Dass ich von dir mal so Worte wie blasen und Beine breitmachen höre hätte ich auch niemals für möglich gehalten.«

Sie hält mich am Arm fest und betrachtet mich schmunzelnd.

»Eins muss man dem Doc ja lassen«, wieder verfällt sie in ein Kichern. »Er hat dich ziemlich locker gemacht. Bekommt dir gut Süße.«

»Alberne Ziege.« Muss auch ich schon wieder loskichern und stoße versehentlich, beim Weitergehen, mit einem Jungen aus der jetzigen Abiturklasse zusammen.

Die halbe Tasse Kaffee ergießt sich über sein Shirt, was Michi zum Losbrüllen findet.

Der Typ findet das leider weitaus weniger lustig. Er schnauft das sich seine Nasenflügel aufblähen.

»Du blöde Kuh«, tobt er, »glaubst du, weil du mit dem Direx fickst, kannst du dir alles erlauben?«

Für einen Moment bin ich sprachlos. Was hat denn Theos und

meine Beziehung damit zu tun, dass ich unbeabsichtigt den Kaffee verschüttet habe? Auch Michi ist erstmal perplex, ein Zustand, der bei ihr nie lange anhält, denn schon hat sie sich den Kerl vorgeknöpft.

»Hast du heute Morgen mit einem Hammer geduscht?«, wütend funkelt sie den Kerl an, der trotz seiner beachtlichen Statur tatsächlich den Kopf etwas einzieht. »Sofort entschuldigst du dich. Ansonsten könnte es sein, dass ich den Sommer mal darüber aufkläre, was er für Säcke mit nach Barcelona zur Jugendmeisterschaft nehmen will.«

Es bereitet ihr sichtlich Vergnügen, wie der Hüne immer mehr schrumpft und als wäre der Typ nicht schon kleinlaut genug, setzt sie gleich noch eins drauf. »Dass der Sommer und der Laufenberg dicke Freunde sind, muss ich dir ja nicht noch extra erklären.«

Das hat gesessen.

»'Tschuldigung«, murmelt der Junge, der mir fast schon leidtut. »Ich war nur etwas erschrocken. Du hast mir ja sicherlich nicht absichtlich den Kaffee aufs Shirt gekippt.«

So schnell, wie er eben plötzlich neben mir stand, ist er auch schon wieder verschwunden.

»Dreamteam«, gluckst Michi.

So gut gelaunt habe ich sie lange nicht mehr gesehen.

Mir hat die Bemerkung von dem Typen doch ein wenig mehr die Stimmung verhagelt. So wie er denken bestimmt viele in der Schule. Nur ganz wenige der Schüler haben mich bisher wirklich herzlich angelächelt. Ob sie befürchten, dass ich Theo irgendwelche Schüler-Interna verraten habe? Ach quatsch, der Typ war ein Vollpfosten, lass dir doch dadurch nicht den Tag vermiesen, ermahne ich mich selbst und bin froh, dass wir endlich den Tisch erreicht haben, den Leonie für uns reserviert hat.

Nur bemerkt sie uns gar nicht, so hängt sie an den Lippen von diesem komischen Kerl.

Dafür bemerkt er uns umso mehr.

»Aber Hallo«, strahlt er Michelle und mich an. Leonie scheint in diesem Augenblick vergessen. Armer Schatz, wie so oft oder eigentlich wie immer hat sie aufs falsche Pferd gesetzt.

»Wollt ihr zwei Süßen zu mir?«, fragt der Dreckskerl auch noch ernsthaft nach.

»Bestimmt nicht«

Erschöpft lasse ich mich auf einen der freien Stühle fallen.

Anscheinend hat der Typ nicht verstanden, dass ich ihm gerade eine Abfuhr erteilt habe, denn er stützt seine Arme auf den kleinen Tisch und legt sein Gesicht in seine Hände, dabei fixiert er mich pausenlos.

Jetzt macht es mir in der Regel nichts aus, wenn mich Menschen ansehen. Wäre vielleicht als Model auch etwas kontra produktiv, aber wenn mich so ein Kerl anstiert, reagiere ich schon von Natur aus zickig.

»Wenn du ein Foto von mir willst, kann ich dir die Adresse meiner Agentur geben, die sagen dir, was es kostet.«

Ohne mich weiter mit dem Spinner abzugeben, widme ich mich meinem Kuchen.

»Was ist das denn für eine Agentur?« Kommt auch sofort seine nächste nervende Frage. »Escort oder so was?«

Einfach nicht antworten, vielleicht merkt er ja so, dass er nervt.

»Sag mal Schönheit, wie heißt du?«

Meine Hoffnung in Ruhe gelassen zu werden, zerplatzt wie die berühmt, berüchtigte Seifenblase.

»Lass mich raten.« Ohne überhaupt zu registrieren, dass er mir gerade ziemlich auf die Nerven geht, beginnt er ein heiteres Ratespielchen. »Du heißt bestimmt Angel, weil du wie ein Engel aussiehst.«

»Das Aussehen täuscht«, warne ich ihn und bedaure, dass ich nicht ihm den Kaffee über das Shirt gekippt habe.

»Sie heißt Kerry«, mischt Leonie sich in das tiefschürfende Selbstgespräch, des Vollidioten.

»Und der nette Kerl hier neben mir ist Sebastian Hammer«, informiert sie uns, ohne dass wir es wissen wollen. »Er ist der neue Referendar an der Schule.«

Sie strahlt dabei so, als säße sie neben einem Friedensnobelpreisträger.

»Das ist korrekt, Sebastian Hammer.«

Mister Nervensäge lehnt sich über den Tisch und zeigt mir, dass ich das Gleiche machen soll.

Da ich eher den Boden küssen würde, als dies zu tun, verharrt er eine ganze Weile, dann schmeißt er sich noch etwas mehr über den Tisch.

»Glaub mir Angel, mein Name ist Programm«, raunt er mir zu.

Ich frage mich gerade ernsthaft, in welchem geistigen Zustand Theo war, als er den Größenwahnsinnigen eingestellt hat.

Auch Michis Blick spricht Bände, nur Leonie himmelt diesen Blödmann an, wie ich es sonst nur bei Olli von ihr kenne.

»Schade, dass du nicht schon im vorigen Schuljahr hier warst.« Leonie ist sichtlich bemüht, die Aufmerksamkeit wieder auf sich zu lenken. »Was unterrichtest du denn?«

Vorsichtig berührt sie seinen Arm und lächelt ihn schüchtern an.

»Ich ...«

Der Kerl wirkt plötzlich ein wenig aus dem Konzept gebracht, »Also ich ... ich unterrichte Sport ... ja Sport.«

»Das verstehe ich jetzt nicht.« Verwundert lehnt sich Michi zurück und scannt Mister Großmaul.

»Was gibt es denn daran nicht zu verstehen?«, schnauzt er Michelle an.

Also wenn der mit seinen Schülern auch so redet, macht er sich aber gleich sehr beliebt.

»Also, erstens rede in einem anständigen Ton mit mir«, zeigt ihm meine Maus gleich, wo der ”Hammer” hängt. »Zweitens hat mir Marcus gar nicht gesagt, dass er jetzt einen Referendar hat. Wundert mich, wir reden ziemlich viel miteinander und drittens du Voll-Pfosten, wieso bist du dann nicht in der Halle und hilfst bei dem Turnier?«

Am liebsten würde ich aufspringen und Michi Applaus klatschen, da dies aber etwas blöde rüber kommt, lasse ich es und freue mich eben im Stillen.

»Jetzt fahr doch den armen Sebastian nicht so an«, springt Leonie gleich für den so Gescholtenen in die Breche. »Er wird doch mal ein Päuschen machen dürfen.«

Für diese Bemerkung schenkt der Spinner ihr ein Megawatt Lächeln.

»Also dich hätte ich aber auch gerne als Schülerin gehabt«, schleimt er weiter. »Bei solchen Schülerinnen macht das Unterrichten doppelt Spaß.«

»Wie du schon sagtest, Leonie wäre ja deine Schülerin gewesen, also wo wäre denn da der Spaß für dich gewesen?« Sehr schön, Michi hat den Typen aufs Korn genommen, der wird kein Vergnügen mehr hier am Tisch bekommen.

»Na und«, breit grinsend lehnt er sich zurück. Ein Arm auf Leonies Stuhllehne, die andere Hand in seiner Hosentasche, kippelt er etwas mit seinem Stuhl.

Bitte fall um, beschwöre ich den Stuhl, leider versteht der mich und so sitzt Mister Großmaul, weiter kippend, auf ihm.

»Wusstet ihr nicht, dass dies hier in der Schule nicht so eng gesehen wird?«

Ich habe so eine blöde Vorahnung, worauf der Mistkerl hinaus will.

»Wie kommst du darauf?«, fragt Leonie auch noch blöd nach.

»Mädchen.« Er lässt seine Hand an ihrem Rücken hoch wandern und meine so naive Freundin lächelt dabei glückselig. »Der Direx, der vögelt sich hier wohl durch alle Klassen.«

Der letzte Rest Kaffee, der noch in der Tasse war und denn ich gerade runterschlucken wollte, spucke ich im hohen Bogen über den Tisch.

Doch bevor ich dem Kerl an die Gurgel kann, gibt mir Michi zu verstehen, dass ich mich ruhig verhalten soll.

Unter dem Tisch gibt sie Leonie einen Tritt, so dass auch sie die Klappe hält, dann legt Michelle los.

»Ach ja stimmt das?«, spielt sie die Unwissende. »Davon haben wir ja nie was gehört. Also wenn ich das gewusst hätte.«

Sie legt eine kleine Denkerpause ein, dann beugt sie sich zu diesem Ekel rüber,

»Sag mal woher weißt du das? Ich meine, Doktor Laufenberg wird es dir wohl kaum erzählt haben.«

»Na hier der Dings, der Sommer hat es mir erzählt«, druckst er etwas rum.

Nervös kippt er seinen Kaffee runter. Ich spüre regelrecht, wie er krampfhaft überlegt wie er aus dieser Situation wieder rauskommt. Endlich scheint ihm ein Geistesblitz gekommen zu sein.

»Hört mal Mädels, sollen wir hier nicht abhauen?«

Er blickt von Leonie, zu Michi, dann zu mir,

»Hier ist doch nichts los und außerdem tritt hier später noch so eine furchtbare Vorstadtband auf. Nachher wird man noch gezwungen, sich die anzuhören.“

Ich platze gleich und auch bei Leonie scheint endlich der Groschen gefallen zu sein, dass der Idiot das Allerletzte ist, denn wenn jemand etwas Schlechtes über die Band und damit über Olli sagt, der ist bei ihr unten durch.

Na endlich, wenigstens hat sie nicht ganz ihren Verstand verloren. Was mir auch Pünktchen bestätigt, denn das scheint sich genauso über den Kerl zu ärgern, der seinen Daddy und unsere Freunde pausenlos beleidigt.

Heftig purzelt Pünktchen in mir und ich muss mich beherrschen, dass ich nicht meine Hände auf den Bauch lege.

»Kennst du die Band?«, frage ich Mister Selbstüberschätzung.

»Nein.« Entsetzt reißt er die Augen auf, als hätte ich ihn gefragt, ob er abends heimlich Frauenkleidung trägt. »So was kennt man doch nicht. Igitt, da kriege ich ja Pickel, was wirklich eine Schande für mein schönes Gesicht wäre.«

Ich halte kurz die Luft an, um ihm nicht sein >schönes< Gesicht zu zerkratzen.

»Weißt du eigentlich, mit wem du da redest?«

Auch Leonie kocht mittlerweile.

»Ja«, zufrieden grinst der Kerl uns an. »Mit den Mädels, die mir heute eine unbeschreibliche Nacht bescheren werden.«

»Fast.« Ob es blöde kommt, wenn ich ihm ins Gesicht spucke? »Denn ich werde die Nacht mit meinem Verlobten, meiner Schwester und unseren Freunden verbringen. Übrigens meine Schwester ist die Chefin von der Vorstadtband.«

»Du bist verlobt?«, überhört er geflissentlich meine Bemerkung über Cassy. »Und wie ist er so? Bestimmt nicht so toll wie ich?«

Michi, Leonie und ich schauen uns nur an und prusten zur gleichen Zeit los.

Der Kerl meint das auch noch ernst.

»Was ist denn so lustig?«, fragt er ärgerlich nach, »Jetzt doch mal ernsthaft Mädels, wer kann denn mit mir schon mithalten.«

Immer noch laut lachend blickt sich Michelle einmal in der Cafeteria um.

»Sagen wir es mal nett«, kichert sie weiter. »So ungefähr jedes männliche Wesen hier in diesem Raum finde ich besser wie dich.«

»Pfft«, pustet Mister Vollidiot, die Backen auf.

Er wird aber durch Andre abgelenkt, der mit großen Schritten und breitem Grinsen auf uns zukommt.

»Der hat noch gefehlt«, mault Leonie leise vor sich hin. (Was ist

eigentlich ihr Problem? Aus der Frau werde mal einer schlau).
»Hier steckst du Prinzessin«, freut sich der Mann, der so einen Waschlappen, wie Sebastian Hammer, in Sekunden mundtot machen kann.

Wie es sein einnehmendes Wesen so an sich hat, zieht er ohne zu fragen einen Stuhl vom Nebentisch heran und schmeißt sich regelrecht darauf. Dann nimmt er meinen Teller und schaufelt sich ein Stück Kuchen hinein.

»Hast du keinen Kaffee Prinzessin?«, will er wissen, nachdem er schon Michis Tasse leer getrunken hat.
Die nimmt das aber wie immer mit Humor. Sie liebt Andre ebenso wie ich und beide verstehen sich blendend.

»Kein Kaffee. Darfst gerne welchen besorgen«, schlage ich ihm vor und rette meinen Teller inklusive Kuchen vor seiner Fressattacke.

Hungrig sieht er auf den Kuchen, und weil er das so überzeugend kann, schiebe ich ihm doch noch eine Gabel Käsesahne in den Mund.

»Danke Prinzessin. Jetzt bin ich gestärkt und kann Kaffee besorgen.«
Sich vollkommen bewusst, dass er sämtliche Blicke auf sich zieht, springt er vom Stuhl auf und schlendert durch die Tischreihen zum Kaffeestand. Mit offenem Mund starrt Mister "ich bin der größte Arsch" Andre hinterher. Ja von ihm kann der Idiot lernen, wie man auf Menschen – hauptsächlichen den Menschen mit den X-Chromosomen – Eindruck macht.

»Das ist dein Verlobter?«
Anscheinend hat Trottelchen seine Schockstarre überwunden und kann wieder reden.
»Nein, wie kommst du darauf?«, beantworte ich ihm mit einem zuckersüßen Augenaufschlag seine Frage. »Das war nur der beste Freund meines Verlobten.«

Mittlerweile macht es mir richtig Spaß Mr. Wichtigtuer zu verarschen.

Bin auf sein Gesicht gespannt, wenn er Theo sieht.

Vorher wird er aber noch Cassy und die Jungs kennenlernen, dafür habe ich gesorgt, in dem ich sie mal eben per SMS in die Cafeteria bestellt habe. Nicht ohne sie über den Idioten aufzuklären und sie zu bitten, kein Wort über Theo zu verlieren.

Andre ist noch nicht vom Kaffee holen zurück – kein Wunder er hat mal wieder ein Mädel gefunden, das er angräbt – da stürmen die Drei auch schon hinein.

Von Olli bekomme ich mein obligatorisches Küsschen auf den Mundwinkel, Cassy drückt mich und selbst Tom lässt sich dazu hinreißen mir einen kleinen Kuss auf die Wange zugeben.

Der Typ sieht etwas verstört von einem zum anderen und ich frage mich, ob er sie erkennt, schließlich hängt das Gruppenposter – leider immer noch ohne Theo – unübersehbar im Foyer.

Nochmals werden Stühle von den Nachbartischen abgezogen und der Platz um unseren Tisch wird immer enger. Eigentlich der geeignete Zeitpunkt für Nichterwünschte zu verschwinden.

»Leonie, könntest du gleich ein wenig beim Aufbau helfen?«

Freundlich lächelt Olli meine Freundin an, die daraufhin glasige Augen bekommt und Sebastian Hammer sofort von ihrer Liste streicht.

Mein Olli ist der Beste. Er hat also meine Botschaft verstanden und rettet meine Freundin vor diesem Mistkerl.

Besagter Mistkerl macht aber immer noch keinerlei Anstalten den Tisch zu verlassen, obwohl ihn keiner beachtet.

Noch nicht mal mehr Leonie interessiert sich für ihn, denn die lässt sich von Olli erklären, was sie gleich zu tun hat.

Auch Michi, Tom und Cassy sind in ein Gespräch über Michelles USA Trip vertieft und ich bin ziemlich froh mal kurz Luft zu holen. Der Abend wird noch recht lang werden, da kann ich eine

Verschnaufpause gebrauchen.

»Sollen wir nicht doch abhauen?«, raunt mir plötzlich der Spinner über den Tisch hinweg zu.

Der Mensch hat den IQ einer Kaulquappe, so etwas unterrichtet, unfassbar.

»Schätzchen«, grinse ich ihn an. »Selbst wenn du der einzige Mann auf diesem Planeten wärst, würde ich nicht mit dir weggehen.«

»Komm tu doch nicht so.« Wieder schmeißt er sich über den halben Tisch. Sollte er das noch einmal tun, schlage ich ihn mit dem Kopf auf die Tischplatte.

»Ich weiß doch, dass du dich absichtlich so abweisend gibst. Du findest mich geil.«

Eigentlich kann er seinem Schöpfer danken, dass Theo die Cafeteria betritt. Weil ich weiß, dass ihm dies sowieso den finalen Dolchstoß verpassen wird, lasse ich seine dämliche Anmache unkommentiert.

»Der Angeber hat mir gerade noch gefehlt«, murmelt der Vollpfosten und sinkt etwas tiefer auf seinem Stuhl, fast als wolle er sich verstecken.

Wie eben schon Andre zelebriert auch Theo gerne seinen Auftritt.

Die Köpfe der weiblichen Gäste drehen sich wie automatisch in seine Richtung und einige die über uns schon Bescheid wissen, starren sofort zu mir rüber und Theo tut ihnen den Gefallen und liefert eine Show ab.

»Baby! Du bist genau der Mensch, den ich jetzt brauche«, sagt er laut genug, dass es auch genügend Cafeteriabesucher mitbekommen.

Fest presst er seine Lippen auf meine, leckt ein wenig darüber und spielt ganz kurz mit meinem Piercing.

»Das hat gut getan Baby.« Er zieht mich vom Stuhl, setzt sich stattdessen drauf und lässt mich auf seinem Schoss Platznehmen.

Noch nie habe ich einen Menschen gesehen, dem so auf der Stirn steht, dass er am liebsten in einem Erdloch verschwinden möchte, wie jetzt bei Sebastian Hammer.

»Ich hab dich vermisst mein Großer«

Zärtlich küsse ich Theo, sauge seinen Geruch in mir auf und das erste Mal, seit ich heute die Schule betreten habe, geht es mir gut. Ganz im Gegensatz zu Mr. Unwiderstehlich, der rutscht nervös auf seinem Stuhl hin und her.

Jetzt muss ich ihm leider noch den Todesstoß verpassen.

»Ach Sebastian, du wolltest doch meinen Verlobten kennenlernen.« Ich schmiege mich noch etwas enger an Theo heran und streiche mit der Hand über seinen Waschbrettbauch, »Der Traummann hier ist mein Verlobter. Ich glaube, du kennst ihn oder?«

8. THEO!

Wenn ich diesen Hammer in die Finger bekomme ist er so was von tot.

Mir schwillt immer noch die Halsschlagader an, wenn ich daran denke, was die Mädchen mir da berichtet haben. Nicht nur, dass dieser Spinner sich als Referendar ausgegeben hat, er wollte auch noch meine Freundin abschleppen, dafür wird er sterben.

Warum habe ich mich auch von Herrn Scholz bequatschen lassen und seinen Neffen als Hausmeistergehilfe eingestellt? Ich kann ja nachvollziehen, dass der in die Jahre gekommene Hausmeister befürchtet, dass ihm der große Umbau im nächsten Jahr zu viel wird, aber musste er mir dafür gleich seinen nichtsnutzigen Neffen unterjubeln?

Der Kerl war mir von Anfang an suspekt. Besonders freut mich ja, dass die Mädchen ihm schon mal ein wenig gezeigt haben, wo der "Hammer" hängt. Nur zu gut, dass Kerry und Michelle sich wieder gefunden haben, so zu alter Form auflaufen konnten und diesem Vollidioten mal so richtig eingeheizt haben.

Sein Blick als Kerry ihm offenbarte, dass ich ihr Verlobter bin, den werde ich meinen Lebtag nicht vergessen. Als er dann bei dem Versuch so schnell wie möglich die Cafeteria zu verlassen, über fünf Stühle fiel, hatte dass schon was Slapstickartiges. Seinen blasierten Gesichtsausdruck, den er sonst so gerne zur Schau trägt, hat er dabei ja ziemlich schnell verloren. Seine Gesichtsfarbe als rot zu bezeichnen, wäre glatt untertrieben.

Dies wird ihm aber alles nichts nutzen, denn trotz dieser kleinen Showeinlage wird er sterben. Auch wenn mein Mädchen schon wieder Mitleid mit ihm bekommen hat und mich gebeten hat, doch nicht zu hart mit ihm zu sein.

Nein, hart werde ich nicht sein, ich werde ihn wie eine Dampfwalze überrollen, wenn ich mit ihm fertig bin, wird er sich wünschen, Kerry niemals angesprochen zu haben.

Mit diesem Vorhaben laufe ich über den Lehrerflur, um von da zur Aula zu gelangen, in der Hoffnung ihn dort anzutreffen.

Kaum habe ich aber den Flur betreten kommt mir das Grauen in Gestalt von Frau Groß entgegen. Die hat mir gerade noch gefehlt. Ich hatte es heute bisher erfolgreich geschafft ihr aus dem Weg zu gehen, aber jetzt gibt es kein Entrinnen. Ich könnte mich umdrehen und vor ihr weglaufen, wäre aber albern.

Zur linken Seite hin gäbe es noch die Möglichkeit ins Lehrerzimmer, Sekretariat oder mein Büro zu verschwinden. Leider hat sie nur für alle diese Türen einen Schlüssel – zum Glück nicht für mein Büro – aber wie ich sie kenne, wird sie die geschlossene Bürotüre nicht davon abhalten, mich zu nerven.

Dabei wäre es für sie nur ratsam, dass sie mir nicht auf den Nerv geht, denn nicht nur Hammer, sondern auch Marcus haben mein Blut zum Kochen gebracht. Da fährt der Wahnsinnige – während des Turniers– mal eben nachhause, um seiner Hexe ein paar Kopfschmerztabletten zu bringen.

Der hat doch wohl nicht mehr alle Latten am Zaun. Was fällt ihm ein, hier alles Stehen und liegen lassen, um Madame zu versorgen? Ich hoffe er dosiert die Pillen etwas höher, dann wäre er dieses Problem schon mal los und könnte mit Michelle etwas anfangen, denn dass die beiden so was von scharf aufeinander sind, das sieht ein Blinder.

Nicht nur, dass er fast sabbert, wenn er sie sieht, auch Michelle zeigt allzu deutlich, dass sie was für ihn empfindet.

Wie euphorisch sie doch sofort für Marcus eingesprungen ist und das Turnier zu Ende bringen wird, damit wir gleich pünktlich mit dem Gig anfangen können. Zum Glück hilft Andre noch, so dass wir Marcus ersetzen können, trotzdem darf der sich nachher einen

Anpfiff bei mir abholen.

»Da sind Sie ja Doktor Laufenberg«, keift meine Lieblingskollegin auch gleich los, als sie auf Augenhöhe mit mir ist. »Was haben Sie sich eben nur wieder dabei gedacht?«

Ihre Stimme ist so was von schrill und unangenehm, dass ich mir liebend gerne die Ohren zuhalten möchte.

Kurz spiele ich mit dem Gedanken, sie einfach stehen zu lassen. Warum hat mich meine Mutter nur so gut erzogen, dass ich das nicht über das Herz bringe?

»Vielleicht erklären Sie mir erst mal, worum es eigentlich geht?«, frage ich sie ein wenig von oben herab. Ich weiß, wie sie es hasst, wenn ich so borniert bin, deshalb mache ich es ja, um sie auf die Palme zu bringen.

»Sie«, schnauft sie und streckt sich etwas, um nicht ganz so klein neben mir zu wirken. »Sie wissen genau, was ich meine. Ihr Theater mit ihrer Verlobten.«

Dabei hebt sie ihre Hände, um das Wort "Verlobte" mit imaginären Gänsefüßen in der Luft zu kennzeichnen. Welcher Schwachkopf hat sich eigentlich mal diese Unart ausgedacht?

»Haben Sie etwas an den Fingern oder warum machen Sie so komische Bewegungen in der Luft?«, piesacke ich sie noch etwas mehr.

Es tut gut zu sehen, wie ich mit meiner Bemerkung Frau Groß Blut in Wallungen bringe. Sofort bilden sich rote Kreise auf ihren mit Adern durchzogenen Wangen.

Sie kommt noch einen Schritt näher, was mich dazu veranlasst einen Schritt nach hinten zu tun. Nicht etwa weil ich Angst vor dieser Fregatte hätte, sondern weil ich sie im wahrsten Sinne des Wortes nicht riechen kann.

Meiner Meinung nach badet sie täglich in 4711, trinkt es – damit sie diesen Geruch auch als Schweiß ausströmt– und wäscht ihre Kleidung damit, eben das rundum Ekelpaket.

Jetzt ist es als Kölner ja schon fast blasphemisch nicht auf dieses Eau de Cologne abzufahren, aber sorry, was zu viel ist, ist zu viel.

Mein Versuch ihrem Gestank zu entkommen, scheitert an der Fensterfront hinter mir und so kommt die wandelnde Geruchsbelästigung noch etwas näher. Ich kann nur probieren, mit so wenig Sauerstoff wie möglich auszukommen.

»Sie …«, zischt sie mir erneut zu.

Ihr Wortschatz ist für eine Deutschlehrerin doch sehr beschränkt.

»Sie mit ihren peinlichen Eskapaden. Was fällt Ihnen ein so eine Show abzuziehen, wenn die Honoratioren von Stadt und Kirche hier sind? Wie steht denn unsere Schule da, wenn der Direktor öffentlich damit prahlt, etwas mit seiner Schülerin zu haben?«

Damit hat sie es geschafft mich noch wütender zu machen, als ich eh schon war.

»Ex-Schülerin«, erkläre ich ihr in einem nicht gerade freundlichen Ton. »Falls Sie ihr Gedächtnis im Stich lassen sollte, erinnere ich Sie gerne daran, dass meine Verlobte keine Schülerin mehr dieser Schule ist.«

»Hören Sie doch mit diesem Theater auf«, fällt sie mir barsch ins Wort, » am Anfang dachte ich ja wirklich, dass das einer ihrer blöden Scherze wäre, um Aufmerksamkeit zu erhaschen. Da Sie aber, so wie es den Anschein hat, tatsächlich eine Beziehung zu diesem Mädchen haben, habe ich mir doch mal so meine Gedanken gemacht. Ich bin zu dem Ergebnis gekommen, dass dies mit Sicherheit ja nicht erst beim Abiball angefangen hat. Ich weiß, so stellen Sie es gerne dar, aber ich bin mir sicher, dass da bestimmt schon vorher was zwischen Ihnen und der kleinen Fischer lief und Gnade Ihnen Gott, wenn ich es beweisen kann.«

»Sie drohen mir?«, brülle ich die alte Hexe so laut an, dass sie es jetzt vorzieht, ein paar Schritte zurückzuweichen.

»Sie wagen es ernsthaft mir zu drohen?«, laut erschallt meine Stimme über den Flur und ich muss mich schon sehr beherrschen, um nicht noch lauter zu werden. »Ich warne Sie Frau Groß, sollte ich nur von einem der Kollegen zu hören bekommen, dass Sie diesen Unsinn in der Schule verbreiten, werden Sie ihre Pensionierung hier nicht mehr erleben.«

»Wir werden ja sehen, wer am längeren Hebel sitzt Doktor Laufenberg.«

Sie dreht sich auf dem Absatz um und verschwindet.

Zwei mal atme ich erstmals wieder Frischluft in meine Lunge, dann mache ich mich endlich auf den Weg in Richtung Aula.

Kerry sucht mich sicherlich schon, denn sie wollte nur kurz zur Toilette. Also muss ich mich jetzt beeilen, denn ich habe ihr versprochen sie heute nicht mehr – bis auf den Gig – alleine zu lassen. Diese Geier, die hier überall herumschwirren, bekommen mein Mädchen nicht mehr in die Finger.

9. KERRY!

In der Aula ist die Hölle los.

Dutzende von Schüler schleppen Stühle nach draußen. Tom, Olli und ein paar Jungs bauen auf der Bühne das Equipment der Band auf, ein DJ richtet sein Mischpult ein und der Cateringservice stellt kleine Stehtische auf und verlegt das Büfett in den Flur.

Das Ganze erinnert an einen Ameisenschwarm, in dem Herr Scholz mit hochrotem Kopf hin und her jagt und noch ein Altbekannter hilft – mit einer Birne so rot wie eine reife Tomate – Sebastian Hammer.

Immer wieder schielt er verstohlen zu mir rüber, aber ich werde ihn nicht noch mehr quälen, sicherlich wird Theo ihn richtig zusammenfalten.

Nur wo steckt mein Großer eigentlich? Er wollte sich doch mit mir hier in der Aula treffen.

Ich hoffe nur, dass er nicht wieder irgendwo feststeckt und sich mit irgendwelchen unwichtigen Leuten unterhalten muss, denn ich komme mir schon wieder wie auf dem Präsentierteller vor, jeder glotzt mich blöd an.

Zu meiner Erleichterung traut sich aber im Augenblick keiner, mich anzusprechen. Das ändert sich aber in dem Moment, als Kaplan Kuster freudestrahlend auf mich zu stürmt.

Jetzt ist er – zum Glück – einer der wenigen, mit dem ich mich gerne unterhalte, deshalb schenke ich ihm auch mein freundlichstes Lächeln, als er mich überschwänglich umarmt.

»Kerry, wie schön Sie hier zu sehen.« Auch seine Freude ist nicht gespielt, das spüre ich sofort.

»Geht es Ihnen gut?«, erkundigt er sich eindringlich und sieht mich dabei doch sehr durchdringend an.

»Ja, danke«, stottere ich, denn ich wundere mich, dass er sich so für mein Befinden interessiert.
Der Kaplan nimmt meinen Arm und führt mich ein wenig zur Seite, so dass wir nicht mitten im Getümmel stehen.
Wenigstens zieht er mich nicht hinter sich her, wie das heute doch schon etliche Menschen getan haben.
»Und wann ist es so weit?«, flüstert er mir zu, als wir ein Plätzchen im hinteren Teil der Aula gefunden haben.
»Die Band wollte eigentlich um 19 Uhr spielen«, informiere ich ihn, »aber Herr Sommer musste kurz weg. Wir wissen nicht, ob er pünktlich zurück ist.«
»Ich meine nicht, wann die Band spielt«, leise lacht der Kaplan auf und sieht sich verschwörerisch um. »Ich wollte wissen, wann das Baby kommt.«
Ich habe das Gefühl, als ziehe mir jemand den Boden unter den Füßen weg.
Ist Theo von allen guten Geistern verlassen? Was fällt ihm ein mit Herrn Kuster über meine Schwangerschaft zu reden, und was noch viel schlimmer ist, mir nichts davon zu sagen. Wie stehe ich denn jetzt da? Ich kann doch nicht den Kaplan anlügen, aber die Wahrheit, die kann ich ihm auch nicht sagen.
Mordgedanken gehen mir durch den Kopf. Vor meinem geistigen Auge sehe ich wie sich meine Hände um Theos Hals legen. Der Mensch, dem ich gerade den Hals umdrehen will, stürmt im selben Moment in die Aula, geladen bis zur Halskrause, das ist ihm deutlich anzusehen. Erst als er mich und den Kaplan entdeckt werden seine Gesichtszüge etwas weicher.
»Entschuldige Baby, aber ich hatte noch ein sehr unerfreuliches Gespräch auf dem Weg hier her.«
Liebevoll drückt er mir einen Kuss auf die Stirn.
Er wirkt gestresst und erschöpft, als er Herrn Kuster eher halbherzig begrüßt.

Den scheint das nicht weiter zu stören, denn wild schüttelt er Theos Hand und ich befürchte schon, dass wenn er so weiter macht, mein Großer gleich keine Gitarre mehr halten kann.

»Doktor Laufenberg, ich hatte gerade mit Kerry so ein nettes Gespräch«, erklärt er Theo ohne auch nur im Geringsten an der Intensität des Händeschüttelns nachzulassen.

»Ja«, mische ich mich wütend ein. »Der Herr Kaplan wollte wissen, wann das Baby kommt.«

Ungefähr so entgeistert, wie ich eben geschaut haben muss, blickt jetzt Theo von Einem zum Anderen.

»Sie sehen gerade aus, als hätten sie den Leibhaftigen gesehen«, lacht Herr Kuster auf. »Sicher fragen sie sich, woher ich das mit dem Baby weiß?«

Wieder sieht er sich verschwörerisch um, wartet ab bis zwei Jungs auch die letzten Stühle aus dieser Ecke geholt haben, dann fährt er fort.

»Ich musste heute in der Stadt etwas besorgen, da ich vorgestern Onkel geworden bin. So hat mich der Wcg in einen Babyladen geführt, dort habe ich Sie gesehen. Sie haben ein paar wirklich grässliche Kleider anprobiert Kerry. Glücklicherweise haben Sie sich noch anderweitig umgeschaut. Dieses Kleidchen, das sie jetzt tragen, ist sehr bezaubernd und …« Er kommt noch etwas näher. »Man erkennt nichts, also machen Sie sich keine Sorgen.«

Der Mann ist der Knaller, denn ihm scheint also vollkommen bewusst zu sein, dass ich schon länger schwanger bin, als es erlaubt ist. Wobei ich, wenn es nach seinem Arbeitgeber geht, überhaupt noch nicht schwanger sein dürfte.

Theo hat sich als Erster wieder im Griff.

»Wie sieht das aus Herr Kaplan, Kerry und ich wollen ja hier in der Kapelle heiraten, da müssen wir doch auch vorher zur Beichte ...richtig?«

Zustimmend nickt Herr Kuster.

»Was ich Ihnen beichte bleibt unter uns ...egal, was es ist?«, hakt Theo weiter nach.
Erneut nickt der Kaplan.
»Okay.« Nun ist es Theo, der sich wie so ein Gecko umguckt. »Dann werde ich jetzt beichten.«
Oh mein Gott, das kann doch nicht wirklich sein Ernst sein.
Was plant er jetzt schon wieder? Er will doch nicht etwa zwischen all den Menschen, dem Kaplan von uns erzählen? Auch Herr Kuster sieht sich eher skeptisch um.
»Also wenn Sie unbedingt heute beichten wollen, sollten wir zumindest in die Kapelle gehen. Ich werde dann drüben schon etwas vorbereiten, bis gleich.«
Und ohne eine Antwort abzuwarten, dreht er sich um und verschwindet im Getümmel.
Theo und ich sehen uns etwas verwirrt an, dann packt mein Großer meine Hand und bugsiert mich zur Bühne, um Cassy zu informieren, dass wir kurz weg müssen.
»Was habt Ihr vor?«, horscht mein Schwesterchen auch gleich argwöhnisch nach.
Nicht ganz zu unrecht, schließlich kennt sie ihren Schwager in spe nur zu gut und dass der hin und wieder auf, sagen wir mal gewöhnungsbedürftige Ideen kommt, ist auch für sie kein Geheimnis.
»Beruhige dich mal«, grinst Theo breit. »Wir sind ganz brav und werden zur Kapelle gehen.«
»Ist klar, und ich werde nächste Woche Papst«, mischt sich Olli ein, der mit angehört hat, was wir vorhaben.
»Ernsthaft Olli«, bestätige ich Theos Aussage, obwohl ich es selbst kaum glauben mag. »Theo will beichten.«
»Um Gotteswillen«, stöhnen Cassy und Olli gleichzeitig auf. »Dann können wir ja erst um Mitternacht mit dem Gig anfangen.«
Zur Antwort bekommen sie von Theo den Mittelfinger gezeigt und

ich bin wirklich froh, dass dies außer den beiden keiner mitbekommen hat.

10. THEO!

Man spürt, dass der Herbst naht, als ich mit Kerry Hand in Hand über den noch immer gut besuchten Schulhof schlendere. Obwohl es den ganzen Tag brüllend heiß war, weht doch jetzt ein kalter Wind und wirbelt die ersten Blätter von den Bäumen.

Sich an mich kuschelnd, rückt mein Mädchen etwas näher und ich lege beschützend den Arm um ihre Schulter.

Neugierig drehen sich die Köpfe in unsere Richtung und werden, sobald wir vorbei gegangen sind, zusammengesteckt um miteinander zu tuscheln.

Wie armselig doch manche Menschen sind, haben die kein eigenes Leben, dass sie sich um das, der Anderen kümmern müssen?

Wenn sie wüssten, was wir vorhaben, würden sie wie die Hyänen über die kleine Kapelle herfallen, um ja ein paar Wortschnippsel mitzubekommen.

Vor der kleinen Kirche wartet der Kaplan schon in voller Montur auf uns.

Ich hatte jetzt nicht erwartet, dass er das Ganze so ernst nimmt. An und für sich ist er der lockerste Gottesmann, den ich kenne.

Er säuft wie ein Loch, steht mit den Schülern vor der Schule und qualmt und wenn er auf seiner Harley ankommt, ist er der Hingucker schlechthin.

Trotz alle dem oder vielleicht auch gerade deswegen sind seine Messen immer gut besucht mit Sicherheit auch, weil er in seinen Predigten kein Blatt vor den Mund nimmt.

Zum Glück haben die Schüler so viel Verstand und erzählen zuhause nichts davon, denn ich glaube, ansonsten wäre der gute Prediger schon längst strafversetzt worden.

»Schön, da seid Ihr ja«, begrüßt er uns freundlich.

Aus dem Augenwinkel kann ich sehen, wie die Köpfe, besonders die einiger weiblichen Schulfestbesucher, gereckt werden.
»Können wir bitte abschließen?«, bittet Kerry den Kaplan, als wir die Kapelle betreten haben. »Ich möchte ungern Zuhörer haben.«

Das meine süße Freundin sich Sorgen macht ist nicht zu übersehen. Ihre Hände sind schweißnass und auch auf der Oberlippe perlt es feucht.
»Hey Baby, warum bist du denn so nervös?« Leicht streichle ich ihr mit dem Daumen über ihre Hand, um sie ein wenig runter zubringen.

»Ich weiß nicht.« Hektisch sieht sich Kerry um. »Nicht dass hier irgendjemand zwischen den Bänken liegt und alles mitbekommt.«

Jetzt könnte man vermuten, dass meine bezaubernde, zukünftige Frau etwas paranoid ist, aber ganz so ist es nicht. Wir haben hier in der Kapelle schon die skurrilsten Dinge erlebt.
Ein Pärchen, das mehr als knutschend in der hinteren Bank lag. Zwei Schüler, die sich nach dem Schulgottesdienst extra haben einsperren lassen und somit eine riesige Suchaktion ausgelöst haben und schließlich noch der arme Kerl, der zuhause raus geflogen war und dank Herrn Kuster einfach wochenlang in der Sakristei schlief, ohne dass jemand aus dem Kollegium etwas davon wusste.

»Keine Sorge«, beruhigend nimmt der Kaplan Kerrys Hand und zieht sie zu sich runter, so dass sie sich neben ihn in die Bank setzen muss.
»Alles ist kontrolliert, wir sind alleine und abgeschlossen habe ich auch gleich hinter uns.«

»Danke« Atmet mein Mädchen sichtlich erleichtert auf.
Sie blickt sich um, und ihre Augen beginnen zu leuchten. Auch mir fällt erst jetzt auf, wie viel Mühe sich der Kaplan gegeben hat, um in der Kürze der Zeit so eine anheimelnde Atmosphäre zu schaffen.

Der ganze Altarraum steht voll mit brennenden Kerzen und im Hintergrund läuft ganz leise, sehr entspannende Musik.
»Schön haben Sie das gemacht.«
Herzlich umarmt Kerry, Herrn Kuster und strahlt mich dabei an, als hätte sie gerade den Jackpot bei einer Lotterie gewonnen.
Ja, ich gebe zu, mit ihrem Wunsch hier in der kleinen Schulkapelle zu heiraten hat sie ins Schwarze getroffen. In keiner der anderen, zahlreichen Kirchen in Köln würden wir uns so wohl fühlen, wie in diesem kleinen Kapellchen.
»Es freut mich, wenn es euch gefällt.« Auffordern blickt mich der Prediger an, da ich immer noch neben der Bank stehe. »Willst du da Wurzeln schlagen?«
Er wartet ab, bis ich mich auch hingesetzt habe, erst dann fängt er an zu reden.
»Als Erstes muss ich euch über einige Dinge ausfragen und auch aufklären.«
Lässig streckt er die Beine von sich und unter der Soutane blitzen seine Boots hervor.
»Wie euch bestimmt aufgefallen ist, duze ich die Paare, die ich traue. Sollte dir das unangenehm sein ...«, wendet er sich an mich. »Weil du ja hier in der Schule der Chef bist, werde ich dies selbstverständlich unterlassen.«
»Quatsch« Reiche ich ihm die Hand. »Ich bin immer froh, wenn es nicht ganz so förmlich ist.«
»Sehr gut.«
Wie schon eben in der Aula schüttelt er meine Hand so heftig, dass ich Angst habe mir eine Sehnenscheidenentzündung zu holen.
»Falls ihr es noch nicht wisst, ich heiße Michael und lasst euch nicht einfallen mich Micha oder so zu nennen.“
An der Eingangstüre wir kräftig gerappelt, da sind sie also die Geier, die uns neugierig gefolgt sind. Pech gehabt, auch Michael scheint das gleich zu denken, denn er lehnt sich zufrieden in der

Bank zurück und verschränkt die Arme vor der Brust.
»Wann wollt ihr heiraten?«, fragt er schließlich nach einer Weile des Schweigens.

»An Silvester ...ist das ein Problem für dich?«, hakt Kerry vorsichtig nach.
Sie weiß, wie viele Schwierigkeiten uns ihr absoluter Wunschtermin schon eingebracht hat. Wenn es nach mir gegangen wäre, hätten wir gleich in den Sommerferien geheiratet. Da aber Kerry, ebenso wie Fronk, der Meinung sind, dass man nur ein Mal im Leben heiratet, muss dies auch gebührend gefeiert werden.

Für mein Mädchen stand von Anfang an fest, dass man dies am besten mit einer Kombination aus mehreren Festen, am effektivsten tun könnte und damit war die Idee geboren an Silvester zu heiraten, denn so feiern wir nicht nur unsere Hochzeit, sondern würden gleichzeitig das neue Jahr begrüßen und meinen Geburtstag gleich mit begießen.

Soweit war dies ja auch ein superschöner Plan, nur leider kamen doch tatsächlich noch so furchtbar viele Menschen auf die Idee, an Silvester feiern zu wollen. Ich weiß gar nicht mehr wie viele zigtausende Restaurants, Hotels, Säle, Pfarrheime oder ähnliche Locations – in denen man nur irgendwie eine Hochzeit feiern könnte– wir angerufen haben.

Die meisten bekamen nahezu einen Lachkrampf, als wir das Datum nannten, an dem wir den Raum anmieten wollten. Für Silvester musste man allem Anschein nach Jahre im Voraus buchen.

Ich habe mir schon vorgenommen, wenn unser Kind da ist, einfach mal prophylaktisch einen Raum für das Silvester in etwa dreißig Jahren zu buchen. Nur so zur Sicherheit, falls unser Kind es uns gleich tun will und auch an diesem Tag heiraten möchte.

Wenn nicht Frau Scholz uns zufällig aus der Patsche geholfen hätte, dann hätten wir wohl oder übel Gudruns großzügiges

Angebot in der Villa zu feiern, annehmen müssen.
Damit wäre aber schon der Stress mit Cassy vorprogrammiert.

Zum Glück gibt es da, aber meine liebe Sekretärin, die die Neugierde in Person ist und unsere Hochzeit für so was wie die Vermählung in einem ihrer geliebten Königshäuser hält. Deshalb gibt es für sie auch so gut wie kein anderes Thema mehr. Mal will sie wissen, was ich tragen werde, mal was Kerry wohl für ein Kleid wählt.

Vor etwa zwei Wochen interessierte sie sich dafür, wo wir denn feiern würden, womit sie natürlich meinen Wundenpunkt erwischt hatte. Zerknirscht musste ich ihr gestehen, dass ich keinen blassen Schimmer hätte.

»Und warum feiern Sie nicht hier?«, wollte sie von mir wissen.
Und bevor ich überhaupt registriert hatte, was sie genau vorgeschlagen hatte, war sie schon mit flinken Fingern über ihre Tastatur am PC geflogen und präsentierte mir die Webseite eines Caterers, der aus Turnhallen wahre Hochzeitsparadiese erschuf.

Jetzt wurde mir bei dem Gedanken, unsere Hochzeitsgesellschaft inklusive des Büfettes durch die schweißgetränkten Umkleidekabinen zu bugsieren, regelrecht übel, aber es musste ja nicht die Sporthalle sein, die Aula war groß genug für unsere dreihundert Gäste.

Außerdem bot die Schule gleich mehrere Vorteile. Wir waren direkt an der Kapelle, die Gäste hatten auf dem Schulhof genügend Parkmöglichkeiten und Kerry konnte mit ihrem ganzen Stylingteam ein paar Klassenräume beziehen.

Wegen der Ferien bekamen wir einen größeren Spielraum für die Vorbereitungen und konnten uns auch mit dem Abbau etwas Zeit lassen.

Herr Scholz gab auch sofort sein Okay, als ich bei ihm nachfragte, ob er sich denn damit anfreunden könne, dass wir in seinem wohlverdienten Urlaub die Schule beschlagnahmen würden.

Für ihre gute Tat bekam Frau Scholz auch gleich eine persönliche Einladung von mir, die sie freudestrahlend mit ein paar Tränchen quittierte.

Zu meinem großen Bedauern hatte aber auch meine Lieblingsfeindin Wind von dieser Aktion bekommen, was in zweierlei Hinsicht sehr ärgerlich war, denn erstens wollte ich den Hochzeitstermin erst nach dem Jubiläum bekannt geben und zweitens glaubte meine geliebte Kollegin, dass ich sie einladen würde und so stand sie kurze Zeit nach dem Gespräch mit Frau Scholz vor meinem Schreibtisch, um mir mitzuteilen, dass sie nicht wisse, ob sie an Silvester kommen könne, da sie ja schließlich Verpflichtungen hätte.

Im ersten Moment war ich über so viel Dreistigkeit völlig perplex, so dass ich überhaupt nicht reagieren konnte.

Dafür reagierte mein Mädchen umso heftiger, als ich ihr am Abend erklären musste, dass Frau Groß nun leider doch auf unserer Hochzeit erscheinen würde und das, obwohl wir abgemacht hatten, dass Kerry keine meiner Schüler mit denen sie befreundet war und ich – außer Marcus natürlich – niemand aus dem Kollegium einladen würde.

»Warst du betrunken, als du die Hexe eingeladen hast?«, hatte sie getobt und ich konnte es ihr noch nicht mal verübeln, dass sie sauer war.

Meine Hoffnung, dass der Drachen anderweitig verplant wäre, begrub ich gleich wieder, denn wer wollte mit so einem Menschen schon zusammen Silvester feiern.

Meine Rache bestand darin, dass ich sie wieder mal ein wenig provozieren musste.

Sie bekam ein exklusives Exemplar unserer Einladungskarten. Die Originalkarte wurde aus meinem Lieblingsfoto von uns gemacht. Ein Bild wie aus einem Kitschroman. Kerry und ich engumschlungen am Strand. Beide tragen wir Jeans und weiße Shirts. Das seichte Wasser umspült unsere nackten Füße und ihre Haare wehen im Wind, während man am Bildrand die untergehende Sonne erkennen kann.

Für Frau Groß hat Fronk dann ein ganz besonderes Foto gemacht – mein Mädchen im Schulmädchen Outfit, ich in voller Lehrermontur – zwar mit viel Protest von Kerry, aber letztendlich hatte sie klein beigegeben, weil sie ja schon alles andere aussuchen durfte.

Ein wenig muss ich grinsen, wenn ich mir das Gesicht der alten Hexe vorstelle, wenn ich ihr die Karte überreichen werde.

»Kein Problem«, reißt mich Michael aus meinen Gedanken.

»Hast du das gehört«, kreischt Kerry freudig auf und küsst mein Gesicht ab. »Es klappt tatsächlich. Ach ist das schön.«

Als wären ihr Zementblöcke von den Schultern genommen, lässt sich mein Mädchen zurück auf die Bank fallen.

»Nachdem das jetzt geklärt ist, könnten wir doch mal zum eigentlich Grund unseres Aufenthalts kommen«, dränge ich ein wenig.

»Du hast es aber eilig«, schmunzelt der Kaplan, »aber gut du willst ja heute noch ein bisschen Musik machen ... dann leg mal los.«

Da ich ehrlich gesagt keine Ahnung habe, wie man denn jetzt so beichtet – die Letzte hatte ich bei meiner Erstkommunion – warte ich auf Anweisungen.

Aber nichts kommt. Michael sitzt weiter relaxt in der Bank und sagt kein Wort.

»Soll ich lieber rausgehen?«, unterbricht Kerry schließlich das Schweigen.

»Wenn Theo dann endlich loslegt, wäre dass keine schlechte Idee.«

Herzhaft gähnt unser Prediger und schlägt die Beine übereinander.

»Nein, Baby bleib bitte hier.«

Ich verhake unsere Finger, küsse ihre Hand, dann lege ich los.
»Ich hoffe, ich schockiere dich nicht zu sehr.« Warne ich nur vorsichtshalber mal vor.
Was aber Michael nicht sonderlich zu beeindrucken scheint, denn er bewegt sich auch nicht einen Millimeter aus seiner bequemen Position.
Also gut, wenn er es nicht anders will.

»Ich fange mal harmlos an. Ich hasse Frau Groß«
»Wer nicht?«, antwortet der coolste Kaplan der Welt lapidar.
Nun ja, wo er recht hat, hat er recht, das war jetzt nicht so schockierend. Dann muss ich eben stärkere Geschütze auffahren.

»Kerry ist in der zwanzigsten Woche schwanger.« Lasse ich die Bombe platzen.
Nichts passiert, weder bricht Michael zusammen – wie ich es erwarte habe – noch schmeißt er uns raus. Also kann ich noch eins drauflegen.

»Wir sind schon seit vierzehn Monaten zusammen.«
Schon wieder nichts. Er scheint weder schockiert, noch zeigt er sonst eine Regung. Vielleicht ist er doch in so einer Art Schockstarre.

»Und? ...Wann kommt jetzt deine Beichte?«, fragt er plötzlich zu meinem großen Erstaunen nach. Hat er mir nicht zugehört?

»Wann willst du mir was erzählen, was ich noch nicht weiß?«
Kerry und ich müssen anscheinend so verstört aussehen, dass Michael in schallendes Gelächter ausbricht.
»Leute, ich bin zwar Priester, das heißt aber nicht das ich blind bin. Denkt ihr, ich habe eure verliebten Blicke nicht bemerkt, wenn ihr zum Schulgottesdienst gekommen seid, und das Kerry nicht gerade erst gestern Nacht geschwängert wurde, das habe ich im Babyladen mehr als deutlich erkannt.«

11. KERRY!

Ich zittere immer noch ein wenig, als wir in Theos Büro ankommen.

Was wir eben erlebt haben, kann doch nicht real gewesen sein. Der Kaplan hat die ganze Zeit gewusst, dass Theo und ich ein Paar sind. Was wenn er nicht geschwiegen hätte, was wenn er nicht so eine coole Sau wäre?

Ich darf überhaupt nicht darüber nachdenken.

Als wollte Pünktchen meine Gedanken bestätigen, rumpelt es lustig in mir herum. Endlich kann ich mal wieder meine Hände auf meinen Bauch legen.

»Was ist Baby, tanzt unser Rockstar wieder?«

Liebevoll legt Theo ebenfalls seine Hände auf die Stelle, an der Pünktchen heftig herumtobt.

Er hebt mich hoch und setzt mich auf seinen Schreibtisch, dann presst er seine Lippen auf meine und stößt fordern seine Zunge in meinen Mund.

»Was hast du vor?«, nuschele ich, während er sanft seine Zunge über meine Piercingkugel streicht.

»Muss ich dir das wirklich sagen?«, keucht er in meinen Mund.

»Bist Du verrückt?« Erschrocken stoße ich ihn von mir, zumindest versuche ich es, doch er steht fest wie ein Steinfels.

»Ja Baby«

Langsam fährt Theo mit seiner Hand an meinem Bein hoch, als er an den Rand meiner Halterlosenstrümpfe gelangt, stöhnt er heiser auf.

»Ich bin verrückt, verrückt nach dir.«

»Du bist nicht nur verrückt«, mit aller Kraft versuche ich erneut ihn wegzuschieben, »du hast komplett den Verstand verloren.

Erinnerst du dich, dass um uns herum gerade ein großes Fest stattfindet?«

»Spielverderber«, grummelt Theo.

Geschlagen nimmt er die Hände unter meinem Kleid weg und löst seine Krawatte.

Erleichtert atme ich auf, endlich fängt er an, sich umzuziehen. Das wird auch höchste Zeit, denn wie ich Cassy kenne, wartet die schon mit Schaum vor dem Mund auf uns.

Gerade hat sich Theo das Hemd abgestreift, da stürzt Frau Groß, ohne anzuklopfen in den Raum. Mir bleibt vor Schreck fast das Herz stehen. Wäre sie zwei Minuten früher so herein gepoltert, hätte das etwas peinlich für alle Beteiligten werden können.

»Sagen Sie mal, haben Sie schon mal was von Anklopfen gehört?«, fährt Theo seine Kollegin mehr als schroff an.

Die bleibt wie angewurzelt im Türrahmen stehen und starrt auf seinen nackten Oberkörper.

Ich bin mir nicht sicher, was sie genau da so anvisiert. Ob es der wirklich gut trainierte Body meines Freundes ist oder eher seine Tattoos, allen voran natürlich das mit meinem Namen.

»Sind Sie gekommen um mich anzusehen oder gibt es einen plausiblen Grund für ihr Auftreten?«

Theos Stimme hat an Lautstärke noch etwas zugenommen und lässt Frau Groß doch etwas zusammenzucken.

»Der Kaffee in der Cafeteria ist aufgebraucht«, stottert sie verlegen und ich glaube zu sehen, dass sich ihre Wangen leicht rosa verfärben.

Ob jetzt vor Wut, weil Theo sie so angeblafft hat oder weil sie eher selten einen halbnackten Mann sieht, wird wohl ihr Geheimnis bleiben.

»Und?«

In aller Seelenruhe fängt mein durchgeknallter Verlobter an seinen Gürtel zu öffnen und zieht langsam den Reißverschluss nach unten.

Er wird doch nicht ernsthaft seine Hose vor Frau Groß hinunterlassen? Zuzutrauen wäre es ihm.

Genau das scheint auch seiner Kollegin durch den Kopf zu gehen, die ich das erste Mal, seit ich sie kenne, nicht so recht weiß was sie sagen soll.

»Was sollen wir denn jetzt machen?«

Ihre Stimme wirkt ein wenig belegt und ihr Blick ist fest auf den Boden gerichtet.

»Schließen Sie die Cafeteria. Wir haben 19 Uhr, da sollen die Leute an den Getränkewagen auf dem Schulhof gehen, sich am Grill bedienen oder sonst wo und nicht Kaffee trinken.«

Damit scheint für Theo das Thema beendet.

Er dreht sich um und lässt wahrhaftig seine Hose runter und präsentiert Frau Groß somit seinen tollen Knackarsch in perfekt sitzenden Boxershorts.

»Doktor Laufenberg«, quiekt sie regelrecht auf, »Sie ...Sie sind unmöglich.«

Mit diesen Worten verlässt sie fluchtartig das Büro.

»Wo sie recht hat, hat sie recht«, muss ich meiner Ex-Lehrerin zustimmen, kann mir dabei aber ein Lachen nicht verkneifen.

Ich hüpfe vom Schreibtisch und klatsche Theo mit der flachen Hand auf seinen Popo.

»Au«, schreit er kurz auf, packt aber sofort meine Hand und zieht mich fest in seine Arme.

Doch bevor er da weitermachen kann, wo ich ihn eben schon mal gestoppt habe, werden wir wieder gestört. Diesmal klopft der Störenfried aber wenigstens.

»Moment«, brummt Theo unfreundlich und springt schnell in seine Jeans.

»Kann ich reinkommen?«

Das ist doch Marcus, der da so kleinlaut hinter verschlossener Tür spricht, wieso kommt er denn nicht rein?

»Nein«, brüllt Theo.

Was ist denn jetzt? Theo hat doch schon sein Shirt an. Gerade eben hat er seiner Kollegin noch seinen Popo hingehalten und vor Marcus spielt er den Scheuen.

»Es ist besser für ihn, wenn er mir jetzt nicht unter die Augen kommt«, beantwortet mein kleiner Choleriker mir meine ungestellte Frage.

»Ich wollte mich nur zurückmelden.«

Todesmutig ignoriert Marcus, Theos Ansage und öffnet einen kleinen Spalt die Tür. »Es tut mir leid, ich musste mal kurz weg.«

Wie ein geprügelter Hund steht unser armer Freund in der Türe und wartet auf das Donnerwetter, welches ihn ganz zweifellos erwarten wird.

»Sag mal tickst du nicht richtig?«, legt der Chef des Hauses auch gleich los. »Was fällt dir ein, dich einfach während des Schulfestes, nein besser noch, während des Turniers, zu verdrücken?«

Wütend schiebt Theo den Gürtel in die Schlaufen und schließt ihn, dann ist Marcus wieder dran, der bisher geschwiegen hat. Er kennt seinen Boss, wenn Theo sich erst mal ausgetobt hat, ist es meistens wieder gut.

»Du kannst so froh sein, dass Michelle alles in die Hand genommen hat«, tobt Theo auch schon weiter. »Hier wäre ja ein Chaos ausgebrochen, nur weil der gnädige Herr sich mal verpisst ohne mich zu fragen.«

»Du hättest eh nein gesagt, wenn ich dich gefragt hätte, ob ich schnell fahren kann«, wagt Marcus zu bemerken.

»WAS?!«

Theos Stimme kann man garantiert bis zur Aula hören, so laut ist er.

»Dir war klar, dass ich dich nach deinem Verstand gefragt hätte, wenn du mir gesagt hättest, dass du deiner Frau mal ein paar

Kopfschmerztabletten bringen musst?« Seine Nasenflügel blähen sich auf und er verengt seine Augen zu kleinen Schlitzen.
Kein gutes Zeichen.

»Du kennst doch Britta.«

Hilfesuchend blickt Marcus zu mir rüber, aber da muss er leider alleine durch. Das ist hier eine Sache zwischen Angestelltem und Chef und nicht zwischen zwei Freunden.

»Wenn ich nicht gefahren wäre, hätte sie mir später die Hölle heißgemacht. Sie war wohl sauer, weil sie Kerry heute beim Shoppen getroffen hat und die ziemlich pampig zu ihr war.«

»Du warst pampig, Baby?«, grinst Theo mich an, »was hast du den gemacht?«

»Nichts.«

Bei dem Gedanken an Brittas verdutztem Gesicht muss ich jetzt auch grinsen.

»Sie hat mich gefragt, warum ich bei dem Schulfest dabei sein darf ...«, wie ein kleines Mädchen fange ich an zu kichern, »und dann ...«, pruste ich los und mir wird erst jetzt bewusst, dass ja der arme Marcus zuhört, aber zu spät, ich kann nicht mehr aufhören zu lachen.

»Und dann habe ich ihr gesagt, dass ich dabei sein darf, weil ich jede Nacht mit dem Direktor vögele.«

Theo und Marcus starren mich an, als wäre ich eines der sieben Weltwunder.

»DAS hast du gesagt?«, fragt Markus ungläubig nach.

Er kann wohl nicht glauben, dass ausgerechnet ich so mit seiner Hexe geredet habe.

Ich kann nur nicken, so kichere ich immer noch.

Mit Schwung hebt mich Theo hoch und küsst mein Gesicht ab. Mehr könnte er sich nicht freuen, wenn mir der Friedensnobelpreis verliehen würde.

»Das ist mein Mädchen«, strahlt er mich an.

Marcus Gesicht wirkt eher gequält, aber er hat Glück. Mit einem Schlag scheint Theo besser gelaunt.

»Da meine süße Verlobte nicht ganz unschuldig an deinem Dilemma ist, will ich vergessen, wie idiotisch du dich verhalten hast.«

Vorsichtig setzt er mich wieder ab und legt beide Arme um mich.

»Deshalb, mein Freund, wirst du jetzt zur Sporthalle gehen, nachschauen, ob dort alles im grünen Bereich ist, dann schnappst du dir Michelle und machst dich auf den Weg zur Aula. Wir sind in zehn ...« Fest presst er sich von hinten an mich und vergräbt sein Gesicht in meine Haare,

»Wir sind in fünfzehn Minuten da.«

Noch nie habe ich Marcus so schnell verschwinden sehen.

»So und wehe wir werden jetzt noch einmal gestört«, droht mein Höhlenmensch mal so ins Blaue, für alle die, die noch vorhaben den Chef persönlich zu nerven.

Mit der einen Hand kramt Theo den Schlüssel aus seinem Jackett, das er eben auf den Stuhl geschmissen hat, mit der anderen öffnete er den Reißverschluss meines Kleides.

»Wir sind immer noch in der Schule«, kläre ich den Wahnsinnigen auf.

Dieses Mal ohne Erfolg. Meine Worte vollkommen ignorierend, schließt er die Türe ab und kommt langsam und geschmeidig, fast raubtierartig auf mich zu. Ich will noch weiter protestieren, da hat er mich aber schon gepackt, dreht mich mit dem Gesicht zum Fenster und beugt mich über seinen Schreibtisch.

»Bleib genauso, Baby«, raunt er mir ins Ohr, was mir einen Schauer über den Rücken laufen lässt.

Fast streichelnd streift er mein Kleid ab und stöhnt heiser auf, als ich nur noch mit High Heels, halterlosen Stümpfen und Dessous vor ihm stehe.

Was heißt hier, vor ihm stehe? Ich liege mit dem Oberkörper auf dem Schreibtisch und kann mir so die Leute auf dem Schulhof ansehen. Bin ich froh, dass die Gardinen zugezogen sind und so nur ich die Gäste beobachten kann, sie aber umgekehrt nichts von dem Treiben in diesem Büro mitbekommen.

Zentimeter für Zentimeter fährt Theo – von den Fußknöcheln an – nach oben. Der nächste Schauder läuft über mich. Jede Stelle, die er mit seiner Hand berührt, wird sofort danach von seinen Lippen liebkost.

»Theo« Schlucke ich trocken. »Sei vernünftig ...man könnte uns hören.«

Das Letzte bisschen Verstand in mir, versucht sich noch zu behaupten. Ohne Erfolg.

Leider bin ich schwach und so gewinnt meine Lust auf ihn, die stetig mit jeder Berührung seiner Finger und seiner Zunge wächst. Schließlich ist er da, wo er hin will, an meiner doch schon ziemlich feuchten Hitze.

Mit seinen schlanken Fingern ist er im Nu am Stoff meines Tangas vorbei und fährt gemächlich über meine – um ehrlich zu sein – nicht nur feuchte, sondern klitschnasse Mitte.

Er beugt sich über mich, knabbert an meiner Schulter und beginnt mit der anderen Hand meine Brüste freizulegen.

»Oh, Baby«, brummt er in mein Ohr und lässt seine Zunge dabei mit meinem Ohrläppchen spielen, um sich dann einen Weg an meinem Hals herunter zu bahnen.

Gleichzeitig stößt er ohne Vorwarnung seinen Finger in mich, was mir einen spitzen Schrei entlockt.

Erschrocken halte ich mir die Hand vor den Mund. »Baby, du darfst nicht so laut sein«, flüstert er mir zu und ich spüre dabei regelrecht sein Grinsen.

»Mistkerl«, keuche ich.

Muss mir aber bereits erneut die Hand vor den Mund halten, denn Theo hat mich so kräftig in meine Brustwarze gekniffen, dass ich

fast schon wieder aufgeschrien hätte.
Meine Nippel sind seit ich schwanger bin so empfindlich, dass im Prinzip schon die kleinste Berührung reicht, um mir wahre Stromstöße in den Unterleib zu schicken.

Komischerweise finde ich es zurzeit sogar sehr erregend, wenn Theo etwas gröber wird.
So wie auch jetzt. Fest zwirbelt er meine Nippel, was mich zusammen mit der rhythmischen Bewegung seines Fingers in mir fast schon sofort kommen lässt.

Deutlich spüre ich Theos Erektion, die er hart gegen meinen Po drückt und die mit jeder Minute noch zu wachsen scheint.
»Bitte«, stöhne ich und reibe mein Hinterteil an seiner Härte. Er soll sich endlich in mir versenken.

»Hörst du wohl damit auf, mein ungeduldiges Mädchen«, raunt er mir ins Ohr.
Ihn scheint es nicht zu stören, dass Cassy mindestens schon einen Suchtrupp nach uns geschickt hat.
»Ich werde gleich in dich stoßen, Baby, aber erst muss du einmal kommen.«

»Theo ...Bitte«, flehe ich ihn beinahe an und presse dabei so fest gegen seine Erektion, dass auch er laut aufstöhnt.
»Wenn du jetzt nicht stillhältst, werde ich dich nicht kommen lassen«, brummt Mr. Sexy und zieht, wie zur Untermauerung seiner Drohung, seinen Finger aus mir.

»Du bist so gemein«, jammere ich.
Gerne würde ich mich umdrehen, um diesem Scheusal die Klamotten vom Leib zu reißen, doch er liegt so schwer mit seinem Oberkörper auf mir, dass ich mich nicht einen Millimeter aufraffen kann.

»Wirst du artig sein und stillhalten?«, fragt er mich leise.
Als ich nicke, stößt er mit zwei Fingern in mich, was mir fast Tränen in die Augen treibt.

Mein Puls beginnt zu rasen, ich tropfe wie eine Tropfsteinhöhle und in mir baut sich eine wahnsinnige Welle auf.

Wieder kneift mich Theo so fest in meinen Nippel, dass es sofort wie Feuer brennt, mich aber in tausend Stücke explodieren lässt. Ich sacke regelrecht in mich zusammen und bin froh, dass mein wahnsinniger Freund seinen zweiten Arm um meine – nicht mehr ganz so schlanke – Taille geschlungen hat und mich festhält.

Nachdem ich wieder etwas zu mir komme, lässt Theo mich los und ich höre, wie er seinen Reißverschluss öffnet.
Im nächsten Moment ist sein steinhartes Glied schon an meiner immer noch pulsierenden Spalte und reibt sich genüsslich daran.

»Oh Baby, du bist so heiß«, knurrt er.
Langsam, Stück für Stück schiebt er sich in mich, und auch wenn der erste Orgasmus noch nicht ganz abgeklungen ist, baut sich bereits eine neue Lustwelle in mir auf, den Hormonen sei dank.
Meine Hände krallen sich am Rand des Schreibtisches fest. Meine Güte, wenn der reden könnte.

Theos Atem geht mit jedem Stoß schneller und auch mein Puls hat schon wieder einen Eintrag ins Guinnessbuch der Rekorde verdient.
Mit einem doch ziemlich lauten Grollen bricht Theo über mir zusammen und auch ich stehe kurz davor erneut den Verstand zu verlieren. Heiß prickelt es am ganzen Körper. Millionen kleine Nädelchen wandern über mich, ich kann kaum noch stehen, meine Beine sind weich wie Pudding, so überrollt mich auch dieser Orgasmus.

Erschöpft –alle viere von mir gestreckt, wie bei einem kleinen Hund dem man gerade vor dem Ertrinken gerettet hat – liege ich mit meinem Brustkorb auf dem Schreibtisch. Der Rest meines Körpers wird nur durch Theos Hilfe aufrecht gehalten.

»Geht es dir gut, Baby?«, flüstert er mir zu und streicht mir ein paar Haare aus dem Gesicht.

»Sehr gut«, murmele ich, denn zu mehr reicht meine Kraft nicht mehr.

Ich spüre, wie mir Theos Saft heiß die Beine hinunter läuft, als er sich aus mir herauszieht. Auch das kann mich im Augenblick nicht weiter stören, obwohl mir klar ist, dass es bedeutet, dass ich den Rest des Abends ohne Strümpfe herumlaufen muss.

Mit einem >platsch< landet dann auch prompt ein dicker Schwall Sperma auf dem Teppichboden. Was die Putzfrau sich wohl am Montag denkt, wenn sie hier sauber macht? Glücklicherweise werde ich dabei nicht in ihrer Nähe sein.

Mit kleinen, federleichten Küssen auf meinen Rücken holt mich Theo aus meinen wirren Gedanken. Liebevoll streichelt er über meinen Bauch. Darin ist es aber ganz still, unser Kind scheint es zu lieben, wenn wir Sex haben, denn in dieser Zeit gibt es keinen Mucks von sich.

»Schade, dass wir schon aufhören müssen«, stellt Mr. Unersättlich mit Bedauern fest, »aber Baby, ich habe heute Nacht noch eine Überraschung für dich.«

Was hat er denn jetzt noch vor? Ich weiß nicht, ob ich die Überraschung überhaupt haben möchte, denn ich bin vollkommen geschafft.

Ganz im Gegensatz zu Theo, der wirkt wie das blühende Leben. Er hat bereits wieder alles verpackt, schließt seinen Reißverschluss und strahlt, wie ein Mann nur strahlen kann, der gerade tollen Sex hatte.

Wenn er so jetzt zu Cassy geht, schlägt die ihm eine rein, denn er könnte sich auch gleich ein Schild umhängen "hab es gerade mit meiner Freundin getrieben".

Ich dagegen raffe mich mühsam auf und bin dankbar, dass Theo mir mein Kleid anreicht und ich mich nicht danach bücken muss.

»Ruh dich noch ein wenig aus«, schlägt mir der Mann, der anscheinend die Energie eines Marathonläufers besitzt, vor.

Er schließt die Bürotüre auf, schmeißt mir eine Kusshand zu und ist auch schon verschwunden.

Ausruhen ist eine tolle Idee, finde ich.

Deshalb schließe ich auch wieder ab und rolle mich auf Theos Schreibtischsessel zusammen, wo mir auch sofort die Augen zufallen.

12. THEO!

Die Aula ist schon bis auf den letzten Platz besetzt.

Fröhlich pfeifend laufe ich zur Bühne hoch, auf der mich Cassy schon mit einem Gesichtsausdruck empfängt, der Bände spricht.

»Lächeln, Schwägerin«, raune ich ihr zu.

»Ich gib dir gleich Lächeln«, quetscht sie mit zusammengebissenen Zähnen raus.

Sie dreht dem Publikum den Rücken zu und ich bin mir sicher, wenn sie könnte, würde sie mir jetzt an die Kehle springen, aber zum Glück ist sie Profi genug um das nicht vor den Wartenden zu zeigen.

»Wir sprechen uns später«, droht sie mir noch kurz, dann wendet sie sich mit einem Megawatt Strahlen dem Publikum zu.

»Da ist ja der verloren gegangene Doc. Wo der sich wohl herumgetrieben hat?«

Den Blick, den sie mir zu wirft, verrät mir, dass sie genau weiß, wo ich war und was ich getan habe. Na und soll sie doch. Nur weil Cassy und Tom ein Sexualleben wie tote Fische haben, müssen mein Mädchen und ich ja nicht auch in Askese leben.

»Sollen wir loslegen?«, brüllt sie ins Publikum.

Lauter Jubel braust los. Ein Zeichen, dass wir starten können und als würde ein kleiner Schalter umgelegt, wirkt unsere Bandchefin mit einem Mal wie ausgewechselt. Sie ist entspannt, gibt wieder voll und ganz ihr Bestes und hat binnen weniger Sekunden den Saal in ihren Bann gezogen.

****

»War das geil mal wieder in der Schule zu spielen.« Wie ein aufgedrehtes Stehaufmännchen läuft Olli herum und ist immer noch hin und weg, was aber auch auf Gegenliebe stößt.

Eine ganze Gruppe Oberschülerinnen steht kichernd vor der Bühne und schaut andächtig zu, wie Olli und die Jungs anfangen alles wieder abzubauen.

»Dein persönlicher Fanclub«, ziehe ich ihn etwas auf.

»Nur kein Neid«, grinst er mich an und schenkt seinen Groupies ein Augenzwinkern, was ein kollektives Aufstöhnen auslöst.

»Tu mir einen Gefallen und nimm keine mit zu dir«, bitte ich ihn eindringlich.

Auch wenn Olli in der anderen Haushälfte wohnt, wäre es mir nicht so recht, wenn meine Schülerinnen wüssten, wo ich wohne.

Glücklicherweise weiß mein Freund gleich, worauf ich hinaus will.

»Keine Angst, die Mädels sind mir definitiv zu jung«, beruhigt er mich und flirtet trotzdem ungeniert mit ihnen weiter. »Da muss ich ja Angst haben, dass ich sie morgen in der Kinderklinik als Patientin behandeln muss.«

Na ja ganz so ist es ja nicht, aber ich werde den Teufel tun und den Charmingboy darüber aufklären, dass die Mädels doch schon alle volljährig sind.

Etwas traurig sieht Leonie, die ganz gegen ihre Gewohnheit tatkräftig mit anpackt, zu dem Fanclub rüber.

Jeder weiß ja, dass sie hoffnungslos in Olli verknallt ist und der bisher immer Reißaus vor ihr genommen hat, weil ihn diese Schwärmerei nervte.

Nennt man so was Ironie des Schicksals? Das, was er in Vollendung seit Jahren bei Kerry veranstaltet, geht ihm plötzlich, wenn es um seine Person geht, auf die Nerven.

Seit dem Abiball hat sich Leonie aber sehr zurückgehalten und so taut auch das Verhältnis zu ihrem Angebeteten langsam etwas auf.

»Hey, Bassist«, ruft Alina, die Freizügigste aus der Mädchentruppe, ihrem Superstar zu.

»Hast du Lust mit uns noch was trinken zu gehen?«

Vorsichtig schielt sie zu mir rüber, »Und wer weiß, was der Abend sonst noch so bringt.«

Anscheinend sind ihre Skrupel doch nicht so groß, dass sie, nur weil der Direx ihrer Schule danebensteht, auf eine heiße Nacht verzichten möchte.

»Lass mal stecken.«

Olli legt den Arm um Leonies Schulter, die daraufhin sofort einem Feuermelder gleicht. »Ich hab heute schon ein Date.«

»Mit der?« Abfällig mustert ein weiteres Mädchen aus Ollis Fanbase Leonie von oben bis unten.

»Meinst du nicht, Pummelchen hätte ein paar Kilos zu viel für dich?«, fragt sie gehässig nach.

Leonies Gesichtsfarbe hat sich noch mal intensiviert.

Das Mädel kann von Glück reden, dass Kerry nicht hier ist, die würde diesem aufgedonnerten "nimm mich, ich koste 5 Euro" Verschnitt, gehörig die Meinung geigen.

»Sag mal geht's noch?«, blafft da aber Olli schon los. »Was fällt dir ein, so abfällig über eine Freundin von mir zu reden?«

Er zieht Leonie noch etwas enger an sich und lächelt sie liebevoll an. »Besser ein Pfündchen auf den Rippen, als nichts im Hirn zu haben.«

Wütend dreht er den Mädchen den Rücken zu und widmet sich weiter dem Abbau.

»Hast du das gehört, Theo?«, flüstert Leonie mir mit leuchtenden Augen zu.

Oh nein. Das werde ich gleich zu stoppen wissen. Denn dieses Theater, das sie sich jetzt wieder wer-weiß-was einbildet, nur weil ihr großer Schwarm sie verteidigt hat, werde ich nicht mitmachen.

»Ja habe ich.«
Ich ziehe sie ein wenig zur Seite, damit Hammer, dem immer noch das schlechte Gewissen im Gesicht steht, mit dem Rollwagen vorbei kann.

»Leonie tue mir und Kerry einen Gefallen und interpretiere jetzt nicht zu viel darein.«
»Doktor Laufenberg.« Werden wir von Michelle unterbrochen. »Wo ist eigentlich Kerry? Ich habe sie während des gesamten Gigs nicht gesehen.«

»Also, erstens«, kurz muss ich stoppen und dieses Mal Michelle zur Seite ziehen, weil bereits der nächste Rollwagen rausgefahren wird. »Liebe Michelle, wenn du dich noch einmal wagst, mich Doktor Laufenberg zu nennen, werde ich Kerry bitten dir die Freundschaft zu kündigen ...und zweitens, du hast meine Freundin gesucht?«, frage ich süffisant nach und kann mir ein Grinsen nicht verkneifen, als ich zu Marcus rüber schaue.

»Ich hatte eher den Eindruck, dass du nur Augen für ein ganz bestimmtes Bandmitglied hattest.«

»So ein Quatsch«, stammelt sie verlegen und wirft dabei meinem Kollegen so verliebte Blicke zu, dass man das Knistern zwischen den beiden regelrecht spüren kann.

»Mal was anderes, Dok ... sorry, Theo ...«, lenkt sie mal schnell von Thema ab. »Als ich eben hinter die Bühne gekommen bin, standen Frau Groß und Frau Scholz schon da. Die beiden haben mich nicht bemerkt, so dass sie ungeniert weiter redeten.«
Michelle sieht sich um, ob uns auch keiner zuhören kann, dann fährt sie fort,

»Schölzchen hat in den höchsten Tönen von dir geschwärmt, was für ein toller Musiker und Sänger du doch wärst und überhaupt.«
Erneut macht sie eine Pause, um noch mal abzuchecken, ob die Luft rein ist.

»Und weiter?«, will ich wissen. Die beste Freundin meines

Mädchens erzählt mir doch nicht ohne Grund von dem Gespräch der Frauen.

»Frau Groß hat erst gar nichts gesagt.« Jetzt ist es Michelle, die mich wegzieht.

Hinter der Bühne bleibt sie stehen und zeigt mir an, dass ich mich ein wenig runter beugen soll.

»Die alte Hexe war wirklich für ihre Verhältnisse verdächtigt still«, berichtet Kerrys Seelenverwandte weiter. »Plötzlich änderte sich aber ihre Stimmung und sie fauchte Schölzchen böse an, dass sie sich nicht zu sehr an dich als ihren Chef gewöhnen solle, denn sie würde noch beweisen können, dass du und Kerry schon während ihrer Schulzeit …du weißt, schon was ich meine.«

Verlegen stockt Michelle, aber ich kann mir schon denken, wie das Gespräch weiter gegangen ist.

Die Alte geht mir mittlerweile gewaltig auf den Sack. Sie soll sich nur hüten, denn wer mich als Feind hat, zieht in der Regel den Kürzeren.

»Muss ich mir Sorgen um euch machen?«, hakt Michelle zögerlich nach. »Ich meine kann sie euch was anhaben, wegen des Babys?«

»Nein, brauchst du nicht«, versuche ich Kerrys Freundin zu beruhigen.

Ich will nicht, dass sie panisch zu meinem Mädchen rennt und ihr wieder irgendwelche Ängste in den Kopf setzt. Das muss ich nicht noch mal haben.

»Michelle, Kerry und ich haben alles im Griff. Sei aber bitte trotzdem so lieb und erzähle ihr nichts von dem Gespräch. Ich möchte nicht, dass sie sich wieder unnötig aufregt.«

Soweit kommt es noch, dass die alte Groß schon wieder anfängt, meiner Freundin schlaflose Nächte zu bereiten.

Die Hexe muss Ruhe geben, koste es was es wolle, selbst wenn ich dafür sorgen muss, dass sie auf ihre alten Tage noch versetzt wird. Ich werde mich von ihr nicht tyrannisieren lassen.

13. KERRY!

Als ich wach werde, ist es schon dunkel. Meine Güte wie lange habe ich denn auf Theos Sessel geschlafen?
Alle Glieder schmerzen, da ich nicht gerade bequem gelegen habe. Vorsichtig strecke ich ein Körperteil nach dem nächsten.

Mein Kleid habe ich zum Glück nur über mich gelegt, nicht auszudenken, wie zerknittert es mittlerweile wäre. Schnell schlüpfe ich hinein, ziehe meine Strümpfe aus, die nass an meinen Beinen kleben, dann wasche ich mir mit ein paar Papierhandtüchern notdürftig die letzten Spuren des wirklich tollen Quickies ab.

Meine Frisur richte ich ein wenig, frische das Make-up ein bisschen auf, ein paar Spritzer Parfum und ich sehe aus wie neu.
Vorsichtig luge ich aus Theos Bürotür, weit und breit keiner zu sehen.

Gerade habe ich die Türe abgeschlossen und will zur Aula laufen, da höre ich Schritte hinter mir.
Da ich auf Konversation keine große Lust habe, drehe ich mich nicht um, sondern bewege mich Richtung Aula.

»Hey Schneckchen warte mal«, höre ich jemanden durch den Flur brüllen. Obwohl nur ich gemeint sein kann, ignoriere ich die fremde Stimme und laufe einfach weiter.
Doch auf dem glatt polierten Linoleum habe ich mit meinen High Heels nicht wirklich eine Chance, meinem ′′Verfolger′′ zu entkommen.

»Warte doch« Fest packt mich jemand am Arm und stoppt mich.
Ich setze bereits für einen Schrei an, da stocke ich. Der Kerl, der mir hinterher gelaufen ist, kommt mir irgendwie bekannt vor. Ich weiß zwar nicht auf Anhieb, wer er ist, aber irgendwoher kenne ich ihn.

Von oben bis unten scanne ich ihn ab. Er ist etwa vierzig bis fünfundvierzig Jahre, nicht besonders hübsch, also schon keiner aus unserer Modelkartei. Ungefähr so groß wie Tom und Olli, das bedeutet circa Einmeterfünfundachtzig, schon lichtes, leicht ergrautes Haar.

Dafür ein ultrabreites, sehr selbstbewusstes Grinsen im Gesicht.

»Meine Herren Schneckchen ...du hast vielleicht einen Schritt am Leib.«

Er scheint tatsächlich aus der Puste zu sein, somit fällt er auch als einer von Theos Sportfreunden flach.

»Sag mal, weiß du, wo hier der Chef des Hauses zu finden ist?«

Langsam kommt er wieder zu Luft und bekommt jetzt sogar ein noch fetteres Grinsen ins Gesicht.

»Ja, weiß ich«, antworte ich höflich, »Ich bin auf dem Weg zu ihm.«

Immer noch zermartere ich mir mein Hirn, wer dieser Kerl ist.

Der Typ betrachtet mich im Laternenlicht, welches durch die große Fensterfront herein scheint.

»Das nenn ich doch mal eine Sekretärin.«

Anerkennend pfeift er zwischen den Zähnen, ohne mich dabei aus den Augen zu lassen.

»Der Doc überrascht mich doch heute immer mehr.«

»Also, erstens bin ich nicht seine Sekretärin«, kläre ich den Kerl auf, »und zweitens, wieso überrascht er dich?«

»Oh!« Er schafft es noch einen Tick selbstgefälliger, seine Zähne zu fletschen.

»Ich dachte, du wärst vielleicht seine Tippse mit gewissen Vorzügen.«

Unverschämt ist dieser Mensch ja nun mal gar nicht.

Trotzdem finde ich ihn nicht unsympathisch, was mich wundert, denn normalerweise kann ich solchen Großmäulern nichts abgewinnen.

»Wie sieht´s aus Schneckchen, bringst du mich zum Doc?«
Wie selbstverständlich legt er seinen Arm um meine Schulter und wartet darauf, dass ich ihn mitnehme.

Was bleibt mir denn anderes übrig? Anscheinend kennt er Theo und vielleicht ist er ja einer der großen Gönner der Schule. So Menschen darf man nie verärgern, dann drehen die sofort den Geldhahn zu und so etwas wirft immer ein schlechtes Licht auf den Direktor und wäre für die alte Hexe mal wieder ein gefundenes Fressen.

14. THEO!

Das Leben kann so schön sein.

Zwar nicht immer, aber in solchen Momenten wie jetzt, bei denen ich mit meinem Mädchen in der riesigen Badewanne im Penthaus sitze, genieße ich jede Sekunde meines Daseins.

»Ich kann es immer noch nicht glauben, dass ihr zwei Tage vor unserer Hochzeit in Chris Rauschs Show spielen werdet.«

Wohlig räkelt sich Kerry und lässt nochmals warmes Wasser nachlaufen.

Ja sie hat recht, ich muss auch erst realisieren, dass wir mit der Band bei der Aufzeichnung der großen Silvestershow dabei sein werden.

Als mein Mädchen mit Rausch im Schlepptau in die Aula kam, war mir sofort bewusst, dass sie keinen blassen Schimmer hatte, wer ihr da am Körper klebte.

Da meine süße Frau so gut wie nie fernsieht, wusste sie nicht, dass der Kerl der sie fast ansabberte, der bekannte Chris Rausch war.

Dabei waren heute schon scharenweise die Kinnladen einiger Schulfestbesucher herunter gefallen, als sie den berühmt, berüchtigten TV Star erkannten.

Damit hatte wohl keiner gerechnet, dass der doch sehr introvertierte Moderator – allerdings nur, wenn es um sein Privatleben ging – mal eben so auf dem Schulfest aufschlagen würde. Aber seine Zwillingsmädchen, die Schülerinnen der Unterstufe sind, hatten ihren Daddy so bearbeitet auch das Jubiläum zu besuchen, das er nicht nein sagen konnte.

So hatte er sich dann auch unseren Gig angeschaut und gleich

einen Narren an der Band gefressen.
Noch mehr schien ihn aber Kerry zu faszinieren und ich habe tatsächlich so was wie Hochachtung in seinen Augen aufblitzen sehen, als mein Mädchen ihm erklärte, das wir beiden in drei Monaten heiraten würden.

»Laufenberg, was sind Sie für eine coole Sau. Hier immer einen auf oberkorrekt machen und dann ...Mann oh Mann ...ich hatte dich immer für den Oberspießer gehalten.«
Er hörte gar nicht mehr auf, mir auf die Schulter zu klopfen.

Und als er dann noch erfuhr, dass es sich bei meiner zukünftigen Frau um eine ehemalige Schülerin handelte, war es vollends um ihn geschehen.

»Junge, die Story schlachten wir aus.« Man konnte ihm förmlich ansehen, dass er in Gedanken schon die Anmoderation durchging.
»Das werden wir schön sein lassen«, stoppte ich ihn gleich, auch wenn er uns unbedingt in seiner Show haben wollte, verkaufte ich dafür nicht meine Seele.

Mir war schon bewusst, dass es im Leben eines Künstlers fast schon einem Sechser im Lotto gleichkam, wenn Chris Rausch die Finger nach einem ausstreckte, was der Kerl anpackte verwandelte sich in Gold, aber für mich war die Band ein Hobby.

Ein bisschen Erfolg war nicht dass Schlechteste, mehr aber auch nicht und ich wusste, dass selbst Cassy dies genauso sah. Von Tom, Olli und Marcus ganz zu schweigen.
Vielleicht hatte Steffen ja auch wirklich nur diesen einen Auftritt in seiner Show für uns auf dem Plan, da war alles Kopfzerbrechen jetzt überflüssig, zumal ich jetzt wirklich Besseres zu tun hatte.

Mein Mädchen muss heute Nacht so richtig verwöhnt werden, das hat sie sich nach diesem Tag redlich verdient.
Die Auseinandersetzung mit Michelle mit – Gott sei Dank – versöhnlichem Ausgang, hat sie schon sehr geschafft. Hinzu kamen dann noch die blöden Weiber in der Cafeteria, die ihr mit

Sicherheit genau so zugesetzt haben, wie dieser Spinner von Hammer, Frau Groß und meine Beichte.

Dann später noch der ausgiebige Besuch im Club mit Steffen Rausch und einem mehr als betrunkenem Marcus.
Wie lange haben wir gebraucht, um meinen lieben Freund in Toms Bett zu verfrachten, denn nachhause zu seiner Fregatte hätten wir ihn niemals bringen können.

Ja Liebeskummer kann schon scheiße sein und einem das ein oder andere Glas Wodka über die Leber wandern lassen.
Leider kann ihm niemand helfen. Wir wissen alle, dass er Michelle liebt und das Mädel betet ihn regelrecht an und was macht der Trottel, statt sie sich zu schnappen und seinen Hausdrachen zur Hexenverbrennung frei zu geben?
Er erklärt ihr groß und breit, dass er seine Frau, wegen der Kinder, nie verlassen könnte.

Hat der Mensch einen Schaden. Als dann Michelle kurze Zeit später wortlos nachhause oder wohin auch immer, abgehauen war, hatte ihn den Katzenjammer gepackt.
So was nennt man dann ein klassisches Eigentor.

Ich bin schon froh, dass ich eh geplant hatte mit meinem Mädchen die Nacht im Penthaus zu verbringen, so muss ich mir nicht die ganze oder besser gesagt den Rest der Nacht, Marcus Gekotze antun.

Bin ich gespannt, wie Britta morgen reagiert, wenn sie merkt, dass ihr Göttergatte nicht nachhause gekommen ist. Olli hatte ihr zwar mit Marcus Handy eine SMS geschickt und behauptet, dass er plötzlich so eine Art Magen Darm Infekt bekommen hätte und die Kinder nicht anstecken wollte, aber als er dann noch >IN LIEBE DEIN MARCUS< drunter schrieb, überkamen mich Zweifel, ob dass nicht etwas zu dick aufgetragen war.

Da musste mein betrunkener Freund morgen dann durch. Selber Schuld, wer nicht die Eier in der Hose hat und sich nicht eingesteht, dass er mit Cruella de Ville den größten Fehler seines Lebens begangen hat, der muss bestraft werden.

»Deine Mom hätte sich keinen besseren Zeitpunkt aussuchen können, um mit Milanda wegzufahren«, reißt mein Mädchen mich aus meinem Gedankenwirrwarr.

Da kann ich ihr nur beipflichten, ich bin meiner Mutter wirklich dankbar, dass sie ausgerechnet an diesem Stresswochenende nicht da ist.

So haben wir das Penthaus und damit auch die schöne XXL Badewanne für uns.

Kerzen brennen, leise Musik läuft im Hintergrund, im Moment geht es uns richtig gut.

Dass mein Bett noch auf der Galerie steht und wir morgen früh, mal wieder den Sonnenaufgang von dort betrachten können, macht diese Nacht zu etwas Besonderem.

Langsam und behutsam beginne ich, Kerry mit einem wohlriechenden Badeöl zu massieren.

Genüsslich gibt sich mein Mädchen ganz meinen Händen hin.

Ein zufriedenes Seufzen kommt über ihre Lippen, als meine Hände ihre Oberschenkel erreichen und diese zart, aber bestimmend, auseinander spreizen.

Ich lasse noch einen Klecks Badeöl auf meine Hand tropfen, dann beginnt eine intensive Massage ihres Kitzlers.

Ihr Stöhnen wird mit jedem Umkreisen meines Daumens lauter.

Mit meiner zweiten Hand fange ich an, ihre schon recht hart aufstehenden Nippel abwechselnd zu kneten.

Zur Belohnung quiekt mein Mädchen regelrecht auf. Sie lässt sich tiefer ins Wasser gleiten, um ihre Pussy immer mehr an meine Finger zu pressen.

Ihr Körper zuckt und die ersten kleinen Wasserpfützen bilden sich auf dem Badezimmerboden, da immer wieder ein Schwall nach draußen schwappt.

Ich kann regelrecht spüren, wie sie von einem gewaltigen Orgasmus überrollt wird, was meinen Schwanz noch härter werden lässt. Auch Kerry merkt sofort, wie erwartungsvoll mein gutes Stück auf Erlösung wartet. Sie ruht sich nur kurz auf meiner Brust aus, dann dreht sie sich um, spreizt ihre Beine, hockt sich über mich und nimmt die knüppelharte Erektion in ihre kleinen, zarten Hände.

Langsam gleiten ihre Finger an meinem Schaft auf und ab, dabei lässt sie mich keinen Augenblick aus den Augen. Mit ihrer Zunge leckt sie sich über die Lippen, wohl wissend, dass mich das um den Verstand bringt. Sie beugt sich nach vorne, kreist mit ihrem Piercing über meine pulsierende Spitze.

»Oh mein Gott, Baby«, stöhne ich laut, »du bringst mich eines Tages noch um.«

Mein Mädchen beeindrucken diese Worte nicht sonderlich, denn sie setzt ungerührt ihre süße Folter fort.

Ihre Zungenspitze liebkost meine, zum Platzen dick geschwollene Eichel und jedes Mal, wenn ich kurz davor stehe, mich in ihrem Mund zu ergießen, hört sie kurz auf.

»Baby ...bitte«, flehe ich geradezu, aber mein kleines Biest kennt kein Erbarmen.

Erneut bin ich ganz knapp davor meinen Saft endlich abzuspritzen, da zieht sie wieder ihre Zunge weg.

Du willst spielen Baby, das kannst du haben.

Fest, aber nicht zu fest, packe ich ihre Taille, und ehe sie registriert was geschieht, habe ich sie bereits auf mir sitzen und mich tief in ihr versenkt.

Erschrocken kreischt mein Mädchen auf.

Nach dem ersten Schock weiten sich ihre Pupillen und sie beginnt mit ihrer Zunge, die nach mir schmeckt, meinen Mund zu erobern.

Träge bewegt sie sich auf mir auf und ab und presst mit ihrer Pussy meine Härte so stark, dass ich mich bereits nach wenigen

Augenblicken endlich ergießen kann.

Auch mein Mädchen wird bereits von einem erneuten Orgasmus überrollt. Erschöpft sinkt sie schließlich auf meine Brust und bedeckt diese mit kleinen Küssen.

»Ich liebe dich, mein Großer«, murmelt sie zwischen jedem Kuss.

Fest schließe ich sie in meine Arme und möchte mein Baby nie wieder loslassen.

»Das, was ich für dich empfinde, dafür gibt es gar kein Wort«, flüstere ich ihr zu, »das ist mehr als Liebe.«

Kerry richtet sich ein wenig auf und sieht mir fest in die Augen.

»Glaub mir mein Großer, mir geht es nicht anders.«

Sie nimmt meine Hand und legt sie auf die schon gut sichtbare Wölbung ihres Bauches.

»Und unser Pünktchen, das werden wir genau so lieben.«

»Oh ja Baby.«

Ganz sanft streichle ich über das Kügelchen und mein Kind begrüßt mich auch gleich mit einem kleinen Stupser.

Es fasziniert mich immer wieder aufs Neue, wenn ich unser Kind spüre. Wenn mir vor eineinhalb Jahren jemand gesagt hätte, dass mir so eine winzige Bewegung vor Glück fast die Tränen in die Augen treibt, denjenigen hätte ich glatt einweisen lassen.

»Lass uns ins Bett gehen Großer«, schlägt mein Mädchen gähnend vor.

Vorsichtig ziehe ich mich aus ihr zurück, setze sie ab und klettere aus der Wanne. Vom Handtuchwärmer nehme ich ein großes Badetuch und wickle es mir um die Hüften, dann lege ich das Zweite um Kerry, hebe sie aus dem Wasser und trage sie zu meinem Bett, das uns einladend erwartet.

»Was hältst du von einem Nachschlag?«, raune ich meinem Baby zu, als sie sich in meinen Arm kuschelt.

»Morgen.« Mehr kommt nicht mehr von ihr, nur noch leise, gleichmäßige Atemzüge, die mir zeigen, dass sie friedlich

schlummert.
Und auch mir fallen kurz drauf die Augen zu.

****

Geweckt werde ich, als es gerade dämmert.

Laut und nervend klingelt mein Handy. Minute für Minute, der Anrufer scheint entweder sehr hartnäckig zu sein oder geisteskrank. Merkt er denn nicht, dass ich absichtlich nicht an mein Telefon gehe.

»Schmeiß das Teil von der Terrasse oder geh ran«, protestiert Kerry schlaftrunken neben mir.

Leider muss ich mich für die zweite Variante entscheiden, da ich mein Handy noch brauche.

»Ja!«, melde ich mich ziemlich unfreundlich und hoffe für den Anrufer, dass mindestens die Welt gerade untergeht, denn alles, was weniger dringend zu berichten wäre, ist tödlich für ihn.

Schlagartig werde ich aber hellwach, als mir Brittas keifende, ekelhaft grelle Stimme ins Ohr dröhnt.

»Wo steckt dieser Nichtsnutz von Ehemann?«, tobt sie in einer Lautstärke, die selbst gehörlose Menschen in die Flucht treiben würde. »Was hat er sich dabei gedacht einfach nicht nachhause zu kommen ...dieser, dieser Mistkerl.«

»Kannst du mal aufhören mir so ins Ohr zu schreien«, fahre ich sie an und an meinem Tonfall merkt sie wohl, dass mit mir um diese Uhrzeit nicht zu spaßen ist.

»Sorry, Theo Schatz«, schlägt sie auch gleich um und beginnt in einem jammernden Singsang, mir ihr Leid zu klagen. »Ach Theo, du weißt ja gar nicht, was ich mit deinem Freund so mitmache.«

Nein, weiß ich wirklich nicht, dafür ist mir aber durchaus bewusst, was der arme Marcus für ein Höllenleben führt.

»Theo, mein Mann ist ja so ein Ekel«, heult sie und erhebt dabei schon wieder ihre Stimme. »Er ist einfach nicht nachhause gekommen. Er hat mir noch nicht mal eine kleine Nachricht geschickt, dass er wo anders pennt. Glaub mir, ich bin vor Angst fast umgekommen.«

Schade, dass es nicht geklappt hat.

Sie versucht ein Schluchzen zu imitieren, was ihr aber nicht gelingt.

»Komisch, also ich habe gesehen, dass Marcus dir eine Nachricht geschickt hat«, nehme ich ihr mal gleich, den Wind aus den Segeln.

Erstmal ist Ruhe, nichts kommt über Satans Silikon aufgespritzten Lippen, dann erneut ein kläglicher Versuch eines Schluchzers.

»Theo ich schwöre dir, bei mir ist nichts angekommen. Ich habe die ganze Nacht kein Auge zu gemacht.«

Das glaube ich ihr auch aufs Wort, sicherlich hat sie bis eben die Nacht durchgemacht und sich gewundert dass, als sie nachhause kam, Marcus nicht schon mit starkem Kaffee auf sie gewartet hat.

»Sag ihm, dass er sofort nachhause kommen soll«, keift das Monster plötzlich wieder los, »soweit kommt es noch, dass der Herr sich irgendwo herumtreibt, während ich gleich die Kinder abholen muss.«

»Also erstens bin ich nicht zuhause und zweitens ist es mitten in der Nacht, und wie dir Marcus ja geschrieben hat, geht es ihm nicht gut.«

Das er betrunken, wie zehn Seeleute auf Landgang ist, binde ich der Alten natürlich nicht auf die Nase.

»Und drittens, lass ihn doch mal etwas in Ruhe, der Mann muss topfit sein, ab nächste Woche müssen wir proben, wie die Verrückten, denn ...«

Ich lasse sie ein wenig schmoren und kann dabei deutlich ihr ungeduldiges Atmen hören, aber bevor sie einen erneuten Tobsuchtsanfall bekommt und ich somit endgültig mein Gehör verlieren würde, trumpfe ich mit meinem super Ass auf.

»Wir werden in Chris Rauschs Show auftreten.«

Vorsichtshalber halte ich den Hörer schon mal etwas von meinem Ohr, da geht das Gekreische auch schon los.

Erschrocken reißt Kerry ihre Augen auf.

»Britta«, forme ich mit meinen Lippen, was meinem Mädchen ein angedeutetes Würgen entlockt.

»Ist das wahr?«, schreit das Brechmittel der Nation, »ihr spielt bei Rausch? Oh da kann ich doch bestimm mitkommen? Wie toll, ich werde den großen Chris Rausch kennenlernen.«

Na, ob der "Große Rausch" sich ebenso freuen wird, wenn er Britta Sommer kennenlernt, wage ich zu bezweifeln.

Die aber kann sich gar nicht mehr beruhigen.

Genauso habe ich mir das vorgestellt. Britta Sommer, der Fernsehjunkie schlechthin, flippt aus, wenn sie den Namen Chris Rausch hört.

»Dann weißt du ja jetzt Bescheid und lässt Marcus ein wenig in Ruhe.« Damit beende ich das Telefonat mit der Nervensäge.

Um nicht noch mal gestört zu werden, stelle ich mein Handy auf stumm und kuschele mich an Kerry, die schon wieder fest schläft.

Sanft lege ich meine Hände auf ihren Bauch und zur Belohnung schenkt Pünktchen mir zwei kleine Tritte. Mit dem glücklichen Gefühl von meinem Kind einen Morgengruß bekommen zu haben, schlafe ich wieder ein.

Ein kräftiges Rütteln an meinem Arm lässt mich erneut recht unsanft aus dem Schlaf kommen.

Es muss Stunden später sein, denn die Sonne leuchtet hell durch die fünf Meter hohen Fenster, als ich erschrocken hochspringe.

»Milanda!«, knurre ich meine Schwester böse an. »Bist du übergeschnappt? Wie kannst du mich so erschrecken? Was machst du überhaupt hier?«

»Wohnen ...und was macht ihr hier?«

Sie macht eine Pause, sieht die beiden Badetücher die vor dem Bett liegen und schüttelt dann den Kopf. »Nein, sag es mir lieber nicht.«

»Morgen Süße«, brummelt mein Murmeltierchen neben mir verschlafen, »wieso bist du schon hier?«

»Ich bin schon mal mit dem Zug vorgefahren«, druckst mein Schwesterchen etwas herum und lässt sich auf das Fußende meines Bettes fallen.

»Mit anderen Worten, du hattest mal wieder Stress mit Mom.« Natürlich treffe ich mit meiner Vermutung gleich ins Schwarze.

»Mom ist so gemein«, legt Milanda auch gleich los, als hätte sie nur auf den Startschuss gewartet. »Sie hat einen riesigen Aufstand gemacht, nur weil ich mit Ralf nach Hamburg in einen Club gefahren bin.«

»Moment«, stoppe ich das Temperamentsbündel, »du meinst jetzt nicht den Ralf vom Nachbarhof?«

»Doch, wen denn sonst?«

Meine Schwester sieht mich an, als sei ich etwas grenzdebil nur, weil ich mich wundere, dass sie mit einem Typen weggefahren ist, der im ehemaligen Wohnort meiner Mom keinen besonders guten Ruf hat.

»Hast du einen Schaden?«, werde ich laut.

Was meine zukünftige Frau mit einem Fußtritt gegen mein Schienbein quittiert.

»Wie kannst du mit diesem Hohlkopf abhauen? Der Kerl ist locker fünfzehn Jahre älter ...«

Erst als Kerry und Milanda wie blöde kichern, wird mir bewusst, was ich gesagt habe.

»Bei uns ist das etwas anderes«, versuche ich zu retten, was zu retten ist. Aber die beiden denken gar nicht daran, sich zu beruhigen.

Mühsam wickle ich mir unter der Decke mein Handtuch um und

flüchte lieber ins Bad, bevor mich die beiden weiter auslachen.
»Na Großer, immer noch eingeschnappt?«, kichert Kerry, als sie mir kurz darauf unter die Dusche folgt.

»Ich gebe dir gleich eingeschnappt«, drohe ich ihr, während ich sie hochhebe und gegen die Wand in der Duschkabine presse.
»Deine Schwester ist hier«, kreischt sie erschrocken.

»Mir doch egal.«
Etwas heftiger als gewöhnlich schiebe ich meine Zunge in ihren Mund, was mein bestes Stück gleich steinhart werden lässt.

Gierig erwidert mein Mädchen meinen Kuss und schlingt ihre Beine um meine Hüften. Ohne Vorwarnung schiebe ich meinen Schwanz in ihre Pussy, was Kerry heftig aufschreien lässt.
So viel zum Thema, meine Schwester sei hier.

Glücklicherweise wird ihr Schrei durch das laute Rauschen des Wassers verschluckt.
Fest krallen sich Kerrys Fingernägel in meinen Rücken und mit jedem meiner Stöße wird der Druck noch fester.
»Ich liebe dich«, keucht mein Baby.

»Egal was ihr da drinnen macht«, werden wir plötzlich durch heftiges Klopfen gestört, »ihr müsst euch beeilen. Tom hat angerufen, er will in einer halben Stunde den Bully vom Lehrerparkplatz abholen.«
Heftig stöhne ich auf und das nicht nur wegen meines Orgasmus. Egal wo man ist, unsere Freunde und Familienangehörige wissen, wie sie nerven können.

Langsam gleite ich aus meinem Mädchen heraus und stelle sie ab.
»Ich liebe dich noch viel mehr, wollte ich dir gerade sagen, als wir gestört wurden.«
Ich nehme mein Mädchen in den Arm, sauge ihren Geruch, ihre Wärme, ihre Liebe ein und weiß, dass ich der glücklichste Mensch auf dieser Erde bin.

15. KERRY!

Schwanger zu sein ist toll.

Dies spüre ich mit jedem Tag mehr. Jeden Morgen weckt mich mein immer größer werdendes Pünktchen mit kräftigen Fußtritten – Laufenberg durch und durch, sage ich nur– und demonstriert mir so, dass da etwas Wunderbares in mir heranwächst.

Aber nicht nur dies macht das Schwangersein so schön, auch die Tatsache, dass man – so wie jetzt – hier sitzen darf und den anderen dabei zusehen kann, wie sie, fleißig wie die Ameisen, den Garten in eine Partymeile verwandeln.

In einer halben Stunde soll unser großes Fest beginnen und noch ist nicht alles fertig. Der Caterer schleppt noch immer Unmengen von dampfenden Behältern – die im Übrigen köstlich duften– herein, der Getränkelieferant schleppt sich mit Bierfässern und Getränkekisten ab und Milanda ist wie immer im Dekofieber.

Und ich, ich darf das Ganze delegieren. Theoretisch könnte ich auf einem Hochstuhl sitzen und mit einem Megaphon Anweisungen geben und niemand würde es mir übel nehmen. Ich sage ja, schwanger zu sein bringt nur Vorteile.

Diese Meinung revidiere ich aber ganz schnell wieder, als ich Leonie auf mich losschießen sehe, denn der Nachteil des Schwangerseins liegt darin das man A: nicht mehr ganz so flink ist und B: nicht mal eben die Ausrede "ich muss helfen" nutzen kann.

So also muss ich mich dem Unausweichlichen stellen und Leonie zuhören. Es ist nicht so, dass ich meine Süße nicht mehr lieb habe und ihre Gegenwart nicht mehr ertragen könnte, nur seit dem Schulfest höre ich nichts – wirklich Nichts – anderes von ihr, als das Olli so nett zu ihr ist. All mein Reden, dass sie nicht wieder in

ihr altes Verhaltensmuster fallen soll, bei dem sie Olli mit großen Kuhaugen anschmachtet, stößt bei ihr auf taube Ohren.
Genau wie jetzt.

Laut aufstöhnend schmeißt sie sich auf eine Bank und starrt dabei unaufhörlich Olli an, der gerade mit dem DJ die Musik für heute Abend durchgeht.

»Ist er nicht süß?«, fragt sie ohne mich dabei anzusehen.
Ich verkneife mir einen Kommentar, was meine Freundin nicht sonderlich stört, denn sie sinniert gleich weiter.

»Er ist der Hammer, der schönste Mann auf dieser Erde.«
»Leonie, hör auf Olli so anzustarren, du weißt genau, wie allergisch er darauf reagiert.«

»Glaubst du, wenn ich ihn bitte bei ihm zu übernachten, dass er dann ja sagt?«
Hallo! Mit wem habe ich gerade geredet? Mit der Wand vielleicht? Leonie hat doch nicht ernsthaft vor, Olli quasi einen One-Night-Stand anzubieten, denn zu mehr würde es zwischen den beiden nie kommen, wenn überhaupt, denn ich glaube nicht, dass Olli Leonies Gefühle für ein bisschen Sex ausnutzen würde.

»Nur mal so eine Frage Leonie ...hörst du mir überhaupt zu?«
»Meinst du, ich sollte Kondome besorgen?«, beantwortet sie mir auf ihre Weise meine Frage. Natürlich hört sie nicht zu.

»Leonie!« Langsam macht sie mich wütend. »Du wirst weder Kondome besorgen, noch dich Olli an den Hals werfen.«
»Du hast erzählt, dass du Theo gebeten hast mit dir zu schlafen«, jammert meine bescheuerte Freundin los. Als ob man das vergleichen könnte.

Tiefdurchatmen, denn ich bin mir sicher, dass Leonies Wahnsinn nur der Anfang für heute ist. Denn gleich wird Michi auf Marcus treffen und das wird bestimmt nicht lustig. Deshalb habe ich auch keine Lust mir schon von Leonie die Laune verderben zu lassen. Dem werde ich gleich einen Riegel vorschieben.

Ich will gerade mit einer neuen Predigt anfangen – wie oft hab ich es ihr jetzt schon erklärt, dass Olli nichts von ihr will? Tausend mal, zehntausend Mal, eine Million Mal, ich habe aufgehört zu zählen– da kommt meine Rettung in Gestalt von Vicky in unseren Garten.

Vicky ist meine liebeste Freundin aus der Agentur, eines unserer meistgebuchtesten Models und gleichzeitig aber auch Mädchen für alles.

Sie sieht umwerfend aus. Ellenlange Beine und einen Körper, um den sie von allen beneidet wird. Dichtes hellblondes Haar, welches ihr bis zur Taille reicht, ein makelloses Gesicht mit wunderschönen grünen Augen.

Und was ich ganz besonders an ihr mag, Olli scheint sie in sein Herz geschlossen zu haben. Dies beruht offensichtlich auf Gegenseitigkeit, was beide natürlich vehement abstreiten. Dass sie regelmäßig im Bett landen, das leugnen sie nicht.

Mit einem so breiten Strahlen, dass man im Garten keine Lichter mehr bräuchte, um ihn zu beleuchten, stürzt Vicky auf Olli zu. Auch er kann seine Freude nicht verbergen. Ich würde mir so wünschen, dass die beiden die Kurve bekommen.

Leonie sieht das nicht ganz so. Ihre Gesichtszüge entgleisen immer mehr und ich kann mich wirklich glücklich schätzen, dass Alex reingeschneit kommt.

Sofort ist meine Süße wieder bester Laune. »Ich gehe dann mal zu Alex«, lässt sie mich noch wissen und verschwindet.

Armer Alex, aber da muss er leider heute durch, denn ich muss mich dringend um mein Sorgenkind kümmern, wenn sie überhaupt kommt.

In Windeseile hat der Garten sich gefüllt. Ständig bekomme ich Blumensträuße oder Briefumschläge in die Hand gedrückt, werde umarmt und geküsst und könnte meinen lieben, zukünftigen Mann verfluchen, denn der hat sich geschickt verdrückt – weil er ja so furchtbar dringend bei dem Aufbau der Musikanlage helfen muss – und überlässt mich alleine der Meute.

Nach einem halbstündigen Händeschüttelmarathon taucht endlich meine Maus auf. Sie wirkt nervös und ihr Näschen ist verdächtig blass. Hektisch blickt sie sich um, und als sie bemerkt, dass Marcus noch nicht da ist, kann ich ihr ansehen, wie sie aufatmet.

Dies hält genau für fünf Sekunden an, denn dann erschallt die schlimmste Stimme des Universums durch den Garten. BRITTA

»Da ist ja mein Traummann.« Wie eine Geistesgestörte stürzt sie auf Theo zu, reißt ihn fast um und drückt ihm schmatzend einen Kuss auf den Mund.

Selber Schuld freue ich mich insgeheim, das ist die Strafe dafür, dass er mich alleine hat die Gäste begrüßen lassen.

»Wer ist das?« Fassungslos starrt Michi die Frau an, die leider das Bett mit dem Mann ihrer Träume teilen darf.

»Das ist Britta Sommer«, antworte ich ihr zähneknirschend. Schon den Namen dieser Kuh auszusprechen verursacht in mir ein Brechgefühl.

»Bitte wer?« Ich bin mir sicher, dass Michelle vermutet, dass ich sie auf den Arm nehmen möchte. Aber ich kann dies voll und ganz nachvollziehen.

Britta hat sich wieder selbst übertroffen. Ihre Rubensfigur steckt in einem Kleid, welches vielleicht ganz nett wäre, wenn es die richtige Größe hätte, weniger glitzerbestickt wäre und etwa zwanzig Zentimeter mehr Stoffe besäße.

Die Haare sind zu einem wahren Vogelnest hochtoupiert, an ihren Ohren baumeln Creolen groß wie Wagenräder und ihr Make-up ist so grell, dass ich mir kurzfristig überlege, eine Sonnenbrille aufzusetzen.

Wie eine Klette hängt sie an Theos Arm und redet auf ihn ein. Hilfesuchend blickt er zu mir rüber, ich aber ignoriere ihn. Rache kann so schön sein.

»So, jetzt mal ernsthaft«, stupst Michi mich an, »wer ist dieses seltsame Etwas?«

Die Antwort liefert Cruella selbst. Immer noch fest am Arm meines Großen verankert, kommt sie auf mich zu. Abwertend scannt sie mich einmal von oben bis unten, verzieht spöttisch den Mund und reicht mir gönnerhaft die Hand, die ich geflissentlich übersehe.

»Na dann sag ich mal Glückwunsch.« Sie durchbohrt mich regelrecht mit ihrem Blick, »du hast das geschafft, für das manch eine Frau töten würde. Du hast dir den tollsten Kerl von Köln geangelt.«

»Danke«, flöte ich der blöden Kuh zuckersüß zu, »ich sehe das dann Mal als Kompliment an.«

»Na ganz so war es zwar nicht gemeint, aber wenn es dich glücklich macht.«

Sie strahlt Theo an und will ihn fortziehen, doch mein Großer hat wohl endgültig die Schmerzgrenze erreicht und schält höflich, aber bestimmt, Brittas Hand von seinem Arm.

»Wo ist eigentlich Marcus?«, hake ich mal nach, bevor sich die Alte an den nächsten Kerl gehangen hat.

»Der Vollidiot kommt später, Monsieur hat wohl sein Tage.«

Ihre Stimme trieft geradezu voll Verachtung und ich muss Michi schon kräftig in die Hand kneifen, dass die nicht ausrastet. Denn auch wenn meine Maus schrecklich enttäuscht ist, wird sie nicht zu lassen, dass jemand schlecht über ihren Marcus redet.

Um nicht die Gefahr einzugehen, dass Britta sich weiter mies über ihren Gatten auslässt und Michi doch noch ausflippt, hake ich meine Maus unter und lasse die dämliche Kuh einfach stehen, soll sie sich doch mit dem Wind unterhalten, aber das ist gemein, der arme Wind hat ja nichts getan, dass er so leiden soll.

Pures Entsetzen ist Michi ins Gesicht geschrieben, als sie endlich die Sprache wieder findet.

»Ich dachte echt, du übertreibst, als du beim Schulfest sagtest, dass die Groß im Verhältnis zu Marcus Frau ein Engel sei«, stottert sie geradezu, aber zumindest redet sie wieder, denn sie war so lange still, dass ich schon Angst hatte, dass sie einen Schock erlitten hätte und für immer verstummt sei.

»Ich wünschte, es wäre anders.« Fest drücke ich Michelle an mich, einfach um ihr zu demonstrieren, dass ich für sie da bin. »Gut, das würde an der Situation zwischen dir und Marcus nichts ändern, aber niemand hat so etwas wie Britta Sommer verdient.«

»Das stimmt ...« Mitten im Satz bricht meine Freundin ab und erstarrt regelrecht. Ich muss mich nicht umdrehen, um zu wissen, dass Marcus gekommen ist.

Das kann ja heiter werden, wenn Britta auch nur die Spur eines Verdachtes hegt, dass meine Maus an ihrem Kerl interessiert ist, wird das heute hier noch ziemlich ungemütlich werden.

»Reiß dich zusammen«, ermahne ich Michi, »bitte lass das nicht eskalieren, Schatz ...Kopf hoch, Krönchen richten, lächeln, nur so kannst du deine Feinde bekämpfen.«

Aber wie sooft kommt es natürlich anders.

Marcus ist gut erzogen – oder sucht einfach nur einen Grund Michi nahe zu kommen– und steuert daher geradewegs auf uns zu. »Ich muss dringend aufs Klo«, stößt meine Freundin gerade noch so aus und rennt davon.

16. MICHELLE!

»Michi bis du da drin eingeschlafen?«

Wie eine Irre klopft Kerry gegen ihre Badezimmertüre. »Ich schwöre dir, wenn du nicht antwortest, komme ich rein«, droht sie mir lautstark und hämmert weiter.

»Ich muss pinkeln«, brülle ich durch die geschlossene Tür, obwohl mir klar ist, dass diese Aussage meine Schnecke nicht dazu bringen wird zu verschwinden.

»Solange wie du schon auf dem Klo bist, müsstest du die Blase eines indischen Elefanten haben.« Es scheint ihr nun wirklich zu lange zu dauern, denn ohne noch einmal anzuklopfen, öffnet sie die Tür.

Jetzt ist das nicht ungewöhnlich für uns. Kerry und ich haben keinerlei Geheimnisse oder so. Wie oft musste sie schon soooooooooooo dringend Pipi, während ich unter der Dusche stand.

»Wusste ich es doch«, triumphiert meine beste Freundin auf, als sie sieht, dass ich mit angezogenen Knien auf dem zugeklappten Klodeckel sitze.

»Marcus?« Sie geht in die Hocke und sieht mich fragend an.

Natürlich er, weswegen sollte ich denn sonst wie ein Häufchen Elend im Badezimmer sitzen.

Heiß brennen mir die aufsteigenden Tränen in den Augen.

Nein ich will nicht weinen, Michelle Heinze heult doch nicht wegen eines Kerls.

Bisher war ich es immer, die mehr oder weniger mit den Typen gespielt hat. Noch nie hat mir ein Mann wirklich was bedeutet, mit dem ich in die Kiste gegangen bin.

Ich war da nicht so wählerisch wie Kerry oder so verkrampft wie

Leonie.
Seit dem der Mistkerl, der mich entjungfert hat, so eine scheiß Nummer mit mir abgezogen hat und gleich drei Tussen am Start hatte, habe ich mir geschworen niemals mehr einen Mann so in mein Herz zu lassen, wie diesen Scheißtypen.

Und dann passiert ausgerechnet mir so was, dann verliebe ich mich in den liebsten, sensibelsten und tollsten Menschen des Universums und der ist verheiratet.

»Hier Schatz, ich gebe dir mal besser das längste Taschentuch der Welt.« Mit einem Lächeln reicht Kerry mir eine Rolle Klopapier rüber und wischt mit dem Daumen eine blöde Träne, die es doch geschafft hat aus meinem Auge zu tropfen, von meiner Wange ab.

Im Schneidersitz setzt sie sich auf die Badezimmermatte und wartet ab, dass ich mich ein wenig beruhige. Mir fällt mal wieder auf, wie zuckersüß sie aussieht. Die Haare locker hochgesteckt, ein leichtes Make-up, ein schwarzes Langarm Kleidchen, welches ihr Bäuchlein schön betont. Was für andere nichts Besonderes wäre, wirkt bei meiner Süßen, wie frisch vom Laufsteg und trotzdem nicht etwa aufgemotzt oder gestylt, sondern einfach nur fresh. Sie ist mit Abstand die schönste Schwangere, die ich je gesehen habe.

Und ich frage mich ernsthaft, ob ich auch so lebendig aussehen würde, wenn ich schwanger wäre. Aber was mache ich mir da Gedanken drüber. Für mich gäbe es nur einen Mann, den ich mir als Vater meiner Kinder wünschen würde und der ist leider außen vor.

Es ist eigenartig, noch vor gar nicht allzu langer Zeit wäre es für mich undenkbar gewesen, überhaupt ein Kind in Erwägung zu ziehen. Aber seitdem ich sehe, wie glücklich meine Schnecke ist und wie sehr sich ihr Leben verändert hat, da träume ich manchmal davon, wie Marcus und ich, gemeinsam mit unserem Kind über den Spielplatz toben.

Jedes Mal wenn ich dann aufwache, überkommt mich so eine

unglaubliche Leere, dass ich in mein Kissen prügeln muss, um mich irgendwie abzureagieren.

Niemals wird dieser Traum in Erfüllung gehen. Erneut treten mir Tränen in die Augen, wenn ich daran denke, wie Marcus reagiert hat, als Tom und Olli in der Nacht nach dem Schulfest feixten, dass wir beide doch das klassische Traumpaar seien.

»Hört mit dem Scheiß auf«, pflaumte er sie wütend an, »Ihr wisst genau, dass ich Britta wegen der Kinder niemals verlassen kann.« Dass er mich dabei angesehen hat, als würde er jeden Moment sterben, hat es für mich auch nicht besser gemacht.

Fluchtartig hatte ich daraufhin den Club verlassen. Wenn ich auch bis dahin nie verstehen konnte, dass Kerry so gerne weglief, wenn es ihr zu schmerzlich wurde, seit diesem Zeitpunkt wusste ich, wieso meine Maus so handelte, denn auch ich hätte keine Sekunde länger in diesem Laden bleiben können.

Danach hatte ich Marcus nicht mehr gesehen. Er versuchte zwar mehrfach mich anzurufen, aber ich wollte nicht mit ihm reden. Was hätte es mir denn gebracht, wenn er mir noch mal groß und breit erklärt hätte, dass aus uns niemals etwas werden könnte.

Und ausgerechnet heute, beim großen Verlobungs- und Einweihungsfest von Kerry und Theo, musste ich ihm und seiner schrecklichen Frau über den Weg laufen. Wie soll ich das denn stundenlang aushalten.

»Ich glaube, ich gehe nachhause«, beschließe ich spontan. Warum soll ich mich denn freiwillig den ganzen Abend quälen.

»Soweit kommt es noch.« Mühselig rappelt sich Kerry hoch. Sie stellt sich vor mich und hebt mein Gesicht, so dass sie mir in die Augen sehen kann.

»Du glaubst doch nicht ernsthaft, dass ich bei meiner Verlobung auf meine beste Freundin verzichten werde und außerdem ...« Blitzschnell hat sie meine Beine vom Klodeckel sortiert und versucht mich hochzuziehen, »wirst du nicht vor Britta Sommer kapitulieren. Hast Du mich verstanden?«

Ich kann die Kerle verstehen, die sich reihenweise in sie verlieben. Sie ist einfach unglaublich, wie sie da so vor mir steht. Die Hände in ihre schmalen Hüften gestemmt, Feuer in den Augen und dabei ein Lächeln auf den Lippen, dass man einfach das Bedürfnis hat, sie zu umarmen.

Fest schließe ich meine Arme um dieses zerbrechliche Püppchen mit dem Kämpferherz eines Löwen.

»Meine Güte, hier hängt ihr.« Ohne anzuklopfen, stürmt Cassy ins Bad und verbreitet wie immer eine unglaubliche Hektik.

»Theo sucht dich schon Kerry.« Sie mustert mich etwas skeptisch, bevor sie weiter spricht. »Und Marcus hat nach dir gefragt, Michelle.«

Wieder stoppt sie und nimmt mich erneut in Augenschein.

»Was ist los mit dir?«, fragt sie prüfend nach.

Die Frau sollte zur Polizei gehen, ein Drogenspürhund ist nichts gegen sie.

»Was soll sein, alles ist bestens«, wiegele ich ab.

Cassy ist nun wirklich kein Mensch, mit dem man über Liebeskummer reden kann.

»Es ist doch nicht etwa wegen Marcus?«, hakt sie aber, trotz meiner Bemerkung, nach.

Ich sag ja, Drogenspürhund.

»Sag mal Michelle, hast du sie nicht alle?«, fängt Frau Unsensibel auch gleich an mir den Kopf zu waschen, obwohl ich ihr noch gar nicht bestätigt habe, dass sie richtig liegt.

»Weißt du, ich dachte ja schon immer, meine Schwester hätte nicht mehr alle Latten am Zaun, weil sie sich in ihren Lehrer verlieben musste, aber ganz ehrlich Michelle, du legst ja glatt noch eins drauf.« Vorwurfsvoll blickt Cassy zu Kerry rüber. »Hast du Michelle nicht darüber aufgeklärt, wie Britta tickt?«

Bevor sie ihre Schwester überhaupt antworten lässt, tobt Frau

Doktor schon weiter. »Marcus Frau wird dich zermalmen, wenn sie auch nur den geringsten Verdacht hegt, dass du dieselbe Luft wie er atmen möchtest, also Michelle, schlag ihn dir gleich wieder aus dem Kopf.«

Zufrieden atmet sie durch, als hätte sie so eben eine Heldentat vollbracht.

»Wenn ihr mich nicht hättet, dann wären hier alle verloren«, stellt sie noch fest und verschwindet genauso schnell, wie sie gekommen ist.

Oh ja, wenn wir sie nicht hätten. Die Frau hat die Empathie einer Amöbe.

Ich bin mir sicher, wenn sie als Seelsorgerin arbeiten würde, stiege die Suizidrate um hundert Prozent.

»Lass sie quatschen.« Kerry wischt mir etwas Wimperntusche ab, drückt mir ein Küsschen auf die Wange und greift nach meiner Hand.

»Schnapp dir Marcus. Mit seinem Drachen werden wir auch noch fertig.« Ihre Zuversicht hätte ich gerne.

****

Wie viel Mühe sich Kerry, Theo und ihre Helferlein gegeben haben, stelle ich erst jetzt fest, als ich mit meiner Freundin Hand in Hand die Eisentreppe von ihrem ehemaligen Zimmer hinunter gehe.

Im herbstlichen Garten befinden sich Unmengen an Fackeln, die jetzt, in der schon früh am Tag einkehrenden Dämmerung, ein stimmungsvolles Licht verbreiten.

Überall stehen Tische und Bänke bereit die mit Heizpilzen bestückt sind damit die Gäste, bei den doch recht frischen Temperaturen, nicht frieren müssen.

Ein großes Partyzelt wurde aufgestellt, in dem sich eine Art Bar befindet und ein Cateringservice schon fleißig das Büfett vorbereitet. Der Garten ist voll gespickt mit Gästen, die sich größten Teils am Lagerfeuer aufhalten.

Auch Marcus, wie ich sofort bemerke und als hätte auch er mich gespürt, sieht er zu mir hinüber. Erst setzt mein Herz kurz aus, um dann im Galopp weiter zu schlagen.

Bevor ich aber noch anfange zu sabbern oder zu hyperventilieren, werde ich durch diese Stimme, die schlimmer ist als Nagelkratzen über eine Tafel, abgelenkt.

»Weißt du, was ich mich immer frage?« Breitbeinig stellt sich diese schreckliche Frau Sommer Kerry in den Weg.

»Nicht wirklich Britta«, lächelt meine Freundin zuckersüß. »Aber ehrlich gesagt interessiert es mich auch ungefähr so viel, wie die Wettervorhersage der Antarktis.«

Mit fest aufeinander gepresstem Kiefer rückt die Alte Kerry noch etwas mehr auf die Pelle.

»Du hältst dich wohl für sehr witzig, oder?«, zischt sie wütend.

So wie sie auf so einen albernen Spruch schon reagiert, glaube ich gerne, dass mit ihr nicht zu spaßen ist.

Glücklicherweise scheint Theo auf uns aufmerksam geworden zu sein, denn ich sehe ihn mit schnellen Schritten, auf uns zu eilen. Sicherlich kennt er dieses Biest auch und weiß, dass es besser ist, in Kerrys Nähe zu sein.

»Da kommt ja mein Traummann«, säuselt die Fregatte, als sie Theo erblickt. »Wie hat dein kleines Spielzeug es eigentlich geschafft, dir ein Kind unterzujubeln?«

Sie versucht sich an Theo zu schmiegen, der weicht aber gekonnt aus. Dafür muss dann eben Kerry wieder dran glauben. Mit hämisch verzogenem Mund begutachtet sie meine Maus zum x-mal. »Hast du Theo vorher abgefüllt, bevor du dich hast schwängern lassen?«

»Sprichst du aus Erfahrung?«, zischt Marcus sie plötzlich von hinten an.

Ich hatte gar nicht mitbekommen, dass er sich uns genähert hat. Sehr wahrscheinlich steh ich immer noch unter Schock, weil ich einfach nicht die Augen von dieser Person lösen kann. Diese Frau ist wie ein Autounfall, man muss einfach hinschauen.

»Was soll der Scheiß?«, wird Marcus postwendend von seiner Frau zurechtgewiesen, »warum schleichst du dich so an? Konntest du es wieder nicht ertragen, dass Theo und ich etwas Spaß haben.«

Was genau versteht diese Kuh denn unter Spaß? Theo sieht nun wirklich nicht so aus, als würde er die Gegenwart dieser Person genießen. Madame Fürchterlich beeindruckt der abweisende Gesichtsausdruck wenig. Wie selbstverständlich legt sie ihre Hand auf Theos Arsch, der diesmal gleich zwei Schritte zur Seite macht, um genau diese Hand wieder loszuwerden.

»Seit wann so zimperlich, Schatz?«, flötet sie ihn geradezu an, wenn man das bei ihrer ekelhaften Stimme überhaupt so nennen kann. »Damals als ich dir im Club einen geblasen habe, warst du auch nicht so zickig. Weißt du, dass ich heute noch den Geschmack deines Saftes auf der Zunge habe.«

Okay, dies wäre jetzt der Moment, an der ich ihr an Kerrys Stelle eine geklatscht hätte.

»Kann dir so etwas eigentlich dieses kleine Mädchen bieten? Was du brauchst, ist doch eine Frau, die es dir im Bett so richtig zeigen kann, aber doch kein Kind«, quatscht sie ohne Punkt und Komma weiter und ich schwanke zwischen, ihr die Faust ins Gesicht zu rammen oder mich zu übergeben.

Selbst im Dunkeln kann ich erkennen, wie Theos Kiefer malmen. Beschützend legt er den Arm um Kerry. Die wirkt aber gar nicht so, als müsse sie im Augenblick beschützt werden.

Spöttisch blickt sie Marcus Frau geradewegs ins Gesicht.

»Britta, mach dir mal um unser Liebesleben keine Sorgen«, säuselt jetzt meine Maus. Dabei reckt sie selbstbewusst ihr Näschen hoch, lässt ihr Zungenpiercing etwas über ihr Lippen rollen, stellt sich auf die Zehenspitzen und küsst Theo.

»Glaub mir«, wendet sie sich dann wieder einer ziemlich sauer dreinblickenden Frau Sommer zu, »wenn ich meinem Großen mit dieser Kugel über seine Spitze lecke, dann spritzt der so schnell ab, so schnell kann ich gar nicht schlucken.«

Bitte was?! Was hat meine kleine unschuldige Freundin da gerade von sich gegeben? Ich bin platt, das hätte ich meiner Maus niemals zugetraut, aber anscheinend hat sie genau damit das erreicht, was sie wollte, denn die Alte dreht sich um und geht.

»Es tut mit leid Kerry.« Geknickt blickt Marcus auf den Boden und man merkt ihm an, dass er am liebsten im Erdboden versinken möchte.

Ganz im Gegensatz zu Theo, der hebt Kerry hoch, knutscht sie ab, als hätte sie so eben den Posten als Präsidentin der Vereinigten Staaten erhalten. »Du warst Spitze mein Mädchen.«

Stolz drückt er sie an sich, und wenn ich Kerry nicht so lieben würde, könnte ich glatt ein wenig neidisch werden.

»Wir sollten uns mal um unsere Gäste kümmern«, zwinkert Theo Kerry verschwörerisch zu.

Er nimmt ihre Hand und verschwindet mit ihr Richtung Partyzelt. Zurück bleiben Marcus und ich.

Verlegen sieht er zu mir herüber und fährt sich mit den Händen durch die Haare, dabei fällt mit auf, was für ein groteskes Pärchen er und seine Frau abgeben. Sie ist so eine unmögliche Person und das nicht nur rein outfittechnisch gesehen, sondern auch ihr Benehmen ist mehr als unterirdisch. Marcus hingegen ist der liebenswerteste Kerl vom ganzen Universum. Immer wie aus dem Ei gepellt, so wie auch heute. Er trägt gut sitzende Jeans, ein weißes Hemd, Booties und eine braune Lederjacke. Die blonden Haare frisch geschnitten, aber nicht zu kurz, genau so, wie ich es liebe.

Ich kann mir das nicht länger antun, ich muss hier weg. In

Windeseile bin ich die Eisentreppe hoch gesprintet und will mich wieder in Kerrys Bad verkrümeln, da stellt Marcus den Fuß in die Türe, bevor ich sie schließen kann.

»Was soll das?«, fauche ich ihn an und versuche –natürlich vergeblich – seinen Fuß weg zuschieben. »Dürfte ich vielleicht pinkeln, oder willst du zu sehen?«

»Michi, wir müssen reden«, fleht er mich beinahe an und ohne dass ich auch nur den Hauch einer Chance habe ihn aufzuhalten, drückt er die Türe auf und schiebt mich in den Raum.

Er platziert mich auf den Rand der brandneuen Badewanne und hockt sich vor mich. »Warum gehst du nicht an dein Handy?«

Seine Stimme klingt belegt und ein paar mal räuspert er sich, bevor er weiter redet. »Michi, seit vier Wochen habe ich nichts von dir gehört. Weißt du, dass du mich damit wahnsinnig machst?«

»Ach tue ich das?«, lache ich bitter auf. »Wenn mich nicht alles täuscht, kann es dir doch nur recht sein, wenn du nichts von mir hörst.«

»Warum sollte es das?« Fast schon verzweifelt greift Marcus nach meiner Hand und streichelt sanft mit dem Daumen darüber. Ein Schauer läuft mir über den Rücken. Noch nie habe ich mich zu einem Menschen so hingezogen gefühlt wie zu ihm.

Jede Faser meines Körpers will ihn. Ich will ihn schmecken, ihn riechen, ihn spüren.

Erschrocken über diese Erkenntnis ziehe ich meine Hand weg und stehe auf, ich muss hier raus. Alleine die Tatsache, dass ich mit ihm hier alleine in diesem Bad bin, lässt mich ganz konfus werden.

»Michi, warum sollte es mir recht sein, wenn ich nichts von dir höre?«, wiederholt Marcus leise seine Frage. Auch er ist aufgestanden und kommt noch einen Schritt näher.

Raus hier, hämmert es wieder in meinem Kopf, nur weg aus seiner Nähe. Fluchtartig renne ich zur Türe, doch Marcus ist schneller. Mit beiden Armen hält er die Türe zu und ich bin genau zwischen ihm und der Badezimmertüre gefangen.

»Du hast meine Frage immer noch nicht beantwortet.« Keinen Millimeter ist er von mir entfernt. Sein Aftershave steigt in meine Nase. Ich kann seinen Atem auf meiner Haut spüren, was mir fast die Sinne raubt.

Meine Güte reiß dich doch mal zusammen, führe ich innerliche Selbstgespräche. Du bist kein verliebter Teenie. Beantworte seine dämliche Frage, dann wird er dich schon gehen lassen.

Tief durchatmen.

»Marcus tu doch nicht so.« Ich sehe ihm geradewegs in die Augen. Nur nicht blinzeln, trichtere ich mir selbst ein. Er soll nicht denken, dass mir, dass hier irgendwie nahe geht.

Obwohl ich gerade tausend Tode sterbe, halte ich seinem Blick stand, recke noch ein wenig die Nase hoch – was man von Kerry nicht alles lernen kann – und rede im ruhigen Ton weiter.

»Du kannst doch froh sein, wenn ich mich nicht melde. Nachher würde ich noch dein trautes Familienleben durcheinander bringen.«

Er sagt kein Wort, sondern sieht mir nur in die Augen. Mein Herz rast, als wäre ich gerade den Bostoner Marathon gelaufen. Sag doch irgendwas und dann lass mich gehen, flehe ich innerlich.

»Michi«, es hört sich fast wie ein Stöhnen an, als er endlich, nach gefühlten fünfhundert Stunden, den Mund aufmacht. »Ich bin verrückt nach dir.«

Sein Herz rast genauso wie meines, das kann ich deutlich spüren, denn er ist noch etwas näher an mich ran gerückt. Und dann passiert das, wonach ich mich seit Wochen sehne. Fest presst er seine Lippen auf meine.

Mir bleibt die Luft weg und meine Beine scheinen auf einem Berg aus Watte zu stehen. Langsam schiebt er seine Zunge in meinen Mund, was mich auf der Stelle feucht werden lässt.

Mamma Mia, so was habe ich noch nie erlebt. Ich würde ihm am liebsten die Klamotten vom Leib reißen, ihn von oben bis unten ablecken, so nach dem Motto, was ich abgeleckt habe ist mir und dann müsste er sich tief in mir versenken.

Dieser Kuss – der im Übrigen genau so ist, wie ich es mir vorgestellt habe – erregt mich so sehr, dass meine Nippel steinhart an meinem BH scheuern. Laut stöhne ich auf, als er mit seiner Hand in meine Haare packt, seinen Mund noch fester auf meinen presst und immer fordernder mit meiner Zunge spielt.

Aber auch ihn scheint das Ganze nicht kalt zu lassen, denn deutlich spüre ich seine Erektion an meinem Becken. Hektisch beginne ich die Knöpfe seines Hemdes zu öffnen. Ich will ihn ...JETZT. Da hält er mich auf.

»Nicht Michi.« Er geht ein paar Schritte zurück und fährt sich schon wieder nervös durch die Haare. »Es tut mir Leid Michi ...das, das hätte ich nicht tun dürfen ...es war ein Fehler.«

Ein Schlag ins Gesicht hätte mich nicht mehr verletzen können. »Okay«, bekomme ich gerade noch so mit tränenerstickter Stimme heraus. »Das war also ein Fehler für dich ...weißt du was Marcus ...leck mich und tue mir einen Gefallen, lösche bitte meine Nummer.«

Nur Sekunden später stehe ich vor Kerrys Haustüre und weiß überhaupt nicht, wie ich hier hingekommen bin. Ich weiß nur eines, dass ich Marcus nie, nie wieder über den Weg laufen möchte.

17. KERRY!

Irgendetwas stimmt nicht, das spüre ich ganz genau.

Zwar ist die Stimmung auf unserer Party bestens, aber irgendwie habe ich ein ungutes Gefühl und ich muss herausfinden, wieso das so ist.

Etwas nervös schlendere ich von einem Grüppchen zum nächsten. Im Partyzelt sitzen Maria, Konrad, von Hansens, Fronk und Detlef fröhlich beisammen, und obwohl mir Detlefs erschreckend hagere Gestalt mal wieder einen Stich versetzt, ist es nicht die Sorge um ihn, die mich so unruhig macht.

Als er bemerkt, dass ich zu ihm rüber blicke, schickt er mir ein kleines Lächeln, das mir fast die Tränen in die Augen treibt. Warum belügen mich Fronk und er nur? Ein Blinder sieht, dass der Krebs zurückgekehrt ist. Sicher glauben sie mich wegen der Schwangerschaft beschützen zu müssen, dabei erreichen sie nur das Gegenteil, denn wenn ich nicht auf dem Laufenden bin, mache ich mir nur noch mehr Gedanken.

Spätestens, wenn ich herausgefunden habe was mich so beunruhigt, werde ich mir Detlef mal zur Brust nehmen und mit ihm Klartext reden. Er muss mir sagen, wie es um ihn steht und mir dann versprechen, dass er wieder gesund wird, schließlich will ich mit seinem Enkelkind mindestens ein Mal im Monat in den hohen Norden fahren.

Aber darum kümmere ich mich später, erst mal ziehe ich meine Runde weiter.

Am Lagerfeuer sitzt die halbe Belegschaft der Agentur und natürlich auch Olli, der Vicky tief in die Augen schaut. Hier haben sie es ja ausnahmsweise nicht weit, um im Bett zu landen. Da ist es auch bestimmt bequemer als auf einer Toilette im Club.

Auch Andre amüsiert sich bestens, denn er flirtet, was das Zeug hält mit unserer Stylistin Sally, die wie er nicht weiß, leider nur auf Mädels steht. Ob ich ihn aufklären soll, dass er sich bei ihr die Zähne ausbeißt? Ach nein, so ist es lustiger, mal sehen, wann er aufgibt.

Alex sitzt etwas abseits mit Leonie und führt irgendwelche tiefgründigen Gespräche, denn meine Freundin hängt gebannt an seinen Lippen. Gut, das würde sie auch, wenn er die ganze Zeit BLABLABLA sagen würde, Hauptsache sie kann in seiner Nähe sein.

Meine Freundinnen machen mich gerade etwas wahnsinnig. Die eine liebt gleich zwei Männer, die nichts mit ihr anfangen wollen. Die andere verliebt sich zum ersten Mal richtig und dann in Marcus, der mit dem Teufel persönlich verheiratet ist.

Wo ist Michi eigentlich? Ich habe sie bestimmt schon seit einer halben Stunde nicht gesehen.

Noch mal gehe ich suchend durch unseren Garten.

Nichts, keine Michi zu sehen. Theo steht mit Cassy und Tom zusammen und versucht verzweifelt sich Britta vom Hals zu halten. Selber Schuld, er hat sie eingeladen, jetzt muss er leiden. Marcus habe ich bisher aber auch noch nicht gesehen.

Oh mein Gott, die beiden werden doch nicht ...Nein werden sie nicht, oder?

Mit einem Gefühl, als wäre ich in geheimer Mission unterwegs, gehe ich leise ins Haus.

Außer der Klospülung ist aber nichts zu hören. Ich bin mir nicht sicher, ob ich darüber enttäuscht oder erleichtert sein soll.

Gerade will ich wieder rausgehen, da bemerke ich Marcus, der im Dunkeln auf der Treppe sitzt und in guter Gesellschaft ist. Mit geschlossenen Augen lehnt er mit dem Kopf an der Wand und hängt sich eine Flasche Whisky an den Hals.

Ganz ehrlich, ich kann ihn verstehen, denn wenn ich mit seiner

Frau verheiratet wäre, würde ich mich auch betrinken. Aber dies bringt ja alles nichts, außer das er mir nachher wieder alles vollkotzt, das Spiel kennen wir ja noch vom Schulfest.
Darum ziehe ich ihm auch mit all meiner Kraft die Flasche aus der Hand und stelle erleichtert fest, dass sie Gott lob, noch nicht allzu leer ist.

»Du trinkst aber doch nicht wegen Britta, oder?« Ich setze mich zu Marcus auf die Stufen und sehe ihn prüfend an. Er ist vollkommen durch den Wind, als wäre etwas Furchtbares passiert. Mein unruhiges Gefühl verstärkt sich noch mehr, denn irgendwie habe ich den Verdacht, dass Marcus Zustand was mit meiner Maus zu tun hat.

»Hast du zufällig eine Ahnung, wo Michi ist?«, frage ich mal vorsichtig nach und scheine damit in ein Wespennest gestochen zu haben. Hektisch reißt er mir die Flasche aus der Hand und trinkt als hätte er eine Woche in der Wüste verbracht.

»Jetzt ist aber gut!« Wütend nehme ich ihm erneut die Flasche ab. Bin ich hier im Kindergarten, wo man sich gegenseitig, die Schaufel abjagt?
»Kerry, ich habe so eine Scheiße gebaut«, rückt der angehende Alkoholiker auch endlich mit der Sprache raus. »Michi wird mich jetzt für immer hassen.«

»Weil?«, hake ich nach, als Marcus wieder verstummt.
»Weil ich sie geküsst habe.« Dieses Mal bin ich zum Glück schneller, als er wieder nach dem Whisky greifen will. Bestimmt ist es mein Vorteil, dass ich mir keinen Alkohol in den Kopf geschüttet habe.

»Und weiter?« Meine Güte, dem Kerl muss man aber auch jedes Wort aus der Nase ziehen.
»Weiter nichts.« Ein paar Mal schlägt Marcus mit dem Kopf gegen die Mauer und rappelt sich dann, schon leicht torkelnd auf. »Ach hatte ich erwähnt, dass ich ihr gesagt habe, dass es ein Fehler war,

dass ich sie geküsst habe?«

»Du hast WAS?«, kreische ich eine Spur zu laut auf und bin wirklich froh, dass gerade niemand auf der Toilette ist, »bist du krank oder so?« Deutlich leiser, aber nicht weniger wütend, fauche ich Marcus an. »Du weißt, dass Michi dich liebt, knutschst mit ihr und sagst ihr dann, dass es ein Fehler war?«

Über so viel Dummheit oder wie auch immer man das nennen will, kann ich nur fassungslos den Kopf schütteln. »Wo ist sie?« Drohend baue ich mich vor Marcus auf.

Mir ist klar, dass dies lächerlich ist, da Marcus mich um mehr als eineinhalb Köpfe überragt, aber das ist mir im Moment so was von egal. Er hat meine Maus verletzt und ich muss wissen, wo sie ist, weil sie mich braucht.

»Ich weiß es nicht Kerry ...wirklich ...sie ist aus dem Bad gelaufen und hat gesagt, dass ich ihre Nummer löschen soll.« Marcus sieht mich so betrübt an, dass er mir fast Leid tun könnte, fast. Wie kann man nur so unsensibel sein.

»Warte hier«, blaffe ich ihn an.

So schnell es Pünktchen mir ermöglicht renne ich in mein Schlafzimmer, hole mein Handy und auf dem Weg zurück zu Marcus habe ich schon Michis Nummer gewählt.

Dreimal, viermal, fünfmal, klingelt es.

Bitte Maus geh ran, flehe ich und endlich nach dem achten Klingeln, höre ich ein verweintes »Ja!«

»Michi wo bist du?«, schreie ich regelrecht in mein Telefon.

»Zuhause, meiner Mom ging es nicht gut, da habe ich Sie abgeholt und nachhause gefahren.«

Wer`s glaubt, wird selig. Zwar war Petra heute bei der Neueröffnungsfeier der Praxis, in der sie arbeitet und konnte daher auch nicht zu unserer Verlobung kommen, aber Michis Mom würde ihre Tochter nie anrufen, damit diese sie irgendwo abholt.

»Eigenartig, dass ich gerade mit Petra telefoniert habe. Sie hat mir zur Verlobung gratuliert und sie klang doch ziemlich fröhlich am Telefon« Das ist zwar ein großer Bluff, aber probieren kann man es ja mal. »Also, wo steckst du in Wahrheit?«

»Am Rhein«, schluchzt Michi leise in den Hörer.

Das darf doch nicht wahr sein, wenn meine Süße so aufgelöst ist, dass sie weint und sich irgendwo alleine hinverzieht, dann muss es ihr richtig schlecht gehen.

»Geht es etwas genauer.«

Der Rhein ist ziemlich lang, da wäre eine etwas präzisere Beschreibung ihres Aufenthaltsortes von Vorteil.

Die ganze Zeit, während ich mit Michi telefoniere, läuft Marcus wie ein aufgedrehtes Babyspielzeug vor mir hin und her und macht mich noch nervöser als ich eh schon bin.

»Kannst du damit aufhören«, zische ich ihn an und wie auf Knopfdruck bleibt er auch tatsächlich stehen. Verdächtig ...richtig, mit einem Handgriff hat er sich schon wieder die Pulle Hochprozentiges geschnappt und hält sie sich an den Hals. Soll er sich doch besaufen, ich muss mich um meine Freundin kümmern, denn die erklärt mir gerade, herzzerreißend schluchzend, dass sie dort ist, wo wir auch im Sommer immer sitzen.

»Bleib genau da.« Befehle ich ihr und suche gleichzeitig schon Ollis Autoschlüssel.

Da mein altes Wägelchen endgültig vom TÜV für tot erklärt wurde und ich auf keinen Fall mit Theos Porsche fahre, muss Ollis Wagen eben mal kurz herhalten.

»Soll ich mit kommen?« Geknickt, wie ein kleiner Junge, der gerade Omas Lieblingsblumenvase zertrümmert hat, steht Marcus vor mir und erwartet, dass ich für ihn eine Entscheidung treffe.

»Wirst du Michi sagen, dass euer Kuss kein Fehler war?« Abwartend stehe ich schon in der Türe und hoffe, dass Theo nicht ausgerechnet jetzt mal aufs Klo muss oder Sehnsucht nach mir verspürt, denn ich bin mir sicher, dass er nicht wirklich darüber

amüsiert sein wird, dass ich jetzt wegfahre.
Marcus Kopfschütteln ist mir Antwort genug. »Dann eben nicht. Du bist ein Idiot.«

Zum Glück hat Olli einen Parkplatz direkt vor der Türe gefunden, so dass ich nicht noch den Wagen suchen muss. Mit Überschreitung sämtlicher Geschwindigkeitslimits brauche ich sage und schreibe nur zehn Minuten, um zu dem Parkplatz zu gelangen, bei dem mir damals das erste Mal klar wurde, dass ich mich in Theo verliebt hatte.

Stockdunkel ist es, denn zu dieser Jahreszeit liegt das Gebiet ziemlich brach. Auch der Fußweg, der hinunter zum Sandstrand führt, ist nicht beleuchtet und so bin ich schon dankbar, dass es zumindest sternenklar ist und der Vollmond hell am Himmel steht.

Es ist nicht nur dunkel, sondern auch saukalt stelle ich nach ein paar Metern fest, denn bei meiner ganzen Rettungsaktion für meine Michi habe ich ganz vergessen mir eine Jacke anzuziehen. Ich kann nur hoffen, dass meine Freundin sich meiner erbarmt und wenigstens mit mir in Ollis Wagen geht.

Vorsichtig tapse ich den kalten, nassen Sand, den ich selbst durch meine Booties spüre. Das Ganze ist schon ziemlich unheimlich hier. Umso größer ist der Stein, der mir vom Herzen fällt, als ich nach wenigen Metern Michelle entdecke. Wie ein Häufchen Elend sitzt sie auf einer großen Baumwurzel und starrt auf das vorbei fließende Wasser.

Wortlos setze ich mich neben sie, denn ich weiß, dass sie von sich aus reden wird, wenn ihr danach ist. Ich habe meine Maus schon häufig getröstet, wenn sie mal wieder an irgendeinen Schwachkopf gelangt war. Meistens haben wir uns dann betrunken und am anderen Tag war der Kerl bereits Geschichte.

Heute wird es nicht so ablaufen. Nicht, weil ich nicht mit Michi trinken kann, sondern weil sie sich dieses Mal richtig verliebt hat und das ist nicht mit einem Kater am nächsten Morgen aus der

Welt geschafft.
»Kerry«, leise weinend lehnt sie den Kopf an meine Schulter. »Es tut so weh.«
»Ich weiß Schatz«, antworte ich ihr mit belegter Stimme, denn auch mir ist zum Heulen.

Meine Süße tut mir so unendlich leid. Ich weiß was sie durch macht, denn nur zu gut kann ich mich noch lebhaft daran erinnern, wie ich mich fühlte, als ich mich wegen Pünktchen von Theo getrennt hatte. Nur war der glücklicherweise nicht so ein Feigling wie Marcus. Theo hat um mich und unser Baby gekämpft. Er hätte selbst seinen geliebten Job für uns aufgegeben. Und was macht Marcus, der ertränkt seinen Kummer, mal wieder, mit einer Flasche Whisky.

Ich will ihm nicht vorwerfen, dass er sich Gedanken darüber macht, was aus seinen Kindern wird, wenn er sich von Satan trennt. Da ich aber auch genau weiß, dass die beiden Jungs sowieso die meiste Zeit bei den Großeltern im Bergischen Land sind, wird sich ja nicht sonderlich viel ändern, wenn er nicht mehr mit Cruella zusammenwohnt.

»Weißt du, was passiert ist?«, schluchzt Michi leise. Heiß tropfen ihre Tränen auf meine Hand, die ich mit ihrer verschlungen habe.

»Ja Schatz, das tue ich.« Krampfhaft überlege ich, was ich ihr raten soll. Soll ich ihr den Tipp geben, den Blödmann zu vergessen, was leichter gesagt, als getan ist, oder soll sie um ihn kämpfen, was genau so schwierig werden wird.

»Ich habe ihm gesagt, dass ich ihn nie wieder sehen will«, berichtet Michelle weiter und wischt sich mit ihrer freien Hand über die Augen, dabei zieht sie geräuschvoll die Nase hoch.

»Aber das stimmt nicht, Schatz, ich will und werde ihn wieder sehen und dann soll er mir ins Gesicht sagen, dass ich ihm nichts bedeute.«

So gefällt mir meine Freundin schon besser. Dies ist genau der richtige Weg. Soll sie den Idioten doch mal schön in die Ecke drängen, mal sehen, wie er dann reagiert.

»Komm, dann lass uns schnell zurück zur Party«, dränge ich zum Aufbruch, denn ich befürchte, je später wir eintreffen umso höher wird Marcus Alkoholpegel sein.

»Nein Schatz.« Michi greift nach meiner Hand und zieht mich wieder zu sich runter. »Lass uns bitte noch etwas hier bleiben. Heute möchte ich ihm auf keinen Fall mehr über den Weg laufen, nicht so verheult, wie ich aussehe.«

So ganz Unrecht hat sie da nicht. Mit verquollenen Augen und roter Nase wirkt man nicht gerade wie Miss Universum. Vielleicht ist es auch gar nicht so schlecht, wenn sie ihn ein bisschen schmoren lässt. Immerhin haben ihn die vier Wochen Michi Entzug, dazu gebracht sie zu küssen, zwar nicht mit dem gewünschten Endergebnis, aber es war ein Anfang.

Wie ein kleines Mädchen kuschelt sich meine Maus an mich und es macht mir nicht den Eindruck, als wollte sie diese Position in den nächsten Wochen oder Monaten aufgeben.

Eventuell sollte ich sie daran erinnern, dass ich in zwei Monaten heirate und Pünktchen in etwas mehr als drei Monaten gerne zur Welt kommen möchte.

Außerdem wäre etwas Wärme ganz nett, Ollis Wagen böte sich da an. Leicht klappern meine Zähne aufeinander und ich kann mich nur wundern, dass Michi überhaupt nicht zu frieren scheint und das, obwohl sie nur ein T-Shirt trägt.

Aber wie ich die Sportlerin des Jahrtausends kenne, ist sie sicherlich hier hingelaufen und das Adrenalin, das ihr durch die Adern fließt, lässt ihr Blut bestimmt immer noch kochen. Sie braucht mit Sicherheit keinen warmen Wagen. Das bedeutet also für mich, dass ich mich besser mal auf eine lange und kalte Nacht einstelle.

18. THEO!

Langsam koche ich vor Wut.

Wenn mir Britta heute noch einmal an den Allerwertesten packt, hacke ich ihr persönlich die Hand ab. Diese Frau ist schlimmer wie die Krätze, die wird man auch nicht los. Dieses Weib ist glatt schuld daran, wenn ich impotent werde. Jedes Mal läuft mit ein Schauer des Grauens über den Rücken, wenn sie mich berührt.

Wo steckt eigentlich mein Mädchen? Nur sie bringt es fertig, dass sich diese Horroralte verzieht. Aber statt mir zu helfen, hat Kerry sich erfolgreich versteckt, denn sie ist weit und breit nicht zu sehen, weder am Lagerfeuer noch im Zelt kann ich sie entdecken. Auch Michelle und Marcus sind wie vom Erdboden verschluckt, registriere ich beim Durchzählen unserer Gäste.

Schön, dass wir hier und heute unsere Verlobung feiern und die Braut durch Abwesenheit glänzt. Sicher haben sich Kerry, Michelle und Marcus nach drinnen verzogen, sitzen gemütlich in unserer Küche und ich darf die Leute, allen voran Britta, bespaßen.

So haben wir aber nicht gewettet. Bei allem Verständnis für mein Mädchen, aber ich spiele hier nicht den Pausenclown.

Mit der Ausrede, dass ich mal für kleine Jungs müsse, kann ich mich endlich aus Satans Klauen befreien. Fast hatte ich schon befürchtet, dass sie mir noch aufs Klo folgen würde, aber sie hat schnell ein neues Opfer in Gestalt von Mike, dem Agenturfotografen, gefunden. Armer Kerl, mein Mitleid ist ihm sicher.

Zu meiner großen Verwunderung finde ich in der Küche nur Olli und Vicky. Beide sind aber so damit beschäftigt sich die Zunge in den Hals zu stecken, dass sie mich gar nicht bemerken. Warum gehen sie eigentlich nicht gleich zu Olli hoch? Im Wohnzimmer, welches mal die Küche in der anderen Haushälfte war, brennt erst gar kein Licht, so dass ich hier gar nicht weiter suchen muss. Auch auf unserer Seite ist die erste Etage verwaist, ebenso das Schlafzimmer.

Nur alle Toiletten sind belegt, so dass ich vermute, dass zumindest Kerry mal wieder ihre Blase entleert, wo die beiden anderen sind, kann ich mir eigentlich schon fast denken. Hat Marcus also doch endlich mal Eier und ist mit Michelle abgehauen.

Zufrieden gehe ich vor die Haustüre und stecke mir eine Zigarette an, da stolpere ich fast über Marcus, der im Eingang sitzt und den Abend anscheinend mit Jonny Walker verbringt.

Kopfschüttelnd nehme ich ihm die Flasche ab und hoffe für ihn – und auch ein wenig für mich –, dass die Flasche nicht voll war, als sie Bekanntschaft mit Marcus machte, denn jetzt ist sie so gut wie leer.

»Isch bin soo ein Idi ...Idijohot«, lallt mein Kumpel. Gut, die Flasche war also doch voll, »isch hab die Frau geküsst ...kaaaaaannst du das Verstehen, dass isch so blöd bin und meine Michi einfach nicht weiter ...« Unkontrolliert versucht er mir die Flasche zu entreißen, aber nicht mit mir, wenn er die wirklich geleert hat, kann ich nachher noch mit ihm in die Klinik fahren, weil er eine Alkoholvergiftung hat.

»Theo ...«,

Und weiter? Ich weiß, wie ich heiße, aber Marcus hat wohl schon vergessen, was er sagen wollte, stattdessen klopft er mir unaufhörlich auf die Schulter, dann stoppt er und nimmt mir die Zigarette aus der Hand.

Kräftig zieht er daran, um sofort einen Hustenanfall zu bekommen. Ja man sollte im Suff nicht rauchen, wenn man nüchtern ein militanter Nichtraucher ist.

»Isch ... also isch bin so geil auf diese Frau«, lallt er weiter, aber

erst nach dem er neben die Haustüre gekotzt hat, »aber sie hasst misch bestimmt, für immer ...genau wie Kerry ...du huscht alles richtig gemacht.«
Die andere Seite des Hauseingangs wird von ihm vollgekotzt und ich kann ihn gerade noch davor bewahren, dass er sich gleich danebenlegt.

»Danke, Theo ...du bist ein Freund und ein Mann mit Eiern.«
Marcus hängt in meinem Arm und macht sich dermaßen schwer, dass ich ihn kaum gestützt bekomme.

»Du hast disch nicht beirren lassen«, redet er ohne Punkt und Komma weiter. »Nur isch bin so ein Feigling ...und jetzt ist sie weg.«
»Wer ist weg?« Eigentlich bin ich mir sicher, dass er von Michelle redet, aber wenn es irgendwie Stress zwischen den beiden gegeben hätte, wäre Kerry doch zu mir gekommen und hätte mir davon erzählt.

Plötzlich sticht mir der freie Parkplatz vor unserer Haustüre ins Auge, da stand eben noch Ollis Wagen, da bin ich mir sicher, denn er hat noch den Wagen umgesetzt, weil zufällig etwas frei geworden war. Da Olli aber gerade in der Küche sein Vorspiel hat, wo ist dann sein Wagen?
Ein vager Verdacht steigt in mir hoch und ich hoffe, dass die Schnapsdrossel in meinem Arm mir diesen nicht bestätigt.

»Sag mal Marcus, hast du zufällig eine Ahnung, wo Kerry steckt?«
»Na weg.« Mein Kumpel sackt in die Knie und heult los wie ein kleines Kind. »Beide sind weg, deine Kerry und meine Michi ...einfach weg ...für immer und ewig und ich wollte sie doch so gerne vögeln ...also Michi, nicht Kerry.«

19. KERRY!

*T*äusche ich mich oder hat mein Handyklingeln tatsächlich schon einen wütenden Unterton?

Michael Buble, der mir sonst sanft "You and I" vorsingt, wenn Theo mich anruft, hört sich in meinen Ohren gerade etwas aufgebracht an.

»Hallo mein Großer«, flöte ich geradezu ins Telefon.

»Wo steckst du?", brüllt mein Großer mir so ins Ohr, dass ich befürchte, einen Hörsturz zu bekommen.

»Am Rhein« Ist ja zumindest nicht gelogen und scheint Theo auch für einen Moment zu beruhigen.

»Scheiße«, flucht er plötzlich los. »Wenn du am Rhein bist, dann haben sie Ollis Auto geklaut.«

»Nein«, ich muss mich ein wenig räuspern, bevor ich meinen kleinen Choleriker ein Stückchen mehr aufkläre, wo ich denn nun genau bin, »Ollis Wagen wurde nicht gestohlen. Ich habe ihn.«

»Du?« Kommt etwas ungläubig von Theo, »wieso hast du den Wagen, wenn du nur auf der Promenade bist?«

»Von Promenade hab ich ja nicht gesprochen.« Das habe ich ja nun wirklich nicht.

Ich habe am "Rhein" gesagt, wenn Theo daraus schließt, dass ich nur über die Straße rüber zur Rheinpromenade gegangen bin, ist das ja nicht meine Schuld. Mir fällt auf, dass man sich auch alles schön reden kann.

»Von welchem Rhein genau reden wir?«, brüllt Mr. "Ich bin von Null auf Hundert in einer Sekunde" mir erneut in meinen Gehörgang.

»Wie viele kennst du denn?« Blöderweise muss ich über die

unnütze Frage furchtbar kichern, was nicht gerade gut ankommt, wenn der Gesprächspartner schon die Laune eines Tigers mit Zahnweh hat.

»Natürlich nur den, der bei uns an der Haustüre vorbei fließt.« Seine Stimme ist noch lauter geworden und ich kann mir nicht helfen, aber ich glaube mein Freund, ach nein, seit heute ja offiziell Verlobter, ist ein Klitzekleines bisschen aufgebracht.

»Aber der gute Vater Rhein fließt auch durch die Schweiz und die Niederlande. In welcher dieser Länder darf ich dich suchen? Vielleicht hast du dir ja mal kurzfristig überlegt deine Modelfreundin Sabrina zu besuchen, die den reichen Hotelier in der Schweiz geheiratet hat«

»Theo du bist albern.« Krampfhaft versuche ich nicht loszuprusten, denn dann, da bin ich sicher, flippt er vollkommen aus.

»Ich bin albern? Ich bin albern?« Oh, oh, Theo wiederholt sich, ein untrügliches Zeichen dafür, dass er kurz davor ist auszurasten.

»Weißt du, was albern ist, Kerry?« Doppelt oh, oh, er hat Kerry und nicht Baby gesagt. »Albern ist, dass hier eine Verlobung gefeiert wird, bei der, der weibliche Part abhanden gekommen ist.«

»Ich bin im Rheinpark, Michi brauchte ...« Weiter komme ich nicht.

»Bitte, wo bist du?«, donnert Theo los.

Wenn ich geglaubt habe, dass er eben laut war, dann habe ich mich gründlich getäuscht. Jetzt ist er laut und das ist noch untertrieben. Für die Dezibel, die aus meinem Hörer kommen, braucht man normalerweise einen Hörschutz.

»Wer ist denn mit dir dort, wenn ich das erfahren darf? Nicht dass es mich etwas angehen würde, wo und mit wem sich meine zukünftige Frau und mein ungeborenes Kind herumtreiben.«

Für eine Mikrosekunde ist er still, sicher nur um neue Luft in die Lunge zu pumpen, denn schon geht es weiter.

»Lass mich mal überlegen.« Er ist so aufgebracht, dass ich schon fast Angst habe, dass er einen Herzinfarkt bekommt. »Ich vermute mal, dass niemand, außer Michelle, bei dir ist. Und soll ich dir sagen, wie ich darauf komme? Weil ja alle hier auf UNSERER Verlobung sind.«

»Reg dich doch nicht so auf«, will ich ihn beruhigen, aber das stachelt ihn nur noch mehr auf.

»Ich soll mich nicht aufregen, wenn meine Frau, ohne männliche Begleitung, in stockfinsterer Nacht am Rhein herumlungert? Korrigiere mich, wenn doch jemand da ist, der euch vor ein paar Spinnern beschützen könnte. Aber ich wüsste niemanden, denn George steht hier mit Jenny, Alex quatscht mit Leonie, Olli fickt gerade deine Freundin Vicky, Marcus liegt oben im Bad und kotzt sich die Seele aus dem Leib und Tom sitzt bei seiner Mom. Also welche männliche Person kann denn dann noch bei euch sein?«

Mittlerweile ist er verdammt leise geworden, was viel gefährlicher ist, als wenn er schreit.

»Du hast zehn Minuten Zeit deinen hübschen Arsch nachhause zu schwingen.« Ein Knacken in der Leitung zeigt mir, dass er aufgelegt hat.

»Das gibt Ärger«, sage ich mehr zu mir selbst, lässt Michi aber erneut in Tränen ausbrechen.

»Oh nein Schatzi, jetzt hast du auch noch Stress wegen mir«, schluchzt sie.

Hastig springt sie auf, nimmt meine Hand und zieht mich hoch zum Fußweg. Ich weiß gar nicht, warum sie so eine Hektik macht. Theo kocht vor Wut, daran wird sich auch nichts ändern, wenn wir fünf Minuten eher da sind.

****

Bin ich froh, dass die Party noch im vollen Gange ist, als ich endlich – eine halbe Stunde nach meinem Gespräch mit Theo – eintrudele.

Es hat dann doch etwas länger gedauert, als die zehn Minuten, die ich gütigerweise zugestanden bekommen habe. Da es eh Stress geben wird, habe ich erst mal mit Ruhe Michi nachhause gebracht. Mit einem mulmigen Gefühl in der Magengegend mische ich mich unter unsere Gäste und falle fast um, als ich etwas entdecke, wobei es sich nur um eine Fata Morgana halten kann.

Da sitzen Leonie und Alex am Lagerfeuer und knutschen, was das Zeug hält. Die Hand meines Freundes ist unter ihren Pulli gewandert und es wirkt nicht so, als wäre damit schon das Ende der Schmuserei erreicht. Sind denn heute hier alle übergeschnappt?

Ich tippe Alex auf die Schulter, der mich daraufhin etwas verwundert ansieht und Leonie mich dümmlich anstrahlt. Also wirklich Leute, ihr habt einen Schaden.

»Kann ich dich kurz sprechen, Alex?« Und bevor er mir überhaupt antworten kann, habe ich ihn auch schon an der Hand und ziehe ihn, wie es Michi so gerne macht, hinter mir her.

»Sag mal geht's noch?«, pfeife ich ihn an, als wir außer Hörweite sind, »warum knutscht du mit Leonie? Willst du ihr das Herz brechen?« Auch wenn Leonie, Olli von ganzem Herzen liebt, schwärmt sie doch auch für Alex, wie ein Teenie für eine Boyband.

»Lass uns doch den Spaß«, mault Alex. Eine gewaltige Alkoholfahne schlägt mir ins Gesicht.

Ich fasse es nicht, er jetzt auch noch. Nicht nur dass Marcus – der bis vor zwei Monate abstinenter gelebt hat, als der Papst – sich zweimal in kürzester Zeit abschießt, jetzt hat sich auch noch Alex, der nie trinkt, volllaufen lassen.

»Nein, Alex, das ist kein Spaß. Leonie ist noch Jungfrau und ihr erstes Mal sollte doch mit einem Kerl sein, der sie liebt. Liebst du sie?« Schuldbewusst schüttelt mein Freund den Kopf.

»Wusste ich es doch.« Freuen kann ich mich nicht darüber, dass ich Recht hatte. »Du solltest nichts trinken, wenn du dabei auf so blöde Ideen kommst.«

»Weißt du denn, warum ich betrunken bin?« Mit ein paar unsicheren Schritten kommt er auf mich zu, nimmt meine Hände und sieht mir – so weit es sein Zustand zulässt – fest in die Augen. »Was glaubst du, warum ich mit irgendeinem Mädchen knutsche?«

»Moment, Leonie ist nicht irgendein Mädchen ...«, widerspreche ich heftig, doch Alex legt mir den Finger auf den Mund, damit ich schweige.

»Nein, das stimmt. Sie ist ein liebes Mädchen, aber sie ist eben nur ein Mädchen, sie ist nicht du ...keine ist wie du ...und genau deshalb habe ich getrunken. Ich bin auf der Verlobung von der Frau, die ich über alles liebe.« Seufzend legt er die Stirn auf meine, schließt die Augen und streichelt mein Gesicht. »Du wirst heiraten, das heißt >Game over< für mich. Es ist endgültig vorbei.«

»Schatz, aber das ist doch nichts Neues«, unterbreche ich ihn lieber mal, bevor er noch in Tränen ausbricht. Ich nehme seinc Hand und lege sie auf meinen Bauch. Und mein Pünktchen ist ein liebes Baby, denn wie auf Kommando stößt es gegen Alex Hand.

»Ich bin schwanger, Theo und ich wohnen schon ewig zusammen, also wieso haut dich unsere Verlobung so um«

»Ich weiß es nicht.« Verzweifelt presst mich Alex an sich. Vorsichtig blicke ich mich um, wenn Theo das sieht, rastet er aus und so geladen, wie er eben am Telefon war, haut er Alex glatt eine rein. Muss ich nicht haben, Drama hatte ich heute schon genug.

»Du solltest schlafen gehen.« Ich drücke ihm zwei Küsschen auf die Wangen und verabschiede mich schnell von ihm, denn ich sehe meinen zukünftigen Gatten, wie eine Dampfwalze, auf uns zu kommen.

Eine Szene muss ich jetzt auch nicht haben, deshalb lasse ich einen verdutzten Alex stehen und verschwinde im Partyzelt. Dort sorgen Tom und Cassy gerade mit einer A-Capella Version, von >All night Summer long< für Stimmung. Ich flüchte an den Tisch von George, seiner süßen Freundin Jenny, Milanda und Andre.

»Na, was hast du angestellt?«, grinst Jenny. Sie kennt mich also auch schon so gut, dass sie merkt, dass ich gerade mehr oder weniger auf der Flucht bin.

»Kerry stellt nie was an«, verteidigt mich meine kleine Schwägerin in spe. Wenn ich an Milandas und meine erste Begegnung denke, glaube ich manchmal, dass ich das nur geträumt habe. Denn heute sind Mili und ich wie Schwestern. Wir lieben uns einfach.

»Rede nicht von Dingen, von denen du keine Ahnung hast«, ertönt Theos Stimme hinter uns.

»Hast du zwei Minuten für mich?« Wütend packt er mich am Oberarm und will mich mit ziehen, da kommen mir quasi Fronk und Detlef zu Hilfe, ohne dass ihnen das nur im Geringsten bewusst wäre. Sie wollen sich lediglich verabschieden und so nutze ich die Gunst der Stunde und begleite sie nach draußen. Zu gerne würde ich Theo noch die Zunge raus strecken, aber ich will ja nicht übertreiben.

Die nächsten zwei Stunden bin ich nur damit beschäftigt, mich irgendwie vor Theo zu verstecken. Dabei beobachte ich zeitgleich, ob Alex nicht auch so ein Dummkopf wie Marcus ist und Leonie etwas von einem Fehler erzählt, den er begangen hat, als er sie küsste.

Ich hoffe mal nicht, denn wenn ich heute noch mal jemandem hinterher fahren muss, dann brauche ich ab morgen nicht weiter für meine Hochzeit zu planen. Aber mein Freund ist selbst volltrunken noch so anständig, dass er Leonie nur etwas von Kopfschmerzen erzählt und geht.

»Leonie bist du seit neuestem verblödet?« Bekommt meine Süße gleich ihr Fett weg, nachdem Alex abgehauen ist.

»Warum?«, fragt sie auch noch nach.

»Warum?« Ist das jetzt tatsächlich ihr ernst. Vorsichtig schaue ich mich um, ob Theo nicht von irgendwoher angestürmt kommt und als die Luft rein ist, kann ich weiter meine Strafpredigt halten.

»Leonie, vor ein paar Stunden wolltest du noch Olli deine Jungfräulichkeit auf dem goldenen Tablett servieren und dann knutscht du mit einem hackedichten Alex rum. Sag mal, hast du dir ein Ultimatum gestellt, bei dem du schnellst möglich entjungfert werden willst?«

»Olli ist doch mit Vicky abgehauen«, schmollt meine Süße, »und du würdest Alex auch nicht von der Bettkante schubsen.« Als sie den Satz ausgesprochen hat, merkt Leonie, wie lächerlich das ist. »Doch würdest du.« Ihre Augen füllen sich mit Tränen und schon tut sie mir leid.

»Du hast recht Kerry.« Sie legt den Kopf an meine Schulter und zieht geräuschvoll die Nase hoch, »für Alex war ich genauso ein Notstopfen, wie er für mich.«

Na wenigstens sieht sie es realistisch und macht kein Drama daraus und das bisschen Knutschen mit Alex sei ihr gegönnt, das kann er nämlich wirklich gut.

Tief atme ich durch, als meine Freundin sich kurz darauf – gut gelaunt, der Kuss hat ihr doch gut getan – von mir verabschiedet. Nach und nach brechen nur leider auch alle anderen Gäste auf, was bedeutet, dass ich mich nicht mehr lange vor dem unausweichlichen Gespräch drücken kann.

Als ich die Haustüre hinter den letzten Mädels aus der Agentur schließe, schmeiße ich noch einen schnellen Blick in den Garten, um festzustellen, dass nur noch Andre, Tom und Cassy mit Theo zusammensitzen, sicher wollen sie nur noch eine Zigarette rauchen. Die Gelegenheit für mich schon mal ins Bettchen zu verschwinden. Unter der Dusche putze ich mir die Zähne, damit es schneller geht.

Ich liege noch nicht ganz im Bett, da höre ich auch schon meinen Freund ins Zimmer kommen.

Mit zusammengekniffenen Augen hoffe ich, dass Theo mir abnimmt, dass ich schon tief und fest schlafe.

20. THEO!

Wieder einmal verfluche ich die großen Flügeltüren zu unserem Schlafzimmer. Die Dinger haben nämlich einen großen Fehler, man kann sie nicht laut zu schmeißen. Aber genau das möchte ich jetzt tun, denn ich bin bis zur Halskrause geladen. Und irgendwo muss ich mich abreagieren, denn sonst wird unser Streit gleich ziemlich hässlich.

Was Kerry sich heute wieder geleistet hat, damit hat sie sich selbst übertroffen. Auf ihrer eigenen Verlobung mal eben eine Stunde zu verschwinden und dann noch im Stockdunkeln ein bisschen am Rhein herumturnen. Nicht auszudenken was alles hätte passieren können, aber das wird sie natürlich in ihrem bezaubernden Trotzköpfchen nicht einsehen.

Nicht mit mir, dieses mal ist sie echt zu weit gegangen. So laut, wie es nur eben geht, schließe ich die Türen.

Nichts, keine Reaktion. Meine süße Freundin spielt die Schlafende. Das kleine Biest hat natürlich den Vorteil, dass sie durchs Modeln gelernt hat, wie man stundenlang in einer Position bleiben kann, ohne sich zu rühren. So liegt sie auch jetzt stocksteif im Bett, die Decke bis zur Nase gezogen und hofft wohl, dass ich ihr abnehme, dass sie tief und fest schläft.

Selbst wenn dies so wäre, hätte sie das Zuschlagen der Türen aus dem Schlaf schrecken lassen.

Ja Baby, Pech gehabt, dein Plan ist nicht bis zum Ende durchdacht.

Mit Schwung ziehe ich die Decke vom Bett.

»Was machst du da?«, murmelt Kerry.

Sie reibt sich die Augen und jemand der sie nicht kennt würde sie mit dieser Nummer glatt überzeugen. »Lass mich schlafen.«

“Schlaftrunken“ dreht sie sich zur Seite und möchte gerade ihre große schauspielerische Darbietung fortsetzen, da habe ich sie aber schon auf den Rücken gedreht und sitze auf ihren Oberschenkel.

Ehe sie registriert was überhaupt geschehen ist, habe ich ihre Hände gepackt und halte beide im Klammergriff über ihrem Kopf fest. Gut, dass sie so zierliche Ärmchen hat, so brauche ich nur eine Hand um sie zu fixieren und habe die andere frei.

»Theo, was, was machst du?“ Ein kleines bisschen Panik ist in Kerrys Stimme zu hören.

»Das wirst du gleich sehen Baby«, raune ich ihr ins Ohr und bemerke – sehr zu meiner Freude –, dass dies alleine schon reicht, um ihre Nippel hart werden zu lassen. Ein Hoch auf die Schwangerschaftshormone. Sie lassen meine süße, zukünftige Frau zu einer kleinen Nymphomanin werden.

Kerry ist sichtlich verwirrt, das kann sie nicht leugnen und ich verstehe sie sogar. Sicherlich hatte sie damit gerechnet, dass ich herumtobe, sie anschreie und ihr eine fürchterliche Szene mache. Das war auch mein ursprünglicher Plan, aber mir ist eine bessere Idee gekommen, denn alles Schreien geht meiner Freundin, eh in ein Ohr rein und im anderen raus. Wenn sie nicht so furchtbar intelligent wäre, könnte man vermuten, dass sich zwischen den Ohren nichts befindet, was das Gesagte aufnimmt.

Fest unter mir gefangen, kann sich Kerry keinen Millimeter bewegen und muss wohl oder übel alles über sich ergehen lassen, was ich mit ihr vorhabe.

Natürlich werde ich nichts tun, was irgendwie nicht gut für Pünktchen ist, oder was wirklich unangenehm für mein Mädchen ist, aber ein kleines bisschen Spielen, dass will ich schon.

Mit meiner Zunge beginne ich eine Bahn von ihrem Ohr, über den Hals bis hin zum Schlüsselbein zu ziehen. Scharf zieht meine Süße die Luft ein und ich bin mir sicher, dass sie jetzt schon feucht ist. Mit meiner Hand krabbele ich unter ihr Shirt, wo mich ihre

Nippel schon knüppelhart empfangen.

»Theo«. Stöhnt sie leise auf, als ich ihre Brustwarzen zwischen den Fingern zwirbele.

Ich schiebe das Shirt höher, so dass ich an ihren Nippeln saugen kann. Kerrys Stöhnen wird lauter, und als meine Hand ihren Tanga erreicht, hebt sie erwartungsvoll ihr Becken ein wenig hoch, gerade soviel wie ich es zulasse, da ich sie nach wie vor fest im Griff habe.

Aber noch werde ich sie etwas schmoren lassen, darum lasse ich meine Hand über ihre Schenkel wandern, zurück zum Bauch um dort sanft über die schönste Wölbung der Welt zu streicheln.

Während der ganzen Zeit, knabbere, lecke und beiße ich ihre Nippel.

»Oh mein Gott«, keucht mein Baby.

Fast ist es, als würde sie es genießen, dass sie mir so ausgeliefert ist. Sie ist nass wie eine Tropfsteinhöhle, als meine Hand ihre süße, kleine Pussy berührt. Träge beginne ich mit meinem Daumen ihren Kitzler zu streicheln. Kerrys Atem geht immer schneller. Sie ist jetzt schon so wunderbar erregt, dass sie laut aufschreit, als ich gleich zwei Finger in sie stecke.

Rhythmisch bewege ich mich in ihr und sie ist so nah davor zu explodieren. Halt, so haben wir nicht gewettet, sie soll doch nicht zu viel Spaß haben, schließlich hatte ich den auch nicht, als sie verschwunden war. Dann werde ich doch vorsichtshalber ein Gang zurückschalten.

»Theo bitte«, seufzt mein Mädchen auch sofort frustriert, als ich meine Finger aus ihr heraus ziehe.

»Was denn Baby?«, flüstere ich ihr ins Ohr und sauge dabei an ihrem Ohrläppchen.

»Bitte mach weiter.« War da jetzt ein kleines Wimmern von Kerry zu hören?

»Womit, Baby?«, frage ich scheinheilig nach. Mir ist natürlich bewusst was sie will, aber soll sie ruhig ein bisschen betteln.

»Och Mann, ...du weißt, was ich will.« Fast könnte man glauben, dass sie den Tränen nah ist.

»Sag mir, was du willst«, fordere ich sie auf, während ich an ihrer Unterlippe knabbere. »Los, Baby sag, dass ich dich ficken soll.«

Oh, wie sie sich windet. Sie liebt es zwar, wenn ich Dirty Talk halte, aber Kerry würde nie solche Dinge wie ficken oder so sagen, aber heute wird sie das müssen, wenn sie einen Orgasmus haben will. Um sie wieder in die richtige Stimmung zu bringen, beiße ich in ihre Nippel und kreise erneut, langsam über ihren Kitzler.

»Also ...ich höre Baby.«

»Bitte Theo ...f...« Nervös nagt sie an ihrer Lippe.

Fest stoße ich meinen Finger in sie, damit sie sich daran erinnert, was sie will.

»Du bist so gemein«, jammert mein Mädchen, »f... fick mich.«

Geht doch freue ich mich, und weil das so gut geklappt hat, setze ich doch gleich noch eins drauf.

»Okay, Baby ...ich werde dich sofort ficken.«

Ich lasse ihre Hände los, bleibe aber auf ihren Schenkeln sitzen. Mit einer Hand beginne ich mein Hemd aufzuknöpfen, während ich mit der anderen immer noch in ihr bin.

»Wenn du jetzt noch zugibst, dass du heute vollkommen idiotisch gehandelt hast, bin ich im Nullkommanichts mit meinem Schwanz in dir.«

»Niemals!« Empört stützt sich Kerry mit den Ellbogen auf und funkelt mich böse an.

»Ich wusste, dass du Theater machst«, genervt lässt sie sich ins Kissen fallen und wirft mir Blicke zu, die einen Waldbrand entfachen könnten, »aber nicht mit mir Theo, da kannst du warten, bis es grün schneit.«

»Ach ...kann ich das?« Meine Finger streicheln über ihre Pussy und ich bemerke amüsiert, wie mein Mädchen versucht ihrer

Erregung nicht nachzugeben. Ohne Erfolg, ihr Becken beginnt zu kreisen und sie ist bereits wieder kurz davor zu kommen.

»Höre ich von dir, dass es große Scheiße war, was du getan hast?«, hake ich süffisant nach.

»Niemals ...ich war ja schließlich nicht in der Bronx oder so.«

Kerry leckt über ihre Lippen, wohl wissend wie mich das erregt und ich muss mich auch schon sehr beherrschen, um nicht alles über Bord zu werfen und mich auf sie zu stürzen.

»Sicher, dass du dich nicht entschuldigen willst?« Ich will ja kein Unmensch sein, immerhin bin ich fair und gebe ihr noch eine Chance.

»So was von«, presst sie zwischen den Lippen raus.

»Okay!« Ich ziehe meine Finger aus ihr heraus, lecke jeden einzeln genüsslich ab und stehe auf.

»Was hast du vor?« Mit großen Augen sieht mir mein Mädchen zu, wie ich mich entkleide und Richtung Bad verschwinde.

»Ich gehe duschen« Lasse ich sie freundlicherweise wissen, dabei grinse ich, als wäre es ein Leichtes für mich jetzt so einfach zu verschwinden. »In dieser Zeit kannst du ja darüber nachdenken, ob du nicht doch zugeben willst, dass du dich und unser Kind in Gefahr gebracht hast.«

Schnell verschwinde ich ins Bad, sonst siegt mein Schwanz doch noch und ich versenke mich in ihr, bis wir beide vor Lust schreien.

»Du bist so ein Arsch«, höre ich mein Mädchen toben, als ich das Wasser aufdrehe, irgendetwas fliegt gegen die Türe, dann ist Ruhe.

Das bedeutet, ich muss mich beeilen, denn wenn ich sie zu lange warten lasse, ist ihre Erregung nachher weg und dann habe ich mich ins eigene Fleisch geschnitten.

Nach nur fünf Minuten stehe ich, nass und nackt im Schlafzimmer, wo mein Baby – mit einem Gesichtsausdruck, der Mord verspricht– sitzt und schmollt.

Mein Schwanz ist nach wie vor steinhart und um mich zu quälen, leckt sich Kerry lasziv über die Lippen. Meine Spitze pocht und will endlich in sie, jetzt nur nicht einknicken. Ich rubbele meine Haare trocken und lege mich, so wie ich bin ins Bett.

»Wie kann man nur so ein Arsch sein«, mault Kerry, und ehe dieses Mal ich reagieren kann, hat sie die Decke herunter geschmissen, setzt sich rittlings auf mich und lässt langsam Stück für Stück meine Härte in ihre heiße Pussy gleiten.

Jetzt gibt es auch für mich kein Halten mehr, scheiß auf die dämliche Entschuldigung.

Ich setze mich auf, so dass ich sie küssen kann. Dabei stoße ich fest in sie und nach wenigen Stößen sind wir beide bereit uns fallen zu lassen. Wir kommen gleichzeitig.

Erschöpft bricht mein Mädchen nach einem gewaltigen Orgasmus auf mir zusammen und schmiegt sich, wie ein kleines Kätzchen, schläfrig an mich.

»Theo«, brummt sie leise. »Du hattest recht, es war blöd von mir.« Sie setzt sich abrupt auf und sieht mir schmunzelnd in die Augen. »Das wollte ich dir eigentlich schon am Telefon sagen, aber du hast ja aufgelegt.«

»Du kleines Biest.« Das ist ja jetzt nicht wahr. Da ziert sie sich die ganze Zeit und hatte längst geplant sich zu entschuldigen. Sie hat mich so was von verarscht, dafür hat sie ernsthaft einen Klaps auf ihren zuckersüßen Po verdient.

Etwas später, als wir zufrieden, aneinander gekuschelt unter der Decke liegen, fällt mir noch etwas ein, was ich dringend klären muss. »Baby?«

»Hmm«, kommt dieses mal ein echtes verschlafenes Brummen.

»Versprichst du mir, dass wir unsere Hochzeit ohne Zwischenfälle über die Bühne bekommen. Ich möchte bei meiner Trauung nämlich ungern über Stunden meine Braut suchen müssen.«

21. KERRY!

*E*s ist unglaublich, da steht nun Cassy and FRIENDS – und somit all meine Lieben – in einem Fernsehstudio und bereiten alles für ihren Auftritt vor.

Als mir vor drei Monaten Chris Rausch beim Schulfest über die Füße lief, da hatte ich nun wirklich keinen blassen Schimmer, was er für eine große Nummer in der Fernsehwelt ist.

Ich kann mich noch an die enttäuschten Gesichter von Theo, Cassy und den Jungs erinnern, als Chris ihnen anbot, in der Silvestershow aufzutreten und sie ablehnen mussten.

Die entgleisten Gesichtszüge von unserem Superstar waren auch nicht ohne. Es hatte wohl noch nie jemand die Frechheit besessen, so ein Angebot auszuschlagen. Erst als er den Grund erfuhr – nämlich dass Theo und ich an diesem besagten Silvester heiraten werden – wurde sein Permanetgrinsen wieder in sein Gesicht getackert, denn er erklärte uns, dass er nun bestimmt nicht den Silvesterabend im Studio verbringen wolle und daher die Show zwei Tage vorher aufgezeichnet würde.

Das war natürlich der Hammer, so konnte doch zum festgesetzten Termin geheiratet werden, denn ich hatte tatsächlich für einen kleinen Augenblick mit dem Gedanken gespielt die Hochzeit zu verschieben. Und die Band sollte wahrhaftig einen Fernsehauftritt bekommen und was für einen, beim größten Moderator überhaupt. Der sich als ganz umgänglich entpuppte und privat weder arrogant, noch selbstgefällig war.

Dies demonstriert er genau in diesem Moment, als er mit seiner Redakteurin ins Studio kommt, mich entdeckt und freudestrahlend auf mich zugeschossen kommt. Küsschen links, Küsschen rechts, als würden wir uns schon Jahre kennen.

»Na Schneckchen, schon aufgeregt?« Ohne einen Hauch von Nervosität – warum sollte er auch nervös sein? Es ist ja nicht so, dass hier gleich eine Megashow aufgezeichnet wird – setzt sich Chris neben mich und betrachtet mich ausgiebig.

»Sag mal Schneckchen, wen oder was hast du verschluckt?« Sein Grinsen ist noch eine Spur breiter, als gewöhnlich, als er mir liebevoll über meine dicke Babykugel streichelt.

»Nicht lustig«, jammere ich gespielt. »Darf man so uncharmant einer Frau sagen, dass sie fett ist?«

»So ist nun mal der Lauf der Dinge«, mischt sich ungefragt Britta ein, die eine Stuhlreihe hinter mir sitzt. Warum auch immer sie sich ausgerechnet dahin platzieren musste? Hätte sie nicht in einem anderen Block, oder besser in einem anderen Studio ihren fetten Arsch hinpflanzen können?

Am schönsten wäre es natürlich, wenn im Foyer ein Poster mit ihrem Gesicht hängen würde – am besten noch mit einem dicken Balken quer durch – darunter dann der Slogan Nervensägen und widerliche Hexen müssen draußen bleiben.

Leider ist nichts dergleichen geschehen und so kann sie ungestraft das Gespräch an sich reißen.

»Wenn man sich ein Balg verpassen lässt, wird man halt so fett, wie du es nun eben bist. Finden Sie nicht auch Herr Rausch, dass sie aussieht wie eine rollende Tonne?«

Etwas irritiert blickt Chris zu der Alten hoch. Er betrachtet sie neugierig – ich vermute, dass ihm das hübsche Outfit, so fesselt, denn sie ist mal wieder zuckersüß in Pailletten gekleidet. Wann sagt ihr mal jemand, dass Pailletten Augenkrätze verursachen – dann neigt er den Kopf zu mir.

»Wer ist das?«, fragt er mich laut genug, dass es jeder in der Stuhlreihe und darüber hinaus hören kann.

»Ich ...Ich bin Britta, die Frau des Saxophonisten von der kleinen Band die hier auftritt «, flötet der Kotzbrocken, Chris an.

»Ah ja« Ist sein ganzer Kommentar. Da ist er also, Mr. Arrogant, wie er in der Presse bezeichnet wird und das genau zum richtigen Zeitpunkt. »Hören Sie mal Frau Dingens ...«

»Sag doch Britta«, fällt die blöde Kuh, ihm schon wieder ins Wort und hält ihm ihr Patschehändchen mit den fünf Metern langen, künstlichen Fingernägeln hin.

»Frau?«

»Sommer«, helfe ich meinem – ab sofort – aller, liebsten Lieblingsmoderator, denn auch er scheint Britta jetzt schon gefressen zu haben.

»Frau Sommer«, grinsend zwinkert er mir zu, als er weiter mit dieser Vogelscheuche redet. »Haben Sie dieses Leiden schon lange?«

»Was denn für ein Leiden?« Britta versteht kein Wort, das ist ihr deutlich anzusehen. Leonie, Milanda, George und Gudrun hingegen, die ebenfalls die Show besuchen, wissen sofort, worauf er hinaus will und beginnen schon jetzt zu kichern.

»Ich meine dieses Augenleiden«, fährt Chris fort, ohne nur eine Miene zu verziehen.

»Augenleiden?« hakt sie auch noch nach, was George fast vom Stuhl fallen lässt.

»Ja klar.« Mit besorgtem Blick sieht er Cruella an, »also wenn Ihre Augen so schlecht sind, dass Sie Schneckchen als fett bezeichnen, dann können Sie sich nur glücklich schätzen, denn was würden Sie erst sagen, wenn Sie morgens in den Spiegel schauen könnten.«

Das ist zu viel, Milanda krümmt sich vor Lachen und George putzt sich zum X-ten Mal die Tränen aus dem Gesicht, selbst Gudrun kann sich ein Schmunzeln nicht verkneifen. Nur Michi sitzt ruhig – auch noch ausgerechnet neben der Fregatte – und wirkt eher als würde sie gleich in Tränen ausbrechen und das etwa nicht, weil sie hier alles so furchtbar lustig findet. Arme Maus.

Britta macht den Mund auf, dann aber wieder zu, weil ihr wohl doch noch auffällt, wer der Kerl ist, der ihr gerade einen verbalen Tiefschlag verpasst hat.

»Was für ein arrogantes Arschloch«, zischt sie, als Chris sich kurze Zeit später verabschiedet.

»Also ich mag ihn«, lasse ich die dumme Kuh wissen.

Dass sie daraufhin – natürlich ganz unabsichtlich – von hinten gegen den Stuhl tritt, so dass ich fast hinunterfalle, ist mal wieder typisch Britta und zeigt mir, dass die Frau eben doch skrupellos ist.

Und so eine lädt mein Großer zur Hochzeit ein. Ich glaube, mit diesem Thema bin ich mit ihm immer noch nicht durch, schließlich sind es noch 48 Stunden bis zur Hochzeitfeier. Zeit genug Cruella wieder auszuladen, Marcus hin oder her.

22. MARCUS!

Meine Laune ist auf dem Tiefpunkt. Auf einer Skala von eins bis zehn bin ich bei minus hundert.

Selbst den grandiosen Auftritt, den wir gerade in der Silvestershow von Chris Rausch hingelegt haben, kann mich nicht aufheitern.

Ganz im Gegensatz zu Cassy, Tom, Olli und Theo, die flippen hier aus. Zum tausendsten Mal liegen sie sich in den Armen und unsere – sonst vor Coolness, fast schon arrogant wirkende – Bandchefin hat doch tatsächlich, ein Tränchen im Auge.

Sie war mal wieder grandios, und auch wenn sie vor dem Gig, wie immer ein Nervenbündel war, hat man ihr im Studio nichts von ihrer Nervosität angemerkt. Auch Theo, der den zweiten Song gesungen hat, ist mal wieder über sich hinausgewachsen.

»Leute ihr wart der Hammer.« Mit seinem Dauergrinsen, was in seinem Gesicht anscheinend festgefroren ist, kommt Chris Rausch in unsere Umkleide.

»Ich werde jetzt noch schnell die Abmoderation machen und dann wird gefeiert, was das Zeug hält.«

Ohne abzuwarten, ob wir überhaupt noch mit ihm feiern wollen, ist er auch schon verschwunden.

»Habt ihr noch Lust auf Party?«, frage ich vorsichtig nach und ernte dafür Blicke, als hätte ich gefragt, ob wir kollektiv ins Kloster eintreten wollen.

»Klar gehen wir noch feiern.«

Laut schließt Theo den Gitarrenkoffer und sieht mich dabei argwöhnisch an. Das tut er auch auf dem Weg zum Bully, während des Beladens und als die Klappe zu fällt und ich mich eigentlich schnellstmöglich verdrücken will, hält er mich zurück.

»Warum hast du es so eilig?« Mein lieber Freund hat natürlich längst Lunte gerochen.
»Wollen wir nicht rein gehen, die Anderen warten sicher schon.« Ich winde mich ein wenig, denn eigentlich möchte ich nicht mit Theo reden.

Seit der Verlobungsfeier, bei der ich im Suff wohl jede Menge Unsinn geredet haben muss, bin ich bei Kerry und meinem Kumpel unter Dauerbeobachtung.

»Wieso wolltest du denn nicht feiern gehen?« Es war klar, dass Theo ignorieren würde, dass ich keine Lust auf gute Ratschläge und Gespräche habe.

»Ich dachte du und Kerry wolltet nachhause, schließlich heiratet ihr übermorgen und habt bestimmt noch genug zu tun.« Das ist eine gute Erklärung für meine Unlust, finde ich.

Theo anscheinend nicht. Er zündet sich eine Zigarette an und wirkt nicht, als würde er sich damit zufriedengeben. Ohne ein Wort zu sagen, qualmt er und wartet. Leider ist er Meister in solchen Psychospielchen.

»Theo du gehst mir auf den Sack«, gebe ich schließlich nach. »Ich hatte keinen Bock, weil ich viel lieber meine Frau im Rhein ertränken möchte.«

»Okay«, grinst mein Freund breit. »Ich helfe dir, danach gehen wir feiern.«
»Das ist nicht komisch.« Nein, das ist es wirklich nicht.
Britta hat sich heute selbst übertroffen. Mir war ja schon immer klar, dass sie mit ihrem "guten Freund" Robert vögelt, aber das quasi live mitzuerleben, das hat selbst mir den Rest gegeben.

Sie hatte wohl nicht damit gerechnet, dass ich so schnell von den Schwiegereltern zurück sei, aber nachdem mich mein Schwiegervater, mindestens genau so genervt hat wie seine Tochter, hatte ich mich nur schnell von meinen Jungs verabschiedet und das Weite gesucht.

Auf dem Rückweg war ich vier Mal an Michis Haustüre vorbei gefahren, hatte mich dann aber doch nicht getraut bei ihr zu klingeln, da ich nicht wusste, ob nicht eventuell ihre Mutter geöffnet hätte. Also fuhr ich nachhause, und dass, obwohl sich alles in mir dagegen sträubte, mir Brechreiz und Hautauschlag verursachte. Mein Scheißgewissen war eben stärker, als all das, was ich für Michi empfand.

Als ich die Türe aufschloss, kam Robert aus unserem Schlafzimmer. Er zog sich sein Unterhemd über und ging ohne auch nur den geringsten Anflug von Verlegenheit an mir vorbei ins Wohnzimmer, stellte den Fernseher an und genehmigte sich ein Bier.

Meine Frau lag noch im Bett, die Haare auf Sturm stehen, die Klamotten hoch beziehungsweise runter geschoben. Mit glasigem Blick sah sie mich an.

»Du bist schon da?«, war ihr dümmlicher Kommentar, ansonsten war auch bei ihr nicht ein Funke von Unsicherheit oder gar Skrupel zu bemerken.

Ich hätte kotzen können. Da zermarterte ich mir seit zwei Monaten mein Hirn, weil ich Michi geküsst hatte und meine Alte lässt sich in meinem Bett von Robert ficken.

Wie soll ich so was jemanden erzählen, ohne gänzlich das Letzte bisschen Stolz zu verlieren?

»Okay«, lenkt Theo ein, als er bemerkt, dass ich noch nicht bereit bin über das zu reden, was mich so runter zieht. »Wenn du reden willst, ich bin da.«

»Ich werde dir alles erzählen, nur nicht heute«, verspreche ich meinem Freund. Das wäre geschafft, ich weiß, dass Theo ein super Freund ist und sich daran halten und mich nicht drängen wird. Mit dieser Erkenntnis, dass es Menschen gibt, die zu mir stehen, geht es mir gleich besser und so will ich mich auf den Weg zu den Anderen machen, da hält Theo mich erneut zurück.

»Marcus, besauf dich nicht wieder. Das meine ich ernst.«
Er hat ja Recht. Die vergangenen Male, die wir zusammen gefeiert haben, lag ich spätestens nach zwei Stunden als Alkoholleiche in irgendeinem Badezimmer.

»Mach dir keine Sorgen, ich bleibe nüchtern.«
Heute muss ich auch wirklich einen klaren Kopf bewahren, denn ich hoffe, dass ich endlich, nach zwei langen, unendlichen Monaten, die Gelegenheit bekomme, mit Michi zu reden.

Da sie im Publikum gesessen hat, gehe ich davon aus, dass sie auch mit in den Club fährt, das hoffe ich zumindest. Ich habe solche Sehnsucht nach ihr ...und mein Gewissen ... was für ein Gewissen? Das wurde heute in unserem Schlafzimmer begraben.

23. KERRY!

»Wo bleibt Theo bloß?«

Seit zehn Minuten stehen wir jetzt hier im Foyer des Studios und in dieser Zeit hat Britta jetzt zum gefühlten dreißigsten Mal nach meinem Großen gefragt.

»Vielleicht versteckt er sich ja vor dir«, kann ich mir nicht verkneifen, denn so, wie die Alte auf die Türe starrt – hinter der sie das Objekt ihrer Begierde vermutet – wird mein armer Theo gleich ein paar Umarmungsorgien über sich ergehen lassen müssen.

»Oder er ist vor dir geflohen«, giftet Britta auch gleich zurück, »bestimmt ist ihm endlich klar geworden, dass eine Hochzeit mit dir sein Untergang ist.«

»Ich frage mich aber auch langsam, wo er steckt.« Irgendwie wirkt Olli beunruhigt. »Kommst du mal Schatz«, bittet er mich. Dann packt er Michi am Arm, um auch sie mitzuziehen.

»Irgendetwas ist mit Marcus«, fängt er auch gleich an, als wir aus der Hörweite dieser Hexe sind. »Er hat für seine Verhältnisse miserabel gespielt.«

Mir ist das zwar jetzt nicht aufgefallen, aber wenn Olli das sagt, er ist der Experte.

»Als er kam, war er schon komisch drauf«, berichtet mein Freund aber auch gleich weiter.

»Er hat Tom gefragt, ob er ein paar Tage in seinem Zimmer pennen könnte. Er weiß ja, dass Tom immer bei Cassy schläft.«

Er macht eine Pause und sieht zu Britta rüber, die gerade vergeblich versucht mit einem der Security zu flirten. »Irgendwie muss es bei den beiden mächtig geknallt haben.«

»Weiß du, worum es ging?«, unterbricht Michi, Olli hektisch.

»Nicht wirklich, aber ...« Noch mal blickt sich Olli verschwörerisch um. »Er hat zu Tom gesagt, dass er am Ende wäre und nach der Hochzeit würde er sein Leben mächtig umkrempeln.«

Auf Michis Wangen bilden sich kleine, rote, hektische Flecken. Sie sieht zu mir rüber und quetscht meine Hand so sehr, dass ich befürchte, dass sie mir alle Finger bricht und ich übermorgen meinen Ehering um den Hals tragen muss, da mein Ringfinger einer aufgeplatzten Bratwurst ähneln wird.

»Meine liebe Michelle, du kommst doch ganz gut mit Marcus zurecht.« Verschwörerisch legt unser Freund den Arm um Michis Schultern. »Kannst du dich ein wenig um ihn kümmern, wenn wir gleich feiern. Nicht, dass er sich wieder abschießt.«

»Ich weiß nicht«, stammelt meine Freundin fast schon verzweifelt.

Sie sehnt sich nach Marcus, das weiß ich, aber sie hat sich auch geschworen ihn so lange zu ignorieren, bis er zu ihr kommt.

»Du machst das schon.« Ollis aufmunternde Worte lassen Michelle eher noch ein Ticken verzweifelter wirken.

»Du schläfst doch auch heute und morgen bei uns. Das passt doch, da kannst du prima ein Auge auf Marcus werfen und vor allem musst du aufpassen, dass er keinen Whisky in die Finger bekommt. Dann bringst du ihn noch ins Bettchen und gibst ihm einen Gute-Nacht-Kuss.«

»Bitte was?« Das Gesicht meiner Maus hat die Farbe einer reifen Tomate angenommen.

»Das war nur Spaß«, lacht Olli laut auf. »Ich verlange nicht, dass du ihn küsst. Du sollst nur ein Auge auf ihn haben.«

Wenn das so einfach wäre, aber das Michelle viel lieber mit Marcus im Bett liegen würde, als ihn dort hinzubringen, müssen wir Olli nicht gerade auf die Nase binden.

****

»Bist du sicher, dass du übermorgen Theo heiraten willst?«
Von hinten hat sich Chris angeschlichen und umschlingt mich regelrecht.

»Also ich werde in drei Monaten geschieden, dann könntest du sofort Frau Rausch werden und die kleine Bowlingkugel hier, die nehme ich gleich mit.« Liebevoll streichelt er über meinen Bauch und ich glaube zu sehen, dass aus Brittas Nase ein paar kleine Rauchwölkchen kommen.

»Hättest du das nicht Mal früher sagen können?«, gehe ich auf Chris Albereien ein. »Jetzt ist schon alles für übermorgen vorbereitet. Tut mir leid.«

»Pfft ...vielleicht wird ja Theo noch vernünftig«, fängt Britta schon wieder mit ihrem Lieblingsthema an.

»Ich habe einen Vorschlag für dich«, quatscht Olli dazwischen.
Er hat ihren Monolog mit bekommen und ihm ist anzusehen, dass er sich diebisch freut, seiner Lieblingsfeindin mal wieder einen Spruch zu drücken.

»Wenn es dich so nervt, dass Kerry und Theo heiraten, dann bleib doch übermorgen einfach zuhause, oder häng dich auf, wahlweise darfst du dich auch im Rhein ertränken. Alles ist erlaubt, solange du uns nicht weiter auf den Sack gehst.«

Wie ich meinen Schatz gerade knutschen könnte. Er hasst Britta mindestens genauso wie ich und auch er kann es nicht verstehen, dass ich dieses Monster auf meiner eigenen Hochzeit ertragen muss.

»Das könnte dir kleinen Schlampe so passen«, pampt Britta mich, statt Olli an. »Natürlich werde ich zur Hochzeit gehen. Ich muss doch sehen, wie sich mein armer, bester Freund ins Unglück stürzt.«

Die Frau ist der Brüller. Ohne mit der Wimper zu zucken, bezeichnet sie Theo als ihren besten Freund, der sich im Übrigen

auch endlich mal bequemt im Foyer anzutanzen.
Im Schlepptau hat er einen ziemlich mürrisch wirkenden Marcus. Als er Britta entdeckt, scheint seine Laune noch mehr den Bach runter zu gehen, etwas was ich vollkommen nachvollziehen kann.

Madame stürzt sich, wie von der Tarantel gestochen auf Theo, und wie es zu befürchten war, leckt sie ihn regelrecht ab und klammert sich dabei an ihn, als wäre er von einer mehrjährigen Weltraummission zurückgekehrt.

»Du warst großartig Theo«, stöhnt sie. Man könnte glauben, dass sie einen Orgasmus bekommt, so glitzern ihre Augen. Peinlicher geht's ja wohl nicht mehr, das scheint auch Marcus so zu sehen. Wütend packt er seine Frau am Oberarm und will sie wegzerren, doch die bleibt wie ein Fels in der Brandung stehen.

»Was machst du hier?«, zischt der sonst ausgeglichenste Mensch der Welt zornig.
»Ja was denn wohl«, keift die Furie zurück. »Ich habe mir die Show angesehen. Darf ich doch wohl, schließlich sind dort mein Mann und mein bester Freund aufgetreten.«

»Ach ja, das ist ja mal ganz was Neues.« Marcus spuckt gleich, habe ich das Gefühl. »Du erinnerst dich daran, dass du einen Mann hast?«

»Kommt Leute streitet euch nicht«, geht Tom dazwischen, »lasst uns lieber feiern gehen.«
»Das ist doch eine tolle Idee.«
Die Alte freut sich so, als hätte Tom sie höchstpersönlich um ein Date gebeten. Dass Tom nur nicht wollte, dass der Streit gerade hier vor Chris Nase eskaliert, das scheint der widerlichen Kuh nicht klar zu sein.

****

»Darf ich der Alten was ins Glas kippen und sie vergiften?«

Michi kocht vor Wut.
Seit gut einer Stunde sind wir jetzt schon hier im Club und seit genau dieser Zeit hat Britta keine Minute ausgelassen, um Marcus entweder anzukeifen oder sich an irgendwelchen Typen zu reiben.

»Die Frau ist einfach das Letzte«, stimmt Leonie zu und ist auch schon wieder verschwunden, um mit Olli tanzen zu gehen.

»Seit wann, sind die beiden eigentlich so dicke?«, wundert sich Michelle und blickt ein wenig argwöhnisch zu dem zugegebenermaßen etwas ungleichen Pärchen.

»Seit Leonie eingesehen hat, dass Olli nur ein Freund für sie ist.« So hat sie es mir zumindest feierlich erklärt.

Nachdem ich ihr ewig gepredigt habe, dass sie mit ihrer Anschmachterei Olli nur vertreibt, scheint endlich der Knoten geplatzt und Leonie gibt sich mit einer guten Freundschaft zu ihrem Schwarm zufrieden.

»Solange es gut geht.« Michelle schiebt sich die fünfte Hand Erdnüsse in den Mund und beobachtet alles weiter mit Argusaugen. Ich glaube, dies tut sie nur um sich davon abzulenken, dass Marcus nur ein Meter von ihr entfernt sitzt und sie quasi, via Augenkontakt anfleht, mit ihm zu reden.
Nur da kennt er Michi schlecht, die kann sturer sein wie eine ganze Mauleselherde und wenn sie beschlossen hat, Marcus schmoren zu lassen, dann wird er schmoren müssen.

»Hey!« Ein netter, blonder Typ steht plötzlich an unserem Tisch und strahlt meine Maus an, »tanzt du mit mir?«

»Warum nicht?« Michi rappelt sich hoch und wischt ihre öligen Hände an der Jeans ab.
Da springt aber auch schon Marcus auf, als hätte ihn was gestochen. Er packt Michis Hand und zieht sie hinter sich her.

»Sorry Kumpel«, ruft er dem verdatterten Jungen noch zu, ehe er mit Michelle die Treppe, Richtung Ausgang hochjagt.

»Und was war das jetzt?« Andre, der natürlich wie jeden

Samstag im 88 ist, sieht Marcus und Michelle etwas verwundert nach, bevor er sich neben mich auf die Rundecke schmeißt und sich genüsslich an mich kuschelt.
»Sag mal Prinzessin, ficken die beiden zusammen?«, fragt er mich Erdnuss kauend.

Was haben die Leute nur immer mit diesen ekligen Nüsschen, die überall herumstehen und in die jeder mit seinen ekligen Fingern drin herumwühlen kann –egal, von wo er gerade kommt – mir dreht sich der Magen bei dem bloßen Gedanken, wer da schon alles seine Hand drin hatte.

»Und tun sie es, oder nicht?«, löchert mich Andre weiter.
»Nein ...natürlich nicht«, protestiere ich und hoffe innerlich, dass sich das bald ändert.

****

Etwa eine halbe Stunde später werde ich dann doch etwas nervös.
Immer wieder schaue ich zur Treppe. Wo bleiben Michi und Marcus nur? So sehr ich hoffe, dass sie alles klären können, so sehr ist mir aber auch bewusst, dass es nicht besonders gut wäre, wenn die Hexe mitbekommen würde, dass die beiden zusammen verschwunden sind.

Zwar klebt Cruella schon seit Ewigkeiten an meinem Großen – das bedeutet, dass er gleich erst mal in Sagrotan baden darf, bevor er mich berührt– aber gleichzeitig lässt die Alte ihren Blick durch den Club schweifen, sicher um keinen potenziellen Kandidaten für einen Abstecher in den Waschraum zu verpassen. Ich frage mich immer wieder, wie billig man doch sein kann. Das fragt sich wohl auch Marcus, der endlich zurückgekommen ist ALLEINE!
Sein Gesicht spricht Bände, als er sieht, wie seine Frau sich gerade an einem Jungen reibt, der fast ihr Sohn sein könnte.

»Wo ist Michi?«, will ich von ihm wissen, doch bevor er mit Antworten kann, kommt Cruella auf ihn zu geschossen. Ich sag ja, die Alte hat alles im Blick.

»Kannst du mir mal sagen, wo du dich die ganze Zeit herumtreibst?«, faucht sie.

»Was geht es dich an?« Erschöpft lässt sich Marcus auf die Sitzgruppe fallen und drückt meine Hand. Also, wenn ich das richtig interpretiere, will er mir damit wohl signalisieren, dass es Michi gut geht.

»Was es mich angeht? Du fragst mich, was es mich angeht, dass mein Mann ewig verschwunden ist?« Die Hände in die Hüften gestemmt, baut sich Britta vor Marcus auf und wer sie nicht kennt, der könnte ihr glatt abkaufen, dass sie die besorgte Ehefrau ist. »Du verdrückst dich und lässt mich hier alleine.« Die Frau ist unglaublich, sie versucht doch tatsächlich eine Träne herauszuquetschen.

»Komisch«, meldet sich Andre zu Wort, »als du eben dem Typen den Arsch geknetet hast, sahst du nicht wirklich einsam aus, Britta.«

»Halt dein Maul«, brüllt sie Andre so laut an, dass man es trotz Musik im ganzen Club hören kann.

»Warum sollte er?«, fragt Olli scheinheilig nach. »Er erzählt Marcus doch nur, was alle gesehen haben. Auch, wie du den Barmann fast abgeleckt hast.«

»Fick dich.« Netter Kommentar, die Frau ist so was von ordinär. »Marcus, glaub den Idioten kein Wort, du weißt, dass ich immer nur ein wenig flirte, das ist doch nicht verwerflich.«

Sie quetscht sich an Chris vorbei, der sich das ganze Theater amüsiert anschaut, dann setzt sie sich neben Marcus und versucht sich an ihn zu kuscheln, er aber weicht ihr aus, so dass wir alle ein wenig aufrücken müssen. Die Alte rutscht wieder näher und dasselbe Spiel geht weiter. Noch zweimal gerückt und ich falle von der Sitzgruppe.

Aber auch Marcus scheint das Ganze zu blöd, deshalb steht er kurzerhand wieder auf, stößt dabei Brittas Tasche um und der gesamte Inhalt ergießt sich über den kleinen Tisch. Kopfschüttelnd sieht sich Marcus an, was dort als Erstes herausgefallen ist. Eine Packung Kondome!

»Dein Ernst Britta?« Angewidert stopft er die Gummis zurück.

»Marcus, du verstehst das wirklich falsch«, schnell packt die Hexe alles, wieder ein und versucht abermals sich an Marcus zu schmiegen. Zum Glück ohne Erfolg.

»Jetzt hör doch mit dem Blödsinn auf. Du hast das wirklich falsch verstanden«, langsam aber sicher verliert sie die Fassung. »Mach doch nicht so ein Theater. Die Kondome waren doch für dich.«

»Für mich?«, lacht Marcus bitter auf. »Ich glaube, du verwechselst mich gerade.«

»Ach Schatz« Die Alte hat tatsächlich Schatz gesagt. Mann muss die verzweifelt sein. »Ich habe eine Pillenpause«, lässt sie uns alle – ziemlich unfreiwillig – an ihrem Privatleben teilhaben.

»Ich dachte mir Schatz, wir fahren jetzt nachhause und dann machen wir es uns schön.«

Das ist jetzt selbst für den sonst so besonnenen Marcus zu viel.

»Sag mal hast du sie nicht mehr alle?«, brüllt er jetzt so laut, dass schon einer der Türsteher interessiert zu uns rüber schaut. »Wen willst du eigentlich verarschen und was heißt hier überhaupt, wir fahren nachhause?«

»Alles in Ordnung?« Steht Brian, der Barmann plötzlich an unserem Tisch.

»Alles gut«, beruhigt Theo ihn.

»Wieso solltest du nicht mit mir nachhause?« Sticht die blöde Kuh auch schon wieder ins Wespennest, als sich Brian wieder verzogen hat.

»Wie blöde bist du eigentlich?«, zischt Marcus zwischen den Zähnen, »glaubst du ernsthaft, ich penne heute in dem Bett, in dem du dich hast heute Nachmittag von Robert vögeln lassen?«
Daher kam also seine schlechte Laune, er hat die Alte inflagranti erwischt. Dass sie nicht treu ist, war ihm bestimmt schon vorher bewusst, aber es auf die Nase gebunden zu bekommen ist schon ziemlich Hardcore. Der arme Kerl.

»Marcus du hast da was falsch verstanden.« Rekord die Hexe hat jetzt in fünf Minuten ihrem Ehemann dreimal erklärt, dass er was falsch verstanden hat.

»Wenn du das heute noch einmal sagst, raste ich aus.« Auch Marcus kann zählen und verliert nun endgültig die Geduld.
Ich würde ja zu gerne zusehen, ob er ihr noch eine knallt, aber Michi steht an der Treppe und gestikuliert ziemlich deutlich, dass ich ihr aufs Klo folgen soll.

****

Als ich die Türe des Waschraumes öffne, fällt Michelle mir schon um den Hals.

»Wir haben uns geküsst«, jubelt sie, »erst wollte ich nicht, denn wenn er danach wieder gesagt hätte, dass es ein Fehler war, wäre ich gestorben.« Erneut drückt sie mich glücklich an sich.

»Aber er hat gesagt, dass er sich nach der Hochzeit von seiner Frau trennen wird. Es muss etwas vorgefallen sein, was ihm die Augen geöffnet hat.«
Ich kann mir schon denken, was das wohl war. Erzähle Michi aber nichts davon, das kann Marcus schön selber tun.

»Und wie geht es jetzt weiter?«, hake ich mal vorsichtig nach. Ich hoffe doch, dass es jetzt nicht ein Ellenlanges >sind wir nun ein Paar oder nicht < Theater gibt.

»Marcus will bis nach eurer Hochzeit warten, dann wird er seine Koffer packen und seiner Alten sagen, dass er die Scheidung will.«

Michi lässt ein wenig kaltes Wasser über ihre Handgelenke laufen, sie glüht wie eine 1000-Watt-Birne. Es tut gut, meine Maus so glücklich zu sehen.

Und damit sie heute noch ein Stückchen glücklicher wird, muss ich ihr dringend helfen. Ich hole mein Portemonnaie hervor, krame etwas Kleingeld zusammen und ziehe aus dem Automaten ein Kondom. Gleich werfe ich noch eine Münze hinterher, die beiden sind so heiß aufeinander, da reicht eines nicht.

»Was machst du?« Michelle sieht mich an, als würde sie gerade an meinem Verstand zweifeln. »Meinst du nicht, dass es dafür etwas spät ist?« Sie drückt mir einen Kuss auf meine Babykugel und kann sich dabei ein Schmunzeln nicht verkneifen.

»Für uns schon, aber nicht für dich und Marcus.« Ich drücke ihr die beiden Päckchen in die Hand, aber sie stopft sie mir postwendend in meine Tasche.

»Ne Schatz lass mal stecken. Bevor Marcus nicht endgültig von der Alten weg ist, gibt es keinen Sex. Nachher lockt sie ihn noch irgendwie wieder zurück.«

Sie drückt die Stirn an meine und atmet tief ein.

»Kerry, du weißt, dass ich mit den letzten Vollpfosten gepennt habe. Marcus liebe ich, wenn ich mit ihm schlafe, dann muss es für uns beide etwas ganz Besonderes werden.«

Sie hat es gesagt, sie hat zugegeben, dass sie Marcus liebt. »Hier seid ihr.« Etwas abgehetzt stürmt Leonie zur Tür herein und zieht auch sofort Michi und mich hinter sich her. »Das müsst ihr sehen, Marcus und seine Frau prügeln sich fast.«

Das ist das Stichwort für Michelle, sie sprintet die Treppen hinunter, als müsse sie höchstpersönlich für die Sicherheit ihres Schatzis sorgen. Leonie und ich kommen da nicht mit. Ist aber auch nicht nötig, denn als wir unten sind, ist das Spektakel schon vorbei. Wir sehen nur noch, dass Britta wutentbrannt ihre Tasche vom Tisch reißt und Richtung Ausgang hechtet.

»Wir sprechen uns noch«, brüllt sie Marcus zu, dann ist sie schon an der Treppe.

»Verpiss dich«, schnauzt sie mich an und schubst mich so heftig zur Seite, dass ich ins Straucheln komme und es nur Leonies schneller Reaktion zu verdanken habe, dass ich nicht stürze. Dafür knicke ich so heftig mit meinem Fuß um, dass mir ein Schmerz in den Knöchel schießt, der mir die Tränen in die Augen treibt.

24. THEO!

»Theo bist du hier drin?«, brüllt eine weibliche Stimme – die sich ganz, wie Leonie anhört– vor der Toilettentür.

Was ist denn jetzt los? Kann man noch nicht mal in Ruhe pinkeln gehen? Ich ziehe mir den Reißverschluss meiner Jeans hoch und gehe zum Waschbecken, da stürzt aber schon Michelle rein. Sie ist nicht so zimperlich, wie ihre Freundin.

»Theo du musst schnell kommen.« Sie zieht aus dem Handtuchspender ein paar Papiertücher, reicht sie mir rüber. »Britta hat Kerry fast umgerissen und sie dabei verletzt.«

»Was heißt verletzt?!« Meine Stimme überschlägt sich fast. Sofort habe ich die schlimmsten Szenarien vor Augen.

»Nichts Gefährliches ...« Mehr bekomme ich schon nicht mehr mit. Leonie brüllt mir nur noch hinterher, dass Kerry auf der Treppe zum Ausgang sitzt.

Blöderweise liegt die Herrentoilette genau am anderen Ende des Clubs, so dass ich mir erst einen Weg durch die tanzende Menge verschaffen muss.

Wie ein Häufchen Elend hockt mein armes Mädchen auf der Treppe und reibt sich ihren Knöchel, der bei näherem Betrachten an einen Tennisball erinnert.

»Die blöde Kuh hat mich einfach über den Haufen gerannt«, jammert Kerry und versucht tapfer ihre Tränen zurückzuhalten.

»Lass mich mal sehen Schatz«, fordert Cassy ihr Schwesterchen auf. Bin ich froh, dass sie mir gefolgt ist, schließlich ist sie die Fachfrau für so etwas.

»Scheiße tut das weh«, schreit Kerry auf, als Cassy mit ihrer recht unsanften Untersuchung beginnt.

»Wir fahren ins Krankenhaus«, beschließe ich sofort. So wie der Fuß aussieht, muss das in einer Klinik abgeklärt werden. Vor meinem geistigen Auge sehe ich mein armes Mädchen übermorgen schon mit Gipsbein vor den Traualtar treten.

»Warte doch erst mal ab«, hält mich Cassy – sehr zur Freude ihrer Schwester – auf.

Sie kniet vor Kerry, dreht und wendet den Knöchel. Drückt hier und da, dehnt und beugt das Gelenk. Tapfer beißt sich Kerry – die ja bekanntlicherweise die Frau mit der größten Krankenhausphobie auf der ganzen Welt ist – auf die Lippen, denn natürlich will sie mir weiß machen, dass es ihr gut geht. Als wenn ich ihr das abnehmen würde.

Nur zu gut habe ich noch die stundenlangen Verhandlungsgespräche mit dem Professor im Kopf. Der musste auch auf Kerry, wie auf einen sturen Esel einreden, bis sie endlich einwilligte, dass Pünktchen – alleine wegen ihrer Sicherheit – drei Wochen vor Termin per Kaiserschnitt geholt wird. Zähneknirschend hatte sie unterschrieben, aber auch erst nachdem uns der Professor zu gesagt hatte, dass wir ein Elternzimmer bekommen, in dem auch ich übernachten kann.

»Ich glaube nicht, dass etwas Schlimmeres ist«, stellt Cassy fest. »Ich schaue mir das gleich Zuhause noch mal an, aber ich denke die Bänder sind nur etwas gedehnt und spätestens übermorgen ist wieder alles im Lot.«

»Das will ich doch hoffen«, schluchzt Kerry leise. »Wie soll ich denn mit diesem Fuß in meine Brautschuhe kommen?«

»Baby, ich trage dich auch, wenn es nötig ist.« Ich will sie aufmuntern, erreiche damit aber das genaue Gegenteil. Dicke Tränen tropfen auf meine Hand und leise schluchzt mein Mädchen vor sich hin.

»Theo, du bist manchmal so sensibel, wie eine Amöbe«, faucht Cassy mich an, »hör nicht auf ihn Schatz.« Sie hilft Kerry hochzukommen und drückt ihr einen Kuss auf die Wange. »Du wirst übermorgen wieder laufen können. Du musst nur den Fuß heute und morgen etwas schonen, dann wird alles gut, das verspreche ich dir.«

Na hoffentlich lehnt sie sich da mal nicht zu weit aus dem Fenster. Ich gönne es ja meiner Schwägerin, dass sie recht behält – genauer gesagt, hoffe ich es – und um sie zu unterstützen, rufe ich auch gleich ein Taxi, damit mein Mädchen mit dem Schonen – so schnell wie es eben geht– anfangen kann.

****

»Schwangere nehme ich aber nicht so gerne mit«, mault der Taxifahrer, als wir in den Wagen klettern.

Kerrys schmerzverzerrtes Gesicht interpretiert er anscheinend als bevorstehende Geburt und erst, als wir ihm erklären, dass er nicht zu befürchten hat, dass wir vorhaben in seinem Taxi Eltern zu werden, lehnt er sich entspannt zurück und fährt uns – gnädigerweise – nachhause.

Zuhause angekommen helfe ich meinem Mädchen erst mal sich zu entkleiden, eine meiner Lieblingsbeschäftigungen. Mit geschlossenen Augen liegt sie auf dem Bett und genießt es, wie ich ihr den nicht umgeknickten Fuß ein wenig massiere, den verletzten Knöchel habe ich rundum mit Eis gepolstert.

Ich würde meine Massage gerne noch weiter nach oben fortführen, aber da Cassy noch mal nach unseren Patientin sehen will, muss ich mich leider gedulden. Lange lässt Frau Doktor zum Glück nicht auf sich warten und nach eingehendem Betasten, Drehen und Wenden bleibt sie dabei, dass es sich nur um eine Bänderdehnung handelt, die zwar morgen noch piesacken wird, aber pünktlich zur Hochzeit vergessen sei.

»Und du bist dir sicher, dass du die Alte nicht doch noch ausladen willst?«, fragt Cassy noch mal nach, während sie Kerrys

Fuß dick mit Salbe beschmiert. »Nach dieser Nummer hätte Marcus bestimmt Verständnis dafür.«

Wenn nicht der, wer dann? Bei dem Gedanken, an meinen Freund und Kollegen, der eben wie ein Teenie gestrahlt hat, kann ich mir ein Schmunzeln nicht verkneifen, welches aber schnell wieder aus meinem Gesicht verschwindet, als ich an seine Frau denke. Es grenzt schon an eine Frechheit, dass ich sie auf meiner Hochzeit dulden muss, aber ich bin mir sicher, sollte ich sie ausladen, wird sie trotzdem auftauchen, dann eskaliert alles und darauf möchte ich bei meiner Hochzeit liebend gerne verzichten. Dies ist zwar ähnlich, wie Pest mit Cholera zu tauschen, aber in unserem Fall ist Britta unter Kontrolle harmloser, als wenn sie irgendwann unbeaufsichtigt antanzt und wer weiß, was für ein Theater macht.

»Leider müssen wir sie ertragen«, stelle ich resigniert fest und sehe Kerrys Blick an, dass sie da meinen Standpunkt ganz und gar nicht teilt.

25. KERRY!

Ruhelos wälze ich mich hin und her, während Theo schon selig neben mir schlummert.

Der Eisbeutel ist inzwischen lauwarm und hat damit seinen Sinn und Zweck verloren.

Mühevoll quäle ich mich aus dem Bett, um mir in der Küche ein neues Coolpack zu besorgen.

Leider haben wir weder einen Kühlbeutel noch Eiswürfel. Olli fällt mir ein, der hat bestimmt noch Eis von seiner Geburtstagsparty.

Mit dem rasenden Tempo eines Faultieres mache ich mich auf den Weg in die andere Haushälfte. Ich bin noch nicht ganz drüben, da werde von mehr als eindeutigen Geräuschen empfangen.

Cassy und Tom können es nicht sein, denn die haben ein sehr diskretes Sexualleben. Obwohl, haben die beiden überhaupt eines? Cassy ist doch in dieser Beziehung sehr, sehr prüde.

Olli hingegen wird auch gerne mal lauter, schließt aber in der Regel die Türe von seiner Wohnung und außerdem ist er heute definitiv alleine nachhause gekommen.

Das kann ja nur bedeuten. Ich schlage mir die Hand vor den Mund, um nicht laut loszulachen.

So sieht also Michis "ich werde auf keinen Fall mit Marcus schlafen" aus. Vergessen sind meine Schmerzen, wie eine Irre humpele ich zurück und schüttele kräftig an Theos Bein.

»Was ist los Baby?« Erschrocken springt Theo auf. »Hast du Schmerzen oder etwa Wehen oder so.« Mein Mr. ich bin cooler als das ewige Eis, wird doch nicht langsam nervös, so kurz vor der Geburt?

»Nein, ich habe natürlich keine Wehen, aber Schmerzen im

Fuß.«

»Die könnte ich dir wegküssen«, schlägt mir mein Großer mit glitzernden Augen vor. Der Mann denkt auch nur an Sex. Schon beginnt er an meinem Ohr zu knabbern, was ja eigentlich keine ganz so schlechte Idee ist, aber dann erfährt er nie, was ich schon weiß.

»Kannst du mir erst drüben einen Eisbeutel holen, bitte.« Ich ziehe mein schönstes Schmollmündchen und schon ist Theo auch bereits auf dem Weg.

Ungeduldig warte ich darauf, was mein Großer wohl zu diesen Geräuschen sagt. Das erfahre ich nur eine Minute später, der Mann muss ja gesprintet sein, so schnell, wie er war. Sein breites Grinsen zeigt mir, dass er genau das gehört hat, was ich wollte.

»Du hast es gewusst, du kleines Biest.«

»Jaha«, kichere ich los. Wenn ich könnte, würde ich mit den Beinen strampeln, so freue ich mich für meine Michi und natürlich auch für Marcus, er hat es verdient, endlich mal glücklich zu werden.

****

Wir liegen noch im Bett, als Olli aufgeregt an unsere Schlafzimmertür klopft.

»Macht ihr was, was ich nicht sehen will? Seid ihr nackt?«

»Ja, alles«, brummt mein Großer muffig. Er hasst es, wenn unsere Mitbewohner unsere – wie er es nennt – Intimsphäre stören.

»Komm rein Schatz«, fordere ich Olli auf. Ich bin viel zu neugierig, warum er uns so früh schon sprechen will.

»Leute, ich muss euch etwas erzählen, das glaubt ihr nie.«

Wie ein Verschwörer schließt er die Türen und ich würde mich nicht wundern, wenn er eine Ratewand aus dem Hut zaubern würde und uns ein paar Lösungsvorschläge präsentierte.

Theo und ich schauen uns grinsend an, selbstverständlich ist uns

klar, worauf er hinaus will.
»Ihr werdet nie darauf kommen, was ich gehört habe«, versucht er den Spannungsbogen zu erhöhen.

»Doch, werden wir« Laut gähnt Theo und zieht sich noch mal die Decke über den Kopf.
»Werdet ihr?«, hakt Olli verwundert nach.

»Ja«, grummelt mein Großer. »Du hast gehört, dass Michelle und Marcus gevögelt haben.«

Damit ist für ihn das Thema fürs Erste durch. Fürs Erste, denn dass er das auskosten wird, das ist klar. Und ich werde ihn voll und ganz unterstützen. Eine späte Rache, für all das, was Theo und ich uns anhören mussten.

****

Als wir zwei Stunden später am Frühstückstisch sitzen, kommt ein wirklich gutgelaunter Marcus herein geschlendert. Er begrüßt mich strahlend mit einem Küsschen und wirft einen vorsichtigen Blick auf meinen Fuß, den ich auf einen der Stühle abgelegt habe.

»Sieht ja nicht sehr gut aus.« Stellt er geknickt fest, fast so als wäre er der Verursacher.
»Morgen Süße, was macht dein Fuß?« Platzt Michi in die Küche. Sie lächelt Marcus an und die beiden scheinen viel von Theo und mir gelernt zu haben, denn sie begrüßen sich, als hätten sie sich nicht die ganze Nacht im Arm gehalten.

»Hast du ein neues Parfum?«, frage ich scheinheilig nach, denn Marcus Aftershave klebt an meiner Freundin wie eine Markierung.

»Nein, wieso?« So unauffällig, wie es eben geht, schnuppert sie an ihrem Arm. Ganz so cool, wie ich es früher war, ist Michi dann doch nicht.

»Irgendwo her kenne ich den Duft.« Fängt Theo jetzt auch noch an. Er genießt es, auf der anderen Seite zu stehen. Was mussten wir uns denn alles an Häme und Neckereien anhören, jetzt will mein Großer auch mal ein wenig austeilen.

»Jetzt fällt es mir ein ...Marcus hat ein Aftershave, das genauso riecht.«

»Ach, ja ...hab ich?«, antwortet Marcus gedehnt.

»Du hast mir immer noch nicht gesagt, wie es deinem Fuß geht«, versucht Michi, das Thema zu wechseln. Dick bestreicht sie ihr Brötchen mit Nutella, muss ja eine anstrengende Nacht gewesen sein, wenn sie so einen Kalorienbedarf hat.

»Er pocht und fühlt sich an als würde er platzen.« Das ist noch nicht mal übertrieben.

Der Countdown läuft und ich bin ganz weit weg vom Laufen, aber bevor ich weiter in Panik verfallen kann, kommen Cassy, Olli und Tom zum Frühstück.

»Hast du gut geschlafen, Marcus?« Mit einem breiten Grinsen im Gesicht zwinkert Olli mir zu.

»Hm ... ja, ganz gut.« Wie er sich windet. »Du auch Michelle?«, fragt Theo – ganz beiläufig natürlich – nach, während er sich unermüdlich seine Brille putzt.

»Ja, danke«, antworte meine Maus und beißt schnell in ihr Brötchen. Sie hofft doch nicht ernsthaft, so unserer tollen Unterhaltung zu entkommen. Nicht mit uns. Da ja bisher nur ich wusste – und Cassy mal eine Vermutung hatte – wie es um Michi und Marcus steht, darf ich ein bisschen bohren. Ich liebe es, wenn man sich auf so amüsante Art und Weise, ein ganz kleines bisschen Rächen kann.

»Michi, wie gefällt dir eigentlich die neue Farbe im Kinderzimmer? Findest du nicht auch, dass Theo mit dem grässlichen Orange, ziemlich daneben gegriffen hat?«

Natürlich haben wir kein Orange im Kinderzimmer, aber das weiß man nur, wenn man auch dieses Zimmer gesehen hat. Michi ist aber clever, sie überhört die Frage einfach und enthält sich eines Kommentars. Na warte, so entkommst du mir nicht. Da werde ich noch eins drauflegen müssen.

»Olli, wenn Theo heute Nacht im Penthaus schläft, kannst du dann bei uns Mädels bleiben?«

Mein Großer und ich werden es ganz klassisch und traditionell halten, dies bedeutet, das mein Zukünftiger die Nacht vor der Hochzeit nicht mit mir verbringen darf. Was ihn zwar nicht sehr begeistert, aber es bringt Unglück, wenn die Brautleute vor der Trauung zusammen schlafen. Damit ich nicht ganz alleine bin – bin ich ja eh nicht, immerhin habe ich Pünktchen, somit Theo gegenüber einen klaren Vorteil – haben meine Freundinnen beschlossen mir Gesellschaft zu leisten.

»Warum, soll er denn bei dir und den Mädels pennen?« Will Cassy etwas verwundert wissen.

»Weißt du Schatz, hier hört man manchmal sehr seltsame Dinge.« Ohne Michi und Marcus anzusehen, weiß ich das sie unruhig auf der Bank hin und her rutschen, das ist doch noch ausbaufähig. »Und Menschen verschwinden von einer Haushälfte in die andere und am nächsten Morgen duftet man ganz anders, das macht mir irgendwie Angst.«

»Hauch mich mal an«, fordert Tom mich kopfschüttelnd auf, als ich eine Pause mache, weil ich sonst einen Lachanfall bekomme.

»Hast du dein Fachgebiet gewechselt und zum Zahnarzt umgeschult?« Beginne ich jetzt doch, trotz aller Bemühungen ernst zu bleiben, an zu kichern.

»Nein, ich will nur wissen, ob du betrunken bist.« Das kann Tom doch nicht wirklich glauben.

Als wenn ich auch nur eine Tropfen Alkohol anpacken würde. Selbst für den Empfang Morgen haben wir extra für mich alkoholfreien Champagner bestellt.

»Lass gut sein Tom.« Marcus greift nach Michis Hand und küsst sie zärtlich. »Kerry ist nicht betrunken, nur leider eine gelehrige Schülerin und hat in Sachen Sarkasmus viel von ihrem

Zukünftigen gelernt.« Erneut küsst er meine Maus, dieses Mal etwas intensiver.

»Nein!«, entgeistert reißt Cassy die Augen auf, »ihr habt doch wohl einen Sockenschuss. Fangt ihr jetzt auch mit so einer Scheiße an?« Sie stoppt, dann werden ihre Augen noch etwas größer. »Jetzt sagt mir bitte nicht, dass ihr beide die ganze Nacht durchgevögelt habt. Ich dachte schon, Olli hätte noch Besuch bekommen und wollte schon hochgehen und ihn fragen, ob er noch alle Latten am Zaun hat, weil er so laut war.«

Eine reife Tomate ist blass im Vergleich zu Michis Gesichtsfarbe und auch Marcus sucht, so glaube ich, gerade ein Loch, wo er rein krabbeln kann.

»Jetzt macht mal nicht so ein Gesicht.« Wie eine Seekuh auf Landgang setzte ich mich in Bewegung und umarme meine Süßen. »Ich freue mich doch so für euch.«

»Ehrlich?« Marcus wirkt immer noch etwas skeptisch.

»Natürlich du Holzkopf«, beruhigt auch Theo seinen Freund, »wann wirst du es Britta sagen?«

»Nicht vor der Hochzeit.« Etwas gedankenverloren knetet Marcus die Hände seiner neuen Liebe. »Ich will nicht, dass sie Michi auf der Feier angreift und damit alles ruiniert.«

Er seufzt laut. In seiner Haut möchte ich auch nicht stecken, wenn er der Kuh den Laufpass gibt.

»Mann, das ist wirklich ein Ding«, meldet sich nun auch Tom mal. Er hat die ganze Zeit nur immer wieder von Michelle zu Marcus und zurück gestarrt. »Dass ihr Mal zusammenkommt, das hätte ich ja nun wirklich nicht auf dem Zettel gehabt.«

»Wenn du willst, kannst du erstmal mit in meiner Bude wohnen«, schlägt Olli vor. Er ist ein Schatz, aber Theo und ich haben etwas viel Besseres in petto. Wir blicken uns an und nicken, denn wir wissen auf Anhieb, dass wir das Gleiche denken.

»Also eine Wohnung hätten wir für dich«, grinsend sieht mein

Großer zu mir rüber, als er Marcus erstauntes Gesicht sieht.

»Bist du unter die Makler gegangen?«, erkundigt sich unser Freund auch eher skeptisch.

Ich denke mir, dass er vermutet, dass es sich um einen von Theos unwitzigen Scherzen handelt.

»Nein, ist er nicht, aber unter die Hausbesitzer«, kläre ich das Ganze auf. Ich versuche es zumindest, aber bei Michi und Marcus scheint der Groschen immer noch nicht gefallen zu sein. Auf jeden Fall wirken beiden nicht so, als wüssten sie, worauf wir hinaus wollten.

»Du kannst unsere Dachgeschosswohnung mieten.« Theo kann nur den Kopf über so viel Begriffsstutzigkeit schütteln. Erst gestern hatten wir ihnen noch erzählt, dass George uns bereits nach einem halben Jahr schon wieder verlässt, weil er mit seiner großen Liebe Jenny eine Wohnung genau gegenüber von der Uni beziehen will und das ganze bereits am zweiten Januar.

Endlich geht ein Strahlen über Marcus Gesicht. »Das wäre ja der Hammer«, freut er sich.

»Marcus, das ist mehr als der Hammer, das ist bombastisch«, kreischt Michi auf. Und dann beginnt sie eine wahre Kussorgie. Erst Marcus, dann bin ich dran und zum Schluss bekommt sogar Theo einen Kuss von ihr.

»Also ich werde dich nicht küssen«, stellt Marcus fest, bevor er Theo umarmt.

»Verzichte auch gerne, wer weiß, wo dein Mund heute Nacht überall war.«

Dafür kassiert mein Zukünftiger ein Schlag auf den Hinterkopf von mir. Das hat er doch jetzt nicht ernsthaft von sich gegeben? Wie kann er die arme Michi so in Verlegenheit bringen, die hat schon wieder einen purpurroten Teint.

»Schön, dass du die Wohnung nimmst«, wechsle ich mal lieber das Thema, ehe mein Großer noch mehr Sprüche, die unter die

Gürtellinie gehen, von sich gibt.

Ich freue mich wirklich riesig, dass Marcus unser neuer Mieter wird. Zwar ist es Schade, dass George dann nicht mehr mit uns zusammenlebt, denn ich liebe meinen Schwager in spe sehr, aber verstehe natürlich auch, dass er und Jenny zusammen sein wollen.

Pünktchen meldet sich dann auch mal fröhlich zu Wort und führt, wie zur Begrüßung ein paar Purzelbäume auf.

Sofort legt auch Theo seine Hand auf meine Kugel, als er bemerkt, dass ich unseren Breakdancer, mal wieder etwas beruhigen muss.
Marcus wehmütiger Blick entgeht mir nicht. Dass er seine Jungs nicht mehr so häufig zu sehen bekommt, wird wohl der schwierigste Part der Trennung, aber er soll sich da bloß nicht von der Hexe verrückt machen lassen. Bisher hatte sie ihm immer gedroht, dass er die Kinder nicht mehr zu Gesicht bekäme, wenn er sie verließe. Da wird aber Gudrun schon einen Riegel vorschieben, denn warum sollte ein rechtschaffener Lehrer, seine Kinder vorenthalten bekommen.

Alles wird gut, da bin ich mir sicher, und wenn ich so recht überlege, dann ist bereits alles mehr als gut, alles ist perfekt. Mir läuft ein Schauer über den Rücken, das macht mir ja fast schon etwas Angst.

26. THEO!

»*I*st das nicht schön, Doktor Laufenberg?«

Freudestrahlend führt mich Schölzchen – jetzt zum dritten Mal – durch die Aula und man könnte glauben, dass sie höchstpersönlich diese Halle in einen Festsaal verwandelt hätte. Zugegeben, ihr Tipp mit dem Hochzeitsplaner war Gold wert, was er hier hingezaubert hat überzeugt sogar mich Dekomuffel.

Die Aula hat sich in ein wahres Hochzeitsparadies verwandelt. Große, runde Tische wurden mit weißen Damast Tischtüchern, echten Bleikristallgläsern, Silberbesteck, großen, massiven Kerzenleuchtern und gestärkten Servietten bestückt. An jeden Stuhl wurden weiße, herzförmige Luftballons befestigt. Die Wände sind mit weißem Leinstoff verdeckt, der auch an der Decke wie ein riesengroßer Baldachin gespannt ist. Wir werden morgen Abend größtenteils auf elektrisches Licht verzichten und so wird dieser Saal ein einziges Kerzenmeer sein. Ich weiß, dies wird meinem Mädchen gefallen, sie wird ausflippen vor Begeisterung, wenn morgen dann noch die frischen Rosengestecke geliefert werden.

Zurzeit ist Kerry, aber ziemlich weit weg von Euphorie oder Ähnlichem. Mehr als geknickt sitzt sie auf meinem Schreibtischstuhl – der besitzt wenigstens Rollen, mit denen sie sich etwas fortbewegen kann – und ist den Tränen nahe. Da ist Schölzchens Gejammer über den schlimmen Fuß auch eher kontraproduktiv.

»Ach Doktor Laufenberg, die arme Kerry. Was ist denn jetzt, wenn sie morgen nicht laufen kann, verschieben sie dann die Hochzeit etwa?«

»Ja«, schluchzt mein Mädchen.

»Natürlich nicht«, ich gehe in die Hocke und blicke ihr ins Gesicht, »Morgen ist wieder alles gut, das hat Cassy dir versprochen, und wenn du genau hinsiehst, dann siehst du, dass dein Knöchel schon gar nicht mehr soooooo dick ist«

»Du hast recht.« Trotzig reckt mein Mädchen ihr Näschen hoch und drückt mir einen Kuss auf die Lippen. »Es spannt auch nicht mehr ganz so doll, und wenn ich den ganzen Nachmittag kühle, bin ich morgen wie neu.« So gefällt mir das doch schon besser.

»Ich kann dich auch nachher noch ein wenig von deinem Schmerz ablenken.« Zärtlich streiche ich ihr mit der Zunge über die Lippen, die sie auch gleich öffnet. Ich glaube, gleich habe ich mehr Erfolg mit meinem Ablenkungsversuch, gestern Abend hat sie sich ja strikt geweigert.

Noch einmal spiele ich ein wenig mit ihrer Zunge, da dringt die schrecklichste Stimme des Universums in meinen Gehörgang.

»BRITTA«, stöhnen Kerry und ich gleichzeitig auf und das bestimmt nicht vor lauter Lust.

»Was will die blöde Kuh hier?«, zischt mich Kerry an, als wäre es meine Schuld, dass dieses Weib hier aufgetaucht ist. »Du schickst sie sofort weg, mir reicht es, dass sie morgen kommt.«

Dass dieses Thema meinem Mädchen sauer aufstößt, ist ihr – nach gestern Abend – nicht zu verdenken.

»Theo Schatz« Stürmt das Monster auf mich zu, hakt sich bei mir ein und ignoriert vollkommen, dass sie Kerry einfach beiseiteschiebt. »Ich habe die ganze Nacht kein Auge zu gemacht, der hässliche Streit gestern mit Marcus ...«, theatralisch unterbricht sie.

Vorsichtig blicke ich zu Marcus, der steht mit den Jungs auf der Bühne und baut alles für die Band auf, denn natürlich werden wir spielen, schließlich hat mit der Band alles angefangen. Michelle scheint die Alte auch gehört zu haben, denn sie klebt glücklicherweise nicht mehr, wie noch vor ein paar Minuten an

Marcus. Nicht auszudenken, wenn das Biest etwas von den beiden wüsste, dann wäre aber morgen hier die Hölle los.

»Ich störe ja nur ungern«, blafft mein Mädchen die Hexe an. »Aber erstens stehst du mir im Blickfeld und zweitens ...HAU ab!«

»Was sitzt du denn so blöd hier rum?« Erst jetzt scheint Britta, Kerry wahrzunehmen.

»Warum ich so blöd rum sitzte?« Oh, oh Kerry platzt gleich vor Wut. »Du wagst dich, mich zu fragen, wieso ich hier rum sitze?«

»Was ist denn mit Prinzeschen?« Britta sieht mich an, als bezweifele sie, dass Kerry noch alle Sinne beieinander hat.

»Theo!« Eisiger könnte Kerrys Stimme nicht klingen und mir ist bewusst, wenn ich nicht einen Tag vor meiner Hochzeit mit meinem Mädchen einen riesen Streit bekommen möchte, muss ich jetzt dafür sorgen, dass die Alte – die schon wieder wie eine Klette an meinem Arm hängt – verschwindet.

»Britta«, angewidert streife ich ihren Arm ab, »ich glaube, es wäre für alle Beteiligten besser, wenn du gehen würdest.«

Die Alte ist eine großartige Schauspielerin, das muss man ihr lassen, denn in Bruchteilen von Sekunden, verfällt sie regelrecht zu einem Trauerkloß, »Ich wollte doch nur kurz Marcus um Verzeihung bitten«

»Pah«, lacht Kerry auf und ich weiß, dass mir die Zeit wegläuft. »Lass Marcus doch einfach ein paar Tage in Ruhe.« Wie bei einer alten, gebrechlichen Frau stütze ich Brittas Ellbogen und führe sie Richtung Ausgang und oh Wunder, sie lässt sich auch ohne Murren und Meckern genau dort hinbringen, wo ich sie hin haben möchte.

Ich putze mir mental schon den Schweiß von der Stirn, da hat Marcus seine Frau entdeckt. Wie zeige ich ihm, dass er genau da bleiben soll, wo er ist? Ich versuche es durch Telepathie, was mir nicht wirklich gelingt, denn mit einem Sprung ist Marcus von der

Bühne und prescht auf uns zu.

»Britta wollte gerade gehen.« Versuche ich noch zu retten, was zu retten ist. Ohne Erfolg, genauso gut hätte ich probieren können, die Titanic mit bloßen Händen vor dem Untergang zu bewahren.

»Das du dich wagst hier hinzukommen«, giftet Marcus Britta an, etwas was bei ihr anscheinend gleich Adrenalin pur in die Venen zu pumpen scheint. Sie schüttelt meinen Arm ab und baut sich vor ihrem Ehemann auf.

»Wenn mein feiner Gatte einfach nicht nachhause kommt, muss ich doch nachsehen, ob er überhaupt noch lebt.« Ihre sonst schon schrille Stimme ist glatt noch ein paar Oktaven in die Höhe gerutscht. »Ich hatte schon Angst, dass unsere Kinder ihren Papa nie wieder sehen, aber du ...du denkst ja nicht an die armen Jungs.«

Das war ein Tiefschlag vom feinsten. Die Alte weiß, wie man einen Kerl verbal ausknockt. Marcus sammelt sich kurz, dann packt er seine Frau am Oberarm und führt sie, nicht ganz so nett, wie ich es vorhatte nach draußen. Ich schwanke noch, ob ich hintergehen soll und damit verhindere, dass Marcus seiner Frau den Hals umdreht – wäre ja blöd, wenn die Kripo uns morgen hier nicht feiern lässt – oder ob ich dieses Gekeife einfach ignoriere, da steht Kerry neben mir.

»Geh da raus und sag ihr, dass sie sich nicht wagen soll, auf meiner Hochzeit aufzuschlagen« Das mein Mädchen jedes ihrer Worte ernst meint, daran lässt sie keinen Zweifel, denn sie dreht sich um und humpelt, ohne noch irgendwas zu sagen, zu ihrem Stuhl.

»Baby«, halte ich sie auf, »du siehst doch, was jetzt schon los ist. Was glaubst du, was passiert, wenn sie sich irgendwo betrinkt und dann hier reinschneit? Wenn sie hier ist, hat Marcus sie wenigstens unter Kontrolle.«

Mit zusammengekniffenen Augen verschränkt Kerry ihre Arme vor der Brust. Ich weiß, wie gerne sie jetzt auf die Zehenspitzen gehen würde, um ein wenig größer zu wirken. Bedauerlicherweise muss die Arme auch noch Flip Flops tragen, weil sie in keinen Schuh kam, und ist so einfach nur ein wunderschöner, zum Niederknien bezaubernder Zwerg.

»Weiß du was Theo? Ich habe wirklich einen Moment mit dem Gedanken gespielt, dich vor die Wahl zu stellen ...sie oder ich.« Entsetzt greife ich nach ihrer Hand, doch sie behält sie weiter vor der Brust verschränkt. »Keine Angst Theo, ich spiele der Alten doch nicht in die Karten und lasse die Hochzeit platzen, dass würde sie freuen«, angewidert schüttelt sie sich, » aber ich sage dir nur eins«, sie humpelt noch ein Stückchen näher. »Sollte dieses Weib mir irgendwie in die Quere kommen, mich oder die Menschen, die ich Liebe nerven, dann ...dann mein Schatz mache ich dich dafür verantwortlich, dann kannst du dir deine Hochzeitsnacht sonst wo hinstecken.«

27. KERRY!

Das musikalische Talent der Familie Fischer ist komplett an mir vorbei gegangen.

Während mein Vater ein bekannter und erfolgreicher Künstler war, mein Großvater großartig Piano und Cello spielte und wir von Cassy ja mal gar nicht reden, beschränkt sich meine Fähigkeit auf das eher schlechte, als rechte Klimpern am Klavier und das ziemlich gute Bewegen zur Musik.

Daher werde ich mein Kind auch nicht mit Einschlafliedern quälen. Singen kann sein Daddy übernehmen, der kann das nämlich im Gegensatz zu mir, mehr als gut.

Seine schöne Stimme durfte ich auch gestern Nachmittag genießen, nachdem wir uns – nach dem hässlichen Streit in der Aula –gründlich versöhnt hatten. Eine halbe Stunde sang er unter der Dusche all meine Lieblingssongs, bevor er dann schweren Herzens nach drüben ins Penthaus gegangen ist.

Das ganze Traditionstheater, nachdem man vor der Hochzeit die Nacht nicht miteinander verbringen darf, hat einen gewaltigen Haken, ich kann ohne Theo nicht schlafen.

Und genau aus diesem Grund sitze ich auch um vier Uhr am Morgen in der Badewanne, lasse zum dritten Mal warmes, nicht zu heißes Wasser nachlaufen – ich möchte schließlich keine Wehen an meinem Hochzeitstag – und statt meinem Pünktchen beruhigende Lieder vorzusingen, erzähle ich ihm alles, was mir gerade so durch den Kopf geht.

Dass genau heute so ein Tag ist, an dem ich eine Mama vermisse. So eine wie Michis Mom oder Ollis Mutter Doris, beide könnten bestimmt auch kein Auge zu machen, weil sie so nervös wären, wenn ihr Kind heute heiraten würde.

Meine Daddys sind zwar auch schon seit Ewigkeit die reinsten Nervenbündel, aber immer wieder musste Detlef in den vergangenen Wochen in die Klinik, so dass die Hochzeit für uns zur Nebensache wurde.

»Der Opa schafft es auch dieses Mal«, flüstere ich Pünktchen zu und träufele etwas warmes Wasser über den Bauch.

»Alles klar bei dir?« Cassy steht im Türrahmen und wirkt ziemlich müde. Blöderweise musste sie gestern Abend für eine Kollegin einspringen, die auf dem Weg zum Dienst auf dem seit Tagen herrschenden Glatteis einen Unfall hatte.

»Kommst du jetzt erst aus der Klinik?« Mein armes Schwesterchen, in ein paar Stunden müssen wir schon wieder raus und sie musste die ganze Nacht durcharbeiten.

»Nicht so schlimm«, winkt sie ab und setzt sich auf den Rand der Wanne. »Ich habe im Bereitschaftsraum geschlafen und jetzt haue ich mich noch etwas aufs Ohr.«

Liebevoll streichelt sie mir über den Bauch und drückt mir einen Kuss auf die Stirn. »Du solltest auch schlafen, es wird heute ziemlich stressig für euch werden.«

»Cassy warte«, halte ich sie zurück, als sie gehen will. »Ich muss noch was los werden, weil ich mir denke, dass ich heute keine Gelegenheit mehr dazubekommen werde.«

Dies ist gerade so ein sentimentaler Moment, dass ich ein paar Mal schlucken muss. Ich nehme die Hand meines Schwesterchens und halte sie an meine Wange – da rollt mir doch so eine blöde Träne über das Gesicht – ich bin eine Heulsuse.

»Ich will dir danken, für all das was du für mich getan hast. Du hast für mich auf so vieles verzichten müssen, jede Menge Ärger gehabt ...du warst immer für mich da ...Danke Schatz, ich liebe dich.«

»Warum machst du das?«, lacht und weint Cassy gleichzeitig.

»Du bringst mich zum Weinen. Weißt du eigentlich wie sehr ich dich liebe Kerry? Ich habe alles gerne getan und bereue nichts und bin glücklich, dass du einen tollen Kerl heiratest und glaub mir, ihr werdet großartige Eltern werden ...und jetzt«, schnieft sie und küsst mich noch mal, »jetzt gehe ich schlafen.«

Schlafen ist ein gutes Stichwort, würde ich auch gerne, aber Pünktchen gibt keine Ruhe und scheint genauso wach zu sein, wie ich es bin. Wobei mein Baby den großen Vorteil besitzt, heute zu jeder Tages- und Nachtzeit schlafen zu können. Die Option fällt bei mir leider flach, denn in sieben Stunden, werden Theo und ich uns zum ersten Mal an diesem Tag das Ja Wort geben und in fünfzehn Stunden das zweite Mal.

Dazwischen wird wohl kaum die Möglichkeit bestehen einfach mal ein Schläfchen abzuhalten, deshalb wäre es gar nicht dumm, wenn ich genau dies jetzt tun könnte.

Leider bin ich so wach, als hätte ich zehn Liter Espresso gemixt mit Red Bull getrunken.

Meine Hände und Füße beginnen sich langsam aber sicher im Wasser aufzulösen und so muss ich die Wanne widerwillig verlassen.

»Weiß du Pünktchen, wenn wenigstens dein Daddy da wäre, dann könnte ich mich an ihn kuscheln und würde bestimmt einschlafen.«

Ich gönne mir eine extragroße Portion Körperlotion und creme mich ausgiebig ein. Nach der ganzen Prozedur schaue ich optimistisch auf die Uhr. Es müssen Stunden vorübergegangen sein und ich kann mich bestimmt schon für die standesamtliche Hochzeit, die im Penthaus stattfinden wird, fertig machen. Zu meiner großen Enttäuschung ist es gerade mal halb fünf.

»Pünktchen, was machen wir denn jetzt, bis alle wach sind?«, frage ich mein Baby, aber auch selbst das scheint mittlerweile zu schlafen. Genau wie meine Freundin Leonie, die leise schnarchend in meinem Bett liegt.

Auch Michi würde – so rein theoretisch gesehen – in meinem Bett schlafen, aber nachdem sie neben mir herumhibbelte, als hätte sie einen Quirl verschluckt – möglicherweise, lag es ja daran, dass ihre große Liebe nur ein paar Meter weiter in Toms Bett lag – schickte ich sie weg. Ich hätte sonst glatt noch ein Schütteltrauma erlitten. Somit fällt auch sie als Entertainer für mich flach.

Gerade als ich beschließe ein wenig spazieren zu gehen, stürmt ein ziemlich verstrubbelter Olli in unser Schlafzimmer.

»Nein, sie schläft nicht«, brüllt er in sein Handy, das ich erst jetzt bemerke. »Nur so zur Info Theo, ich habe geschlafen und solltest du noch einmal anrufen, werden ich einen Kratzer in deinen Porsche machen oder noch schlimmer, ich schlafe mit Kerry.«

Wütend legt er auf und holt tief Luft. »Dein Kerl hat einen Schaden. Seit drei Stunden tyrannisiert er mich.«

So leid es mir für meinen armen Freund ja tut, dass Theo ihn auf Trapp gehalten hat, aber es zeigt mir auch, dass mein Großer ebenfalls nicht schlafen kann, und das finde ich so wunderschön, denn er ist eben so aufgeregt wie ich.

»Olli legst du dich zu uns ...bitte, bitte.« Ich schlage die Decke hoch und mit einem Aufstöhnen krabbelt mein lieber, bester Freund in die Mitte. Auf der einen Seite kuschelt sich gleich Leonie an ihn, auf der anderen ich und ich merke, wie mich seine Anwesenheit beruhigt und mir so ganz allmählich die Augen zufallen.

****

»Seid ihr von allen guten Geistern verlassen?«, brüllt plötzlich jemand, als stünde das Haus in Flammen. Erschrocken schießen Olli, Leonie und ich, wie die Raketen hoch.

Vor meinem Bett steht Maria, und auch wenn mein Herz rast, als hätte mein Schrittmacher einen Kurzschluss, muss ich trotzdem lachen, denn Maria gleicht in diesem Moment ihrem Sohn so sehr, dass ich einfach kichern muss.

Olli und Leonie blicken von Maria zu mir und zurück.

»Was ist denn los?« wagt meine Freundin als Erste nachzufragen. Ich befürchte fast, dass meine Schwiegermama, die mit Schaum vor dem Mund an meinem Bett steht und jeden Augenblick explodieren wird, diese Frage nicht wirklich vorhat zu beantworten.

Ich sage ja, Theo in weiblich. Die Erkenntnis lässt mich leider schon wieder loskichern und dass wo ich doch weiß, wie das endet, wenn die Person, die man auslacht, >Laufenberg < heißt. Dieser Nachname scheint nun sowieso ein Synonym für herrisch zu sein, denn auch wenn ich Maria sehr lieb habe, sind wir doch, seit sie in Köln wohnt, dass ein oder andere Mal aneinandergeraten.

Mal ging es darum, dass es ihr missfiel, dass ich nicht kochen kann – hallo, wir leben im Zeitalter der Emanzipation, soll Theo doch kochen lernen – mal musste ich sie davon überzeugen, dass eine Model/Fotoagentur keine Zentrale der Mafia ist und ich ohne weiteres mein Kind dort mit hinnehmen kann, ohne dass es kriminell wird. Das wird noch heiter, wenn Pünktchen erst mal geboren ist.

Jetzt aber scheint sie ein anderes Problem zu haben, denn wutentbrannt stiert sie Leonie an, als wollte sie, sie für diese überaus unnötige Frage auffressen.

»Was los ist? Entschuldige Leonie, aber ich glaube, hier sind alle nicht ganz richtig im Kopf, habt ihr mal auf die Uhr geschaut?«

Nein haben wir nicht. Wieso auch? Der Wecker hat noch nicht mal geklingelt. Im selben Augenblick stürmt George herein. Im Mund die Zahnbürste das Hemd noch nicht zu geknöpft.

»Scheiße Leute, hat euer Wecker auch nicht geklingelt? Heute Nacht muss der Strom ausgefallen sein.« Fast stößt er mit Maria zusammen. »Hey Mom, was machst du denn hier?«

»Was ich hier mache?«, schnauft sie. Wie ich es liebe, wenn Menschen Sätze wiederholen, »Mein lieber Sohn, ich bin hier um deine Schwägerin abzuholen, denn dein Bruder läuft drüben gerade etwas Amok. Wie so geht denn auch keiner an sein verdammtes Handy. Theo war schon kurz davor persönlich hier aufzuschlagen.«

»Du fragst, warum keiner an sein Handy geht?« George holt sein Handy aus der Hosentasche, gibt seinen PIN ein und hält es Maria vor die Nase. »Siehst du, was da steht Mom? Mein irrer Bruder hat mich sage und schreibe 28-mal angerufen und ich denke mir, den anderen wird es auch nicht anders ergangen sein«

Zustimmend nicken Olli und Leonie.

»Weiß du Mom, dann haben wir irgendwann die blöden Teile ausgestellt und Theo die Pest an den Hals gewünscht.«

»KERRY ...der Strom ist ausgefallen, wir haben alle unsere Wecker nicht gehört«, sprintet jetzt auch noch Cassy rein. »Oh, hallo Maria.«

Ein heilloses Durcheinander herrscht in meinem Schlafzimmer. Oh mein Gott, wie soll das heute nur weiter gehen, wenn der Tag schon so startet?

»Also gut«, melde ich mich dann auch mal zu Wort und unterbreche die heiße Diskussion von George, Cassy und Maria über unseren Energieversorger und Stromausfällen im Allgemeinen. »Kann mir denn irgendjemand mal sagen, wie spät es ist.«

Leonie kramt ihr Handy hervor und schlägt sich entsetzt die Hand vor den Mund. »Kerry es ist 10 vor 11.«

»Bitte was?!« Das kann doch jetzt nicht wahr sein, da mache ich die ganze Nacht kein Auge zu und dann verschlafe ich fast meine eigene Hochzeit.

Was jetzt folgt, könnte eine Choreografie aus dem Zirkus sein.

Zeitgleich springe ich links, Olli in der Mitte und Leonie rechts aus dem Bett.

Wie gut das ich heute Nacht nicht geschlafen habe, denn ich habe mir vor lauter Langeweile schon meine Kleidung zurechtgelegt. Etwas was ich sonst nie tue, da ich mich an und für sich eher spontan entschließe, was ich anziehe. Da ich ja noch stundenlang Schuhe suchen musste, die auch meine Schwester absegnen würde – Frau Doktor hat mir nämlich verboten, schon am Vormittag High Heels zu tragen (und das, obwohl mein Fuß wieder tippitoppi in Ordnung ist), habe ich alles passend zusammengelegt.

Innerhalb von 5 Minuten habe ich meine halterlosen Strümpfe an, bin in mein schwarzes Wickelkleidchen – in dem ich ein Dekolltè wie ein Pornostar habe – geschlüpft, habe mir meine Papilloten aus dem Haar gezogen, die Zähen geputzt, war Pipi machen – zur gleichen Zeit habe ich meine Wimpern getuscht, einen Lidstrich gezogen und meine Haare ausgeschüttelt – und springe jetzt, naja so weit man bei meiner Figur noch von Springen reden kann, in meine Stiefelchen.

Fertig. Mit offenem Mund sieht mich Maria an. Das hätte sie jetzt nicht erwartet, das kann ich ihr deutlich ansehen. Aber wenn sie mir schon mal bei einem Shoot zu gesehen hätte, dann wüsste sie, dass es da manchmal noch hektischer zugeht.

Aber auch meine Freunde haben sich im Rekordtempo angekleidet und so stehen wir um Punkt 11 Uhr am Aufzug zum Penthaus.

28. THEO!

Mit einem lauten Pling geht die Aufzugtüre auf und endlich, endlich tritt Kerry hinaus.

Dieses Geräusch habe heute schon unzählige Male gehört und jedes Mal bin ich wie so ein Hündchen zum Aufzug gehechtet, aber immer vergeblich. Mal waren es Gudrun und Friedrich, dann der Blumenlieferant, der Standesbeamte, Detlef und Fronk und, und, und.

Mittlerweile tummelten sich jede Menge Menschen im Penthaus, nur die Hauptperson fehlte. Da es mir schon etwas flau um den Magen wurde – Kerry war zuzutrauen, dass sie noch in letzter Minute kniff – schickte ich meine Mom rüber.

Zwar krachte es, seit meine Mutter in Köln wohnte, schon mal heftig zwischen den Frauen, aber sie lieben sich und meine Mom ist die einzige Person, die Kerry hätte umstimmen können, falls die es sich doch noch anders überlegt hätte.

Dass sie diesen Gedanken wohl nie hatte, zeigt mir ihr Strahlen, als sie mir in die Arme fliegt.

Sie sieht zum Niederknien aus. Die Wangen sind rosig, ihre Augen leuchten und ihr wunderschöner Mund wird von einem Dauerlächeln umspielt.

Als wären wir Wochen voneinander getrennt gewesen, reiße ich sie an mich, presse meine Lippen auf ihre und stoße mit meiner Zunge fordernd in ihren Mund. Das ist genau das, was ich jetzt brauche.

»Es ist schon gut.« Tippt Cassy mir auf die Schulter. »Du musst nicht direkt über sie herfallen, nur weil du dich mal eine Nacht nicht in ihr versenken konntest.«

»Cassy!«, faucht Tom sie kopfschüttelnd an und zeigt mit dem Kopf zu Gudrun und Friedrich rüber, »meine Eltern sind hier, musst du dann so reden?«

»Warum nicht?«, zischt Cassy wütend zurück, »glaubst du, sie wissen nicht, dass Menschen Sex haben?« Cassy ist ein Phänomen, einerseits ist sie die prüdeste Frau, die ich kenne, andererseits nimmt sie – wenn es nicht um ihre Person geht – kein Blatt vor den Mund.

Leider hat die Gute auch noch den Charakterfehler, dass sie alles immer persönlich nimmt und so funkelt sie auch jetzt ihren Freund böse an und lässt ihn, wie einen kleinen Schuljungen stehen. Keine guten Voraussetzungen, für das, was Tom geplant hat.

»Lauf ihr nach und entschuldige dich« Helfe ich ihm etwas auf die Sprünge.

»Ich soll mich entschuldigen?« Man spürt förmlich, wie es ihm gegen den Strich geht. Tom ist kein Typ, der sich für irgendetwas entschuldigt.

»Glaubst du dein Plan funktioniert, wenn Cassy sauer ist?« Erinnert Kerry unseren Sturkopf daran, dass er gleich seiner Langzeitfreundin einen Heiratsantrag machen möchte.

»Ich hasse es, wenn ihr recht habt«, mault Tom. Er hat aber Cassy schon ausgespäht und schlendert mit den Händen in den Hosentaschen zu ihr rüber. Irgendetwas flüstert er ihr zu, sie dreht sich um, strahlt ihn an und gibt ihm – oh Wunder – einen Kuss.

»Die ersten die heute glücklich sind«, freut sich mein Mädchen und drückt mir einen kleinen federleichten Kuss auf den Mundwinkel. »Nein, die Zweiten«, lächelt sie.

»Komm Baby, ich zeig dir was.« Ich nehme Kerrys Hand, und bevor ich mit ihr nach draußen gehe, muss ich sie erst noch mal küssen. Wir waren viel zu lange getrennt.

****

Strahlend blickt sich Kerry um, als wir auf die Terrasse treten, denn genau hier, wo für uns alles angefangen hat, werden wir uns das Ja Wort geben.

Um die Erinnerung an unsere erste gemeinsame Nacht abzurunden, trage ich Kerrys Lieblings Anzug, den braunen Dreiteiler, den ich auch beim Heiratsantrag trug.

Tief atmet mein Mädchen ein und lässt ihren Blick schweifen.

»Gefällt es dir mein Kind?« Detlef, der heute erstaunlich vital wirkt, hat Kerry von hinten umarmt und drückt sie fest an sich.

»Das habt ihr so toll gemacht«, seufzt sie glücklich. Ich kann ihr da nur Recht geben, die beiden Jungs waren wieder in ihrem Element. Am frühen Morgen schlugen sie schwer beladen mit Alex! im Schlepptau hier auf. Den wollte ich zwar nicht wirklich hier haben, da er aber ein enger Freund der beiden ist und auch tatkräftig mit anpackte, musste ich ihn wohl oder übel ertragen, denn Hilfe konnten wir wahrhaftig gebrauchen.

Während Andre noch tief und fest auf der Couch pennte, rückten wir Stühle in Sitzreihen, bauten einen Tisch auf, den Fronk mit rotem Samt verzierte. Zwei massive Kerzenleuchter, ein kleines Rosenbukett und ein Samtkissen mit unseren Ringen machten aus dem ehemals, einfachen Holztisch etwas Besonderes, nämlich das Stückchen Welt, auf dem Kerry und ich, unser Glück besiegeln würden.

Die Traumkulisse hier vom 17. Stock mit Blick über den Rhein bis hin zum Dom, der strahlend blaue Dezemberhimmel, die schön geschmückte Terrasse, die Menschen die uns Nahe stehen, all das wird unsere standesamtliche Hochzeit zu etwas Besonderem machen.

»Wunderschön«, wiederholt Kerry immer wieder. Sie nimmt meine Hand und legt sie auf ihren kugelrunden Bauch, in dem es rumort, als würde ein Wirbelsturm hindurch Toben.

»Pünktchen merkt, dass es ernst wird«, lächelt sie mich an.

»Hmm«, räuspert sich Herr Cöllen unser Standesbeamte. Der Mann ist ein Brüller. Mit seiner kleinen, kugelrunden Figur, der Nickelbrille und dem schönen Kölner Dialekt erinnert er eher an einen Büttenredner, als an einen Standesbeamten. Aber ich bin ganz froh, dass wir so ein Original abbekommen haben und nicht so einen verknöcherten Beamten.

»Na, na ...wer hat denn da schon kräftig für die Hochzeitsnacht geprobt?«, schmunzelt er und blickt über die Nickelbrille hinweg auf Kerrys Bauch.

»Die üben jede Nacht«, kommentiert Olli etwas genervt. Was ist dem denn über die Leber gelaufen? So schlecht gelaunt habe ich ihn noch nie gesehen. Zum Glück ist er wohl der Einzige, der mit dem linken Fuß aufgestanden ist, denn der Rest der Hochzeitsgesellschaft wirkt wie frisch aus einem Rosamunde Pilcher Roman entsprungen.

Marcus und Michelle kleben förmlich aneinander. Immer wieder küssen sie sich verliebt. Na hoffentlich können sie sich heute Abend zusammenreißen, mir steht wirklich nicht der Sinn danach, dass Britta etwas mitbekommt und uns die Feier ruiniert. Auch George und Jenny sitzend händchenhaltend und eng aneinander gekuschelt hinter uns. Cassy und Tom scheinen sich auch versöhnt zuhaben, denn Cassy greift verstohlen nach der Hand ihres Freundes, auch eine Seltenheit. Meine Mom hat sich bei Konrad untergehakt und selbst, die sonst so auf Etikette achtende Gudrun, sucht die Nähe zu ihrem Mann.

Detlef und Fronk schwirren unermüdlich fotografierend um uns herum und ich kann es Kerry ansehen, wie erleichtert sie ist, dass es ihrem Daddy heute so gut geht.

In den vergangenen Wochen, wussten wir noch nicht ein mal, ob er heute überhaupt herkommen könnte, denn selbst an Weihnachten musste Detlef in Hamburg bleiben, weil er mal wieder zusammengebrochen war. Heute scheint ihn aber das Glück seines Pflegekindes so aufzupuschen, dass er mit der Sonne um die Wette strahlt.

Selbst Leonie und mein Schwesterchen – die eigentlich von Haus aus muffig sind – strahlen und dass obwohl sie keinen männlichen Partner haben. Aber ich weiß, dass beide uns – und vor allem Kerry – das Glück gönnen.

Wie gesagt, wir könnten in einem kitschigen Adelsfilm mitspielen, so als die happy Family, wäre eben Olli nicht so schlecht drauf. Er ist für die standesamtliche Zeremonie Kerrys Trauzeuge und sitzt so mit an unserem Tisch, wirkt dabei aber, als würde man ihn gleich zum Schafott führen.

»Was ist denn mit dem?«, hakt auch Andre, der mein Trauzeuge ist, bei mir nach. Ganz ehrlich, das wüsste ich auch gerne.

Sicherlich, es muss für ihn schon komisch sein, dass seine große Liebe heute heiratet, aber wir leben schon so lange unter einem Dach, dass ihn das doch eigentlich nicht aus den Schuhen hauen kann.

Dann fällt mein Blick auf Alex und Vicky. Die beiden stehen dicht beieinander, kichern und wirken fast wie ein Paar. Aha, daher kommt Ollis schlechte Laune, denn auch wenn er steif und fest behauptet, dass er und Vicky nur "Friends with Benefits " seien, ist ihm deutlich anzusehen, dass es ihm mächtig gegen den Strich geht, dass ausgerechnet Alex – der immerhin mit Kerry schon geknutscht hat – mit Vicky flirtet.

Aber da Herr Cöllen, endlich mit der Zeremonie anfangen möchte, konzentriere ich mich nur noch auf mein Mädchen. Wir verknoten unsere Hände und in diesem Moment gibt es nur uns beide und den Standesbeamten.

>Theo bitte schlaf mit mir< mit diesem Satz hatte alles genau hier angefangen und jetzt sitzen wir an eben dieser Stelle und werden alles besiegeln.

Nach dem er ellenlange Formalitäten über unsere Herkunft, unsere Geburtsdaten und die Daten unserer Eltern vorgelesen hat, kommt er endlich zum gemütlichen Teil. Er bittet uns, uns zu erheben und dann wird es ernst.

Zitternd knetet mein Mädchen meine Finger, als der Standesbeamte sich an sie wendet.

»Frau Kerry Katharina Fischer.« Er stutzt und blickt von seinen Unterlagen zu Kerry.

»Hübscher Name. Naja passend zur Frau«, er lächelt mein Mädchen an und fährt in aller Ruhe fort. »Ich frage Sie, wollen Sie den hier anwesenden Theo Johannes Laufenberg zu Ihrem Mann nehmen?«

Wieder legt er eine Pause ein. »Überlegen Sie sich das gut, ich bin noch zu haben«, scherzt er, aber mein Mädchen ist viel zu nervös, um auf seine Bemerkung einzugehen, darum setzt er sich die Brille zurecht und wird wieder förmlich.

»Nun gut, da Sie mich nicht wollen, muss ich hier weiter machen. Deshalb frage ich noch mal, Frau Kerry Katharina Fischer, wollen Sie den hier anwesenden Theo Johannes Laufberg zu ihrem Mann nehmen, dann Antworten Sie mit ...JA ich will«

Kerry räuspert sich und presst dabei so fest ihre Fingernägel in meine Hand, dass ich kurz nachschaue, ob kein Blut hinunter tropft.

»Ja, nichts will ich lieber«, haucht mein Mädchen mit leiser Stimme.

Ein freundliches Schmunzeln huscht über das Gesicht, des Standesbeamten, dann blickt er zu mir.

»Sagen Sie mal.« Sein Schmunzeln wirkt noch etwas breiter. »Stimmt es eigentlich, was Ihr Freund mir erzählt hat, dass Sie der Lehrer von diesem schönen Vögelchen waren?«

Wieder blickt er – für meine Begriffe schon fast zu lange – zu Kerry rüber.

So ganz zufällig trifft mein Fuß unter dem Tisch, den Fuß meines Freundes. Dass Andre aber auch nie die Klappe halten kann und der Mistkerl soll Patenonkel von unserem Kind werden. Besagter zukünftiger Patenonkel findet das Ganze sehr amüsant, das ist unschwer an seinem blöden Grinsen zu erkennen. Warte ab mein Freund, meine Rache wird kommen.

»Ja, ich war ihr Lehrer, könnten wir dann weiter machen«, knurre ich Herrn Cöllen an.

»Also gut, wenn Sie es so eilig haben«, kommentiert der Standesbeamte lachend meinen kleinen Ausrutscher. Anscheinend nimmt er es mir nicht übel, dass ich gerade etwas unfreundlich war.

»Ich kann Sie ja verstehen Herr Laufenberg, bei so einer Frau würde ich auch keine Minute verlieren wollen.« Verschwörerisch zwinkert er mir zu, rückt abermals die Brille zurecht, um mich dann auch endlich die wichtigste Frage meines Lebens beantworten zu lassen.

»Dann frage ich Sie, Theo Johannes Laufenberg, wollen Sie die hier anwesende Kerry Katharina Fischer zu ihrer Frau nehmen?“

»JA ...ich will, aber so was von«, unterbreche ich Herrn Cöllen, bevor der noch ein paar Stunden redet und dann kann ich meine Frau zum ersten Mal küssen.

Es ist berauschend, unbeschreiblich, ein Gefühl von grenzenloser Liebe und angekommen sein, wärmt mir meine Brust.

29. KERRY!

»Wann kommen deine Stylisten in die Schule?«, flüstert Theo mir ins Ohr und streicht mir dabei – ganz unabsichtlich natürlich – zart über mein Genick, etwas was mir immer die Nackenhärchen hochstellen lässt.

Ich bin schon etwas verwundert, aber so wie es aussieht, scheint mein Großer es schon gar nicht mehr abwarten zu können, das zweite Mal zu heiraten.

Gut unsere Premiere heute war ja auch mehr als schön. Alles hat gestimmt. Die Gäste waren auserlesen, denn für unsere standesamtliche Trauung hatten wir auch wirklich nur die Menschen eingeladen, die uns etwas bedeuten. Mir reicht es, dass ich heute Abend Leute begrüßen muss, die ich lieber von hinten sehe, allen voran Britta und Frau Groß.

Aber auch mit dem Standesbeamten hatten wir wahrhaftig Glück, so ein lockerer Typ ist doch weit aus angenehmer, als so ein Beamtengrufti. Das Wetter hätte nicht schöner sein können und so unterschrieb ich bei strahlend blauem Himmel, das erste Mal mit >Kerry Katharina Fischer Laufenberg< was für ein Name. Ich befürchte, dass ich für so einen langen Namen einen Anhang an den Personalausweis hängen muss.

Der eigentliche Höhepunkt war aber der Heiratsantrag von Tom. Das Gesicht von Cassy, als sie den Braustrauß fing und die beiden Ringe und den Brief ihres Freundes entdeckte, war einfach unbeschreiblich. Glücklicherweise hatte ich schon im Vorfeld Überzeugungsarbeit bei Leonie, Michelle und Vicky geleistet, damit sie darauf verzichteten nach dem begehrten Sträußchen zu springen.

Sobald unser Termin stand, war mir klar, dass unbedingt meine Schwester den Strauß fangen sollte. Da ich mir dachte, dass Tom und Cassy nach über 11 Jahren Beziehung genug Bedenkzeit hatten, musste einfach mal ein kleiner Anstubser kommen, sonst leben die beiden noch in 50 Jahren als Wohngemeinschaft zusammen.

Als dann auch noch Tom zu mir kam und mich um ein paar Tipps für einen – nicht ganz so spektakulären Antrag, wie Theo ihn gemacht hatte – bat, da fiel mir sofort der Brautstrauß ein.

Das war nicht die große Bühne, aber auch nicht eben mal beim Frühstück nachgehakt, ob man denn nicht bald mal heiraten solle. Genau so musste es für die beiden sein, und wenn ich mir mein Schwesterchen so anschaue, wie sie immer wieder strahlend den Ring an ihrer linken Hand betrachtet, dann haben Tom und ich alles richtig gemacht.

Das bedeutet also, dass wir im Sommer dann die nächste Hochzeit feiern werden. So kann es weiter gehen, denn bei Marcus und Michi wird sicherlich nicht allzu viel Zeit ins Land gehen, bis sie sich trauen werden. Gut erst muss Marcus, Cruella loswerden, und das wir bestimmt kein Kinderspiel, aber irgendwann muss selbst sie einsehen, dass sie verloren hat.

Jetzt muss ich nur noch Olli davon überzeugen, dass Vicky die Richtige für ihn ist – so wütend, wie er die ganze Zeit zu Alex und Vicky rüberschaut, weiß er das bereits – und wir haben das nächste glückliche Pärchen.

»Um 16 Uhr«, antworte ich Theo, der mich sanft auf die Halsbeuge küsst und mir einen Schauer über den Rücken jagen lässt.

»Lass uns ein bisschen spazieren gehen«, raunt mein Mann – wie schön sich das anhört, mein Mann – mir zu. So wie er mit dem Daumen über meine Wirbelsäule fährt, hat er aber was anderes als spazieren gehen vor. Das kann er aber ganz schnell vergessen, denn wie stellt er sich das vor? Wir sitzen hier schließlich mit unseren Gästen, in einem der besten Hotels der Stadt und genießen ein wirklich köstliches Mittagessen.

Obwohl genießen ist das falsche Wort, ich stehe immer noch – oder auch schon wieder – so unter Strom, dass ich kaum einen Bissen hinunterbekomme. Etwas runterkommen wäre nicht schlecht, aber sicherlich nicht durch Sex zumal wir noch nicht kirchlich geheiratet haben, also gibt es noch keine Hochzeitsnacht – es heißt nicht umsonst Hochzeitsnacht und nicht Hochzeitsmittag oder Hochzeitssex – mein Großer wird sich also noch etwas gedulden müssen.

»Komm Baby nur ein halbes Stündchen.« Er knabbert mir ein wenig am Ohrläppchen und ich muss aufpassen, dass ich nicht laut aufstöhne. »Wir werden auch nur einwenig an die Luft gehen«

Theo sieht mir tief in die Augen und beginnt jeden Fingerknöchel zu küssen.

»Hallo, hier sind Kinder am Tisch«, ermahnt uns Maria.

»Wer ist denn hier ein Kind?«, fragt George grinsend nach, »also, wenn du Milanda meinst, Mom, die hat Theo und Kerry schon bei was ganz anderem gesehen.«

»Ach, das ist ja interessant, was hast du denn gesehen?« Andre ist hellhörig geworden. Bei ihm reicht eine kleine Andeutung, die auch nur im Entferntesten mit Sex zu tun haben könnte und er ist sofort dabei. Dass er jetzt auch nicht locker lässt, bis er die ganze Geschichte kennt, das steht quasi in Stein gemeißelt.

Milli schweigt aber zum Glück. Sie weiß, dass sie in dieser Geschichte nicht so wirklich gut da steht, und auch wenn sich das ja grundlegend geändert hat und sie heute meine süße, kleine Schwägerin ist, schämt sie ich immer noch für ihre Tat.

»Erzähl doch mal«, bohrt Andre weiter. Das kann jetzt noch länger andauern. Er ist manchmal doch ziemlich penetrant und anstrengend.

Anstrengend ist das richtige Stichwort, denn hier herumzusitzen ist auch ziemlich ermüdend und ich spüre schon, dass ich die ganze Nacht nicht geschlafen habe.

So ganz unrecht hat Theo gar nicht, etwas frische Luft und ein paar Minuten mit ihm alleine, wird uns gut tun, denn der Tag oder besser gesagt die Nacht wird lang werden.

»Lass uns kurz verschwinden«, flüstere ich ihm zu.

Ein Strahlen geht über sein Gesicht. »Entschuldigt ihr uns ein halbes Stündchen?« Ohne abzuwarten, ob unsere Gäste damit einverstanden sind, dass wir uns verdrücken, zieht er mich hoch, verknotet seine Hand mit meiner und dirigiert mich zielsicher aus dem Restaurant.

In der großen Eingangshalle des Hotels schlägt er aber nicht den Weg Richtung Ausgang ein, sondern steuert geradewegs zu den Aufzügen.

»Was hast du vor?«, frage ich mal ganz vorsichtig nach.

»Lass dich überraschen.« Er schiebt mich in den Aufzug, drückt den Knopf zur obersten Etage, und als sich die Türen schließen, presst er mich gegen die Wand und schiebt mir auffordernd die Zunge in den Mund. Dass sich noch andere Leute im Aufzug befinden, stört ihn dabei wenig.

Erst als sich ein älterer Herr hörbar räuspert, beendet mein Großer seinen Kuss.

Man kann sich aber auch anstellen, war der Kerl den nie verliebt? Hinter seinem Rücken strecke ich ihm die Zunge raus, was meinen Großen laut aufstöhnen lässt. Als sich die Aufzugtür öffnet, hat er es plötzlich sehr eilig und zieht mich regelrecht über den langen Flur, wobei ich immer noch nicht den Hauch einer Ahnung habe, wo es hingeht.

Wir laufen auf eine große Glastüre zu, die auf eine Art Dachterrasse zu führen scheint. Dahin führt uns also der Weg, wir werden hier oben über den Dächern Kölns ein wenig die

Wintersonne genießen. Ich freue mich schon auf eine gemütliche Liege, da stoppt er an einer Flügeltüre.

Theo holt eine Keycard aus seiner Jacketttasche heraus und zieht sie durch das Kartenlesegerät, welches an der Wand hängt. Wie durch Zauberhand springen die Türen auf, mein Großer hebt mich mit Schwung hoch und trägt mich in ein Hotelzimmer, wie ich noch nie zuvor eines gesehen habe.

»Was sagst du?« Vorsichtig, als sei ich aus Porzellan, stellt mich Theo auf den Boden und lässt mich erst ein Mal diesen Raum, der so groß wie eine ganze Wohnung ist, bewundern.

Deckenhohe Fenster lassen uns auf den Dom und den Rhein blicken. Die Jalousien sind halb heruntergelassen, um die unzähligen, brennenden Kerzen wohl besser zur Geltung zu bringen. In der Mitte des Zimmers oder besser gesagt der Suite steht ein gigantisches Himmelbett mit Rosen umrankten Pfosten. Auf der Matratze wurde aus Rosenblättern ein großes Herz geformt, außerdem führt eine Spur aus Rosenblättern und Kerzen ins ebenso riesige Bad. Dort läuft gerade Wasser in eine Rundwanne ein.

Ich bin vollkommen geflasht. Wann und wie hat Theo das alles arrangiert?

»Gefällt es dir?« Mein irrer, super, süßer und sexy Mann steht ganz dicht bei mir. Er reicht mir ein Champagnerglas rüber und zeigt mir aber auch gleich das Etikett der Flasche, dass ich mich überzeugen kann, dass der Champagner alkoholfrei ist. Er selbst gießt sich etwas aus einer anderen Flasche ein und stößt leicht gegen mein Glas.

»Auf uns Frau Fischer Laufenberg«

»Auf uns Doktor Laufenberg.«

Er nimmt einen großen Schluck und lässt ihn in meinen Mund träufeln, dabei löst er die Schleife meines Kleides. Sanft streicht er mir das Kleid von den Schultern und lässt es an mir hinabgleiten.

Er geht auf die Knie, öffnet meine Stiefelchen und zieht sie mir aus, doch statt wieder hochzukommen, fährt er nur Millimeterweise mit der Zunge an meinem Bein entlang nach oben.

Ich bin jetzt schon so erregt, dass ich ihm die Kleider vom Leib reißen möchte. Theo aber lässt sich Zeit, ihn scheint es nicht zu interessieren, dass wir heute noch so einen kleinen Termin haben.

Er knabbert ein wenig an meinem Oberschenkel nur Zentimeter von meiner Hitze entfernt, die er aber nicht berührt. Gemächlich rollt er meine Strümpfe nach unten, dann folgen mein String und der BH. Ich bin jetzt vollkommen nackt, während mein Großer noch komplett angekleidet ist, das muss sich ändern.

Ruckzuck ziehe ich ihm Jackett und Weste aus, löse seinen Krawattenknoten und knöpfe sein Hemd auf. Mit meinem Piercing lecke ich über seine Brust, über den Bauch bis hinunter zum Gürtel, auch den öffne ich, genauso wie den Knopf und den Reißverschluss seiner Hose, dann hocke ich mich vor ihn und ziehe Hose und Boxershorts mit einem Ruck nach unten.

So wie er eben meine Hitze ausgespart hat, küsse ich jetzt jede Stelle seines Körpers außer seiner mächtigen Erektion. Immer wieder gehe ich ganz nah heran, um dann meine Zunge in eine andere Richtung fahren zu lassen.

»Wenn du mich an meinem Hochzeitstag umbringen willst, musst du nur so weiter machen«, stöhnt Theo laut.

So schnell stirbt man nicht. Ich kann ihn ruhig noch ein wenig quälen, aber so ganz gemein will ich ja nicht sein, deshalb lecke ich kurz über seine Spitze, da höre ich ein komisches Geräusch, es erinnert mich an ...um Gotteswillen, wir haben das Wasser vergessen.

So schnell ich es mit meiner Babykugel schaffe, springe ich auf und renne ins Bad, zu spät ...das Badewasser ist höflich, denn es begrüßt mich schon ganz freundlich am Eingang. Der ganze Boden schwimmt. Ich weiß nicht, ob ich lachen oder weinen soll.

»So was kann doch auch nur uns passieren, oder?« Fassungslos schaut sich Theo im Bad um.

Alles Jammern bringt jetzt nicht viel, deshalb nehme ich alle Handtücher, die ich finden kann, und beginne den Boden trocken zu wischen.

30. THEO!

*I*st das zu glauben? Ich sollte Wetten auf uns abschließen, denn wenn irgendetwas schief gehen kann, dann passiert es uns. Mein armes Mädchen – oder besser meine Frau –, hockt auf dem Boden und versucht mit ein paar Handtüchern die Wassermassen aufzuwischen.

Dass sie dabei vollkommen unbekleidet ist, finde ich schon sehr erregend.

»Baby, ich wollte schon immer mal, dass du für mich nackt putzt«, kann ich mir leider nicht verkneifen.

Wütend blickt Kerry auf, ihre Augen blitzen geradezu. Sie nimmt eines der pitschnassen Tücher und schmeißt es in meine Richtung, ich kann gerade noch so ausweichen, reiße dabei aber einen der vielen Sektkübel um und mit einem lauten Knall zerschellt die Champagnerflasche auf den Fliesen.

Entsetzt sieht sich mein Mädchen die Scherben an, dann setzt sie sich auf den Boden und schlägt die Hände vors Gesicht.

Ihre Schultern zucken, oh mein Gott, Kerry weint. Kein Wunder, sie hat sich sicher nicht gedacht, dass sie nur wenige Stunden nach der einen und kurze Zeit vor der anderen Hochzeit noch einen Wasserschaden beheben muss.

Ich knie mich neben sie, da bemerke ich, dass sie nicht weint, sondern lacht und wie sie lacht, sie kann sich gar nicht mehr beruhigen.

»Theo, das glaubt uns kein Mensch. Da wollen wir einen romantischen Nachmittag an unserem Hochzeitstag verbringen und stattdessen müssen wir das Badezimmer trocken legen und putzen.«

In diesem Augenblick liebe ich sie noch mehr, was eigentlich überhaupt nicht möglich ist. Ich hebe sie hoch und trage sie auf das Himmelbett, ich bin schließlich hier, um mit meiner Frau Spaß zu haben, nicht um zu putzen, wenn das Hotel keinen Überlaufschutz hat, selber Schuld, außerdem bin ich versichert.

»So Frau Laufenberg ...«

»Fischer Laufenberg«, unterbricht mich mein Baby. »So viel Zeit muss sein.«

Übermütig beginnt sie zu kichern, etwas was mich so erregt.

Fest presse ich meine Lippen auf ihre, die sie sofort öffnet.

»Warte Baby!« Schnell klettere ich noch ein Mal vom Bett und hole meine Krawatte.

»Was genau hast du jetzt damit vor?« Skeptisch blickt Kerry auf das Stückchen Stoff in meiner Hand.

»Ich möchte dir gerne die Augen verbinden, damit du dich ganz auf deine anderen Sinne konzentrieren kannst.« Ich hocke mich vor sie, doch mein Mädchen scheint nicht wirklich begeistert von meinem Vorschlag.

»Theo du weißt, dass ich nicht auf irgendwelche Fesselspielchen stehe« Sie stützt sich mit dem Ellbogen ab und ich spüre, dass sie gerade mit sich kämpft, ob sie meinem Wunsch nachgeben soll oder lieber die Kontrolle behält.

»Baby, natürlich möchte ich keine Fesselspiele, nur die Augen verbinden, du wirst sehen, wenn du dich aufs Schmecken und Fühlen beschränkst, wird alles noch intensiver.«

Mit meiner Hand bedecke ich ihre Augen, dann tunke ich meinen Finger ins Champagnerglas und stecke ihn ihr in den Mund. Kräftig saugt sie daran, was mich sofort bretthart werden lässt.

»Ich halte die Augen zu«, schlägt sie vor.

Okay, dann erst mal so. Mein Blick fällt auf eine Schale Erdbeeren, die auf dem Tisch angerichtet ist, leider oder besser gesagt zum Glück fällt mein nächster Blick auf meine Uhr.

Scheiße!!!, wir haben schon fast Viertel nach drei, also nichts mit

Spielchen.
So ganz ohne ein bisschen Spaß will ich dann aber nicht gehen, deshalb ziehe ich mein Mädchen an den Fußknöcheln fast bis um Bettrand. Entgeistert reißt sie die Augen auf.

»Sorry Baby, aber leider müssen wir in zehn Minuten fahren.« Mit einem Stoß habe ich mich komplett in ihre warme Pussy versenkt. Kerry schreit kurz erschrocken auf, doch nach zwei weiteren Stößen entspannt sie sich und umklammert mich mit ihren Beinen, so dass ich noch tiefer eindringen kann. Ich beuge mich vor, küsse ihren Bauch – was mir einen kleinen Stupser meines Kindes beschert – dann sauge ich an ihren Brüsten. Lustvoll stöhnt Kerry auf, sie beugt, so gut es geht, ihren Rücken durch, bietet mir ihre Nippel an, und als ich doch ziemlich fest hineinbeiße, ist es um sie geschehen.

Laut schreit sie meinen Namen und damit bin auch ich so weit, dass ich mich in mehreren Schüben in ihr ergieße.

Beide ringen wir nach Atem, als ich meine Stirn auf ihre lege. Wie gerne würde ich mich jetzt neben sie legen und sie einfach im Arm halten, ihren Duft einatmen, ihre Wärme spüren und irgendwann von vorne anfangen. Aber die Zeit drängt. Ich ziehe mich aus ihr zurück – was mit einem enttäuschten OH kommentiert wird – stürme in das überflutete Bad, besorge einen Waschlappen, denn zum Duschen bleibt nun wirklich keine Zeit. Glaube ich zumindest, nur habe ich da die Rechnung ohne meine Frau gemacht.

»Baby hast du mal auf die Uhr geguckt?«, erinnere ich sie, als sie in die Duschkabine steigt.
»Theo, das ist mir so was von egal.« Sie streckt ihre Hand aus der Kabine, damit ich ihr ein Duschgel anreiche, »Du glaubst ja wohl nicht, dass ich gleich in der Kirche heirate und nach Sex riechen werde.«

Wo sie recht hat, hat sie recht. Also dränge ich mich zu ihr in die

Kabine, beherrsche mich aber und gebe nicht dem Drang nach sie waschen zu wollen, wo das endet, wissen wir beide zur Genüge und von daher seift sich jeder selbst ein und fünf Minuten später sind wir quasi reingewaschen für unsere kirchliche Trauung.

In Windeseile ist Kerry angezogen und wartet schon im Mantel auf mich, während ich noch mein Hemd zu knöpfe. Im Eiltempo laufen wir anschließend Hand in Hand zu den Aufzügen. Etwas verdutzt schaut mein Mädchen mir zu, wie ich auf den Knopf zur Tiefgarage drücke.

»Hast du nicht bezahlt und willst durch den Keller flüchten?«, hakt sie grinsend nach.

»Nicht ganz, aber ich habe den Wagen in der Garage stehen, so können wir gleich durchfahren«

»Kannst du mir mal sagen, wann du das alles geplant hast?« Kerry ist sichtlich beeindruckt, das sehe ich ihr an der Nasenspitze an, dann bin ich ja mal gespannt, was sie zu meiner nächsten Überraschung sagen wird.

In der Garage angekommen drücke ich ihr den Autoschlüssel in die Hand.

»Vergiss es Theo«, protestiert sie sofort und stopft den Schlüssel in meine Jacketttasche zurück. »Ich habe nicht vor mich an unserem Hochzeitstag mit dir zu streiten und daher werde ich bestimmt nicht dein Schnuckelchen fahren.«

»Kerry bitte«, bettele ich und hole den Schlüssel wieder raus. »Ich habe zwei Gläser Champagner getrunken. Ich möchte weder dich noch unser Kind in Gefahr bringen, noch möchte ich gerne meinen Führerschein verlieren.«

»Können wir dann nicht mit dem Taxi fahren?« Mein Mädchen windet sich, wie ein Aal der auf dem Trockenem liegt.

»Und dann das schöne Auto hier stehen lassen?« Mit der Fernbedienung öffne ich den Wagen. Laut und deutlich schallt durch das menschenleere Parkhaus das Signal des Türöffners.

Suchend blickt sich Kerry um. »Sag mal, wo hast du denn geparkt?«

»Wir stehen doch genau davor.« Ich bleibe vollkommen ernst, obwohl ich innerlich gerade einen Lachflash bekomme. Entweder glaubt Kerry, dass ich verblödet bin und meinen Porsche nicht mehr erkenne oder sie zweifelt gerade an ihrem Verstand. Dann will ich sie doch mal aufklären und gehe zu dem großen schwarzen Geländewagen.

Galant öffne die Tür der Fahrerseite.

»Darf ich bitten Frau Fischer Laufenberg?« Auffordernd halte ich ihr die Hand hin, doch sie steht mit offenem Mund da und betrachtet andächtig das Nummernschild.

K-KT 3112 ...

»Du liest richtig Baby, Köln, Kerry, Theo 31.12. das ist unser Wagen. Ich werde doch nicht zu lassen, dass meine Frau sich nachher wieder so ein altes Vehikel zu legt und damit dann durch die Gegend fährt.«

Erneut drücke ich ihr den Autoschlüssel in die Hand, dieses Mal nimmt sie ihn freudestrahlend entgegen.

»Ich kann es wirklich nicht glauben«, murmelt Kerry, während sie in den Wagen klettert. »Du hast tatsächlich deinen Porsche weggeben.«

»Baby bist du verrückt geworden?«, stammele ich entsetzt, wie kann sie so etwas nur denken.

Kerry sieht mich an und bricht in lautes Lachen aus.

»Theo du siehst mich an, als hätte ich dich gefragt, ob du deinen linken Arm opfern möchtest.« Dann fällt sie mir um den Hals und küsst mein Gesicht ab. »Du bist der beste Ehemann, den ich mir wünschen kann und ich weiß, dass du ein grandioser Vater wirst.« Noch mal küsst sie mein Gesicht von oben bis unten ab. »So und jetzt schnall dich an, wir drei haben heute noch einen wichtigen Termin«

31. KERRY!

So langsam wird es wieder ernst.

Wenn die Trauung heute Morgen die Pflicht war, so folgt jetzt die Kür. Mittlerweile hat auch das Türenklappern in den angrenzenden Klassenräumen aufgehört, ein Zeichen für mich, dass sich alle fertig gestylt haben und auf dem Weg zur Kapelle sind.

Dass wir hier in der Schule heiraten, war die beste Entscheidung, die wir treffen konnten. Das ganze Gebäude, einschließlich des Schulhofs steht uns zur Verfügung. So kann alles ohne Hektik und Hetze für die Gäste hier stattfinden.

Jeder hatte die Möglichkeit sich hier umziehen und vom großen Stylingteam der Agentur den letzten Schliff zu bekommen.

Eine Etage höher haben Fronk und Alex ein komplettes Fotostudio aufgebaut, in welchem Detlef nach der Trauung die Hochzeitsfotos anfertigen wird. Morgen früh – oder besser gesagt gegen Mittag, wenn wir wieder unter den Lebenden weilen – kurz bevor Detlef nach Hamburg zurückfliegt, wird er noch unser Babybauch-Shooting dort durchführen. Das Shooting haben wir schon so häufig verschoben, dass es höchste Zeit wird, da sonst unser Kind schon geboren ist, bis wir einmal auf einen Nenner kommen.

Ein Blick aus dem Fenster bestätigt mir, dass die letzten Nachzügler auf dem Weg zur Kapelle sind. Schnell hasten sie über den dunkeln Schulhof, der mit dem roten Teppich vom Schulhaus bis hin zur Kapelle und den Fackeln am Rand an einen Laufsteg erinnert. Sicherlich haben sie es nicht nur so eilig, um einen guten Sitzplatz zu ergattern, denn dass es eisigkalt ist, kann man regelrecht sehen.

****

»Kann ich so heiraten?« Nochmals prüfe ich nach, ob auch alles perfekt ist.

Ich drehe ich mich vor dem großen Spiegel hin und her und kann mich eigentlich gar nicht sattsehen. Mein Kleid ist ein wahr gewordener Traum aus Perlen, Spitze und Seide.

Das perlenbestickte Bustier endet genau über meinem wunderschönen Pünktchen-Bauch, der von einem seidenen Unterkleid mit bestickter Spitze umschmeichelt wird.

Die Rückenansicht ist auch nicht zu verachten, der tiefe Ausschnitt wird von einem, ebenfalls perlenbestickten Rand gesäumt und geht in eine lange Schleppe über.

»Das fragst du noch Hase?«, laut schnäuzt sich Fronk die Nase und wischt sich über die tränennassen Augen. »Du siehst aus wie eine Prinzessin, so wunderschön ...«

Wieder schluchzt er kurz. »Sag doch auch mal was, Detlef.«

»Ich kann dir da nur zustimmen Fronk ...« Nickt mein Papi und wirkt dabei, als würde unser kühles Nordlicht, auch gleich in Tränen ausbrechen. »Du weißt, dass du das schönste Mädchen bist, das ich kenne.«

Er stockt und wischt sich verstohlen über die Augen. Was soll das gleich nur in der Kapelle geben?

»Aber heute mein Kind ...heute.« Erschöpft lässt er sich auf einen Stuhl sinken, vergräbt die Hände vor dem Gesicht und weint hemmungslos. »Es machst mich so glücklich, dass ich dich heute hier so vor mir stehen habe ... danke mein Mädchen.«

»Hörst du jetzt sofort damit auf.« Mit einem dicken Kloß im Hals knie ich mich vor den vollkommen aufgelösten Detlef. Schluchzend greift er nach meiner Hand und küsst sie.

»Entschuldige, dass ich meine Fassung verloren habe.« Schwer atmet mein Papi ein und aus und für einen Augenblick befürchte ich, dass er zusammenbricht. »Aber vor ein paar Wochen dachte ich schon, dass ich deine Hochzeit nicht mehr erleben würde und jetzt steht fest, dass ich auch mein Enkelkind noch aufwachsen sehe ...also, wenn ich den Ärzten glauben darf.«

»Natürlich wirst du das.« Fest drücke ich ihn an mich, auch wenn ich dafür von meiner Stylistin ein strenges Räuspern höre.

Gut, sie hat sich auch die beiden letzten Stunden selbst übertroffen. Meine Haare wurden kunstvoll in großen Locken hochgesteckt. Was für ein Glück, dass ich durch das Modeln solche Torturen gewöhnt bin. Tausendfünfhundertneunundneunzig Perlenhaarnadeln und eine Blüte wurden in meinen Kopf gerammt und dabei war Sandy nicht wirklich zimperlich. Wer schön sein will, muss leiden, das ist ihre Devise und manchmal glaube ich fast, dass sie eine kleine sadistische Ader besitzt.

»Bist du fertig, Schatz?« Vorsichtig lugt Cassy durch einen Spalt in der Türe, um diese nur Sekunden später aufzureißen.

»Mein Baby ...«, kreischt sie auf und zerrt mich in ihre Arme. »Nein, siehst du schön aus ...oh, mein Gott, jetzt fang ich gleich an zu heulen, das kann doch nicht wahr sein.«

Wild fächert sich mein Schwesterchen Luft zu und schluckt einige Male kräftig. Sie macht einen Schritt zurück, geht einmal um mich herum, was bei meinem beachtlichen Bauch schon was länger dauert.

»Wunderschön«, murmelt sie dabei unaufhörlich. »Ihr erwartet, aber nicht von mir, dass ich auch so einen Rummel betreibe, wenn ich heirate?« Da ist sie wieder meine taffe Schwester, die keinen Sinn für Romantik hat und allem, was damit verbunden ist.

So ist es mir im Augenblick auch lieber, denn wenn hier noch jemand weint, kann ich für nichts mehr garantieren, und auch wenn mein Make-up vorsorglich wasserdicht ist, möchte ich nicht mit einer Nase wie Rudolph vor den Altar treten.

»So genug jetzt«, findet auch Fronk, der sich wieder etwas gefangen hat.

Er streicht seinen perfekt sitzenden Smoking glatt und betrachtet mich noch mal von oben bis unten. »Hast du etwas Blaues, Hase?«

»Ja, mein Strumpfband hat ein blaues Schleifchen«

»Was Altes?«, hakt Detlef jetzt nach.

»Natürlich« Stolz zeige ich auf die wunderschönen Perlenstecker in meinen Ohrläppchen, die mir Theos Mom geliehen hat, womit ich dann auch, etwas Geborgtes erfüllt habe und mit meinem Kleid, der Unterwäsche, dem Strumpfband und den aufwendig verzierten Brautschuhen, ist auch der Punkt etwas Neues abgehakt.

»Ich fasse es nicht«, lacht Cassy plötzlich auf die in ihrem bodenlangen, blauen Seidenkleid einfach traumhaft aussieht. »Da ist mein Schwesterchen erst seit ein paar Stunden verheiratet und schon ist sie pünktlich. Vielleicht hättest du schon eher heiraten sollen, da wäre uns viel Wartezeit erspart geblieben.«

Darauf antworte ich ihr gar nicht, dafür strecke ich ihr im Spiegel die Zunge raus.

Sie tritt hinter mich und sieht mir im Spiegel in die Augen, dabei legt sie die Arme um mich und lässt ihre Hände auf Pünktchen ruhen.

»Vergiss nie, dass ich dich liebe«, flüstert sie mir ins Ohr. »Und, dass ich immer da sein werde, egal was passieren wird.«

Überwältigt von ihren Worten, die so gar nicht zu ihr passen, lehne ich mich an sie, schließe die Augen und genieße diesen innigen Augenblick mit meinem Schwesterchen.

»Dann können wir jetzt rüber gehen.« Fronk umschließt Cassy und mich, drück uns beide ein Küsschen auf die Wange und prüft noch mal nach, ob er auch genügend Taschentücher eingesteckt hat, dann packt Detlef seinen Gehstock, hakt sich bei seinem Lebensgefährten unter und beide gehen schon voraus.

****

Obwohl es mindestens fünf Grad unter Null ist, spüre ich die Kälte nicht, als ich mit Cassy Hand in Hand über den roten Teppich schreite. Meinem Schwesterchen hingegen klappern die Zähne laut aufeinander.

»Wer hatte eigentlich die glorreiche Idee mitten im Winter zu heiraten?« Schlottert sie neben mir. Da haben wir aber glücklicherweise die Kapelle schon erreicht.

Ich hoffe nur, dass der liebe Michael, seines Zeichens Hausherr der Kapelle, nicht wieder seinen Sparkurs fährt und das kleine Gotteshaus nicht beheizt hat. Das hat er nämlich viele Winter lang, als ich noch hier zur Schule ging und wir einmal pro Woche zum Schulgottesdienst gingen.

Wie oft waren uns nahezu Eiszapfen an der Nase gewachsen, weil es in der Kapelle kälter als draußen war. Auf unsere Beschwerden bekamen wir vom lieben Kaplan immer nur die Antwort, wir seien jung, da müsse man Hitze im Blut haben und nicht auf so etwas Lächerliches wie eine Heizung angewiesen sein. Heute aber hat Michael – allem Anschein nach – ein Einsehen, denn eine wohlige Wärme schlägt Cassy und mir entgegen, als wir die winzige Vorhalle betreten.

»Der Kaplan kommt uns hier abholen«, halte ich mein Schwesterchen gerade noch auf, als sie schon in die Kapelle stürmen möchte.

Vorsichtig versuche ich einen Blick in den Innenraum zu erhaschen. Durch einen kleinen Spalt in der Türe schaue ich hinein und bin vollkommen geflasht.

Ein Großteil der Kirche liegt im Dunkeln, beziehungsweise wird nur von Kerzenlicht beleuchtet. Nur im Altarraum und an der Orgel, an der Marcus bereits abwartend sitzt, brennt dezentes elektronisches Licht. Auf den Stufen zum Chorraum stehen unzählige Kerzen und dann entdecke ich endlich den Mann, den ich suche.

Da steht er, nervös knetet er seine Hände, tuschelt immer wieder mit George und blickt zum X-ten Mal zur Türe. Ist dieser Mann – der seit ein paar Stunden, ganz offiziell meiner ist – schön. Wenn ich nicht schon so verrückt nach ihm wäre, hätte ich mich spätestens bei diesem Anblick in ihn verliebt. Der Smoking sitzt wie angegossen, die Lackschuhe spiegeln das Kerzenlicht, die Fliege gebunden wie von einem Profi, der Mann ist atemberaubend. Wie zur Bestätigung poltert auch Pünktchen ein bisschen in mir herum.

»Na genug gesehen?«

Erschrocken, weil ich mich irgendwie ertappt fühle, drehe ich mich um und sehe in das grinsende Gesicht von Michael.

»Darf man arme schwangere Frauen so erschrecken?«, grinse ich zurück.

»Wenn sie so neugierig sind, schon«, kontert Michael und streichelt liebevoll über meinen Bauch. »Hey, du darin. Deine Eltern haben einen ziemlichen Hau ...aber cool sind sie, du hättest es schlechter treffen können.«

»Sag mal ...« Entrüstet stemme ich meine Hände in die ehemaligen Hüften. »Darf ein Priester so frech sein?«

»Klar«, nickt Michael, »wir dürfen ja schon keinen Sex haben, also ein bisschen Spaß sei uns doch auch gegönnt.«

Laut prustet Cassy los, was in der Kapelle ein Murmeln auslöst, weil wohl jeder wissen will, was hier draußen los ist.

»So, Mädels.« Michael zupft noch mal an seiner Soutane und blickt uns aufmunternd an, »dann lasst uns mal heiraten gehen ...also nicht wir drei. Ich glaube, dafür würden wir in der Hölle schmoren.«

Erneut grinst er und nimmt mir damit den letzten Rest

Nervosität, denn ich weiß mit ihm wird dies eine Traumhochzeit.

»Der Brautstrauß!«, kreischt meine Schwester plötzlich auf, und als stünde die Kapelle in Flammen, sprintet sie hinaus.

»Was ist jetzt?« Etwas verwundert blickt Michael Cassy hinterher.

»Och nichts. Meine perfekte Schwester hat nur, ebenso wie ich, nicht an den Brautstrauß gedacht.« Wenn ich ja nicht unbedingt in die Kirche wollte, um meinen nervös zappelnden Mann zu heiraten, dann würde es mich fast schon amüsieren, dass Miss Perfect auch mal was vergessen hat.

»Na, dann sag ich dem Sommer mal, dass er noch fünf Minuten warten muss, bevor er mit dem Orgelspielen anfangen kann.«

Laut quietscht die Türe, als Michael sie ein wenig aufstößt und mit großen Schritten durch den kleinen Gang eilt. Schnell springe ich – so weit meine Fülle ein Springen zulässt – zur Seite, es soll mich ja noch niemand sehen, denn sofort stehen alle auf und blicken gespannt zum Eingang.

»Setzt euch wieder, bin nur ich«, verkündet der coolste Kaplan aller Zeiten und durch meinen Spalt, durch den ich eben schon alles beobachten konnte, sehe ich wie Theo noch etwas nervöser wird, als er Michael alleine in die Kirche kommen sieht.

»Was stehst du denn so blöd hier herum?«, faucht mich, die wohl schrecklichste Stimme des Universums an. Nur widerwillig drehe ich mich um und sehe in das Gesicht, der Frau, die ich einfach nur hasse.

»Britta ...« Ein leichtes Würgen stellt sich bei mir ein, als ich dieses Weib anschaue.

Ihr weißes, viel zu enges Kleid – welche Frau mit Charakter trägt auf einer Hochzeit, bei der sie nicht die Braut ist, ein weißes Kleid? – lässt der Fantasie wenig Spielraum. Ein Unterkleid wäre vielleicht ganz nett gewesen, das hätte mir und auch jedem anderen den Anblick ihres schwarzen!!!!Tangas erspart. »Ich hatte schon gedacht, du kommst nicht mehr.«

Eher gehofft würde ich gerne noch hinzufügen, da ich aber im Gegensatz zu dieser Frau Manieren habe, schlucke ich es herunter.

»Was denkst du denn ...«, keift sie so laut, dass es in der Kapelle erneut unruhig wird. »Glaubst du, ich mache weiter bei diesem Theater mit, was mein Mann seit ein paar Tagen spielt?«

»Können Sie vielleicht mal Ihre Klappe halten?« Wutentbrannt reißt Michael die Türe auf und geht auf Britta los, als wollte er sie fressen. »Wissen Sie eigentlich, wo Sie sich hier befinden?«

Ohne eine Antwort zu geben, quetscht sich die zukünftige Ex-Frau von Marcus am Kaplan vorbei und schreitet mit erhobenem Kopf an den Reihen vorbei.

Und jetzt beginnt das Lustigste.

In den ersten Reihen, jeweils rechts und links vom Gang, sitzen natürlich unsere engsten Freunde und die Familie. Niemand würde auch nur im Traum daran denken, auch nur einen Millimeter für dieses Weib zu rücken. Dahinter ist es aber auch nicht anders. In den Reihen dahinter haben sich die Eltern unserer Freunde einquartiert, ebenso Theos unzähligen Cousins.

Die nächsten drei Bankreihen sind von Agentur in Beschlag genommen.

Halt! Nicht nur von der Agentur, wie ich gerade feststellen muss, mittendrin hat es sich Andre gemütlich gemacht. In der letzten Reihe sitzt die liebe Familie Scholz, Frau Groß, ein paar Sportkollegen von Theo und unsere liebe, alte Frau Schmitz. Das bedeutet, alles ist bis auf den allerletzten Platz belegt. So muss die dämliche Kuh stehen, geschieht ihr recht.

Endlich kommt auch Cassy mit dem Blumenbukett angelaufen und nun können wir auch endlich heiraten.

32. THEO!

»Geh mal nachschauen, was los ist«, flüstere ich George zu, der mittlerweile genauso nervös herumzappelt wie ich.

Aber genau in diesem Moment öffnet sich erneut das Portal der Kapelle, Marcus lässt die Orgel erklingen und dieses Mal ist es auch nicht nur Michael, der die Kirche betritt.

Mein Herz setzt für einen Moment aus. Zwar kann ich Kerry noch nicht erkennen, da der Kaplan sie verdeckt, aber das Raunen, das durch die Bänke geht, reicht mir, um mir eine Gänsehaut zu bescheren. Mit einem Zahnpastagrinsen bleibt Michael vor mir stehen, verbeugt sich vor dem Altar und tritt dann zur Seite.

Abermals bleibt mein Herz stehen, als ich meine wunderschöne Frau erblicke. Mir war bewusst, dass sie atemberaubend aussehen wird, aber alles was ich mir vorgestellt habe war ein Witz gegen die Realität.

Um dies hier zu beschreiben, fehlen mir die Superlativen, denn noch nie habe ich so eine schöne Braut gesehen und ich war schon auf hunderten von Hochzeiten.

Mit Tränen in den Augen legt mir Cassy, Kerrys Hand in meine.

»Pass gut auf sie auf«, flüstert sie mir ins Ohr, als sie mir ein Wangenküsschen gibt, »denn Kerry ist das Wertvollste, was ich habe«

»Das werde ich«, flüstere ich zurück, »denn mir geht es genauso.«

Wie gerne würde ich meine Frau jetzt schon küssen, da wir uns aber an eine strenge Liturgie zu halten haben, gebe ich ihr nur einen leichten Handkuss.

»Du bist so wunderschön«, kann ich ihr gerade noch zu raunen, da legt Michael schon los.

Fest verknoten wir unsere Hände und immer wieder sieht Kerry strahlend zu mir herüber.

Nachdem wir gefühlte hundert Mal aufgestanden sind und uns wieder setzen durften und Cassy einfach gänsehautmäßig "BED OF ROSES" gesungen hat, wird es ernst.

Unsere Ehegelöbnisse sind an der Reihe, wiedermal stehen wir auf.

Ich nehme Kerrys Hände in meine und sehe ihr fest in die Augen, in denen bereits ein leichtes Schimmern zu erkennen ist, aber auch ich muss erst ein/zwei Mal tief einatmen und mich räuspern, bevor ich reden kann.

»Mein Engel.« Noch immer sitzt so ein Kloß im Hals fest, nochmals geräuspert, dann geht es, »als ich mich vor ein paar Tagen an meinen Schreibtisch setzte, um aufzuschreiben was ich mir für dich ...für uns wünsche, musste ich immer und immer wieder auf unser Verlobungsbild schauen und ich dachte mir so, was soll ich uns denn wünschen wir haben doch bereits alles was wir uns wünschen können, nämlich unsere Liebe füreinander.«

Hier und da höre ich schon ein leises Schluchzen von den Bänken kommen und auch Kerry kullert bereits ein kleines Tränchen über die Wange. Vorsichtig wische ich es ab, bevor ich weiter spreche.

»Baby, ich will dir heute Abend vor all den Menschen die wir lieben, ein Versprechen abgeben.« Ich atme noch einmal durch. »Ich werde auch in Zukunft mit dir in guten Zeiten lachen und in schlechten mit dir weinen, um dir dann Trost zu spenden ...Ich werde mit dir reden, auch wenn schweigen einfacher sein wird ...ich werde dir zuhören, auch wenn weghören weniger weh tut ... ich werde zärtlich zu dir sein, aber auch kraftvoll zur Seite stehen, ...ich werde dich wärmen, wenn du frierst und ich werde für dich und unser Pünktchen und alle die noch kommen werden ein Ort sein, bei dem ihr euch zuhause fühlen könnt.«

33. KERRY!

Ich weiß ja schon gar nicht mehr, was ich nach diesen wunderschönen Worten sagen kann. Mein Herz rast und Pünktchen tobt in mir, als wolle es Beifall klatschen oder seinem Daddy gleich um den Hals fallen und auch ich möchte mich am liebsten in Theos Arme werfen und nur noch von ihm festgehalten werden. Da dies natürlich nicht geht und uns alle Anwesenden erwartungsvoll ansehen, werde ich jetzt diesem wunderbaren Mann, den ich so sehr liebe, das sagen, was ich ihm einfach mal sagen muss.

Leider bekommt mir der Weihrauchgeruch nicht wirklich, so dass ich erst ein paar Mal kräftig durch den Mund einatme, um nicht zu viel von dem Geruch in die Nase zubekommen.

Außerdem denkt unser Pünktchen gar nicht daran sich zu beruhigen, es hüpft so munter in mir, dass man es regelrecht sehen kann und Theo seine Hand auf diese Stelle legt. Sofort wird es etwas ruhiger in meinem Bauch.

Gut zu wissen, dass unser Kind so auf seinen Dad reagiert. Das werde ich mir merken, wenn Pünktchen geboren ist und nachts etwas Entertainment braucht.

»Was für ein Theater!« Kommt es laut von meiner Erzfeindin aus der hintersten Bankreihe.

Memo an mich selbst, Britta nachher den Hals umdrehen.

Oh Gott, die Frau bringt mich dazu Mordgedanken in einer Kirche zu haben. Auch Michael scheint wenig begeistert über diesen Zwischenruf, schweigt aber.

»Alles gut bei dir?«, fragt er stattdessen freundlich nach und wirft nochmals einen bitterbösen Blick in die Richtung aus der

Brittas Stimme kam. Ich lächle unseren Kaplan an, dann fange auch ich mit meinem Ehegelöbnis an.

»Mein geliebter Schatz.« Schon kullert wieder eine Träne über meine Wange – reiß dich zusammen, sage ich mir selbst. »Als ich über uns nachgedacht habe, da stellte sich mir die Frage, wie konnte ich jemals ohne dich leben? Du bist die Luft, die ich atme ...das Wasser, das ich trinke ... mein Geist, der mich denken lässt ... die Sonne, die mich wärmt ...der Mond, der mich schlafen lässt«

Aus dem Augenwinkel sehe ich, wie Fronk sich ein neues Päckchen Taschentücher aus der Jackentasche fischt und auch Michi und Leonie weinen wie die Schlosshunde.

»Ich weiß, dass unser gemeinsamer Weg nicht immer mit Rosen gepflastert sein wird«, versuche ich weiter zu sprechen, werde aber schon wieder unterbrochen.

»Blablabla«, ertönt Brittas Stimme durch die Kapelle.

Es ist unglaublich, die Frau hat noch nicht mal den Anstand sich in einer Kirche zu benehmen.

Ich spüre genau, dass Theo kurz davor ist auszuflippen, aber da hat Andre dieses Biest schon gepackt und bringt sie nach draußen. Beruhigend streichele ich über die Hand meines Großen und zwinge ihn so mir weiter zuzuhören.

»Mein Großer, auch wenn unser Weg steinig wird, werde ich dich begleiten und stützen ...leider kann ich dir nicht versprechen alles Traurige von uns zu halten, aber ich kann dir versprechen, dass ich auch dann da sein werde, um dich zu trösten und dich zu halten ...und ganz sicher werden wir uns streiten, aber das wird mich nicht dazu bringen mein Herz für dich zu verschließen, denn du bist der Mensch, den ich zum Überleben brauche.«

»Wow«, räuspert sich Michael. »Schade, dass ich nicht heiraten darf, so etwas Schönes sollte auch mal jemand zu mir sagen.«

Damit sorgt er natürlich für ein allgemeines Gelächter, aber gleich geht es weiter. Unsere Freunde tragen jeweils eine Fürbitte für uns vor und ich glaube, bei Olli ein paar Tränen gesehen zu haben. Ich muss gleich unbedingt mit ihm reden, er ist heute schon den ganzen Tag so schlecht drauf.

Laut knarrt die Tür, und als ich mich verstohlen umschaue, sehe ich zu meinem Entsetzen, dass diese alte Mistkröte Britta wieder reingekommen ist. Selbst Frau Groß schüttelt bei so viel Dreistigkeit missbilligend den Kopf. Viel Zeit um mich über die Kuh aufzuregen bleibt mir nicht, denn wir müssen uns erneut erheben. Wenn ich gewusst hätte, wie oft ich hier aufstehen muss, hätte ich ein paar Yogastunden mehr eingelegt, um fitter zu sein.

Der Kaplan verbindet unsere Hände mit einer Stola. Erst jetzt fällt mir auf, dass meine Hand schweißnass ist, während Theos Hand eher einem Tiefkühlhähnchen gleicht.

Michael erzählt ein wenig aus dem Nähkästchen, wobei er – Gottlob – daran denkt nichts darüber auszuplaudern, wie Theo und ich wirklich zusammengekommen sind. Nicht auszudenken, wenn er sich verplappern würde. Ich glaube, Frau Groß würde noch in der Kirche – am Silvesterabend – versuchen jemanden beim Schulamt zu erreichen, um Theo anzuschwärzen.

Nach dem zweiten Ja-Wort, kommt zum zweiten Mal der Ringtausch an diesem Tag dran – so langsam bekomme ich Übung darin –, dieses mal sind es aber nicht unsere Verlobungsringe, die wir uns anstecken werden, sondern extra angefertigte Platinringe, die jeweils aus Diamantsplittern den Namen des anderen zieren.

Eine der Messdienerinnen steht schon mit dem goldenen Tellerchen, auf dem die Ringe liegen bereit und strahlt Theo an als sei er eine Popikone.

Gut, wann hat man denn auch schon die Gelegenheit, bei der Hochzeit seines Direx dabei zu sein? Ich hätte als Fünftklässlerin genauso gestrahlt.

Nach dem Michael erst die Ringe, dann uns als Paar gesegnet hat – und dabei weder an Weihwasser noch an Weihrauch gespart hat, – wir werden gleich sicherlich wie die geräucherten Schinken riechen – darf Theo mir den Ring anstecken.

»Mit diesem Ring.« Zart streicht er mir über die Finger. »Der meine Liebe und mein Leben vervollständigt, nehme ich dich Kerry Katharina zu meiner Frau. Ich werde dich ehren, achten und lieben, bis das der Tod uns scheidet.«

Als Theo den Ring über meinen Finger schiebt und mir zärtlich die Hand küsst, kullern mir schon wieder ein paar Tränchen über die Wangen.

»Ich liebe dich«, formt er tonlos mit seinen Lippen.

Mit leicht zitternder Hand greife ich nach Theos Ring.

»So wie dieser Ring nie endet, so soll auch unsere Liebe nie enden.« Leider rutscht der Ring nicht so leicht über seine Finger und ich muss schon etwas Kraft aufwenden, dann gelingt es mir aber doch und ich kann weiter reden.

»Theo Johannes mit diesem Ring nehme ich dich zu meinem Mann. Ich werde dich lieben, ehren und achten, bis das der Tod uns scheidet«

»Ach, wisst ihr was«, grinst uns Michael an. »Weil ihr das so schön gesagt habt, erkläre ich euch zu Mann und Frau.«

Er macht eine Pause, eine lange Pause, wobei er bald vor unterdrücktem Lachen platzt.

»Da war doch noch was?«, überlegt er laut.

Sein Grinsen wird noch breiter, er weiß genau, worauf wir warten.

»Ach ja!« Er schlägt sich mit der Hand auf die Stirn. » ...Ihr dürft euch jetzt küssen ...aber bitte jugendfrei.«

Aber Theo hört ihm schon gar nicht mehr zu, fest nimmt er mich in den Arm und küsst mich, als gäbe es kein Morgen mehr.

34. THEO!

»*B*evor ihr jetzt zu euren Gästen geht, könnten wir nur kurz miteinander reden?« Erwartungsvoll blickt uns Fronk an.
Oh nein, bitte nicht. Mir steht jetzt wirklich nicht der Sinn nach einem Pläuschen. Ich möchte mich endlich mit meiner Frau fünf Minuten irgendwo hinsetzen und auch etwas von dem köstlichen Buffet genießen.
Die vergangenen Stunden waren purer Stress – wenn auch sehr schöner Stress, aber eben Stress. Dies ist auch Kerry deutlich anzusehen, und auch wenn sie bis vor einer Minute noch profimäßig für unsere Hochzeitsfotos posierte, merke ich, dass sie erschöpft ist.
Kein Wunder, seitdem wir das Hotel verlassen haben, hatten wir kaum Gelegenheit mal durchzuatmen. Zwar hatte uns Fronk, nach einem ersten großen Shoot in der Kapelle – gnädigerweisc – etwas Zeit gelassen, damit wir uns ein paar Minuten alleine in eine Bank setzen konnten, doch von Verschnaufen konnte keine Rede sein.

Zuerst genossen wir die Ruhe, die in der kleinen Kirche herrschte. Nur währte sie leider nicht lange, denn kaum hatten wir platzgenommen, unsere Hände miteinander verknotet und ließen die Trauung etwas sacken, da platzten Michelle und Marcus herein.

Sie waren auf der Flucht vor der Hexe. Da sie der festen Überzeugung waren, dass Britta sofort vom Blitz erschlagen würde, wenn sie ein Gotteshaus betrat, glaubten sie in der Kapelle ihre Ruhe zu haben. Das hatten Kerry und ich auch gehofft, nur leider war die Alte glimpflich davon gekommen. Und als hätte Britta den Braten gerochen, stand sie auch nur Mikro Sekunden später ebenfalls in der Kirche (leider ohne vom Blitz erschlagen worden zu sein).

Zuerst gab sie sich, zu unserer großen Verwunderung, recht handzahm. Keine spitzen Bemerkungen Kerry gegenüber, keine Anzüglichkeiten in meine Richtung, stattdessen setzte sie sich anständig neben Marcus – was Michelle fast zum Erbrechen brachte – und flehte ihren Mann geradezu an, kurz mit ihr irgendwo hinzugehen, um zu reden. Und damit war es dann mit der friedlichen Britta auch schon vorbei, denn als Marcus es vehement ablehnte, auch nur ein Wort mit ihr zu wechseln, da rastete sie vollkommen aus – spätestens da wäre es an der Zeit für den Blitz gewesen – beschimpfte abwechselnd ihren (verblödeten) Mann, die ganze Scheißhochzeitsgesellschaft und meine Frau im Besonderen und schmiegte sich an mich (wo bitte bekomme ich sofort Sagrotan her), weil ich sie beschützen solle.

Wenigstens hatte Marcus dann ein Einsehen und schleppte die hysterische Kuh nach draußen. Wenige Minuten später ging auch Michelle. Kerry und ich atmeten erleichtert auf. Wieder starteten wir einen Versuch für einen kurzen Augenblick einfach nur beieinander zu sitzen, unsere Hände zu halten und zu realisieren, dass wir wahrhaftig Mann und Frau sind.

Leider war auch das uns nicht vergönnt, denn Michael winkte etwas ungeduldig mit dem Schlüsselbund. Er spielte in einer Heavy Metall Band und die wartete wohl schon Hufe scharrend auf ihn.

Also machten wir uns auf den Weg, beim Hinausgehen zündete ich noch eine Kerze für meinen Dad an, so hatte ich das Gefühl, dass auch er irgendwie dabei sei. Vor der Kapelle empfing uns schon Alex. Fronk hatte ihn als Wachhund abgestellt, so dass wir ihm nicht entwischen konnten. Alleine, dass dieser Schönling uns sozusagen abführte, brachte mich fast schon dazu, den Shoot abzublasen. Da aber Detlef höchstpersönlich die Fotos schießen wollte und er sicherlich noch nicht in der Lage war, ein paar

Stunden auf unserem Fest auszuharren, folgte ich ihm und meiner süßen Frau.

Also brachten wir auch die zweite Fotosession hinter uns – wobei ich mich mal wieder fragte, wie kann man so etwas freiwillig machen – aber jedem das Seine und so bekamen wir auch dieses mal unter Detlefs und Fronks Anweisungen die schönsten Hochzeitsfotos weltweit.

So weit, so gut, damit ist dieses Thema für mich – gottlob – abgehakt und wir könnten uns dann auch mal unseren Gästen widmen, die entweder alles schon vollgefuttert und angetrunken sind oder ungeduldig auf uns warten.

Was auch immer, langsam ist es unhöflich von uns, dass wir immer noch nicht bei ihnen sind. Daher deute ich auch Kerry an, dass wir keine Zeit mehr haben, um noch tiefschürfende Gespräche zu führen.

Entweder bin ich eine Niete in Zeichensprache, oder meine Frau ignoriert mein wildes Gestikulieren einfach, denn sie nimmt sich in aller Ruhe einen Stuhl und setzt sich neben Detlef. Es sicht also nicht so aus, alles hätte sie es sonderlich eilig. Ganz im Gegenteil, mein Mädchen lehnt den Kopf an die Schulter ihres Daddys und hält seine Hand.

Ein Lächeln huscht über Fronks Gesicht, als er seinen Hasen mit seiner großen Liebe sieht, aber auch so etwas wie Stolz kann ich erkennen. Das kann er auch sein, er hat mein Mädchen zu einem wunderbaren Menschen erzogen.

»Theo, kannst du dich auch setzen?« Fronk reicht mir einen Stuhl rüber, aber ich setze mich auf einen Tisch, öffne ein Fenster und stecke mir endlich eine Zigarette an. Dafür ernte ich zwar ein paar böse Blicke, aber die Zigarette habe ich mir redlich verdient.

»Ich will nicht lange um den heißen Brei reden«, beginnt Fronk. »Ihr habt Gäste und wollt sicher nicht den Abend in einem Klassenraum verbringen.«

Wie wahr gesprochen.

»Es geht um ein paar Dinge, die ich mit euch gerne besprechen möchte, solange Detlef noch in Köln ist.« Fronk macht eine Pause und wartet, bis ich das Fenster wieder geschlossen habe, bevor er fortfährt.

»Mein Hase, was ich dir jetzt zu sagen habe, wird dich sicher nicht ganz so glücklich machen.« Erschrocken schaut mein Mädchen zu Detlef, sie befürchte wohl wie ich, dass er uns nicht die Wahrheit über seinen Gesundheitszustand gesagt hat. Wenn dem aber so ist, warum muss er jetzt, an unserem Hochzeitstag, damit herausrücken? Ihm dürfte doch klar sein, dass Kerry sofort nachhause fährt, sollte dieses Gespräch in diese Richtung gehen.

»Hase, schau doch nicht so erschrocken.« Erst jetzt scheint Fronk zu bemerken, dass seine Wortwahl nicht die klügste war. Er geht in die Hocke und hebt Kerrys Gesicht nach oben, so dass sie ihn ansehen muss. »Ich wollte dich nicht erschrecken, mein süßer, kleiner Hase.«

Er drückt ihr einen Kuss auf die Wange und setzt sich auf einen Stuhl.

»Was ich dir, was ich euch sagen wollte, ist, dass ich, wenn Pünktchen da ist und Kerry wieder so fit ist, dass sie voll einsatzfähig ist, nach Hamburg ziehen werde.«

»Nein, das kannst du mir nicht antun.« Mit Tränen in den Augen springt mein Mädchen auf, schaut aber dann zu Detlef und setzt sich wieder. »Entschuldige Daddy, ich bin eine egoistische Kuh. Natürlich möchtest du auch Fronk mal ganz für dich haben.«

Ich kann die Jungs da auch verstehen, aber dass man das ausgerechnet jetzt besprechen muss, finde ich unnötig, da bis dahin noch ein paar Wochen ins Land gehen.

»Ich bin noch nicht fertig, Hase«, hält Fronk uns auf, als ich Kerry meine Hand hinhalte, damit wir verschwinden können.

Was denn noch? Will er jetzt noch seine Urlaubsplanung mit uns bequatschen. Langsam aber sicher werde ich ungeduldig.

»Ich habe euch ja gerade gesagt, dass ich nach Hamburg gehe. Die Agentur dort muss einfach generalüberholt werden.« Schön, das kann uns Fronk auch nächste Woche erzählen.

»Wie du weißt Hase, ist die Kölner Agentur eine Goldgrube.« Fronk lässt sich durch mein lautes Stöhnen nicht aus der Fassung bringen. »Die Kombination aus Modelagentur, Castinghalle und Fotostudio, macht den Erfolg aus.«

Kerry und Detlef nicken unisono, wie schön, dass sie das sie sich da einig sind. Detlef holt aus der Jacketttasche ein zusammengefaltetes Blatt Papier und reicht es Kerry.

»Wir haben gestern eine neue Außenwerbung bekommen«, verkündet Fronk so Stolz, als hätte er einen Preis, für das beste Foto des Jahres gewonnen.

»Ich verstehe nicht«, stammelt Kerry plötzlich, nachdem sie sich das Foto intensiv angesehen hat. Ich habe ehrlich gesagt noch keinen Blick darauf geworfen, deshalb bin ich etwas erstaunt über ihre seltsame Reaktion auf ein albernes Bildchen.

»Was denn Hase?«, fragt Fronk breit grinsend nach und auch Detlef strahlt, wie bei einem Jackpotgewinn.

»Lies Theo doch mal vor, was da steht«, fordert er Kerry aufgeregt auf.

Immer noch schüttelt mein Mädchen den Kopf, dann liest sie mit stockender Stimme.

»Agentur Weber, Fischer Laufenberg«

»Was genau soll, dass jetzt bedeuten?« Jetzt bin ich es, der dümmlich nachfragt. »Willst du Kerry als Geschäftsführerin einsetzen?«

»Fast richtig«, grinst Fronk noch breiter, »Kerry ist seit gestern zu 50% an der Agentur beteiligt.«

»Ich bin WAS?«, kreischt mein Mädchen auf, »Oh nein, vergiss es Fronk. Du kannst mir doch nicht ein Teil der Agentur überschreiben. Nein auf keinen Fall, das geht nicht, so was könnte ich nie annehmen.«

»Hase beruhigst du dich mal wieder?«, lacht Fronk auf. »Denk bitte an dein Kind, so aufgewühlt wie du bist, bekommst du nachher noch Wehen.«

»Wenn du so einen Unsinn machst«, mault Kerry, setzt sich dann aber auch wieder hin.

»Mein Hase, du bist mein, unser Kind und eines Tages wird dir eh alles gehören.«

Schnell legt er Kerry den Finger auf den Mund, als die schon wieder protestieren möchte.

»Hör mir zu, Hase. Ich habe vor ein paar Tagen mein Testament gemacht. Wie du weißt, bin ich nicht ganz unvermögend, und da ich nicht möchte, dass die Häuser und die Agenturen die ich mir mit meinen Händen erarbeitet habe, meinen gierigen Cousinen in den Schoss fallen, habe ich dich als Alleinerbin eingesetzt. Da Detlef, bevor wir ein Paar wurden, mit einer schrecklichen, ebenso gierigen Frau verheiratet war, wird er nichts erben, weil wir der Natter nicht in die Hände spielen wollen. Du wirst ihn natürlich unterhalten, dies sind aber Details, die heute nicht besprochen werden müssen.«

Zu gütig, das Thema Testament und Tod finde ich bei einer Hochzeit auch nicht ganz so prickelnd. Kerry sieht das offenbar genauso, denn ihr kullern dicke Tränen über die Wangen. Sie steht auf umarmt erst Fronk, dann Detlef.

»Ihr seid verrückt mir Chaotin so etwas anzubieten, aber ihre werdet sowieso hundert, so brauche ich mich nicht davor zu fürchten.«

»Hase, du bist keine Chaotin, und wenn ich es dir nicht zutrauen würde, dass du das packst, dann würde ich es dir nicht zumuten.«

Ganz fest drückt Fronk, Kerry an sich und küsst immer wieder ihre Wangen.

»Du bist der wichtigste Mensch in meinem Leben und mir bricht es auch das Herz, dass wir uns bald nicht mehr jeden Tag sehen werden. Aber so wie ich früher immer nach Hamburg geflogen bin, komme ich dann nach Köln. Meine Wohnung kannst du nutzen, wie du möchtest, nur lass mir ein Bettchen, damit ich am Wochenende nicht unter der Brücke schlafen muss.«

»Ach hier seit ihr!« Platzt Olli rein. »Cassy hat schon Schaum vor dem Mund, weil ...«

Er stoppt und schaut zu Fronk und Detlef. »Weil sie euch sucht«, rettet er sich noch gerade so aus der peinlichen Situation, denn was Cassy vermutete wissen wir nun alle.

»Sag ihr, wir würden uns nur schnell anziehen«, beauftrage ich Olli, kassiere aber dafür von Kerry einen Schlag auf den Hinterkopf.

»Das machst du natürlich nicht«, stellt sie mal gleich richtig.

»Cassy hat recht, ihr müsst euch dringend euren Gästen präsentieren.«

Fronk drückt Kerry noch mal und wischt mit dem Daumen eine letzte Träne weg.

»Alles andere bereden wir noch.« Zwinkert er ihr zu. Doch meinem Mädchen brennt noch was auf der Seele – also außer das, dass sie gerade eine halbe Agentur geschenkt bekommen hat und irgendwann mal ein Vermögen erben wird – denn sie bleibt stehen und zieht die Stirn kraus.

»Wenn ihr aber beide in Hamburg seid, wer wird denn mein Stellvertreter?«

»Alex natürlich. Er macht Ende Februar sein Examen, dann wird er stellvertretender Geschäftsführer, was willst du mehr?«

Fragt mich bitte jemand, was ich mehr will? Ich will nämlich nicht, dass dieser Oberschönling noch intensiver mit meiner Frau zusammenarbeitet. Aber mich fragt natürlich keiner.

****

Der tobende Applaus unserer Gäste, der uns empfängt, als wir endlich die Aula betreten, lässt mich die blöden Gedanken, dass Kerry und Alex in Zukunft noch mehr zusammenhängen werden, zum Glück schnell vergessen.

Ich hebe meine Frau auf den Arm, trage sie die Stufen zur Bühne hoch und warte dort mit ihr, dass unsere Gesellschaft sich mal wieder beruhigt.

Irgendjemand schreit >Küssen, Küssen<, also den Gefallen kam ich ihm tun. Fest umschließe ich meine Traumfrau, presse meine Lippen auf ihre und fordere mit meiner Zunge Einlass. Erst zögert sie, denn sie ist sich bewusst, dass wir ein großes Publikum haben. Als aber das zustimmende Gegröle immer größer wird, öffnet sie ihre Lippen und lässt mich mit ihrer Zunge spielen.

Leider müssen wir irgendwann mal unsere Lippen voneinander lösen, schließlich haben wir noch einige so genannte Hochzeitspflichten zu erfüllen und dazu gehört erstmal eine anständige Begrüßung unserer Hochzeitsgesellschaft.

Mit ein paar launigen Worten bedanke ich mich für das Kommen unserer Gäste, wünsche allen einen schönen Abend und will schon das Mikro weglegen, um zum Punkt Brautstraußwerfen die Zweite zu kommen, da schnappt sich Kerry das Mikrophon. Sie räuspert sich kurz, verknotet ihre Finger mit meinen und sieht sich einmal in der Aula um.

»Ich möchte die Gelegenheit nutzen und mich bei ein paar Menschen bedanken«, fängt sie mit einem kleinen Zittern in der Stimme an, »zu erst ist da natürlich meine Schwester Cassy.«

Sie blickt zu Cassy runter, die sich tatsächlich die Augen tupf, so gerührt ist sie jetzt schon und das, bevor Kerry überhaupt etwas gesagt hat.

»Mein Schwesterchen, ich habe es dir ja schon heute Morgen

gesagt, aber alle sollen es hören, was für ein wunderbarer Mensch du bist.« Kerry schluckt, denn auch ihre Augen nehmen schon einen glasigen Schimmer an. »Cassy, ohne dich wäre ich nicht das, was ich bin. Ich habe es dir nicht immer einfach gemacht und dabei warst du ja selbst noch ein Kind. Niemand kann sich vorstellen, was du für mich getan hast ...ich kann es nicht in Worte fassen, aber ich kann dir sagen, dass ich dich sehr, sehr liebe.«

Laut polternd fällt der Stuhl um, als Cassy ungestüm aufspringt und zu uns auf die Bühne kommt. Sie drückt Kerry fest an sich und küsst ihr Gesicht ab.

»Ich liebe dich auch mein Baby.«

Wieder tost ein Applaus auf. Kerry schnieft kurz, dann redet sie weiter.

»Fronk und Detlef für euch gilt das Gleiche, ihr seid meine Papis und liebe euch beide so sehr.«

»Wir dich auch Hase«, ruft Fronk zur Bühne hoch. Schon gut, dass er nicht auch noch kommt, denn sonst haben wir nachher, wenn das so weiter geht, die ganze Gesellschaft hier oben. Mein Mädchen ist nicht zu bremsen.

»Ich möchte Olli danken. Du bist wirklich der beste Freund, den man sich nur wünschen kann. Ich weiß, dass ich deine Nerven sehr strapaziert habe. Sorry Schatzi, du weißt, du wirst immer in meinem Herzen sein. Tom auch dir möchte ich danken, dass du trotz mir als Anhängsel, Cassy nie aufgegeben hast. Ich freue mich so sehr, dass du bald mein Schwager bist.«

Sie macht eine kurze Pause. »Dann möchte ich Andre danken, ohne ihn würden wir heute nicht hier stehen und Pünktchen würde es dann auch nicht geben.«

Liebevoll streichelt Kerry über ihren Bauch und ich kann im Augenwinkel sehen, dass Frau Groß dies mit einem spöttischen Kopfschütteln kommentiert. Wieso sitzt die blöde Kuh eigentlich gleich hier vorne? Das sind die Plätze der Familie und engsten

Freunde und da zählt sie bestimmt nicht zu.

Natürlich lässt es sich Andre nicht nehmen zur Bühne hochzukommen. Er streichelt über Kerrys Babybauch und zwinkert ihr zu, dann nimmt er ihr das Mikro aus der Hand.

»Meine Lieben, dass ich euch zwei Irren zusammengebracht habe, wird mir einen Platz im Himmel bescheren, das ist schon mal sicher, aber Prinzessin ...« Wieder streichelt er über ihren Bauch »Daran war ich leider nicht beteiligt, das hat mein Freund ausnahmsweise ohne mich geschafft.«

Der Mann ist unverbesserlich, bevor er noch mehr Unsinn schwafelt schalte ich mal kurzerhand das Mikro aus. Den Wink hat er verstanden und so verzieht er sich auch schnell wieder, auch Cassy geht wieder zu ihrem Platz und wir, beziehungsweise Kerry, kann den nächsten Punkt abhaken. Das Brautstraußwerfen! Nachdem sich alle Singlefrauen vor die Bühne drapiert haben, wirft Kerry ihr Bouquet in die Menge und ...Leonie fängt ihn. Armer Olli, jetzt wird er sicher noch mehr von ihr gestalkt, da sie diesen Blumenstrauß, als Wink des Schicksals sehen wird.

Der nächste Punkt gefällt mir schon wieder besser. Der Eröffnungstanz!

Ich schließe meine Frau in die Arme, das Licht wird bis auf einen kleinen Kegel, der auf uns gerichtet ist, gelöscht und wir tanzen zur Musik eines deutschen Jazzsängers.

Dass der Song den Titel TABU trägt, war natürlich beabsichtigt von mir, dies weiß leider auch mein Mädchen, der ich den Titel bis zuletzt verheimlicht habe. Sie tritt mir ein paar Mal kräftig auf den Fuß, lässt sich dann aber von mir führen und wir verschmelzen zu einer Einheit, die sich von der Musik tragen lässt.

Auch der schönste Tanz ist einmal zu Ende und so küssen wir uns noch mal ausgiebig, wünschen unseren Gästen viel Spaß und machen uns auf den Weg endlich mal irgendwo ein Plätzchen zu finden, an dem wir etwas trinken und möglichst auch etwas essen können. Kerry hat heute noch nicht wirklich viel zu sich genommen, und wenn sie den Abend durchstehen will, muss sie etwas Ruhe finden.

Nur von Ruhe sind wir so weit entfernt, wie die Sonne von der Erde. Kaum sitzen wir, stürmen unsere Freunde zu uns. Jeder will sofort und auf der Stelle ein Foto mit uns, danach wollen meine acht Cousins – inklusive ihrer Familien – der Reihe nach uns beglückwünschen, natürlich nicht ohne ein Schwätzchen mit uns halten. Haben sie Angst, dass wir uns in der kommenden halben Stunde in Luft auflösen oder wieso können sie nicht warten?

Nach der Verwandtschaft werden wir von der gesamten Crew der Agentur abgeschleckt, dann folgen meine Sportfreunde, wenigstens schlecken die uns nicht ab, dafür sabbern sie mehr beim Anblick meiner schönen Frau. Schließlich reicht es mir, wir haben hier ein 10 000 Euro Buffet stehen und Kerry und ich werden den Abend nicht lebend überstehen, da wir verhungern müssen. Sicher vermuten alle, dass wir uns fortan nur noch von Luft und Liebe ernähren.

Nicht mit mir. Ich nehme Kerrys Hand und bugsiere sie durch den Saal zum Buffet. Jetzt wird gegessen. Komme, was wolle.

Das mit dem >komme, was wolle< hätte ich nicht denken sollen, denn wir haben noch nicht ein Stückchen Nahrung auf dem Teller, da steht Britta neben uns. Die muss sofort weg, sonst verdirbt sie Kerry noch den Appetit.

»Theo«, ignoriert die Alte, dass ich ihr den Rücken zu drehe. »Da hat dich Prinzesschen, aber reichlich was springen lassen.«

Neidisch blickt sie auf Kerrys Traumkleid.

»Nur vom Besten, was?«, bemerkt sie verkniffen. »Und das Buffet, das Feinste vom Feinsten, du hast dir ein Luxusweibchen geangelt meiner Lieber, wenn sie dich nicht mal in den Ruin treibt.«

»Soll ich dir was sagen, Britta?« Kerry nimmt sich eine gefüllte Garnele von einem der reichhaltig gefüllten Anrichteteller, beißt ein Eckchen ab und stopft mir den Rest in den Mund, wobei ich ihr sinnlich die Finger ablecke. »Es geht dich zwar nichts an, aber damit du heute Nacht nicht vor lauter Sorge um Theos Bankkonto keinen Schlaf findest, will ich dich beruhigen. Meine Großer hat keinen Cent gezahlt.«

Damit wendet sie sich wieder dem Buffet zu und beginnt endlich ihren Teller zu füllen.

»Was soll das heißen?«, hakt die nervigste Frau seit Bestehen der Menschheit dreisterweise nach.

»Britta, du gehst mir auf den Sack, das soll das heißen«, knurre ich sie unfreundlich an und schiebe sie zur Seite. Doch die Frau, für die das Wort renitent erst erfunden wurde, ist durch solche Gesten doch nicht abzuhalten.

»Wer hat das denn alles bezahlt?« Britta quetscht sich zwischen uns und erwartet ernsthaft eine Antwort.

»Ich«, antwortet Kerry ihr kurz und knapp.

»Du?« Woher habe ich nur geahnt, dass sie sich nicht so leicht abfertigen lässt.

»Ja ich.« Ohne die blöde Kuh anzusehen, stibitzt sich mein Mädchen eine Erdbeere (Frage an mich selbst, wo bekommt man im Dezember Erdbeeren her?), wieder beißt sie rein, schiebt mir jetzt aber das Stückchen mit ihrem Mund in Meinen, was mich ein ganz klein wenig erregt.

Angewidert schaut sich der unbeliebteste Gast des Abends dieses Spektakel an, macht aber weiterhin keine Anstalten endlich aus unserem Blickfeld zu verschwinden.

»Meine Güte Britta merkst du nicht, dass du störst?« Genervt stöhnt mein Mädchen auf, führt aber das Erdbeerspielchen weiter. Als sie bemerkt, dass sie die Alte auch so nicht loswird, stellt Kerry sich vor sie und klimpert ein wenig mit den Wimpern.

»Du darfst es keinem verraten, Britta« Sie geht etwas auf die Zehenspitzen, da sie kurz ihre High Heels abgestellt hat und so

einem Zwerg gleicht. »Aber ich konnte das auch nur bezahlen, weil ich der Prostitution nachgehe.«
Britta klappt die Kinnlade runter, starrt mit offenem Mund erst Kerry, dann mich an, bemerkt, dass ich mich kaum noch zusammenreißen kann und am liebsten laut losprusten würde, dreht sich um und geht.

»Bist du albern«, blökt sie noch. »Und so ein Kleinkind durfte meinen Traummann heiraten.«
»Baby, weißt du, wie geil du mich gerade machst?« Ich umschließe mein Mädchen von hinten, küsse ihre Halsbeuge und spüre, dass ich damit besser aufhören sollte, da jemand ein wenig anfängt zu pochen.

****

Kaum haben wir mit unseren beladenen Tellern Platz genommen und stoßen mit unseren Gläsern an, da steht auch schon Frau Scholz vor unserem Tisch.

»Ich störe Sie nur ungern«, windet sie sich. »Aber bevor wir gehen, möchte ich mich noch für Ihre Einladung bedanken. Sie wissen ja, wir müssen leider noch zu meinem Bruder.«
Bedauernd blickt sie sich um.

»Ich würde ja viel lieber hier bleiben. Aber es geht nicht«
Sie drückt Kerry die Hand, dann läuft sie um den Tisch, um mir etwas leise zuzuflüstern.

»Doktor Laufenberg seien Sie vorsichtig. Frau Groß hat eben, als Sie den Bauch Ihrer Frau so liebevoll gestreichelt haben, gesagt, dass es doch eine Unverschämtheit wäre, wie schamlos Sie damit umgingen, dass Sie eine Schülerin geschwängert haben. Und das doch ein Blinder sehen würde, dass Kerry nicht erst nach dem Abiball schwanger wurde.«
Ängstlich schaut mich Schölzchen an und wartet auf meine

Reaktion.

»Machen Sie sich keine Sorgen.« Beruhigend drücke ich ihre Hand und lächle ihr aufmunternd zu, »Ich habe alles im Griff.«
Erleichtert fällt mir meine Sekretärin um den Hals. »Da bin ich froh. Ich möchte Sie nämlich nicht als Chef verlieren.«

Sie winkt nochmal freundlich, da kommt aber auch schon die "liebe" Frau Groß, um sich ebenfalls zu verabschieden, was auch besser für sie ist. Was bildet die Alte sich ein? Sie lädt sich quasi selbst ein und stänkert dann. Das wird sie noch zu spüren bekommen.

»Sie sehen ja bezaubernd aus Kerry«, säuselt sie falsch. »Ist es nicht zu anstrengend für Sie? So hochschwanger sollte man sich doch eigentlich mehr schonen.«
Diese falsche Schlange, aber mein Mädchen ist ja so leicht nicht mehr zu schocken. Sie nimmt meine Hand und legt sie auf ihre Kugel.

»So hochschwanger bin ich ja noch nicht, auch wenn ich nicht weiß, wo der Bauch noch hin will. Aber schauen Sie sich meinen Mann an, bei dem ist eben alles groß, da will ihm sein Kind in nichts nachstehen.«

Dass Frau Groß die Zweideutigkeit verstanden hat, erkenne ich an den knallroten Wangen, was mich sehr Stolz auf meine Frau werden lässt. Sie hat viel von mir gelernt.
Meine Lieblingskollegin schluckt, reicht uns beiden noch mal ihre verschwitzte Hand und geht. Halleluja, die ist weg. Sie hätte Britta mitnehmen sollen, dann wäre der Beliebtheitsfaktor der Gäste gleich um 10000 Prozent gestiegen.
Wenn ich gedacht oder besser gesagt gehofft habe, jetzt endlich mit meiner Frau was Essbares zu uns nehmen zu können, da werde ich aber sofort bitter enttäuscht, denn Fronk und Detlef sind die nächsten die uns verlassen. Detlef wirkt erschöpft und es ist nachvollziehbar, dass er nachhause möchte.

Freundschaftlich umarmt er mich, »Mach sie glücklich«, raunt er mir zu.

»Ich habe nichts anderes vor.«

»Wann bauen wir auf?«, unterbricht Tom unsere Abschiedsorgie.

»Ich komme«, resigniere ich.

Also doch verhungern, aber vorher werden wir noch ein bisschen abrocken.

35. KERRY!

Erneut schlägt mir klirrende Kälte entgegen, als ich mit Vicky zu den Schultoiletten husche. Zwar könnte ich auch die Lehrertoiletten benutzen, die sind aber immer belegt, so muss ich wohl oder übel ein Stückchen über den Schulhof laufen. Ganz so schlimm finde ich dies auch gar nicht, denn die klare Luft erfrischt etwas und das tut richtig gut nach der doch sehr stickigen Luft in der Aula.

Es ist kein Wunder, dass man dort kaum noch atmen kann, so wie unsere Gäste abgefeiert haben. Ganz besonders, als die Band spielte. So ganz glücklich bin ich nicht darüber, dass sie nach dem Feuerwerk noch mal spielen wollen, viel lieber würde ich dann mal Richtung Hotel fahren, aber mein Mann hat schließlich Geburtstag und wenn er es sich wünscht.

Wie das klingt, mein Mann ...noch vor eineinhalb Jahren hätte ich jeden für verrückt erklärt, der mir vorhergesagt hätte, dass ich einmal Frau Fischer Laufenberg heißen würde.

»Kerry wusstest du eigentlich, dass Olli die schönsten grünen Augen hat, die man sich vorstellen kann?«, reißt mich Vicky mit ihrer Schwärmerei aus meinen Gedanken.

Seit geschlagenen zehn Minuten macht sie nichts anderes. Wenn ich Olli nicht kennen würde, müsste ich glauben Vicky redete von einem potenziellen Popstar. Dass sie sich mal öffentlich für Olli begeistern würde, hätte ich auch nie geglaubt. Bisher war bei beiden immer nur die Sprache von "Friends with Benefits" davon ist aber im Moment nicht viel bei Vicky zu spüren, denn so, wie sie schwärmt, könnte man glauben, dass sie gleich meinem Freund einen Heiratsantrag macht.

»Und Olli duftet sage ich dir.« Geht es aber auch schon weiter.

Also so habe ich meine Süße noch nie erlebt, zumal sie heute den ganzen Tag mit Alex abgehangen hat und ich schon glaubte, oder eher befürchtete, dass sich da was entwickelte. Aber eben haben Olli und Vicky ein paarmal ziemlich eng miteinander getanzt, was bei ihr irgendwie einen Hormonkoller ausgelöst haben muss, denn schon schwärmt sie mir von seinen schönen Haaren vor. Was kommt als Nächstes, dass sie ein Kind von ihm will? Zuzutrauen wäre es ihr in ihrer jetzigen Stimmung.

»Süße, ich will deine Euphorie ja nicht schmälern, aber du denkst bitte daran, dass Olli ein wenig Bindungsangst hat«, ermahne ich sie noch, bevor wir die Türe zum Schulklo aufstoßen und mir erstens der typische Schultoiletten Geruch entgegenschlägt und zweitens wir in den Genuss von ziemlich eindeutig, zweideutigen Geräuschen kommen.

»Da hat aber jemand Spaß«, kichert meine Freundin, die mit Sicherheit, ein oder zwei Gläschen Champagner zu viel hat.

»Mir egal, ich muss Pipi. Pünktchen kennt da kein Erbarmen und drückt auf meiner Blase herum.« Zielstrebig gehe ich auf dic extra breite Behindertenkabine zu. Die anderen Toilettenkabinen sind nicht gerade schwangerengerecht, was auf einer katholischen Schule ja auch nicht weiter verwunderlich ist. Nur leider ist die Kabine besetzt und wird gerade zweckentfremdet. Können die nicht woanders vögeln, ärgere ich mich.

»Ohh ...man ist das gut.« Dürfen wir uns anhören. Es gibt Dinge, die muss man nicht wissen und dazu zählt eindeutig, wie der Sex von anderen ist.

Während ich mich eigentlich nur aufrege, dass ich jetzt warten muss, scheint Vicky das Ganze etwas peinlich zu finden, wieder etwas, was ich von ihr nun gar nicht erwartet hätte, da sie sonst auch kein Kind von Traurigkeit ist. Beschämt blickt sie zu Boden, so als wäre es ihre Schuld, dass wir hier Zeugen eines Pornos werden und was für ein Porno da abgeht, immer heftiger geht es in

>meiner< Kabine zur Sache.

»Willst du nicht lieber auf eine andere Toilette gehen?«, fragt Vicky etwas genervt nach.

Natürlich gehe ich nicht, sollen die sich doch einen anderen Ort zum Vögeln suchen. Ich stehe kurz davor an die Türe zu klopfen, um die beiden zu etwas Eile anzutreiben.

Das scheint aber nicht von Nöten, denn das Stöhnen wird so heftig, dass mir klar ist, dass es nicht mehr allzu lange dauern kann.

»Oh ...Olli du bist so gut«, tönt es nach einem lauten Grunzen aus der Kabine.

Schlagartig scheint Vicky nüchtern zu sein. Ihr Rosa Teint ist einem Kalkweiß gewichen.

Ohne daran zu denken, dass sie mir helfen muss mein Kleid hoch zubekommen, dreht sie sich auf dem Absatz um und läuft schnurstracks hinaus. Na prima, wer hilft mir jetzt?

Die Klospülung wird betätigt. Na wenigstens benutzt der Blödmann immer ein Kondom, dann öffnet eine ziemlich zerzauste, aber in keinster Weise verlegene Nadine – eine meiner Modelfreundinnen – die Tür.

»Hey Süße!« Strahlt mich Nadine so an, wie Menschen eben so strahlen, die gerade mega guten Sex hatten. »Bist du schon lange hier?«

»Lange genug um euch zu hören, also Olli komm raus.« Glaubt der Spinner, etwa er könnte sich vor mir verstecken?

»Hallo Schatz.« Er grinst ein wenig schief, als er aus der Kabine kommt und sich noch eben den Gürtel schließt.

»Bin dann mal weg.« Nadine schmeißt ein paar Luftküsschen – für wen auch immer sie sein sollen – und verschwindet, ohne sich weiter um uns zu kümmern.

»Was stimmt bei dir nicht?«, blaffe ich Olli an, der sich an mir vorbei drücken will, sicherlich um genau so schnell abzuhauen wie sein Betthäschen, oder besser gesagt Klohäschen.

»Was meinst du Schatz?« Er will mir den Arm um die Schulter legen, doch glücklicherweise bin ich noch wendig genug, um dem auszuweichen.

»Wasch dir erst mal deine Hände, bevor du mich anpackst«, fauche ich ihn nicht gerade freundlich an. »Wer weiß, wo du gerade mit deinen Fingern warst.«

Das Glänzen in seinen Augen sagt mir, dass ich vollkommen richtig liege.

Artig wäscht er sich zweimal!!! die Hände, trocknet sie sorgfältig ab und hält sie mir vor das Gesicht. »Darf ich dich jetzt umarmen?«

»Du darfst.« Ich schlinge meine Arme um seine Hüften und lege meinen Kopf auf seine Brust,

»Warum tust du so was Olli?«

»Weil Sex Spaß macht«, brummt er und küsst meine Stirn.

»Aber so eine Art von Sex kann dich doch nicht glücklich machen.« Ich hebe meinen Kopf, um ihm in die Augen zu sehen, die wirklich ein wunderschönes Grün haben. »Such dir doch eine Frau, die dich liebt und keine, die mit dir nur mal schnell in eine Ecke verschwindet.«

»Kerry.« Er legt seinen Finger unter mein Kinn, so dass ich seinem Blick nicht ausweichen kann. »Du spielst nicht auf Vicky an oder?«

»Vielleicht so ein ganz kleines Bisschen«, gestehe ich kleinlaut. »Sie hat euch gehört, weiß du, wie schlimm das für sie war?« Statt mir zu Antworten wirft er den Kopf in den Nacken und lacht bitter auf.

»Fragst du mich das ernsthaft?«, prustet er. »Ich wohne mit dir und Theo zusammen ...ich wohne mit der Frau, die ich über alles auf dieser Welt liebe unter einem Dach, und weiß, dass sie jeden Abend mit jemand anderem Sex hat.« Er stockt und wird plötzlich ernst. »Die Frau, für die ich sterben würde, hat heute geheiratet, ich war ihr Trauzeuge ...erinnerst du dich?«

Tief atmet er ein und schaut erneut an die Decke, als müsse er aufpassen, um nicht in Tränen auszubrechen.

»Die Frau, der mein Herz gehört, wird bald ein Kind haben, dessen Vater ich nicht bin ...noch Fragen, Schatz? Oder fragst du mich jetzt noch mal, ob ich weiß, wie es sich anfühlt, wenn man hört, dass derjenige, der einem etwas bedeutet, gerade Sex mit jemand anderem hat?«

Jetzt geht mir ein Licht auf, deshalb war Olli heute den ganzen Tag so schlecht drauf. Nicht weil er irgendwie eifersüchtig auf Alex war – gut, das kam vielleicht noch hinzu – sondern, weil ihm heute die Endgültigkeit bewusst wurde, die meine Hochzeit für ihn bedeutete. Was bin ich doch für eine unsensible Kuh und was für eine miese Freundin. Ich habe gar nicht gespürt, wie schlecht es meinem besten Freund geht, nur weil ich auf meiner rosa Wolke schwebe. Nur zu gerne habe ich mir eingeredet, dass Olli das alles prima wegsteckt und es ihm überhaupt nichts ausmacht, dass ich heirate.

»Schatz es tut mir leid«, stammele ich und jetzt bin ich es, die mit den Tränen kämpft. »Ich wollte dir nie weh tun, das muss du mir glauben.«

»Ich weiß.« Nickt mein aller, aller bester Freund. »Es ist auch gut so, wie es ist. Ich bin glücklich, dass du glücklich bist ...« Wieder stockt er und drückt mich erneut an sich. »Dies ändert aber nichts daran, dass ich dich liebe«.

»Du bist der Beste Olli.« Ich stelle mich auf die Zehenspitzen und drücke ihm ein Küsschen auf den Mund. Das habe ich, seit ich mit Theo zusammen bin, nicht mehr getan, aber heute ist ein besonderer Tag, da darf ich das. Für einen Augenblick bleiben wir still beieinander stehen, dann muss ich mich leider aus Ollis Umarmung befreien.

»Sorry Olli, ich will dich nicht abwimmeln, aber Pünktchen hat kein Erbarmen mit mir und meiner Blase«
»Kein Problem«, lächelt Olli, »ich muss mich eh ums Feuerwerk kümmern.« Er stupst mich noch mal mit der Nase an und verschwindet.

Toll, jetzt habe ich gar keinen, der mir mit meinem Kleid hilft.
Ich könnte Michi suchen. Die ist aber ständig mit Marcus auf der Flucht, damit sie Britta nicht über den Weg laufen. Verständlich, aber ärgerlich für mich. Außerdem drückt meine Blase so sehr, dass mir keine Zeit mehr bleibt, um eine Großfahndung auszulösen.

Also mühe ich mich alleine ab und nach einigen Verrenkungen schaffe ich es auch endlich meine Blase zu entleeren. Ich habe gerade abgespült und die Türe entsperrt, da hören meine entsetzten Ohren, dass Satans Ausgeburt laut telefonierend hereinkommt.

Britta über den Weg zu laufen ist das Letzte, was ich jetzt will, also verhalte ich mich still und warte lieber, bis sie in einer der Kabinen verschwunden ist. Den Gefallen tut sie mir aber nicht, denn sie telefoniert nach wie vor weiter ...Laut, sehr laut!

»Warte Robert«, schreit sie.
Weiß sie nicht, dass Telefone dazu erfunden wurden, um in Zimmerlautstärke über weite Distanzen miteinander reden zu können?

Eine ganze Weile muss ich mir anhören, wie ätzend doch unser Fest ist, wie furchtbar die Gäste und, und, und. Plötzlich senkt sie doch ihre Stimme, trotzdem verstehe ich, dass sie wohl nachsehen will, ob sie überhaupt alleine ist.

Schnell setzte ich mich auf die Toilette, raffe mein Kleid hoch und hoffe, dass die blöde Kuh nicht ausgerechnet hier hereinschneit. Ich scheine Glück zu haben, denn ich sehe wie ihre Füße an der Türe vorbei gehen.

»Niemand von der Drecksbande da«, informiert die Hexe ihren

Telefonpartner.
Das mit dem leise reden hat nicht allzu lange angehalten, denn erneut spricht sie so laut, dass die Gäste sie in der Aula mit Sicherheit auch hören können.

»Machst du dir eigentlich Gedanken darüber, was ich hier durchmache ...ich muss mit ansehen, wie dieses billige Flittchen mir meinen Theo weggeschnappt hat.« Hat die Alte Wahrnehmungsstörungen, was heißt hier >ihr Theo<?

Ein Feuerzeug wird gezündet, oh nein jetzt macht sie sich auch noch eine Zigarette an.
Wie lange will die Kuh, denn noch hier bleiben?

»Natürlich werde ich versuchen diesen Vollidioten von meinem Ehemann wieder nachhause zu holen«, zischt sie zwischen den Zigarettenzügen hervor.

Das wirst du aber lange versuchen müssen, freue ich mich, denn Michi und Marcus bringt nichts mehr auseinander.

»Ja!« Wird die Hexe noch lauter. »Wenn es sein muss, werde ich ihm auch einen blasen oder die Beine breitmachen.«
Da kannst du breitmachen so viel du lustig bist würde ich am liebsten rufen, aber ich werde mich hüten sie auf mich aufmerksam zu machen, der Alten traue ich nicht.

»Bist du blöde?«, ereifert sich die Kuh weiter. »Wenn der Vollidiot nicht zurückkommt, steckt ihm nachher einer von dieser beschissenen Clique, dass er mal nachprüfen soll, ob die Jungs überhaupt von ihm sind«
Jetzt wird es interessant. Mein Herz pocht, ich komme mir fast wie eine Geheimagentin vor.

»Ach ja Robert ...«, ihre Stimme überschlägt sich fast, so keift sie. »Möchtest du in Zukunft von deinem Sozialgeld für deine Söhne selbst bezahlen?«

Fast hätte ich vor Schreck aufgeschrien. In letzter Sekunde presse ich mir noch die Hand vor den Mund. Zu meinem Glück kommt genau im richtigen Moment jemand herein, so dass Britta es vorzieht abzuhauen. Erleichtert atme ich auf, keine Minute hätte ich das länger ausgehalten.

Eine Toilettentüre wird aufgemacht und jemand lässt es laut plätschern. Vorsichtig öffne ich die Türe, schaue hinaus und stelle erleichtert fest, dass ich alleine bin.

Schnell wasche ich meine Hände und laufe dann, wie vom Teufel gejagt zum Schulgebäude.

Was soll ich jetzt mit meinem Wissen machen? Wenn ich das Theo erzähle, flippt der aus und wir können unser Feuerwerk und das Reinfeiern in seinen Geburtstag vergessen.

Wenn ich es Marcus erzähle, ...oh nein ... ich will ihm nicht diese schreckliche Neuigkeit überbringen. Letztendlich kann ich es keinem sagen, jeder würde sich auf Britta stürzen, so wie ich es auch am liebsten tun würde.

Mein Kopf schwirrt, da werde ich erstmal von Vicky und Alex abgelenkt, die gerade gegenseitige Mundhygiene betreiben und nicht nur das, Alex hat Vicky fest gegen die Wand gepresst und ich traue mich kaum genauer hinzusehen, denn es gibt Dinge, die will ich nicht sehen. Haben hier eigentlich alle einen Dachschaden?

Warum knutscht jetzt Vicky mit Alex? Ich weiß natürlich warum, weil sie sauer ist, weil sie enttäuscht ist. Aber jetzt genau so blöd wie Olli zu sein, das gibt doch nur einen unendlichen Kreislauf.

Es nützt nichts, auch wenn ich die beiden liebend gerne ignorieren würde, kann ich es dann doch nicht.

»Alex hast du mal ein Minütchen?« Tippe ich ihm auf die Schulter.

Etwas verwirrt blicken mich die Zwei an, wobei mir auffällt, dass sich Vicky garantiert eine Flasche Wodka an den Hals gehalten hat. So glasig, wie ihre Augen sind, gehört sie eindeutig ins Bett, ...alleine!!

Widerwillig löst sich Alex von seiner Knutschpartnerin und folgt mir zum Lehrerflur. Als ich mich kurz umdrehe, sehe ich noch, wie Vicky langsam an der Wand hinunterrutscht.

»Kerry, wenn du mir jetzt wieder irgendwelche Vorwürfe machen willst, vergiss es.« Oh mein Freund ist angepisst, weil ich ihn gestört habe. Er kann gleich mal erleben, wie angepisst ich bin, da hier jeder glaubt mir meine Hochzeit ruinieren zu müssen. Ich würde auch lieber mit meinem Mann bei unseren Gästen sitzen, statt hier ein paar Menschen davor zu bewahren, dass sie in ihr Unglück rennen.

»Mein lieber Alex.« Ich versuche mich noch etwas mehr zu recken, dass ich ihn besser ansehen kann. »Du willst, dass ich dir keine Vorwürfe mache? Dann mach doch nicht ständig so eine Scheiße.«

»Was für eine Scheiße?«, brummt er mich an. »Was hast du dagegen, dass ich mit Vicky knutsche? Sie ist nicht Leonie, bei ihr musst du keine Angst haben, dass ich ihr die Jungfräulichkeit nehme und danach gehe.«

»Nein, muss ich nicht«, kontere ich wütend, »aber du weißt auch, dass Olli was an ihr liegt, musst du dann mit ihr rummachen?«

»Ach ja? Olli liegt was an ihr?« Spöttisch schüttelt Alex den Kopf. »Wie viel hat ihm denn an ihr gelegen, als er eben Nadine gefickt hat?« War ja klar, dass Vicky geplaudert hatte.

»Und warum denkst du, hat sie sich danach abgeschossen?« Mir steht nicht der Sinn nach Streit mit meinem Freund, daher greife ich versöhnlich nach seiner Hand. »Alex, geh nicht mit Vicky ins Bett, bitte. Morgen wird sie es bereuen, und wenn ihr das nächste Mal zusammenarbeiten müsst, wird es krampfig.«

»Warum musst du immer recht haben?« Zärtlich streichelt er mein Gesicht und küsst meine Hand »Kerry, du weißt, warum ich das tue. Ich habe es dir schon auf deiner Verlobung gesagt«

Ehe ich ihm antworten kann, stöhnt Vicky laut auf und in hohem Bogen begrüßt uns ihr Cocktailmix. Etwas Gutes hat das Ganze, die hat heut keine Lust mehr auf Sex.

Dies sieht Alex wohl ähnlich, ergeben seufzt er. »Ich bring sie dann mal in ihr Bettchen und werde sie ausziehen, zu decken und heute Nacht bei ihr pennen.« Er drückt mir einen Kuss auf die Stirne und grinst. »Du kleines Biest hast gewonnen, Sex werden wir bestimmt nicht haben.«

»So ist brav.« Muss ich jetzt auch grinsen. Er nimmt Vicky auf den Arm, die irgendetwas davon murmelt, dass Olli ein Schwein sei, dann ist sie aber schon an seiner Schulter eingeschlafen. Ich hole noch sein Jackett und gehe mit ihm zu seinem Wagen. Gut, dass er noch stocknüchtern ist und fahren kann, denn so betrunken, wie Vicky ist, hätte sie kein Taxi auf der ganzen Welt mitgenommen.

Das wäre geschafft. Ich habe keinen blassen Schimmer, wie spät es ist, aber auf dem Schulhof herrscht schon reger Betrieb in Sachen Feuerwerk. Also kann es so lange nicht mehr dauern, bis es Mitternacht ist, das heißt, ich sollte mich mal wieder bei meinen Gästen zeigen.

Auf dem Weg zur Aula sehe ich Britta mit einem von Theos unzähligen Cousins. Sie sitzen vertraut zusammen, rauchen und sie scheint voll und ganz in ihrem Element zu sein, denn dass sie Olaf – oder wie auch immer er heißt –, nicht direkt in den Schritt packt, wundert mich nahezu. Ich könnte kotzen, wie gerne würde ich zu ihr gehen, sie anspucken, ihr dämliches Vogelnest vom Kopf reißen und ihr eine Ohrfeige verpassen. Kerry reiß dich zusammen, du hast dir vorgenommen niemandem etwas zu sagen, ermahne ich mich selbst und das ist auch dringend nötig, denn beim Anblick der Alten, habe ich wieder alles vor Augen.

Für einen kurzen Moment lehne ich mich an die Wand um mich etwas zusammeln. So wie ich mich fühle, kann ich unmöglich meinem Großen unter die Augen treten. Drei, vier Mal tief Luft geholt und dann spute ich mich, um endlich auch an meinem Fest teilnehmen zu können. Der Erste, dem ich über die Füße laufe, ist natürlich Theo. Wie könnte es auch anders sein? Ausgerechnet er, dem ich am allerwenigsten etwas vormachen kann.

»Baby, was ist los?«, fragt er auch prompt nach. Argwöhnisch sieht er mich an. Er kennt mich einfach zu gut und sicherlich sehe ich aus, als wäre mir ein Monster über die Füße getrabt, wobei, soweit hergeholt ist das ja nicht, so was Ähnliches ist mir ja nun auch passiert.

Da ich keine Lust habe, wegen Britta meinen Mann schon ein paar Stunden nach der Trauung anzulügen, packe ich ihn am Arm und ziehe ihn zu seinem Büro. Was bleibt mir denn anderes übrig? Ich warte, bis wir im Büro sind, dann lasse ich mich auf Theos Sessel fallen und muss erst mal tief durchatmen.

Erst jetzt wird mir bewusst, in was für einer gefährlichen Situation ich eben war. Wenn Britta bemerkt hätte, dass ich gelauscht habe, nicht auszudenken, was sie mit mir gemacht hätte. Wie zur Bestätigung tritt Pünktchen kräftig zu.

»Baby, noch mal, was ist los?« Theo kniet sich vor den Sessel und sieht mich auffordernd an.

»Du muss mir erst versprechen nicht auszuflippen und nichts Unüberlegtes zu tun ...bitte.« Nervös nehme ich Theos Hände und berichte ihm alles was ich gehört habe. Jetzt ist es raus. »Bist du dir sicher Baby?«

»Theo, was ist denn an "Willst du in Zukunft für deine Söhne selbst bezahlen" falsch zu verstehen?« Ist das eine beschissene Situation.

»Verdammte Scheiße!«, tobt Theo los. Wütend tritt er mit dem Fuß gegen seinen Papierkorb, der quer durch den Raum fliegt. Wie irre läuft er durch sein Büro, fährt sich mit den Händen durch die Haare und flucht laut. Dann bleibt er vor mir stehen. »Wie sollen wir das Marcus beibringen?«

»Das braucht ihr nicht.« Kommt es von der Türe zum

Sekretariat.
Erschrocken drehen Theo und ich uns zur Türe und sehen einen ziemlich käseweißen Marcus.

»Was machst du hier?«, fragt Theo unnötigerweise nach.
»Ich wollte für das Feuerwerk den Feuerlöscher holen ...«, bringt Marcus gerade noch raus, dann schnappt er sich den Papierkorb und übergibt sich.

»Marcus, holst du den Feuerlöscher bei der ansässigen Feuerwehr oder wieso dauert das so lange? Platzt Michi in Theos Büro. Wie angewurzelt bleibt sie stehen, als sie Marcus entdeckt, der auf dem Boden sitzt und sich erneut seinen Mageninhalt noch mal durch den Kopf gehen lässt.

»Was ist denn mit dir passiert Schatz?« Sie hockt sich neben ihn, putzt seinen Schweiß von der Stirn und blickt ratlos von einem zum anderen.

»Kerry kann dir alles erklären, Babe«, stöhnt er und sinkt noch etwas mehr in sich zusammen.
»Aber bitte die Kurzfassung Baby.« Nervös schielt Theo auf die Wanduhr, deren Zeiger doch sehr rasant Richtung Mitternacht laufen. »Wenn wir um 12 nicht draußen sind, werden einige ziemlich unruhig.« Damit hat mein Großer gar nicht so Unrecht.

»Theo hat recht«, stellt auch Marcus fest und rappelt sich hoch.
Ein paar Mal atmet er kräftig durch, spült sich am Waschbecken im Sekretariat den Mund aus, greift nach Michelles Hand und will schon rausgehen, da stoppt er noch mal kurz, drückt Michi einen Kuss auf die Stirn und zerrt sie regelrecht in seine Arme. »Michi bitte versprich mir, dass du mich niemals betrügen wirst.«

»Bist du verrückt«, protestiert meine Freundin und sieht immer noch so ratlos aus, wie schon vor ein paar Minuten.

»Dann ist gut, Babe. Ach übrigens Michi, meine Jungs sind nicht meine Jungs.«

»Bitte was?« Weiter kommt Michelle nicht mit ihrer Frage, denn

Marcus zieht sie regelrecht hinter sich her und auch Theo und ich sprinten nach draußen.

Keine Minute zu früh, denn als wir den Schulhof erreichen, beginnt bereits jemand den Countdown herunter zu zählen. Bei Null geht sofort das Feuerwerk los. Für George und Olli der eigentliche Höhepunkt des Festes. Darauf freuen sie sich schon seit Tagen wie die Kinder.

»Alles Gute zum Geburtstag mein Großer.« Mit einem Kloß im Hals, weil ich so gerührt bin, küsse ich meinen Mann ganz zart und wünsche mir in diesem Augenblick nichts mehr, als alleine mit ihm zu sein. Eine bleierne Müdigkeit überfällt mich. Es ist, als würde mein Körper erst jetzt registrieren, dass er seit mehr als vierzig Stunden kaum Schlaf bekommen hat.

»Ein frohes neues Jahr Frau Laufenberg«, raunt Theo mir zu und zieht mich leidenschaftlich in seine Arme. Er presst seine Lippen auf meine und schiebt fordernd seine Zunge in meinen Mund. Sein obligatorisches aufstöhnen, wenn er mein Zungenpiercing streift, lässt mich wieder etwas lächeln.

»Lass uns bitte abhauen Theo«, flüstere ich ihm zu, da ist es aber auch schon mit unserer Zweisamkeit vorbei. Ganze Horden stürmen auf uns zu, alle wollen mit uns auf das neue Jahr anstoßen und Theo zum Geburtstag gratulieren.

Alles ist mir plötzlich zu viel. Meine Füße schmerzen, ebenso mein Rücken, ich habe immer noch nichts Anständiges gegessen und bin einfach reif fürs Bett.

Dass dies unmöglich ist, ist mir klar, schließlich spielt die Band gleich noch mal. Es wird ein Mitternachtssnack aufgefahren – hoffentlich bekomme ich wenigstens dieses Mal die Gelegenheit mir was Essbares zu organisieren – und Theos Geburtstag soll natürlich auch noch gebührend gefeiert werden. Vielleicht sollte ich mich ein paar Minuten in Theos Büro verziehen?

Ich gehe zum Schulgebäude zurück und dort trifft mich fast der

Schlag, da stehen Michi und Marcus und knutschen so, dass sie auch eigentlich gleich auf dem Schulhof vögeln könnten. Was hat diese Ecke so an sich, dass die Menschen in ihr übereinander herfallen?

Fest presst Marcus meine Freundin an sich, seine Hand knetet ihren Po und ihr Bein ist zwischen seinem Schritt. Sind die nicht mehr ganz bei Trost? Bei ihnen ist es noch schlimmer, als bei Vicky und Alex, denn wenn die Hexe davon Wind bekommt, flippt die aus, etwas worauf ich gut und gerne verzichten kann. Ehrlich gesagt habe ich wenig Lust meine Hochzeit durch den Einsatz einer Hundertschaft zu beenden, denn genau darauf wird es hinauslaufen, wenn Cruella sieht, was die beiden so treiben.

»Mitkommen!« Diesmal bin ich nicht so zimperlich wie eben, hier ist Eile geboten. Ich zerre Michi aus Marcus Arm, der mich eben so verdutzt ansieht, wie seine rollige Freundin.

»Theo sucht dich«, schwindele ich ihn an, um die beiden voneinander zu trennen.

»Kerry bist du übergeschnappt? Wo willst du mit mir hin?«, zetert Michelle, deren Hand ich nicht mehr loslasse, bis wir in der zum Glück noch fast leeren Aula sind.

»Sag mal tickst du nicht mehr richtig?«, fauche ich sie an, als ich wieder einigermaßen zu Atem komme. »Kannst du deine Hormone vielleicht bis nach der Hochzeitsfeier in Schacht halten?«

»Was machst du denn für ein Theater?«, blafft meine Freundin zurück und scheint wirklich keinen blassen Schimmer zu haben, wieso ich so erbost bin.

Ich will nachhause!

Ich habe keine Lust mehr auf betrogene Ehemänner, rollige Freundinnen, Freunde, die auf dem Schulklo vögeln und anderen damit tief verletzten, noch mehr Freundinnen, die sich betrinken und mit ihrem besten Freund ins Bett gehen wollen, um sich zu rächen und schon gar keine Lust habe ich auf hysterische

Schlampen, die mir mein Fest verderben könnten.

»Meinst du wegen Britta?«, fragt Michelle auch noch ganz naiv nach.

»Wegen wem denn sonst?«, brülle ich sie an, obwohl es mir im gleichen Moment schon leidtut.

Meine Nerven sind einfach am Ende, ich kann nicht mehr. Gibt es bitte irgendwo ein Loch, wo ich mich mit Pünktchen verkriechen kann?

»Du hast recht, die Alte könnte ganz schön ungemütlich werden«, fällt auch endlich bei meiner Freundin, mit der verliebten rosaroten Brille, der Groschen.

»Gut«, atme ich erleichtert auf, »keine Knutschorgien mehr, bis die Hexe weg ist, danach könnt ihr von mir aus auf der Bühne übereinander herfallen.«

»Einverstanden«, grinst Michi schief und drückt mir ein Küsschen auf die Lippen.

»Kerry, Kerry!« Kommt Leonie im gleichen Augenblick atemlos in die Aula gesprintet.

»Ich muss dir dringend was erzählen«, keucht sie und beugt sich erst mal vor um Luft in die Lunge zu pumpen. »Olli hat mir einen Kuss zum Neujahr gegeben.«

»Mit Zunge?«, fragt Michelle ungläubig nach.

»Nein!« Schüttelt Leonie den Kopf. »Aber er hat so weiche Lippen und die schmecken nach Pfefferminz und dass obwohl er raucht. Es hat sich so gut angefühlt.«

Oh mein Gott, Leonie ist doch echt nicht mehr zu retten. Nur weil Olli ihr einen Neujahrskuss gibt, flippt sie aus. Hatte ich schon erwähnt, dass ich nachhause will.

Da ich ja jetzt mehrfach festgestellt habe, dass dies leider nicht geht, muss es eben weiter im Programm gehen und dazu gehört, dass ich meinen Großen überrasche.

Ich bin doch schon sehr gespannt, was er sagt, wenn er sein

Geburtstagsgeschenk sieht. Morgen Abend werden wir beide für sechs Tage nach London fliegen, obwohl ich glaubhaft versichert hatte, dass ich vor der Geburt nicht mehr verreisen dürfte.

Wie enttäuscht war Theo, dass unsere Flitterwochen flachfallen würden, um so mehr wird er sich hoffentlich jetzt freuen.

Damit Leonie und Michelle wieder etwas klar im Kopf werden, beauftrage ich die beiden mit mir ein anständiges Plätzchen zu finden, wo ich den Briefumschlag mit den Tickets deponieren kann, damit Theo ihn auch sofort findet.

»Klemm ihn doch zwischen die Gitarrensaiten«, schlägt mir Leonie ernsthaft vor.

Wenn ich das tue, könnte ich auch gleich mit einem Schraubenzieher einen Kratzer in seinen heißgeliebten Porsche machen. Mit seinen Gitarren ist er genauso pingelig, wie mit seinem Wagen. Ganz so dumm ist die Idee aber nicht, denn ich werde den Umschlag einfach an den Gitarrenständer lehnen, da muss ihn Theo sehen, wenn sie gleich wieder spielen.

Michi begleitet mich hoch zur Bühne, so muss ich nicht schon wieder mein Kleid bis unter den Hals raffen. Fast ärgere ich mich, dass ich mir kein zweites Kleid mitgenommen habe, das ich jetzt nach Mitternacht tragen könnte, aber länger als eine Stunde oder so werde ich dieses Kleid sowieso nicht mehr tragen, dann wird Theo es mir hoffentlich ausziehen.

»Soll ich dir eine von den Rosen bringen?«, ruft Leonie mir zu und zerpflückt auch schon eifrig eines der Gestecke, als Britta, wie aus dem Erdboden geschossen auf sie losstürzt.

»Wo ist deine Freundin, diese kleine, dreckige Hure?“, brüllt sie die vollkommen fassungslose Leonie an.

»Suchst du mich, du Schlampe?«, schreit Michelle neben mir.

Na Bravo, die Spiele können beginnen. Jetzt ist genau das eingetreten, was ich liebend gern verhindert hätte.

»Oh, ja …genau dich billiges Flittchen suche ich.« In

Sekundenschnelle steht die Hexe neben uns auf der Bühne und verpasst Michelle eine schallende Ohrfeige.

»Dir werde ich was geben meinen Mann abzulecken«, keift diese hysterische Kuh und holt noch mal aus, nur dieses Mal ist Michi schneller und verpasst Britta eine, dass die regelrecht ins Straucheln kommt.

»Du wagst es mich zu schlagen?« Rappelt sich Cruella wieder auf und will sich erneut auf meine Freundin stürzen.

Soweit kommt es noch, dass die jetzt noch anfangen sich zu prügeln. Nicht mit mir, das werde ich zu verhindern wissen.

»Du verschwindest sofort aus dieser Aula, oder besser noch von meiner Hochzeitsfeier.« Todesmutig schmeiße ich mich zwischen Britta und Michelle, was sicherlich sehr albern ist, denn beide überragen mich um einen Kopf und könnten sich auch locker über meinen Kopf hinweg weiter schlagen.

Doch scheinbar hat mein Wagemut Britta etwas aus dem Konzept gebracht, denn sie verliert das Interesse an Michi und starrt stattdessen mich hasserfüllt an.

»Was willst du kleine Bitch eigentlich?« Die Hexe packt unsanft meinen Arm und kommt mir mit ihrem Alkohol geschwängerten Atem viel zu Nahe. »Glaubst du, weil du schön die Beine breit gemacht hast und meinem Theo einen Bastard an den Hals hängst, hast du was zu sagen?«

»Mit Bastarden unterschieben kennst du dich ja bestens aus«, lacht Michelle bitter auf.

Für einen Moment wirkt Britta abermals etwas irritiert, hält mich aber weiter im Klammergriff.

»Lass meinen Arm los, sonst spucke ich dich an«, warne ich die Alte, obwohl mir das Herz bis zum Hals klopft und Pünktchen anscheinend auch nicht ganz mit der Aktion seiner Mummy einverstanden ist, denn heftig tritt es mir gegen die Bauchdecke, so als wollte es mich seinerseits warnen.

»Untersteh dich dann schlage ich dir die Zähne in den Hals«, zischt dieses Ungetüm mich an. Langsam aber sicher bereue ich meinen Leichtsinn, mich mit dieser Ausgeburt der Hölle angelegt zu haben.

»Britta!« Marcus Stimme lässt meinen Pulsschlag etwas runterfahren. Er wird dieses Ungeheuer zur Vernunft bringen. »Lass sofort Kerry los, sonst passiert was.«
Wutentbrannt steht er vor der Bühne und er sieht aus, als wäre im Moment nicht mit ihm zu spaßen.

»Ach schau an.« Augenblicklich hat Britta ihr Interesse an mir verloren und lässt geradezu angewidert meinen Arm fallen. Erleichtert atme ich auf. Die Hexe macht ein paar Schritte Richtung Bühnenrand und blickt spöttisch auf ihren Noch-Ehemann herunter.

»Du willst mir drohen?« gehässig lacht sie los. »Weiß du, wie lächerlich es ist, wenn so ein armseliger Wicht, es wagt das Maul aufzumachen?«
Sie geht wieder zurück und betrachtet sich Michi von oben bis unten.

»Und du billiges Flittchen willst also mit diesem Waschlappen in die Kiste?« Erneut lacht sie diabolisch los. »Vergiss es du kleine Hure, auch wenn er ein Idiot ist, aber er gehört mir.«
»Das glaubst aber auch nur du.« Jetzt ist es Michi, die hämisch auflacht, »Marcus weiß, wo er hingehört.«

»Ach ja?« Selbstgefällig grinst Britta Michi an, dann schaut sie zu Marcus, der mittlerweile zur Bühne hochgekommen ist. »Ich hoffe, du weißt wirklich, wo du hingehörst. Das wäre besser für dich, denn wenn du muckst, dann siehst du die Kinder nicht mehr.«

Man kann nahezu sehen, wie Marcus bei ihren Worten die Zähne aufeinander presst. Er ist zum Glück beherrschter, als Theo es in dieser Situation wäre.

»Welche Kinder meinst du denn?« Wieder presst er seinen

Kiefer so aufeinander, dass man ihn regelrecht mahlen sieht.

»Was meinst du mit, welche Kinder?«, stottert Brittas etwas. »Ich rede natürlich von unseren Söhnen. Du erinnerst dich Justus und Julius.«

Rasch hat sie ihre Selbstsicherheit wieder gewonnen und redet mit Marcus, als wäre er etwas grenzdebil.

»Justus und Julius ...Justus und Julius«, brüllt Marcus los. So habe ich ihn noch nie erlebt »Unsere Söhne? Es gibt keine unsere Söhne, auch wenn es mir das Herz zerreißt, weil ich die Jungs wirklich liebe, sind es nun mal Roberts Söhne.«

»Was redest du für einen Scheiß?", stammelt Britta.

»Du hast mich schon richtig verstanden.« Marcus zieht Michelle zu sich herüber und verknotet seine Finger mit ihren. »Ich komme später meine Sachen abholen, denn ich bin fertig mit dir.«

»Endlich!«, kreischt Leonie begeistert auf und als wäre das nicht genug, beginnt sie wie eine Irre in die Hände zu klatschen.

Ich bin fest davon überzeugt, dass meine Freunde heute alle einen Dachschaden haben. Dies ist aber das kleinere Problem, denn Cruella sieht Leonies blödsinniges Geklatsche wohl als reine Provokation an – was es wohl auch sein soll – und so stürzt sie sich auf meine Freundin und verpasst ihr eine Ohrfeige.

Es ist genug, wir sind jetzt wirklich an einem Punkt angekommen, an dem ich einfach nicht mehr zu sehen kann und will. Ich raffe mein Kleid hoch und bin schon auf der ersten Stufe, da reißt Britta mir an den Haaren, dass ich fast zurückfalle.

»Wohin so schnell, Prinzessin?« faucht sie mich an.

»Das kann ich dir sagen.« Erfolglos versuche ich diese widerliche Hand aus meinen Haaren zu bekommen. »Ich werde Theo holen, der dich endlich rauswerfen kann. Etwas worauf ich mich schon den ganzen Abend freue.«

»Du gehst nirgends hin«, brüllt die Kuh mich an und verkrallt sich noch fester in meinen Dutt.

»Bist Du jetzt vollkommen durchgedreht?«, tobt Marcus los, doch noch ehe er irgendwie einschreiten kann, sehe ich aus dem Augenwinkel wie Leonie auf das Monster zu springt und irgendwas macht, was ich aus meiner Position nicht erkennen kann. Es muss aber etwas gewesen sein, was schmerzhaft war, denn laut aufkreischend löst Britta ihren Klauengriff aus meinen Haaren.

»Du kleine, fette Kuh«, keift die Alte los. »Du hast mich gebissen, warte nur ab, das hast du nicht umsonst gemacht.«

Meine Süße ist irre, das habe ich ja eben schon festgestellt. Wie kann sie denn die Hexe beißen? Sie wird wochenlang ihren Mund desinfizieren müssen, um diesen Ekel loszuwerden. Ich sehe noch, wie Britta auf Leonie losgeht, will mich aber nicht weiter aufhalten, denn ich werde jetzt Theo holen.

Erneut nehme ich mein Kleid unter den Arm, da höre ich einen Aufschrei hinter mir und im selben Moment spüre ich einen Schlag in den Rücken, der so heftig ist, dass ich das Gleichgewicht verliere und die Treppe frontal nach unten stürze.

Sekundenbruchteile später landet Leonie auf mir.

»Mein Arm«, heult meine Freundin gleich los. »Die blöde Kuh hat mich geschubst, ...aua mein Arm. Verdammt tut das weh, ich habe mir meinen Arm gebrochen.«

Es tut mir ja furchtbar leid, dass sie verletzt ist, aber nett wäre es, wenn sie während sie jammert, mal aufstehen könnte.

»KERRY ...oh mein Gott, KERRY!«, schreit Michelle plötzlich hysterisch los.

»Leonie, hör sofort mit deinem Gejaule auf«, fährt sie unsere Freundin recht barsch an. »Steh endlich auf, merkst du nicht, dass du auf Kerry liegst?«

Recht ruppig reißt sie Leonie von mir runter und hockt sich neben mich.

»Schatz ist alles in Ordnung bei dir?«, fragt sie mit zittriger

Stimme nach. Sie wirkt wirklich besorgt, doch ihre Aufregung ist ganz umsonst, mir geht es gut. Bis auf das Pünktchen gerade in mir ausflippt, ist alles bestens.

Meine Knie schmerzen ein wenig, aber sonst tut mir nichts weh. Dass Einzige was ich will, ist aus dieser unbequemen Lage zu kommen, möglichst bevor die ersten Gäste wieder in die Aula kommen.

»Hilf mir mal bitte hoch.« Ich halte Michelle meine Hand hin, doch da ist auch schon Marcus bei mir. Er packt mich unter den Armen, hebt mich einen Millimeter hoch...............................

Ein glühend heißer Dolch, den man mir bei lebendigem Leib in den Bauch stoßen würde, könnte keinen schlimmeren Schmerz verursachen.

Ich schreie so laut, dass Marcus mich erschrocken zurück auf den Boden sinken lässt. »Mein Gott, Kerry, was ist los?«

»Schmerzen«, keuche ich. Ich kann kaum atmen, mir ist, als würde mir jemand innerlich die Luft abschnüren.

»Ich gehe Tom holen!« Springt Michi auf und stolpert dabei fast noch über Leonie, die immer noch auf dem Boden sitzt und jammert.

Mir wird das Ganze hier langsam peinlich, denn einige Angestellte des Caterers schauen schon neugierig zu mir rüber. Es muss doch möglich sein, wenigstens aufzustehen.

Ich kralle meine Hand in Marcus Oberarm und versuche mich hochzuziehen. Dieses Mal klappt es halbwegs. Fest beiße ich die Zähne zusammen, um so wenigstens aus dieser verdammten Bauchlage zu kommen. Marcus setzt sich auf den Boden und nimmt mich in den Arm, so dass ich mich an ihn lehnen kann.

Langsam scheint sich auch Pünktchen wieder zu beruhigen, nur ab und an bekomme ich noch ein paar wütende Tritte gegen den Magen, so dass ich fast froh bin, dass ich noch nichts gegessen habe. Unser Pünktchen ist jetzt schon wie sein Vater ein kleiner

Choleriker.

»Geht es etwas besser?«, fragt Marcus besorgt nach und wischt mir den Schweiß von der Stirn.

Ich bin nicht fähig ihm zu antworten, denn jede Regung an oder in meinem Körper, lässt diesen Schmerz stetig wachsen.

»Wenn ich irgendetwas tun kann, sagst du es mir, ja?« Verzweifelt versucht Marcus mich irgendwie zu unterstützen, aber ich will nur in Ruhe gelassen werden. Aber selbst dieser bescheidene Wunsch wird mir verwehrt, denn mein schlimmster Alptraum stellt sich vor uns hin. Voller Verachtung schaut sie auf uns herab. Wenn ich die Kraft dazu hätte, würde ich sie doch noch gerne anspucken. Ob Marcus das für mich nicht erledigen kann?

»Och, wie süß«, säuselt die Alte süffisant, »Wenn das deine neue Freundin sieht. Bist du jetzt auch im Fanclub dieser kleinen Schlampe?«

»Britta, geh mir aus den Augen, sonst vergesse ich mich«, knurrt Marcus wütend. Danke mein Freund, du sprichst mir aus der Seele. Leider ist die Frau nicht nur von Grund auf böse, sondern auch noch strohdumm, denn sie bewegt sich keinen Millimeter weg.

Marcus explodiert gleich, das kann ich deutlich spüren. Jeden Muskel spannt er an und ich höre geradezu, wie er seinen Kiefer aufeinander presst.

»Dass du dich nicht schämst«, faucht er seine zukünftige Ex-Frau an. »Leonie hat deinetwegen den Arm gebrochen und Kerry hat große Schmerzen, wenn ich an deiner Stelle wäre, würde ich gehen, bevor Theo dich in die Finger bekommt.«

»Du vielleicht«, lacht dieses Weib teuflisch auf. »Du bist ja auch ein mickriger Schlappschwanz ...natürlich gehe ich nicht, ich muss doch sehen, wie lange Prinzesschen den sterbenden Schwan gibt.«

Kann dieses Weib sich glücklich schätzen, dass ich wegen meiner Schmerzen nicht aufstehen kann, um ihr den Hals umzudrehen.

»Tom kommt!« Im Laufschritt sprintet Michi in die Aula und bleibt wie angewurzelt vor Cruella stehen. »Du wagst es dich, hier noch zu stehen?«
Sie macht ein paar Schritte auf Britta zu, die auch jetzt keinen Millimeter zurückweicht.

Entweder ist die Alte mutig oder noch dümmer als ich vermutete. Ich tippe ja auf Letzteres, denn die Ohrfeige, die sie Michelle verpasst hat, wird sie noch bereuen.
Vor meinen Augen beginnt sich alles zu drehen, mir wird jetzt doch noch übel, obwohl sich mein Pünktchen friedlich verhält. Nur die Schmerzen nehmen einfach kein Ende.

Diese halb aufrechte Position wird auch stetig unangenehmer, ich möchte nur noch in mein Bett, dann wird alles wieder gut, da bin ich mir sicher. Langsam rutsche ich tiefer und kann dabei ein Stöhnen nicht unterdrücken.
»Schatz, halte durch, Tom ist jeden Augenblick hier«, versucht Michi mich zu motivieren. Sie kniet sich neben mich und Britta ist nur noch Nebensache.

»Meine Güte seid ihr alles Schleimscheißer«, meldet die blöde Kuh sich aber gleich wieder zu Wort. Ich bin kein Psychologe, aber die Frau hat eindeutig ein gesteigertes Aufmerksamkeitsbedürfnis. »Die kleine Schauspielerin bekommt ihr Kind«, giftet sie weiter. Kann sie bitte jemand knebeln, fesseln und vom 14. Stock werfen.
»Täglich gebären Frauen ihre Kinder.« Sie hört nicht auf. »Andere Frauen werfen mal eben im Reisfeld. Aber unser sterbendes Schwänchen hier, die braucht ja die große Bühne. Wenn sie jetzt schon so ein Theater macht, was soll denn dann im Kreißsaal abgehen? Mein armer Theo tut mir jetzt schon leid.«

Mit Erschrecken fällt mir auf, dass ich zum ersten Mal im Leben der Hexe Recht geben muss, denn, wenn das Wehen sind, dann werde ich das nicht überleben. Aus den fünftausend Büchern,

Broschüren und Ratgeber, die mir mein Berufstheoretiker mitgebracht hat, weiß ich, dass Wehen leicht und unregelmäßig anfangen, um dann sich stetig zu steigern und spätestens, wenn die Wehen alle acht Minuten kommen, sollte man in die Klinik fahren.
Da ja nun leider feststeht, dass Pünktchen drei Wochen vor dem Termin per Kaiserschnitt geholt werden muss, habe ich mir über Wehen keine Gedanken gemacht, und sollte dies jetzt wirklich der Anfang sein, wie schlimm soll es denn noch werden.
Es gibt keine Pause zwischen dem Schmerz und ich habe das Gefühl ohnmächtig zu werden.

36. THEO!

Langsam habe ich keine Lust mehr.

Ich weiß gar nicht, wie viele Menschen mir zum Geburtstag gratuliert haben, wenn das so weiter geht, ist das Jahr schon rum, bevor der letzte Gratulant bei mir wahr.

»Theo, du musst mit in die Aula kommen.« Etwas unsanft zieht mich Tom am Ärmel aus der Menschenmenge.

Da ich ja froh bin, dass er mich da raus geholt hat, bin ich auch nicht weiter böse darüber, dass er mir fast den Mantel vom Leib reißt, als er mich hinter sich herzerrt. Warum er so unbedingt in die Aula will, sagt er mir zwar nicht, aber es muss was Wichtiges sein, bei dem Schritt den er drauf hat.

Zuerst fällt mir aber gar nichts auf, dass für Toms Eile verantwortlich sein könnte, als wir in den sich langsam wieder füllenden Saal kommen.

Bis mein Blick auf Michelle und Marcus fällt, die an der Bühne auf dem Boden sitzen und ...mein Herz setzt für einen Moment aus ...Kerry im Arm halten, die entsetzlich aussieht.

Ihr Gesicht besitzt keine Farbe mehr, selbst die Lippen sind schneeweiß. In zwei Schritten bin ich bei ihr und will sie in den Arm reißen.

»Nicht anfassen!«, schreit sie schmerzvoll auf, wobei ich das Gefühl habe, dass sie gar nicht mehr richtig da ist. Wie ein Sack hängt sie in Marcus Arm, kalter Schweiß perlt von ihrer Oberlippe und nur ein leises Wimmern ist zu hören.

»Was um Himmelswillen ist in der vergangenen halben Stunde mit meiner Frau passiert?!«, brülle ich Michelle und Marcus an, obwohl sie mit Sicherheit nicht die Verursacher für Kerrys Zustand sind.

»Marcus Frau hat mich geschubst«, kommt es jammernd von Leonie, die ich erst jetzt registriere. Sie sitzt auf der untersten Stufe der Treppe und hält sich ihren rechten Arm fest, der ziemlich übel aussieht.

»Was hat das mit Kerry zu tun?«, dränge ich unfreundlich weiter. Ich habe keine Zeit für Nettigkeiten, hier geht es um meine Frau und mein Kind.

»Kerry stand oben auf der Treppe«, heult Leonie jetzt los, »ich bin gegen sie gefallen und dann sind wir beide die Treppe hinunter gestürzt.«

»Was kann ich dafür, wenn du zu fett bist, um stehen zu bleiben?«, kommentiert Britta – die anscheinend mal wieder die Wurzel, des ganzen Übels zu sein scheint – Leonies Aussage.

»Halt dein Schandmaul, du widerliches Monster«, tobt Michelle los, »Du bist doch an allem Schuld!«

Wusste ich es doch. Feindselig blicken alle zu Britta rüber, doch die ist hart im Nehmen.

»Komm Theo, du weißt doch, dass ich Prinzesschen nichts tun würde«, flötet sie und will sich an meinen Arm hängen.

Das ist zu viel, mein Blut kocht vor Wut. »Ich sage dir eins Britta«, brülle ich sie an, »sollte meiner Frau oder meinem Kind etwas passieren, wirst du deines Lebens nicht mehr froh.«

Ich muss mich wirklich zusammenreißen, dass ich ihr keine verpasse.

»Theo, wir haben jetzt keine Zeit für so einen Scheiß«, pfeift mich Tom zurück.

Er kniet vor Kerry, wirkt angespannt und sehr, sehr ernst.

»Wie lange braucht der Krankenwagen?«, wendet er sich an Marcus.

»Welcher Krankenwagen?«, fragt der etwas verdutzt zurück.

»Vielleicht der, der kranke Menschen von zuhause oder einem Unfallort ins Krankenhaus bringt?«, faucht Tom ihn böse an. »Jetzt

sagt mir nicht, ihr habt noch keinen RTW bestellt?«
»Nein«, stöhnt Kerry.

Sie öffnet ein Stückchen die Augen und packt nach Toms Arm. »Keinen Krankenwagen. Ich fahre jetzt mit Theo nachhause, und wenn ich etwas geschlafen habe, dann geht es mir wieder gut.«

»Das glaubst du doch selbst nicht.« Fahrig fährt sich Tom durch seinen Lockenkopf, etwas was er nur tut, wenn er nervös ist. Und wenn er nervös ist, macht mich das panisch.

»Was ist denn hier los?«, kreischt Cassy auf, die auch endlich zu uns gestoßen ist. Entsetzt fällt sie neben Kerry auf die Knie und streichelt ihr durch das Gesicht. »Kerry, Schatz ...was hast du?"
Leise flüstert Tom ihr etwas zu.

»Cassy, sag Tom, dass ich keinen Krankenwagen brauche«, wimmert mein Mädchen. »Du bist doch bei mir.« Sie greift nach Cassys Hand und sinkt noch etwas tiefer in sich zusammen.

»Und wenn du sie untersuchst, Tom?«, schlägt Cassy zögerlich vor. »Bitte«, fleht sie ihren Freund fast an, »dann wirst du doch feststellen, ob Pünktchen auf dem Weg ist. Ein RTW ist schnell bestellt.«

»Also gut«, gibt Tom resigniert auf, »lasst uns Kerry erst mal in den Arztraum bringen.«
Dass ihm das Ganze nicht so recht ist, ist ihm deutlich anzusehen.

Mir wäre auch Wohler, wenn wir sofort in die Klinik führen, aber ich kenne auch Kerrys Krankenhausphobie, und wenn das Ganze ein Fehlalarm ist, verbringen wir unsere Hochzeitsnacht unnötigerweise im Kreißsaal.

Vorsichtig hebe ich mein Mädchen – die ja jetzt seit ein paar Stunden meine Frau ist – hoch und bringe sie gemeinsam mit Tom und Cassy in unseren Arztraum.

»Ich brauche ein paar Handschuhe«, ordert Tom an, während Cassy behutsam Kerry aus ihrem Kleid schält. Ihre bezaubernde Unterwäsche samt Strumpfband kommt zum Vorschein, etwas was eigentlich nur für meine Augen bestimmt war. Aber um sich jetzt darüber Gedanken zu machen, ist jetzt der falsche Zeitpunkt. Um irgendetwas Nützliches zu tun, hole ich aus meinem Büro schnell eine Decke, die ich dort mal deponiert habe seit Kerry und ich mal eine halbe Nacht auf dem Boden verbracht haben.

»Könntest du deiner Frau sagen, dass du nichts dagegen hast, dass ich sie vaginal untersuche?«, empfängt mich Tom genervt, als ich mit der Decke zurückkomme.

»Baby, sei vernünftig. Entweder untersucht dich Tom ...Schwager hin oder her, oder wir fahren sofort ins Krankenhaus.« Ich hasse es, sie in ihrem Zustand auch noch unter Druck zu setzen, aber was bleibt mir denn anderes übrig? Vorsichtig rücke ich die Liege etwas von der Wand, so dass ich mich rittlings draufsetzten kann, dann lege ich Kerrys Kopf auf meinen Schoß.

Ihr Atem geht stoßweise und ich bezweifle ehrlich gesagt, dass wir heute noch ins Hotel fahren.

Auch Cassy sieht mehr als besorgt aus. Sie hält Kerrys Hand krampfhaft fest und beißt sich nervös auf der Unterlippe herum.

»Weißt du, dass es hier im Arztraum noch genauso riecht und aussieht, wie vor zehn Jahren?« Ihr Bemühen ein wenig zu lächeln scheitert kläglich.

Genauso wie ich starrt sie gebannt auf Tom, der erst Kerrys Bauch abtastet und dann seine Finger in Kerrys Pussy steckt. Nur nicht drüber nachdenken, dass es quasi dein kleiner Bruder ist, der gerade seine Hand in Kerry versenkt.

Ihre Tränen, die auf mein Hosenbein tropfen, reißen mich aus meinen albernen Gedanken. Meine arme Frau stirbt hier fast vor Schmerzen und ich Egoist denke darüber nach, wer seine Finger in sie steckt. Ihr Wimmern wird immer leiser, aber sicherlich nur, weil sie keine Kraft mehr hat. Mein Herz rast, warum sagt Tom denn nichts.

»Der Muttermund ist nur leicht geöffnet«, rückt er endlich mit der Sprache raus, runzelt aber nach wie vor angespannt die Stirn. Ein wenig atme ich auf, das bedeutet, dass Pünktchen sich noch nicht auf den Weg gemacht hat. Vielleicht hatte mein Mädchen doch recht und ist einfach nur vollkommen entkräftet und der Sturz hat ihr einfach den Rest gegeben.

Wie kann man sich nur so selbst belügen, ich muss mir doch mein Baby nur anschauen. Mein Herz krampft sich zusammen. Warum bin ich nicht mit ihr um Mitternacht gegangen? Sie hat mich noch darum gebeten. Meine Güte sie ist in der 35. Woche schwanger. Jeder hätte Verständnis gehabt. Leise stöhnt sie wieder auf.

»Tom, tu doch was«, fährt Cassy ihren Freund an, obwohl sie es besser als ich weiß, dass er wohl zurzeit wenig tun kann.

»Verdammte Scheiße!«, stößt Tom fassungslos aus, als er seine Finger aus Kerry herauszieht. Erst jetzt sehe ich, was ihn so aus der Fassung gebracht hat. Sein Handschuh ist blutverschmiert. Sah er vor ein paar Minuten noch besorgt aus, ist er jetzt geradezu entsetzt.

»Nein«, stammelt Cassy, als auch sie den Handschuh bemerkt. Toms leichtes Nicken scheint ihre Befürchtung zu bestätigen, denn sie geht für einen winzigen Augenblick in die Knie.

Was zum Teufel ist hier los?

Als ich auf die Liege schaue, weiß ich, wovon die beiden reden. Ich möchte aufschreien, aber eine eiserne Faust, drückt mir die Kehle zu. Fassungslos starre ich auf die helle Decke, die über Kerry liegt, sie hat sich in Sekunden blutrot gefärbt.

Und dann höre ich, wie etwas auf den Boden plätschert und ich bin mir sicher, dass ich nicht wissen will, was es ist, denn natürlich ist mir klar, dass, wenn nicht aus dem Nichts irgendwo ein Wasserrohr leckt, es sich nur um Kerrys Blut handeln kann,

»Scheiße, scheiße, scheiße!«, brüllt Tom auf, dann kramt er sein Handy aus der Hosentasche und stürmt nach draußen.

Laut fällt die Tür hinter ihm ins Schloss.

»Was ist los, Cassy?«, ich rede fast tonlos, weil ich Kerry nicht erschrecken will, mir aber auch die Stimme versagt.

Dass dies hier nicht Mal eben ein paar starke Wehen sind und wir jetzt mal schnell in die Klinik zur Entbindung düsen, um dann in ein paar Stunden glücklich unser Pünktchen im Arm zu wiegen, das ist mir auch als nicht Mediziner mittlerweile klar.

»Tom bestellt einen Intensivwagen«, flüstert Cassy und knetet Kerrys Hände so sehr, dass ich befürchte, dass die gleich blaue Flecke haben wird, was aber zurzeit das kleinste Problem sein dürfte. »Theo ...es ist ernst ... sehr ernst.«

Sie schluckt, meine taffe Schwägerin kämpft mit den Tränen, das kann nur bedeuten, dass es hier um Leben und Tod geht.

37. OLLI!

»War das ein Feuerwerk oder war das ein Feuerwerk?«

Wie ein kleiner Junge klatscht mich George schon zum zehnten Mal ab. Aber er hat ja Recht, wir haben den Gästen wirklich was geboten. So langsam fängt der Abend an mir doch noch Spaß zu machen.

Der Auftritt war klasse und sicherlich werden wir auch gleich noch mal alle von den Stühlen reißen. Auch der Sex mit Nadine war nicht zu verachten.

Dass Vicky uns gehört hat, war jetzt nicht so der Renner, aber was macht sie denn auch den ganzen Tag mit Alex rum. Wenn ich den Typ schon sehe, könnte ich die Krätze kriegen. Erst durfte er mit Kerry knutschen und jetzt will er sich unbedingt in Vicky versenken. Findet der Kerl mich geil, oder warum muss er immer die Frauen angraben, die mir was bedeuten? Ach quatsch, Vicky bedeutet mir nichts, wir haben Sex und gut ist, genau so, wie sie das wohl auch sieht, da kann Kerry ruhig etwas anderes behauptet.

Und genau die Nadine mit der ich eben einen Mega Fick hatte, kommt mir mit den anderen Mädels aus der Agentur, auf dem Schulhof entgegen, als George und ich gerade zur Aula wollen.

»Hey, Süßer«, zwinkert sie mir zu. »Kommst du noch mit? Wir wollen noch auf die Ringe.«

»Warum, bleibt ihr denn nicht?« Mich wundert das Ganze etwas. Gerade Kerrys Freundinnen sind richtig abgegangen, als die Band gespielt hat und jeder weiß, dass wir gleich noch eine Zugabe geben.

»Ist doch keiner mehr da, Olli.« Nadine schmiegt sich an mich und fährt mit ihren Fingern über mein Smokinghemd. Sehr verlockend, aber erstens gehe ich nicht vor dem zweiten Gig und zweitens möchte ich wissen, was hier los ist.

»Wie keiner mehr da?«, fragt jetzt auch George etwas verwundert nach.

»Was ist daran nicht zu verstehen?«, antwortet eines der Mäuschen, deren Name ich nicht kenne, etwas genervt. »Kerry und ihr Mann sind bestimmt schon Richtung Hochzeitsnacht abgedampft. Vicky und Alex sind schon vor Mitternacht weg.«

Aha, so viel zum Thema, ich bedeute ihr was. Am liebsten würde ich gegen den großen Papierkorb treten, aber da lässt mich die Aufzählung von der dummen Nuss etwas aufhorchen.

»Aber auch der Drummer und der andere aus der Band sind nicht mehr da«, rattert sie weiter die Liste derer runter, die schon nachhause oder in einem Club abgerauscht sein sollen.

»Ach ja, Cassy ist auch verschwunden«, beendet sie ihren Bericht.

Das ergibt alles keinen Sinn, was diese hohle Frucht von sich gibt. Ich könnte ja fast noch glauben, dass Theo und Kerry in irgendeinem Klassenzimmer eine schnelle Nummer abziehen, aber wieso sollen denn Tom, Marcus und Cassy weg sein?

»Sorry Nadine, ihr müsst auf mich verzichten.« Ich löse ihre begabten Finger von mir und eile mit George im Schlepptau zur Aula. Irritiert stelle ich fest, dass dieses Mäuschen nicht unrecht hatte. Weder Cassy, Tom, Marcus, noch sonst irgendjemand aus unserer Clique ist vorzufinden.

Ein paar Gäste, die ich nicht kenne, haben schon wieder Platz genommen und an einem Tisch sitzen Maria, der Professor, Andre, Milanda, Georges Freundin und von Hansens. Sie haben sich schon am Mitternachtsbuffet bedient und plaudern munter durcheinander.

»Mom, wo ist Theo?«, brüllt George durch den ganzen Raum.

Maria zuckt nur mit den Schultern, sicherlich vermutet auch sie, dass sich das Brautpaar verdünnisiert hat.
Aber das passt nicht.

So gerne die beiden auch übereinander herfallen, Theo würde keinen Gig ausfallen lassen.
Zumindest Tom taucht plötzlich wieder auf, wobei man plötzlich wörtlich nehmen kann.

Wie von Löwen gehetzt stürzt er in die Aula. Er ist kreidebleich, als hätte er denn Leibhaftigen gesehen.

»Konrad du musst uns helfen«, brüllt nun auch er durch den ganzen Saal. Hier stimmt was nicht. Wenn Tom, der sonst die Ruhe in Person ist, so aufgelöst hier hereinplatzt, muss etwas passiert sein. Dies sieht wohl der Professor genauso. So hat er Tom mit Sicherheit noch nicht erlebt und ich ehrlich gesagt auch nicht.

»Was ist denn los Junge?« Er springt so erschrocken hoch, dass er den Stuhl mit umschmeißt.
»Du musst mit denen vom RTW reden.« Tom ist vollkommen außer sich und hält dem verdutzen Professor sein Handy vor die Nase. »Die haben mir gesagt, ein Intensivwagen kann frühestens in zwanzig Minuten hier sein, weil auf den Ringen wohl eine Massenschlägerei mit etlichen Verletzten war. Wenn du sagst, wer du bist, dann geht dass vielleicht schneller. Wir haben keine zwanzig Minuten mehr.«

Mit zittrigen Händen greift sich Tom ein Wasserglas und kippt es nach unten, er nimmt Andre die Zigarette aus der Hand und zieht daran, als wolle er Weltmeister im Schnellrauchen werden.

»Tom kannst du bitte nicht in Rätseln reden?« Der verdutzte Prof. steht immer noch mit Toms Handy in der Hand und hält es zu. »Ich muss wenigstens wissen, worum es geht.«

»Sorry.« Mein bester Freund hält sich erschöpft an einer der Stuhllehnen fest und sieht sich in der Runde um, die ihn alle anstarren, als sei er Hiob persönlich. »Kerry hat einen

Plazentaabriss, wir haben keine zwanzig Minuten mehr, denn dann ist sie verblutet.«

****

Wie in Trance renne ich zum Lehrerflur rüber.

Tom hat übertrieben, Tom hat übertrieben, rede ich mir auf dem kurzen Stück bis zum Arztraum ein. Ich habe noch nicht ganz die Glastüre passiert, da fällt mir schon eine schluchzende Leonie in die Arme.

»Olli es war nicht meine Schuld«, kann ich irgendwie zwischen den Schluchzern, heraushören, »Marcus Frau hat mich gestoßen ...mein Arm ...dann war Kerry unter mir ...«

Ehrlich gesagt verstehe ich kein Wort. Deshalb blicke ich etwas hilfesuchend zu Marcus und Michelle rüber, die ebenfalls wie versteinert vor dem Arztraum stehen und die Türe nicht aus den Augen lassen. Antwort bekomme ich von ihnen sicher nicht. Ich weiß noch nicht mal, ob sie mich überhaupt registrieren. Also muss ich mich selbst um Leonie kümmern, obwohl die Zeit drängt.

»Hey, Süße ...bitte beruhige dich, ich versteh ja kein Wort.«

Ich nehme ihr Gesicht in meine Hände und schaue ihr in die verweinten Augen. Sie schnieft einmal kurz, während Marcus mir jetzt doch – gnädigerweise – die Kurzform von den Geschehnissen in der Aula liefert.

»Leonie, hör mir zu«, starte ich einen erneuten Versuch das Häufchen Elend vor mir etwas runter zu holen. Dass ich sie weiterhin festhalte, scheint sie ein wenig zu beruhigen, denn das Schluchzen verstummt und so kann ich wenigstens mit ihr reden.

»Hier sind mit dem Prof. vier Ärzte, also Kerry ist gut aufgehoben, und wie du weißt, Tom ist schon seit ein paar Monaten auf der Gyn und kennt sich bestens aus. Notfalls entbindet er Pünktchen hier, dass ich im Kinderkrankenhaus tätig bin, weißt du auch, also ich kann mit Frühchen, obwohl Pünktchen ja kaum noch als Frühchen zu bezeichnen ist ... alles wird gut.«

Zaghaft nickt Leonie, mein Blick zu Michelle zeigt mir, dass sie wenig überzeugt ist, schließlich arbeitet ihre Mutter bei einem Gynäkologen und sie hat schon häufig dort in den Ferien ausgeholfen. Sie wird ebenso wie ich wissen, dass ein Plazentaabriss Lebensgefahr für Mutter und Kind bedeutet.

»Ich gebe ihnen fünf Minuten«, poltert der Prof., als er mit Tom den Flur betritt. Gut, dass er weiß, wie man mit den Leutchen zu reden hat.

»Ich gehe jetzt mal nachsehen, wie es Kerry geht.« Zart drücke ich Leonie ein Küsschen auf die Stirn und ziehe sie noch einmal fest zu mir.

»Au!«, quietscht sie auf und beißt sich auf die Lippen. Mist, sie hatte mir doch von ihrem verletzten Arm erzählt, aber der muss einen Moment warten.

»Ich verspreche dir, wenn der RTW da ist, schaue ich nach deinem Arm.« Noch einmal drücke ich sie, dieses mal etwas vorsichtiger, dann stürze ich hinter Tom und dem Prof. ins Arztzimmer und bleibe bei Kerrys Anblick erstarrt stehen. Ihr Gesicht gleicht dem einer Wachspuppe, sie atmet flach und wimmert kaum hörbar.

Theo sitzt hinter ihr und wirkt, als würde er jeden Augenblick einen Herzinfarkt bekommen und selbst meiner sonst so coolen Cassy laufen Tränen über das Gesicht.

»Ich habe kaum noch Puls«, informiert sie den Professor tonlos. Hier in diesem Arztraum habe ich als Schüler so viele Stunden verbracht, wenn ich keine Lust auf Unterricht hatte. Seitdem hat sich nichts verändert, bis auf dieses komische, plätschernde Geräusch, das gab es früher nicht. Als ich auf den Boden schaue weiß ich, warum es dieses Geräusch damals nicht gab. Eine Lache von mindestens eineinhalb Liter Blut wird stetig von heruntertropfendem Blut mit lautem Plätschern versorgt.

Fassungslos sehe ich zu der Frau, die mein Leben ist. Etwas das sich niemals ändern wird, selbst wenn sie noch hundertmal heiraten sollte ...wenn sie jemals diese Hochzeit überlebt.

Mir wird übel, aber ich kann jetzt hier nicht zusammenbrechen. Wie soll sich erst Theo fühlen? Es ist ihm anzumerken, dass er mit den Tränen kämpft, sie aber tapfer zurückhält, um Kerry nicht zu erschrecken. Mühsam versucht sie Theos Kopf etwas nach unten zu ziehen. Sie formt etwas mit den Lippen, was ich nicht erkennen kann, aber Theo hat es verstanden.

»Sie hat Durst, bitte ...wir brauchen Wasser«, fleht er uns nahezu an.

Er ist kaum fähig zu reden, so zittert seine Unterlippe. Wasser holen ist eine ganz tolle Sache, nur irgendetwas tun können, um sich nicht so nutzlos vorzukommen.

Ich reiße die Türe auf und rufe in den mittlerweile gut gefüllten Flur, dass wir Wasser brauchen und sofort macht sich auch Milanda im Sprinttempo auf den Weg.

»Wann kommt endlich der verdammte RTW?« Nervös hüpft Cassy von einem Bein auf das nächste. Ihre Augen sind stur auf die große Wanduhr gerichtet und mit jeder Sekunde, die der Zeiger zurücklegt, wird ihre Miene starrer.

Ist das nicht grotesk? Hier sind vier Ärzte in diesem Raum und wir können nichts anderes tun, als auf diesen beschissenen Rettungswagen zu warten.

Endlich kommt auch Maria mit einem Glas Wasser, sie hat vorsorglich nicht Milanda hereingeschickt.

Entsetzt schlägt sie sich die Hand vor den Mund, als sie entdeckt, in was für einem Zustand sich ihre Schwiegertochter befindet. Sie ist Krankenschwester und sieht auch sofort, was sich hier gerade für ein Drama abspielt.

Behutsam hebt Theo, Kerry ein wenig hoch, mit letzter Kraft, aber doch gierig greift sie nach dem Glas. Mir zerreißt es das Herz, denn mir ist bewusst, dass Menschen die verbluten einen unglaublichen Durst haben. Anscheinend schafft sie es einen Schluck zu trinken.

Kerry schnauft tief, dann öffnet sie für einen kurzen Augenblick die Augen und sieht Theo an. Wieder versucht sie zu sprechen, aber auch jetzt kann sie nur mit den Lippen formen, was sie sagen möchte. Dieses Mal erkenne ich, was sie sagt.

......ICH LIEBE DICH MEIN GROSSER.....

Das Wasserglas gleitet fast im Zeitlupentempo aus ihrer Hand, laut zerschellt es auf dem Boden. Kerry zieht einmal kräftig Luft ein, um sie langsam wie bei einem geöffneten Luftballon auszupusten, dann sackt sie leblos zusammen.

»Ich habe keinen Puls mehr!«, schreit Cassy auf.

Geistesgegenwärtig reiße ich Theo von der Liege. Cassy rafft ihr Kleid hoch, hockt sich über ihre Schwester und beginnt laut weinend mit der Herzmassage, während Tom mit der Mund zu Mund Beatmung anfängt.

Theo steht daneben, erst wie versteinert, dann scheint er zu begreifen, was hier passiert.

Ich schwöre bei Gott, ich bin Arzt und muss oft Eltern sehr unangenehme Tatsachen beibringen, noch zum Glück immer in Begleitung des Oberarztes, aber bei noch so schlechten Diagnosen hat noch nie ein Mensch so reagiert.

Theo geht in die Hocke, er ergreift die leblos nach unten hängende Hand seiner Frau und schreit, er schreit, immer und immer wieder schreit er ihren Namen.

»KERRY............KERRY

NEIN...........DAS DAFST DU MIR NICHT ANTUN BABY...............

KERRY ...!«, hallt es durch den kleinen Raum.

Laut zählt Cassy ihre Herzmassage runter, Theo brüllt ...und ich

...ich starre auf den Menschen, der den ich am meisten auf diesem Planeten liebe und der seit ein paar Minuten aufgehört hat zu atmen.

Aufgeschreckt durch das Schreien ihres Bruders, reißt jetzt auch noch Milanda die Tür auf.

»SIE IST TOT! SIE IST TOT!!!, kreischt sie hysterisch los, »MEINE KERRY IST TOT.......MAMI......MEINE KERRY IST TOT!«

»Schafft sie hier raus«, tobt Tom.

Ihm rinnt der Schweiß von der Stirn, seine Lockenmähne klebt an seinem Kopf.

Ich packe mir Milanda, froh diesem schrecklichen Raum zu entkommen.

Fassungslosigkeit ist jedem, der hier vor der Türe steht, ins Gesicht geschrieben.

»Jemand muss vor der Türe stehen und den Rettungsdienst gleich hier hinbringen.«

Bei all dem, was hinter meinem Rücken passiert, nützt es keinem, wenn ich jetzt den Kopf verliere und so muss ich das Ganze jetzt ein wenig delegieren.

Sofort macht sich Toms Vater Friedrich auf den Weg, auch er scheint erleichtert darüber zu sein, wenigstens etwas tun zu können. Wie vorhin schon schießt Leonie wieder auf mich zu und krallt sich an mir fest.

»Sag, dass sie nicht tot ist«, stammelt sie in mein Hemd.

»Alles wird gut.« Mehr kann ich nicht lügen. Beruhigend streichele ich ihr über den Kopf und bin dankbar, dass sie auch so ein Zwerg wie Kerry ist und mir so nicht in die Augen sehen kann, denn dann würde sie sofort meine unglaubliche Angst erkennen.

»Zeig mir deinen Arm«, fordere ich sie auf, als ich mich wieder ein wenig gefangen habe. Dass der Arm gebrochen ist, sieht man auf den ersten Blick, trotzdem muss sie in die Klinik, damit dort ein Röntgenbild gemacht wird und sie versorgt werden kann.

Ich packe Leonie um die Taille und bringe sie zu George, der die immer noch die hysterisch schreiende Milanda im Arm hält.

»Hast du getrunken?«, will ich von ihm wissen. Er schüttelt den Kopf und wiegt weiter seine Schwester hin und her. »Gut ...du fährst jetzt mit Milanda und Leonie ins Krankenhaus.«

»Nein ...ich gehe doch jetzt hier nicht weg«, protestiert Leonie und schluchzt erneut auf.

»Doch Schatz, das wirst du«, unterbreche ich sie, »Kerry nützt es nichts, wenn du dir deinen Arm nicht behandeln lässt und Milanda braucht dringend eine Beruhigungsspritze. Du kannst George nicht alleine mit ihr im Wagen fahren lassen ...wir brauchen jetzt deine Hilfe.«

Bevor sie noch etwas sagen kann, drücke ich ihr einen Kuss auf die Lippen. »Ihr fahrt in die Uniklinik, und sobald der RTW da ist, komme ich nach.«

»Okay«, schnieft Leonie und macht sich mit George gleich auf den Weg.

Als Milandas Kreischen außer Hörweite ist, legt sich eine schreckliche Stille über den Flur.

Die Deckenbeleuchtung ist ausgeschaltet, so dass nur durch die Fensterscheiben ein schwaches Licht der Straßenlaternen hereinscheint.

Ein leises Schluchzen von Michelle durchdringt die schreckliche Stille. Fest hat Marcus sie umschlungen, er muss sich furchtbar fühlen, ich kenne ihn mittlerweile gut genug, um zu wissen, dass er sich zumindest eine Mitschuld für das hier alles gibt.

Dann ist es wieder still, erschreckend still. Sekunden plätschern wie Stunden vor sich hin.

Endlich, nach einer gefühlten Ewigkeit erscheint Friedrich mit den Leuten vom Rettungsdienst.

Dass diese selten zimperlich sind, ist mir bekannt, so erschrecke ich auch nicht, im Gegensatz zu den anderen Anwesenden, als der Notarzt gleich lospoltert, nach dem er den kleinen Arztraum betreten hat.

»Alle, bis auf die Frau, die auf der Patientin sitzt, raus!«, schnauzt er. Notärzte sind doch alle gleich, das Mitgefühl von Metzgerhunden.

»Ich gehe nirgendwo hin«, höre ich Theo toben.

Der Notarzt diskutiert nicht lange, er packt den wild um sich schlagenden Theo und befördert ihn nach draußen.

Das bekannte Geräusch von einem sich ladenden Defibrillator dringt noch brennend in mein Ohr, da fällt aber auch schon die Türe des Arztraumes ins Schloss. Erschöpft sinkt Theo an der Wand entlang zu Boden.

Keiner wagt es ihn anzusprechen.

Ich zünde zwei Zigaretten an und reiche ihm eine rüber. Mechanisch greift er danach und reißt sich mit der anderen Hand die Fliege vom Hals.

»Alles in Ordnung, Theo?«, erkundigt sich der Prof. behutsam bei seinem Patensohn.

»Das fragst du mich?!«, fast schon spöttisch blickt mein Kumpel sein Gegenüber an. »Du fragst mich, ob alles in Ordnung ist ...ist das dein Ernst? ...Nein, nichts ist in Ordnung, weil meine Frau nämlich gerade in meinem Arm tot zusammengebrochen ist.«

Er stoppt und ringt nach Luft, denn in diesem Augenblick tritt sie auf den Flur ...Britta!!!!

Diese Frau kann doch nicht mehr ganz normal sein, ich war mir sicher, dass sie schon längst das Weite gesucht hat.

»Und ist Prinzessin fertig mit ihrer Show?« Munter – da wohl ein paar Gläschen Cocktail zu viel – blickt sie sich in der Runde um und bemerkt noch nicht mal, dass sich jeder hier auf sie stürzen möchte. Jetzt bin ich mir sicher, dass sie nicht normal ist.

Wie ein Tiger auf der Jagd steht Theo auf. Langsam geht er auf

Britta zu, die endlich zu begreifen scheint, dass mein Freund nicht zu ihr geht, um mit ihr nett zu plaudern.

»Was ist los Theo? ...Du wirst doch jetzt nicht wegen deines sterbenden Schwänchens sauer auf mich sein?«

Ängstlich weicht sie zurück, bis die Glastüre sie stoppt. Nur Millimeter vor ihr bleibt Theo stehen. Mit unseren Blicken verständigen Andre und ich uns, wir werden nur eingreifen, wenn Theo zu weit gehen sollte.

Alle beobachten atemlos die Szene.

»Theo«, laut räuspert Britta sich und sieht hilflos zu uns rüber. »Was ist denn mit dir los? ...Ich bin es, deine Freundin Britta.« Gequält bemüht sie sich ein Lächeln hinzubekommen.

Doch Theo hört ihr gar nicht zu. Er schnaubt, seine Augen haben sich zu kleinen Schlitzen verengt.

»Das hier, das wirst du bereuen«, zischt er ihr zu.

Er holt aus und schlägt, direkt neben ihrem Kopf mit der Faust in die Glasscheibe. Er muss so fest zugeschlagen haben, dass das Sicherheitsglas zerbirst. Tausende von Splitter fliegen durch die Gegend.

Gleichzeitig ziehen Andre und ich unseren Freund weg, bevor der nächste Schlag doch noch die Hexe trifft, nicht das wir Angst um sie haben, aber wir müssen Theo schützen.

»Lass mich los!«, tobt der auch bereits schon wieder und wehrt sich so heftig, dass Andre leider fester zupacken muss. »Lass mich los, du bist mein Freund«, schnaubt Theo.

»Eben drum. Ich kann nicht zulassen, dass du die Alte umbringst.«

»Habt ihr das alle gesehen?«, heult Britta, die aus ihrer Schockstarre erwacht zu sein scheint.

Sie zupft sich die Glassplitter aus den Haaren und jammert wie ein kleines Kind.

»Er wollte mich töten.« Sie geht auf Gudrun zu und baut sich vor ihr auf. »Sie ...sie sind doch Anwältin? Was muss ich tun, damit ich mich vor dem Wahnsinnigen schützen kann, der nur, weil seine kleine Schauspielerin hier ihre Meisterleistung abliefert, durchdreht.«

Noch niemals hat Gudrun in meinem Beisein – und ich gehe davon aus, auch bei keinem anderen – die Fassung verloren, aber jetzt holt sie aus und verpasst Britta eine Ohrfeige, die sich gewaschen hat.

»Wagen Sie sich nie wieder so über jemanden zu reden, der mir am Herzen liegt«, droht sie Britta noch, dann streicht sie sich ihr Kleid glatt und geht.

»Habt ihr das alle gesehen? Ihr seid alle meine Zeugen«, grölt Britta über den Flur. Nur beachtet sie niemand.

»Es ist besser, du verschwindest von hier.« Zum zweiten mal innerhalb weniger Stunden, packt Andre sie am Arm und führt sie nach draußen.

Das muss alles ein böser Alptraum sein. Es kann nicht am Alkohol liegen, ich habe noch nichts getrunken, weil ich vor einem Gig nie etwas trinke, also Alptraum, sicher werde ich gleich wach und alles ist vorbei.

Aber ich werde nicht wach.

Vollkommen entkräftet sinke ich etwas in die Knie. Nicht schlappmachen, rede ich mir selbst zu.

Wieso dauert das aber auch so lange?

Tom hat sich neben Theo gesetzt der – jetzt wo Britta weg ist – etwas ruhiger geworden ist.

»Ach du scheiße!«, schreit Tom auf und winkt mir wild zu. Was ist denn jetzt? Was los ist, sehe ich, als mein Freund auf Theos Arm zeigt.

Nein, das kann doch jetzt nicht wahr sein? Ich weiß schon, warum ich bestimmt kein Chirurg werde, denn bei dem Anblick des zerfetzten Stück Fleisches, welches mal Theos rechter Unterarm war, dreht sich mir der Magen um. Seine Hand ist über und über mit Glassplittern bestückt, tiefe Schnittwunden sind zu erkennen, das Blut läuft ihm am Hemdsärmel entlang, ohne das er nur eine Miene verzieht. Sein Adrenalinspiegel muss so hoch sein, dass er keine Schmerzen spürt.

»Bist du eigentlich vollkommen irre?«, wütend schüttelt Tom seinen Freund. »Haben wir hier nicht genug zu tun, musst du uns noch so eine Kacke antun?«

Geistesgegenwärtig läuft Marcus los und kommt nur wenige Augenblicke später mit einem Verbandskasten wieder, so dass ich, nachdem Tom und ich die größten Scherben entfernt haben, wenigstens notdürftig die Hand versorgen kann.

Die Tür des Arztraums wird aufgerissen und sofort springen alle auf. Gebannt starrt jeder auf die fahrbare Liege, auf der die Liebe meines Lebens liegt.

Ihr Gesicht ist nach wie vor wie aus Wachs und vollkommen starr.

»Kerry! Baby!« Gerade will Theo zur Bahre, da wird er aber äußerst grob zur Seite geschoben.

»Gehen Sie aus dem Weg«, blafft der Notarzt ihn an, »wenn Sie heute nicht Witwer werden wollen, dann lassen Sie uns gefälligst in die Klinik fahren, schließlich möchte ich auch nicht den Neujahrsmorgen gleich mit meiner ersten Toten anfangen.«

Vorsichtshalber ziehe ich Theo ein paar Meter zurück, wenn der Notarzt ihn weiter so blöde anmacht, bringt mein durchgeknallter Freund es fertig und verpasst dem auch noch eine.

»Theo, lass die Jungs ihre Arbeit machen«, rede ich ihm gut zu, denn sein Brustkorb hebt und senkt sich so stark, als sei er kurz vor einem Angriff. »Kerry hat einen schwachen Rhythmus, das ist mehr als wir vor ein paar Minuten noch zu hoffen wagten.«

Meine Hand krallt sich etwas mehr in seinen Jackenärmel, denn so wie er schnauft weiß ich nicht, ob er gleich lostobt oder kollabiert, beides wäre im Moment sehr kontraproduktiv.

»Hör mir zu Theo, sie muss schnellstmöglich in den OP. Also

mach keinen Blödsinn.«

»Theo beeil dich, wir fahren mit dem RTW mit«, ruft ihm Cassy zu, die barfuß und mit zerzausten Haaren den Sanitätern hinterher rennt.

In drei langen Schritten ist Theo bei ihr und hetzt mit ihr den Gang entlang.

Die Tür zum Arztraum steht weit offen und es bietet sich ein Bild des Schreckens. Der Boden und die Liege schwimmen geradezu im Blut und überall liegen Infusionsflaschen.

»Komm Olli.« Andre legt mir die Hand auf die Schulter und stützt sich schwer bei mir ab.

»Da kümmere ich mich morgen drum, lass uns zur Klinik. Tom hat schon angerufen, damit sie dort den OP vorbereiten. Er will selbst dabei sein und Konrad holt gerade seinen Freund aus dem Bett ...Es wird schon alles gut gehen.«

Sein Gesicht straft ihn Lügen, er ist genauso wenig wie ich davon überzeugt, dass alles gut geht, aber er hat recht wir müssen in die Klinik.

Der Flur hat sich mittlerweile geleert.

Als wir zum Wagen rennen, sehe ich wie Marcus die Gäste, die noch in der Aula waren und von dem ganzen Drama gar nichts mitbekommen haben, über den Schulhof nach draußen geleitet.

Gut, dass er sich darum kümmert. Ich will jetzt nur noch weg von hier und mich vergewissern, dass Kerry überlebt.

****

Wir kommen noch vor dem Rettungswagen an. Zwar hat Andre sämtliche Verkehrsregeln missachtet, aber das der RTW noch nicht hier ist, ist kein gutes Zeichen.

Tom macht sich sofort auf den Weg zu den OP Sälen, weil auch er sich vorbereiten muss.

Derweil warten wir unruhig auf die Ankunft des Rettungswagens.

Es dauert viel zu lange. Da kann etwas nicht stimmen, geht es mir durch den Kopf, als auch nach fünf Minuten immer noch kein RTW in Sicht ist.

Gerade als ich die Schwester der Notaufnahme bitten will, ob sie mal nachfragen kann, wo der Wagen steckt, sehe ich das Blaulicht.

»Bitte lass es Kerry sein«, bete ich leise.

Und tatsächlich meine Gebete wurden erhört, denn ich erkenne Cassy, die neben dem Fahrer sitzt.

»Sie musste noch mal zurückgeholt werden«, beantwortet sie mir auch gleich meine ungestellte Frage, als sie aus dem Führerhaus springt. Ihr ist anzumerken, dass hier nicht die professionelle Ärztin spricht, sondern eine mehr als besorgte Schwester.

Behutsam wird die Liege aus dem Wagen gehoben, schleppend klettert Theo aus dem Wagen und wird von Andre gleich gestützt, denn er wirkt nicht so, als wäre er noch fähig alleine bis in den zweiten Stock zu kommen.

»Ihr Herz hat schon wieder ausgesetzt«, informiert er uns mit kratziger Stimme.

»Sie ist ja jetzt hier.« Lächelnd klopft Andre seinem besten Freund auf die Schulter und wischt sich dabei, verstohlen eine Träne von der Wange.

»Professor Eickel ist schon da«, versuche auch ich etwas zur seelischen Unterstützung beizutragen, obwohl auch ich viel lieber heulen würde. »Und Tom wird auch mit im OP sein, er wird schon aufpassen, dass deinen beiden nichts passiert.«

»Ihr habt recht«, nickt Theo zustimmend. »Alle werden ihr Bestes geben. Und jetzt lasst uns schnell nach oben gehen. Ich will in ihrer Nähe sein, wenn unser Kind zur Welt kommt.«

38. THEO!

*E*in ganzes Team von Schwestern und Pflegern steht schon bereit, als Cassy, Olli, Andre und ich die Treppenstufen hoch gehetzt kommen. Zeitgleich mit uns kommt auch der Aufzug mit meinem Mädchen, was sage ich mit meiner Frau an.

Ich muss gestehen, ich bin kein sehr gläubiger Mensch, was ich als Direktor einer katholischen Schule niemals laut aussprechen dürfte, aber jetzt, jetzt bete ich zu meinem Schöpfer, dass er meine Frau und mein Kind doch bitte retten möge. Er kann dafür gerne mich, das gleiche Schicksal erleiden lassen, wie die Laufenberg Männer in den Generationen vor mir.

Doch bevor ich an meinem Geburtstag an einem Herzinfarkt sterbe, muss ich erst mal, wenn auch nur mental, Kerry und Pünktchen beistehen. Routiniert wird dic Bahre von dem Pflegeteam übernommen, der Notarzt unterhält sich noch kurz mit Professor Eickel, dann verschwinden alle hinter der schweren Schwingtüre. Ein Gefühl, als würde mir mein Herz herausgerissen, überfällt mich.

Andre packt mich gerade noch und schafft mich zu einem der Stühle, bevor meine Beine versagen.

»Die beiden schaffen, das ...«, spricht mir jetzt auch Cassy Mut zu. Liebevoll verknotet sie ihre Finger mit meinen und legt ihren Kopf an meine Schulter. Für einen Moment ist es so gespenstisch still auf dem Flur, dass man beinahe den Herzschlag der anderen hören kann.

Das ändert sich, als ein junger Typ aufgekratzt auf uns zukommt. Unaufgefordert platziert er sich genau vor uns und grinst uns wie ein Honigkuchenpferd an.

»Ja Leute Pech gehabt«, beginnt er seinen Monolog, denn keiner von uns Vieren ist in der Stimmung mit ihm zu plaudern. »Mein Töchterchen war die Erste in diesem Jahr.«

»Gratuliere«, murmelt Olli leise vor sich hin.

»Also eigentlich sollte meine Priscilla erst in drei Wochen kommen«, klärt uns der Alleinunterhalter ungefragt auf. »Aber mein Mädchen ist ein kluges Kind, sie hat sich gedacht, komme ich mal Neujahr, das ist ein cooler Geburtstag. Können Sie sich vorstellen wie toll es ist an Neujahr Geburtstag zu haben?«

»Nein kann ich nicht«, schneide ich ihm das Wort ab.

Wenn er weiter redet, sitze ich an meinem Geburtstag im Knast, weil ich dem Kerl meine Faust in den Magen ramme.

»Sie werden es auch bald wissen«, spricht er ungerührt weiter. »Wer von Ihnen ist denn der Glückliche?«

»Hoffentlich er«, murmelt Olli erneut und zeigt mit dem Finger auf mich.

»Bitte was?«, prustet der Komiker los. So ein Mensch darf Kinder zeugen. »Ihr wisst nicht, wer der Vater ist? Jetzt sagt nicht, dass ihr alle drei in Frage kommt.« Sein Lachen dröhnt durch meinen Kopf und ich balle meine nicht verletzte Hand.

»Nein du Idiot« Aufgebracht springt Olli hoch und baut sich vor dem Kerl auf. »Natürlich wissen wir, wer der Vater ist, nur leider wissen wir nicht ob Mutter und Kind überleben werden.«

»Das ...Das tut mir leid«, stammelt der frischgebackene Vater und ich bedauere schon fast, dass wir so schroff zu ihm waren. Unter anderen Umständen wäre ich vielleicht genauso aufgekratzt.

»Schon gut«, lächelt Cassy ihn an, »Sie konnten ja nicht wissen, dass es ein paar Komplikationen gibt. Alles Gute für Ihre Kleine.«

»Danke ...ich muss dann auch mal wieder, zu meiner Freundin« Schneller, als er gekommen ist, verschwindet der Typ auch wieder. Dann ist es wieder still.

Bis Olli aufstöhnt. Er packt anklagend meine rechte Hand und betrachtet vorwurfsvoll, den vollkommen durchbluteten Verband.

»Komm, ich habe schon die rechte Hand genommen.« Versuche ich mich zu verteidigen. Er weiß, dass ich Linkshänder bin und ich mit meiner linken Hand sicherlich noch mehr Schaden angerichtet hätte.

»Wie gütig von dir«, bemerkt er zynisch.

Hey, für Zynismus bin ich zuständig.

»Was ist denn mit deiner Hand?«, will Cassy wissen, die bisher noch gar nicht mitbekommen hat, dass ich ein paar kleine Schrammen abbekommen habe.

Schön das Andre jetzt auch noch alles brühwarm erzählt. Kopfschüttelnd schaut mich meine Schwägerin an.

»Du bist doch nicht ganz normal.« Seufzend packt sie meine linke Hand und will mich hochziehen. »Komm, du sturer Esel ich muss mir das genau ansehen.«

Aber ich bleibe sitzen. Cassy glaubt doch nicht ernsthaft, dass ich mich hier einen Millimeter fortbewege?

»Schatz, bitte.« Sie kniet sich vor mich und legt den Kopf auf meinen Schoss. Zum ersten Mal erlebe ich sie verletzlich und zerbrechlich. »Ich hole meinen Pieper, wenn sich hier irgendetwas tut, kann Tom mich anpiepen.«

Zustimmend nickt Andre mir zu. Also gut, damit hier alle ihren Frieden finden, gehe ich dann mal schnell zur Notaufnahme.

Etwas was ich schon bereue, als wir am Wartezimmer vorbei gehen. Dort sitzen gut und gerne vierzig Leute.

»Glaub nicht, dass ich mich jetzt da reinsetze«, lasse ich Cassy gleich wissen.

»Natürlich nicht.« Ohne die Patienten auch nur eines Blickes zu würdigen, zieht mich meine Schwägerin weiter. »Erstens bist du Privatpatient, die kommen immer vor, auch wenn es keiner zu gibt und zweitens kümmere ich mich um dich und ich bin bekanntlich nicht im Dienst.«

Sie bleibt vor einer Krankenschwester stehen, die gut und gerne zwei Meter hoch und auch ebenso breit ist.

»Cassy, wie nett. Kommst du uns in diesem Chaos helfen?«, fragt sie erfreut nach.

»Nein, ich brauche nur schnell einen freien Raum. Mein Schwager hatte einen kleinen Unfall und meine Schwester bekommt oben gerade ihr Baby«, informiert Cassy die Dragonerin.

»Ha!«, lacht die auf. »Wenn du einen freien Raum hast, halt ihn gut fest, hier will nämlich jeder einen.«

»Dann eben nicht.«

Ich bin schon fast wieder auf dem Weg nach oben, da pfeift mich Cassy zurück.

»Hier geblieben!«, brüllt sie mich an.

»Meine Güte, was ist das hier eigentlich für ein Krankenhaus?« Wütend stürzt eine junge Frau auf den Info Point zu. »Kommt hier vielleicht auch irgendwann mal
jemand in den Untersuchungsraum? Es wäre nützlich, wenn ein Arzt vorbeischauen würde.«

Die junge Frau entpuppt sich als Jenny, die wohl seit einer Ewigkeit mit George, Milanda und Leonie auf einen Arzt wartet.

Da hat Cassy ihren Raum. Nachdem wir die Vier auf den aktuellen Stand gebracht haben, wird mein Schwesterchen versorgt, die noch mehr einem Nervenbündel gleicht, als ich. Leonie muss mit einer Schwester zum Gipsraum, weil sie tatsächlich den Arm gebrochen hat. Glücklicherweise nur ein einfacher Bruch. In der Zwischenzeit habe ich das Vergnügen mich mit der Schreckschraube von Krankenschwester herumzuschlagen.

»Versichertenkarte«, fordert sie in einem Ton an, der jedem Feldwebel Konkurrenz machen könnte.

»Privat«, informiere ich sie ebenso freundlich.

Ein nicht zu überhörendes Stöhnen ist mein Lohn.

»Name, Geburtsdatum, Adresse.« Genervt klopft sie mit dem

Kuli auf ihrem Block herum.

Als ich ihr mein Geburtsdatum nenne, blickt sie kurz hoch, sie wird mir doch jetzt kein Ständchen singen, aber sie enthält sich weiterer Kommentare.

Stattdessen fährt sie ein kleines Tischchen neben mich, auf dem sich jede Menge Verbandsmaterial befindet.

»Ring aus«, befiehlt sie und beginnt bereits mit ihren ekligen, wurstigen Fingern an meinem Ehering zu ziehen.

»Der bleibt genau da, wo er ist«, warne ich sie, denn dieser Ring, den mir Kerry erst vor ein paar Stunden über den Finger gestreift hat, werde ich nur über meine Leiche abnehmen.

»Sagen Sie mal, ticken Sie nicht richtig?« Unbeeindruckt von meiner Ansage will dieses Weib sich wieder an meinem Ring zu schaffen machen.

»Hatte ich mich nicht klar genug ausgedrückt?«, fauche ich sie an. Ich bin kurz davor aufzustehen und zu gehen. Wenn ich meinen Ring abnehmen muss, damit die Hand versorgt werden kann, dann bleibt eben alles so, wie es ist. Mir doch egal, ob ich nicht mehr spielen kann, habe ich eben Pech gehabt. Sollte Kerry es nicht schaffen, werde ich sowieso nie wieder spielen.

»Der Ring bleibt an meinem Finger«, stelle ich noch mal mit Nachdruck klar.

»Jetzt reicht es«, brüllt die Schwester mich wütend an. »Da draußen sitzen viele Menschen, die auf einen Arzt warten, ich habe hier keine Zeit für so einen Kinderkram.«

Eine junge Schwester, die in den Untersuchungsraum kommt, verhindert durch ihr Auftauchen, dass der Dragoner explodiert.

»Doktor Laufenberg?!« Freudig kommt die Schwester auf mich zu und ich habe keinen blassen Schimmer, wer sie ist.

»Doktor? Sie sind Arzt?«, fragt der Feldwebel ungläubig nach.

»Nein«, lacht das Mädchen, dessen Namen ich immer noch nicht auf dem Schirm habe. »Doktor Laufenberg war mein

Physiklehrer.«

»Sie dürfen Kinder unterrichten?« Spöttisch schüttelt Ms. Unfreundlich den Kopf. »Gut, dass ich keine Kinder habe.«

»Da stimme ich Ihnen voll und ganz zu«, murmele ich vor mich hin, was das Mädchen zum kichern bringt und dafür postwendend von der Alten hinaus geschmissen wird.

Ehe das Mannsweib mir ein Skalpell in den Hals rammen kann, kommt zum Glück auch Cassy wieder. Wortlos zupft sie Glassplitter aus meiner Hand, tupft, desinfiziert, setzt ein paar Nähte, um schließlich die Hand dick zu verbinden.

»In zehn Tagen musst du zum Fadenziehen noch einmal herkommen.« Sie wirft ihre Handschuhe in den Müll und wirkt müde und ausgepumpt.

»Theo«, hält sie mich auf, als ich die Türklinke schon in der Hand habe. »Die beiden schaffen es doch, oder?«

Fest nehme ich sie in den Arm und wir beide können die mühsam zurückgehaltenen Tränen nicht mehr unterdrücken.

Plötzlich schlägt Cassys Pieper Alarm!

Wie von Sinnen rennen wir Hand in Hand los. Die Treppen schaffen wir schneller wie jeder Olympialäufer.

Alle sind mittlerweile eingetroffen und heften ihren Blick gebannt auf die Tür, die zum OP führt.

Als Tom die Tür aufdrückt, geht Cassy – die sich an mich krallt, als wäre ich eine Rettungsboje auf dem offenen Meer – ein wenig in die Knie.

Mom, Olli und Andre springen gleichzeitig auf und stellen sich dicht neben mich.

Tom ist nass geschwitzt, sein OP Hemd klebt an ihm.

»Wir mussten sie noch zwei Mal zurückholen«, fängt er langsam an. »Sie ist jetzt stabil, aber noch nicht außer Lebensgefahr. Wegen des extremen Blutverlustes hat der Professor beschlossen, sie ein paar Tage ins künstliche Koma zu legen, damit sie wieder zu

Kräften kommt.«

»Was ist mit Pünktchen?«, wagt meine Mom die Frage zu stellen, die ich mich nicht zu fragen traue.

Resigniert zieht sich Tom die OP-Haube vom Kopf. Sein Blick sagt alles, er braucht nichts mehr zu sagen.

»Es tut mir leid Theo.« Er holt tief Luft, dann redet er weiter, obwohl ich nicht hören will, was er sagt, weil es dann real wird, wenn er es ausspricht. »Er hat so gekämpft, aber wir konnten ihn nicht retten. Er war schon tot, als Kerrys Herz versagte.«

ER ...Tom hat ER gesagt, ich habe einen Sohn, ...ich hatte einen Sohn.

Um mich herum höre ich Schluchzen und weinen und ich bin nicht fähig mich auch nur einen Millimeter fortzubewegen.

Irgendwann zieht mich eine Hand und setzt mich auf einen Stuhl.

»Theo, bitte sprich mit mir. Du machst mir Angst«, dringt die Stimme meiner Mom in mein Ohr.

Irgendetwas Heißes tropft auf meine Hand, erst jetzt registriere ich, dass es meine eigenen Tränen sind.

»Mom ..,wie soll ich ihr das beibringen? ...Wie Mom ...wie soll ich ihr sagen, dass unser Kind nicht lebt? ...Wie? ...Sag mir, Mom ...wie? Es wird sie umbringen ...es ...«

»Theo!« Irgendjemand rüttelt an meiner Schulter. Ich blicke hoch und sehe in Andres kalkweißes Gesicht.

»Theo, die Krankenschwester hat gefragt, ob du dein Kind sehen möchtest?«

Eine Krankenschwester in Moms Alter steht an der OP-Türe und lächelt mich freundlich an, als ich zu ihr rüber schaue.

Ob ich mein Kind sehen will? Ich weiß es nicht. Kann ich das, ohne durchzudrehen?

»Geh Theo«, liebevoll streichelt mir meine Mom über das Gesicht. »Wenn du ihn nicht siehst, wirst du es bereuen.«

Ich bin immer noch nicht davon überzeugt, ob ich das will.

»Wenn du es nicht für dich tust, dann für Kerry«, versucht Mom mich zu überzeugen. »Je nachdem, wie lange sie im Koma bleibt, wird sie nicht die Gelegenheit haben, sich von Pünktchen zu verabschieden, deshalb musst du es für euch beide tun.«

Meine Mom hat Recht, wenn mein Mädchen die schreckliche Wahrheit erfährt, möchte sie sicher wissen, wie unser Sohn ausgesehen hat. Mit zitternden Beinen stehe ich auf.

Immer noch lächelt mich die Schwester an, kein Vergleich zu dem Feldwebel aus der Notaufnahme.

»Wollen Sie noch jemanden mitnehmen?«, fragt sie freundlich nach.

»Ja, gerne.« Ich sehe mich um und frage mich wen ich mitnehmen soll. Jeder von den hier Anwesenden steht uns nahe und alle Leiden gerade genauso, wie ich.

Tom hat Cassy fest in seinen Armen und streichelt ihr mechanisch über den Rücken, hin und wieder wischt auch er sich über die Augen. Michelle liegt zusammengekauert auf Marcus Schoss und Leonie klammert sich an Olli.

Zum Glück ist George, nachdem bei Milanda die Beruhigungsspritze wirkte, mit ihr nachhause gefahren. Nicht auszudenken, wenn meine kleine Schwester hier wäre. Kein Beruhigungsmittel würde hier in diesem Fall etwas bringen.

Eigentlich würde ich gerne meine Mom mitnehmen, aber wenn nur eine Person mit darf, dann kommt nur sie in Frage.

»Cassy, magst du mit zu Pünktchen?«

Noch bevor ich meine Frage beendet habe, packt meine Schwägerin schon meine Hand und geht mit mir zu den OP Sälen.

Nur Kerrys Schwester kann mein Mädchen zu einem kleinen bisschen ersetzen.

****

»Warten Sie bitte hier.«

Mit einer einladenden Geste öffnet uns die Schwester eine Tür zu einem kleinen, fensterlosen Raum. Es brennt keine Deckenlampe, nur eine Stehleuchte spendet etwas Licht. Die abgewetzte Eckcouch, auf der wir Platz nehmen, wirkt als wäre sie selbst für den Sperrmüll zu schade. Auf einem Tischchen steht ein Tetrapack Wasser und ein paar Pappbecher, daneben liegen einige Flyer von diversen Seelsorgern.

Ein großes Plakat mit einer Telefonnummer lässt mich wissen, dass ich bei Sorgen dort zu jeder Tages- und Nachtzeit anrufen kann.

Wenn man nicht schon deprimiert ist, wenn man in diesen Raum kommt, dann ist man es spätestens, nachdem man dies alles auf sich wirken lässt.

Selbst der Versuch mit zwei großen Klatschmohn- und Sonnenblumenbildern etwas Heiterkeit in diesen Raum zu bringen scheitert kläglich.

Sechshundertzwölf Klatschmohnblüten habe ich gezählt, als endlich die Türe geöffnet wird. Es ist nicht die Krankenschwester, die uns hereingebeten hat, sondern ein junger ebenso freundlicher Pfleger.

»Sind sie Herr Fischer?«, fragt er nach, ohne ganz hereinzukommen.

»Laufenberg«, leicht muss ich mich räuspern, um reden zu können. »Meine Frau hatte noch nicht die Gelegenheit ihren Namen zu ändern, wir haben erst vor ein paar Stunden geheiratet.«

»Ach du je. Das tut mir sehr leid.« Sein Mitgefühl wirkt nicht aufgesetzt, als er die Türe jetzt ganz öffnet. Sofort entdecke ich das kleine Bündel, das er hereinbringt. Behutsam legt er es mir in den Arm.

»Ich lasse Sie mal etwas alleine, wenn etwas ist, drücken sie auf den Notfallknopf neben sich.«

So leise, wie er gekommen ist, ist er auch wieder verschwunden.

Mit zitternden Fingern schiebe ich die Decke ein wenig zur Seite. Gleichzeitig schluchzen Cassy und ich laut auf.

Da habe ich nun meinen Sohn, unser Pünktchen im Arm und weiß doch, dass es das erste und gleichzeitig letzte Mal sein wird, dass ich ihn sehen darf.

Wie oft haben Kerry und ich uns darüber unterhalten, wie es sein muss, so ein kleines Wesen, welches aus uns beiden entstanden ist, im Arm zu halten.

Erst vorige Woche hatte mein Mädchen ein XXL-Pack Taschentücher in ihre Kliniktasche gepackt, weil sie sich sicher war, dass sie bestimmt tausend Taschentücher voll heulen würde, vor Glück.

Ich muss mir alles genau einprägen, um ihn ihr wenigstens beschreiben zu können. Friedlich sieht er aus, als würde er schlafen. Nur die leicht bläulich gefärbte Haut erinnert daran, dass ich hier kein rosiges Neugeborenes im Arm halten darf.

Meine Tränen tropfen auf das kleine, so wunderschöne Gesicht. Wie gerne hätte ich seine Augen gesehen. Zart küsse ich ihm die Stirn, seine kleinen Händchen, streichle über die blonden Härchen. Dann lege ich ihn in Cassys Arm, behutsam schiebt sie die Decke etwas mehr zur Seite.

»Deine Mommy hat es immer gewusst«, schluchzt sie. »Du bist wirklich das größte Pünktchen auf der Welt.«

Er sieht in der Tat nicht aus, wie ein Baby, das fünf Wochen zu früh zur Welt kam.

Cassy küsst seine Füßchen und deckt ihn wieder zu, so als müsse man ihn vor der Kälte bewahren.

»Wie sollen wir deiner Mommy nur beibringen, dass sie dich niemals sehen darf?«, fragt sie ihn leise und legt ihn wieder in meinen Arm.

Fest drücke ich meinen Sohn an meine Brust und möchte ihn nie wieder hergeben.

Ich will nicht akzeptieren, dass ich ihn niemals weinen hören darf, ihn niemals lachen sehen werde, keine ersten Schritte, kein Fußballspiel mit mir. Ich darf ihm nicht beibringen, wie man Fahrrad fährt und auch werde ich niemals stolz eine Klassenarbeit von ihm unterschreiben. Ich werde nicht mit ihm den ersten Liebeskummer ertränken und Kerry und ich werden nicht krank vor Sorge, darauf warten, dass er nachts gesund nachhause kommt.

WARUM?

Bitte lieber Gott, lass mich aus diesem Alptraum erwachen.

Vorsichtig wird die Tür geöffnet und Mom, Andre, Tom und Olli betreten still den Raum.

»Eigentlich dürfen nur zwei hier rein«, flüstert meine Mom mir zu. »Aber Konrad hat mit seinem Freund dem Professor geredet und ihm gesagt, wie sehr wir alle Kerry lieben, da hat er uns hereingelassen. In ein paar Minuten kannst du zu ihr.«

Erst jetzt bemerkt sie Pünktchen in meinem Arm. Sie setzt sich neben mich und betrachtet dieses kleine, unschuldige Bündelchen.

»Er ist so wunderschön« Ganz zart küsst sie ihn auf das Köpfchen. »Du wärst so ein glückliches Kind geworden. So viele Menschen lieben dich.«

»Herr Laufenberg?«

Etwas irritiert schaut sich die nette Schwester um, als sie hereinkommt, aber sie kommentiert die Menschenmenge nicht, sicher auch, weil sie Tom entdeckt, der immer noch seine OP-Kleidung trägt.

»Wenn Sie möchten, können Sie jetzt rüber zur Intensiv.«

Natürlich möchte ich das, aber vorher muss ich ein allerletztes Mal mein Kind ansehen, ihn küssen.

Die Schwester legt eine Karte auf den Tisch. Darauf ist ein Polaroidfoto von Pünktchen geklebt, außerdem ein Fuß und ein Handabdruck von ihm.

»Wie heißt er denn?«, fragt sie nach, während sie das

Geburtsdatum auf der Karte einträgt.

»Samuel Oliver«, spreche ich zum ersten Mal den Namen von Pünktchen aus.

Es war Kerrys großer Wunsch Ollis Name als Zweitnamen für unser Pünktchen zu nehmen, sie fand es nur gerecht, dass so unsere beiden besten Freunde geehrte würden. Andre als Patenonkel und Olli als Namensgeber.

Die Schwester reicht mir die Karte und nimmt Pünktchen mit.

Als sie den Raum verlässt, herrscht Totenstille. Ich möchte der Schwester hinterherlaufen. Ihr mein Kind entreißen, um ihm dann so lange Luft in die Lunge zu atmen, bis es die Augen aufmacht und einen wütenden, oder wie Kerry immer sagt, cholerischen Schrei, in die Welt hinaus lässt.

****

Mit zitternden Fingern drücke ich auf den Klingelknopf der Intensivstation.

Es dauert eine ganze Weile, bis über die Gegensprechanlage nachgefragt wird, wo ich denn hin möchte.

Gute Frage ...Wo ich hin möchte?!

Ich möchte mit meiner Frau und unserem Kind weit weg, an einen schönen Ort, wo wir alles auf RESET setzen können, an einen Ort, wo alles Dies hier nur ein böser Traum ist.

»Von Hansen, Gyn ...ich muss zu meiner Patientin Frau Fischer«, antwortet Tom für mich und ohne Zögern wird auch gleich der Türöffner betätigt.

Wir durchqueren einen langen, düsteren Flur, bis wir zu einer Art Schaltzentrale gelangen.

Etliche Monitore zeichnen Herzfrequenzen und andere Funktionen auf. Überall piepst, zischt, blinkt und läutet es. Trotz dieser Geräuschkulisse und der routiniert wirkenden Hektik hat diese

Station eine fast beruhigende Wirkung auf mich.

Alles scheint so eingespielt, niemand verfällt in Panik, wenn von irgendwo ein Alarm einsetzt.

Leise spricht Tom mit einem der Pfleger, der ihm auch direkt zeigt, wo wir hin müssen.

Während Tom kaum wieder zu erkennen ist, da er vollkommen professionell und souverän agiert, bricht Cassy neben mir beinahe zusammen. Sie krallt ihre Nägel in meinen Oberarm und hält die Luft an, als ihr Freund eine dicke, aus Milchglas bestehende Tür zur Seite schiebt.

Für einen Augenblick müssen meine Schwägerin und ich uns gegenseitig Stützen.

Ich hatte viel erwartet, aber Kerrys Anblick zieht mir fast den Boden unter den Füßen weg. Wenn es in irgendwelchen Kitschfilmen heißt, >mir gefror das Blut in den Adern< könnte ich jedes Mal laut auflachen, da ich es bis zu diesem Zeitpunkt für physikalisch unmöglich hielt, aber genau so fühle ich in diesem Moment.

Meine Körpertemperatur muss innerhalb von Sekunden unter den Gefrierpunkt gefallen sein, wenn mir eben noch so heiß war, dass ich dachte mir platzt der Kopf, friere ich jetzt so sehr, dass meine Zähne aufeinander klappern.

»Wie gut, dass sie dies hier nicht mitbekommt«, spricht Cassy meine Gedanken aus.

In einem überdimensionalen Krankenhausbett wirkt meine kleine, süße Frau so winzig, dass man sie beinahe suchen muss.

Unmengen von Blutkonserven, Drainagen und Infusionen hängen an ihr. Ein dicker Schlauch, der aus einem riesigen Kasten hinter dem Bett kommt, pumpt stetig und sehr geräuschvoll Luft in ihre Lunge. Das rhythmische Senken und Heben des Brustkorbes, so wie die vielen Monitore rund um dieses Bett, sind der einzige Beweis, dass meine Frau noch lebt, ...irgendwie zumindest, denn ihr Gesicht gleicht immer noch dem einer Toten. Prüfend schaut sich Tom alles an.

Angstvoll beobachte ich jede seiner Handbewegungen und auch Cassy lässt ihn nicht aus den Augen, obwohl es ein leichtes für sie wäre, alles selbst nachzuprüfen.

»Nehmen Sie doch Platz.«

Freundlich schiebt mir eine Schwester einen Stuhl an das Monsterbett.

»Darf ich ihre Hand nehmen?«, frage ich verunsichert nach, denn bei alldem Hightech, der an meinem Mädchen hängt, bin ich mir nicht sicher, ob man sich dem Bett überhaupt nähern sollte.

»Natürlich dürfen Sie das.«

Die Krankenschwester ist ein Schatz. Ganz behutsam zieht sic Kerrys zierliches Händchen unter der Decke hervor und legt sie in meine Hand.

Nach wie vor freundlich lächelnd reicht sie mir ein Plastiktütchen. Kerrys Zungen-und Bauchnabelpiercing, die Ohrstecker, eine Halskette, ihre Haarnadeln und der Ehering liegen wild durcheinander gemischt darin.

Gut, dass ich Linkshänder bin. Mit meiner nicht verletzen Hand fische ich den Ring aus dem Tütchen und schiebe ihn meiner Frau erneut über den Finger.

Das ist alles nicht wahr. Erst vor neun Stunden habe ich ihr den Ring übergestreift und ihr geschworen immer für sie da zu sein ...und wo war ich, als sie mich brauchte? Als Britta ausflippte?

Warum bin ich nicht auf ihre Bitte eingegangen, gleich um Mitternacht mit ihr zu verschwinden?

Nur wegen eines blöden Auftritts wollte ich noch dableiben, als wäre das wichtig ...nein, wichtig hätten einzig und allein meine Frau und mein Kind sein müssen.

****

Eine ganze Weile sitzen Cassy und ich stumm an Kerrys Bett. Keiner von uns lässt den Monitor mit seinen immer wieder aufleuchtenden Alarmglocken aus den Augen.

Der Professor kommt vorbei und erklärt uns, wie die Operation verlaufen ist. Als ob ich das hören wollte. Nein, ich möchte nicht wissen, dass ihr Herz noch zweimal aussetzte. Dass sie unser Pünktchen tot aus ihr herausgeschnitten haben und dabei feststellten, dass es schon das erste Herzversagen seiner Mommy nicht überlebt hat.

Es ist mir zu diesem Zeitpunkt auch ziemlich egal, dass Kerry in drei Monaten wieder schwanger werden darf und erst recht interessiert es mich nicht, dass sie trotz der Hektik einen schönen "Bikinischnitt" vorgenommen haben.

Erst als der Professor in wahre Lobeshymnen über Tom ausbricht, kann ich ein wenig Lächeln. Er ist heute tatsächlich über sich hinausgewachsen und verdient meinen höchsten Respekt.

Nachdem sich Cassy und der Prof. noch etwas in medizinischen Details verlieren, geht auch der ältere Herr endlich nachhause, nicht ohne die Schwestern anzuweisen, ihn sofort zu verständigen, wenn sich der Zustand der Patientin verschlechtern würde.

Schon diese Aussage ist wie ein Faustschlag in den Magen. Nein, Kerry wird es nicht schlechter gehen, das darf einfach nicht geschehen. Ich habe heute schon meinen Sohn verloren, sollte ich noch meine Frau verlieren, werde auch ich diesen Tag nicht überleben.

****

»Theo ...Theo!« Irgendjemand rüttelt wie wild an meiner Schulter. Was ist denn los? Irritiert reiße ich die Augen auf und begreife im gleichen Augenblick, dass ich eben keinen fürchterlichen Albtraum hatte, sondern alles bittere Realität ist.

Denn ich liege mit dem Kopf auf dem Krankenbett meiner Frau, während der Rest meines Körpers – so vermute ich – abgestorben ist, denn ich spüre nichts. Bis, ...ja bis ich versuche meine Beine zu bewegen. Die sind nicht abgestorben, ganze Armeen von Ameisen halten ihren Wandertag im Inneren meiner Waden ab. Mein Rücken ist steif, mein Kopf dröhnt und meine Augen brennen, weil ich schon seit 24 Stunden diese fuck Kontaktlinsen drin habe. »Theo, alles gut bei dir?« Erst jetzt bemerke ich, dass es Konrad war, der mich gerüttelt hat.

»Konrad ist das eigentlich dein ernst?« Erschöpft lasse ich mich noch etwas tiefer auf den Stuhl sinken. »Warum fragst du mich so was ständig? Sieh dir Kerry an, geh zur Pathologie und frag nach meinem Sohn und dann komm wieder und stelle die Frage noch mal.«

»Ach Junge.« Konrad zieht sich einen Stuhl herüber und setzt sich neben mich. »Ich kann mir vorstellen, wie du dich fühlst ...«
Er macht eine Pause und sieht betroffen zu Kerry rüber. »Nein Theo ich glaube nicht, dass ich weiß, wie es dir geht. Ich hatte nie das Glück, meine große Liebe heiraten zu können.« Behutsam legt er seine Hand auf meine, die immer noch Kerrys Hand hält.

»Ihr zwei werdet das überstehen.«
Wieder schaut er bedrückt zu meinem Mädchen. »Du musst nur aufpassen, dass sie nicht daran zerbricht.«

Konrad hat gut reden ***aufpassen, dass sie nicht daran zerbricht***, gibt er mir dann auch bitte die nötige Anleitung dafür. Ich schaffe es im Augenblick ja geradeso nicht selbst durchzudrehen, wie soll ich dann Kerry aufrichten? Wie kann ich es ihr so wenig schmerzhaft wie möglich beibringen? Fast bin ich froh, dass der künstliche Schlaf ihr und mir noch ein paar Tage Schonfrist gibt.

Leider wird es keine Schonfrist für all die anderen unangenehmen Dinge geben, die jetzt auf mich zu kommen. Angefangen damit, dass ich gleich Fronk und Detlef die ganze schreckliche Wahrheit sagen muss.

****

Die Stunde der Wahrheit rückt im Laufschritt auf mich zu. Wie gut kann ich jetzt Kerry verstehen die vor solchen Dingen zu gerne flüchtet, leider kann ich nicht einfach gehen, das kann ich ihren Daddys nicht antun. Sie müssen die furchtbare Wahrheit schon von mir erfahren.

Noch einmal drücke ich auf den Warmwasserknopf, der Sporthallendusche. Nur gut, dass ich in Kerrys neuem Wagen, eine Tasche mit Klamotten deponiert hatte, weil ich sie eigentlich heute für zwei Tage entführen wollte. Denn auch wenn Tom ein Reiseverbot ausgesprochen hatte, gegen ein Hotel mit Wellnessbereich, hätte er mit Sicherheit keine Einwände gehabt.

Erneut lasse ich das heiße Wasser auf mich niederprasseln, als könne ich so alles von mir abwaschen. Irgendwann gibt die Dusche ihren Geist auf. Die Schule ist alt, das Rohrsystem ebenso und so habe ich die Kapazität an heißem Wasser für die nächsten Stunden aufgebraucht.

Wenn ich mich also nicht für meine nicht geplante Antarktis Tour abhärten will, dann muss ich wohl oder übel aus dieser Kabine raus und mich der Realität stellen.

****

Und die Realität ist grausamer, als ich befürchtet hatte. Als ich mit wackligen Knien, die Tür zum Arztraum aufstoße, bietet sich mir ein Bild, das kein Hollywood-Regisseur besser hinbekommen hätte.

Überall liegen Infusionsflaschen und Einweghandschuhe. Eine

Blutlache, größer als der Genfersee, trocknet vor sich hin. Taschentücher, Glasscherben und die Decke, mit der ich mein Mädchen bedeckt habe, schwimmen geradezu in dem Blutsee.

Über einem Stuhl hängt ihr Brautkleid und meine Smokingjacke, gerade so als hätten wir uns für die Hochzeitsnacht ausgezogen. Was für eine Hochzeitsnacht, niemals werden wir diese vergessen können, und das nicht im positiven Sinn.

Erneut läuft der Film der vergangenen Nacht vor meinen Augen ab, so als hätte ich eine Filmspule auf Dauerschleife laufen. Immer und immer wieder sehe ich, wie mein Mädchen vor Schmerz schreit, bis sie irgendwann nur noch wimmern kann. Toms entsetzter Gesichtsausdruck, als ihm bewusst wurde, was mit Kerry los ist, hat sich für ewig in mein Hirn gebrannt, ebenso das Bild von Cassy, die auf ihrer Schwester sitzt und mit voller Kraft pumpt, damit dieses warmherzige Herz unter ihren Händen wieder anfängt zu schlagen.

Kalt läuft es mir den Rücken runter. Schnell schließe ich den Raum.

Gut, dass ich Andre zum Freund habe, denn der schickt uns einen Putztrupp, der darauf spezialisiert ist Tatorte zu reinigen. Die werden sich bei so einem "bisschen" Blut nicht gleich daneben legen. Aber nicht nur der Arztraum ist ein Bild des Grauens, auch auf dem Lehrerflur könnte es nach der Schlacht von Waterloo nicht schlimmer ausgesehen haben.

Auch hier ist alles blutverschmiert, zwar nicht ganz so viel wie im Arztraum, aber immerhin könnte man einen Mord hineininterpretieren. Es muss sich wohl um mein Blut handeln, denn es führt eine Spur von der vollkommen zertrümmerten Glastüre, bis hinunter vor das Schulgebäude. »Doktor Laufenberg!«, tönt es hinter mir.

Als ich mich umdrehe, sehe ich einen ziemlich wütenden Herrn Scholz, der geradezu wie eine Walze auf mich losrollt. Fast könnte man vermuten, dass gleich kleine Rauchwölkchen aus seinen Ohren und der Nase kommen.

»Das hätte ich ja nicht von Ihnen erwartet«, schnaubt er, als er nur Zentimeter neben mir zum Stehen kommt. »Wie können Sie die Schule in so einem Zustand zurücklassen? Also Renate und mir sind ja fast die Augen ausgefallen, als wir heute Nacht nachhause kamen.«

»Es tut mir leid, Herr Scholz ...« Weiter komme ich nicht, denn jetzt taucht auch noch zu meiner überaus großen Freude Frau Scholz auf.

»Doktor Laufenberg«, schreit sie und winkt dabei so heftig, als befürchtete sie, dass ich sie übersehen könnte. »Was hör ich da von Herrn Sommer? Kerry ist im Krankenhaus? Jetzt sagen Sie nicht, dass das Baby schon kommt. Der Herr Sommer rückt ja nicht mit der Sprache raus.«

Zu gütig von ihm, fluche ich innerlich. Er hätte mal lieber ganz die Klappe halten sollen.

»Ich erkläre Ihnen gleich alles«, vertröste ich meine Sekretärin fürs Erste.

Bevor ich ihr die traurige Nachricht überbringe, muss ich warten bis Fronk und Detlef da sind. Sie müssen als Erste erfahren, dass ihr Enkelkind tot ist.

Wie aufs Stichwort kommen beide den Flur entlang gelaufen. Im Schlepptau Alex.

Der hat mir noch gefehlt, ist mein erster Gedanke, dann fällt mir aber ein, dass er nun mal Kerrys Freunds ist und somit ein Anrecht hat zu erfahren, was passiert ist.

»Na, ihr habt aber die Nacht durchgemacht«, begrüßt mich Detlef schmunzelnd, bevor er mich umarmt, um mir zum Geburtstag zu gratulieren.

»Mann, Mann, Mann«, begutachtet mich Fronk. »Ich hoffe, der Hase ist frischer, sonst seht ihr wie die Leichen auf den Fotos aus und müsst das später eurem Pünktchen erklären. Obwohl ...«, Fronk schüttelt lächelnd den Kopf und grinst mich schief an. »Der Hase kann Nächte durchmachen und ist immer noch gnadenlos schön.«

Jetzt fällt auch er mir um den Hals und gratuliert mir ausgiebig, selbst Alex lässt sich dazu herab, mir auf die Schulter zu klopfen.

»Wo steckt Kerry eigentlich?« Suchend blickt sich Fronk um und bemerkt die zerbrochene Glastüre. Etwas argwöhnisch fällt sein nächster Blick auf meine verbundene Hand, fragt aber nicht weiter nach.

»Was ist denn jetzt mit Ihrer Frau?«, quatscht Schölzchen dazwischen.

»Später Frau Scholz.« Versuche ich sie, in einem doch sehr gereizten Tonfall davon abzuhalten, weiter nervige Fragen zu stellen.

Ich möchte Fronk, Detlef und auch Alex nicht gerade auf dem Flur alles erzählen.

»Was ist los?!« Durchdringend sieht mich Detlef an.

Als Fotograf kann er jede Mimik lesen wie kein Zweiter und deshalb schließe ich auch schnell mein Büro auf und bitte alle hinein. Etwas ich besser nicht getan hätte, denn uns schlägt ein fürchterlicher Geruch entgegen.

Der Papierkorb fällt mir siedendheiß ein. Darin hatte sich doch heute Nacht Marcus zweimal verewigt. Sofort reiße ich alle Fenster auf und schmeiße den ekligen Papierkorb vor die Türe, vielleicht habe ich Glück und die Tatortreiniger nehmen ihn gleich mit.

Muss das ein Traumjob sein.

»Theo kannst du uns endlich sagen, wo der Hase ist?«, drängt Fronk, als er sich ächzend auf einen Stuhl fallen lässt. »Allmählich machst du mir Angst.«

Familie Scholz und Detlef haben sich ebenfalls einen Stuhl

geschnappt, nur Alex lehnt am Türrahmen und sieht mich misstrauisch an, sein Blick durchbohrt mich geradezu.

Ich muss zugeben, dass es mich nervt und um meine Nerven etwas zu beruhigen, brauche ich dringend eine Zigarette.

»Doktor Laufenberg!« Empört springt Herr Scholz auf, als ich mir eine anstecke. »Sie können doch hier nicht rauchen.«

»Herr Scholz, wenn das mein einziges Problem wäre …«, fahre ich ihn eine Spur zu hart an.

In meinem Schädel schwirrt es nur noch. Immer wieder gehe ich durch, wie ich alles am schonendsten rüber bringe. Ich mache mir ernsthaft Sorgen, wie Detlef das verkraftet.

»Doktor Laufenberg sagen Sie uns jetzt endlich, ob das Baby schon da ist oder nicht?«, fängt jetzt auch noch meine Sekretärin wieder an zu quengeln. Bevor sie alle noch irremacht, nehme ich allen Mut zusammen.

»Heute Nacht gab es einen Unfall«, fange ich zögerlich an, als die Türe aufgerissen wird und eine vollkommen hysterisch schreiende Vicky auf mich zu stürzt. Sie fällt mir um den Hals und schluchzt herzzerreißend.

»Oh mein Gott, Theo ...oh nein, ...das kann doch nicht wahr sein«, höre ich irgendwie zwischen Nase hochziehen und Gejammer. »Olli hat es mir gerade erzählt. Der Arme ist ja auch so fertig.«

»Was ist hier los?!«, zornig reißt Alex, Vicky aus meinem Arm.

»Bist du bescheuert?«, brüllt Vicky ihn an und wischt sich mit dem Jackenärmel die Nase ab. »Was fragst du so blöde? Geht dir das am Arsch vorbei, dass Kerry vielleicht nie wieder wach wird und das ihr Pünktchen tot ist.«

Wie ein Aal gleitet sie aus Alex Arm, der sie einfach loslässt.

»Sag das, das nicht wahr ist!« Aufgebracht packt Alex meine Schulter und schüttelt mich. »Sag das Kerry nichts passiert ist.«

»Lass mich sofort los«, fauche ich ihn an.

Etwas unsanft helfe ich Vicky hoch, die nach wie vor auf dem Boden sitzt und heult. Ich platziere sie neben Fronk, der aussieht, als hätte er einen Geist gesehen.

»Also, ich hatte ja schon erwähnt, dass es einen Unfall gegeben hat«, starte ich einen erneuten Versuch. »Kerry ist gestürzt, dabei hat sie sich so schwer verletzt, dass ihre Plazenta abriss und sie fast verblutet wäre.«

Hektisch schnippe ich die Kippe aus dem Fenster und zünde mir gleich eine neue an, dieses Mal schweigt Herr Scholz.

»Und weiter?«, fragt Detlef tonlos nach.

»Du hast doch gehört«, schnieft Vicky wieder. »Pünktchen ist tot.«

Ich könnte Olli erwürgen. Warum konnte er sein Maul nicht halten? Nur weil er Vicky fickt, muss er ihr nicht gleich alles anvertrauen.

»Stimmt das Theo?« Detlef zieht sich hektisch seinen Schal vom Hals, so als könne er sonst nicht weiter atmen. Zustimmend nicke ich, mehr kann ich nicht, denn es ist mir nicht möglich auszusprechen, dass mein Kind nicht lebt.

»Oh nein«, heult Frau Scholz los und auch Vicky schluchzt gleich wieder im Takt mit.

»Was ist mit dem Hasen?«, brüllt Fronk panisch los, »WAS ist mit meinem Kind, Theo?! Verdammt lass dir doch nicht jedes Wort aus der Nase ziehen.«

Noch nie habe ich Fronk so erlebt. Er, der ein Mensch ist, der nie die Fassung verliert – wenn wir mal von unserer Trauung absehen – ist plötzlich dem Nervenzusammenbruch nahe.

So behutsam, wie es eben geht, kläre ich alle über den aktuellen Zustand auf.

»Du!« Erneut stürzt Alex wie ein Geisteskranker auf mich zu. »Du bist schuld daran!«

»Sag mal hast du einen Schaden?« Erbost schubse ich diesen

Wahnsinnigen von mir. Er kann froh sein, dass ich ihm zugutehalte, dass er um Kerry besorgt ist.

»Ich habe gesagt, es war ein Unfall«, zische ich ihn an. »Mehr werde ich dir nicht dazu sagen.«

Ich kann auf keinen Fall, im Beisein von Familie Scholz sagen, dass es Brittas Schuld war.

Niemand weiß, dass Marcus sich von ihr getrennt hat und bis er alles geregelt hat, sollte das möglichst auch keiner erfahren, da die Herren der katholischen Kirche auf so etwas komisch reagieren und es Marcus den Job kosten könnte.

»Ich muss zu ihr, bevor ich nachhause fliege.«

Zittrig steht Detlef auf, da versagen ihm aber auch schon die Beine, Herr Scholz kann ihn gerade noch so packen.

»Ich bringe dich.« Fürsorglich hakt sich Vicky bei Detlef unter und mir wird schon wieder einmal bewusst, wie sehr alle Angestellten der Agentur ihren Chef und seinen Partner lieben.

Zu meiner Erleichterung verabschieden sich alle auch ganz schnell. Keiner der Anwesenden weiß wohl, wie er mit mir umgehen soll. Ich mache ihnen keinen Vorwurf, mir ginge es auch nicht anders, wenn ich an ihrer Stelle wäre. Ausgelaugt lasse ich mich auf meinen Sessel fallen und zünde mir die gefühlte tausendste Zigarette an.

»Theo!« Fronk steht in der Türe und scheint in Sekunden gealtert zu sein. Seine Augen sind rotgeweint. »Hat deine Verletzung etwas mit dem Unfall zu tun?«

»Nein und ja.«

Ich gehe zur Tür und schließe sie, so dass mir nicht noch mal jemand ungebeten zuhören kann. Aus meinem Schrank hole ich eine Flasche Whisky, die ich mal bei einem Schüler konfisziert hatte.

Mit einer Hand probiere ich den Deckel zu öffnen, was sich als schwieriger herausstellt, als erwartet. Stöhnend nimmt mir Fronk die Flasche ab, er öffnet sie und lässt sich einen großen Schluck gleich aus der Flasche durch die Kehle laufen.

Nicht anders mache ich es, als er mir die Flasche rüber reicht, danach kann ich ihm endlich alles bis ins Detail berichten.

Als ich fertig bin, greift Fronk noch mal nach der Flasche, steht auf und strafft seine Schultern.

Er umarmt mich, dann macht er einen Schritt zurück und sieht mir ernst in die Augen.

»Dafür wird die Hexe bezahlen.«

»Oh ja, das wird sie«, verspreche ich ihm und weiß das ich nicht eher Ruhe finde, bis ich dieses Weib zerstört habe, so wie sie mein Mädchen und mich zerstört hat.

39. MARCUS!

Ohne mich zu bemerken sitzt Theo an seinem Schreibtisch und liest den Brief, den Olli an Theos Gitarre gefunden hat. Der Handschrift nach muss es sich um einen Brief von Kerry handeln. Olli hatte ihn mir gezeigt und nachgefragt, ob er ihn überhaupt an unseren Freund weiter geben sollte, aber ich fand, dass man ihn nicht unterschlagen dürfte, auch wenn er Theo jetzt mit Sicherheit noch mehr aufwühlt.

Wieder und wieder senkt Theo das Blatt Papier und genehmigt sich einen Schluck nach dem anderen aus der Whiskyflasche, die er griffbereit auf dem Schreibtisch platziert hat.

Ich muss dazwischen gehen, bevor er die ganze Pulle geleert hat, betrunken ist es vielleicht einfacher für ihn zu ertragen, aber er kann dann auch nicht mehr in die Klinik und das würde er auch nicht verkraften.

Trotz meiner Bedenken ihm überhaupt unter die Augen zutreten, klopfe ich an den Türrahmen und warte darauf, dass er mich registriert.

Langsam hebt er den Kopf und sieht zu mir rüber. Es bricht mir das Herz ihn so zu sehen. Er ist ein Bild des Schreckens. In sein Gesicht haben sich tiefe Augenränder gegraben, die selbst die Brille nicht verbergen können.

»Von Kerry?«, frage ich zögernd nach, als er keine Anstalten macht den Brief aus den Händen zu legen.

»Hier«

Mit zitternden Fingern holt Theo zwei Flugtickets aus dem Umschlag.

»Normalerweise stünde ich jetzt mit meiner Frau auf dem Flughafen und in zwei Stunden wären wir in London.« Seine

Stimme bricht ein wenig und er greift bereits erneut zur Flasche. »Das war eine Geburtstagsüberraschung von meinem Mädchen.« Er setzt die Flasche an, zumindest will er das, aber ich bin schneller und nehme sie ihm aus der Hand.

»Nicht Theo, wenn du betrunken bist, kannst du heute nicht mehr zu deiner Frau.«

»Muss Du immer so vernünftig sein?«, motzt mein Freund, stellt aber die Flasche brav ab.

»Ich und vernünftig?«

Kopfschüttelnd lege ich mein Gesicht in meine Hände und starre den Boden an, um nicht Theo ansehen zu müssen.

»Wenn ich ein wenig vernünftiger gewesen wäre, dann stündest du jetzt am Flughafen.«

»Was erzählst du für einen Stuss?«

Hektisch öffnet Theo eine Packung Zigaretten und zündet sich eine an. So wie die Kaffeetasse aussieht, die er als Aschenbecher zweckentfremdet hat, ist dies nicht die erste Packung heute.

»Wenn ich Michi nicht geküsst hätte, dann wäre Britta nicht so ausgeflippt.«

Auch wenn ich es eigentlich nicht sollte, greife ich trotzdem nach der Whiskypulle und genehmige mir einen kräftigen Schluck. Das Brennen im Hals lenkt für einen Micro Augenblick, von dem Brennen in meinem Herz ab.

»Theo, ich würde es voll und ganz verstehen, wenn ihr mir eure Wohnung jetzt nicht mehr vermieten wollt.«

»Was hast du geraucht?« Verständnislos blickt mich Theo an. Er steht auf, faltet den Brief umständlich zusammen und steckt ihn ein.

»Los«, fordert er mich auf, während er schon den Schlüssel in das Schloss steckt. »Wir fahren jetzt deine Klamotten holen, je eher du nichts mehr mit diesem Weib zu tun hast, um so besser.«

40. THEO!

»Was macht dieser Robert eigentlich, dass er sich hier eine Wohnung leisten kann?«, frage ich Marcus, als wir vor seiner Haustüre parken.

Ich wundere mich nämlich ein wenig, dass ein Typ der sich hier eine Wohnung gönnt, nicht fähig ist seine Kinder zu ernähren und sie lieber jemand anderem unterjubelt.

Der noble Stadtteil gleich am Rande der Kölner Innenstadt ist ein beliebtes Yuppie-Viertel. Um sich eine Wohnung in dieser Lage leisten zu können, muss man monatlich schon ganz schön tief in die Tasche greifen. Ich weiß was Marcus verdient, da er ein paar Gehaltsklassen unter mir liegt, daher bin ich mir fast sicher, dass es nicht sein Wunsch gewesen sein kann hierher zuziehen.

»Nichts«, brummt Marcus böse, als wir die Stufen zu seiner Wohnung hoch stapfen.

»Er wohnt eine Etage unter uns und hofft dass seine achtzigjährige Tante, die noch nicht mal seine richtige Tante ist, noch lange lebt und vorher noch schön ihr Testament ändert. Denn bisher vererbt sie alles der Kirche. Wenn sie hört, dass er zwei Kinder hat, dann ist er ganz unten durch, denn dass wird sie sicher nicht dulden.«

Vielleicht muss man das der alten Dame mal stecken, überlege ich mir, als wir schweigend weiter gehen.

»Du drehst ihr nicht den Hals um«, befiehlt Marcus mir, als wir endlich nach etwa viertausend Stufen vor seiner Türe stehen. »Kerry nützt es nichts, wenn du im Knast landest. Hörst du?«

Er steckt den Schlüssel ins Schloss und erwartet wohl eine Antwort von mir.

»Ja, ich bin nicht blöd«, blaffe ich ihn an und schaue mir dabei meine dick verbundene Hand an. Damit könnte ich so wieso niemanden den Hals umdrehen, muss ich fast bedauernd, feststellen.

Bevor mein Freund den Schlüssel umdrehen kann, wird die Tür schon aufgerissen.

»Schau an, wer steht denn da?«, flötet Britta und ich möchte ihr auf der Stelle vor die Füße kotzen.

Ihr Bademantel steht halb offen und zeigt mehr als das er verdeckt. Mein Magen dreht sich und ich befürchte impotent zu werden. Außer einem verschlissenen Schlüpfer trägt sie nichts unter dem Satinmorgenrock. Ihre Beine sind nicht rasiert und die Füße könnten auch mal eine Pediküre vertragen. Die Schminke des Vortages ist über das ganze Gesicht verschmiert und ein Kamm würde der Frisur auch gut tun.

»Wie schön, dass du dich entschuldigen willst«, stürzt sie auf mich zu und ich kann ihr nur mit Mühe ausweichen. Wenn sie mich berührt, haue ich ihr eine rein. Frau hin oder her.

»Ich wusste, dass du zur Vernunft kommst.«

Ehe sie weiter reden kann, hat Marcus seine holde Gattin in die Wohnung geschoben, wo uns aus dem Wohnzimmer ein Typ zuwinkt, der sich ziemlich heimisch zu fühlen scheint. Er trägt ein Feinrippunterhemd, Jogginghose und hat seine Füße – die in schmuddeligen Tennissocken stecken – auf dem Couchtisch liegen. Als ich mir den Typen richtig ansehe, möchte ich meinem Freund eine verpassen. Hat Marcus keine Augen im Kopf? Dieser Kerl, der sich aufführt, als wäre er der Hausherr, sieht aus wie eine ältere Ausgabe von Justus und Julius.

Dämlich glotzt der Typ mich an, während sich Marcus mit einer Reisetasche bewaffnet ins Schlafzimmer begibt, hinter ihm eine ziemlich keifende Furie namens Britta.

»Hm ...Du bist also der sagenhafte Theo.«

Dümmlich scannt er mich einmal von oben bis unten ab. Ohne den

Blick von mir zu nehmen, öffnet er sich eine Bierflasche und nimmt einen Schluck. »Nach dem Hype, den Britta um dich macht, hätte ich schon was anderes erwartet.«

Laut rülpsend stellt er das Bier auf den Tisch und beginnt das Fernsehprogramm rauf und runter zu zappen.

»Muss ja eine lange Hochzeitsnacht gewesen sein, so wie du aussiehst«, bemerkt er schließlich süffisant grinsend.

»Ach quatsch«, brüllt Britta aus dem Nebenzimmer. »Der arme Theo hatte doch gar keine Hochzeitsnacht. Madame fühlte sich doch unpässlich.«

Unwillkürlich balle ich meine Hände zu Fäusten, was ich tunlich vermeiden sollte, denn sofort spannt sich eine der Nähte unter dem Verband.

»Halt dein Maul!«, fährt sie – zu Brittas Glück – Marcus an und für einen kurzen Augenblick verstummt sie.

»Oh, heute Nacht hängen im Schacht?«, lacht dieser Idiot jetzt los. »Aber ...« Er beugt sich etwas über den Couchtisch und senkt die Stimme, sicherlich damit ihn die Alte nebenan nicht hören kann. »Hör mal, dein Mäuschen ...olala ...Ich habe sie mir mal im Internet angesehen«, fast flüstert er jetzt. »Britta schimpft ja immer über deine Kleine, da musste ich sie mal genau in Augenschein nehmen. Ich sage dir, die würde ich auch nicht von der Bettkante schubsen.«

Meine Faust will in sein Gesicht. Fest beiße ich auf die Zähne, um diesem Wunsch nicht nachzugeben.

»Ach Robert«, stöhnt Marcus auf, der wohl den letzten Teil des Monologs von diesem Vollidioten, mitbekommen hat.

»Kerry hat so viel Stil, diese Frau würde sich noch nicht mal im selben Raum mir dir aufhalten.«

»Nein Prinzesschen glaubt ja was Besseres zu sein.«

Wütend reißt Britta, Marcus eine Mappe aus der Hand. »Was zum Teufel machst du da?“

»Das fragst du mich wirklich?« Marcus stopft einige Unterlagen in seine Tasche, holt ein Sparbuch aus der Schublade, dann nimmt er eine Scheckkarte und zerschneidet sie.

Mit offenem Mund steht seine zukünftige Ex-Frau neben ihm.

»Das ist jetzt nicht dein Ernst?«, stößt sie schließlich hervor.

»Wenn mir jemals etwas ernst war, dann genau das hier.« Entschlossen packt Marcus seine Tasche und will gehen, aber Britta stellt sich ihm in den Weg und will ihm die Tasche entreißen.

»Hör jetzt auf mit dem Scheiß. Du hattest deinen Spaß«, brüllt sie laut, zu laut. Mein Kopf dröhnt, als hätte ich die Nacht durchgesoffen.

»Spaß!«, lacht Marcus auf. »Spaß ...mit dir? Britta, vergiss es. Es ist vorbei. Ich habe leider für diesen Monat noch die Miete gezahlt, ab Februar kann das ja dann Robert übernehmen.«

»Ich ...wieso soll ich für die Olle die Miete bezahlen?«

Etwas mitgenommen glotzt der Trottel von Britta zu Marcus und von Marcus zu Britta.

»Ganz einfach, weil du dich ab jetzt voll und ganz um sie kümmern darfst.«

Mein Freund packt mich an die Schulter und will mich nach draußen schubsen, da steht diese Hexe aber schon wieder im Weg.

»Das kannst du vergessen Marcus«, kreischt sie so laut, dass man sie sicherlich auch im Nebenhaus hören kann. »Das hat dir doch alles Theos kleine Schlampe eingeredet.«

»Pass auf, wie du über meine Frau redest!«, drohe ich ihr und trotz des Verbands bekomme ich den Ärmel von Brittas Morgenmantel gepackt.

»Was wenn nicht? Willst du dann wieder etwas einschlagen?«, keift sie.

Es soll wohl taff klingen, zu meiner Genugtuung ist aber deutlich ihre Angst zu spüren.

»Deine Schlampe ist doch schuld, dass dieser Schlappschwanz mit ihrer Freundin vögelt. Glaubst du das ich das zulasse?«
Aus ihren Augen blitzt der blanke Hass, sie schnaubt und versucht die Hand von ihrem Arm zu lösen. »Schau, was diese Bitch aus dir gemacht hat, wegen ihr bis du auf mich losgegangen«

Meine Hand trifft sie mitten ins Gesicht, entsetzt sieht sie mich an und Marcus springt sofort zwischen uns.
»Theo, sie ist es nicht wert, dass du dir die Finger schmutzig machst.«

Mit aller Kraft schiebt er mich zur Wohnungstür.
Nur leider weiß Britta wirklich nicht, wann sie den Mund halten sollte.

»Du wirst noch sehen Theo, dieses Miststück wird dich zu Grunde richten«, brüllt sie mir hinterher, als Marcus und ich uns schon auf der Treppe befinden.

»Ach übrigens«, giftet sie weiter. »Hat deine Schlampe eigentlich ihren Bastard geworfen?«
Marcus versteinert nahezu neben mir, so dass er an mir vorbei greift, als ich, immer zwei Stufen gleichzeitig nehmend die Treppe hochjage. Bevor Britta überhaupt reagieren kann, bin ich schon bei ihr und packe sie so fest um den Kiefer, dass sie kurz vor Schmerz aufschreit.

»Theo!«
Da kann Marcus schreien und versuchen mich von dieser Alten fortzubekommen, dieses Mal bekommt er meine Hand nicht gelöst.
»Robert, hilf mir«, keucht das Miststück entsetzt und sieht mich ängstlich an.

Ja sie soll Angst haben, so wie mein armes Mädchen Angst um ihr Kind und ihr Leben hatte.
»Wage es dich nie, nie wieder über meine Frau zu reden«, zische ich ihr zu und öffne angewidert meine Hand.

Vorwurfsvoll streicht sich Britta mit der Hand über die Stelle, an der ich zugepackt habe, dann dreht sie sich wortlos um und geht in ihre Wohnung. Bevor sie die Türe schließt, dreht sie sich noch mal um.

»Hat sie denn nun geworfen, oder nicht?«

Die Frau ist geisteskrank. War sie in den vergangenen Minuten nicht hier, oder hat sie nicht begriffen was ich ihr gesagt habe? Sie kann von Glück sagen, dass sie dieses Mal schnell genug die Türe geschlossen hat. Wie ein Amokläufer schlage ich auf die Tür ein und ich schwöre bei allem, was mir heilig ist, dass ich ihr den Hals umdrehe, wenn ich sie in die Finger bekomme.

»Komm mal wieder runter«, schnauzt mich auch noch dieser Robert an, als er einen Spalt die Tür aufmacht. »Am besten gehst du jetzt, sonst rufe ich die Polizei.«

»Theo, jetzt mach keinen Blödsinn.« Erneut packt mich Marcus am Arm und möchte mich wegziehen. »Lass uns in die Klinik fahren deine Frau braucht dich.«

Erschöpft hebt er meine Hand, an der schon wieder das Blut aus dem Verband tropft.

»Jetzt sag nicht, dass das Püppchen immer noch im Krankenhaus ist?«, reißt Britta die Tür auf hinter der sie sich feige versteckt hatte. Hämisch lacht sie und stupst diesen schmierigen Kerl an.

»Ich habe dir doch gesagt Robert, dass die zu blöde ist, ein Kind zu bekommen.«

»Nein!« Marcus stellt sich vor mich, damit ich Britta nicht noch einmal packen kann, was ich aber gar nicht mehr möchte. Jeder Funken Energie ist aus meinem Körper gewichen, wie die Luft aus einem Ballon, in dem man eine Nadel gestochen hat.

»Britta, noch ein letzter Tipp von mir, such dir einen guten Anwalt.« Marcus hebt seine Tasche hoch, dann schlurfen wir Etage für Etage hinunter. Beide spüren wir plötzlich die vergangenen Stunden in den Knochen.

Ich brauche Kaffee, ein paar Zigaretten und die Nähe meiner

Frau, damit ich mich wenigstens ein klitzekleines Bisschen besser fühle.

»Für was braucht sie denn einen Anwalt?«, hören wir die Stimme von Brittas Lover hinter uns, als wir schon am Wagen sind. Er steht auf Socken an der Haustüre und wirkt jetzt ehrlich besorgt.

»Weil Sie Theos Kind auf dem Gewissen hat und beinahe auch seine Frau getötet hätte«, antwortet Marcus ihm müde.

»Ach und ich dachte schon, du wolltest dich scheiden lassen.« Sichtlich erleichtert dreht der Schmierlappen sich um und verschwindet im Haus.

Kopfschüttelnd schauen wir ihm beide hinterher.

»Die beiden haben sich so was von verdient«, murmelt mein Kumpel resigniert.

Er schmeißt die Kofferraumklappe so fest zu, als wolle er somit auch die Klappe für diesen beschissenen Lebensabschnitt für immer schließen.

41. CASSY!

*I*ch bin Ärztin, ich bin Ärztin, immer wieder rufe ich mir dies ins Bewusstsein während ich unaufhörlich jede Herzfrequenz, jeden Blutdruck und die aktuellsten Blutwerte kontrolliere. Ich glaube die Pfleger und Schwestern hier auf der Intensivstation hassen mich jetzt schon. Aber ich bin von Natur aus ein Kontrollfreak und nun, wo das Leben meiner Schwester auf der Kippe steht, würde ich, wenn ich könnte, am liebsten im Zehn-Minuten-Takt alles kontrollieren. Wie häufig habe ich spöttisch über Angehörige gelächelt, wenn sie mich mit tausend – in meinen Augen – unnötigen Fragen löcherten. Heute sitze ich hier bei dem Menschen, der mir der wichtigste auf der Welt ist, und fühle mich hilflos. Mir darf so was keine Angst machen, denn ich bin Ärztin, rede ich mir erneut gut zu. Meine zittrigen Hände strafen mich bösartig Lügen.

»Bitte Kerry du darfst mich nicht allein lassen«, flüstere ich ihr zu, während ich ihr Zöpfe flechte.

Mein Schwesterchen hasst es mit offenen Haaren zu schlafen, weil sie dann immer stunden braucht, um sie morgens zu entknoten. Über was für eine Scheiße ich mir Gedanken mache, als ob es Kerry interessieren würde, dass ihre Haare verknotet sind, wenn sie wach wird. Sicherlich werden ihre Haare das Letzte sein, woran sie denkt. Sie wird nach ihrem Baby fragen. Bei dem bloßen Gedanken daran, wie sie reagieren wird, legt sich eine eiserne Faust um mein Herz.

Körperlich wird sie alles unbeschadet überstehen. Sie ist jung und kerngesund, und wenn sie wollte, dürfte sie schon in drei Monaten wieder schwanger werden. Wie wird aber meine süße, kleine

Mimose das Ganze seelisch verkraften? Eigentlich brauche ich nicht lange darüber nachzudenken. Die Antwort kenne ich schon ...sie wird daran zerbrechen, wie ein kleines Ästchen in einem Herbststurm.

»Wie können wir dir nur helfen?«, frage ich sie ernsthaft, als würde ich eine Antwort erwarten. Ich stehe auch schon kurz vor dem Zusammenbruch, über 50 Stunden ohne Schlaf, das geht auch mir an die Substanz. Um mir etwas die Beine zu vertreten, gehe ich bis zum halb abgedeckten Fenster und schaue mir das hektische Alltagstreiben an, das heute, am 2.Januar wieder eingesetzt hat an. Es ist fast, als stünde ich in einer anderen Welt. Hier die Ruhe, die nur durch das gleichmäßige Pumpen und Zischen der Geräte unterbrochen wird und da draußen die Welt, die keine Ahnung hat, wie schlecht es manchen Menschen geht.

Gerade überlege ich mir, ob ich mir den sechstausendsten Kaffee besorgen soll, da schiebt der Pfleger die Tür auf. Was macht er schon wieder hier? Die Visite kommt erst in einer halben Stunde, alle Werte habe ich mit ihm vor fünf Minuten gecheckt, er wird wohl kaum das Mittagessen bringen.

»Ihre Schwester möchte gerne reinkommen?«

Hat der Pfleger gekifft oder war seine Silvesterparty zu ausgiebig? Meine Schwester liegt hier im Koma und er erzählt mir, dass sie vor der Tür steht? Aber vielleicht ist es Milanda und er hat sie nur falsch verstanden.

»Ja, sie kann reinkommen.«

Ich atme ein paarmal ein uns aus, denn wenn Milanda Kerry so sieht, wird sie bestimmt den nächsten Kollaps bekommen. Ich frage mich aber auch, wieso Maria sie hier hinlässt. Wieder wird die Tür aufgeschoben und ...das glaube ich doch jetzt nicht. Nicht wie erwartet Milanda tritt herein, sondern SIE, die Mörderin meines Neffen BRITTA.

»Was zur Hölle tust du hier? Dass du dich überhaupt hier

hinwagst, wie abgebrüht kann man nur sein?«

Mir bleibt glatt die Luft weg, als ich diese Person im Türrahmen stehen sehe. »Willst du dich an deinem Werk ergötzen?«

Ich muss mich so beherrschen, dass ich mich nicht auf sie stürze und mit meinen bloßen Händen erwürge.

»Nein, ich ...ich ...«

Britta stockt, sieht zu Kerry herüber und schlägt sich entsetzt die Hand vor den Mund.

»Das, ...das wollte ich nicht«, bringt sie mit brüchiger Stimme heraus.

Also sollte sie das hier gerade schauspielern, dann ist es eine Meisterleistung. Sie macht ein paar Schritte in den Raum und innerlich bin ich schon startbereit, um aufzuspringen und ihr das Genick zu brechen, wenn sie sich nur wagt das Bett zu berühren. Aber sie bleibt auf Distanz, so kann ich sie mir genauer betrachten. Für einen Augenblick hatte ich vermutet, dass ich wegen der akuten Übermüdung an Sehstörungen leiden würde, aber ich habe richtig gesehen, die Alte ist kaum wieder zu erkennen. Sie ist tatsächlich wie ein normaler Mensch gekleidet. Schwarze Jeans, eine Daunenjacke, die Haare mal nicht zum Vogelnest hochtoupiert, sondern sittsam zum Pferdeschwanz gebunden, das Gesicht ohne Make up. Also, wenn ich sie nicht so abgrundtief hassen würde, würde ich ihr glatt ein Kompliment machen, weil sie zum ersten Mal anständig aussieht.

»Ich dachte Theo übertreibt.« Sie kommt noch einen Schritt näher. »Er war so wütend.«

»Ach was? Wieso bloß? Du hast ja nur sein Kind umgebracht und seine Frau liegt deinetwegen im Koma ...wie eigenartig, dass er da wütend ist.«

Langsam und ruhig atmen Cassy. Du arbeitest in dieser Klinik, wenn du jetzt Ausrastests, verlierst du deinen Job.

»Das war doch nicht meine Absicht.«

Ein paar Tränchen, ob nun echt oder nicht, rollen über Brittas Wange. »Ich glaube, das verzeiht mir Theo nie«

»Ist das deine einzige Sorge?«, brülle ich dieses Monster nun doch etwas zu laut an. Sofort steigt Kerrys Herzfrequenz, als würde sie spüren, dass der schlimmste Mensch der Welt sich direkt neben ihr befindet.

»Es ist besser, wenn du jetzt gehst«

Ruppig packe ich diese Kuh am Arm und bringe sie zur Tür.

»Du tust weder meiner Schwester noch mir gut und glaube mir, die letzten Tage habe ich nicht viel geschlafen und ich werde sehr ungemütlich, wenn ich übermüdet bin.«

»Krieg dich mal wieder ein«, wird sie auch noch pampig. »Ich wollte mich nur entschuldigen, Herr von Hansen meinte, das wäre so üblich.«

»Herr von Hansen?«

Verwirrt lasse ich ihren Arm fallen.

»Von welchem Herrn von Hansen redest du?«

»Na von meinem Anwalt«, antwortet die Hexe mir schnippisch.

Ach daher weht der Wind, deshalb ihre "Maskerade". Ihr Anwalt hat ihr also dazu geraten. Aber ich bin trotzdem immer noch verwirrt. Wieso sprich sie von Herrn von Hansen. Sie wird kaum meinen Schwiegervater meinen. Der hätte diese Alte nie als Mandantin angenommen. Er liebt Theo und Kerry. Von Gudrun ganz zu schweigen, sie würde Friedrich dafür entmündigen lassen. Aber selbst wenn er so ein Charakterschwein sein sollte, – was er nicht ist, dafür lege ich meine Hände ins Feuer – wäre Britta nicht seine Klientel, er vertritt nur wahre Wirtschaftsbosse. Gudrun ist fürs Zivilrecht zuständig. Wütend schiebe ich die Kuh in den Flur, man weiß nie, was die Patienten so mitbekommen. Aber auch hier laufen mir viel zu viele Zeugen rum, darum packe ich das Miststück, nicht gerade sanft, erneut am Arm und zerre sie – lauthals protestierend – aus der Intensivstation raus, bis hin zu einen abgelegen Flur, wohin so schnell keiner kommen wird. Gut, dass ich mich hier auskenne.

»So und jetzt reden wir Klartext ...«

Ich mache ein paar Schritte auf sie zu. Auch wenn sie körperlich wesentlich kompakter ist, wird es ein Leichtes für mich sein es mit ihr aufzunehmen. Als Ärztin in der Notaufnahme muss ich jeden Tag so viele Patienten heben oder schleppen, dass ich ohne weiters als Miss Bodybuilding durchgehen könnte. »Was sollte dieser Auftritt hier und die Wahrheit, sonst hetzte ich dir Theo auf den Hals.«

»Herr von Hansen ...«

»Stopp ...«, unterbreche ich sie gleich mal, bevor sie wieder mit diesem Unsinn anfängt und mir weismachen will, dass Friedrich ihr Anwalt wäre. » ...wieso behauptest du, dass mein Schwiegervater dein Anwalt sei?«

»Dein Schwiegervater?«

Die Alte blickt mich an, als ob ich ihr gerade verkündet hätte, dass ich sie liebe.

»Bist du nicht ganz dicht? Ich gehe doch nicht zu so einem alten Knochen.«

Sie schüttelt angewidert den Kopf, allein dafür müsste ich ihr eine verpassen.

»Nach Theos Auftritt bei mir meinte Robert, es sei vielleicht besser einen Anwalt zu nehmen. Man weiß ja nie, zu was Theo in seinem verblendeten Kopf fähig ist.«

»Pass auf, was du sagst«, drohe ich ihr und drücke sie dabei so gegen die Wand, dass sie sich nicht wehren kann. »Glaub mir Schätzchen, ich kenne Mittel und Wege dich hier einfach auf Seite zu schaffen, ohne dass es nur ein Mensch bemerkt.«

Das stimmt zwar nicht, aber es bringt mir Genugtuung, zu sehen, wie sich bei der Alten der kalte Angstschweiß auf der Stirn bildet. Sie soll Angst haben, pure Angst. Selbst dass ist noch zu wenig, für das, was meine Schwester und Theo und ja auch wir anderen alle, wegen ihr durchmachen.

»Krieg dich mal wieder ein, ich wusste ja nicht, dass du auf diesen alten Sack stehst.«

Britta ist ein Phänomen, selbst in der bedrohlichsten Lage, reißt sie ihr Schandmaul noch auf.

»Britta komm zum Punkt, sonst ...«

Ich lass mit Absicht unausgesprochen, was ich ihr antun werde, wenn sie nicht bald redet.

»Dann lass mir doch mal etwas Luft«, keucht sie, als stünde sie kurz vor dem Erstickungstod. Ein ganz kleinwenig lockere ich meinen Griff.

»Ich habe im Internet nach einem Anwalt gesucht«, lässt sich die gnädige Frau endlich dazu herab zu reden, » ...dabei bin ich auf einen mega gutaussehenden Typen gestoßen«

Klar, das sind natürlich Kriterien, wonach man einen Anwalt aussucht.

»Mir ist erst später aufgefallen, dass er den gleichen Nachnamen wie Andre hat«, klärt die blöde Kuh mich weiter auf.

Ach du Scheiße. Jetzt fällt es mir wie Schuppen von den Augen. Britta war bei David von Hansen, Toms Cousin. Dem Menschen, den Andre über alles hasst. Ich habe ihn mal kurz auf Toms Approbationsfeier – die seine Eltern unnötigerweise für ihn geschmissen haben – kennengelernt. Ich fand ihn sehr sympathisch und muss Britta leider Recht geben, er sieht verdammt gut aus.

Na prima, wenn er die Kuh vertritt, wird alles noch mehr eskalieren, dafür wird dann Andre schon sorgen. Uns bleibt aber auch wirklich nichts erspart.

42. THEO!

»Ja Andre, ich bin ganz deiner Meinung«, versuche ich meinen aufgebrachten Freund zu beruhigen und das nicht zum Ersten und bestimmt auch nicht zum letzten Mal heute.

Seit Andre erfahren hat, dass sein über alles verhasster Cousin Brittas Mandat angenommen hat, muss ich mir quasi im Halbstundentakt dieselbe Litanei anhören. Was David doch für ein Schwein sei, das größte Arschloch unter der Sonne und, und, und.

Ich höre schon gar nicht mehr zu. Denn auch, wenn ich David von Hansen ungefähr so sympathisch finde wie eine Darmspiegelung, muss ich ihm zugutehalten, dass er nun nicht geahnt haben kann, wer dieses Miststück ist, als sie zu ihm in die Kanzlei kam. Vielleicht hätte er ja sogar das Mandat niedergelegt, wenn anstatt Andre – der ihn am Telefon, als das geldgeilste Sackgesicht, im ganzen Universum, beschimpfte – Gudrun mit ihm gesprochen hätte. Aber mein Freund war ja, nachdem er die unerfreuliche Neuigkeit von Cassy erfuhr, nicht mehr zu bremsen. Mich hatte an der ganzen Sache viel mehr aufgeregt, dass dieses Weib skrupellos in der Klinik erschienen war.

»Dieser Drecksack macht auch vor nichts Halt«, tobt Andre weiter und ich bin fast dankbar, dass Olli auftaucht und ich so meinen Kumpel abwürgen kann.

»Ich wusste doch, dass ich dich hier finde.« Wie ein Sack lässt sich Olli neben mir auf die Bank plumpsen.

War ja auch nicht sonderlich schwer mich zu finden, denn wenn ich nicht bei Kerry sitze, bin ich hier im Raucherhäuschen und dass nun schon seit sechs Tagen. Die Leutchen hier sind mir schon richtig vertraut. Wie die kräftige Frau, die mich zum zigtausendsten Mal um Feuer bittet.

Sollte die Frau noch hier sein, wenn Kerry entlassen wird, dann schenke ich ihr ein Feuerzeug.

Oder wie der ältere Mann, der mit Rollator und Sauerstoffflasche jeden Mittag seine drei oder vier Zigarillos raucht. Ebenso der junge Mann, der immer schon die Zigarette im Mundwinkel hat, wenn er mit seinen Krücken hier herein gehumpelt kommt.

Ganz besonders fällt mir immer wieder eine junge Frau auf, auch sie kommt ständig her, aber sie raucht nie. Sie sitzt nur da und wirkt sehr traurig. Ein paar Mal wollte ich sie schon ansprechen und nachfragen, ob sie eventuell auch Angst um ihren Partner hat, aber dann hätte sie nachher auch etwas von mir wissen wollen und ich war noch nicht bereit über unseren Verlust zu reden.

Zur Belustigung gibt es noch das Ehepaar, das sich ständig streitet, laut und sehr obszön, um dann zwei Stunden später wieder Hand in Hand hier aufzuschlagen.

»Heute Nachmittag ist es also so weit«, nuschelt Olli, während er sich eine Zigarette dreht und das Papier anleckt.

Ja, in ein paar Stunden wollen die Ärzte Kerry wach werden lassen. Einerseits kann ich es nicht erwarten sie wieder in die Arme zu schließen, sie zu küssen, mit ihr zu reden ...aber andererseits bedeutet dies auch, dass ich ihr die furchtbare Wahrheit sagen muss. Bisher war die tiefe Bewusstlosigkeit wie ein Kokon, der sie vor dem Schmerz, der sie erwartete beschützte.

»Wir sind natürlich bei dir, wenn du es ihr sagst«, verspricht mir mein Freund und schaut dabei den Rauchwölkchen zu, die sich mit der eisigen Januarluft vermischen.

Irgendwie wirkt er abwesend, so als hätte er noch etwas anderes auf dem Herzen.

Selbst auf die Krankenschwester, die nahezu Herzchen in den Augen blitzen hat, wenn sie zu ihm rüber schaut, reagiert er nicht. Sehr verdächtig.

»Ich muss dir etwas sagen, Theo. Ich ...verdammt, ich habe große

Scheiße gebaut«, rückt er aber auch schon – etwas zögerlich – mit der Sprache raus.

Dachte ich zumindest, denn er hat – so vermute ich – plötzlich akuten Sprachverlust. Kein Wort kommt mehr über seine Lippen und statt mich anzusehen, schiebt er mit seinen Füßen Steinchen von links nach rechts.

Langsam macht Olli mich neugierig.

»Los mach den Mund auf«, fordere ich ihn auf und stoße ihn in die Rippen, um das Ganze etwas zu untermauern.

»Ich habe mit Leonie geschlafen«, brummt er leise und führt dabei sein Spiel mit den Steinchen fort.

»Ja und? Das ist doch schön.«

Schade, ich bin nahezu enttäuscht, denn ich hatte gehofft, dass Olli mir eine Megastory auftischt, die mich ein wenig von dem Grummeln im Magen ablenkt, das sich mit jeder Sekunde verstärkt.

»Weißt du was Olli. Kannst du Kerry vielleicht, bevor ich ihr die schreckliche Wahrheit sage, erzählen, dass du mit Leonie zusammen bist? Das wird sie bestimmt so freuen, eventuell vergisst sie nach Pünktchen zu fragen.«

»Das ist nicht witzig Theo«, blafft mich mein Freund ungewohnt grob an. Im selben Augenblick wird er aber wieder still und fängt erneut das blöde Spielchen mit dem Steineschieben an.

»Ich bin nicht mit Leonie zusammen«, er legt eine kurze Pause ein und beißt sich auf der Lippe herum. »Und werde es auch niemals sein.«

»Nicht?«, frage ich etwas blöde nach, denn ich wundere mich ein wenig.

Niemals hätte ich Leonie zugetraut, dass sie sich auf einen One Night Stand einlässt, zumal sie ja hoffnungslos in Olli verknallt ist. Der eigentlich in letzter Zeit sehr zu Vicky tendiert hat. Wenn ich bedenke, wie angepisst er auf der standesamtlichen Hochzeit war, weil sie die ganze Zeit mit diesem Kotzbrocken Alex zusammenhing. Mann haben die alle ein kompliziertes Liebesleben.

»Kerry wird mich umbringen«, stöhnt mein Freund gefrustet auf und schaut mich hilfesuchend an. Jetzt wird es doch noch interessant, denn es sieht ganz so aus, als würde mehr hinter dieser Geschichte stecken, als ich vermute.

»Wieso sollte Kerry dir denn an die Gurgel wollen?«, hake ich auch deshalb gleich mal nach.

»Weil ich ein verdammter Idiot bin«, kommt seine ehrliche Antwort.

43. OLLI!

Natürlich findet Theo das Ganze ziemlich komisch, ich sehe ihm förmlich an, dass er ein Grinsen unterdrücken muss. Irgendwie gönne ich es ihm ja auch. Meine Blödheit lenkt ihn ein wenig davon ab, darüber nachzudenken, wie er in ein paar Stunden Kerry alles sagen soll.

Mir wird auch ganz schlecht bei dem Gedanken, wie sie reagieren wird. Gegen diesen Albtraum sind meine Sorgen Kinderkram.

Aber ich befürchte, dass genau dieser Kinderkram meine Beziehung zu Kerry belasten könnte und das ausgerechnet jetzt, wo sie alle ihre Freunde brauchen wird.

»Spuck endlich, aus was wirklich los ist«, drängt Theo ein bisschen und dabei zuckt es doch sehr verdächtig an seinem Mundwinkel.

»Olli, nur weil du mit Leonie geschlafen hast, geht doch nicht die Welt unter. Also so schlecht kann der Sex doch nun nicht gewesen sein, dass er dich so runter zieht.«

Wenn Theo wüsste.

»Erzähl!«

Er zündet zwei Zigaretten an, reicht mir eine rüber und wartet darauf, dass ich ihm alles berichte. Also gut, das kann er haben.

»Nach den schrecklichen Stunden hier im Krankenhaus wollte ich Leonie nicht alleine nachhause fahren lassen ...« Genüsslich ziehe ich den angenehmen Rauch in meine Lunge und lasse die ganze schreckliche Nacht noch einmal Revue passieren.

Stunden hatten wir in der Klinik ausgeharrt, bis wir endlich die erlösende Nachricht bekamen, dass wohl wenigstens Kerry überleben würde.

Cassy und Tom wollten kurz nachhause fahren, um sich etwas frisch zu machen und ich beschloss mich ihnen anzuschließen, da zu diesem Zeitpunkt sowieso nur Theo auf die Intensivstation durfte.

»Du kannst heute Nacht gerne bei mir bleiben«, schlug ich Leonie vor.

Ich wusste, dass ihre Eltern mit den Brüdern noch in Kanada waren, daher wollte ich ihr nicht zumuten mit ihrem Gips und dem ganzen Gefühlschaos, das bei ihr sicherlich genau so groß war wie bei mir, alleine zu bleiben.

Dankbar nahm sie mein Angebot an und klammerte sich während der gesamten Taxifahrt an mich. Bei mir angekommen half ich ihr aus dem Kleid, zog ihr eines meiner Shirts über und dann legten wir uns in mein Bett. Wenn wir früher mit Kerry zusammen DVDs geschaut hatten, schliefen wir häufig in einem Bett, von daher hatte ich keinerlei Bedenken sie unter meine Decke kriechen zu lassen.

Leonie zitterte so stark, dass ich sie in meinen Arm nahm, um sie zu wärmen. Mir war klar, dass sie nicht wegen der Kälte zitterte, sondern weil einfach auch ihre Nerven auf das Äußerste gespannt waren. Lange unterhielten wir uns im Dunkeln über Kerry und Theo, und darüber wie wir den beiden wohl am besten helfen könnten.

Irgendwann wurde ich wiedererwartend schläfrig. Ich gab Leonie einen kleinen Kuss auf die Wange und nahm sie noch etwas fester in den Arm, da sie einfach nicht aufhörte zu zittern.

Ihr Kopf lag auf meiner Brust, so spürte ich auch sofort, als ihre Tränen heiß auf mich tropften.

»Nicht weinen«, flüsterte ich ihr zu und setzte mich auf, damit ich ihr die Tränen wegwischen konnte. Sie tat mit so unglaublich leid.

Es musste furchtbar für sie sein, die Gewissheit zu haben, dass sie es war, die Kerry umgestoßen hatte, obwohl es ja gar nicht ihre

Schuld war, sondern die von dieser Schlampe Britta.

Plötzlich zog sie meinen Kopf ohne Vorwarnung runter und küsste mich. Nicht etwa freundschaftlich, sondern heftig und innig.

Im ersten Moment war ich vollkommen perplex, doch dann erwiderte ich ihren Kuss, weil ich sie nicht bloßstellen wollte. Leonie hatte die vergangenen Stunden schon genug mitgemacht.

Ganz langsam entspannte sie sich auch und ihr erst doch unbeholfener Versuch mit meiner Zunge zu spielen, klappte unter meiner Führung immer besser. Nur spürte ich, dass mich der Kuss allmählich anfing zu erregen.

Leonie war keine Traumfrau. Sie hatte keine Modelmaße wie Vicky oder gar Kerry, aber sie war bei weitem nicht unattraktiv. Ihr Körper war zwar etwas mollig, hatte aber schöne Rundungen, einen wohlgeformten festen Po, einladende Hüften und ein beachtliches Dekolleté.

Ein schönes Gesicht wurde von langem, dichtem wunderschönem rotblondem Haar umrandet, welches ihre grünen Augen besonders gut zur Geltung brachte. Wäre sie nicht so schüchtern, dann hätte sie sicher längst einen festen Partner und müsste nicht, wie auf der Verlobungsfeier, mit so einem Idioten wie Alex rummachen.

Ihr Kuss wurde immer fordernder und ich wusste, dass ich die Reißleine ziehen musste, bevor ich zu weit ging. Nur hatte ich die Rechnung ohne Leonie gemacht.

Sie drückte sich fest an mich, schob ihr Bein zwischen meine und strich mir mit der nicht eingegipsten Hand zärtlich den Rücken rauf und runter. Eigentlich mehr runter, denn irgendwann knetete sie vorsichtig meinen Po.

Schluss!!!!, dröhnte es durch mein Hirn während mein bestes Stück – der miese Verräter – wie eine Eins stand, der bekam auch nie genug.

»Leonie wir sollten jetzt wirklich schlafen«, brachte ich – in einem Augenblick, in dem in meinem Hirn gerade mehr Blut war, als in meinem Schwanz – heraus.

»Nein, Olli« Sie zog mich wieder herunter und knabberte an meiner Unterlippe. »Bitte schlaf mit mir.«

Ich hatte jetzt genau zwei Optionen, erstens konnte ich aufspringen, Leonie wie so eine Idiotin liegen lassen und kalt duschen oder ich konnte mit ihr Sex haben und für ein paar Minuten den Kopf ausschalten.

Meine Wahl fiel auf Option zwei, warum auch nicht? Leonie wusste, dass ich sie nicht liebte und das dies hier nur just for fun oder besser gesagt nur dazu da war, um sich ein wenig abzulenken.

»Leonie, dir ist klar, dass ...«, weiter kam ich nicht, denn bevor ich mich noch mal rückversichern konnte, dass sie alles genauso sah wie ich, hatte sie mir schon ihre Hand in die Boxershorts geschoben.

Etwas zögerlich strich sie an meiner Härte entlang. Man merkte, dass sie nicht viel Erfahrung hatte. Deshalb übernahm ich die Führung. Meine Hand wandere unter ihr Shirt und streichelte über ihren tollen Busen.

»Oh«, hörte ich sie leise stöhnen, als ich erst ihre Brustwarze mit den Fingern liebkoste und dann mit meiner Zunge umkreiste. Seufzend fuhr sie sich mit der Zunge über die Lippen. Dabei raste ihr Herz so sehr, dass ich es deutlich spüren konnte.

Langsam mit vielen federleichten Küssen arbeitete ich mich schließlich über ihren Bauch weiter nach unten, und als mein Mund ihre kleine Knospe streifte, wurde ihr Stöhnen doch schon heftiger.

»Was machst du da?«, stammelte sie leise.

»Gefällt es dir nicht?« Was für eine dämliche Frage von mir, sie war klitschnass. »Jetzt sag bloß, dass dich noch kein Jung dort geküsst hat?«

Zögerlich schüttelte sie den Kopf. Na so was. Mit was für Kerlen war sie denn bisher im Bett, etwa nur mit Typen, die beim Ficken das Licht ausmachten? Da hat der supertolle Alex, aber mal hemmungslos versagt.

Arme Leonie, da musste ich ihr doch mal zeigen, wie toll es war mit dem Mund verwöhnt zu werden. Ausgiebig spielte ich mit meiner Zunge über ihren Kitzler. Wieder zitterte ihr ganzer Körper, aber dieses Mal mit Sicherheit nicht, weil ihr kalt war, denn sie glühte regelrecht.

Mit einem laut gestöhnten, »Oh mein Gott, was passiert hier mit mir?« Bäumte sie sich auf, um sich gleich darauf tief fallen zu lassen. Ihre Haut brannte unter mir, als ich wenig später meine Spitze an ihrer Pussy, die feucht wie ein Badesee war, platzierte.

Mit einem kleinen Stoß stieß ich in sie ...wollte ich zumindest, doch irgendwie war sie so eng, dass es nicht auf Anhieb klappte. Was war das?

Ich wollte ihr auf keinen Fall wehtun, aber auch nicht da stehen als wäre ich zu blöde zum Vögeln. Mit etwas mehr Druck probierte ich es noch mal.

»Au!«, schrie Leonie kurz auf und noch, ehe ich kapierte, was geschehen war, konnte ich mich ganz in Leonie versenken und mir mit ein paar wenigen Stößen einen kaum nennenswerten Orgasmus verschaffen.

»Das war jetzt nicht das, was ich befürchte?«, konnte ich endlich nachfragen, als ich wieder zu Atem kam.

Die Frage hatte sich in dem Moment erübrigt, als ich mich aus ihr zurückzog und im Schein der Nachttischlampe das Blut auf meinem Bettlaken sah.

Ach, du scheiße, war das Erste, was mir durch den Kopf schoss.

»Leonie!«, meine Stimme überschlug sich regelrecht, als ich mir hastig meine Boxershorts überzog. »Sag mir nicht das du noch Jungfrau warst?«

Warum musste ich nur immer so blöde Fragen stellen, der Blutfleck, der mich hämisch angrinste, war doch Antwort genug.

»Doch, natürlich.« Mit großen entsetzten Augen setzte sich Leonie ins Bett und zog sich die Decke über den Körper. »Warum, fragst du denn so komisch?«

»Bist du irre?« Ich war vollkommen außer mir, ich fühlte mich irgendwie verarscht und gleichzeitig wie ein mieses Schwein. »Leonie, man lässt sich doch nicht von einem Kerl entjungfern, von dem man weiß, dass er nichts von einem möchte. Verdammte scheiße, warum habe ich mich nur darauf eingelassen? Es tut mir leid, ich hätte es vorher merken müssen. Das Ganze war ein verdammter fuck Fehler.«

»Olli wirst du mir irgendwann in diesem Leben noch erzählen, was passiert ist?«, reißt mich Theo aus meinen Gedanken.

Er hat ja recht, allzu lange kann ich eh nicht bleiben, da ich wieder zur Kinderklinik rüber muss.

»Um es kurz zu machen«, fange ich noch mal von vorne mit meiner Story an. »Leonie wollte, dass ich mit ihr schlafe. Das habe ich gemacht und dabei festgestellt, dass sie noch Jungfrau war.« Jetzt ist es raus, besser fühle ich mich aber nicht.

»Ups«, kommentiert Theo knapp.

Er ahnt wohl, dass dies noch nicht die ganze Geschichte ist, womit er ja auch Recht hat, denn das Beste kommt ja noch.

»Nach dem Sex habe ich Leonie gesagt, dass es ein verdammter Fehler war«, gestehe ich ihm den größten Klops, den ich je gebracht habe.

»Doppel Ups.«

Gequält verzieht mein Freund das Gesicht. »Hast du dich wenigstens sofort für den Fauxpas entschuldigt?«

Wenn ich dazu gekommen wäre, hätte ich das auch liebend gern gemacht. Jetzt war es vielleicht nicht sehr förderlich, dass ich erst mal panisch ins Bad geflüchtet bin und mir da den Tagesbedarf einer Kleinstadt an Wasser ins Gesicht gekippt habe.

Als ich wenig später zurückging, stand Leonie wie eine einzig große Anklage in meinem Schlafzimmer und mühte sich mit ihrem Kleid ab. Für meinen Versuch, sie daran zu hindern, dass sie ging, bekam ich nur ein spöttisches Lächeln und als ich ihr wenigstens helfen wollte ihr Kleid zu schließen, schrie sie so laut, dass man glauben konnte, ich würde sie vergewaltigen.

»Theo, ich schwöre dir, ich habe seit dieser Nacht alles versucht, um mich bei Leonie zu entschuldigen, aber entweder geht sie nicht an ihr Handy oder sie beschimpft mich.«

»Vielleicht redet sie jetzt mit dir«, bemerkt Theo und zeigt mit dem Kopf zum Eingang des Raucherhäuschens.

Tatsächlich, da steht sie und durchbohrt mich mit ihren Blicken. Kurz zögert sie, strafft dann aber ihre Schultern und wirft den Kopf in den Nacken. Ohne mich eines weiteren Blickes zu würdigen, stellt sie sich vor Theo und begrüßt ihn mit zwei freundschaftlichen Wangenküsschen.

»Ich wollte gerade zu Kerry«, berichtet sie ihm und dreht mir dabei den Rücken zu, so als säße ich gar nicht hier. »Sie haben mir gesagt, ich könnte jetzt nicht zu ihr, weil sie Kerry wach werden ließen. Ich solle später dann auf die Station gehen, dahin würde sie heute noch verlegt, wenn alles gut ginge.«

»Ja so sieht es aus.« Nervös raucht Theo seine Zigarette zu Ende und wirft die Kippe in den übervollen Aschenbecher.

Ich kann mir gut vorstellen, wie seine Gefühle gerade Achterbahn fahren, mir geht es nicht anders.

»So, bevor ich jetzt zu meiner Frau gehe habe ich noch eine Ansage an euch beide.«

Er steht auf und drückt Leonie auf den Platz neben mir. Schon will sie empört aufspringen, aber ein Blick von ihm reicht und sie bleibt brav sitzen.

»Ihr beide kriegt das auf die Reihe.«

»Du hast es ihm erzählt?!«, kreischt Leonie hysterisch auf und ich bekomme Angst, dass sie mir ihre Nägel in die Augen rammt.

»Ja habe ich. Im Gegensatz zu dir rede ich mit den Leuten«, kontere ich. Langsam geht mir nämlich ihre Selbstgefälligkeit auf die Nerven.

»Das ist das Letzte«, legt Leonie sofort mit ihrer Keiferei wieder los und lässt mir so nicht den Hauch einer Chance weiter zu reden, ohne laut werden zu müssen.

Wenn ich eines vermeiden möchte, dann ist es, dass ich in der Klinik in der ich arbeite zum Gesprächsthema werde. Zum Glück hält sich keiner der Eltern meiner Patienten hier auf. Nicht auszudenken, wie peinlich es wäre, wenn sie dieses Spektakel mitbekommen würden.

»Hab ich mich nicht klar ausgedrückt?!«, poltert aber auch schon Theo dazwischen und ich kann mir gut vorstellen, was er für eine Wirkung auf seine Schüler haben muss. »Ihr beide klärt das!«

»Mit diesem gemeinen Arsch kläre ich gar nichts« Trotzig zieht Leonie eine Flunsch und verschränkt die Arme vor der Brust.

»Werde erwachsen Leonie«, bemerkt Theo höhnisch, sein Geduldsfaden scheint heute nicht sonderlich lang zu sein. »Wenn du mit einem Typen im Bett liegst und ihm in den Schritt packst, ihn darum bittest, dass er mit dir fickt, dann wundere dich doch nicht, dass er dir danach keinen Heiratsantrag macht, selbst wenn er dich entjungfert. Lebe mit den Konsequenzen, du bist schließlich keine fünfzehn.«

Ich muss mich schon sehr zurückhalten, um nicht triumphierend zu grinsen.

»Und jetzt zu dir Olli«, wendet sich Theo mir zu. Scheiße zu früh gefreut. »Du hättest auch mal dein Hirn anstrengen können. Also ich verbringe ja erst seit gut einem halben Jahr ein Teil meiner Freizeit mit Leonie und habe während diesen sechs Monaten noch keinen Kerl bei ihr gesehen. Eine Frage Olli, wann hast du denn Leonie jemals mit einem Typen gesehen? Hm? Nie? Richtig! Also wie und wo sollte sie denn ihre Unschuld verloren haben?«

»Denkst du, ich habe mich für Leonies Liebesleben interessiert?«, wage ich einen kleinen Einwand zu meiner Verteidigung. Dass ich dachte, dass sie was mit Alex hatte, verschweige ich lieber mal, ich will nicht noch mehr Öl ins Feuer gießen. Wer weiß, ob er auf der Verlobung nicht eben aus diesem Grund nichts mit ihr angefangen hat, dann stehe ich noch dämlicher da.

»Scheiß egal«, wird Theo lauter. »Ihr habt euch beide nicht mit Ruhm bekleckert. Aber das ist euer Ding. Ihr könnt euch auch meinetwegen die Augen auskratzen, beschimpfen oder übereinander herfallen und euch die Seele aus dem Leib vögeln, interessiert mich nicht. Nur eines sage ich euch beiden.« Seine Stimme nimmt eine gefährliche Schärfe an und Leonie sackt merklich in sich zusammen. »Ihr lasst Kerry aus dem Spiel. Kein Wort zu ihr. Ich möchte nicht, dass sie zwischen die Fronten gerät. In der kommenden Zeit wird sie Freunde brauchen, die sie unterstützen und keine, um die sie sich Sorgen machen muss.«

Wie zwei pubertierende Teenies, die gerade eine Standpauke von ihrem Lehrer bekommen haben, nicken Leonie und ich zustimmend. Zufrieden dreht sich Theo um und lässt uns wie zwei begossene Pudel zurück.

»Er hat recht.« Leonie atmet tief aus, so als hätte sie die ganze Zeit die Luft angehalten. »Wir dürfen Kerry nichts erzählen. Für sie wird die nächste Zeit noch schwer genug.«

Na wenigstens in diesem Punkt sind wir uns einig, vielleicht kommen wir doch noch mal auf einen Nenner.

»Glaub aber ja nicht, dass ich dir jemals vergeben werde«, zerstört Leonie das kleine Keimchen Hoffnung auch schnell wieder. »Sobald es Kerry gut genug geht, wird sie erfahren, was für ein Schwein ihr toller Freund ist.«

44. THEO!

»So«, zuversichtlich lächelt die nette Krankenschwester mich an, »dann schauen wir doch mal, ob ihre Frau Lust hat die Augen aufzumachen.«

Sie schraubt den Beatmungsschlauch vom Mundstück ab, lässt aber vorsichtshalber den Tubus noch drin, falls mein Mädchen sich entschließt, noch nicht in diese Welt zurückzukommen.

Lange, endlose Sekunden tut sich nichts. Ängstlich blicken Cassy, Tom und ich auf Kerry, die keinen einzigen Atemzug von sich gibt. Verzweifelt knete ich ihre Hand, vielleicht spürt sich mich und will endlich zurück zu mir. Nach einer gefühlten Ewigkeit schüttelt die Schwester resigniert den Kopf.

»Ich befürchte, ich muss sie wieder anschließen.«

Schon hat sie das Schlauchstück in der Hand, doch Tom hält sie auf.

»Moment« Er hockt sich neben das Bett und streichelt Kerrys Gesicht. »Hey du kleine Nervensäge, komm schnauf mal, dein Kerl sitzt hier und wartet auf dich.«

Erneut verstreichen zähe Sekunden und gerade will auch Tom aufgeben und den Beatmungsschlauch wieder anschließen, da zieht mein Mädchen einmal kräftig Luft ein. Geradeso wie man es macht, wenn man in zu kaltes Wasser gesprungen ist und einem die Luft wegbleibt.

Einmal, zweimal wiederholt sie das Ganze, danach senkt und hebt sich ihr Brustkorb ganz rhythmisch. Ihr Blutdruck stabilisiert sich, der Herzschlag wird ruhiger. Der Technik sei dank, haben wir alle Werte gleich per Monitor vor unseren Augen.

»Ich wusste, dass du es nicht abwarten kannst«, lächelt Tom und küsst Kerry leicht auf die Stirn.

Die Schwester reicht ihm Handschuhe, damit er den Tubus ziehen kann, doch er stockt einen Moment.

»Theo, wenn sie gleich die Augen aufmacht, dann ist sie noch nicht sofort ganz klar«, erklärt er mir leise. »Du musst dir das so vorstellen, als hätte sie einen Vollrausch. Sie wird auch ziemlich schnell wieder einschlafen, um eben diesen Rausch auszuschlafen.«

»Ja ist okay. Zieh endlich dieses blöde Teil«, dränge ich jetzt ein wenig, denn ich möchte nicht, dass sie wach wird und der Tubus noch in ihrem Hals steckt.

»Was ich dir damit sagen will, versuch nicht ihr schon alles von ...« Den Rest spricht Tom nicht aus, aber ich weiß ja auch so was er meint.

Wenn es nach mir geht, kann ich es auch so in etwa dreißig, vierzig Jahren sagen, nur wird es leider heute noch geschehen müssen und ich weiß schon jetzt das es grausam wird.

Mit einem Ruck ist der Tubus draußen und ich knete schon wieder ihre Hand so stark, dass diese knallrot wird.

»Aua, du tust mir weh«, kommt es leise, krächzend von meinem Mädchen.

OH MEIN GOTT ...Sie hat geredet, mir treten tatsächlich Tränen in die Augen.

Mit viel Mühe öffnet meine süße Frau ihre Augen und bemüht sich ihren Blick auf mich zu fixieren.

»Theo«, krächzt sie ganz leise weiter. »Können wir nachhause fahren, ich habe gar keine Schmerzen mehr. Ich bin nur so furchtbar müde.« Erschöpft sinken ihre Augenlider wieder zu.

Mein armes Mädchen. Ich streiche ihr eine Haarsträhne, die sich aus ihren Zöpfen gelöst hat, hinter das Ohr und betrachte ihr friedlich wirkendes Gesicht.

»Schlaf schön Baby«, seufze ich. Solange sie schläft, bleibt die böse Wahrheit vor ihr verborgen und sie kann noch etwas mit dem

Glauben leben, dass wir den ersten Januar haben und Pünktchen noch sicher in ihr ist.

Tom prüft noch mal alle Werte nach, die Schwester zieht den Blasenkatheder und entfernt alle Kabel, die zu den Monitoren führen. Glücklicherweise wurden auch die schrecklichen Drainagen schon entsorgt, so dass bis auf zwei Zugänge, an denen noch Infusionen hängen, mein Mädchen von all den schlimmen Dingen, die ihr Angst machen würden, befreit ist.

Gesundheitlich scheint sie tatsächlich über den Berg zu sein, doch jetzt wird das Schwierigste folgen, wie soll ihre Psyche das je verkraften. Und als hätte Tom meine Gedanken gelesen, packt er auch alle Befunde ans Bettende und löst die Bremsen des Monsterbetts.

»Solange sie noch so ruhig schläft, bringen wir sie nach drüben. Das hier muss sie nicht auch noch sehen.«

Mir wird richtig warm ums Herz. Tom war immer wie ein kleiner Bruder für mich. Häufig ein nervender kleiner Bruder, der kiffte, launisch war und recht chaotisch, aber die vergangenen sechs Tage habe ich einen vollkommen anderen Tom kennengelernt. Einen verantwortungsbewussten, engagierten jungen Arzt, der nicht nur Kerry das Leben gerettet hat, sondern wirkliches Mitgefühl zeigt.

****

Zwei Stunden sitzen wir jetzt schon in dem Krankenzimmer und warten darauf, dass Kerry wach wird. Jedes Mal wenn sie sich etwas bewegt, setzt mein Herz kurz aus. Doch bisher war es immer nur falscher Alarm. Entspannt schläft sie und lässt dabei keine Sekunde meine Hand los.

»Diese verdammte Uhr«, stöhnt Olli plötzlich in die Stille.

Obwohl mit ihm, Andre, Michelle, Tom, Cassy und Leonie, der Raum mehr als gefüllt ist, herrscht eisiges Schweigen. Alle starren nur die ganze Zeit auf Kerry und jede Bewegung wird mit angehaltenem Atem registriert.

»Was ist denn mit der Uhr?«, will Michelle wissen.

»Stört euch dieses Ticken etwa nicht?«, blafft Olli sie genervt an. Er klettert auf den Stuhl und rappelt an der Uhr um sie abzuhängen.

»Bist du verrückt?« Hält Cassy ihn auf. »Lass den Scheiß. Nachher machst du noch etwas kaputt.«

»Mit kaputtmachen kennt Olli sich aus«, bemerkt Leonie bissig, beißt sich aber sofort auf die Lippe, als sie meinen Blick bemerkt.

»Womit kennt Olli sich aus?« Die Frage kam leise, aber jeder in diesem Krankenzimmer hat sie gehört.

Mein Mädchen ist wach.

»Hey Schatz, da bist du ja wieder.« Zärtlich streichelt Cassy ihrer Schwester über das Gesicht.

Krampfhaft bemüht sie sich dabei heiter zu wirken, was ihr aber nicht wirklich gelingt.

Verdächtigt zuckt es um ihre Mundwinkel, aber Kerry bemerkt es zum Glück nicht.

»Wo bin ich?«, fragt sie verwirrt nach und blickt sich fassungslos um.

»Baby ...«, fast versagt mir die Stimme. »Du bist in der Klinik. Kannst du dich an den Unfall erinnern?«

Hinter Kerrys Stirn sieht man es regelrecht arbeiten. Sie blickt auf die Wanduhr, die Olli eben noch abhängen wollte.

»Was?!« kommt es heiser von ihr. Durch den Tubus sind ihre Stimmbänder so gereizt, dass ihr das Sprechen schwerfällt. »Wir haben schon sieben Uhr? Das bedeutet ja, dass ich fast fünf Stunden geschlafen habe.«

Sie greift nach meiner Hand und sieht mich traurig an, »Sorry, da habe ich unsere Hochzeitsnacht, aber gründlich ruiniert.«

»Baby ...wir haben neunzehn Uhr«, erkläre ich ihr behutsam.

»Oh nein ...So spät! Ich habe den ganzen Tag verschlafen? Wieso hat mich denn keiner geweckt?« Jetzt ist sie wirklich am Boden zerstört, »Theo ...Dann haben wir unseren Flug verpasst, den ich dir zum Geburtstag schenken wollte.«

»Ja, Baby ...das haben wir, denn es ist schon der sechste Januar.«

»Bitte was?« Springt Kerry auf. Sie versucht es zumindest, aber ihre Naht auf der Bauchdecke, stichtoffenbar ziemlich stark, so dass sie erschrocken zurückzuckt und ihre Hände auf den Bauch legt.

Ihre Augen werden groß, dann geht ein Strahlen über ihr Gesicht, dass Michelle aufschluchzend aus dem Zimmer rennen lässt.

Sie stößt fast mit Professor Eickel zusammen, der genau in diesem Moment den Raum betreten will.

»Hoppla«, lachend sieht er Michelle hinterher und er wirkt sogar noch etwas fröhlicher als er Kerry entdeckt.

»Da ist ja unser Sorgenkind wieder«, begrüßt er mein Mädchen freundlich. »Haben Sie sich schon bei Herrn von Hansen bedankt, der hat Ihnen nämlich das Leben gerettet.«

»Ehrlich?« Mit einer Mischung aus Unglauben und Bewunderung sieht Kerry, Tom strahlend an.

»Hast du Pünktchen geholt?«

Tom will etwas erwidern, doch trotz ihrer Schwierigkeiten ein Wort herauszubringen, sprudelt es geradezu aus ihr heraus.

»Theo, wieso sitzt du hier und bist nicht bei unserem Sohn? Ha ...Da guckst du, ich wusste schon länger das wir einen kleinen Jungen bekommen, ich habe es beim Ultraschall entdeckt.« Kurz holt sie Luft, weil sie das Reden sehr anstrengt, aber nur so kurz, dass niemand etwas sagen kann. »Oh mein Gott, Theo wir sind Mummy und Daddy. Wo ist er? Wann kann ich ihn denn sehen? Er musste doch nicht etwa in den Brutkasten?«

Der Professor wirkt leicht geschockt.

»Es tut mir leid, Herr von Hansen. Ich dachte Sie hätten es ihr schon längst gesagt.«

Am liebsten würde ich ihn schütteln. Professor hin oder her. Glaubt er etwa, wenn Kerry die furchtbare Wahrheit kennen würde, dann wäre sie so fröhlich.

»Wenn Sie Hilfe brauchen, ich bin noch in meinem Büro.« Väterlich legt er seine Hand auf Toms Schulter und schaut geknickt zu mir herüber.

»Was ist denn los, Herr Professor?« Natürlich hat Kerry den Stimmungsumschwung bemerkt.

»Es tut mir furchtbar leid, Frau Fischer« Der Professor blickt sich in der Runde um und dann wieder zu Kerr. »Es ist gut, dass Sie so viele Freunde haben, die für Sie da sein werden.«

Jetzt springt auch noch Leonie auf und läuft nach draußen, der Professor grußlos hinterher.

»Eigenartig, wie war der denn drauf?« Erschöpft lässt sich Kerry in die Kissen zurücksinken. »Tom kannst du Pünktchen nicht herholen? Ich möchte ihn so gerne sehen.«

Leise kichert sie los. »Ich sollte mir angewöhnen ihn nicht mehr Pünktchen zu nennen, sonst sage ich das nachher noch bis zum Abitur zu ihm.«

»Baby«, unterbreche ich ihren Redeschwall. »Hör mir bitte zu. Ich muss dir was sagen.«

»Nein Theo, das hat doch Zeit«, unterbricht sie mich ihrerseits. »Du musst zu unserem Sohn, wenn er schon nicht hier sein darf. Mein armes Pünktchen. Was hast du eben gesagt, wir haben schon den Sechsten?« Tränen steigen ihr in die Augen. »Oh nein, mein Kind war sechs Tage ohne mich.«

»Kerry, bitte hör jetzt auf«, falle ich ihr ins Wort. Ich kann nicht mehr, wenn sie mich weiter so euphorisch ansieht, drehe ich durch.

»Theo warum bist du denn so komisch?«

»Baby entschuldige, ich wollte dich nicht so anfahren, aber ich muss dir jetzt endlich was sagen.« Dieses Mal kann ich weiter reden, ohne dass mich mein Mädchen unterbricht. Sie sieht mich nur so ängstlich an, als ahne sie, dass in wenigen Sekunden ihre Welt zusammenbricht.

»Kannst du dich an deinen Unfall erinnern?«

Kerry scheint ihre Gedanken zu sortieren, dann nickt sie zögerlich und hört weiter zu.

»Bei deinem Sturz bist du doch auf deinen Bauch gefallen?«

Meine verbundene Hand schwitzt wie ein Schwein in der Sauna.

»Ist Pünktchen etwa durch den Sturz verletzt ... oder so?«, wispert sie leise.

»Nein, das ist es nicht Baby« Meine Stimme ist auch kaum noch zu hören.

»Ich muss hier raus«, springt jetzt Andre auf. So was nennt man einen gestandenen Oberkommissar.

»Theo ...was genau soll das bedeuten?« Ihre Augen strafen ihre Frage lügen. Sie hat begriffen, was ich ihr zu sagen habe.

Sie schnappt nach Luft, ihre Augen weiten sich, dann schüttelt sie den Kopf, ...erst langsam, dann immer stärker.

»Nein! ...Nein, Theo! ...Du sagst mir sofort, dass es nicht stimmt!« Ihre Stimme wird lauter, gleichzeitig atmet sie immer schneller,

»NEIN ...NEIN, THEO.......DU......DU MUSST MIR SOFORT SAGEN, DASS ES NICHT STIMMT......NEIN ...NEIN ...THEO!«

Sie klammert sich an mein Hemd, schluchzt und schreit gleichzeitig.

»Theo, ich flehe dich an, bitte, bitte sag mir, dass Pünktchen nicht tot ist ...bitte, bitte, Theo...ich flehe dich an.« Sie faltet ihre Hände, wie zu einem Gebet und hält sie mir tränenüberströmt unter die Nase.

» ....bitte, bitte, bitte, Theo...das kannst Du nicht tun, DU musst, du musst mir sagen, das Pünktchen lebt....DU MUSST!«

Ich kann nicht mehr. Hilflos reiße ich sie in meinen Arm und nun übermannt auch mich ein wahrer Weinkrampf.

Zaghaft öffnet Fronk die Tür. Er hat ebenso wie meine Mom und Konrad im Flur gewartet, aber auch er hat sicherlich Kerrys Schrei gehört – jeder Mensch im Umkreis von 600 Kilometern muss ihn gehört haben – und will jetzt seinem Kind jetzt beistehen. Leise betreten auch Mom und Konrad den Raum und blicken geschockt auf das Häufchen Elend in meinem Arm.

»Bitte wein doch nicht so, Hase.« Schluchzt Fronk und streichelt ihr liebevoll über den Rücken, aber sie ist vollkommen weg. Wie in Trance wiederholt sie immer und immer wieder, dass ich ihr sagen muss, dass unser Pünktchen noch lebt.

Jeder hier in diesem Zimmer wusste, dass es schlimm wird und doch trifft uns ihre Trauer bis ins tiefste Knochenmark. Cassy hängt an Ollis Hals und beide weinen wie die Schlosshunde, und auch Mom wischt sich die Augen.

»Ich komme gleich wieder.« Läuft Tom hinaus. Kurze Zeit später stürzt er auch schon wieder herein. Er spritzt etwas in den Infusionszugang und nach ein paar Minuten bemerke ich, wie Kerry in sich zusammensackt, so als hätte sie bei einem Kampf kapituliert.

»Wir sollten jetzt gehen«, fordert Tom unsere Freunde auf.

»Ja das sollten wir«, stimmt Cassy ihm zu.

Leise verlassen alle den Raum, während ich Kerry nach wie vor in meinem Arm wiege. Irgendwann schläft sie erschöpft ein. Vorsichtig lege ich sie hin, ziehe meine Schuhe aus und schmiege mich an sie. Sie mal wieder so nah bei mir zu spüren lässt mich etwas ruhiger werden und schon bald fallen auch mir die Augen zu.

****

Ich kann noch nicht allzu lange geschlafen haben, als Kerry

plötzlich laut aufschreiend neben mir hochschreckt. Sie ist schweißgebadet und ihr Herz pocht so stark, dass ich es spüren kann.

»Theo ... es war kein Albtraum.« Sie weint so heftig, dass ich nur ahnen kann, was sie sagt, »Er ist tot, er ist wirklich tot, ...mein Pünktchen ...«

Sie kann kaum Luft holen, so wird sie von ihrem Weinkrampf geschüttelt. Wenn ich doch nur etwas für sie tun könnte, aber außer sie im Arm zu halten und ihr nahe zu sein gibt es nichts, was sie sonst irgendwie beruhigen würde.

»Baby soll ich nach der Schwester klingeln, dass du noch ein Mal ein Beruhigungsmittel bekommst?«

»Nein«, schluchzt sie. »Ich will mich nicht beruhigen. Ich will mich nie wieder beruhigen, denn wieso soll es mir gut gehen, wenn ..., wenn, mein ...« Ein erneuter Weinkrampf erstickt ihre Worte.

»Baby, quäl dich doch nicht so.« Ich ziehe sie noch etwas fester in meinen Arm, da stutzt sie. Kerry setzt sich auf und schaltet das Licht ein.

»Was hast du gemacht?« Mit entsetzten Augen starrt sie auf meine verletzte Hand.

»Nur ein paar Kratzer«, wiegele ich ab.

»Aha« Sie hebt die Hand etwas an und betrachtet sich die dicke Bandage. »Nur ein paar Kratzer. Was machen sie dann, wenn man ernsthaft verletzt ist? Kommt man dann in ein Gipsbett?«

»Kleiner Betriebsunfall.« Versuche ich erneut nicht näher darauf einzugehen.

»Betriebsunfall?«, fragend zieht Kerry eine Augenbraue hoch, sie glaubt mir kein Wort.

»Also gut kein Betriebsunfall«, gestehe ich –gezwungenermaßen – da sie eh nicht locker lassen wird.

»Du weißt, dass ich gut erzogen bin ...«, quäle ich mir ein Lächeln ab. »Ich schlage keine Frauen, deshalb musste die

Glastüre im Lehrerflur herhalten, statt Brittas Gesicht«

Fast andächtig streichelt Kerry über den Verband, dann küsst sie die Hand und legt ihre Wange hinein »Schade, dass deine Mom dich so gut erzogen hat, du hättest treffen sollen.«

»Das hätte ich auch liebend gern, aber dann hätte Britta das Opfer spielen können« Ich hebe ihr Gesicht hoch und küsse sie ganz sanft. »Sie wird dafür büßen, Baby.«

Zustimmend nickt Kerry. Sie löscht das Licht, dann legt sie ihren Kopf auf meine Brust und schweigt ein paar Minuten.

»Hast du ihn gesehen?«, fragt sie leise nach einiger Zeit.

»Ja, das habe ich.«

»Wie sah er aus? Beschreibst du ihn mir?«, fragt sie noch leiser nach.

»Er war wunderschön«, fange ich zögerlich an, »Ich habe ein Foto. Möchtest du es sehen?«

Statt mir zu antworten, nickt sie nur leicht. Aus meiner Manteltasche hole ich das Foto, das ich in einen Umschlag gepackt habe, damit es nicht beschädigt wird.

Vorsichtig, als hätte sie das zerbrechlichste der Welt in der Hand, nimmt Kerry das Bild aus dem Umschlag. Sie streicht über jede Kontur des kleinen Gesichtchens.

»Du hast recht Theo, er ist so wunderschön« ganz leicht haucht sie einen Kuss auf das Polaroidbild, dann schmiegt sie sich wieder in meinen Arm und schluchzt leise vor sich hin.

****

Die Nacht war kurz, zu kurz. Als mein Handywecker klingelt, habe ich das Gefühl noch kein Auge zugemacht zu haben. Was gar nicht so weit hergeholt ist, denn immer wieder schreckte Kerry schweißgebadet aus dem Schlaf.

Zweimal mussten wir die Nachtschwester herbeiklingeln – die

leider wieder in die Kategorie >Drachen< gehörte –, weil sie Kerry von den Infusionen abstöpseln musste, damit mein Mädchen sich frisch machen konnte.

Aber auch, wenn meine süße Frau, dann in meinem Arm schlief fand ich keine Ruhe, weil mir zum ersten mal im Leben die Zukunft verdammt viel Angst macht. Immer wieder stelle ich mir die Frage, ob wir beide das unbeschadet überstehen?

Kerry kuschelt sich noch etwas enger an mich und ich überlege ernsthaft heute nicht zur Schule zu gehen, denn ich kann sie doch nicht einfach ein paar Stunden, so alleine hier lassen.

»Muss du nicht aufstehen?« Wundert sich mein Mädchen, als ich das Handy zur Seite lege und sie noch etwas fester in den Arm nehme.

»Nein, ich bleibe bei dir.« Die Schule wird heute eben mal ohne mich auskommen müssen.

Kerry setzt sich auf und macht das Licht an, ein Spiel was wir heute Nacht häufiger gespielt haben.

»Theo, du kannst nicht bei mir bleiben, du hast noch nie gefehlt. Du würdest selbst dann gehen, wenn man dir die Beine amputiert hätte. Du kannst dich doch sicher noch an den ersten Schultag im vergangenen Jahr erinnern?«

Als wenn ich den vergessen könnte. Ich hatte damals wirklich geglaubt, so ein verletzter Rücken wäre ein Problem? Wie lächerlich. Heute habe ich ein Problem, dagegen waren ein paar Hämatome der reinste Kindergeburtstag.

»Wenn du heute nicht zur Schule gehst, werden nur Gerüchte gestreut« Traurig blickt Kerry auf das Foto, was sie keine Sekunde aus der Hand gelegt hat. »Ich gehe davon aus, dass Schölzchen Bescheid weiß«

Zustimmend nicke ich.

»Du kennst doch ihre Vorliebe Geschichten auszuschmücken oder dramatischer zu gestalten.«

Das stimmt leider. Frau Scholz hat einen Hang dazu Ereignisse aus ihrer Sicht zu erzählen und dabei gerne etwas zu übertreiben. Obwohl viel zu dramatisieren gibt es ja bei uns nicht, da es ja ein einziges Drama war. Trotzdem wäre es schon sinnvoller, wenn ich den Schülern und Kollegen die traurige Nachricht überbringe.

Also quäle ich mich aus dem Bett und mache mich auf den Weg, nicht ohne vorher meiner Frau das Versprechen abzunehmen, dass sie keinen Blödsinn macht. Mir fällt zwar spontan nichts ein, was Kerry in diesem Krankenzimmer anstellen könnte, aber bei ihr muss man auf Nummer sicher gehen. Ihre fallen manchmal die komischsten Dinge ein.

45. KERRY!

*E*s sind genau vierzehn Minuten vergangen, seit Theo sich auf den Weg zur Schule gemacht hat und ich weiß schon jetzt nicht mehr was ich tun soll. Immer wieder schaue ich mir das Bild meines Pünktchens an und immer wieder muss ich dabei weinen. Ich kann mich glücklich schätzen, dass sich noch ein paar Infusionsflaschen stetig durch mehrere Schläuche in mir entleeren, denn sonst wäre ich schon ausgetrockneter als die Wüste Gobi. Erschöpft lasse ich mich in die Kissen fallen und schaue vom Bett aus ein wenig aus dem Fenster, aber der Ausblick ist genauso trist, wie dieses schreckliche Krankenzimmer. Mein Großer ist witzig, ich soll keinen Blödsinn machen. Wie lustig, ich frage mich, was man in diesem Raum überhaupt tun kann, außer an Langeweile zu verenden. Gegen dieses Zimmer muss eine Einzelhaftzelle ein wahres Vergnügungsparadies sein.

Etwas desinteressiert blättere ich durch die Prospekte und Flyer, die ich im Nachttisch gefunden habe. Was für eine spannende Lektüre. Eine Preisliste des Klinikums, die mir sagt, was der Spaß mich hier als Privatpatient kosten wird. Eine Broschüre mit den Sonderleistungen, die angeboten werden – natürlich gegen einen erheblichen Aufschlag – und ein kleines Heftchen mit allen Seelsorgern, Kirchen und Kapellen, die in und um das Klinikgelände verteilt sind, damit man bei Sorgen sofort einen Ansprechpartner findet. Was soll ich mit so einem Ansprechpartner? Ihm sagen, wie traurig ich bin und dann ist alles wieder gut? Um mich etwas abzulenken, zappe ich mich durch das Fernsehprogramm. Jetzt gehört fernzusehen schon normalerweise nicht zu meinen Lieblingsbeschäftigungen, und wenn ich das Programmangebot in allen Kanälen sehe, fällt mir auch wieder ein, warum. Reality Formate, Frühstücksfernsehen mit vermeintlich lustigen Moderatoren und ein paar Reportagen über große und kleine Katastrophen sind nicht gerade stimmungsaufhellend. Nein, ich muss mir wirklich nicht den Kummer anderer Menschen am frühen Morgen antun. Hey, ihr könnt noch ein bisschen von mir abhaben. Wenn es ein Ranking der unglücklichsten Menschen gibt, belege ich zurzeit unangefochten Platz eins.

Ein Pfleger bringt mir mein Frühstück. Was man so Frühstück nennt. Eine Tasse Tee und zwei Stücke Zwieback, wenn das ein Scherz ist, dann ist er ziemlich missraten. Es ist zwar nicht so, dass ich vor Hunger umkomme, aber ich durfte heute Nacht mit Theo zur Toilette gehen, da hat mich mein Anblick im Spiegel fast umgehauen. Nicht nur dass mein schöner kugelrunder Bauch weg ist – was mir den tausendsechshundertsten Weinkrampf bescherte – auch der Rest meines Körpers ist doch stark abgemagert und könnte ein paar Pfündchen mehr vertragen.

»Ist Herr von Hansen schon hier?«, frage ich den Pfleger, während ich angewidert an dem Zwieback rumknabbere. Vielleicht kann Tom mich ein wenig bespaßen, außerdem muss ich dringend mit ihm reden. Ich will alles über Pünktchen wissen. Theo hat mir nur sehr spärliche Informationen gegeben. Sicher um mich zu schützen, aber ich will nicht geschützt werden, ich will und muss so viel, wie es eben geht über mein Kind erfahren.

»Tut mir leid, der hat heute frei«, bedauert der Pfleger, » Herr von Hansen war in den vergangenen Tagen fast rund um die Uhr hier, da hat der Chef ihm für heute so eine Art Zwangsurlaub auferlegt.«

Damit fällt Tom als Unterhalter aus.

Der Pfleger, der sich mir als Tim vorstellt, ist ein ganz netter, nicht zu vergleichen mit der schrecklichen Nachtschwester, der es schon ein Dorn im Auge war, dass Theo die Nacht bei mir verbracht hat. Tim kontrolliert den Blutdruck, misst die

Temperatur, fragt mich unangenehme Dinge, wie z.B. ob das Pipi machen klappt. Dann ist er mit seiner To-Do Liste durch und muss ins nächste Zimmer, und somit geht auch meine einzige Unterhaltungsquelle. Die Stille in diesem Zimmer ist irgendwie beängstigend. Nach einiger Zeit bemerke ich, dass es gar nicht so still ist, denn die Wanduhr – der ich die ganze Zeit zusehe, wie sie langsamer, als langsam ihre Zeiger bewegt – tickt so laut, dass dieses Geräusch mir in den Ohren brennt. Ob ich jemanden bitten soll, sie abzuhängen? Ich glaube, wenn ich das mache, dann halten sie mich sicher für verrückt.

8.40 Uhr, noch fünf Stunden bis Theo kommt. Wie soll ich das nur aushalten? Vorsichtig krabbele ich aus dem Bett und schiebe dieses blöde Gerät mit den Infusionen neben mir spazieren. Sieben Mal den Raum durchquert bringt mir genau vier Minuten. Das bedeutet, ich muss nur noch 575 Mal durch das Zimmer laufen, bis mein Großer kommt. Jetzt habe ich schon an guten Tagen die Kondition eines Faultieres, heute bin ich schon nach vier Minuten Laufen im Zeitlupentempo, platt.

Mein Shirt ist durchnässt und ich bin heilfroh, dass Cassy so vorausschauend war und mich mit T-Shirts und Jogginghosen eingedeckt hat. Ich krame ein frisches Oberteil aus dem Schrank, da fällt mir mein Handy in die Hände. Juhu, ich bin also doch nicht, wie ein Strafgefangener, von der Außenwelt abgeschnitten. Freudig reiße ich es aus dem Schrank und ...prima, Akku leer.

Wie eine Irre schmeiße ich alles – was Miss Oberpingelig ordentlich eingeräumt hat – auf den Boden, um das dämliche Ladegerät zu finden, aber auch nach dem zehnten Mal, bei dem ich alles von oben nach unten und wieder zurück sortiert habe, bleibt dieses dämliche Ladegerät verschollen. Zu früh gefreut, also doch Einzelhaftbedingungen. Ist das alles deprimierend. Nicht mal das Shirt kann ich wechseln, weil ich ja den blöden Zugang habe. Ich klingele, damit mir jemand hilft, und hoffe, dass nicht gerade Tim kommt und ich mich vor ihm entkleiden muss.

Jetzt müsste mich doch die Erfahrung gelehrt haben, dass die Sache mit dem Glück und mir nicht so wirklich kompatibel ist, denn es kommt zwar nicht Tim, dafür aber ein anderer Pfleger. Da mir bewusst ist, dass ich hier nicht in einem fünf Sterne Hotel bin, sondern in einer Klinik, muss ich mich wohl oder übel mit dem jungen Typen zufriedengeben, der sich aber netterweise beschämt umdreht, als ich mich umziehe.

Gerade will er mich wieder an den Tropf anschließen, da blicke ich auf die nervige Uhr, die sich doch um wahnsinnige acht Minuten fortbewegt hat.

Nein, stopp, stopp, stopp ...ich kann unmöglich jetzt noch weiter alleine in diesem Zimmer bleiben. So etwas wie Panik macht sich in mir breit.

»Können wir den Tropf nicht noch für ein paar Minuten weglassen?« Ich klimpere ein bisschen mit den Wimpern, wobei ich mir nicht sicher bin, ob das bei meinem derzeitigen Aussehen, irgendjemanden hinter dem Ofen hervorholen könnte.

»Eigentlich nicht«, druckst der Pfleger rum.

»Ich möchte nur schnell telefonieren gehen«, schwindele ich ihn an. Etwas skeptisch schaut er auf mein Handy, was ich wütend auf das Bett geschmissen habe.

»Akku leer«, wie zur Bestätigung halte ich es ihm unter die Nase.

»Also gut«, willigt er widerwillig ein. »Aber in fünf Minuten müssen Sie wieder hier sein.«

»Klar«, verspreche ich ihm hoch und heilig.

Schnell werfe ich mir Theos Cardigan und schlüpfe in meine Flip-Flops, dann nehme ich Pünktchens Bild und verlasse diese Gefängniszelle. Schon vor der Tür, fällt mir das atmen wieder leichter, bis ich in den gegenüberliegenden Flur schaue.

>Die Entbindungsstation<!

Wie an einer Schnur gezogen, gehe ich rüber und betrachte mir durch die Glasscheibe die Kinderbettchen mit den kleinen Würmchen darin. Ich lege meine Stirn an das kühle Glas und sehe zu, wie eine Mama ihr Baby wohl für die Heimreise fertig macht. Warum tue ich mir das hier nur an? Ich muss weg, bevor ich durchdrehe. Mit schweren Schritten mache ich mich auf den Rückweg, da kommt mir Sabine, die nette Hebamme vom Schwangerschaftskurs entgegen..

»Ja Hallo Kerry, was machst du denn schon hier?« Freudig umarmt sie mich, dann rückt sie ein Stück von mir ab und scannt mich einmal von oben bis unten.

»Du hattest es aber eilig zu entbinden«, grinst sie mich verschmitzt an, »Du hättest doch mal warten können, bis ich aus dem Urlaub zurück bin.«

Sie legt mir den Arm um die Taille und schiebt mich wieder Richtung Entbindungsstation. »Jetzt muss ich mir doch mal dein Prachtstückchen ansehen. Was ist es denn geworden?«

»Ein Junge.«

Vor meinen Augen beginnt sich alles zu drehen. Ich befürchte der Ausflug hier hin, war keine so gute Idee.

»Ist dir schlecht Kerry?« Sabine hat anscheinend bemerkt, dass ich die Gesichtsfarbe gewechselt habe. Besorgt bleibt sie stehen und fühlt meinen Puls. Prüfend blickt sie mich an und platziert mich auf einen Stuhl.

»Kerry du musst essen. Es ist ja wunderschön, wenn man gleich nach der Entbindung wieder so schlank ist, wie du es bist, aber du brauchst jetzt Kraft.« Aus einem Getränkespender holt sie einen Becher Wasser und reicht ihn mir rüber.

»Trinkst du genug? Gerade wenn du stillst, musst du viel Flüssigkeit zu dir nehmen.«

»Ich stille nicht«, antworte ich leise.

»Das ist aber schade. Du weißt doch, dass stillen das Beste fürs Baby ist.«

Warum kann sie nicht aufhören zu reden? Munter plaudert Sabine weiter und zählt mir die Vorteile der Muttermilch auf.

»Willst du es dir nicht noch mal überlegen?«, schließt sie ihren Vortrag.

»Nein will ich nicht«, fauche ich sie so heftig an, dass die arme Frau regelrecht zusammenzuckt.

»Weißt du auch warum?« Stumm schüttelt sie den Kopf, sie hält mich bestimmt für eine Psychopathien, die einen Hormonkoller hat oder so. Damit Sabine nicht vor lauter Panik vor mir laufen geht und mich einweisen lässt, atme ich tief ein und aus, dann reiche ich ihr, Pünktchens Bild.

»Oh mein Gott, das wusste ich nicht« Sie ist wirklich geschockt und drückt mich noch mal liebevoll an sich. »Wenn du Hilfe benötigst, oder jemand zum Reden, melde dich bitte. Es gibt Selbsthilfegruppen für solche Fälle.«

»Wird schon gehen«, lehne ich ihr freundliches Angebot ab.

Denn eins ist vollkommen klar, ich werde jede Hilfe annehmen, die mir meinen Schmerz ein wenig nimmt, aber bestimmt gehe ich nicht zu einer Gruppe mit Menschen, die mir ihre traurigen Geschichten erzählen. Deprimiert bin ich schon genug, da muss ich mir nicht noch mehr Leid anhören.

»Wenn du es dir anders überlegst.« Sie kramt aus ihrer Tasche ein paar Flyer und drückt sie mir in die Hand, dann geht sie ins Babyzimmer. Ich lege die Broschüren auf ein kleines Tischchen und gehe zu den Aufzügen. Es gibt im Moment nur eine Person, die mich trösten kann und das ist mein Schwesterchen und deshalb werde ich jetzt zu ihr in die Notaufnahme runterfahren. Da ich mein Zeitlimit von fünf Minuten eh schon überschritten habe, kommt es jetzt auf die viertel Stunde auch nicht mehr an.

****

Leise öffnet sich die Aufzugtür und ich sehe einen langen dunklen Flur. Ich weiß nicht, was mich geritten hat, dass ich statt zum Erdgeschoss, zum zweiten Tiefgeschoss gefahren bin. Das Wort Pathologie, das ganz unten auf der Schalttafel des Aufzuges stand, hatte mich wie automatisch diesen Knopf drücken lassen.
Ich muss einfach hier hin, denn ich will ein Mal mein Kind im Arm halten, ihn sehen, ihn berühren. Mit zittrigen Beinen – die bestimmt nicht nur so wacklig sind, weil ich eigentlich schon wieder längst im Bett liegen müsste – gehe ich langsam den langen Flur entlang. Es ist still hier. Nichts von der Hektik des Krankenhausgeschehens gelingt nach hier unten. Ein ekliger Geruch von Formaldehyd liegt in der Luft und ganz klischeehaft flackert eine Neonlampe an der Decke. Die Umgebung lässt mich dermaßen frösteln, dass ich laut mit den Zähnen klappere. Kurz bleibe ich stehen, weil meine Beine zu versagen drohen. Kalter Schweiß steht auf meiner Stirn, aber da muss ich durch. Ich muss zu meinem Kind, und wenn ich danach auch nur noch auf allen Vieren nach oben krabbeln kann.

»Kerry tue es für Pünktchen, tue es für Pünktchen«, sage ich mir ein paar Mal, dann lege ich im Schneckentempo die letzten Meter bis zu der großen Tür mit der Aufschrift >Pathologie< zurück.

Nur diese Glastür trennt mich noch von meinem Sohn, ja und vielleicht einer dieser schrecklichen Metallkästen, wie man sie aus den Krimis kennt. Mir läuft es kalt den Rücken runter bei dem Gedanken, dass mein Pünktchen, das noch vor wenigen Tagen lustig in mir herumgehüpft ist, in so einem Kasten liegt.

»Wenn Sie nicht klingeln, macht keiner auf« Ein Servicemann, der die Mülleimer entleert, lächelt mir aufmunternd zu.
Wenn das mal so einfach wäre, denn ich bin mir nicht ganz so sicher, ob ich das Ganze hier durchstehe. Aber ich weiß auch, wenn ich jetzt gehe, werde ich mir das nie verzeihen. Mit zittrigen Fingern drücke ich auf den Klingelknopf und nur wenige

Augenblicke später, öffnet ein – sehr unfreundlich aussehender – älterer Herr die Tür. Kein Wunder, dass er so muffig wirkt, wenn ich hier unten arbeiten müsste, wäre ich sicherlich auch nicht Miss Sonnenschein.

»Wie kann ich Ihnen helfen?«, brummelt er mich an.

»Ich würde gerne meinen Sohn sehen«, bringe ich gerade so heraus, da rollen aber schon wieder die nächsten Tränen über mein Gesicht.

»Dann kommen Sie mal rein.« Meine Tränen stimmen ihn nicht wirklich freundlicher, aber er wird so viel Leid hier am Tag sehen, dass er bestimmt ein kälteres Herz, als ein Tiefkühlhühnchen besitzt.

Mit dem Kopf deutet er mir an, dass ich mich setzten soll. Er rückt seine Brille zurecht, schmeißt seinen Rechner an, tippt und tippt, dann fällt ihm endlich ein, dass ich mich auch noch in diesem einladenden Ambiente befinde.

»Name«, knurrt er.

»Meiner?«, frage ich blöd nach.

»Der von Ihrem Kind natürlich, oder liegen Sie hier?« Kopfschüttelnd sieht er mich an und ich kann ihm förmlich vom Gesicht ablesen, dass er mich für eine ziemlich dämliche Blondine hält.

Unwillkürlich wickle ich Theos Jacke etwas fester um mich, so habe ich wenigsten ein bisschen das Gefühl, dass er bei mir ist.

»Samuel Laufenberg«, schluchze ich auf.

Wieder beginnt Doktor Frankenstein – wie ich den Kerl gerade für mich getauft habe – heftig seine Tastatur zu malträtieren.

»Haben wir nicht«, lässt er mich nach einiger Zeit wissen.

Ich stehe kurz vor einem Herzinfarkt, der Mensch will mich doch verarschen.

»Hören Sie.« Ich versuche mit fester Stimme zu reden, dass er nicht glaubt, er könnte mit mir machen, was er wollte. »Mein Sohn wurde tot aus mir herausgeschnitten. Hier in diesem Krankenhaus, er wird also kaum zur Tür rausgelaufen sein. Jetzt suchen sie gefälligst mein Kind.«

Meine Ansage hat gefruchtet, Doktor Frankenstein bemüht sich noch mal, dann scheint er was gefunden zu haben.

»Ich habe hier einen Samuel Fischer, geboren und verstorben am 1.Januar.«

Laut schluchzend breche ich regelrecht auf dem Stuhl zusammen.

»Das ist mein Sohn. Ich wusste nicht, dass mein Mann ihn auf meinen Namen angemeldet hat«

Ich werde gleich mein Pünktchen im Arm halten. Oh mein Gott. Ich muss mir alles genau merken, denn ich werde ihn nur dieses eine Mal sehen können.

Doktor Frankenstein kommt zu mir rüber und reicht mir ein Taschentuch. Er bleibt wortlos vor mir stehen, als würde er abwarten, dass ich mich beruhige. Hat der Kerl nichts zu tun? Er soll mich nicht beobachten, sondern mir endlich mein Kind bringen. Doch er rührt sich nicht vom Fleck.

»Es tut mir leid Frau Fischer«, dringt es irgendwie zwischen meinem Schluchzen an mein Ohr, »Ich kann Ihnen leider Ihren Sohn nicht zeigen.«

Was hat er da gesagt? Vor Schreck kann ich sogar mit dem Weinen aufhören. Das kann er doch nicht ernst meinen. Ist der Typ etwa sadistisch veranlagt und es turnt ihn an, dass ich so unglücklich bin?

»Ich will ihn sehen! Sofort!«, brülle ich ihn an und schäme mich gleichzeitig, dass ich hier so ausflippe, wo nur ein paar Meter weiter mein totes Kind liegt.

Der Kerl setzt sich neben mich auf einen Stuhl und wartet, bis ich mich einigermaßen gefangen habe.

»Glauben Sie mir Frau Fischer, ich mache das nicht um Sie zu ärgern, aber ihr Sohn ist schon zu lange tot. Verstorbene dürfen nur bis zum dritten Tag nach ihrem Ableben noch mal gesehen werden.« Er drückt meine Hand und zeigt doch tatsächlich, dass er so was wie Empathie empfindet.

»Können Sie denn nicht eine Ausnahme machen?«, bettle ich.

»Nein, leider nicht.« Für einen Moment stockt er. »Vertrauen Sie mir, wenn ich Ihnen sage, dass es kein schöner Anblick wäre. Behalten Sie ihren Sohn mit schönen Bildern in Erinnerung.«

Mit schönen Bildern. Ist der Typ bekifft? Was habe ich denn für schöne Bilder, außer ein paar Ultraschallaufnahmen und ein Polaroidfoto? Für Doktor Frankenstein scheint das Gespräch damit beendet. Er greift neben sich zu einem Tisch, auf dem – mal ganz was Neues – Flyer liegen, und drückt mir ein paar in die Hand.

»Hier haben Sie alle Informationen über die verschiedenen Möglichkeiten der Beisetzungen, die es bei Sternenkindern gibt. Sie müssten sich nur recht bald entscheiden.«

Ich soll mich entscheiden, wie mein Kind beerdigt wird. Bis vor 14 Tagen konnte ich mich noch nicht mal entscheiden, was für einen Kinderwagen ich haben wollte und jetzt soll ich ...Hektisch schaue ich mir die Broschüre an. Soweit ich sehen kann, denn schon wieder lassen meine Tränen alles vor meinen Augen verschwimmen.

»Sie können eine Sammelbeerdigung wählen«, beginnt der Kerl jetzt auch noch alles aufzuzählen. »Dort werden dann alle Sternenkinder von einem Jahr zusammen beigesetzt.«

Der Typ muss wirklich bekifft sein, oder zuviel am Formaldehyd geschnuppert haben. Wir haben Januar, glaubt der ich warte jetzt, bis noch mehr arme Mütter um ihr Kind trauern?

»Sie können ihn auch mit zu jemand in den Sarg legen lassen, dann müssten Sie sich um nichts kümmern ...« Weiter lasse ich dieses Monster nicht reden.

Wütend springe ich auf, was sich zwar sofort mit einem heftigen Stich in der Bauchdecke bemerkbar macht, aber dass ist mir egal.

Dieser Mensch kann doch wohl nicht ganz normal sein. Glaubt er wirklich, ich lasse zu, dass mein Pünktchen bei einem fremden Menschen ...ich darf den Gedanken gar nicht zu Ende denken.

»Mein Mann wird heute Nachmittag zu Ihnen kommen und alles regeln. Wir werden unser Kind anständig beisetzten, und zwar jetzt und nicht irgendwann.« Ich schmeiße ihm die Flyer vor die Füße und mit meiner aller letzten Kraft, die ich irgendwie aufbringen kann, stürze ich hinaus. Laut fällt die Tür hinter mir ins Schloss und ich kann nichts anderes mehr, als mich auf den Boden zu setzten und zur Abwechslung mal zu weinen.

****

In der Notaufnahme ist der Teufel los. Ich habe zwar keinen blassen Schimmer, wie ich von diesem schrecklichen Keller hier hingekommen bin, aber irgendwie habe ich es geschafft und nur das zählt im Augenblick für mich. Gleich wird mich Cassy in den Arm nehmen und mich anmeckern, weil ich nicht im Bett liege, aber sie wird da sein und ich werde mich nicht mehr ganz so einsam fühlen.

Das Wartezimmer ist bis auf den letzten Stuhl besetzt und im Gang stehen mehrere Liegen mit Patienten, die wohl mit dem RTW hergebracht wurden. Türen von Behandlungszimmern gehen auf und zu, Ärzte und Schwestern laufen hektisch hin und her, nur Cassy kann ich nirgends entdecken.

»Suchen Sie jemand?«, raunzt mich eine Krankenschwester an, die gut und gerne das doppelte meiner Statur besitzt, sowohl in der Höhe als auch in der Breite.

»Ja ich suche Frau Fischer«, stammle ich. Die Frau ist doch sehr beängstigend.

»Die ist nicht da«, antwortet sie in einem Ton, als stünde sie auf einem Kasernenhof.

»Ist sie in der Pause?« Sie wird doch hoffentlich nicht auf dem Weg zu mir nach oben sein, während ich durch das Klinikum wandere?

»Nein ist sie nicht. Sie werden mit einem anderen Arzt vorlieb nehmen müssen.«

Damit ist der Fall für Frau Feldwebel beendet. Besser gesagt so gut wie, denn genau in dem Augenblick, in dem ich frustriert den Rückweg in Angriff nehmen will, stürzt ein Pfleger auf die Kasernenwächterin los.

»Schwester Ursula, die Gyn hat angerufen und nachgefragt, ob eine Frau Fischer, wahlweise auch Laufenberg hier wäre.«

Ach du Scheiße, die suchen mich schon, das kann ja heiter werden, wenn Tom oder sonstige Angehörige davon erfahren. Das wird ungemütlich.

»Ich glaube die meinen mich«, gestehe ich leise.

»Fischer?«, fragt die bezaubernde Schwester unfreundlich nach. »Sind Sie mit Cassy verwandt?«

»Sie ist meine Schwester«, antworte ich noch etwas kleinlauter, denn ich glaube nicht, dass mein Schwesterchen es wirklich gut findet, wenn im Krankenhaus nach mir gefahndet wird.

»Kerry, ja gibt es das?« Übermütig fliegt mir jemand um den Hals und drückt mich so sehr, dass ich laut aufquietsche. Die Person, die mir fast die Rippen bricht mit ihrer Umarmung, lässt mich los und erst jetzt erkenne ich, dass es sich um Vivien Meier handelt. Sie war zwei Stufen über mir und eigentlich kenne ich sie nur durch die Schülerratssitzungen, daher wundere ich mich über ihren Gefühlsausbruch.

»Haben Sie nichts zu tun?«, wird meine ehemalige Mitschülerin, aber auch gleich von Frau Generalstabsmajor angeblafft.

»Ich habe jetzt Pause.« Vivien hakt sich bei mir unter und zieht mich mehr oder weniger mit. »Komm wir gehen einen Kaffee trinken, ich muss dir unbedingt erzählen, wer letztens hier war.«

»Und was soll ich jetzt denen von der Gynäkologie sagen?«, ruft der Pfleger mir noch hinterher.

»Ich bin in 15 Minuten da«, kann ich gerade noch antworten, da hat Vivien mich aber auch schon weiter gezogen.

»Halt, stopp«, bremse ich sie, als mir ihr Tempo zu schnell wird. So sechs Tage Koma lassen einen nicht zum Hochleistungssportler mutieren. »Also, erstens könntest du nicht so rennen, ich bin heute nicht so gut zu Fuß und zweitens habe ich überhaupt kein Geld dabei, also kannst du das Kaffeetrinken bitte streichen.«

»Entschuldige, als Schwester gewöhnt man sich so einen schnellen Schritt an, weil man ständig hin und her rennen muss.« Vivien hakt sich wieder bei mir ein und betrachtet mich etwas misstrauisch von der Seite, »Du hast recht, du bist wirklich etwas bleich. Was ist denn los mit dir?«

»Lange Geschichte«, blocke ich ab.

Ich mag ihr nichts über mein Pünktchen erzählen wollen. Alles ist viel zu frisch. Bei dem Gedanken daran zieht sich schon wieder alles in mir zusammen. Mittlerweile haben wir die große Eingangshalle erreicht und Vivien platziert mich auf eine der Bänke.

»Ich besorg uns Kaffee«, lässt sie mich noch wissen, dann ist sie auch schon im Kiosk verschwunden. Ausgepowert lasse ich meinen Kopf auf die Lehne sinken. Ich habe das Gefühl eine Tour zum Matterhorn hinter mir zu haben. Viel Zeit um Luft zu holen bleibt mir nicht, denn Miss Powerpack drückt mir strahlend einen Kaffee in die Hand. Der Geruch, der mir in die Nase steigt, ist das erste Angenehme an diesem Tag. Hastig trinke ich einen großen Schluck und werde sofort mit einem heftigen Magenkrampf daran erinnert, warum man, wenn der Magen sechs Tage nichts zu sich genommen hat, mit Tee und Zwieback anfängt.

»Magst du auch was?« Vivien packt ein belegtes Brötchen aus, das sie anscheinend mit mir teilen möchte, aber dieses Mal bin ich klüger und winke dankend ab.

»Du kannst aber etwas vertragen.« Sie beißt herzhaft in ihren Snack, was bei mir ein leichtes Magengrummeln auslöst. Meiner ehemaligen Mitschülerin scheint es ausgezeichnet zu schmecken, denn wieder beißt sie herzhaft in ihr Frühstück.

»Ich muss dir was Verrücktes erzählen«, plaudert sie mit vollem Mund, was ich ziemlich widerlich finde. »Ich hatte in der Neujahrsnacht Dienst« Darf ich mir weiter zwischen ihrem Kauen anhören. Ich befürchte, ich weiß schon, in was für eine Richtung ihre Erzählung gehen wird. »Du wirst nicht glauben, wer hier in der Nacht aufgeschlagen ist?«

»Ich schätze, du sprichst von Laufenberg«, antworte ich ihr, was sie etwas aus dem Konzept bringt.

»Woher weißt du das?«, fragt sie irritiert nach. »Hast du ihn in letzter Zeit gesehen? Der Mann sieht Hammer aus«, redet sie weiter. »Wo ist denn der Oberlangweiler geblieben? So weit ich verstanden habe, hat er an Silvester geheiratet. Kannst du dir das vorstellen?«

»Ja, kann ich.« Wie mir solche Gespräche mittlerweile den letzten Nerv rauben.

Ich halte Vivien meinen Ring unter die Nase, was sie veranlasst ihren Kaffee auszuspucken. »Bitte was?« Schockiert betrachtet sie meinen Ehering, auf dem groß und deutlich Theo steht. »Du und Laufenberg?«

»Ich und Laufenberg« Jetzt muss ich sogar ein wenig schmunzeln, als ich Viviens fassungsloses Gesicht sehe.

»Wahnsinn!« Immer wieder schüttelt Vivien den Kopf, dann springt sie plötzlich auf, als hätte sie etwas gestochen.

»Maurice!«, brüllt sie durch die Halle und winkt heftig. »Entschuldige Kerry, da ist ein Typ von der Orthopädie, der ist so süß, muss nur ganz kurz zu ihm. Bin gleich wieder da.«

Und weg ist. Sie bleibt bei dem Jungen stehen und flirtet gleich los. Fast beneide ich sie darum. Jetzt nicht um das Flirten, sondern um ihre Unbekümmertheit, sie muss sich keine Gedanken darüber machen, wie sie ihr Kind bestattet. Ihre Unbekümmertheit geht sogar so weit, dass sie mich schon vollkommen vergessen hat, denn ohne noch mal nach mir zu schauen, geht sie mit dem Typen weg. Es sei ihr gegönnt. Es wird sowieso Zeit mich mal wieder in mein Bett zubegeben, auch wenn sich alles in mir dagegen sträubt, meine “Gefängniszelle“ wieder aufzusuchen.

Die große Digitaluhr, die gleich über der Eingangstür hängt, sticht mir geradezu ins Auge. So als wolle sie mir hämisch anzeigen, dass ich zwar auch das nächste Zeitlimit von 15 Minuten schon wieder überschritten habe, aber andererseits noch immer Stunden auf Theo warten muss. Aber leider lässt sich daran nichts ändern, denn irgendwann werde ich mich mal wieder auf der Station zeigen müssen. Wobei ich nicht weiß, wie ich den langen Rückweg bewältigen soll. Sämtliche Reserven sind verbraucht, hinzu kommt, dass mir vom Kaffee übel ist. Ich beschließe für zwei Minuten an die frische Luft zu gehen und dann jemand vom Pflegepersonal zu bitten mich nach oben zu bringen.

Die paar Schritte zum Eingang ziehen sich länger als der Weg nach Canossa, aber irgendwann habe ich es geschafft und setze mich, am Ende meiner Kräfte, auf eine Bank vor der Klinik. Die kalte Januarluft tut gut und zum ersten Mal an diesem Tag, habe ich das Gefühl atmen zu können.

Eine Weile bleibe ich sitzen, ziehe die eisige Luft in meine Lungen und sehe zu, wie die Menschen um mich herum hektisch ihren Alltag erledigen. Patienten verlassen mit ihren Köfferchen die Klinik und werden glücklich von Angehörigen in den Arm genommen, andere steigen bedrückt aus den fortwährend anhaltenden und wegfahrenden Taxis. Dass ich absolut den Verstand verloren habe, wird mir in dem Moment bewusst, als ich die Taxitüre zuschmeiße und dem Fahrer die Adresse nenne, wohin er mich bringen soll.

Etwas skeptisch betrachtet er mich im Rückspiegel und ich bin ganz froh, dass Theos Jacke für mich ein Mantel ist und die Ärmel so lang sind, dass sie locker die beiden Infusionsnadeln, die ich rechts und links in den Händen habe, überdeckt. Nicht dass er mich noch für einen entflohenen Junkie hält, was ich ihm nicht ganz verübeln könnte. Mit meinen Flip Flops an den Füßen – und das im Januar! – der viel zu großen Strickjacke und meinen ziemlich wüst aussehenden Zöpfen wirke ich nicht gerade, wie der potenzielle Taxikunde.

Das sieht der Fahrer wohl ähnlich, denn er dreht sich zu mir um und scannt mich einmal von oben bis unten.

»Bezahlen können Sie aber, oder?«, fragt er grantig nach.

»Was denken Sie denn?«, pampe ich ihn an, obwohl ich keinen Cent dabei habe, aber da er mich nachhause fährt, wird Cassy für mich bezahlen, also soll er mir nicht so blöd kommen.

»Dann ist ja gut«, knurrt er und fädelt sich wortlos in den Verkehr ein.

Gott sei Dank ...in zehn Minuten bin ich zu Hause, ein Zuhause, das ich vor sieben Tagen als glücklichster Mensch der Welt verlassen habe und in das ich jetzt als traurigste Frau des Universums zurückkehren werde.

****

Ausgepowert lehne ich mich in den Autositz zurück und lasse die Stadt an mir vorbei ziehen. Ich bin so fertig, dass mir fast die Augen zu fallen und ich geradezu in eine Art Wachkoma falle, so fahre ich auch ziemlich erschrocken zusammen, als der Taxifahrer, nicht gerade leise »10 Euro 20« fordert.

Den Preis als freundlichster Taxifahrer gewinnt der Mann bestimmt nicht und er schafft es noch eine Spur unfreundlicher zu werden, als ich ihn bitte einen Moment zu warten, da ich schnell Geld holen müsse.

»Ich wusste es sofort«, tobt er los. »Das habe ich dir Drogentante gleich angesehen, dass du so eine Schnorrerin bist«

Leider habe ich keine Kraft, um ihm mal die Meinung zu geigen, so steige ich kommentarlos aus. Das Einzige, was mich aufrecht hält, ist die Tatsache, dass mich mein Schwesterchen gleich in den Arm nimmt ..., wenn sie denn aufmachen würde. Ich klingele und klingele und klingele, aber nichts. Wie eine Geistesgestörte schlage ich auf die Klingelknöpfe. Auch bei Olli versuche ich es, vielleicht hat er heute auch frei, aber nichts. Das kann doch jetzt nicht wahr sein. Also selbst für den ungewöhnlichen Fall, dass Tom und Cassy leidenschaftlich übereinander hergefallen sein sollten und anderweitig beschäftigt sind, müssten sie doch spätestens, beim viertausendsechshundertsten Mal Klingeln begreifen, dass es brennt. Irgendwann begreife ich, dass ich klingeln kann, bis die Drähte glühen, die beiden sind entweder plötzlich taub geworden oder nicht da. Ich befürchte ja Letzteres und damit habe ich ein großes Problem, das gerade ziemlich wütend aus seinem Taxi springt.

»Wie lange soll ich noch warten?«, brüllt mich der Kerl an.

Verzweifelt schaue ich mich um, weit und breit niemand zu sehen den ich kenne. Was nun? Ich muss auf jeden Fall zu irgendjemand der den Choleriker bezahlt. Fieberhaft überlege ich, zu wem der Mistkerl mich denn bringen soll, was sich als weitaus schwieriger darstellt, als mir lieb ist. Fronk ist mit der Crew heute zu einem großen Außen-Shoot gefahren, das weiß ich hundertprozentig, da es der letzte Termin für mich vor meiner Babypause gewesen wäre.

Michi und Leonie könnten zuhause sein, eventuell sind sie aber auch in der Uni, also ein Glücksspiel zu einem der beiden zu fahren. Ich könnte zu Gudrun in die Kanzlei fahren, was aber bei einer Überprüfung meines Outfits flachfällt. Milli könnte zu Hause sein. Theo hat mir gesagt, dass sie Pünktchens Tod ziemlich mitnimmt und sie sicher noch nicht zur Schule geht. Wie praktisch doch jetzt so ein beschissenes Handy wäre, da könnte ich doch einfach nachfragen. Da ich aber keine Kommunikationsmöglichkeit habe, muss Mr. Lovely mich eben zum Kranhaus fahren. Als ich ihm die Adresse nenne – nachdem ich mich siebenhundert Mal entschuldigt habe – stutzt er ungläubig, fährt dann aber doch los. Ihm scheint es wohl egal zu sein, wie und woher ich, beziehungsweise er sein Geld bekommt. Drei Minuten später stehen wir auch schon vor dem Kranhaus, dieses mal steigt Herr Freundlich gleich mit aus, sicher hat er Angst, dass ich mich in Luft auflöse.

Der erste Schock trifft mich, als ich ins Foyer trete, denn nicht der nette Herr Müller, der immer hier sitzt – ich hatte ja schon gemutmaßt, dass er im Foyer wohnt – bewacht den Eingangsbereich, sondern ein junger Kerl, den ich nicht kenne und somit er mich auch nicht.

Gar nicht gut, aber ich versuche es mit "Frechheit siegt" und gehe, freundlich grüßend, gleich zu den Aufzügen.

»Wo wollen Sie denn hin?«, werde ich aber postwendend zurückgepfiffen.

»Ins Penthaus, ich muss nur kurz zu meiner Schwägerin«, säusele ich zuckersüß. Ein bisschen auf kleines Mädchen machen, kommt immer gut.

»Wer soll bitte schön ihre Schwägerin sein?« Der Pförtner scannt mich, wie eben schon der Taxifahrer – der gerade neben mir anfängt zu schnauben – und scheint sich ein Bild zu machen, das nicht gerade gut für mich ausfällt.

»Hören Sie« Eigentlich wollte ich forsch klingen, aber mir ist plötzlich so schwindelig, dass ich mich an den Tresen lehnen muss, dass ich nicht umkippe. Leider rutschen dabei die

Jackenärmel so weit hoch, dass man die Infusionsnadeln gut erkennen kann. Die beiden Männer tauschen vielsagende Blicke aus und mich würde es nicht wundern, wenn hier in zwei Minuten die Polizei antanzen würde.

»Meine Schwiegermutter wohnt im Penthaus«, versuche ich noch mal mein Glück. »Ich würde wirklich gerne zu ihr nach oben fahren, da der nette Herr hier neben mir auf sein Geld wartet.«

»Haben Sie nicht eben gesagt, ihre Schwägerin wohnt im Penthaus?« Durchdringend glotzt der Pförtner mich an.

»Ja, sie werden es kaum glauben die Wohnung ist so groß, da können tatsächlich zwei Personen wohnen.« Langsam werde ich zickig, »Ich erkläre es Ihnen aber gerne noch einmal. Meine Schwiegermutter Frau Laufenberg wohnt im Penthaus mit ihrer Tochter, die meine Schwägerin ist.«

»Jetzt hören Sie mir mal zu.« Der Pförtner kommt hinter seinem Tresen hervor und packt mich am Arm. »Ich weiß nicht, woher Sie wissen wie die Leute heißen die im Penthaus wohnen, aber eins weiß ich bestimmt, Sie sind nicht die Freundin von Herrn Laufenberg, die kenne ich nämlich.« Bestimmt führt er mich zu Tür, der Taxifahrer wutschnaubend hinterher.

»Lassen Sie sofort meinen Arm los, oder ich schreie«, drohe ich diesem Ekel.

»Glaubst du, damit beeindruckst du irgendjemand?«, wird der Scheißkerl jetzt auch noch unverschämt.

»Was glauben Sie wie beeindruckt mein Mann sein wird, wenn er erfährt, dass Sie mich angegriffen haben?« Mir reicht es jetzt wirklich, bei allem Verständnis, dass er seinen Job machen muss, aber so muss man nicht mit Menschen umgehen.

»Ha«, lacht der Vollidiot auf, dem wird noch sein Lachen vergehen. »Wir hatten schon geklärt, dass sie nicht die Freundin von Herrn Laufenberg sind.«

»Das stimmt.« Angewidert streife ich seine Hand von mir ab. »Ich bin auch nicht die Freundin von George Laufenberg, sondern die Ehefrau von Doktor Laufenberg. Können Sie gerne nachprüfen. Mein Name ist Kerry Fischer Laufenberg und ich freue mich schon jetzt darauf, wenn mein Mann Ihnen einen Besuch abstattet.«

Dass ich Theo kein Wort von diesem Vorfall erzählen werde – da er mich dann endgültig in die Klapse bringt – braucht der Mistkerl ja nicht zu wissen, soll er sich ruhig ein paar Tage grämen. Bei aller Schadenfreude, die ich empfinde, habe ich immer noch das Taxifahrerproblem am Hals und nicht nur das. Mein Kreislauf wird nicht mehr lange mitmachen. Mir rinnt der Schweiß in Strömen über meinen Rücken, gleichzeitig friere ich so sehr, dass meine Brustwarzen schmerzen, so steil stehen sie auf. Dass ich auf alle wirke, wie ein Junkie auf Entzug, kann ich kaum jemand verübeln. Ich wische mir mit der Hand den Schweiß von der Stirn, da packt der Fahrer meine Hand und betrachtet sich ausgiebig meinen Ehering.

»Wo hast du denn den geklaut?« Auch das Interesse von dem Pförtner ist geweckt, als er Theos Namen auf dem Ring sieht, stutzt er.

»Das wüsste ich auch gerne«, motzt der Trottel mich schon wieder an. »Wenn Sie Doktor Laufenbergs Frau wären, wieso fahren Sie dann nicht zu ihm in die Schule?«

Das möchte der Blödmann gerne wissen, aber ich werde ihm bestimmt nicht sagen, dass dies der Ort ist, wo ich – mal abgesehen von der Klinik – am aller, aller wenigstens hin möchte.

Aber wenn ich ehrlich zu mir selbst bin, werde ich nicht darum herumkommen, dort hinzufahren.

Vielleicht habe ich Glück und kann mir bei Marcus Geld holen und er kann mir auch den Hausschlüssel geben, so dass ich mich endlich hinlegen kann.

»Fahren Sie mich zum St. Paul Gymnasium.« Trotzig hebe ich meine Nase. »Dort werden Sie ihr Geld bekommen.«

46. MARCUS!

In der gedrückten Stimmung, die herrscht, ist es kaum möglich den Sportunterricht der 11. Klasse abzuhalten, aber wie hat Theo eben nach seiner Ansprache in der Aula gesagt >das Leben muss weitergehen<.

Dass er überhaupt zur Schule gekommen ist, hat mich schon sehr gewundert, aber er wollte seine Schüler und das Kollegium selbst über die schrecklichen Ereignisse, die sich auf seiner Hochzeit ereignet hatten, informieren.

Schweigend war meine 11 anschließend zur Sporthalle getrabt, schweigend kleideten sie sich um und genau so schweigend wird jetzt der Hindernisparcour abgearbeitet.

Nur Milanda sitzt in der Umkleide und weint sich die Augen aus. Wenn sie so weitermacht, werden ihre Mitschüler sicherlich nachfragen, wieso ausgerechnet sie – die ja erst im Herbst herkam und somit Kerry offiziell gar nicht kennen kann – sich so aufregt.

Ich sollte sie nachhause schicken, denn sonst wird ihr Geheimnis, dass Theo ihr Bruder ist, doch noch gelüftet, und das wird nicht in ihrem Sinn sein, denn sie hatte darauf bestanden, dass niemand erfahren solle, in welchem Verwandtschaftverhältnis sie und Theo standen. Damals stimmte er nur grummelnd zu, da er nach einem Jahr Geheimniskrämerei mit Kerry eigentlich davon die Nase voll hatte, aber Milanda ist ein schwieriges Mädchen und eckt nicht nur bei ihren Mitschülern, sondern auch bei fast allen Lehrern an. Wenn ich so darüber nachdenke, dann sind Kerry und Theo die einzigen Menschen, die an sie rankommen, mehr noch, sie scheint Kerry aus tiefem Herzen zu lieben und so war die Ansprache ihres Bruders erneut ein Stich in ihre Seele.

Doch bevor ich zu Milanda gehen kann, reißt ein ziemlich wütender Mann die Tür der Sporthalle auf. Mit Straßenschuhen!! läuft er quer durch die Halle, macht mich dann wohl als den Lehrer aus und schießt auf mich los.

»Ich soll mir bei Ihnen mein Geld holen«, blafft er mich an.

Für einen Moment bin ich sprachlos. Was geht denn jetzt ab? Der etwas ungepflegte Typ baut sich vor mir auf und hält mir die geöffnete Hand hin.

»98,40 Euro ...aber dafür, dass ich diese Junkietante durch Köln kutschieren musste, dürfen Sie auch gerne auf 100 Euro aufrunden.«

Nach wie vor stehe ich regungslos vor diesem Kerl und frage mich, ob ich irgendwie bei der versteckten Kamera oder so mitwirke.

»Können Sie mir bitte mal erklären, wovon Sie reden?«, fordere ich dann den Mann doch irgendwann mal auf.

»Ich rede von der Kleinen, die ich seit Stunden herumfahre. Sie hat gesagt, sie würden mir das Geld ge...«, weiter kommt er nicht, denn schon wieder wird die Tür aufgerissen und zu meinem großen Entsetzten sehe ich KERRY dort stehen.

»Marcus, bitte gib ihm das Geld, ich werde es dir später...« Sie lehnt sich an die Wand, dann rutscht sie langsam zu Boden und bleibt dort liegen.

47. THEO!

*E*ndlich kann ich mir fünf Minuten Pause gönnen. Erschöpft lasse ich mich in meinen Schreibtischsessel fallen. Wie gerne würde ich jetzt eine Zigarette rauchen, meine Nerven sind am Ende. Was war das für ein Auftakt in ein neues Jahr. Das Kollegium geschockt, die Schüler – mehr noch die Schülerinnen – zum Weinen gebracht und Milanda hat sich fast durch ihr Theater selbst verraten. Kann der Tag noch schlimmer werden? Nein, kann er nicht, denn in vier Stunden werde ich, meine süße Frau wieder in meine Arme schließen können, der einzige Lichtblick heute. Angewidert kippe ich den mittlerweile kalten Kaffee runter.

Kaffee besorgen schreibe ich auf meine To-Do Liste, die ich mir angelegt habe, damit ich auch ja Nichts vergesse, was ich nachher mit in die Klinik nehmen möchte.

Meinem Mädchen soll es an nichts fehlen. Wer weiß, wie lange sie noch in der Klinik bleiben muss.

Warum habe ich bloß vergessen ihr ein Telefon anzumelden, dann könnte ich sie jetzt wenigstens einmal kurz anrufen und ihre Stimme hören, die Stimme, die ich sechs – nicht enden wollende Tage – so vermisst habe. Ich hole mein Handy aus der Jacketttasche, mache es an und es explodiert fast in meiner Hand, so viele Anrufe habe ich in Abwesenheit bekommen, was mich ein wenig verwundert, denn die meisten wissen, dass ich mein Telefon während des Unterrichts ausmache.

35 Anrufe zeigt mir mein Display an. Das muss ein Defekt oder so sein. Wieso sollten mich so viele anrufen? Ich scrolle die Anruferliste durch und wundere mich immer mehr. Tom hat mich 5-mal angerufen, Cassy gar 8-mal, meine Mom?! 3-mal, Konrad 4-mal, Andre 4-mal, 2-mal das Foyer aus dem Kranhaus?? Und 14-

mal!! die Klinik.

14-mal!! Warum um alles in der Welt, ruft mich die Klinik so häufig an? Da muss was passiert sein. Mir wird auf der Stelle schlecht. Oh mein Gott, ich hätte mein Mädchen heute Morgen nicht alleine lassen dürfen. Nicht nach dem Gespräch, das ich gestern noch mit dem Professor geführt habe, bei dem er mich aufklärte, was alles auf uns zu kommen könnte. Da war PTBS noch das harmloseste. Hektisch ziehe ich mein Jackett an und drücke die Rückruftaste, doch nur ein nervendes Besetzzeichen ätzt sich in mein Ohr. Egal, mich hält jetzt so wieso nichts mehr hier in der Schule.

»Frau Scholz, ich muss sofort weg«, rufe ich meiner Sekretärin noch zu, doch die hält mich zurück.

»Doktor Laufenberg ich habe hier einen Professor Eickel am Telefon. Er sagt, es wäre wichtig.«

Der Boden scheint sich unter meinen Füßen aufzulösen. Es muss etwas Furchtbares passiert sein, wenn der Professor persönlich bei mir anruft.

Für einen Augenblick bin ich nicht fähig mich zu rühren, da schlägt mir eine Schülerin von hinten die Tür des Sekretariats in den Rücken.

»Entschuldigung Doktor Laufenberg«, stammelt das Mädchen, welches, wenn ich mich nicht irre, Schülerin aus Marcus Stufe ist.

»Gut, dass ich Sie gleich gefunden habe«, stottert das Mädchen weiter. »Herr Sommer schickt mich. Er sagt, Sie sollen sofort in die Sporthalle kommen.«

Sie blickt verlegen zu Boden, weil niemand normalerweise so mit mir redet. Auch Marcus nicht, zumindest dann nicht, wenn wir in der Schule sind.

Was fällt ihm ein, mich in die Sporthalle zu zitieren? Ich glaube, das viele Vögeln mit Michelle macht ihn etwas größenwahnsinnig. Der kann warten. Wer weiß, was ihm wieder aufgefallen ist? Er will unbedingt den Umbau vorantreiben, seit dem findet er jeden Tag etwas Neues, was in der Sporthalle marode ist. Als hätte ich jetzt einen Kopf dafür.

Mit zitternden Fingern nehme ich den Hörer in die Hand.

»Laufenberg«, krächze ich ins Telefon.

»Ihre Frau ist verschwunden«, kommt der Professor gleich zum Punkt.

»Was genau verstehen Sie unter verschwunden?«, frage ich blöde nach, dabei weiß ich doch zu gut, was es bedeutet, schließlich reden wir von Kerry. Die könnte im Zirkus als die Frau auftreten, die es schafft aus Truhen oder Kisten zu entflieht, die mit vier Milliarden Schlössern gesichert sind.

»Ihre Frau ist weg«, bestätigt mir der Professor auch meine Befürchtung. »Wir werden jetzt die Polizei anrufen. Da ihre Frau ein schweres Trauma erlitt, kann man einen Suizidversuch nicht ausschließen.«

Hat er jetzt ernsthaft von Suizid gesprochen? Nein, Kerry würde sich nie etwas antun. Sie weiß wie viele Menschen sie damit ins Unglück stürzen würde. Aber denkt ein so tieftrauriger Mensch über so etwas wirklich nach? Ich muss mich am Tresen von Frau Scholz festhalten, um ein wenig Halt zu finden, denn mir dreht sich gerade alles vor Augen.

»Was soll ich denn Herrn Sommer sagen, wann Sie kommen?«, meldet sich das Mädchen wieder zu Wort.

Moment mal!

»Wieso genau soll ich in die Sporthalle kommen?«, hake ich mal nach, denn ich habe plötzlich ein ganz komisches Bauchgefühl.

»Also, das darf ich nicht sagen, weil Sie sich dann aufregen würden«, gesteht die Kleine.

»Sehe ich aus, als würde ich mich im Augenblick nicht aufregen?«, brülle ich sie an, was mir im gleichen Augenblick wieder leidtut.

»Machen wir es anders«, werde ich etwas leiser. »Ich frage dich

und du nickst oder schüttelst den Kopf.«
Verängstigt nickt das Mädchen.

»Kann es sein, dass meine Frau in der Sporthalle ist?«

Das Mädchen nickt so heftig, dass sie gleich bestimmt Nackenschmerzen hat. Das kann nicht Kerrys Ernst sein. Warum tut sie so etwas?

»Sie müssen nicht die Polizei einschalten, meine Frau ist in der Schule«, informiere ich noch schnell den Professor, dann Eile ich im Laufschritt zur Sporthalle.

****

Genau so habe ich es mir vorgestellt. Als ich die Sporthalle betrete, ist dort der Teufel los. Marcus streitet mit irgendeinem Typ, wer immer das auch sein mag, eine Traube von Schülern steht um eine der Bänke herum und darauf sitzt, wie überraschend, meine durchgeknallte Frau. Als ich sie sehe, sticht es mir geradezu ins Herz. Sie sieht so fürchterlich aus, als würde sie jeden Moment tot umfallen. Schreckliche Bilder schießen mir durch den Kopf. Wieder ist die Erinnerung fast greifbar, nie, nie, nie werde ich vergessen, wie sie auf meinem Schoß beinahe für immer aufgehört hat zu atmen. Habe ich nicht auch genug durchgemacht? Warum tut sie mir so was an? Zu meiner überaus großen Freude sitzt sie aber nicht alleine auf der Bank, sondern meine noch durchgeknalltere Schwester hält sie laut schluchzend im Arm.

Als Milanda mich entdeckt, springt sie auf und eilt mir auf halbem Weg entgegen.

»Du wirst Kerry nicht anbrüllen!«, warnt meine Schwester mich und vergisst anscheinend vollkommen, dass ihre Mitschüler jedes Wort mitbekommen. Dabei kann sie froh sein, dass genau die hier sind und ich nicht ausflippen kann.

»Frau de Rosso, ich glaube Sie vergreifen sich gerade etwas im Ton«, zische ich Milanda an. Wobei mir sofort klar wird, dass meine Schüler sich sicher darüber wundern, wieso ich Milandas Namen kenne und dass obwohl ich sie nicht unterrichte. Aber vielleicht haben wir ja Glück und niemand achtet bei dem Tohuwabohu auf meine Worte.

Ruppig will ich meine Schwester zur Seite schieben, aber die bleibt stehen. Theo beherrsch dich, kann ich mir nur selbst gut zu reden.

»Ich würde zu gerne zu meiner Frau, wenn Sie dann mal die Güte hätten und aus dem Weg gingen«, meine Stimme ist ruhig, aber scharf. Ich hoffe, dass meine Schwester die Warnung versteht und langsam wieder begreift, wo sie ist.

»Nur wenn du mir versprichst, dass du Kerry nicht anbrüllst« Trotzig blickt mir Milanda in die Augen und ich weiß, wenn ihre Augen so funkeln, dann ist sie zu allem bereit.

Das kann ja heiter werden. Genau das finden wohl auch ihre Mitschüler, denn die halten gespannt den Atem an und warten auf meine Reaktion.

»Sofort in mein Büro«, zische ich Milanda erneut an. »Frau Scholz soll Ihre Mutter anrufen, damit die Sie abholen kann. Sie sind hiermit für drei Tage vom Unterricht suspendiert.«

»Glaubst du etwa, damit bestrafst du mich?« Sie dreht sich um und geht schnurstracks wieder Richtung Bank. Man könnte eine Stecknadel fallen hören, so still sind alle plötzlich. Selbst Marcus und dieser komische Kerl halten für einen Augenblick die Klappe.

»Hatte ich mich nicht klar ausgedrückt?«, tobe ich los. Wenn ich könnte, wie ich wollte, würde ich Milanda jetzt an den Haaren herausschleifen.

Aber wenn meine Schwester eins ist, dann ist das unbelehrbar. Sie setzt sich neben Kerry, die ihr irgendetwas zu flüstert. Milanda steht auf, drückt ihr einen Kuss auf die Wange und trabt zur Türe. Dann kann ich mir ja den nächsten unverbesserlichen Menschen zur Brust nehmen und mir überlegen, ob ich sie lieber in den Arm nehmen will, weil ich so glücklich bin, dass ihr nichts passiert ist, oder ob ich sie erwürge, weil sie mich schon wieder ein paar Jahre meines Lebens gekostet hat.

»Gehört die da zu Ihnen?«, blökt mich aber vorher, der ranzige Typ an, der mit Marcus diskutierte, als ich rein kam.

»Wenn Sie mit, die da, meine Frau meinen, dann ja«, antworte ich ihm genervt. Ich sollte ein Schild tragen, >Achtung, heute ist kein guter Tag, um mich anzusprechen<.

»Dann kriege ich von Ihnen 198 Euro.« Auffordern hält der Mann mir seine ungepflegte Hand entgegen.

»Wieso sollte ich Ihnen 198 Euro schulden?« Der Typ ist doch wohl nicht ganz dicht.

»Ich hab die da von der Uniklinik hergefahren. Wusste direkt, dass die nicht zahlen kann«, bemerkt er abfällig.

Schuldbewusst sackt Kerry noch etwas tiefer auf der Bank zusammen.

»Sagen Sie mal, haben Sie nicht alle Latten am Zaun? Sind Sie über Usbekistan gefahren?«, frage ich beim Taxifahrer mal vorsichtig nach, was bei meinen Schülern allgemeines Kichern auslöst.

»Raus, alle auf den Schulhof«, ranze ich die Bande an. Soweit kommt es noch, dass ich hier den Pausenclown spiele.

»Darf ich dich erinnern, dass du gerade meine Stufe rausschmeißt?«, kommt mir jetzt auch noch Marcus blöde.

»Darf ich dich daran erinnern, dass ich hier das Sagen habe?«, knurre ich ihn wütend an.

Marcus schluckt, dann wendet er sich an seine Schüler. »Ihr habt gehört, was der Chef gesagt hat«, dabei betont er Chef besonders. »Geht bitte auf den Schulhof.«

»Ich auch?«, kommt es von der Türe. Milanda ...ich drehe ihr den Hals um.

»Was zum Teufel habe ich vor fünf Minuten gesagt?«, schreie ich

sie so laut an, dass selbst der Taxifahrer zusammenzuckt.
»Du hast gesagt, ich soll Mom anrufen«, blitzt mich Miss Provokant an. »Hab ich gemacht. Sie ist sauer auf dich, weil sie extra kommen muss.«
Wie paralysiert stehen alle 30 Schüler in der Halle und starren Milanda an.
»Jetzt reicht es mir.« Ich packe sie am Arm und gehe mit ihr vor die Türe. Sie hat so ein Glück, dass ich ihr hier keine Ohrfeige verpassen kann.
»Was soll diese Scheiße?«, tobe ich los, kaum dass die Tür der Halle hinter uns ins Schloss gefallen ist.
»Ich weiß nicht, was du meinst?«, spielt meine Schwester jetzt auch noch das Dummchen, obwohl, im Augenblick gibt es da nicht viel zu spielen.
»Willst du mich verarschen?«, wütend packe ich sie an den Schultern, da ich sie zu gerne durchschütteln würde, aber ich muss mich beherrschen, deshalb versuche ich, in einem ruhigen Ton mit ihr zu reden. »Milanda, es war deine Idee, dass niemand wissen sollte, dass ich dein Bruder bin und mittlerweile bin ich sogar recht froh darüber, aber glaube nicht, dass ich mich von dir ungestraft zur Weißglut bringen lasse.«
Ich lasse sie los und lehne mich für einen Moment an die Mauer. »Kannst du mir bitte verraten, warum du mich so provozieren musst, Milanda? Habe ich die vergangenen Tage nicht genug durchgemacht?«
»Es tut mir Leid Theo.«, schluchzt die kleine Irre los. Sie schlingt ihre Arme um meine Hüften und lässt ihre heißen Tränen auf mein Hemd tropfen, »Ich wollte dich doch nur so ärgern, weil ich dachte, wenn du wütend auf mich bist, dann vergisst du, wie sauer du auf Kerry bist. Du darfst sie nicht anbrüllen. Sie ist so fix und fertig und der blöde Taxifahrer, hat sie wie Dreck behandelt.«
Bin ich hier im falschen Film? Da veranstaltet mein Schwesterchen

so einen Affenzirkus, nur weil sie glaubt, dass ich Kerry den Kopf abreißen will?

Ich drücke ihr einen Kuss auf den Scheitel, weil ich gerade so gerührt bin, dann hebe ich ihr Gesicht hoch, so dass sie mich ansehen muss, »Glaubst du wirklich, ich würde es übers Herz bringen, Kerry anzuschreien? Hältst du mich für so ein Scheusal?«

Schniefend schüttelt Milanda den Kopf.

»Schon gut Kleines. Wir haben alle eine Scheiß Zeit hinter uns.«

Und bestimmt auch noch vor uns, füge ich für mich selbst hinzu.

»Es wird sicher noch etwas dauern, bis wir wieder klar im Kopf werden«

Lächelnd nickt mein Schwesterchen, dann blickt sie etwas nervös zur Tür.

Ich nehme ihre Hand und ziehe sie ein wenig hinter mir her. »Ich denke mir, wir müssen deinen Mitschülern reinen Wein einschenken«

»Da könntest du recht haben«, grinst sie schief und öffnet die Tür zur Sporthalle.

48. KERRY!

Mir ist langweilig, so was von langweilig. Genervt klappe ich meinen Laptop zu, an dem ich mir jetzt zwei Stunden lang knackige Kerle angeschaut habe, die wir vielleicht in unsere Kartei aufnehmen. Wie ein nasser Sack lasse ich mich in die Kissen fallen. Vom Nachttisch nehme ich mir Pünktchens Foto, das Fronk vergrößert hat, und küsse die kleinen Wangen.

»Ach Pünktchen, heute ist es schon vier Wochen her, dass du mich verlassen hast und es tut noch immer so weh, wie am ersten Tag.«

Das ist noch nicht mal übertrieben, zwar erhole ich mich rein körperlich gesehen sehr gut – und wenn mein Mann nicht zum Gefängnisaufseher mutiert wäre, ginge ich auch schon längst wieder arbeiten – aber meine Psyche hat echt einen Knacks weg. Immer noch muss ich für alles heulen, außerdem bin ich zickig hoch drei und leide an extremen Schlaf- und Essstörungen. Zu allem Unglück wird Fronk auch noch in zwei Wochen umziehen. Ich weiß gar nicht, wie ich das überstehen soll? Er war, bis Theo in mein Leben trat, der Mann, den ich am meisten auf dieser Welt liebe.

Um nicht wieder in so eine Depristimmung zu verfallen, schnappe ich mir mein Handy und frage meinen Großen, ob er mir gütigerweise gestattet, dass ich mir beim Bäcker ein Brötchen kaufen darf. Ich weiß, dass es reine Provokation ist, aber dieses Theater, das er jeden Morgen veranstaltet bevor er zur Schule geht, nervt nur noch. Ich träume nachts schon davon – das heißt, wenn ich dann mal schlafen kann – wie ich ihm jeden und jeden Tag aufs Neue versprechen muss, nicht das Haus zu verlassen, mich auszuruhen, meine Medikamente zu nehmen und genügend zu essen. Seit ich aus der Klinik getürmt bin, ist er noch herrischer, als er es schon vor unserer Hochzeit war. Ich halte ihm ja zugute, dass er das alles nur tut, weil er Angst um mich hat und ich mit meiner sagen wir mal "Selbstentlassung" aus dem Krankenhaus bewiesen habe, dass man auch Angst um mich haben muss, denn das diese Aktion das Dümmste war, was ich je getan habe, muss ich wohl oder übel zugeben.

Nachdem der Herr Aufseher mir zehn Minuten Ausgang gewährt hat, mache ich mich auf den Weg zum nächsten Supermarkt. Appetit habe ich zwar gleich null, aber vielleicht kommt der ja, wenn alles so vor meiner Nase liegt.

Dreißig Minuten später bin ich wieder zu Hause, ich habe nichts eingekauft, dafür einen kleinen Spaziergang am Rheinufer eingelegt. Auch wenn es weit unter Null Grad ist, tat die frische Luft gut und so freue ich mich jetzt auf einen heißen Tee und ein kleines Schläfchen. Dass aus dem Nickerchen nichts wird, erkenne ich sofort, als es Sturm klingelt und Leonie vor der Tür steht.

»Was ist los Süße?« Meine Freundin sieht zum Fürchten aus. Tiefe Ringe unter den Augen, eine Gesichtsfarbe, als hätte sie den Preis für porentiefes Weiß gewonnen.

»Der Gips ist ab«, lächelt sie etwas gequält und zieht sich umständlich die Jacke aus.

Also wieder ein Relikt des Grauens, was aus unserem Leben verschwindet. So langsam kehrt so etwas wie Normalität ein, zumindest für alle Anderen, für mich wird es nie wieder so wie früher sein. Aber auch Leonie wirkt nicht so, als ginge es ihr gut.

Herzlich umarme ich sie, weil ich weiß, dass sie das braucht, denn sie macht sich nach wie vor Vorwürfe, weil sie es war, die mich umgestoßen hat. Ich habe ihr schon tausendsechshundertfünfundvierzig Mal gesagt, dass dies Unsinn ist. Schuld an Pünktchens Tod hat einzig und alleine Britta und vielleicht auch ein ganz klein wenig ..., nein nur die Hexe mache ich für alles verantwortlich.

»Geh ins Schlafzimmer Mausi, ich mach uns einen Tee und dann ruhen wir uns etwas aus.«

Wortlos trollt sich Leonie in mein Schlafzimmer, während ich in der Küche alles für einen gemütlichen Nachmittag vorbereite. Ich lasse Wasser kochen, fülle uns zwei große Tassen mit dampfen Tee ein und lege noch ein paar Kekse dazu. So in Gesellschaft verspüre ich doch Lust auf etwas Essbares.

Gerade haben Leonie und ich es uns richtig bequem gemacht, da höre ich, dass Olli nachhause kommt. Wenn er sich jetzt auch noch zu uns gesellt, dann ist es fast wie früher ...Fast.

»Olli kommst du ...« Eigentlich wollte ich noch **zu uns** rufen, aber Leonie hält mir den Mund zu.

Was ist denn mit der los? Wenn ich recht überlege, verhielt sie sich schon in den vergangenen Tagen mehr als merkwürdig. Sie besucht mich nur, wenn sie weiß, dass kein anderer da ist, und hat sich auch bei Michelle schon seit Tagen nicht gemeldet.

»Hab was für dich Schatz.« Lässt mich Olli von der Küche aus wissen und nur eine Minute später steht er mit zwei hochbeladenen Tellern mit Fastfood im Schlafzimmer.

»Oh, du hast Besuch.« Seine Gesichtszüge entgleisen regelrecht, als er Leonie entdeckt. »Dann lass ich dir mal dein Essen hier, bis später dann.«

Er stellt beide Teller auf die Kommode und will wieder verschwinden, aber nicht mit mir. Hier ist doch was megafaul. Warum verhält er sich ebenso seltsam, wie Leonie? Er wird ihr doch nicht ernsthaft die Schuld an Pünktchens Tod geben? Dann ist aber Ärger angesagt.

»Olli, du bleibst schön hier.«

Ich rücke ein wenig zur Seite, so dass er neben mir Platz nehmen kann, lasse mir den Teller rüberreichen und beiße herzhaft in den Burger. Schmeckt gar nicht mal so schlecht.

»Du auch Leonie?«, frage ich bei meiner Süßen nach.
»Ne, lass mal. Mir ist es etwas flau um den Magen herum«, winkt sie angewidert ab. Dass dies nicht gelogen ist, sieht ein Blinder. Denn, wenn sie, als sie kam, schon einem Kalkeimer glich, ist sie, seit Olli im Raum ist noch stiller und blasser geworden.
»Könnt ihr zwei mir mal verraten, was mit euch los ist?«, hake ich nach, während ich erneut in das fettige Teil beiße.
»Nichts« Kommt es verdächtig einstimmig. »Ich habe mein Kind verloren, nicht mein Hirn.« Ich stelle den Teller zur Seite und blicke von einem zum anderen.
»Alles bestens«, schwindelt Leonie.
Ich spüre, wie beide aufatmen, weil Theo nachhause kommt und sie wohl glauben so meinen Nachforschungen zu entgehen. Da täuschen sie sich aber gewaltig.
»Theo weißt du, was hier gespielt wird?« Überfalle ich meinen Großen gleich, kaum dass er in der Diele ist und seinen Mantel weghängt.
»Was soll denn, wo gespielt werden?«, mimt er den Ahnungslosen, als er zu uns kommt. Er küsst mich kurz und sieht freudestrahlend auf den voll beladenen Teller. »Iss lieber weiter, Baby und zerbrich dir nicht dein hübsches Köpfchen über Dinge, die nicht existieren.«
Er stibitzt sich ein paar Pommes und hält mir auch gleich welche vor den Mund, doch so leicht lasse ich mich nicht "abspeisen".
»Geh mit den blöden Pommes weg«, motze ich Theo an.
Ich nehme ihm den Teller aus der Hand und reiche ihn Leonie rüber, die holt tief Luft, schmeißt den Teller aufs Bett und rennt aufs Klo.
Wenige Augenblicke später hören wir, wie sie sich ihr Essen noch mal durch den Kopf gehen lässt. Als sie wieder ins Schlafzimmer kommt, könnte sie gut als Geist in einem Horrorfilm mitspielen. Sie muss sich am Türrahmen anlehnen, so mitgenommen ist sie.

»Kannst du Leonie vielleicht mal helfen?« Stupse ich Olli an, der keine Anstalten macht unserer Freundin mal in irgendeiner Art und Weise behilflich zu sein.
Er knurrt irgendwas, was ich nicht verstehe und bemüht sich dann doch noch gnädigerweise.

»Wenn du mich berührst, schlage ich dir eine rein«, droht ihm aber Leonie, als er ihr den Arm um die Taille legen will. Was geht denn jetzt ab? Noch auf unserer Hochzeit schwebte Leonie auf Wolke sieben, weil Olli ihr ein Neujahrsküsschen gegeben hat und jetzt verfällt sie in Panik, als sei er Jack the Ripper persönlich. Etwas bedröppelt lässt Olli Leonie stehen, die nimmt sich von meiner Kommode ein paar Kosmetiktücher und wischt sich den verschmierten Mascara ab.

»Ich gehe dann besser mal«, nuschelt sie, während sie ihre Autoschlüssel aus der Tasche kramt. Sie nimmt noch ein Kosmetiktuch und wischt sich den Schweiß von der Stirn,
»Scheiß Magen-Darm-Virus«, lächelt sich mich entschuldigend an. »Habe ich mir bestimmt von meinen Brüdern eingefangen.«

»Von wem auch immer.« Ich klettere vom Bett und setze sie in den großen Sessel. »Du kannst so kein Auto fahren. Warte ein paar Minuten, dann hat Theo sich umgezogen und kann dich zu einem Arzt bringen«

»Ich brauch doch keinen Arzt, nur wegen so eines blöden Virus«, protestiert meine Freundin. Es ist fast, als würde ich in einen Spiegel sehen, denn ich würde an ihrer Stelle genauso reagieren.

»Mein letzter Virus war Pünktchen«, stelle ich leise fest.
Leonie reißt so entsetzt die Augen auf, dass ich trotz des Schmerzes, der sich schon wieder in meiner Brust breit macht, laut auflache.

»Schatz guck nicht so. Du hast keinen Freund, also wie sollst du schwanger sein? Ich muss dir doch nicht etwa erklären, wie man schwanger wird?«

»Eben«, mischt sich Olli ein. »Und wenn sie einen Freund hätte, dann ist es ja auch eher unwahrscheinlich, dass auch sie, genau wie du, trotz Pille schwanger geworden wäre.«

»Richtig Olli!«, blitzt Leonie unseren Freund wütend an. »Weil sie nämlich gar keine Pille nimmt.«

»Du machst bitte WAS?!«, schreit Olli auf. Wenn er einen Flugzeugabsturz live miterleben würde, könnte er nicht entsetzter schauen.

»Keine Pille nehmen«, antwortet Leonie ihm bissig. »Wieso auch, ich hab doch keinen Freund, weil ich hässlich und fett bin.«

»Du bist weder hässlich noch fett«, giftet Olli zurück. »Aber nicht ganz richtig im Kopf. Wie konntest du mir verheimlichen, dass du keine Pille nimmst?«

Ich verstehe überhaupt nichts mehr, finde es aber gerade beinahe amüsant. So eine lustige Ablenkung hatte ich schon lange nicht mehr. Ich krabbele wieder auf mein Bett und schaue den beiden Streithähnen weiter zu. Warum auch immer sie sich streiten, ob Leonie jetzt die Pille nimmt oder nicht.

»Ich bin nicht ganz richtig im Kopf?« Springt Leonie wütend auf. »Wer von uns beiden hat denn kein Kondom benutzt?«

»Weil ich keins mehr hatte«, brüllt Olli genauso wütend.

»Ach ja«, spöttisch blickt Leonie, Olli von oben bis unten an. »Sicherlich hast du dein letztes Kondom auf dem Schulklo benutzt.«

»Ja, genau das habe ich.« Nervös beginnt Olli im Raum hin und her zu laufen, dann hat er sich wieder etwas unter Kontrolle.

»Leonie« Er versucht ihre Hand zu nehmen, doch sie weicht einen Schritt zurück. »Du weißt, dass es nicht geplant war, dass wir miteinander schlafen und ich hatte auf unserer Heimreise von der Schule, bestimmt etwas anderes im Kopf, als mir mal eben im Bahnhof Kondome zu besorgen.«

WAS!? Habe ich das gerade richtig verstanden? Olli hat mit

Leonie geschlafen?
»Dann hättest du eben nicht mit mir schlafen dürfen.« Leonie ist jetzt wieder einen Schritt auf Olli zugegangen und sieht ihm provozieren ins Gesicht.

»Bitte?«, wird der schon wieder laut. »Wer hat mir denn die Zunge in den Hals gesteckt und seine Hand in meine Boxershorts geschoben? Wer hat gesagt ›Olli schlaf mit mir‹?«
Eins zu null für Olli. Obwohl, er war der Erfahrene, also hätte er es stoppen müssen. Da es aber in meiner Hochzeitsnacht war, so wie ich das verstanden habe, kann ich verstehen, dass alle etwas durch den Wind waren.

»So jetzt beruhigen sich mal alle wieder.« Greift Theo dazwischen. »Ihr wollt doch nicht das Kerry sich aufgeregt?«
»Kannst du damit bitte aufhören«, muffele ich meinen Großen an. Fragend zieht er eine Augenbraue hoch, als wenn er nicht wüsste, was ich meine.

»Du sollst mich nicht behandeln als läge ich im Sterben, oder als sei ich 121 Jahre alt«, helfe ich ihm auf die Sprünge.

»Baby«, setzt er an, doch ich hebe stoppend die Hand, auch auf Entschuldigungen wieso, weshalb, warum er so übervorsichtig ist, habe ich keine Lust mehr.

Sein ganzes Verhalten erinnert mich nur immer und immer wieder daran, was passiert ist. Ich will nicht daran erinnert werden, weil ich es niemals vergessen werde, aber ich möchte wenigstens mit meinem Mann und meinen Freunden unbeschwert umgehen können und nicht wie ein rohes Ei behandelt werden.
Leonies und Ollis Streit geht derweil in die nächste Runde. Sie wirft ihm vor die Situation ausgenutzt zu haben, er beschuldigt sie, dass sie es doch schon lange darauf abgesehen hätte, mit ihm ins Bett zu gehen.
Zwei zu Null für Olli

»Geh mir aus dem Weg, ich muss kotzen.« Leonie stößt Olli zur

Seite und rennt erneut aufs Klo.
Hektisch beginnt Olli eine neue Runde durch das Zimmer.

»Schatz, denk doch mal nach.« Ich stehe auf und versuche ihn davon abzuhalten mir Löcher in den Parkettboden zu laufen, »Wenn Leonie schwanger wäre, dann wüsstet ihr das schon lange. Wir haben heute den 28. Januar, das heißt, sie müsste als schon längst überfällig sein, wenn du sie in der Neujahrsnacht geschwängert hättest.«

Olli bleibt endlich stehen und scheint im Geiste nachzurechnen. Er ist zwar kein Gynäkologe, aber mit dem weiblichen Zyklus muss er sich als Arzt ja wohl auskennen. So etwas wie ein kleines Aufatmen höre ich, doch so ganz überzeugt scheint er noch nicht zu sein, denn er schnappt sich Leonies Tasche und hält sie mir auffordern entgegen.

»Such bitte ihr Notizbuch.«

»Warum sollte ich das?«

»Weil ihr Frauen euch immer aufschreibt, wann ihr eure letzte Regel hattet.«

»Nein, Olli vergiss es, ich werde nicht in Leonies Tasche rumwühlen.« Kopfschüttelnd nehme ich ihm das Designer-Schmuckstückchen aus der Hand und will es in Sicherheit bringen, da greift er aber wieder danach und kippt den Inhalt auf mein Bett. Sofort findet er das, was er gesucht hat und beginnt mit fliegenden Fingern die Seiten umzublättern. Mit jeder Seite, die er fast aus dem Heftchen reißt, wird er hektischer. »Nichts Kerry. Im Januar ist kein einziger Eintrag«, wie in Trance fällt er auf mein Bett.

»Gib mal her.« Ich nehme ihm das Blöcken aus der Hand und kontrolliere Seite für Seite, aber er hat Recht. Im Januar steht nirgends ein Vermerk.

»Vielleicht trägt sie es woanders ein.« Versuche ich meinen Freund etwas zu beruhigen.

»Was habt ihr mit meiner Tasche gemacht?«, faucht Leonie

wütend, als sie zurückkommt und den Inhalt ihrer Tasche verstreut sieht.

»Scheiß egal«, wiegelt Olli ab. »Sag mir sofort, wann deine letzte Regel war.«

»Erstens ist es nicht Scheiß egal, wenn du an meine Tasche gehst und zweitens gibt dich das gar nichts an.« Zornig schmeißt meine Freundin ihre Sachen zurück in die Tasche und auch ich werde mit ein paar wirklich bösen Blicken bedacht.

»Leonie!«, genervt reißt Olli an ihrem Arm und zwingt sie ihn anzublicken. »Es geht mich eine Menge an, ob du eventuell schwanger sein könntest oder nicht.«

»Bilde dir nichts ein.« Wie ein lästiges Insekt streift Leonie, Ollis Hand ab. »Du glaubst auch, du bist Supermann im Bett und würdest sofort jede Frau schwängern, die sich vor dir nicht retten kann ...ach, übrigens es war auch ziemlich lausig.«

»Was du nicht sagst« Ollis Kiefer mahlen, er explodiert gleich. Kann Leonie froh sein, dass er nicht Theo ist, der wäre schon längst ausgeflippt. »Ich kann mich aber noch ganz gut daran erinnern, wie du gezuckt hast, als ich dich mit der Zunge verwöhnt habe.«

»Stopp, stopp, stopp!« Springe ich dazwischen. »So genau wollen wir das gar nicht wissen. Mich würde auch viel eher interessieren, ob du denn diesen Monat schon deine Periode hattest oder nicht.«

»Hmm?« Leonie setzt sich hin und überlegt und überlegt, lange, zu lange, wie ich finde.

»Schreibst du dir so was nicht auf?«, frage ich mal nach, weil dass würde das Ganze etwas abkürzen.

»Nein« Schüttelt meine Freundin den Kopf. »Meine Regel kommt so pünktlich, da kann ich die Uhr nach stellen.«

Sie macht wieder eine Pause und wird doch etwas unruhig.

»Also, wenn ich so darüber nachdenke, dann hatte ich meine letzte Regel an dem Tag, als ich mit meinen Eltern in den Wintersport geflogen bin. Ich habe mich noch so geärgert, dass ich ausgerechnet die paar Tage in Vancouver mich mit meiner Periode herumquälen durfte.« Sie errötet etwas, weil ja nicht nur ich, sondern auch Olli und Theo zuhören.

»Bist du dir da ganz sicher?«, fragt mein Großer auch prompt nach.

»Ja«, nickt Leonie und traut sich nicht Theo anzusehen, was ich sehr gut verstehen kann. Ich finde auch, dass es angenehmere Themen, als die Monatsblutung gibt.

»Leonie, das war am 17.Dezember.«

17. Dezember? Nein, da muss Theo sich irren, das wäre sechs Wochen her. Aber natürlich irrt sich mein Großer nicht, er ist ein wandelnder Kalender, wenn jemand Termine im Kopf hat, dann er.

»17 plus 14, gibt 31«, murmelt Olli geschockt.

»Schön, dass du rechnen kannst«, faucht Leonie ihn wieder an, die sich sicherlich noch nicht bewusst darüber ist, was Olli da gerade ausgerechnet hat. Seine Hand ist eiskalt, als ich nach ihr greife.

»Warte doch erst mal ab. Bevor du dich verrückt machst, sollte Leonie morgen lieber mal zu ihrem Gynäkologen gehen.«

»Ich habe keinen Gynäkologen«, antwortet sie giftig, so als wäre es meine Schuld, dass sie ohne Schutz mit Olli geschlafen hat.

»Ich muss das jetzt wissen. Ich fahre zur Drogerie einen Schwangerschaftstest kaufen.« Olli kramt hektisch seine Autoschlüssel aus der Hosentasche und wirkt dabei doch sehr konfus.

»Warte ich fahre«, hält Theo ihn auf, »So wie du gerade drauf bist, solltest du dich nicht hinter das Steuer setzen.«

Wo er recht hat, hat er recht.

49. OLLI!

»Wie kann ich Ihnen helfen?«, lächelt mich die freundliche Apothekerin an. Weil ich keinen Nerv habe, jetzt noch an irgendeinem Drogeriemarkt stundenlang einen Parkplatz zu suchen, sind Theo und ich nur bis zur nächsten Apotheke gefahren.

»Ich brauche einen Schwangerschaftstest.«

»Ich hole mal ein paar« Lächelt die Frau weiter ihr Verkaufslächeln.

Nervös trommele ich auf dem Verkaufstresen, als die Apothekerin mit einem ganzen Sortiment von Tests zurückkommt. 10 oder 15 verschiedene Verpackungen breitet sie vor mir aus und beginnt mit einer langen Litanei über die Vor- und Nachteile, von diesem oder jenem Test.

»Ist mir so was von egal, ob da ein Smiley kommt oder nicht«, fahre ich die arme Frau an. »Geben Sie mir bitte einen Schwangerschaftstest, auf dem NICHT SCHWANGER erscheint.«

Die Frau blickt zu Theo, als wolle sie vom ihm die Bestätigung, dass ich nicht mehr alle Tassen im Schrank habe.

»Junger Mann, das kann ich Ihnen nicht garantieren.« Ihr Lächeln geht mir sowas von auf den Sack.

»Geben Sie mir fünf, das müsste reichen.« Mit zitternden Händen hole ich meine Kreditkarte aus dem Portemonnaie und bin wirklich froh, dass Theo mich begleitet hat, denn ich bin kurz davor Amok zu laufen.

Sie darf nicht schwanger sein, sie darf nicht schwanger sein, dringt es durch meine Gehirnwindungen.

»Oh, gleich fünf«, flötet Frau Dauerlächeln. »Ich hoffe aber doch nicht für fünf verschiedene Damen.«

Ich weiß, dass es ein Scherzchen sein soll, aber wenn ich scherzen möchte, dann gehe ich in eine Comedyshow und nicht zur Apotheke.

»Nein, eigentlich sind es zehn«, knurre ich Smiley an. »Es müssen sich immer zwei einen Test teilen.«

Ihre Mundwinkel sinken für einen Augenblick, dann hat sie sich wieder gefangen.

»Ach, Sie sind ja ein Scherzkeks, da werden Sie aber bestimmt viel Spaß mit dem Kindchen haben.«

Hat die Frau mir eben nicht zu gehört. Ich will kein Spaß mit einem Kindchen, zumindest nicht jetzt und schon mal gar nicht mit Leonie.

****

Dass aber genau das kommen wird – natürlich bis auf den Spaß – zeigen mir die diabolisch grinsenden hellrosa Smileys auf zwei der fünf Schwangerschaftstests (ab sofort, werde ich jeden erschlagen, der sich wagt mir einen Smiley, via Handy zu schicken).

Ein Test lässt uns wissen, dass es sich um die siebte Schwangerschaftswoche handeln muss und bei Zweien steht in grellen Buchstaben POSITIV.

Was zum Teufel soll daran positiv sein? Ich bin am Arsch, ich bin so was von am Arsch.

50. KERRY!

»*B*ist du dir sicher, dass du da mit rein willst?«, hält Tom mich auf, als ich Leonie und Olli in den kleinen Ultraschallraum folgen möchte.

Was heißt denn hier schon wollen?

Ich werde von Leonie regelrecht genötigt mitzugehen. Dabei krampft sich schon bei dem Gedanken daran, dass ich gleich sehr wahrscheinlich ein kleines pochendes Herzchen sehe, alles zusammen. Aber Leonie besteht darauf, dass ich mitgehe und sollte ich mich weigern darf Olli auch nicht. Manchmal hat sie die gleichen patriarchischen Züge, wie ihr Vater.

»Passt schon Tom«, nicke ich ihm zu.

»Du musst es ja wissen.«

Mit verschränkten Armen sitzt Madame auf der Liege, während Olli schon wieder den Tiger gibt und ruhelos in dem Zwei-Quadratmeter-Zimmerchen herumläuft.

Tom kann sich sein Grinsen kaum verkneifen. Seit er gestern mit Cassy nachhause kam, die Schwangerschaftstests sah – und mich schon einweisen lassen wollte, weil er dachte, es seien meine – seit dem bekommt er einen Lachflash nach dem nächsten. »Ich wohne mit lauter Irren zusammen«, war sein erster Kommentar, als wir ihn darüber aufklärten, wessen Tests es waren.

Olli fand das weniger lustig. Erst rauchte er sich fast zu Tode, dann versuchte er es mit tottrinken und danach ging er deprimiert ins Bett, um fünf Minuten später, wieder an meinem Bett zu stehen und danach die ganze Nacht mit mir zu quatschen. Jetzt kann ich eh nicht schlafen, so machte mir das wenig aus, aber Olli sieht heute genauso aus, wie man aussieht, wenn man kein Auge zugemacht hat. Auch meine Freundin rief fünfzehn Mal an. Zu diesem Zeitpunkt tat sie mir noch furchtbar leid, was sich heute Morgen schnell änderte, denn so, wie sie sich seit Stunden aufführt, verspüre ich das Bedürfnis sie mal mit dem Kopf gegen die Wand zu klatschen. Nicht nur, dass ich mir schon die ganze Zeit anhören muss, was für ein Schwein Olli sei und das er dies noch bereuen werde – als wenn er das nicht schon längst täte – nein, sie stellt auch noch eine Bedingung nach der anderen. Dass, wenn ich nicht mit zum Ultraschall komme, Olli auch nicht mit darf, ist davon noch das Harmloseste. »Beeil dich, ich muss noch zur Uni«, pflaumt sie Tom an, der den Raum verdunkelt und ein paar Einstellungen am Ultraschallgerät vornimmt.

»Du kannst froh sein, dass ich dich überhaupt Zwischenschieben konnte«, antwortet Tom gelassen und wirkt dabei nicht so, als würde er wegen ihr in Hektik verfallen.

Routiniert verteilt er das Gel auf ihren Bauch und fährt mit dem Schallkopf über den Bereich, wo er die Fruchthöhle vermutet. Olli und ich halten für einen Moment die Luft an, ...dann ist es da ...unüberhör - und unübersehbar, das kleine Pünktchen, welches schnell und laut pocht. Meine Beine werden weich wie Pudding, mir bricht der Schweiß aus und mein Herz rast schneller, als das eines Radfahrers der Tour de France.

»Alles in Ordnung Schatz?«, fragt Olli besorgt nach. Er legt seinen Arm um meine Taille, um mich zu stützen.

»Vielleicht interessierst du dich mal einen Augenblick für dein Kind?«, faucht Leonie Olli an. »Hier geht es mal ausnahmsweise nicht um Kerry, sondern um mich.«

»Kann es sein, dass dir die Hormone zu Kopf gestiegen sind?« Tom hält einen Moment inne und sieht zu mir rüber. »Das du Kerry schon unbedingt mit herbringen musstest, finde ich bereits ein Unding, aber dann noch die Eifersüchtige zu spielen, weil Olli sich um sie kümmert, da sie verständlicherweise kurz vor einem Kollaps steht, also da frage ich mich, was bist du nur für eine

Freundin?«

»Ich kann mir auch einen anderen Arzt suchen.« Auch das noch, jetzt ist Leonie auch noch eingeschnappt. Nicht gut, denn dann ist sie unerträglich, aber das ist sie heute ja sowieso. Ich kann nur hoffen, dass dies nur in der Anfangsphase so ist, sonst ist Olli ein nervliches Wrack, wenn er oder sie geboren wird. Wenn er oder sie geboren wird! Mir wird schlecht, alles dreht sich vor meinen Augen, ich habe das Gefühl keine Luft zu bekommen. Ich muss aus diesem Raum, in dem der Herzschlag des Babys, wie ein Presslufthammer in meinem Kopf dröhnt.

»Es tut mit Leid Leonie, ich kann nicht ...« Mit pitschnass geschwitzten Händen reiße die Tür auf und stürze nach draußen. Wie bei einem 100-Meter-Sprint hetzte ich den Gang entlang und stoße prompt mit einem Pfleger zusammen. Dass es sich hierbei um den armen Pfleger handelt, der mich hat gehen lassen und dafür wohl ordentlich Ärger kassiert hat, macht das Ganze nicht gerade besser.

»Es tut mir leid«, wiederhole ich mich und eigentlich will ich mich so gleich für beides entschuldigen.

»Nichts passiert.« Lächelt er mich an und mustert mich von oben bis unten.

»Kennen wir uns?«, fragt er nach und ich bin mir nicht sicher, ob die Frage als Anmache gedacht war, oder ob ich ihm ein wenig bekannt vorkomme. Egal, erkannt hat er mich auf jeden Fall nicht, das ist schon mal gut, denn so flöte ich ihm ein »Nicht, dass ich wüsste« zu und springe in den Aufzug, der gerade seine Türen verschließt.

****

Eigentlich hatte ich heute Morgen – wie die 22 Tage zu vor – versprechen müssen, direkt nach dem Klinikbesuch mit Leonie nachhause zu fahren, aber da zieht es mich jetzt so gar nicht hin. Ich habe keine Lust wieder den ganzen Tag alleine in der Bude zu hocken.

Langweiliger geht gar nicht. Vor lauter Verzweiflung habe ich mich ja sogar mal an den Herd gewagt. Gut das Experiment kochen, habe ich auch schnell wieder aufgegeben. Ich bin so untalentiert, ich würde Tütensuppe noch verderben. Aber ich weiß beim besten Willen nicht, was ich zu Hause noch tun soll. Alle Schränke sind aufgeräumt, unser Bad ist jetzt klinisch rein. Alle Kosmetikartikel sind alphabetisch sortiert, die Fenster sind so oft geputzt, dass man glauben könnte, dass kein Glas mehr drin wäre.

Ich habe eine neue Couch bestellt – und wenn ich mich weiter alleine zu Hause aufhalten muss, wird das sehr teuer – denn dazu habe ich dann gleich passend eine neue Essgruppe geordert.
Mir würde bestimmt noch was einfallen, was ich per Internet kaufen könnte. So wie die fünf Handtaschen und eine komplett neue Garderobe, die ich mir zugelegt habe, aber mir ist heute nicht nach Internetshopping, nicht nach dem Ultraschallbild, das sich in meine Augen eingebrannt hat. Ich weiß, wenn ich jetzt nach Hause fahre, dann setzte ich mich nur wieder in Pünktchens Zimmer und weine bis Cassy oder Theo von der Arbeit kommen.

Nein, ich brauche Menschen. Am besten viele Menschen, die mich ablenken, die mich nicht ansehen mit einem Blick, der mir sagt, wie traurig doch alles ist. Diese Menschen gibt es nur an einem Ort, nämlich in der Agentur. Mal abgesehen von Vicky, die auch jedes Mal in Tränen ausbricht, wenn sie mich besuchen kommt, aber ob das nur wegen Pünktchen ist oder ob – nicht so ganz vielleicht – Olli eine Rolle spielt, das habe ich noch nicht ganz herausgefunden.

Ich habe Glück, genau in dem Moment, in dem ich das achtundzwanzigste Mal an der Agentur vorbei fahre, wird eine Parklücke im absoluten Halteverbot frei. Egal, Hauptsache parken.

In der Agentur ist die Hölle los, da heute ein großes Casting für ein bekanntes Jeans Label stattfindet. Tief atme ich ein, das ist genau das, was ich brauche. Freiheit! Ein bisschen wundere ich mich, dass niemand am Empfang sitzt, da kommt aber schon ein sehr affektierter Typ auf mich zu.

»Sorry, my dear«, näselt er arrogant, »du kannst gleich wieder gehen.« Er tritt ein paar Schritte zurück, geht einmal um mich rum und schüttelt den Kopf. »Nein, beim besten Willen nicht. Also tu dir selbst den Gefallen und stiehl Max nicht die Zeit, in dem du dich von ihm casten lässt.«

»Aha«, antworte ich nur kurz, denn ich muss erst mal sacken lassen, was der Hohlkopf da so von sich gibt. Es ist ja kein Ding, wenn man für ein Casting nicht geeignet ist. Da kommen bei mir schon mal alle Castings in Frage, bei denen große sportliche Frauen gesucht werden, genauso wenig, würde ich mich irgendwo als Vamp oder rassigen Typ bewerben, aber von so einem komischen Kauz, wie das Gegenüber von mir ist, so abgewimmelt zu werden, ist eine Frechheit. Daher muss ich ihn ein wenig bluten lassen, bevor ich mich ihm zu erkennen gebe. Hoffentlich kommt jetzt nicht gerade jemand von unserer Crew.

»Meinst du wirklich, dass ich keine Chance hätte?« Ich klimpere ein wenig mit den Wimpern, strahle ihn an, doch Mr. Arroganto beeindrucke ich damit nicht.

»Vergiss es«, will er mich abwimmeln. »Zu klein, zu viel Busen und so gar nicht Max Typ.«

Er will mich Richtung Tür schieben und ich möchte ihm schon meine High Heels in den Fuß rammen, weil niemand mich ungefragt antatscht, da hält mir jemand von hinten die Augen zu. Da ich seinen Geruch nach Moschus unter tausenden erkennen würde, drehe ich mich um und falle meinem Alex um den Hals. Liebevoll küsst mich Alex auf die Wangen, dann begutachtet er mich eindringlich.

»Du siehst schon wieder perfekt aus«, bemerkt er mit so was wie Anerkennung in der Stimme.

»Nein, stimmt nicht«, grinse ich Alex an. »Frag den jungen Mann hier, der hat den Kenner Blick. Er lässt mich nämlich nicht zum Casting, weil ich ein vollbusiger Zwerg bin.«

»Oh, da hoffe ich, dass ich mehr Glück habe«, zwinkert er mir zu.

»Sorry«, näselt der Kerl wieder und sabbert Alex dabei fast an. »Max steht nicht auf so Muskulöse.«

Er geht einen Schritt auf Alex zu und zieht laut hörbar, seinen Duft ein. »Also ich würde dich ja direkt nehmen«

Das glaube ich ihm aufs Wort, fragt sich nur für was.

»Oh, wie schade« Alex mimt den Geknickten außergewöhnlich gut, wenn ich nicht wüsste, dass er gar nicht zum Casting wollte, würde ich ihm seine Enttäuschung abnehmen.

»Hör mal«, raunt Mr. Nasal ihm zu. »Wir können ja gleich einen Kaffee trinken gehen, dann bereden wir kurz, ob ich nicht doch was für dich tun kann.«

»Was hast du gerade gesagt?«, unterbreche ich den Mistkerl empört, so was geht ja wohl gar nicht.

»Was geht es dich an Blondchen?« Er packt mich am Arm, da hat er aber auch schon meinen Absatz im Fuß.

»Geht´s noch, du blöde Kuh?«, schreit auf. »Ich werde mal den Chef holen, du setzt hier keinen Fuß mehr in diese Agentur.«

»Ach den Chef willst du holen?« Der Typ kommt mir gerade recht.

»Oh ja, das werde ich tun«, droht der Vollidiot.

Ich zögere noch, ob ich Fronk damit wirklich belästigen will, oder ob ich den Schwachkopf eigenhändig oder besser mit Alex Hilfe rausschmeiße. Soweit kommt es noch, dass er versucht die Models anzubaggern und ihnen dafür einen Shoot anbietet. Ich koche, der Kerl ist genau mein Sandsack, den ich brauche, um mir Luft zu machen.

Der Blödmann hat aber schon sein Handy gezückt und nimmt mir meine Entscheidung ab.

»Max, hier ist eine Furie, die unbedingt entfernt werden muss.« Herablassend blickt er mich an.

»Deine Karriere ist vorbei, bevor sie angefangen hat«, zischt er mir zu, »Hättest eh keine Chance in der Branche.«

Wie geil er sich gerade vorkommt, aber ihm wird das Lachen noch vergehen. Das weiß auch Alex. Er lehnt am Tresen und wartet amüsiert auf den Showdown, der naht auch in Gestalt von Maximilian van de Bruy – ein Mega Fotograf, mit dem ich schon ein paar Mal arbeiten durfte – und Fronk.

»Hase!« Erfreut mich zu sehen, hebt mich mein Daddy hoch und küsst mich überschwänglich. »Ich wusste ja gar nicht, dass du kommst.«

Das Gesicht vom selbsternannten Chefassistenten hat leicht an Farbe verloren, und als mich jetzt auch noch Maximilian mehr als freundlich begrüßt, wird er doch ziemlich unruhig.

»Liebes, wie geht es dir?«, erkundigt er sich bei mir. »Fronk hat mir alles erzählt, weil ich gehofft hatte, dass du heute auch gekommen wärst.«

»Ging schon besser.« Sofort ist meine Wut verschwunden und einer tiefen Traurigkeit gewichen.

Reiß dich zusammen Kerry, muntere ich mich selbst auf. Ich darf mich nicht immer von solchen lieb gemeinten Fragen runterziehen lassen, außerdem werde ich in vierzehn Tage diesen Laden hier schmeißen müssen, da kann ich mich auch nicht immer verkriechen, wenn es weh tut.

»Was wolltest du denn von mir?« Ich versuche professionell zu klingen, was mir auch fast gelingt.

»Eigentlich hatte ich ja gehofft, dass mein Traumpaar die Werbung übernimmt.« Maximilian sieht zu Alex rüber, der seinen Beobachtungsposten immer noch nicht verlassen hat.

»Aber du fällst ja noch ein paar Wochen aus, und danach hast du hier die Macht«, grinst er mich an. »Und unser Sunnyboy will ja nicht.«

»Was heißt, du willst nicht?« Hat Alex einen Schaden, wie kann er so einen Shoot ablehnen.

»Ohne dich hab ich keine Lust.« Alex grinsen wird, noch was breiter. »Zumal ich ja eh keine Chance hätte, hast du doch eben gehört Schatz«

Ach ja, den Quatschkopf hatte ich glatt vergessen, ein bisschen muss er noch bluten.

»Stimmt Alex und ich bin ja ein fetter Gnom«

»Hase ist alles in Ordnung?«, will Fronk von mir wissen. Sicher findet er meine Bemerkung etwas sonderbar.

»Bestens.« Ich schmiege mich an ihn und sehe aus dem Augenwinkel, wie Holzköpfchen Blut und Wasser schwitzt. Ach, er hat genug gelitten, das wird ihm hoffentlich eine Lehre sein.

»Was anderes«, lenke ich ab, »wieso sollte ich denn noch Wochen ausfallen?«

»Theo hat gesagt, dass du ...«

»Halt«, unterbreche ich Fronk. »Was Theo sagt, interessiert mich nicht. Er ist mein Mann, nicht mein Vormund.«

»Seit wann das?«, kann sich Alex nicht verkneifen.

Seinen Kommentar ignoriere ich, da ich seine Einstellung Theo gegenüber zu genüge kenne, und die fällt nach dem Unfall nicht wirklich positiver für meinen Großen aus.

»Du würdest den Shoot machen?« Maximilians Augen leuchten erwartungsvoll auf.

»Klar, aber nur mit Alex. Er weiß, was mit mir und meinem Baby passiert ist und hält mein Launen aus.«

Ich gehe zu Alex rüber, der etwas perplex wirkt.

»Du weißt, was du dir damit für einen Ärger einhandelst?«, warnt er.

»Was glaubst du, wie egal mir das ist. Ich bin schon groß ...also

groß nicht gerade, aber erwachsen.«
Dass mein Freund und mein Daddy an meinen Worten zweifeln, zeigen mir die Blicke, die sie austauschen.

****

Dass die beiden nicht ganz Unrecht hatten, zeigt mir die Reaktion von Theo, als ich ihm ein paar Stunden später, so ganz beiläufig von meinem bevorstehenden Shoot erzähle.

»Du hast WAS?«, tobt mein Großer los. »Legst du es eigentlich darauf an, deine Gesundheit zu ruinieren?«

»Jetzt mach mal einen Punkt«, falle ich ihm ins Wort, »Du machst ja einen Aufstand, als hätte ich eine Himalayatour geplant. Ich mache nur ein paar Fotos mit Alex.«

Scheiße, das wollte ich ihm eigentlich nicht sagen.

»Mit WEM?«, tobt Theo weiter, als hätte er nicht verstanden, dass ich Alex gesagt habe.

»Mit Alex, tu doch nicht so, als hättest du plötzlich einen Hörsturz«, blaffe ich zurück.

»Natürlich hab ich es verstanden.« Theo steht dicht vor mir und blickt auf mich herab, dabei sehe ich, wie seine Halsschlagader pulsiert, »Ich hatte gehofft, dass ich mich verhört habe und du nicht gerade mit meinem Erzfeind posieren wirst.«

»Du hast doch einen Schaden.«

Ich will aus der Küche gehen, doch Theo hält mich am Arm fest.

»Wo gehst du hin?«

»Aufs Klo, wenn es erlaubt ist«, wütend streife ich seine Hand ab, »Es sei denn, das willst du auch noch kontrollieren. Soll ich dir eine Urinprobe mitbringen?«

»Das ist nicht witzig, Kerry.«

»Da hast du recht, Theo, das ist eher traurig, dass du deiner Frau so wenig Intelligenz zu sprichst, als dass sie auf sich selbst achten könnte.«

»Dass du das nicht kannst, hat ja deine Flucht aus dem Krankenhaus gezeigt«, triumphiert er auf.

»Meinst du aus dem Krankenhaus, in dem ich gar nicht gelegen hätte, wenn eine gewisse Person von dir ausgeladen worden wäre?« Erschrocken beiße ich mir auf die Lippe, das hätte ich nicht sagen dürfen. Wie ein Luftballon, in den man reingepiekst hat, sackt Theo in sich zusammen.

»So siehst du das also.« Er lässt sich auf einen Stuhl fallen und vergräbt sein Gesicht in seine Hände.

»Theo es tut mir leid.« Ich knie mich neben ihn und versuche seine Hände zu nehmen, doch er hält sie fest vor sein Gesicht gepresst,

»Bitte, sieh mich an«, bettele ich, doch nichts. »Ich war nur wütend, du glaubst doch nicht, dass ich dir die Schuld an Pünktchens Tod gebe?«

»Doch Baby, genau das glaube ich.« Er nimmt die Hände vom Gesicht und sieht mich mit Tränen in den Augen an. »Und weißt du auch warum? Weil ich es selbst auch tue. Wie oft bin ich gedanklich schon durchgegangen, dass alles nicht passiert wäre, wenn ich ...«

Fest presse ich meine Lippen auf seine.

Er soll nicht weiterreden, ich will nichts hören, was mich auch davon überzeugen könnte, dass ihn eine Schuld trifft.

Langsam schiebe ich meine Zunge in seinen Mund. Laut stöhnt Theo auf, als er bemerkt, dass ich mein Piercing wieder trage.

»Bitte nicht Baby«, seufzt er in meinen Mund. »Ich bin so prall gefüllt, ich spritze ab, wenn du mich weiter so küsst.«

»Kein Problem, nur solltest du dich vielleicht vorher ganz tief in mir versenken«, flüstere ich ihm ins Ohr und spüre dabei deutlich, wie sich alles, aber wirklich alles an ihm versteift.

51. THEO!

Was hat mein Baby da gerade gesagt? Ich soll mich in ihr versenken? Nein, wir dürfen doch noch gar nicht, auch wenn ich fast platze und ich schon so oft kalt duschen war, dass ich nackt in der Arktis überleben würde. Doch alles was sie tut, weißt eindeutig daraufhin, dass ich mich nicht verhört habe. Fordernd stößt sie ihre Zunge in meinen Mund und beginnt zeitgleich mit ihren zarten Fingern unter mein Hemd zu gleiten.

»Bitte Baby, hör auf«, stoppe ich sie, doch sie lächelt verschmitzt und führt ihre süße Tortur fort. Knopf für Knopf öffnet sie mein Hemd und begleitet jeden geöffneten Knopf mit einem kleinen Kuss an dieser Stelle oder sie leckt kurz darüber. Ich sterbe, sie trägt ihr Zungenpiercing wieder, und wenn ich die Augen schließe, dann könnte ich glatt vergessen, was für eine furchtbare Zeit hinter uns liegt.

Kerry zupft mein Hemd aus dem Hosenbund und beginnt den Gürtel zu öffnen.

Wieder muss ich ihre Hand festhalten, denn wenn sie nicht aufhört, werde ich erstens explodieren und zweitens kann ich mich dann nicht mehr beherrschen.

»Bitte, Baby«, flehe ich sie an, doch meine süße Frau denkt gar nicht daran mein Flehen zu erhören.

»Weiß du eigentlich, dass ich grünes Licht bekommen habe?«, flüstert sie mir erneut ins Ohr, während sie zärtlich an meinem Ohrläppchen knabbert, was mich fast um den Verstand bringt.

»Was heißt grünes Licht?«, frage ich vorsichtshalber nach und flehe gleichzeitig meinen Schöpfer an, dass sie genau das damit meint, was meine hart geschwollenen Hoden, so dringend brauchen.

»Wir dürfen wieder Sex haben«, flüstert sie weiter und fährt dabei mit ihrer Zunge an meinem Hals entlang.

Halleluja, meine Gebete wurden erhört. Ich schnappe mir mein Mädchen, trage sie auf unser Bett und

...Fuck, Fuck, Fuck. Ich habe kein einziges Kondom im Haus. Wieso auch, ich brauchte ja seit eineinhalb Jahren keine Gummis mehr.

Jetzt – da Kerry noch keine Pille nimmt und auf gar keinen Fall schwanger werden darf – da bräuchte ich ganz dringend, so drei, vier, vielleicht auch fünf Stück, wobei mir für den Anfang eines reichen würde.

Marcus fällt mir ein, der hat bestimmt so eine Tausender Packung, denn seit er mit Michelle zusammen ist, habe ich die beiden so gut wie nicht mehr gesehen, sie scheinen anderweitig beschäftigt zu sein. Es sei ihm nach Britta gegönnt.

»Warte Baby, rühr dich nicht vom Fleck, bin sofort wieder da« Noch mal küsse ich mein Mädchen so intensiv, dass ich befürchte, dass meine Jeans zerreißt, da ich härter als hart bin.

Immer zwei Stufen gleichzeitig hetzte ich die Treppe hoch, zur Dachgeschoss Wohnung, in der ich eindeutig Michelle kichern höre, mir aber niemand aufmacht. Wie ein ertrinkender klopfe ich an die Tür, wo sofort das Kichern verstummt und man sich plötzlich taub stellt.

»Arsch«, brülle ich, doch auch das beeindruckt das Liebespärchen wenig und geöffnet wird mir erst recht nicht. Wütend zeige ich der verschlossenen Tür den Mittelfinger, besinne mich aber darauf, dass zwei Etagen tiefer, die süßeste und schönste Frau der Welt – mit der ich schon über vier Wochen keinen Sex hatte – auf mich wartet.

Olli! Der wird auf jeden Fall Kondome im Haus haben – ganz bestimmt, nach dem Schock Ergebnis von gestern. Zwei

Stockwerke laufe ich schneller runter, als es der Weltrekordhalter im Treppenlauf hinlegen würde. Schnell einen Abstecher zu meiner großen Liebe, noch ein inniger Kuss, nicht dass sie abkühlt und keine Lust hat, wenn ich mit den Kondomen zurückkomme.

Aber von Abkühlung kann, zum Glück, keine Rede sein. Gierig erwidert mein Mädchen den Kuss, spielt mit meiner Zunge, lässt ihre Kugel durch meinen Mund kreisen, so dass meine Spitze heftig anfängt zu pochen.

»Ich muss leider noch mal weg, Baby.« Nur widerwillig löse ich mich von ihr. Zumal sie ihre Jeans abstreift, ihren Pulli quer durch das Zimmer schleudert und jetzt nur noch in einem knappen Tanktop, welches so gerade den Bereich ihrer Narbe bedeckt und einem wunderschönen Spitzenpanty, sehnsüchtig auf mich wartet. Noch etwas schneller, als ich eben schon war, renne ich in die andere Haushälfte, winke im Vorbeilaufen Cassy und Tom zu, die es sich vor dem Fernseher in trauter Zweisamkeit – was für ein seltenes Bild – gemütlich gemacht haben.

»Wo willst du hin?«, hält mich Tom, unnötigerweise auf, denn wo werde ich schon hinwollen, wenn ich Richtung Dachgeschoss Wohnung laufe.

»Zu Olli«, informiere ich meinen neugierigen Freund, ohne dabei mein Tempo zu verringern.

»Halt«, stürzt Cassy in die Diele. »Was willst du denn von ihm, dass du es so eilig hast?«

Jetzt wird sie auch noch neugierig. In diesem Haus kann man nichts tun, ohne sich zu rechtfertigen zu müssen, stelle ich etwas genervt fest.

»Wenn du es genau wissen willst, ich brauche ein paar Kondome, weil deine Schwester und ich gleich heißen, wilden Sex haben werden.« Das hat sie davon, ich weiß, wie unangenehm ihr dieses Thema ist.

»Und die willst du bei Olli holen?«, übergeht sie meinen

Kommentar bezüglich des Sex mit Kerry.
»Nein, Cassy. Ich wollte ihn nur darüber informieren, dass mir gleich die Eier platzen«
Den Spruch hätte ich mir auch sparen können.
»Natürlich wollte ich ihn fragen«, fahre ich etwas runter. »Ich wusste nicht, dass Kerry wieder Sex haben darf, und habe daher noch nichts besorgt.«
»Na, wenigstens bist du nicht so bescheuert wie Olli.« War das jetzt etwa so eine Art Lob von meiner Schwägerin? Egal, zum Plaudern habe ich keine Zeit.
»Wenn dir dein Leben lieb ist, ginge ich an deiner Stelle nicht hoch«, warnt Cassy mich, als ich zum erneuten Sprint ansetzen will. »Und schon gar nicht, wenn du nach Kondomen fragen willst. Ganz schlechtes Thema zurzeit. Leonie ist nämlich bei Olli oben.«
Fuck, fuck, fuck! Damit hat Cassy ins Schwarze getroffen, wenn ich jetzt da hochgehe, wird Leonie mir mit ihren Fingernägeln den Hals aufschlitzen, so wie sie seit gestern drauf ist.
Letzter Versuch.
»Ihr beide habt nicht zufällig eine Packung übrig?«, frage ich hoffnungsvoll nach.
»Nö, brauchen wir nicht«
Damit ist für Cassy, das Thema durch und ich stehe wie so ein begossener Pudel, mit einer Mega Erektion in der Diele und weiß nicht, ob ich heulen oder irgendwo meine Faust reinrammen soll. Letzteres sollte ich tunlichst vermeiden, wenn ich mir meinen vernarbten Arm so ansehe, wird mir bewusst, dass ich dabei den Kürzeren ziehe und ich trotzdem keinen Sex mit meiner Frau haben werde.
Also wird mir nichts anderes übrig bleiben, als zur Apotheke zu fahren.
»Was hast du vor?«, schmunzelt Kerry – die sich mittlerweile unter die Decke gekuschelt hat, weil sie sicher schon dem

Erfrierungstod nahe war – als sie mir belustigt zu sieht, wie ich hektisch in meine Booties springe, eine Jacke aus dem Schrank reiße und meine Geldbörse in die Hosentasche stopfe.

»Baby, es tut mir leid.« Ich küsse sie noch einmal und bete, dass mein Mädchen nicht schon eingeschlafen ist, wenn ich zurückkomme. »Ich muss schnell zur Apotheke fahren.«

»Warum?« Ihr Grinsen wird breiter, als wenn sie sich das nicht denken könnte.

»Baby, ich muss fahren, bevor ich etwas Unüberlegtes tue«, will ich sie noch abschrecken, da hat sie aber erneut ihre Zunge in meinen Mund gesteckt und beginnt das Spiel mit dem Aufknöpfen des Hemdes auf ein Neues.

Laut stöhne ich auf, als ihre Finger zart über meine Wölbung streicheln. Sie will mich umbringen, das ist ihre Art der Rache. Hastig streift sie mir die Jacke ab.

»Wir können nicht ohne Baby.« Mein Versuch sie aufzuhalten ignoriert sie vollkommen.

»Bitte, bitte, sei vernünftig, wir ...« Meine Worte ersticken an ihrem Mund, während sie mit kleinen Bissen, an meinen Lippen knabbert.

»Baby« Ich halte sie fest, anders kann ich sie nicht stoppen, auch wenn mein Schwanz ruft, lass sie weiter machen. »Bitte, bitte hör auf. Auch, wenn ich mich auf der Stelle in dir versenken möchte, müssen wir einen klaren Kopf bewahren. Es ist zu gefährlich für uns, ungeschützten Sex zu haben.«

Ich presse sie fest an meine Brust und umschlinge sie so, als würde ich sie nie wieder loslassen wollen. »Wir dürfen kein Risiko eingehen und hier und heute russisches Roulette spielen. Ich habe dich fast verloren, noch ein mal überlebe ich so eine Situation nicht.« Sanft küsse ich ihren Scheitel.

»Entweder lässt du mich jetzt fahren oder wir kuscheln uns zusammen ins Bett und warten bis morgen.«

Kerry blickt nach oben und strahlt mich an, als hätte ich ihr gerade einen Heiratsantrag gestellt.

»Weißt du eigentlich, wie sehr ich dich liebe, mein Großer?« Sanft streichelt sie mir durchs Gesicht und zieht meinen Kopf zu sich herunter.

»Heb mal mein Kissen hoch«, raunt sie mir zu.

»Okay«, antworte ich etwas gedehnt, weil ich keinen blassen Schimmer habe, warum ich das tun soll, aber ich bin ein folgsamer Ehemann und heb das Kissen hoch.

»Du kleines Biest.« Mit einem Schwung habe ich mein Weib unter mir liegen und beiße ihr durch das Top in die Nippel. »Da hast du die ganze Zeit gewusst, dass ich händeringend auf der Suche nach Kondomen bin und du hast eine Packung hier liegen?!«

Erneut beiße ich sie, jetzt in den anderen Nippel, was sie aufquieken lässt.

»Es war zu komisch, wie du hektisch durch das Haus gelaufen bist«, kichert mein kleines Biest. »Fast hätte ich dich noch zur Apotheke fahren lassen, da ich aber so heiß auf dich bin, hätte ich mich in der Zeit leider selbstbefriedigen müssen und das wollte ich dir doch nicht antun.«

Laut prustet sie los, als sie mein erschrockenes Gesicht sieht. Was hat sie da gesagt? Sie wollte, nein sie würde ...ich darf da gar nicht drüber nachdenken, denn die Vorstellung, wie sie mit ihren schlanken Fingern über ihre Pussy streicht, lässt mich fast kommen.

»Das macht dich an, was?«, gluckst sie weiter, als sie mein Mienenspiel richtig deutet.

Es tut so gut, sie mal wieder fröhlich und aufgedreht zu erleben. Habe ich mir doch zu viele Sorgen gemacht, als ich dachte, der schreckliche Unfall würde etwas in unserer Beziehung verändern?

»Oh ja, Baby«, gestehe ich mit heiserer Stimme.

»Okay«, grinst sie mich weiter schelmisch an.
Sie stößt mich von sich, dann streift sie ihr Höschen ab. In Sekundenschnelle bin ich ausgezogen, was meine Härte mir mehr als dankt, denn so, wie sie in der Jeans eingesperrt war, tat es nur noch weh. Schon will ich mich über mein Mädchen beugen, da steckt sie mir ihren Zeige- und ihren Mittelfinger in den Mund. Ich sauge ein wenig daran, dann zieht sie ihre Finger raus und fährt ein paar Kreise um ihre Nippel, die gleich wie eine Eins stehen. Ich muss mich schon sehr beherrschen, um nicht noch mal hineinzubeißen. Aber Kerry ist noch nicht fertig, ihre Finger wandern nach unten. Sie wird doch nicht? In dieser Sekunde hat sie ihre Pussy erreicht, sie spreizt ein wenig die Beine, umkreist ihre Kitzler und stöhnt leise dabei auf, dann lässt sie ihre Finger in ihrer Spalte verschwinden.

Ich sterbe und auf meinem Grabstein wird stehen >er starb an einem Samenkoller<. Das scheint mein Mädchen zurzeit wenig zu stören, denn sie streichelt rhythmisch ihren Kitzler, hebt ihr Becken, stöhnt und seufzt mit jeder Umkreisung mehr. Sie hat die Augen geschlossen und genießt jede ihrer Berührungen, es kann nicht mehr lang dauern und sie wird einen Höhepunkt haben. Ich halte das nicht länger aus. Hektisch reiße ich die Verpackung des Kondoms auf und streife es über meine pochende Erektion. Ich nehme ihre Hände von ihrer Knospe, halte beide Hände über ihrem Kopf fest und versenke mich mit einem Stoß in ihr. Ihr Orgasmus ist so heftig, dass er mich aussaugt, bevor ich mich auch nur einmal in ihr bewegt habe. Ich glaube, das letzte Mal, dass ich so schnell gekommen bin, war bei meinem ersten Mal, damals war ich 15.

52. KERRY!

War das eine Explosion.

Als wären wir Jahrzehnte voneinander getrennt gewesen, sind wir regelrecht übereinander hergefallen. Es hat gut getan – und das nicht nur wegen des wahnsinns Orgasmus – nein, es war dieses einfach mal loslassen zu können. Für einen Augenblick alles zu vergessen.

Langsam bewegt sich Theo in mir, rhythmisch und sanft und erneut baut sich Erregung in mir auf, so als müsse sie die vergangenen Wochen nachholen und alles, was Schreckliches passiert ist, für eine Zeit ungeschehen machen. Ich schließe die Augen, genieße jeden kleinen Stoß, der mich ganz sacht wieder hochträgt.

»Warte Baby«, raunt mein Großer mir zu. »Ich muss mich kurz aus dir rausziehen, bevor das Kondom verrutscht.«

»Oh, nur noch ein bisschen.« Schmolle ich, weil ich nicht will, dass er sich aus mir rausbewegt.

»Wir haben noch sehr viel Zeit, Baby«, lacht er leise auf, als er meinen Flunsch sieht. »Glaub mir, das eben war nur der Anfang.«

Das klingt viel versprechend. Mit einer Hand hält Theo das Kondom fest, nicht ohne einmal mit dem Daumen über meinen Kitzler zu streifen. Ich bin so bereit für einen zweiten Durchgang, dass wenn er sich nicht beeilt, ich ihn nicht mehr rauslasse. Langsam zieht er sich aus mir zurück und sofort fröstelt es mich. Ich krieche unter die Decke und warte, bis mein Großer aus dem Bad kommt. Er ist so ein schöner Mann, fällt mir mal wieder auf. Kein Gramm Fett am gut trainierten Körper. Geschmeidig durchquert er unser Schlafzimmer und bleibt genau vor dem Bett stehen. Ich hocke mich auf meine Beine und beginne Zentimeter für Zentimeter seinen Oberkörper abzuschlecken, so als müsse ich ihn das erste Mal erkunden. Laut stöhnt Theo auf, als ich mit meiner Kugel sein V nachfahre, dann küsse und lecke ich mich weiter nach oben, was meinen Großen ein wenig enttäuscht aufseufzen lässt. Auf Brusthöhe mache ich halt. Ganz zart streiche ich mit meinen Fingern über sein neues Tattoo, ein Herz, das mit meinem Herz verbunden ist. In geschwungenen Buchstaben steht Pünktchens Name darin. SAMUEL, jeden Buchstaben zeichne ich mit meinen Fingern nach. Theo hebt mein Kinn hoch und bemerkt sofort, die Tränen, die sich einen Weg nach oben gebahnt haben.

»Nicht Baby.« Behutsam wischt er mit dem Daumen mein Tränchen weg und ich weiß, dass er recht hat, dass ich mich nicht immer so von meiner Traurigkeit überrollen lassen darf.

Ich küsse sanft das Tattoo, dann wandere ich mit meiner Zunge hoch zu seinem Hals, bis ich schließlich an seinem Mund angekommen bin und gierig meine Lippen auf seine presse. Sofort fangen wir ein heißes Spiel mit unseren Zungen an, streicheln, tanzen regelrecht und schmecken uns. Ohne unsere Lippen voneinander zu lösen, legen wir uns zusammen aufs Bett. Ganz sanft streichelt Theo über meinen Hals, hinunter zu meinen Brüsten, wo er ebenso sanft meine Nippel liebkost, er streicht mit seiner Hand an meiner Seite runter und ist darauf bedacht, nicht meinen Bauch zu berühren. Er weiß, dass dies alles zerstören würde, denn diese Region ist nach wie vor Tabu. Anfangs bin ich nachts hochgeschreckt, wenn er aus alter Gewohnheit, im Schlaf seine Hand auf meinen Bauch gelegt hat. Jetzt weiß er, dass ich dies noch nicht ertragen kann, genauso wenig, wie ich möchte, dass er die Narbe sieht, die glücklicherweise nur noch als hässlicher roter Streifen über dem Schambein zu erkennen ist.

»Ich liebe dich so sehr, Baby«, stöhnt Theo in meinen Mund und führt seinen Weg mit seiner Hand weiter.

Er ist an meinem Oberschenkel angekommen und zeichnet immer größere Kreise mit seinen Fingern, macht aber immer kurz vor meiner schon wieder klitschnassen Hitze halt. Auffordernd hebe ich mein Becken, er soll seine Finger in mir vergraben, mich berühren, mich erneut explodieren lassen. Aber er lässt sich Zeit, fährt mit seiner Hand an meinem Bein entlang nach unten, um am anderen Bein wieder hochzugleiten. Alles ist so sinnlich und so gar nicht mit dem wilden Sex zu vergleichen, den wir eben noch hatten, aber dafür nicht weniger schön.

Endlich erbarmt er sich aber und streift mit seinen Fingern durch meine heiße Mitte.

»Mehr«, stöhne ich auf.

»Nicht so schnell«, schmunzelt Theo und streicht langsam hin und her, vor und zurück im selben langsamen Rhythmus, der mich fast wahnsinnig werden lässt und trotzdem unglaublich erregt. Jedes Mal, wenn er bei dieser süßen Folter meinen Kitzler berührt, zucke ich zusammen und treibe höher und höher. Schließlich umkreist er nur noch den kleinen Punkt.

Eine heiße Welle überrollt mich, und während unsere Zungen immer noch leicht miteinander spielen, habe ich einen wunderschönen, warmen Orgasmus, der mich umhüllt, der mir zeigt, dass ich geliebt werde.

»Ich liebe dich mein Großer«, wispere ich, als auch das letzte Beben meinen Körper verlassen hat. »Und jetzt bist du dran.«

Ich versuche Theo auf den Rücken zu drehen, doch er bleibt weiter neben mir liegen und beginnt sein Spiel von vorne und als hätte ich nicht innerhalb kürzester Zeit zwei wunderschöne, heiße Höhepunkte erlebt, fange ich schon wieder an zu tropfen. Träge schiebt Theo seine Finger in mich und fängt an meinen empfindlichsten Punkt zu reiben. Alles in mir beginnt zu kribbeln. Durch mein Top knabbert mein Großer an meinen Nippeln, die so hart sind, dass es weh tut. Aber es ist ein erregender Schmerz und das dieses kleine Stück Stoff dazwischen ist, turnt mich nur noch mehr an.

»Bitte komm zu mir«, bettle ich.

Theo zieht seine Finger aus mir heraus, rollt ein Kondom über seine Härte und stößt ganz leicht in mich. Er stützt sich rechts und links von mir mit den Ellbogen ab und stößt weiter leicht in mich, ohne mich dabei eine Sekunde aus den Augen zu lassen. Ich schlinge meine Beine um ihn, will ihn zur Eile antreiben, weil ich schon wieder auf der Schwelle zu einem neuen weichen Orgasmus stehe, doch er lässt sich nicht antreiben, er ist so sanft, wie bei unserem aller ersten Mal. Ich schließe die Augen, um alles noch mehr genießen zu können, alles ist warm und schottet mich vor der bösen Welt, da draußen vor unserer Schlafzimmertür ab. Ich lasse mich fallen und als Theo mit einem zufriedenen Grunzen kommt, explodiere auch ich ein weiteres Mal an diesem Abend.

Noch ein paar Mal lässt er seinen Hüften etwas kreisen, dann muss er, zu unserem Bedauern sich zurückziehen, damit das blöde Kondom nicht abrutscht.

Dieses Mal verknotet er es nur und schmeißt es neben das Bett ...Ferkel, aber mir ist es recht so, denn ich will nicht, dass er aufsteht. Damit er gar nicht erst auf die Idee kommt, kuschle ich mich an ihn, ich möchte mich jetzt weder waschen, noch reden oder irgendetwas tun. Für eine kurze Zeit möchte ich glauben, dass alles wieder beim Alten ist.

****

»Schwesterchen kannst du heute etwas früher nachhause kommen?«, fragt Cassy hektisch nach, als ich sie zurückrufe, nachdem sie mir acht Mal auf die Mailbox gequatscht hat.

»Ist was passiert?«

Wenn meine Schwester mich bittet, früher Feierabend zu machen, muss irgendetwas Weltbewegendes in der Luft liegen, denn in letzter Zeit ist sie es nämlich, die noch weit nach mir nachhause kommt und ich bin schon nie vor neun am Abend zu Hause.

Anfangs hat Theo noch geknurrt, aber er hat eingesehen, dass ich seit Fronk vor vier Wochen dann endgültig nach Hamburg gegangen ist, mich erst mal richtig einarbeiten muss.

Wenn ich Vicky und Alex nicht hätte, wüsste ich nicht, wo mir der Kopf steht, aber das Ganze hat auch den Vorteil, dass ich nicht viel zum Grübeln komme. Nur nachts, wenn Theo schon lange neben mir schnarcht, kommen die bösen Gedanken, die >was wäre wenn< Gedanken.

Tagsüber bin ich dann häufig so gerädert, dass ich mich tatsächlich ab und an in Fronks, nein >meine< Wohnung verziehe. Hier sitzen Alex, Vicky und ich auch abends noch häufig zusammen, um den nächsten Shoot oder das nächste Casting zu planen. Kurzerhand habe ich Vicky die zweite Wohnung im zweiten Stock überlassen. Ich habe keine Lust mehr irgendwelche Kolleginnen von mir zu beherbergen, nur weil sie zum Casting kommen, stattdessen habe ich mit dem kleinen Hotel an der Ecke einen guten Deal ausgemacht, der uns alle zufrieden stellt. Alles in allem läuft es rund ...beruflich zumindest, der Rest meines Lebens besteht seit nun mehr acht Wochen aus Schmerz, Trauer und auch Wut.

Wut natürlich auf die Mörderin meines Kindes, aber auch auf Michelle, die sich seit genau sieben Wochen nicht mehr bei mir gemeldet hat. Anfangs hatte ich ja noch Verständnis, schließlich ist sie noch ganz frisch mit ihrer großen Liebe zusammen, da verbringt man möglichst jede Mikrosekunde miteinander. Jetzt wohnt ihre große Liebe, aber zufälligerweise unter unserem Dach, da könnte man ja mal so einen kleinen Abstecher zur besten Freundin machen, der es – so ganz nebenbei bemerkt – ziemlich mies geht. Aber nichts. Sie schleicht sich lieber über die

Außentreppe nach oben, als mal kurz reinzuschneien. Da ist selbst meine sehr stark Stimmungsschwankende zweite beste Freundin sensibler. Auch wenn Leonie von >ich hasse Olli für immer< zu >es gibt Schlimmeres als schwanger zu sein, vielleicht verliebt sich Olli doch noch in mich< innerhalb von Minuten wechselt, ist sie doch mittlerweile auf die Idee gekommen, dass Ultraschalluntersuchungen oder Ähnliches was mit Schwangerschaft und Babys zu tun hat, im Moment nicht so wirklich zu meinen Lieblingsthemen gehört.

Olli hat sich auch inzwischen – gezwungenermaßen – damit abgefunden, dass er dann im September Papa wird und nachdem er es in der vergangenen Woche Doris und Rolf gebeichtet hat, planen die schon die Umgestaltung ihres Hauses, damit fürs Enkelchen alles kindersicher ist. Leonies Eltern wissen noch gar nichts von ihrem Glück und ich bin mir zu hundert Prozent sicher, dass meine Freundin nicht traurig darüber ist, dass ihre Eltern ein halbes Jahr in Singapur bleiben, weil ihr Dad da beruflich zu tun hat. Dass die ihre Eltern wohl der Schlag trifft, wenn sie im Juli wiederkommen, das verdrängt sie zurzeit erfolgreich.

»Schatz, ich habe jetzt keine Zeit, da kommen gleich zwei RTW. Du bist pünktlich da, ja?«, hakt Cassy noch mal nach, was mir noch mehr Magenbrummeln beschert, doch ehe ich erneut nachfragen kann, worum es geht, hat sie schon aufgelegt.

****

Zum Glück hatte ich den ganzen Nachmittag keine Zeit, um mir weiterhin Gedanken darüber zu machen, warum ich heute so früh nachhause kommen soll.

Mit einem flauen Gefühl schließe ich die Haustüre auf. Alles ist noch still, so habe ich Zeit die Einkäufe wegzupacken und schnell unter die Dusche zu springen. Ich hole noch schnell die Post, die

wie immer aus der üblichen Werbung besteht, bis auf zwei Briefe. Mit zitternden Fingern öffne ich zuerst den, der aus Davids Kanzlei stammt. Mein Magen zieht sich noch mehr zusammen, denn ich weiß ja, dass er der Anwalt von dieser Hexe ist. Wie konnte er nur, ich habe ihn auf Toms Appobationsparty als tollen Mann kennengelernt und jetzt übernimmt er so ein Mandat. Es ist sein Job, tadele ich mich selbst, während ich nervös das Blatt Papier auseinanderfalte. Was ist das? Es geht gar nicht um die Ausgeburt Satans.
Drei mal lesen ich den Brief ...

Betrifft: THERESA FISCHER

Sehr geehrte Frau Fischer-Laufenberg,

in der oben angeführten Angelegenheit ersuchen wir Sie um persönliche Rücksprache.
Dafür haben wir uns den 28.03.XXXX, 15 Uhr notiert. Sollten Sie zu dem o.a. Termin verhindert sein, wird um umgehende Kontaktaufnahme ersucht. Wir empfehlen Ihnen, diesen Termin wahrzunehmen.

Hochachtungsvoll

Was hat das zu bedeuten? Ob Cassy deshalb so dringend mit mir sprechen wollte, aber das hätte sie auch in der Agentur tun können. Ich laufe rüber zu ihrem Briefkasten und sehe, dass dort der gleiche Brief aus Davids Kanzlei steckt, also hat sie noch gar nicht gesehen, dass wir einen Termin haben, bei dem es um unsere Mutter geht.

53. CASSY!

Fassungslos lese ich den Brief wieder und wieder. Was soll diese Scheiße denn jetzt?

Wenn ich etwas heute – oder besser gesagt niemals – gebrauchen kann, ist es, dass meine Alte irgendwie in meinem Leben auftaucht. Vielleicht aber haben Kerry und ich ja Glück und sie ist abgekratzt, obwohl, das würde bedeuten, dass wir sicher irgendwelche Kosten übernehmen sollen. Nicht mit mir.

»Was glaubst du, worum es geht?« Kerry sitzt auf der Couch und knabbert nervös an einer Möhre. »Meinst du, sie will uns sehen?« Klingt da etwa so was wie Erwartung mit? Den Zahn werde ich ihr schnell ziehen.

»Liebes Schwesterchen, wenn unsere Erzeugerin auch nur ein einziges Mal im Leben den Wunsch verspürt hätte, uns zu sehen, dann wäre das doch eventuell so vor fünfzehn, zwanzig Jahren gewesen, oder glaubst du sie wollte erst sichergehen, dass wir mit allen Kinderkrankheiten durch sind?«

Das Knabbern an der Möhre wird noch etwas hektischer und macht mich noch kribbeliger, als ich eh schon bin.

»Wir werden ja sehen, was sie will.« Kerry beißt das vorletzte Stückchen Möhre ab und schiebt mir den Rest in den Mund.

»Was gibt es denn so Spannendes, dass ich so früh hier antanzen sollte?«, fragt sie mich kauend und sieht dabei aus, wie das sprichwörtliche Kaninchen vor dem Jäger.

»Wir warten bis Tom geduscht hat, dann brauch ich es nicht zweimal zu erzählen«, wiegele ich ab und stelle fest, dass ich es eigentlich keinmal erzählen möchte, aber da muss ich durch.

»Was willst du nicht zweimal erzählen?« Tom steht im Türrahmen und mir fällt auf, wie reif er in der letzten Zeit geworden ist. Nicht nur dass er älter und damit markanter wurde, er strahlt nicht mit dieses Chaotische aus. Sein dichtes lockiges Haar trägt er zwar immer noch recht lang – oh mein Gott, wenn wir ein Kind hätten, das arme Kind würde nur aus Haaren bestehen – aber alles andere ist männlich geworden. Selbst jetzt in Jogginghose und T-Shirt wirkt er maskulin.

Er holt sich einen Kaffee, fläzt sich auf die Couch und sieht mich ebenso abwartend an, wie mein Schwesterchen.

Mann, Mann, Mann, wenn es sein muss, bin ich ja wirklich eine knallharte Sau, aber gleich meinen beiden liebsten Menschen weh zu tun, das bereitet auch mir Nervenflattern.

»Weiß du, was sie will?«, fragt Tom bei Kerry nach, die erneut an einer Möhre rumknabbert. Kann sie damit nicht aufhören? Dieses Geräusch macht mich wahnsinnig.

»Es ist Folgendes«, setze ich an, »ich habe eine neue Stelle.«

»Ich wusste gar nicht, dass du dich woanders beworben hast«, nimmt Tom das Ganze noch ziemlich gelassen.

Er beißt ein Stück von Kerrys Möhre ab und kaut jetzt ebenso geräuschvoll. Machen die beiden das mit Absicht, um mich irrsinnig werden zu lassen?

»Hab ich auch so direkt gar nicht.«

Ich stibitze mir eine Zigarette von Tom und zünde sie an, was meinen Freund und mein Schwesterchen komische Blicke tauschen lässt.

»Ihr könnt euch doch daran erinnern, dass ich vor drei Wochen, mit dem Professor auf einem Symposium war?«

Die zwei zu Hasen Mutierten, nicken einstimmig und kauen weiter.

»Dort hat man mir eine Stelle angeboten, ich hatte um etwas Bedenkzeit gebeten, gerade auch wegen dir Kerry.«

»Was habe ich den mit deinem Job zu tun?«, unterbricht sie mich

verwirrt.
»Das kann ich dir sagen.« Tom ist aufgesprungen und hat dabei den kompletten Kaffee umgekippt, das interessiert ihn aber gerade wenig. »Frag mal deine Schwester, wo denn ihr neuer Arbeitsplatz ist?«

»Wieso?« Kerry scheint jetzt gar nichts mehr zu verstehen. »Was ist denn so schlimm, wenn sie in eine andere Klinik geht?«

»Nein, das wäre nicht schlimm.« Durchdringend sieht mich Tom an. »Schlimm wäre es, wenn die Klinik nicht in Köln wäre.«

»Tom jetzt mach mal keine Welle. Bonn, Düsseldorf, Neuss oder weiß der Geier wo hier im Umkreis, sind ja nun auch nicht die Welt« Kerry setzt ihr nervtötendes Möhrenknabbern fort und kann Tom so gerade gar nicht verstehen, das ist ihr deutlich anzusehen. Klar wie sollte sie auch.

»Nun, es ist nicht ganz hier im Umkreis«, räume ich ein.

»Ach ja, wäre ich jetzt gar nicht drauf gekommen.« Toms Worte triefen geradezu vor Ironie. »Sag uns doch mal, wo du genau hingehst.«

»Amsterdam«

Kerry starrt mich mit offenem Mund an.

»Du meinst aber nicht das Amsterdam in Holland, oder?«, fragt sie kaum hörbar nach.

»Doch, genau das meint sie«, antwortet Tom für mich. Seine Augen verengen sich zu schmalen Schlitzen.

»Nur mal so eine Frage Schatz.« Das Schatz spuckt er mir geradezu entgegen.

»Führen wir dann eine Wochenendbeziehung?« Er setzt sich, springt aber sofort wieder auf.

»Selbst das geht ja vom Prinzip schon nicht.« Seine Stimme ist jetzt scharf, wie ein frisch gewetztes Messer. »Denn auch an den Wochenenden haben wir beide Dienst«

Damit hat er leider vollkommen Recht.

»Noch eine Frage Schatz.« Mittlerweile klingt bei ihm Schatz, wie eine Drohung. »Was für eine Art Beziehung führen wir dann überhaupt?«

54. THEO!

*E*in Wunder ist geschehen. Meine süße Frau hat mir mitgeteilt, dass sie heute tatsächlich gedenkt, vor Mitternacht zu Hause zu sein.

Das würde bedeuten, dass wir vielleicht mal wieder Zeit für uns hätten. Nicht nur ein Quickie vor der Schule oder wenn ich nachts wach werde, wenn sie ins Bett krabbelt. Nein, heute werden wir ausgiebigen Sex haben.

Ich hole meine Einkäufe aus dem Wagen, dabei fällt mir gleich die Flasche mit dem Badeöl in die Hand. Das wird die erste Station unseres Sexmarathons sein.

Schon als ich die Haustüre aufschließe, beschleicht mich ein komisches Gefühl. Irgendwas liegt in der Luft, etwas was mir den Abend verderben wird, da bin ich mir ziemlich sicher.

Dieses Gefühl verstärkt sich noch mehr, als ich zur Küche reinkomme und dort Kerry sehe, die gebannt zu Cassy und Tom rüberschielt. Die beiden wirken, als seien sie entweder auf dem Sprung, um übereinander herzufallen und tierischen Sex zu haben oder Tom steht kurz davor zu explodieren, so angespannt wirkt er.

Verkrampft steht er an der Anrichte und hat Cassy zwischen seinen Armen eingepfercht. Da ich wilden, leidenschaftlichen Sex bei den beiden von vorneherein ausschließen kann, frage ich mich, was Cassy verbrochen hat, dass sie Tom so auf die Palme gebracht hat.

»Cassy, ein letztes Mal«, knurrt er, »Was für eine Beziehung werden wir dann führen?«

»Ich weiß es nicht Tom«, flüstert Cassy fast. Muss man das jetzt verstehen? Tom und Cassy haben ständig irgendwelche Machtkämpfchen, die sie miteinander ausfechten, aber diese

Dimension, die hier gerade im Raum steht, die habe ich so noch nicht miterlebt.

»Aha, das weißt du also nicht?« Tom stößt sich vom Schrank ab und holt sich eine Zigarette. Wütend schmeißt er das Feuerzeug auf den Tisch und geht wieder zu Cassy rüber, die sich nicht einen Millimeter fortbewegt hat und auch Kerry scheint das Atmen eingestellt zu haben.

»Was ist denn hier passiert?«, fragt Olli plötzlich hinter mir. Ich hatte gar nicht gehört, dass er nachhause gekommen ist, so fasziniert schaue ich diesem Schauspiel zu, was sich gerade hier abspielt.

»Keine Ahnung«, antworte ich Olli nur kurz, denn Tom hat Cassy bereits wieder immer Klammergriff.

»Du weißt also nicht, wie es weiter geht?« Er ist nur Millimeter von Cassy entfernt, die sich wohl am liebsten in Luft auflösen möchte.

»Du hast also alles geplant, nur dieses kleine Detail ist dir entgangen ...aber ist ja auch nicht so wichtig.« Bitter lacht er auf und stößt sich wieder ab.

Ein paar Mal zieht er an seiner Zigarette, um sie in einem Wasserglas zu ertränken. Scharf zieht Frau Oberpingelig die Luft ein, sagt aber kein Wort. Mann oh Mann, es muss schon sehr heftig sein, was sie verbrochen hat, dass sie über so ein Vergehen wegsieht.

»Wann wirst du gehen?«, fragt Tom nach, während er sich bereits die nächste Zigarette anzündet.

»Morgen«, flüstert Cassy.

»MORGEN?«, schreit jetzt Kerry auf, »Du gehst schon morgen?«

»Ja Schatz. Man hat mir ein möbliertes Zimmer gleich auf dem Klinikgelände besorgt« Meine Schwägerin schluckt schwer, dann spricht sie mit leiser Stimme weiter. »In vier Wochen werde ich meinen ersten Tag dort haben, vorher mache ich noch einen

Intensivsprachkurs.«

Ich verstehe ehrlich gesagt nicht, wieso sich Tom und Kerry gerade so aufregen. Wenn Cassy doch auf eine Fortbildung fahren kann, dann müssen die beiden doch nicht so ein Theater machen.

»Morgen?! Morgen?! Morgen?!«, schreit Tom los und mit jedem Morgen, wird er lauter. »Du hast alles schon unter Dach und Fach und rückst heute mit der Sprache raus?«

»Mein Gott«, mischt sich jetzt Olli ein, »was regst du dich denn so auf, nur weil Cassy auf Fortbildung geht.«

Wenigstens einer, der meiner Meinung ist. Die sollen nicht so eine Welle veranstalten. Ich will in spätestens einer halben Stunde mit meinem Mädchen in der Wanne liegen, wenn hier aber weiter solch unnötige Diskussionen geführt werden, sehe ich das in weite Ferne rücken.

»Bin ich froh, dass du genauso unwissend bist, wie Kerry und ich.« Tom schmeißt die nächste Kippe in das Glas, was ziemlich eklig ist. »Mein lieber Olli, meine zukünftige Frau, also die, die ich am 24.Juni heiraten möchte, die geht nicht auf Fortbildung, die geht mal eben nach Amsterdam. Für immer!«

»Wie jetzt Amsterdam?«, fragen Olli und ich wie aus einem Mund.

»Tom hat recht«, gesteht Cassy leise. Sie hat sich immer noch nicht von der Stelle bewegt und schaut stur auf den Boden. »Ich werde morgen nach Amsterdam fahren, weil ich dort eine neue Stelle angenommen habe.«

Das ist ja jetzt mal eine Hammer Neuigkeit. Cassy wird weggehen. Dafür, dass dies eine Nachricht ist, die meinem Mädchen normalerweise den Boden unter den Füßen wegziehen würde, ist sie verdächtig gefasst. Anders Tom, der rauft sich die Haare, rennt in der Küche hin und her, setzt sich, steht wieder auf, um erneut Bahnen durch die Küche zu ziehen.

»Alles gut bei dir?«, horcht Olli vorsichtig nach.

»Wieso nicht Olli? Ist doch nicht so, als hätte mir die Frau, mit der ich seit 13 Jahren zusammen bin, gerade das Herz rausgerissen.«

»Jetzt mach es doch nicht so theatralisch«, wagt Cassy einzuwerfen. »Wir werden schon einen Weg finden. Mal komme ich, mal kommst du ...«

»Oh ja Cassy ...ich werde kommen«, unterbricht Tom sie. »Aber sicherlich nicht mehr in dir oder mit dir oder zu dir.«

»Was, was soll das heißen?« Cassy ist kreidebleich geworden, sie hält sich an der Anrichte fest und starrt ihren Freund angstvoll an.

»Was das heißen soll, kann ich dir sagen« erneut stellt sich Tom vor Cassy. Er nimmt ihr Gesicht in seine Hände, streichelt ihr über die Wange, lehnt seine Stirn an ihre und atmet tief ein. Dann drückt er ihr einen Kuss auf die Lippen. Er löst sich von ihr, lässt seine Hände sinken und sieht sie traurig an.

»Das meine liebe Cassy heißt ...und Tschüss.«

Mit diesen Worten dreht er sich um und verlässt die Küche.

55. KERRY!

Immer wieder betrachte ich mir das große Foto auf meinem Schreibtisch.

Cassy, Tom, Olli, Theo und ich strahlen um die Wette. Theos Hand liegt besitzergreifend auf meinem dicken Kugelbauch. Olli stützt mich, weil mein Fuß so schmerzt und doch sehen wir alle verdammt glücklich aus.

Dieses Foto hat Fronk einen Tag vor unserer Hochzeit gemacht. Eigentlich wollte er nur die Lichtverhältnisse prüfen.

Dass dabei mein Lieblingsfoto entstehen würde, hätte ich auch nicht gedacht, denn niemand von uns hätte zu diesem Zeitpunkt geglaubt, dass dies das letzte gemeinsame Foto von uns Fünfen sein würde.

Drei Wochen ist Cassy jetzt weg und mit jeder Minute fehlt sie mir mehr.

Wie viele Abschiede kann ein Mensch eigentlich ertragen? Erst Pünktchen, dann Fronk und Cassy. Die sind zwar nicht gestorben und wir telefonieren jeden Tag miteinander, aber es ist nicht dasselbe. Nicht so wie noch vor kurzer Zeit, als ich mich täglich mit Cassy streiten und vertragen konnte oder ich mit Fronk morgens gefrühstückt habe, damit er sah, dass ich auch etwas gegessen hatte, bevor der tägliche Agenturwahnsinn begann.

Noch vor 15 Wochen habe ich ein glückliches Leben geführt und heute fühlt sich alles nur noch traurig an. Ich betäube mich weiter mit Arbeit, je mehr umso besser. Unsere Kunden haben den Wechsel sehr gut angenommen und die Agentur läuft prima. So kann ich so viel arbeiten, dass ich nachts fast komatös ins Bett falle, um eine Stunde später mich hellwach herumzuwälzen.

Meine anhaltende Schlaflosigkeit und meine extremen Essstörungen sind wohl typische Merkmale all meiner seltsamen Symptome, die ich seit dem 1.Januar mein Eigen nennen darf.

Ich blättere mir noch mal den seitenlangen Bericht durch, den Tom mir für die Anhörung geschrieben hat.

****

Frau Fischer Laufenberg leidet seit dem Tod ihres Kindes und dem damit verbundenem eigenen lebensgefährlichen Zustand, unter Post traumatischer Belastungsstörung, kurz PTBS und einem Post Abortion Syndrom, kurz PAS.

*****

Dann folgen fünf Seiten, was dies alles für mich bedeutet. Als ich alles durchgelesen habe, wundere ich mich, dass ich noch nicht von der Brücke gesprungen bin.

Nein, so weit lasse ich es nicht kommen. Ich werde nicht wegen einer Britta Sommer mein Leben wegwerfen, auch wenn dieses Leben zurzeit alles andere als rosig ist.

Michelle glänzt nach wie vor durch Abwesenheit und dafür klammert Leonie umso mehr. Olli braucht mich und über Tom müssen wir gar nicht reden. Wenn er nicht rund um die Uhr in der Klinik ist, sitzt er zu Hause lethargisch rum.

Als er so dramatisch mit Cassy Schluss gemacht hat, dachte ich noch das dies nur die erste Wut sei und er an dem kommenden Wochenende schneller in Holland wäre, als wir schauen könnten, aber so war es nicht.

Nach dem er wutentbrannt die Küche verlassen hatte, kam er wieder und bat mich, ihn in Fronks Wohnung pennen zu lassen, da er es nicht ertragen könne, diese Nacht noch unter demselben Dach wie seine Ex Verlobte zu verbringen.

Mir war klar, ich konnte ihn nicht alleine lassen. Er würde sich besaufen oder schlimmer wieder mit dem Kiffen anfangen, also ging ich mit ihm. Das machte dann Theo sauer, weil er sich wohl unsere Abendgestaltung etwas anders vorgestellt hatte, aber da konnte ich nicht auch noch Rücksicht drauf nehmen. Tom ging in diesem Moment vor und so verbrachten wir die Nacht gemeinsam in Fronks Wohnung. Ich glaube, so viel wie in diesen Stunden haben wir all die Jahre zuvor noch nicht miteinander geredet. Irgendwann schlief Tom vollkommen erschöpft ein und ich fand mal wieder keinen Schlaf.

Am nächsten Morgen fuhr ich meinen – beinahe – Schwager zur Klinik und dann zu uns nachhause, wo Cassy gerade die letzten Koffer in ihren Wagen packte. Wenn Fronks Abschied mir schon fast das Herz gebrochen hatte, war dieser Abschied, nach Pünktchens Tod das Schlimmste, was ich je erlebt habe. Auch Olli, der sich für den Vormittag frei genommen hatte, heulte mit mir, als wir ein letztes Mal winkten, bevor Cassy um die Ecke bog. Danach saßen wir in der Küche, tranken kalten Kaffee und sinnierten darüber, wie sich das Leben in so kurzer Zeit doch verändern kann.

****

»Kerry, ein Herr von Hansen möchte dich sprechen« Nina, unsere neue Praktikantin steht im Türrahmen und strahlt mich an, als hätte sie gerade die Liebe ihres Lebens kennengelernt.

Also kann nur Andre vor der Tür stehen, denn Tom ist von Flirten noch so weit entfernt, wie der Nordpol von einer Hitzeperiode. »Schick ihn in mein Büro« Nina will gerade losstürmen, da halte ich sie auf, »Warte Nina, wenn dich Andre fragt, ob du mit ihm was trinken gehst, lehne es ab. Und sag ihm, dass er ein Spinner ist und keinen vorschicken muss, da er sonst auch einfach durch die Agentur spaziert.«

»Muss ich das sagen?«, fragt Nina vorsichtig nach.

»Nein, aber das mit dem nicht Ausgehen, das habe ich ernst gemeint. Er wird dir nur das Herz brechen. Denn er weiß, wie seine braunen Augen bei den Mädels ankommen.«

»Der Mann, der vorne an der Anmeldung steht, hat alles, nur keine braunen Augen« Nina sieht mich gerade genau so verwirrt an, wie ich sie.

»Wie er hat keine braunen Augen?«, hake ich noch mal nach. Dann ist es nicht Andre, denn seine Augen sind wie pure Mokkatassen, ebenso bei Tom, aber wenn es nicht die beiden sind, kann es ja nur ihr Dad sein, was will denn Friedrich von mir?

»Steht da vorne ein älterer, sehr feiner Herr?«, frage ich dann aber doch lieber noch mal nach.

Nina reißt die Augen auf und schüttelt so heftig den Kopf, als hätte ich sie gefragt, ob sie nackt über die Domplatte laufen möchte.

»Der Kerl da vorne ist zwar keine zwanzig mehr, aber alt, nein, das ist er auch nicht.« Ninas Gesicht bekommt einen verzückten Ausdruck. »Er sieht toll aus. Längere blonde Haare, leicht gebräunte Haut, Dreitagebart und strahlend blaue Augen.«

DAVID ...was will der hier?

»Soll ich ihn jetzt reinschicken?«, horcht meine Praktikantin noch mal nach, sie scheint wohl bemerkt zu haben, dass meine Stimmung gekippt ist.

»Nein«, fahre ich die Arme an. »Und sag ihm, dass er in der Hölle verrotten soll, gleich neben seiner Mandantin.«

»Ach, soll ich das?«, grinst mich dieser Mistkerl an, dem es augenscheinlich zu lange gedauert hat, bis Nina zurückkam und sich mal eben selbst den Weg gesucht hat.

»So eine kleine Frau hinter so einem großen Schreibtisch, ist der Schuh nicht etwas zu groß?«, grinst das Ekelpaket weiter und betrachte zu erst mich, dann mein Büro ungeniert.

»Mach dir darüber mal keine Gedanken, so wie du dir ja auch keine Gedanken darüber machst, gegen wen du bei Gericht so antrittst.«

Wütend verschränke ich meine Arme vor der Brust, um mich selbst daran zu hindern ihm den Locher an den Kopf zu werfen. »Ihm Übrigen, wenn du alles gesehen hast, kannst du gerne wieder gehen.«

»Behandelst du alle deine Kunden so?« Sein Grinsen wird breiter und ohne auf meinen Rauswurf zu reagieren, nimmt er sich einen Stuhl und setzt sich vor meinen Schreibtisch. Es ist unglaublich, aber warum wundere ich mich, er heißt von Hansen, Andre hätte genau so eine Aktion hingelegt.

»Du bist kein Kunde, sondern der miese Verräter, der die Mörderin meines Kindes verteidigt«, fauche ich ihn an. »Dabei habe ich dich mal echt für einen netten Kerl gehalten«

»Ich weiß.« Er rückt mit dem Stuhl näher zu meinem Schreibtisch und sieht mir – mit seinen wirklich verdammt schönen Augen – direkt in meine »Das war ein superschöner Abend. Hatte ich Glück, dass Theo an dem Tag krank war, sonst hätte er die ganze Zeit mit dir flirten dürfen.«

Ganz bestimmt nicht. Wenn Theo damals bei Toms Party aufgetaucht wäre, hätten wir beide ganz schön blöd geguckt. Wir hätten uns wohl gewundert, dass wir den gleichen Freundeskreis besitzen, das wäre es dann gewesen. Theo wäre nie bei CASSY AND FRIENDS eingestiegen und aus uns wäre kein Paar geworden.

Dass so eine Grippe doch das Leben zweier Menschen für immer verändern kann, das glaubt auch niemand.

»Weißt du eigentlich, dass ich Andre mehrfach nach deiner Nummer gefragt habe?« David stützt sein Kinn auf seine Hände und lässt mich nicht aus den Augen.

»Nein weiß ich nicht.« Was wäre gewesen, wenn Andre sie ihm gegeben hätte? Ich wäre garantiert mit ihm etwas trinken gegangen, vielleicht auch mehr, er hat mich auf der Party, schon sehr fasziniert.

Bin ich eigentlich verblödet? Was mach ich mir schon wieder für unnütze >was wäre wenn<Gedanken.

»David, was willst du?« Ich will unfreundlich klingen, aber sein Sonnyboy Dauerstrahlen, bringt mich ein wenig aus dem Konzept.

»Sehen, wie es dir geht. Jetzt habe ich endlich eine Adresse, wo ich dich finden kann.« »Schön, jetzt hast du mich gefunden. Und?« Schon wieder gelingt es mir nicht, die nötige Schärfe in meine Stimme zu bringen.

»Was du wissen musst, weißt du aus meinem Gutachten. Ich hoffe, du hattest wenigstens ein klein wenig, ein schlechtes Gewissen, als du es gelesen hast.«

David steht auf, plötzlich wirkt er ernst. Er setzt sich mit einer Pobacke auf meinen Schreibtisch und sieht mich durchdringend an.

»Hey, wenn nur die Hälfte von dem stimmt, was da drin steht, dann hat es dich wirklich übel erwischt.«

»David du kannst mir glauben, jedes verdammte Wort trifft genau den Nagel auf den Kopf.« »Schöne Scheiße«, brummelt er.

Er nimmt sich das Foto und sieht es sich interessiert an. »Du siehst sehr glücklich aus«, stellt er richtig fest.

»Ja David, das war ich auch, bis deine Mandantin mein Leben zerstört hat.«

Zu meinem großen Ärger steigen mir schon wieder Tränen in die Augen. Kräftig schlucke ich ein paar Mal. Ich werde nicht vor dem Anwalt dieser Schlampe in Tränen ausbrechen.

»Was sagt die Kuh eigentlich dazu, dass du hier bist? Oder hat sie dich geschickt, weil sie mal wieder hören will, wie schlecht es mir geht?«

»Weder noch Kerry« David schaut mich weiterhin ernst, aber

auch etwas besorgt an. »Zu deiner Information, Frau Sommer ist schon lang nicht mehr meine Mandantin. Ich habe sie zu einem meiner Partner in unserer Sozietät weiter geschickt. Ich hätte dieses Mandat nicht ausführen können, ohne in einem Gewissenskonflikt zu stecken.«

»Andre hat doch gesagt, dass du dich geweigert hättest, das Mandat niederzulegen«, stottere ich etwas verwirrt herum.

»Stimmt« Jetzt erscheint doch wieder ein Schmunzeln auf seinen Lippen – die im Übrigen sehr schön voll und geschwungen sind. Himmel, wo hab ich meine Augen? »Glaubst du, wenn mein lieber Cousin bei mir anruft und mich als geldgeilste Sau des Universums beschimpft, dann sage ich ihm, dass ich Frau Sommer schon gar nicht mehr vertrete?«

»Da ist was dran.« Auch ich kann mir ein kleines Grinsen nicht mehr verkneifen.

»Ich werde aber trotzdem bei der Anhörung dabei sein.« Er steht auf und macht eine Art Erkundungstour durch mein Büro. Jedes Foto an der Wand – welche ausnahmslos von mir sind, da Fronk sie aufgehangen hat – betrachtet er genauestens. »Anton Gram, mein Partner trägt seinen Namen nicht zu unrecht«, klärt er mich über meinen neuen Feind auf, » er grämt meistens die Gegenseite, da er gerne unter die Gürtellinie schlägt, deshalb will ich unbedingt dabei sein, um ihn notfalls etwas abzubremsen.«

Scheißkerl, ich kann diesen Gram schon jetzt nicht leiden, obwohl er mir ja eigentlich nichts kann, da es um seine beschissene Mandantin geht und nicht um mich oder Theo oder sonst irgendjemanden. Aber ich weiß auch von Gudrun, dass Anwälte gerne die Schuld den Opfern in die Schuhe schieben, so nach dem Motto >meine arme Mandantin, wurde provoziert, oder so ähnlich<.

Wenn so etwas in der Art passiert, raste ich entweder aus, oder breche endgültig zusammen.

»David«, kurz verstumme ich, weil ich nicht weiß, ob ich ihm wirklich vertrauen kann und als wolle er mir beweisen, dass er in friedlichen Absichten hier ist, geht er vor mir in die Hocke und sieht mir offen ins Gesicht.

»Ich habe Angst vor dieser Anhörung«, gestehe ich im und bereue es direkt wieder, denn sicher wird er mich auslachen. Für ihn ist so was bestimmt ein Klacks, einer von tausenden Terminen, so wie mich kein Shoot mehr umhaut.

»Das glaube ich dir«, antwortet er mir ganz überraschend. »Es wird alles wieder hochkommen. Du wirst Dinge erzählen müssen, die du am liebsten aus deinem Kopf verbannen möchtest. Es wird weh tun und die Gegenseite wird trotzdem versuchen, etwas zu finden, um dir zu zeigen, dass du ja im Prinzip an deinem Unglück selber schuld bist.«

Damit hat er genau das ausgesprochen, was mir schon so lange durch den Kopf geht, was aber von Theo immer als eine Art Hirngespinst abgetan wird. Eine Mischung aus Erleichterung, dass ich doch nicht paranoid bin und auch Angst, dass alles noch viel schlimmer wird, als ich bisher befürchtete, lässt meine Gefühle wieder Achterbahn fahren und so tropfen doch noch Tränen auf seine Hände, die er auf meine gelegt hat.

»Kopf hoch!« Zärtlich streichelt er meine Wange und wischt die Tränen weg. »Du bist taff und ein starkes Mädchen, außerdem hast du Tante Gudrun an deiner Seite, eine bessere Anwältin kannst du dir nicht wünschen.«

»Du hast recht«, lächle ich ihn an. Aus meiner Schreibtischschublade krame ich mir ein Taschentuch hervor, schnaufe meine Nase und hab mich auch schon wieder im Griff. Mit der Zeit wird man Profi darin, seinen Schmerz hinter einem Lächeln zu verstecken.

»Was wolltest du wirklich hier?«, lenke ich das Thema mal in eine andere Richtung.

David setzt sich wieder auf meinen Schreibtisch, von dem ich ihn versuche runterzuschubsen, was bei mir ungefähr so effektiv ist, wie das Wegrollen eines Bulldozers. »Wir haben Stühle«, knurre ich ihn an. »Hier sitze ich aber gut«, bemerkt er trocken und amüsiert sich über meine Bemühung ihn von meinem Schreibtisch hinunter zu bekommen.

Resigniert gebe ich auf, ich spiele doch für ihn nicht den Hofnarr. »Es gibt zwei Gründe, die mich hergeführt haben.« Fängt er auch endlich mal an die Karten auf den Tisch zu legen. »Der erste Grund ...warum hast du den Termin abgesagt?«

»Du meinst den, bei dem es um meine Erzeugerin ging?« Welchen Termin soll er sonst meinen?

Zustimmend nickt David und erwartet scheinbar eine Erklärung. Bin ich ihm die schuldig? Ich hatte nicht um einen Termin gebeten, also ist es doch mein gutes Recht, was ich nicht bestellt habe zu canceln. Zumal er Cassy und mich ja auch völlig im Unklaren darüber ließ, was denn jetzt der genaue Anlass sei, der es so wichtig machte, dass wir in seiner Kanzlei zu erscheinen hatten.

Ich bin zwar mittlerweile in sofern schlauer, als dass ich weiß, dass sich die Frau, die mich geboren hat, nicht tot ist, sondern sich quicklebendig zuerst bei Gudrun meldete. Sie hatte einen Zeitungsartikel von CASSY AND FRIENDS gesehen und darin vom Anwaltssohn "Tom von Hansen" gelesen und geglaubt, dass Gudrun, als Cassys Schwiegermama, da vermitteln könne. Das hatte Gudrun aber mit Händen und Füßen abgelehnt, zu dieser Zeit konnte sie ja noch nicht ahnen, dass Cassy so schnell für Tom Vergangenheit würde. Sie wollte nicht zwischen den Stühlen sitzen, da sie ja Cassys Abneigung gegen unsere Mutter kannte. Daraufhin gab sie den Fall an David rüber, der so wie Gudrun glaubte, einen guten Draht zu uns hätte.

Dass Theo fast ausflippte, als er hörte, wer – so wie er es nannte– den ganzen Blödsinn, in die Hand bekommen hatte, versteht sich von selbst. Vor allem, nachdem ihm Andre noch stecken musste, dass es zwischen David und mir auf der Party etwas geknistert hatte und er mir zum Abschied einen Kuss gab. Andre ist manchmal schlimmer als ein Kleinkind.

»David mein Leben ist zurzeit kompliziert genug, erwarte nicht, dass ich es noch komplizierter machen werde«, antworte ich ihm doch noch. Es ist schließlich sein Job. »Wenn irgendwann mal etwas Ruhe einkehren sollte, werde ich mir Gedanken darüber machen, wie ich damit umgehe, dass meine Erzeugerin ein Lebenszeichen von sich gegeben hat.«

»Okay, damit wird sie leben können.« Nickt er zustimmend.

»Damit wird sie leben müssen«, werde ich trotzig, »ich musste auch fast 22 Jahre damit leben, dass ich nicht wusste, ob meine Mutter noch lebt oder nicht.«

»Kerry, ich sollte dir sagen, wenn Theo auftaucht.« Reißt Vicky die Tür auf. »Und glaube mir, ihn als wütend zu bezeichnen wäre untertrieben.«

»Scheiße«, kreisch ich auf. »Er hat also doch die Werbung bemerkt.«

»Meinst du die riesigen Plakatwände, von denen du in ganz Köln nur mit Jeans bekleidet herunter lächelst?«, lacht David auf. »Ich muss ja sagen, ich beneide den Typ, an den du dich mit deinem nackten Oberkörper schmiegst«, wieder lacht er heiter auf, »nein, ehrlich gesagt, musste ich fast sabbern, als ich das Plakat entdeckt habe, bei dem der Kerl deine nackten Brüste mit seinen Händen bedeckt und du lasziv deine Arme um seine Hals gelegt hast.«

»Sehr witzig«, motze ich. Gedanklich bin ich aber schon auf der Flucht, da ich Theo jetzt unmöglich unter die Augen treten möchte. Es könnte sein, dass er ein klein wenig sauer auf mich ist, da ich glatt vergesse habe, ihm zu erzählen, dass ich bei dem Shoot mit Alex außer der Jeans, deren Label wir bewarben, nichts anderes trug.

»David, tue mir einen Gefallen, gehe mit mir bitte durch die Castinghalle raus. Wenn Theo dich hier entdeckt, dann gibt das ein Theater, auf das ich in meiner Agentur gerne verzichten möchte.«

Hastig schreibe ich Alex eine Nachricht, dass er meinen Choleriker irgendwie aufhalten soll, da ich verschwinde, bevor er mich gefunden hat. Vicky schmeißt mir zwinkernd ihre Autoschlüssel zu, ich greife mir meine Tasche und bugsiere David zur Castinghalle rüber, durch die wir zum Hinterausgang rausgehen.

56. THEO!

»*W*o ist Kerry?«, stürme ich in die Agentur.

Mein Blutdruck ist bestimmt schon über dem messbaren Bereich. Da fahre ich heute Morgen nichts ahnend zur Schule und wundere mich, warum eine ganze Traube meiner Schüler lechzend vor der Plakatwand genau gegenüber unserer Schule steht. Ich vermutete, dass entweder irgendein supergehyptes Videospiel, dort beworben wurde, oder ein Dessous Model sich in knapper Kleidung auf dem Plakat räkelte und somit Grundlage für die kommenden feuchten Träume der 15 bis 17 jährigen würde.

Mit den feuchten Träumen lag ich schon mal nicht verkehrt, nur würde ihre Onaniervorlage meine Frau sein, die so gut wie unbekleidet mit Alex Körper verschmolz.

Ich dachte, ich explodiere und sterbe sofort und auf der Stelle an einem Herzinfarkt. Fast hätte ich mit meinen bloßen Händen das Plakat von der Wand gekratzt. Aber da ich so eine Anzeige wegen Sachbeschädigung riskieren und außerdem durch meine Aktion nur noch mehr Interesse an diesem Bild erwecken würde, verzichtete ich zähneknirschend.

Selbstverständlich hatten nicht nur meine Schüler das Plakat bemerkt, keiner meiner Kollegen bemühte sich auch nur ein wenig, ihre Kommentare für sich zu behalten.

Da war von wahrer Bewunderung –des männlichen Teils, des Kollegiums– bis zur bitteren Kritik, dass so eine Art von Werbung, unserer Schule schaden würde (die natürlich von Frau Groß kam) alles dabei. Jetzt war die Bemerkung von Frau Groß natürlich albern, schließlich hatte Kerry nicht auf der Stirn tätowiert, dass sie mit dem Direktor einer katholischen Schule verheiratet ist, aber alleine die Tatsache, dass andere Menschen sie so sehen können, lässt mein Blut zum Kochen bringen.

»Also, wo ist meine Frau?«, pampe ich Kerrys neue Praktikantin an. Ängstlich sieht sie mich an, so schauen sonst nur meine Schüler, wenn ich Klausuren zurückgebe. Ich kann das Mädel regelrecht aufatmen hören, als Alex auf der Bildfläche erscheint und mich gleich anraunzt.

»Kannst du mal aufhören, Nina so anzufahren. Dich hört man ja bis in die letzte Ecke der Agentur.«

Was fällt dem Holzkopf ein, so mit mir zu reden?

»Ich suche Kerry«, informiere ich den Blödmann und werde dabei nicht leiser.

»Die ist nicht da«

»Und wo ist sie?« Wie von selbst ballen sich meine Hände zu Fäusten, die so gerne in dieses selbstgefällige Grinsen reinschlagen möchten.

»Nicht hier«, bekomme ich die gleiche kurze Antwort. Ist der Typ dämlich, als wenn er nicht wüsste, dass sie hier sein muss, schließlich steht ihr Wagen vor der Türe.

»Alex, wenn du mir jetzt nicht sagst, wo meine irre Frau ist, flippe ich aus«, warne ich ihn netterweise. Ich bin einfach zu gutmütig, ich hätte ihm ohne Vorankündigung eine verpassen sollen.

»Hast du seit neuestem Hörprobleme? Ich sage es dir noch mal, auch schön langsam, damit du es verstehst.« Alex lehnt sich nach vorne, so als müsse er einem gebrechlichen Menschen etwas erklären. »Kerry ist nicht hier«, brüllt er mich an und er hat Glück, dass er schnell genug ist und zurückzuckt, sonst hätte ihn die Faust doch noch getroffen.

»Willst du mich verarschen?« Wütend packe ich ihn am Shirt.

»Ihr Auto steht vor der Tür«, zische ich zwischen den Zähnen.

Er schlägt meine Hand weg und glättet sich das Shirt.

»Du großer Vollidiot.« Er lehnt sich gegen den Tresen und blickt schnell auf die große Wanduhr. »Hast du schon mal davon gehört, dass Menschen zu Fuß irgendwo hingehen können?«

Wieder geht sein Blick zur Uhr, sicher hat Kerry ihn beauftragt, dass dieser Scheißkerl mich hier aufhält und er gehorcht natürlich. Waschlappen.

»Hast du mich jetzt lange genug davon abgehalten, Kerry zu suchen?«

»Davon kann dich leider kein abhalten«, antwortet er ohne nur ein Anzeichen von Verlegenheit darüber, dass ich ihn durchschaut habe. »Weißt du, was dein Problem ist Theo?«

»Ja, im Moment eindeutig, du.« Was heißt hier im Moment, der Kerl war von Anfang an ein Problem.

»Nein Theo«, Spöttisch grinst dieser Arsch mich an. »Dein Problem ist, dass du deine Frau überhaupt so weit bringst, dass du sie suchen musst.«

»Ach ja« Drohend gehe ich ein paar Schritte auf ihn zu. »Es ist ja nicht so, dass Kerry schon immer vor Problemen weggelaufen ist.«

»Doch ist sie«, gibt er mir großzügigerweise recht. »Aber zurzeit bist du ihr größtes Problem. Du behandelst sie, als wäre sie deine Leibeigene. Leider hat sie das Selbst noch nicht begriffen. Aber ich sehe, wie sie sich verändert hat. Sie ist schon lange nicht mehr das strahlende, lebendige und fröhliche Mädchen. Sie ist eine gebrochene Frau, die eine schwere physische Erkrankung hat und zwar durch deine Schuld.«

Das reicht, mit all meiner Kraft presse ich diesen Möchtegern Psychologen gegen den Tresen.

»Was bildest du dir ein?« Mit beiden Händen habe ich mich in sein Shirt verkrallt und ich bin kurz davor ihm eine Kopfnuss zu verpassen, »Glaubst du, weil du für ein Foto die Brüste meiner Frau betatschen durftest, würdest du sie kennen?«

»Sagt mal seid ihr verrückt geworden?« Vicky quetscht sich zwischen uns und versucht uns voneinander zu trennen, »Ihr habt doch beide nicht mehr alle Latten am Zaun«, tobt sie, »wenn ich das Kerry erzähle, lässt sie euch beide einweisen.«

»Sag das diesem Volltrottel« Alex, bläht geradezu die Nasenflügeln auf und starrt mich provozierend an.

Es wird Zeit für mich zu gehen, bevor ich noch gänzlich ausflippe. Ich drehe mich um und will gehen, da ruft der Schwachkopf mir nach. »Übrigens Theo, ich hatte die Brüste deiner Frau schon vor dir in meinen Händen, da hat sie an dich noch gar nicht gedacht. Und soll ich dir was sagen, sie haben sich geil angefühlt, damals, wie heute.«

Er kann froh sein, dass Vicky sich vor ihn stellt, sonst würde er so schnell für keinen Shoot mehr gebucht werden.

****

Das Joggen hat mir gut getan, auch wenn es mir heute schwerer gefallen ist, wie gewöhnlich. Mein Puls hat wieder einen gesunden Rhythmus angenommen und ich habe das Gefühl wieder durchatmen zu können.

Außerdem hat mich das Telefongespräch mit Cassy aufgebaut.

Wenn Kerry hört, dass ihre geliebte Schwester ohne sie genau so wenig leben kann, wie sie ohne Cassy und deshalb ihr Schwesterchen wieder zurück nach Köln kommt, wird mein Mädchen ausrasten. Ich habe Cassy zwar versprochen, dass sie Kerry – wenn hoffentlich morgen alles fix ist – selbst die frohe Botschaft mitteilen darf, aber der Gedanke daran, wie glücklich Kerry sein wird, lässt mich für die Zukunft wieder etwas Licht am Ende des Tunnels sehen.

Dass die nächste Zeit dann keine Tupperparty wird, ist leider schon so sicher, wie das Amen in der Kirche. Meine liebe Schwägerin wird mit viel Glück ihre alte Stelle in der Klinik wiederbekommen, da die noch nicht neu besetzt wurde und der

Professor sie mit Kusshand zurücknimmt, nur die Verwaltung muss noch zustimmen, aber dies dürfte, laut Cassy, kein Problem werden.

Was aber ein Problem werden wird, sind die Wohnverhältnisse, denn schließlich gehört die andere Haushälfte je zu einem Drittel Tom, Olli und Cassy und da ist der Haken an der Geschichte, denn meine Schwägerin möchte auf keinen Fall wieder mit Tom zusammenkommen.

Diese Aussage von ihr hat mich erstmal vollkommen umgehauen, denn schließlich hatte ja Tom Schluss gemacht und nicht sie.

Letztendlich hat er ihr aber in die Karten gespielt, denn der eigentliche Grund nach Holland zu gehen, war Toms Heiratsantrag.

Selbstverständlich hatte sie ihn angenommen, was sollte sie denn sonst auch tun? Alle Gäste sahen sie so erwartungsvoll an, als sie den Brautstrauß mit dem Heiratsantrag fing, dass sie ja wohl kaum nein sagen konnte. Als dann später Tom unbedingt auf einen Termin bestand, bekam sie Panik. Ihr war damals schon bewusst, dass sie Tom zwar sehr liebte, aber eben nicht mehr so, wie man jemand lieben sollte, den man heiratet und da sie eben doch ein Fischer Mädchen ist und die glauben Flucht sei die beste Methode, um Probleme aus der Welt zu schaffen, nahm sie kurzerhand das Angebot in den Niederlanden an.

Zum Glück ist ihr noch früh genug aufgefallen, dass dies eine Schnapsidee war und kurz vor der Abfahrt noch die Kurve bekommen.

Ein Dach über dem Kopf werden wir für sie auch noch finden, wenn Tom sich stur stellt und sich weigert mit ihr in einem Haus zu leben, denn unser Gästezimmer, ist schließlich nicht in seinem Haus.

Das erste Mal seit vielen Wochen habe ich Hoffnung, dass

irgendwann wieder Normalität einkehren wird. Die Sache mit den Werbeplakaten finde ich auch gar nicht mehr so furchtbar schlimm, trotzdem werde ich meine süße Frau ein klein wenig büßen lassen.

Als ich ins Schlafzimmer komme, steht Kerry mit dem Rücken zu mir und lässt – natürlich ganz zufällig – ihr Kleid vom Körper gleiten.

Ich lehne mich an den Türrahmen und betrachte mir den makellosen Körper, sie dreht sich um und lächelt mich fast schüchtern an. »Wie oft hast du das Kleid fallen lassen, weil du dachtest, ich komme nachhause?«, frage ich sie und kann mir ein Grinsen nicht verkneifen.

»Zehn Mal«, grinst sie jetzt ebenfalls. »Du kommst spät, ich hatte viel früher mit dir gerechnet.«

»Scheinbar, wenn du zehn Mal das Kleid an und ausgezogen hast, nur um mich zu verführen.«

Ich hebe sie ohne Vorwarnung hoch und schmeiße sie aufs Bett, dann setzte ich mich rittlings auf ihre Oberschenkel. »Hast du etwa ein schlechtes Gewissen?«

»Ich? Warum sollte ich?« Dass ihr nicht geheuer ist, dass ich nicht rumtobe, kann ich an ihrer Nasenspitze sehen. Ich beuge mich vor und beginne ihren Hals zu küssen, was meinem Mädchen ein leichtes Seufzen entlockt. Nein, so einfach mache ich es ihr nicht, ich erhebe mich und drehe sie mit Schwung auf den Bauch. Wieder setzte ich mich auf ihre Oberschenkel, nur dass ich jetzt ihren wunderschönen Popo gleich an meinem besten Stück habe und der diesen Knackarsch am liebsten gleich begrüßen möchte, in dem er einmal drüberspritzt.

Nichts da, das muss warten, denn zuerst ist meine süße Frau dran und das meine ich nicht nur im positiven Sinn.

Ich schiebe ihre Haare zur Seite und küsse ihren Nacken, ihre Schulter und beginne an ihrem Ohrläppchen zu knabbern. Ein etwas lauteres Seufzen kann ich ihr damit entlocken. Mit meiner Zunge fahre ich ihre Wirbelsäule entlang, öffne dabei ihren BH und mache am Bund ihres Hippster halt. Noch immer trägt sie keine Tangas, weil sie ihre Narbe bedecken will, was vollkommener Quatsch ist, aber diese Art von Höschen haben auch ihren Reiz, wenn unter der Spitze nur der Rand der Pobacke rauslugt, finde ich das schon sehr erregend. Mit meinen Fingern gleite ich unter die Spitze, bis ich da bin, wo mich schon ihre warme, feuchte Pussy sehnsüchtig erwartet. Ich stoße meinen Finger in ihre Hitze und zur Belohnung stöhnt meine süße Frau laut auf. Gierig hebt sie ihren Po hoch, so dass ich noch tiefer in sie hineinstoßen kann. Ziemlich schnell habe ich sie soweit, dass sie kurz vor einem Orgasmus steht, also dann ziche ich mich doch mal zurück.

»Nicht aufhören«, bettelt sie und hält mir ihre Hitze auffordernd entgegen. Ich könnte ja jetzt nett sein und ihr schon mal einen kleinen Orgasmus – quasi so zur Einstimmung des heutigen Abends, – schenken, aber bin ich nett? Vorsichtig lugt Kerry durch ihre Haare, die sich über ihr Gesicht verteilt haben.

Genüsslich lecke ich meine Finger ab, die so gut nach ihrer Pussy schmecken, dann ziehe ich mein Shirt aus, lasse die Sporthose folgen und schlüpfe schließlich zum Schluss aus meinen Boxershorts. Ich bin schon so hart, dass ich mich am liebsten sofort in meinem Mädchen versenken möchte, die gerade versucht mich mit Blicken zu töten, da sie mehr als frustriert ist, dass alles so lange dauert.

Bevor sie mir aber wieder zu stark abkühlt, hocke mich wieder auf sie und beginne erneut ihre Pussy zu streicheln. Gleich spüre ich, wie Kerry wieder höher getragen wird. Wieder warte ich, bis sie kurz davor ist und weil das Spielchen eben so lustig war, ziehe ich mich wieder zurück.

»Mach weiter«, jammert meine kleine irre Frau. »Bitte.«

Oh, sie hat bitte gesagt, da muss der Frust schon groß sein, da will ich doch mal wieder etwas Nachschub liefern. Langsam streife ich ihr Höschen ab und lasse meine Zunge einige Male über den Po hinunter bis zu ihrer Hitze fahren. Kerry stöhnt laut und ich bin mir nicht sicher, ob es ein Lust- oder ein Frustseufzer ist. Ich klettere vom Bett und ziehe sie an den Beinen so weit nach hinten, dass sie mit den Füßen auf dem Boden steht und der Oberkörper auf dem Bett liegt.

»Bleib genau so Baby«, flüstere ich ihr ins Ohr, als ich mich über sie beuge und mit meiner Spitze über ihre klatschnasse Pussy reibe. Ich muss aufpassen, dass ich nicht doch schon hineinstoße, so erregt bin ich, aber ich muss mein Mädchen noch ein wenig quälen, schließlich hat sie mich heute auch schon genug gequält.

Mit beiden Händen streichle ich ihren Rücken, ganz zart und sanft bis hinunter zu ihrem wirklich geilen, kleinen Popo, dann hole ich aus und lasse meine Hand mit einem lauten Klatschen auf ihrer linken Pobacke landen.

»Au«, schreit sie auf. »Hast du einen Schaden?« Wütend blitzt sie mich an. »Du weißt genau, dass ich nicht auf so einen Scheiß, wie Spanking stehe.«

»Das ist kein Spanking, Baby«, raune ich ihr zu, »Spanking soll ja beiden Spaß machen. Der Klatscher auf deinen wunderschönen Popo soll einfach eine kleine Erinnerungsstütze dafür sein, dass man dem Ehemann nicht verschweigen darf, dass man halb nackt in der ganzen Stadt zu sehen ist.«

»Arsch«, jammert Kerry, reibt aber bereits ihre Pussy wieder an meiner Erektion, da will ich mal nicht so sein.

Stückchen für Stückchen stoße ich ihn sie rein. Gleich scheint mein Mädchen vergessen zu haben, dass sie mich gerade noch für einen Arsch hielt, denn ihr lauter werdendes Stöhnen zeigt mir, wie erregt sie ist.

Ich hole aus und klatsche dieses Mal auf die rechte Pobacke, auf der sofort meine Finger deutlich abgemalt sind.

»Bist du verrückt?«, kreischt Kerry auf.

»Nein Baby«, antworte ich ihr, während ich mein Tempo erhöhe und immer stärker in sie hinein stoße, »Das war nur eine Erinnerungsstütze, dass man mir nicht das größte Arschloch der Nation auf den Hals hetzt«

»Arsch«, wiederholt sie sich, ist aber gleich wieder ganz bei mir. Sie kommt mir immer mehr bei den Stößen entgegen, noch zwei, drei Mal, dann sind wir beide so weit. Zum dritten Mal lasse ich meine Hand auf ihren Popo sausen.

»Jetzt ist aber Schluss«, weint sie fast, »Für was soll das denn jetzt gewesen sein?«

»Das Baby war einzig und alleine zu meinem Vergnügen«, gestehe ich ihr, da komme ich aber auch schon so heftig, dass ich mich am Bett abstützen muss, um nicht auf meinem Mädchen zusammenzubrechen.

****

Lächelnd schlägt Kerry die Augen auf, sie war nach dem Sex sofort in meinem Arm eingeschlafen und um sie nicht zu wecken, da ich weiß, dass sie so extreme Schlafstörungen hat, habe ich mich jetzt drei Stunden nicht bewegt. Mein Arm ist eingeschlafen, außerdem müsste ich dringend mal für kleine Jungs, aber das ist es mir alles wert, denn mein Mädchen konnte endlich mal wieder ein paar Stunden am Stück schlafen. Es tat gut ihr dabei zuzusehen, wie sie friedlich an mich gekuschelt schlummerte. Ja, alles wird wieder gut, da bin ich mir zu diesem Zeitpunkt sicher. Wenn Kerry erst mal wieder schwanger ist, dann wird dieser schreckliche Albtraum zu Ende sein.

»Beobachtest du mich?«, murmelt sie und kuschelt sich noch etwas mehr an mich.

»Ja Baby, das tue ich. Du hast so schön geschlafen, da konnte ich nicht anders.«

Vorsichtig versuche ich meinen Arm unter ihrem Kopf hervor zu holen, leider fühlt er sich an, als gehöre er nicht mehr zu meinem Körper. Eine ganze Weile schüttele ich wie ein Irrer meine Hand, dann spüre ich wieder so etwas wie Durchblutung in meinen Gliedmaßen und kann endlich meine Blase entleeren gehen.

»Bringst du mir was zu essen mit?«, nuschelt mein Mädchen und rutscht noch was tiefer unter die Decke. Sie will essen, freiwillig, wenn dass nicht ein gutes Zeichen ist.

Dann mal nichts wie her mit den Kalorien. Enttäuscht muss ich feststellen, dass unser Kühlschrank jetzt nicht gerade ein vielfältiges Angebot vorzuweisen hat, im Grunde genommen ist er leer. Also plündere ich den Kühlschrank der Jungs, der eben ein Männer WG Kühlschrank ist. Deftige Wurst, Käse, Bier und Kartoffelsalat, den Olli bestimmt von Doris mitgebracht hat. Olli wird Verständnis dafür haben, dass ich ihn ausraube, schließlich muss ich es doch ausnutzen, wenn ich Kerry mal nicht zwangsernähren muss. Ich packe einen Teller mit Kartoffelsalat voll, auf dem anderen staple ich Brote mit Salami und Käse, finde sogar noch ein paar saure Gürkchen, stibitze zwei Flaschen Bier und mache mich mit meiner Beute auf den Weg zu unserem Schlafzimmer.

»Feiern wir eine Party?«, amüsiert sich Kerry, als sie sieht, was ich alles anschleppe. Sie nimmt sich ein Käsebrot und beißt herzhaft hinein. »Ich wusste gar nicht, dass wir so was im Haus haben.«

»Im Haus schon«, gestehe ich. »Nur nicht in unserer Hälfte.«

»Dieb«, kichert Kerry und hält mir auffordernd die Flasche Bier entgegen. Sie nimmt einen kräftigen Schluck und lässt sich zurück in die Kissen fallen.

»Theo ist das schlimm?«, fragt sie zögerlich nach.

»Was soll schlimm sein?«

»Dass es mir gerade so richtig gut geht« Sie knabbert ein wenig an der Lippe und sieht mich erwartungsvoll an.

»Nein Baby, das ist nicht schlimm, sondern wunderschön.« Sanft küsse ich ihre Hand und kuschle mich neben sie. »Damit machst du mich sehr glücklich«.

»Glaubst du, dass es irgendwann nicht mehr weh tut?«, fragt sie noch eine Spur leiser nach.

»Ja, das glaube ich. Irgendwann werden wir Pünktchens Geschwister von ihm erzählen, von ihrem großen Bruder, der uns so viele Monate glücklich gemacht hat.«

Sie setzt sich auf und küsst mich zart, dann heftig, schließlich beginnt sie mit ihrer Kugel meine Zunge zu streifen. Dieses Mal bin ich es, der aufstöhnt. Sie löst sich von meinem Mund und fährt mit ihrer Zunge an meinem Kinn entlang, hinab zur Brust, dann weiter über den Bauch, bis sie schließlich dahin gerutscht ist, wo sie hin möchte.

Genüsslich lässt sie ihre Kugel über meine Spitze kreisen, die sich schon wieder pumpend bereit macht, für eine nächste Runde.

57. KERRY!

Genüsslich lecke ich an Theos Härte rauf und runter. Alles an ihr pulsiert, so erregt ist mein Großer bereits wieder. Es ist ein tolles Gefühl zu wissen, dass ich es in der Hand, beziehungsweise im Augenblick im Mund habe, ihn so zu erregen. Für eine kurze Zeit vergisst er, ebenso wie ich es tue, alles um sich herum und wir beide befinden uns für eine kleine Weile, auf unsere Insel, die weit abgeschottet von der Außenwelt, verborgen ist.

Tief lasse ich seine Erektion in meinen Mund sinken, spiele in meiner Mundhöhle mit ihr, kreise mit meinem Piercing drüber, ziehe mich knabbernd zurück, was nun meinen Großen genau so frustriert aufstöhnen lässt, wie ich es eben getan habe, als er immer ganz kurz vor meiner Hitze mit seiner Zunge gestoppt hat. Fest schließe ich meine Lippen nur um seine Spitze, sauge schmatzend daran und schmecke schon die ersten Tropfen, die auf meiner Zunge perlen. Da muss ich doch mal mit dem Spielchen beginnen. Noch einmal knabbere ich mit kleinen Bissen an seiner Härte hinunter, lecke über die prallen Hoden und stehe auf.

Etwas irritiert sieht Theo mir zu, wie ich von dem Bett klettere, scheint aber noch zu glauben, dass ich vielleicht irgendetwas hole. Also werde ich ihn ein bisschen ärgern. Aus dem Kleiderschrank krame ich mir eine Jogginghose und einen dicken Pullover, dann hole ich aus der Kommode ein großes Badetuch.

Ich habe noch nicht die Tür des Badezimmers erreicht, da steht Theo neben mir.

»Was machst du?«, will er wissen und sieht sich genauestens an, was ich mit mir trage.

»Ich gehe duschen, Großer«, grinse ich ihn an und will mich an ihm vorbei drücken, um ins Bad zu gehen.

»Duschen?!«, fragt er nach, als hätte ich ihm gesagt, dass ich vorhätte auszuwandern.

»Ja, genau. Danach mache ich mir eine Gesichtsmaske und ich brauche auch dringend eine Pediküre«

»Pediküre«, wiederholt er.

»Wäsche müsste ich auch mal wieder waschen und der Keller, also den räume ich dann auch gleich auf.«

»Willst du mich verarschen, Baby?« Er stellt sich vor die Badezimmertür, nimmt mir meine Klamotten aus der Hand und schmeißt sie zu Boden.

»Wenn du so fragst«, grinse ich noch breiter. »Verarschen nicht direkt. Nur sollst du auch mal sehen, wie das ist, wenn man kurz vor dem Orgasmus daran gehindert wird zu kommen.«

Eins zu Null für mich, finde ich zumindest.

Nicht so mein Großer, er hebt mich hoch, schmeißt mich über die Schulter und geht mit mir ins Badezimmer, dort dreht er den Wasserhahn der Dusche auf und stellt sich mit mir unter den warmen Wasserstrahl. Er presst mich an die Wand der Duschkabine und ohne, dass ich vorher noch nach Luft ringen kann, hat er schon seine Härte ganz in mich gestoßen und beginnt mit kräftigen Stößen ein unglaublich erotisches Spiel.

Mit seinen Händen hält er mich am Po fest, dabei krallt er seine Finger so stark in meine Pobacken, dass es weh tut, mich aber gleichzeitig unfassbar erregt.

Ich verkralle meine Fingernägel in seine Schultern, umklammere seine Hüften mit meinen Beinen, so kann er noch tiefer in mich gleiten und mit jedem Stoß meinen empfindlichsten Punkt berühren. Das Wasser ist so heiß, dass der Wasserdampf sich auf meine Haut legt, gleichzeitig klebt mein Rücken regelrecht an den kalten Fliesen, eine absolute Reizüberflutung durchströmt mich.

Theos Knurren wird lauter, was mich noch mehr anturnt, da es sich so animalisch anhört und dann explodieren wir beide. Eine

Welle, wie ich sie selten erlebe, überrollt mich. Ich schreie, kreische, stöhne, während Theo lauter brummt, wie ein Braunbär der in den Kampf geht.

Erschöpft sinken wir zu Boden, wo wir minutenlang schweigend sitzen bleiben, während das Wasser auf uns niederprasselt.

»Pediküre, also«, grinst Theo schließlich.

»Ja Pediküre.« Ich setze mich auf seinen Schoß und küsse ihn, dann streiche ich ihm das nasse Haar aus der Stirn und küsse sein Gesicht ab. »Kannst du dir eigentlich vorstellen, wie sehr ich dich liebe?«

58. THEO!

Das zweite Mal an diesem Abend sitzen wir Butterbrot essend in unserem Bett, wir trinken unser Bier und ich möchte diesen Augenblick einschmelzen und für immer festhalten, denn ich weiß, dass wir noch nicht alles überstanden haben. Gerade deshalb sind solche Stunden so wichtig für uns, sonst verlieren wir uns irgendwann mal vor lauter Kummer, Sorgen und Streit.

»Was ich dir noch erzählen wollte« Kerry beißt herzhaft in ihr Brot und nimmt einem kräftigen Schluck aus der Flasche, dann redet sie weiter. »David war heute in der Agentur.«

Was hat sie da gerade gesagt? Fast hätte ich mich an meinem Bier verschluckt.

»Wer war da? David? David von Hansen?«

»Welcher David denn sonst?« Dass Kerry nicht gerne über den Kerl redet, ist ihr deutlich anzusehen, kein Wunder der Scheißkerl – den ich übrigens noch nie leiden konnte – ist schließlich Brittas Anwalt. Wie kann man nur so scheiße sein und gegen die eigene Familie antreten und das, obwohl er und Gudrun sich blendend verstehen. Charakterloses Arschloch. Ruhig bleiben, sonst ist der schöne Abend hier und jetzt vorbei.

»Was wollte der Mistkerl denn?«, frage ich nach und hoffe fast, dass er Kerry blöde gekommen ist, so kann ich ihm gleich eine reinhauen, wenn ich ihn das nächste mal sehe.

»Er hat mir mitgeteilt, dass er nicht mehr der Anwalt von der Mistkuh ist«

»Warum das? Er hat doch nicht etwa so was wie ein Gewissen?« Wütend darüber, dass der Typ überhaupt Gesprächsthema ist, trinke ich meine Flasche in einem Zug aus und zünde mir eine Zigarette an. Dafür ernte ich zwar einen ziemlich bösen Blick, aber

David von Hansen regt mich einfach so auf, da muss ich mich mit Nikotin abregen.

»Er hat das Mandat direkt niedergelegt, als er gehört hat, gegen wen er antreten soll, wenn Andre ihn nicht so übel beschimpft hätte, wüssten wir das schon längst.«

Dass Andre ihm die Meinung gegeigt hat finde ich vollkommen legitim und sicherlich hat der Herr Anwalt Britta nur abgeschoben, weil er gehört hat, dass es um Kerry geht.

»Außerdem hat er mich gefragt, warum ich nicht zu dem Termin gekommen bin«, berichtet Kerry weiter. Sie stellt den Teller weg und nimmt den letzten Schluck aus ihrer Flasche. Super, der Typ verdirbt ihr den Appetit, obwohl er nicht mal hier ist.

»Ich hoffe, du hast ihm gesagt, dass er sich seinen Termin sonst wohin schieben kann«

»Nein, natürlich nicht.« Verärgert sieht mich Kerry an. »Theo, du weißt, was ich dir zu diesem Thema gesagt habe.«

Selbstverständlich habe ich das nicht vergessen. Besonders daher, weil ich beim besten Willen nicht nachvollziehen kann, dass Kerry sich nicht mit Händen und Füßen dagegen wehrt, auch nur im geringsten Maße, mit ihrer Mutter – oder besser gesagt, ihrer Erzeugerin – in Kontakt zu kommen. Dass die Frau doch nur auf irgendetwas Finanzielles aus ist, steht für mich außer Frage. Fast 22 Jahre hat sie sich nicht blicken lassen und jetzt, da Kerry Teilhaberin einer mehr als renommierten Agentur ist, taucht sie, wie Phönix aus der Asche auf. Das kann doch kein Zufall sein? Wer herausbekommt, das Cassy mit einem Anwaltssohn liiert ist – oder besser war – der findet auch heraus, dass Kerry jetzt ziemlich gut gestellt ist.

Aber ich werde schweigen, kein Streit heute. Außerdem werde ich auch langsam müde, meine linke Schulter ist verspannt und ich fühle mich plötzlich ziemlich down, die vergangenen drei Monate waren echt Hardcore.

Mein Mädchen kuschelt sich wieder an mich und so ganz allmählich fallen mir die Augen zu. »Ach, bevor ich es vergesse ...«, spricht sie noch weiter, aber ich höre ihr nur noch mit halbem Ohr zu, »Und du es nachher von Andre oder so erfährst, ich werde für David eine Fotostrecke machen«

Wie der Blitz springe ich im Bett auf. »Du wirst was?«

»David war noch bei mir, als du leicht erregt in der Agentur ankamst, da bin ich mit ihm durch die Castinghalle raus.«

Habe ich um lange Erklärungen gebeten, aber Keep cool, verdirb es nicht noch heute Abend.

»Schön zu hören, dass du den Blödmann gleich mitgenommen hast, als du auf der Flucht warst«, knurre ich dann aber doch, sehr zu meinem Ärger.

»Sollte ich dableiben?«, muffelt Kerry schon etwas angesäuert, »Dass du und Alex euch benommen habt wie die Neandertaler, habe ich schon gehört. Was hätte das denn erst gegeben, wenn David dir noch entgegengekommen wäre?«

Eine berechtigte Frage, die mein Mädchen da stellt.

»Also«, fängt sie noch mal an. »Ich bin mit David zu Vickys Wagen gegangen, da ist ihm eingefallen, dass er ursprünglich zu mir wollte, weil er nach der Renovierung der Kanzlei, gerne eine neue Homepage gestalten würde.«

»Ach und ihr seid die einzige Agentur, die Fotos machen kann?« Warum kann ich nicht die Klappe halten.

»Nein sind wir nicht.« Genervt dreht Kerry mir den Rücken zu. »Aber vielleicht findet er uns einfach gut. Ich werde ihn nicht wegschicken, denn wir verdienen damit unser Geld« Sie zieht sich die Decke über den Kopf und verstummt.

»Seid ihr noch wach?«, klopft Olli an unsere Tür.

»Nein«, brülle ich. Auf Olli habe ich jetzt wirklich keinen Bock, ich möchte lieber mein Mädchen wieder besänftigen und mit ihr im Arm einschlafen, auch wenn mir der Arm plötzlich ziemlich schmerzt.

Vorsichtig öffnet Olli die Tür und wartet ab, ob ihm nichts entgegenfliegt, was ihn verletzen könnte, als die Luft für ihn rein ist, platziert er sich ans Fußende.

»Kerry kannst du mit Leonie reden? Sie macht mich wahnsinnig«, stöhnt er auf.

Na prima, das kann ja wieder ein längeres Gespräch werden. Denn dass Leonie nicht unter Stimmungsschwankungen, sondern unter Stimmungswellen leidet, wissen wir alle.

»Olli hat das nicht Zeit bis morgen?«, brumme ich ihn an, »Ich muss pennen. Morgen wird ein anstrengender Tag.«

»Oh wird da jemand alt?«, neckt der Quatschkopf mich.

»Nein, aber ich habe morgen Leute vom Bauamt in der Schule, acht Stunden Unterricht und nachmittags noch den fuck Termin bei Gudrun.« Vor dem graut es mir am meisten. Ich weiß auch gar nicht, wieso Gudrun ihn heute so kurzfristig anberaumt hat, aber vielleicht ist es so eine Art Generalprobe vor der Anhörung.

»Geh schon mal rüber Olli, ich komme gleich« Das war es dann mit der kuscheligen Nacht. Kerry wartet, bis Olli rausgegangen ist, dann schlüpft sie in ihre Jogginghose, klaut sich mein Shirt, drückt mir noch schnell einen Kuss auf die Lippen und läuft zu Olli rüber. Die beiden werden jetzt wieder die halbe Nacht reden, bis Kerry vielleicht dann gegen morgen ins Bett kommt oder bei Olli in der Bude einpennt.

Was soll das erst geben, wenn er dann sein Kind ab und an hier hat, dann wird Kerry wohl gleich ganz bei ihm einziehen. Dagegen hilft nur, dass sie so schnell wie möglich selbst Mama wird und wenn sie erst wieder schwanger ist, werde ich sie in Watte packen. Das Gute daran wird sein, dass sie dann auch nicht mehr so viel in der Agentur sein kann. Also kein Alex, der mir auf den Sack geht, keine Kunden wie David, die mich nerven, nur Kerry, unser Zwerg und ich. Noch zwei Monate, dann darf ich sie schwängern und das

wird dann auch schnellstens geschehen.
Mit dem Gedanken schlafe ich zufrieden ein.

59. KERRY!

Nervös laufe ich vor der Kanzlei von Gudrun und Friedrich hin und her.

Wir haben zwar erst in 15 Minuten unseren Termin, aber Theo könnte auch ruhig etwas früher hier antanzen. Immer wieder schaue ich auf mein Handy, weil ich hoffe, dass ich eine Nachricht bekomme, dass der Termin gecancelt wurde. Ich möchte da nicht reingehen, zumal ich erfahren habe, dass der Anwalt der Sumpfkuh ebenfalls anwesend sein wird. Das kann ja heiter werden.

Meine Schweißdrüsen scheinen heute besonders aktiv zu sein, denn mir läuft das Wasser den Rücken runter. Jetzt ist es zwar für Ende März außergewöhnlich warm, aber ich schwitze, als hätten wir 40 Grad im Schatten.

In der Fensterscheibe eines parkenden PKW versuche ich mich so zu spiegeln, dass ich erkennen kann, ob ich noch ausgehtauglich bin. Alles sitzt perfekt, sowohl das Businesskleidchen – eigentlich zwar nicht so mein Stil, aber ich komme von einem Termin mit einem potenziellen Kunden eines edlen Möbelhauses, den konnte ich kaum in Jeans empfangen – als auch meine Hochsteckfrisur. Na wenigstens, äußerlich sieht man mir nicht an, was ich für ein Wrack bin.

Endlich kommt Theo um die Ecke. Im Schlepptau Marcus und Michelle, die sich anscheinend bestens amüsieren, denn sie kichern, wie die Kinder, als Theo ihnen irgendetwas erzählt, was ich von hier aus nicht verstehen kann. Was machen die beiden denn überhaupt heute hier? »Wow, was hast du dich so aufgebrezelt?«, werde ich von Michelle begrüßt. Wie liebenswürdig, dafür, dass ich sie seit Wochen nicht zu Gesicht bekomme, – obwohl sie nur ein paar Treppen über uns, bei Marcus in der Bude hängt – ist das doch Mal eine nette Begrüßung.

»Es gibt Menschen die verdienen ihr Geld eben nicht in Sporthosen«, gifte ich sie Kindischerweis an. Meine Nerven sind so angespannt, dass mich so eine unbedachte Aussage über mein Outfit schon auf die Palme bringt, was soll dass gleich erst in der Kanzlei geben.

»Alles klar Baby?«, fragt Theo besorgt nach, auch ihm ist mit einem Mal die Anspannung anzumerken. Er haucht mir einen leichten Kuss auf die Lippen und nimmt mich in den Arm, das brauchen wir jetzt beide.

Plötzlich erstarrt er regelrecht. Als ich mich umdrehe, entdecke ich, was oder besser wer der Grund dafür ist. Theos neuer Lieblingsfeind Nummer 1 parkt gerade geschickt seine Harley vor der Kanzlei. Jetzt weiß ich nicht, ob es die Maschine ist, die Theo so aus dem Konzept bringt, da er schon lange mit so einem Teil liebäugelt, oder ob es David selbst ist. David zieht sich den Helm vom Kopf und strahlt mich schamlos an. Das wird ja lustig werden.

»Hey«, ruft er mir zu, während er von seiner Maschine steigt. »Ich dachte mir, ich komme gleich mal mit zu dem Termin, vielleicht werde ich ja gebraucht.«

»Den braucht keiner«, knurrt mein Höhlenmensch auch prompt.

»Theo reiß dich zusammen«, raune ich ihm zu.

»Was war eben eigentlich so lustig?« Versuche ich ihn auf andere Gedanken zu bringen.

»Ach Theo hat heute mal wieder ein bisschen mit Frau Groß gekämpft«, prustet Marcus los. »Da habe ich einfach mal mit in die Kerbe geschlagen, die Arme war nachher fix und fertig«

Manchmal habe ich das Gefühl, ich rede mit Kindergartenkindern, mit so einem Mist verbringen die beiden ihre Zeit in der Schule.

»Bleibt ihr da stehen?« David ist mit großen Schritten zu uns rüber gekommen und begrüßt mich – zu Theos Ärger – mit zwei freundschaftlichen Küsschen. »Siehst du heute Businesslike aus, aber ich muss dir sagen, so gefällst du mir glatt noch besser.«
Er geht einen Schritt zurück und schnalzt anerkennend mit der Zunge.
»Also Theo, was hast du getan, dass du so eine Frau verdient hast?«

Bevor Theo und David ihre Abneigung – die ganz eindeutig auf beiden Seiten besteht, vertiefen können, taucht sie auf ...BRITTA! Ich sehe sie das erste Mal seit meinem Sturz von der Bühne. Mein Magen zieht sich zusammen, meine Beine zittern, ich möchte zu ihr rennen und sie mit dem Kopf auf die Pflastersteine klatschen. Meine Finger wollen sich in ihre billigen Extensions verkrallen und ihr jedes einzelne Haar vom Kopf reißen, gleichzeitig habe ich Blei an den Füßen, denn ich bin nicht in der Lage, auch nur einen Schritt zu gehen.

»Hat die Alte ein neues Image oder warum läuft sie bei diesen Temperaturen im Wintermantel herum?«, fragt Michelle laut genug nach, dass es jeder hören kann, auch Cruella.
Aber Michelle hat mit ihrer Frage auch ins Schwarze getroffen. Die Hexe ist kaum wieder zu erkennen. Sie trägt eben jenen dicken schwarzen Wintermantel, darunter blitzen Nylonstrümpfe und Ballerinas hervor. Ihre Haare sind nicht zum Vogelnest hochtoupiert, sondern aalglatt und zum Pferdeschwanz gebunden, auch Make Up ist heute Mangelware. Soll das jetzt jemanden beeindrucken? Will sie damit demonstrieren, was sie doch für ein biederes Frauchen ist?

Vergiss es Hexe, du könntest eine Nonnentracht tragen und wärst immer noch Luzifers Braut. Sie sieht nur kurz zu uns rüber, da fliegen plötzlich zwei kleine Jungs auf Marcus zu.

»Papi«, weint der Größere. »Papi ich habe dich so vermisst!«

Er springt Marcus in den Arm und ich kann sehen, dass auch ihm Tränen in die Augen schießen. Es ist unglaublich, die Alte schreckt noch nicht mal davor zurück, die Kinder einzuspannen. »Papi, Papi«, trappelt jetzt auch der Kleinere auf Marcus zu und klammert sich an sein Bein.

Ich muss hier weg, weil ich die Alte sonst vor den Augen ihrer Kinder kille. Soll ich vortäuschen, dass ich kurz zu meinem Wagen muss – der zwar vor der Agentur steht, da ich mit dem Taxi gekommen bin, aber das weiß ja keiner – oder wird mir plötzlich schlecht? Da hat Theo aber schon meine Hand gepackt und zieht mich in die Kanzlei.

»Alles wird gut Baby«, redet er auf mich ein, wie auf einen sturen Esel. Wobei mir nicht klar ist, was gut werden soll. Sind wir hier bei >wünsch dir was< und ich darf mir wünschen, dass die Alte tot umfällt, oder schnippst gleich jemand mit dem Finger und ich erwache aus einem furchtbaren Albtraum?

60. THEO!

Seit geschlagenen 10 Minuten liest Gudrun jetzt schon alle Punkte vor, die heute besprochen werden müssen. Das kann ja ewig dauern, dabei hatte ich gehofft, dass wir diesen Termin schnell hinter uns bringen können, leider scheint daraus nichts zu werden, denn Gudrun beginnt in aller Ruhe, die Liste aller Anwesenden zu verlesen.

Obwohl der Konferenzraum, in den uns Gudrun gebeten hat groß und geräumig ist – so groß, dass Andre und ich, als Kinder hier immer Nachlaufen gespielt haben – wird mir alles zu eng. Der Raum ist so stickig, dass sich das Gefühl keine Luft zu bekommen mit jedem Atemzug weiter in mir ausbreitet.

Warum muss dieses Weib auch neben mir sitzen?

Während sie früher in Billigparfum badete, scheint sie jetzt nicht mal mehr zu duschen, denn sie riecht extrem nach Schweiß. Ich hoffe, dass es sich wenigstens um Angstschweiß handelt.

Aber nicht nur sie nimmt mir die Luft zum Atmen. In diesem Raum sind eindeutig zu viele Personen, die mir gegen den Strich gehen. Angefangen von der Hexe, über ihren Anwalt – der noch nicht mal den Anstand besaß, uns zu begrüßen – bis hin zu David, der gerade meine Frau mit den Augen vögelt. Dafür wird er irgendwann bluten.

»Frau Leonie Franke wird wegen ihrer Schwangerschaft nicht an diesem Gespräch teilnehmen«, verliest Gudrun weiter ihre Liste.

»Ist das nicht die Fette, die an all dem hier Schuld ist?«, quatscht Britta dazwischen. »Wer hat die den geschwängert?«, bemerkt sie noch spitz, was mir Kerrys Fingernägel, tief in meinem Fleisch des Oberschenkels beschert.

»Ruhig Baby«, raune ich ihr zu und löse ihre Hand aus meinem

Bein. »Lass dich nicht provozieren.«

»Zum Schluss wären da noch die Kinder Justus und Julius Sommer, die jetzt mit Frau Möller mal ein wenig nach draußen gehen« Gudrun nickt ihrer Sekretärin zu, die beide Jungs an die Hand nimmt und hinaus führt.

Ich wüsste nur zu gerne, was die Jungs hier zu suchen haben und wieso Gudrun sie benannt hat. Kerry knetet unaufhörlich meine Hand und ich kann ihr nicht verdenken, dass sie sich am liebsten auf das Monster an meiner linken Seite stürzen würde. Die Frau widert auch mich so an, dass ich das Gefühl habe, mich übergeben zu müssen, wenn ich sie noch länger neben mir ertragen muss. Mein Magen rebelliert, meine Verspannung in der linken Schulter wird auch immer stärker, was soll das erst vor Gericht geben? Wenn ich schon fix und fertig bin, dann wird mein Mädchen das nicht ohne größeren Schaden überstehen, da bin ich mir sicher.

Gudrun und dieser Anwaltsfuzzi lesen ganze Berge von Papieren vor, bei dem unsere Hochzeitsnacht fast minütlich aus zweierlei Sichten aufgezählt wird.

»Gudrun hättest du ein Glas Wasser?«, unterbricht Kerry den meterlangen Bericht ihrer Rettung. Mein Mädchen ist schneeweiß im Gesicht und ich bin mir sicher, wenn ich ihre Hand nicht so krampfhaft festhielt, wäre sie schon längst hinausgelaufen.

»Muss das eigentlich sein?«, werfe ich ein. »Ich denke mir, dass Kerry sich das nicht alles anhören will.« Und nicht nur sie würde ich eigentlich gerne hinzufügen, denn ich brauche auch keine Auffrischung meiner Schreckensbilder, die nach wie vor so präsent in meinem Kopf sind, als hätten wir das alles gestern erlebt.

»Sehen Sie Herr Laufenberg«, fällt der Anwalt dieser Sumpfkuh mir mit schnarrender Stimme ins Wort. »Genau da sind wir schon an dem Punkt, wo wir ins Verhandeln kommen können.«

»Was gibt es denn hier zu verhandeln« Springt Kerry wütend auf.

»Warte doch bitte ab« Gudrun lächelt mein Mädchen beruhigend an und Kerry setzt sich auch ohne weiteres Gezeter hin.
»Wie ich mir bereits dachte ...«, schnoddert der Typ weiter. Der passt wirklich zu Britta, gesucht und gefunden kann ich da nur sagen. » ...nimmt Sie die ganze Geschichte doch sehr mit Frau Fischer«, wendet der Arsch sich jetzt direkt an Kerry.

»Fischer Laufenberg«, merkt Kerry eisig an, dabei wirkt sie taff und souverän, nur ich spüre, wie mein Mädchen ganze Bergseen ausschwitzt und auch mir rinnt das Wasser am Hemdkragen runter. Mit zitternden Fingern öffne ich meinen Krawattenknoten. Das Gefühl gleich ersticken zu müssen, verstärkt sich noch mehr, als Britta noch ein wenig zu mir rüberrückt, ob bewusst oder nicht.

»Dürfte ich Sie darauf aufmerksam machen, dass es sich hier nicht um eine Geschichte, sondern um mein Kind handelt?«, fährt Kerry fort. Sie streift sich den Rock glatt, strafft die Schultern und blickt dem Mistkäfer fest ins Gesicht. »Ich würde Sie bitten, meinen Sohn respektvoll zu benennen, vielleicht haben Sie ja etwas mehr Ehrfurcht vor einem Menschenleben, als Ihre Mandantin«

Am liebsten würde ich meinem Mädchen jetzt applaudieren und ich habe den Eindruck, dass selbst David ihr zustimmend zuzwinkert. Der ist sich auch für nichts zu schade, selbst seinem Kollegen fällt er in den Rücken, um sich bei meiner Frau einzuschleimen.

»Wenn es Ihnen so wichtig ist« Arrogant lacht der Anwalt auf, als hätte ihm eine Geisteskranke, einen schlechten Witz erzählt.
»Also gut Frau Fischer Laufenberg«, redet er süffisant weiter, »Ich liege doch richtig, wenn ich behaupte, dass sie der Tod ihres Kindes sehr mitnimmt.«

»Was glauben Sie denn?«, wispert Kerry leise. Sie ist von einer Sekunde zur anderen, von der taffen Geschäftsfrau zu einem gebrochen, kleinen Mädchen geworden. Warum lässt Gudrun auch zu, dass dieses Sackgesicht sie so quält.

»Können wir vielleicht zum Punkt kommen«, blaffe ich den Kerl an, denn ich merke, dass ich das hier schnell zu Ende bringen muss, sonst kann ich für nichts mehr garantieren.

Ich knöpfe mir noch einen Knopf meines Hemds auf. Kerry beginnt erneut meine Hand zu malträtieren. Wieder stellt sich mir die Frage, wie sie das bei Gericht überstehen soll?

»Also gut« Anton Gram, sieht mich mit verkniffenem Mund an. »Wie ich gehört habe, waren Sie schon lange bevor Sie und Ihre Frau zusammenkamen mit Frau Sommer befreundet.«

»Eher nicht«, spucke ich ihm regelrecht entgegen. »Ich war immer nur mit Herrn Sommer befreundet, seine zukünftige Ex Frau war leider ein lästiges Anhängsel.«

»Und da sind wir auch schon bei dem von Ihnen herbeiersehnten Punkt«, freut sich der Kerl, »Herr Sommer ist doch Lehrer an Ihrer Schule, oder?«

Ich nicke zustimmend und weiß immer noch nicht, worauf er hinaus will. Was hat Marcus jetzt damit zu tun?

»Ich fasse kurz zusammen«, lässt mich die Schnodder Stimme wissen. »Ihre Frau ist jetzt schon ein Nervenbündel, das ist bei so kleinen labilen Püppchen nicht unüblich.«

»Ich gebe ihnen gleich kleines, labiles Püppchen«, poltere ich. Was nimmt der Arsch sich da raus? Kerry sinkt noch etwas mehr im Stuhl zusammen und ich möchte diesen Scheißkerl dafür erwürgen. Gerade fing mein Mädchen an, sich zu erholen und der Kerl schafft es in einer Stunde, wieder alles auf Anfang zu schalten.

»Kriegen Sie sich mal wieder ein« Brittas Anwalt zupft sich ein imaginäres Haar vom Ärmel und ist dann gewillt weiter zu reden. »Was glauben Sie, wie Ihre Frau auf ein Gerichtsverfahren reagiert?«

»Das werden wir ja sehen«, blafft Kerry trotzig dazwischen.

»Machen Sie sich nichts vor Frau Fischer Laufenberg«, kontert der Dreckskerl von oben herab, »Sie werden im Gerichtssaal zerbrechen. Denn der Richter wird Ihnen schnell die Maske herunterreißen.«

»Was soll das denn jetzt?«, mischt sich Gudrun wütend ein. »Wie reden Sie über meine Mandantin?«

»Frau Kollegin«, fährt der Gram Gudrun an, »Sie wollen doch nicht abstreiten, dass Frau Fischer hier nur das trauernde Mütterchen spielt. Ich habe da Dinge von einer Verlobungsfeier gehört, bei der ihre Mandantin, so schwanger wie sie war, einfach in der Nacht alleine zum Strand fuhr. Da kann es ja mit ihrer Fürsorge für ihr Baby nicht so weit her gewesen sein.«

»Ticken Sie nicht richtig?« Wie eine Furie ist Kerry aufgesprungen und baut sich vor dem Arschloch auf. »Wie können Sie behaupten, dass ich nicht fürsorglich war? Wissen Sie, wie es sich anfühlt nach sechs Tagen wach zu werden und zu erfahren, dass das Wesen was man am meisten auf diesem Erdball liebt, tot ist? Wissen Sie, wie es ist, wenn man seit fast vier Monaten nicht schlafen kann und auch nicht möchte, weil, wenn man schläft, von weinenden Babys träumt? Wissen Sie, wie es ist, wenn die Freunde einen ständig Zwangsernähren müssen, weil man eigentlich gar nichts essen möchte, da der Hals zu geschnürt ist von all den schlimmen Erinnerungen?«

»Tu doch nicht so, ihr Modelpüppchen esst doch so wieso nichts«, bemerkt Britta abfällig.

Dass sie nie weiß, wann sie die Klappe zu halten hat. Kerrys Augen verengen sich zu kleinen Schlitzen, ich kann sie gerade noch um die Taille packen und zurückziehen, um zu verhindern, dass mein Mädchen sich auf die Alte stürzt. Genau das würde ihr nämlich gefallen.

»Lass mich sofort los, Theo«, kreischt Kerry. Sie kämpft gegen meinen Griff an, tritt mir auf den Fuß und kneift mir in die Hand,

»Ich werde sie umbringen.«

»Sehr beeindruckend« Spöttisch verzieht das Schwein seine schmale Oberlippe. »Wen wollen Sie eigentlich mit ihrer Show beeindrucken Frau Fischer?«

»Anton das reicht«, pfeift David seinen Kollegen zurück. Gut für das Anwaltsarschloch, sonst hätte ich ihn auf meine Weise zurückgepfiffen.

»Du kannst doch Frau Fischer hier nicht so angehen. Sie ist nicht die Beklagte« David als Retter, er glaubt doch nicht, dass ich ihm diese Nummer abkaufe. Sicher ist das so eine Art guter Anwalt, böser Anwalt.

Davids Kollege rückt sich die Krawatte etwas zu recht, dann setzt er sich an den Rand des Tischs und blickt mich an. Langsam rollen mir Schweißperlen von der Stirn an meinem Gesicht entlang, und wenn der Typ mich weiter so stresst, werde ich verdorrt sein, denn er ist eindeutig der Auslöser meiner Schweißausbrüche.

»Fakt ist Herr Laufenberg, ihre Frau übersteht diese Verhandlung nicht, zu mal wir noch drei Zeugen vom Caterer haben, die eindeutig aussagen, dass Frau Sommer von Frau Franke gebissen wurde und meine Mandantin nur im Reflex ihre Angreiferin weggedrückt hat. Dass die dann so ungeschickt ist und ihre Frau umstößt, ist bedauerlich aber nicht Frau Sommer anzulasten.«

Das kann jetzt nicht der Ernst vom diesem Scheißkerl sein? Er will Britta als armes Opfer hinstellen und was heißt drei Zeugen vom Caterer? Die vergessen wohl, wer sie an diesem Abend bezahlt hat. Kerry ist mittlerweile verstummt, kein gutes Zeichen.

»Worauf ich hinaus möchte«, schnarrt der Unsympath wieder los. »Lassen Sie die Anzeige fallen, da ist allen mit gedient.«

»Das glauben Sie nicht wirklich Herr Kollege«, lacht Gudrun auf. »Sie erwarten wirklich, dass meine Mandanten so ohne weiteres die Anklage fallen lassen?«

»Wir würden Ihnen auch schon etwas entgegenkommen.« Herr Anwalt setzt sich auf einen Stuhl und schlägt die Beine übereinander. Der Mensch verspannt mich dermaßen, dass mir der ganze Rücken schmerzt.

»Herr Laufenberg«, spricht er mich jetzt wieder an, »Sie sagten eben, dass Herr Sommer ein guter Freund sei.«

»Warum wollen Sie das wissen?« Der Typ geht mir mittlerweile so auf den Sack, dass ich mit seinem Kopf gerne ein wenig Punchingball spielen möchte.

»Sie können zwei Fliegen mit einer Klappe schlagen«, er lächelt Britta aufmunternd zu. Die lächelt aber nur gequält zurück. Sie nimmt sich ein paar Werbeflyer der Kanzlei vom Tisch und wedelt sich Luft zu. Ist die Alte jetzt vollkommen verblödet, warum zieht sie ihren Mantel nicht aus? Besser das sie es nicht tut, fällt mir gerade so auf, denn vielleicht kommt sie ja wieder von einem Fick und hat vergessen ihr Kleid anzuziehen, zuzutrauen wäre es der Bitch.

»Wenn Sie die Anklage fallen lassen, sind wir bereit Ihnen auch etwas von unserem guten Willen zu zeigen«, fährt der Oberarsch der Nation fort, » Frau Sommer wird in diesem Fall, noch hier und heute einem Vaterschaftstest zustimmen.«

61. KERRY!

*I*ch habe den Kerl doch jetzt nicht richtig verstanden? Er glaubt doch nicht ernsthaft, dass ich mein Pünktchen verrate, nur damit Marcus seinen Vaterschaftstest bekommt, den ihm die Hexe bisher verweigert hat.

»Sie wissen Herr Laufenberg, dass Herr Sommer mit großer Wahrscheinlichkeit, bei einer Scheidung seinen Job verliert. Die katholische Kirche denkt da leider immer noch sehr konservativ.« Der Mistkerl hat sich vor Theo aufgebaut und ich wundere mich, dass mein Großer ihm nicht schon längst eine Kopfnuss verpasst hat.

»Und?«, fragt Theo nach.

»Wir müssen zu unserem Bedauern davon ausgehen, dass der Vaterschaftstest nicht so ganz zu Gunsten von Frau Sommer ausfallen wird.« Wer hätte das gedacht? Jeder Mensch der mehr Sehstärke, als eine Blindschleiche besitzt, erkennt mit bloßem Auge, dass die Jungs unmöglich von Marcus sein können.

»Und?«, wiederholt Theo seine Frage.

»Überlegen Sie doch Herr Laufenberg. Wenn Herr Sommer nicht der Vater ist, kann er seine Ehe annullieren lassen und ist somit nicht geschieden.«

Darauf will der Vollidiot hinaus, meint der eigentlich, wir wären nicht Herr unserer Sinne und würden auf so einen Deal eingehen?

»Das wäre ja toll«, freut sich Michelle. Auch die scheint heute Morgen ihr Hirn im Bett gelassen zu haben, sie müsste mich so gut kennen, dass ihr klar sein muss, dass ich mich darauf nie einlasse.

»Nun ja«, räuspert sich Theo. Was heißt hier >nun ja<?»Was hältst du davon Baby?«

Er hat mich das nicht ernsthaft gefragt?
»Theo bist du krank? Nichts halte ich davon.« Meine Stimme ist ein paar Oktaven höher als gewöhnlich, so verschlägt es mir gerade die Sprache. Dass Theo so etwas überhaupt in Erwägung zieht, ist schon unfassbar.

»Baby« Er nimmt meine Hand und sieht mir tief in die Augen. »Überlege mal, wenn wir das jetzt unterschreiben, ist Marcus die Alte los.«
»Das ist schön für ihn«, blaffe ich meinen irren Mann an. »Und was habe ich davon?«
»Du hast die Gewissheit etwas Gutes getan zu haben.« Er streichelt meine Hand und redet weiter, bevor ich ihm sagen kann, dass ich nicht die Caritas bin und irgendwo auch nicht mehr bereit bin, immer der Gutmensch zu sein.
»Baby überlege mal, wie lange du dich rumquälen musst. Leonie bekommt erst im September ihr Kind, das heißt, vorher wird es keinen Gerichtstermin geben.«

»Ich habe Zeit«, antworte ich wütend. Ich bin gerade so vor den Kopf gestoßen, dass Theo so etwas überhaupt anspricht, ist für mich schon ein Unding.

»Hast du nicht Baby«, widerspricht der Blödmann mir auch noch. »Bis dahin bist du vielleicht schon selbst wieder schwanger und es wäre nicht gut, wenn du mit so einem Klotz am Bein, wie so eine Gerichtsverhandlung nun mal ist, durch die Schwangerschaft gingst.«

»Theo hast du ein Rad ab?« Ich ziehe meine Hand weg und springe auf, dieses Mal ist mein Kreislauf friedlich. »Erstens habe ich nicht vor so schnell wieder schwanger zu werden ...«
»Was soll das heißen?« Jetzt ist auch Theo aufgesprungen, »Ich dachte, wir wären uns einig, dass wir ab Juni wieder loslegen.«

»Wir waren uns einig?«, tobe ich los, was ziemlich peinlich ist, da wir ungebetene Zuschauer haben, aber Theo regt mich gerade so auf, das muss raus, sonst platze ich. »Theo du warst dir einig. Ich habe dir schon mehr als ein Mal gesagt, dass ich mein Kind nicht einfach so ersetze. Hättest du mich auch so schnell, wie möglich ausgetauscht, wenn die Mörderin es geschafft hätte, auch mich unter die Erde zu bringen?«

Theos Lippen werden schneeweiß. Er packt meine Arme, als wollte er mich schütteln. »Was fällt dir ein, so etwas zu sagen? Du weißt genau, dass ich dich nie ersetz hätte.«

»Kinder diskutiert das zu Hause«, unterbricht Gudrun unseren peinlichen Auftritt.

»Entschuldige«, murmelt Theo. »Aber nochmal Kerry, wenn wir verzichten, Nachwuchs hin oder her, dann ist Marcus wenigstens aus allem raus und er kann mit Michelle einen Neuanfang starten«

Wie schön für Marcus und Michi, aber kann mein Kind auch neu anfangen? Ach ja, wenn ich meinem Mann glaube, ist es ja sehr einfach, man macht einfach ein Neues.

»Bitte Kerry«, mischt sich jetzt Michelle ein. »Dir wird es auch besser gehen, wenn das alles vorbei ist. Ich kenn dich doch, so was belastet dich immer.«

Es ist eigenartig, plötzlich kennt meine Freundin mich wieder. Wenn sie mich doch so gut kennt, dann hätte sie gewusst, dass ich ihre Hilfe in den vergangenen Wochen dringend benötigt hätte.

»Baby, du weißt, dass ich im Augenblick in der Schule wegen des Umbaus, jede Unterstützung brauche, da bin ich auf Marcus wirklich angewiesen.« Erneut versucht Theo nach meiner Hand zu greifen, doch ich entziehe sie ihm gleich. Ich werde doch nicht mit ihm nach diesem absurden Vorschlag Händchenhalten.

»Wo ist der Mann, der mir versprochen hat, dass die Mörderin unseres Kindes bestraft wird?« Ich spüre, wie sich alles in mir zusammenzieht.

»Darf die mich einfach ungestraft Mörderin nennen?«, keift jetzt auch noch die Hexe rum.

»Natürlich darf sie das nicht Frau Sommer. Ich würde Sie bitten sich mit Ihren Äußerungen etwas zurückzuhalten, Frau Fischer Laufenberg«, ranzt dieser Arsch mich auch noch blöd an.
Sind hier alle verrückt geworden, bin ich hier die Böse? Noch immer schauen mich Marcus, Michelle und sogar mein eigener Mann mit einem Hundewelpenblick an.

Wenn ich jetzt nicht zustimme, bin ich für immer diejenige, die Schuld ist, dass Marcus seinen Job verliert.

»Ich höre« Dieser Anwalt ist das Letzte, jetzt drängt er auch noch. »Anton kannst du Frau Fischer vielleicht mal ein wenig Zeit geben«, blafft David seinen Kollegen an. Er scheint der Einzige hier in diesem Raum, der mich versteht, das sehe ich ihm deutlich an.

»Was gibt es da zu überlegen« Britta steht auf und packt ihre Tasche, »Wenn sie nicht will, dann wird Marcus nie erfahren, ob er der Vater ist oder nicht, denn Fakt ist, ohne meine Einwilligung, wird es keinen Vaterschaftstest geben.«

»Stimmt das Gudrun?«, hake ich nach. Vielleicht ist ja alles nur Kettenrasseln.
Bedauernd nickt Gudrun aber, auch sie scheint auf meiner Seite zu sein, wenigstens sind hier nicht alle übergeschnappt.

»Baby, ich kenn dich, du verzeihst dir das nie, wenn Marcus seinen Job verliert« Theo legt seine Stirn auf meine, aber ich weiche aus, ich will nicht von ihm berührt werden, dafür hat er mich gerade zu sehr mit seiner Forderung verletzt.

»Bitte Kerry, ich weiß, du kannst es jetzt nicht nachvollziehen, aber wenn du nachher etwas zu Ruhe kommst, wirst du verstehen, dass es so besser ist.«
Was ist mit Theo los? Hatte der heute eine Hirnamputation? Wo ist sein Kampfgeist, seine Wut? Er wirkt vollkommen entkräftet, so wie er da vor mir steht. Mit einem Taschentuch wischt er sich den Schweiß von der Stirn. Ich habe ihn noch nie so erlebt.

Alle Augen sind auf mich gerichtet. Was bleibt mir denn anderes übrig, als nachzugeben?
»Sie unterschreibt zuerst, dass die Jungs noch hier in der Kanzlei getestet werden«, fordere ich. Bei der Alten muss man auf alles gefasst sein, nicht dass ich unterschreibe und sie sagt Ätsch Bätsch.
Mit einem triumphierenden Grinsen holt der Anwalt ein unterschriebenes Blatt aus seiner Tasche und hält es mir unter die Nase.

Sie müssen sich ja sehr sicher gewesen sein, dass sie schon alles vorbereitet haben. Er schiebt mir ein Schreiben über den Tisch und legt gleich seinen Kugelschreiber daneben. Alle halten den Atem an, Theo stellt sich dicht neben mich, vielleicht weil er mich stützen will, aber ich gehe einen Schritt zur Seite, was ihn regelrecht zusammenzucken lässt. Ist er selber schuld, wer von mir verlangt, dass ich mein Kind verrate, der muss büßen.

Aus meiner Handtasche krame ich meinen eigenen Kugelschreiber und unterschreibe mit Kerry Fischer. Entsetzt sieht mich Theo an, sein Brustkorb hebt und senkt sich heftig und fast ist es, als wollte er meine Hand nehmen und sie führen, dass ich noch Laufenberg dahinter setze. »Danke Frau Fischer Laufenberg«, schnarrt der Arsch von Anwalt.

»Wissen Sie was«, lächle ich ihn an. »Für heute reicht Fischer.«
»Baby!« Theo schluckt schwer, er nimmt sich mein Glas Wasser und kippt den Rest hinunter.

»Oh, ist da jemand angepisst?«, freut sich die Hexe.
Sie genießt es natürlich, dass Theo und ich jetzt wegen ihr zu Hause einen Megastreit haben werden. Mit breitem Grinsen steht sie auf und zieht ihren Mantel aus und dann trifft mich fast der Schlag. Auch Marcus und Michi starren die Kuh fassungslos an.
»Was glotzt ihr denn alle so?«, grinst sie hämisch, »Ihr habt doch schon alle mal eine schwangere Frau gesehen.«

Demonstrativ streicht sie über den schon recht beachtlichen

Bauch und sieht zu Marcus rüber »Ach freust du dich, es wird übrigens ein Mädchen.«

»Was hab ich damit zu tun?«, fragt Marcus stockend nach.

»Es ist definitiv deine Tochter« Wieder streicht sie über den Bauch, »Du erinnerst dich doch sicher an den Tag nach der Verlobung von meinem armen Theo, als er in sein Unglück gerannt ist. Du hattest an dem Morgen so ein schlechtes Gewissen, sicher, weil du mit der da ...«, sie zeigt mit spitzen Fingern auf Michelle, die in eine Schockstarre gefallen ist, » ...schon rum gefickt hast. Ich habe gespürt, dass was im Busch ist, da habe ich gedacht, sorge ich mal vor. Du warst so voller Schuldgefühle, da hatte ich dich schnell im Bett, das Ergebnis siehst du hier.«

»Britta du glaubst doch nicht, dass ich da noch mal drauf reinfalle?« Sicher will Marcus souverän klingen, aber es gelingt ihm nicht.

»Marcus, du kannst dir sicher sein, dass unser Prinzesschen von dir ist. Robert ist seit drei Jahren sterilisiert. Der Knallkopf hatte plötzlich Gewissensbisse und meinte, man könne dir ja nicht noch mehr Kinder unterschieben. Und ansonsten, du erinnerst dich doch auch sicherlich an meine Handtasche, die im Club runtergefallen war. Als du sie aufgehoben hast, sind dir doch die Kondome aufgefallen. Safer Sex eben mein Schatz.«

Die Frau ist das unmöglichste Geschöpf im ganzen Universum, ohne mit der Wimper zu zucken berichtet sie eiskalt darüber, wie oft sie Marcus betrogen hat.

Sie holt einen Mutterpass aus der Tasche und drückt ihn dem verdatterten Marcus in die Hand, »Ich war schon zur Fruchtwasseruntersuchung, die DNA von der Kleinen liegt vor, du musst nur zur Klinik fahren, da kannst du schon heute einen Vaterschaftstest machen lassen.«

62. THEO!

Für Minuten lasse ich mir kaltes Wasser über den Puls laufen. Ich muss mich noch mal auf die Toilettenschüssel setzen, so wacklig sind meine Beine.

Ich fasse es immer noch nicht. Da überrede ich mein Mädchen – in ihren Augen – unser Pünktchen zu verraten und dann scheint das für Nichts gewesen zu sein. Wenn dieses Kind, wirklich von Marcus ist, dann wird er bestimmt nicht seine Ehe annullieren lassen können.

Was habe ich getan? Wie konnte ich so was von Kerry verlangen? Ich lege meinen Kopf an die kühlen Fliesen und atme ein paar mal kräftig durch.

»Michelle leck mich«, höre ich Kerry vor der Toilettentür heftig mit ihrer Freundin streiten, das wird aber nur ihr Warm-Up sein. Ich denke mir, der Abend heute wird nicht sehr gemütlich werden, und innerlich flehe ich, dass es nur bei diesem einen Abend bleiben wird.

Als ich aus dem kleinen Bad komme, sehe ich wie David, Kerry einen Helm reicht.

»Also von mir aus können wir«, strahlt er sie an.

»Was gibt das, wenn es fertig wird?«, frage ich mal vorsichtig nach, obwohl ich mir ja denken kann, was Kerry vorhat. Sie will weg von hier, was ihr nicht zu verdenken ist.

»David wird mich nachhause fahren« Wütend funkelt sie mich an und ich bin froh, dass sie nicht irgendwas in der Hand hat, was sie nach mir werfen kann. »Du brauchst heute nicht auf mich zu warten, ich werde mit David heute etwas durch die Clubs ziehen und dann in Fronks Wohnung schlafen, wenn ich dann schlafen kann.«

Jedes Wort ist wie ein Messerstich in mein Herz, ich weiß, dass ich sie zutiefst verletzt habe.

»Baby, geh bitte nicht« Ich will sie in den Arm nehmen, aber sie weicht erneut zurück, als hätte ich Lepra. »Mir ist klar, dass du sauer bist, aber ich konnte nicht wissen, dass Marcus so dämlich war und die Alte letztendlich doch noch geschwängert hat. Also laste das nicht mir an Baby, das ist nicht fair.«

»Das ist nicht fair?« Kerry lacht auf und wirft den Kopf in den Nacken. »Soll ich dir mal sagen, was nicht fair ist Theo ...Nicht fair ist, dass mein Kind, als eine Handvoll Asche auf dem Friedhof liegt. Nicht fair ist, dass dieses Monster da drinnen auf unserer Hochzeit, bei der sie so ganz nebenbei bemerkt gar nichts zu suchen hatte, gesoffen und gequalmt hat, trotzdem wird sie bald ein gesundes Kind im Arm halten.«

Kerry holt tief Luft, um die aufsteigenden Tränen hinunter zu schlucken. »Nicht fair ist, dass meine beschissene Freundin mir doch gerade vorheulen wollte, wie furchtbar es doch ist, dass ihr armer Freund jetzt Vater wird. Nicht fair ist, dass meine Schwester jetzt nicht bei mir sein kann, genauso wie meine Daddys ...soll ich dir was sagen Theo, das ganze Scheiß Leben ist nicht fair.«

Damit dreht sie sich um und folgt David, der ihr galant die Tür aufhält. Wie ich diesen Kerl hasse, er wird sich nicht als goldener Ritter aufspielen, dafür werde ich sorgen.

Wie ein Irrer laufe ich den beiden hinterher, obwohl das mit dem Laufen heute irgendwie nicht so richtig hinhaut, denn meine Füße sind wie am Boden festgeklebt. Ich jogge an und für sich locker 20 Kilometer und jetzt habe ich das Gefühl, als würde ich es nicht schaffen, die eine Etage bis zum Erdgeschoss zu kommen.

Reiß dich mal zusammen, ermahne ich mich selbst, du musst Kerry einholen, bevor sie mit David abgebraust ist. Mit letzter Kraft schaffe ich es nach unten, wo mein Mädchen gerade auf den Sozius von Davids Maschine klettert.

»Kerry! Kerry warte, ich muss dir was sagen!«, brülle ich so laut, wie ich kann. Sie dreht sich um, dann sagt sie etwas zu David und klettert nochmal von der Maschine.

»Was ist Theo?«

»Cassy kommt heute wieder«, lasse ich die Bombe platzen, vielleicht kann ich sie damit etwas besänftigen und verhindern, dass sie mit diesem >Bad Boy für Arme< wegfährt.

»Sie kommt uns besuchen?«, fragt Kerry ungläubig nach.

»Nein, sie kommt für immer zurück. Sie hat ihre alte Stelle wieder.«

Ein kleines Leuchten blitzt in Kerrys Augen auf. »Mein Schwesterchen kommt wieder«, fast andächtig spricht sie die Worte aus. Ein ganzer Felsbrocken fällt mir vom Herzen. Alles wird wieder gut. Cassy wird ihr erklären, dass sie richtig gehandelt hat und in ein paar Wochen wird alles nur noch eine böse Erinnerung sein.

»Kommst du Kerry?« David hat die Maschine schon angeschmissen und erwartet wohl, dass meine Frau wieder zu ihm kommt, um mit ihm wegzufahren, da wird er aber lange warten, denn mein Mädchen wird mit mir gehen.

»Eine Minute noch David«

Was soll das jetzt heißen? Ich dachte, jetzt da Cassy kommt, wird Kerry mit fliegenden Fahnen nachhause fahren und nicht mit diesem Typ abzischen.

»Kerry, du hast doch nicht ernsthaft vor mit Davis wegzufahren?« Meine Stimme klingt schärfer, als sie sollte. Das wird mir sofort bewusst, als ich sehe, wie Kerry ihre Schultern strafft und mir zornig ins Gesicht sieht.

»Doch Theo, genau das werde ich. Oder willst du es mir mal wieder verbieten? So wie du so furchtbar gerne Dinge verbietest und dich dann wunderst, dass ich dir Sachen verheimliche.«

»Kerry erzähle doch keinen Stuss. Wann verbiete ich denn mal was?« Schon wieder beginne ich zu schwitzen, als wäre ich ein Hähnchen auf einem Grill.

»Wenn du das wirklich nicht weißt, dann ist dir nicht mehr zu helfen.« Sie will gehen, doch ich halte sie gerade noch so am Arm fest.

»Baby, wenn ich wirklich mal was verbiete, dann doch nur, weil ich dich beschützen will.«

»Lass das besser Theo. Man hat ja gesehen, was bei unserer Hochzeit dabei herauskam.«

Vor meinen Augen beginnt sich alles zu drehen, mein Kopf fühlt sich gleichzeitig leer an, aber auch spüre ich, wie das Blut durch meinen Schädel rauscht.

»Baby, bitte hör auf.« Eine eiserne Faust legt sich um mein Herz und lässt mich nicht atmen, Schweiß strömt aus allen Poren meines Körpers. Ich muss mich an Kerry festhalten, um nicht umzufallen, denn meine Beine tragen mich nicht mehr.

»Theo, was ist los mit dir?«, kreischt Kerry entsetzt auf.

Ich gehe langsam auf die Knie und reiße mir gleichzeitig das Hemd auf. Ich brauche Luft, wieso verdammt kann ich nicht atmen? Mein Vater fällt mir ein, wieso muss ich jetzt an ihn denken? Eiskalte Angst macht sich in mir breit. Angst jetzt und hier sterben zu müssen und die letzte Erinnerung, die mein Baby von mir hat, ist ein fürchterlicher Streit. Ich spüre, dass David mich abfängt und langsam zu Boden gleiten lässt.

»Theo, Theo!«, schreit Kerry hysterisch, sie kniet neben mir und wischt mir den Schweiß von der Stirn, ihre Tränen tropfen auf mein Gesicht. Ich greife nach ihrer Hand und ziehe sie ein Stückchen zu mir, »Baby, vergiss nie das ich dich über alles auf dieser Welt lie ...

Fortsetzung folgt im Herbst 2015

DANKE

Ich möchte mich, von ganzem Herzen, bei all den lieben Menschen bedanken, die mich während ich Teil 2 schrieb, begleitet haben.

Bei Sabrina, Steffy P., bei Stef, Sonja, Nadine, Stefanie B., Ramona, Karin, Jola, Susanne, Heike, Doris und auch bei Mandy, dic immer ein offenes Ohr für mich hat. Ich habe euch ganz doll lieb.

Ganz besonders möchte ich mich aber auch bei denen bedanken, die sich über Facebook bei mir gemeldet haben, die mir gesagt haben, wie gut ihnen die Geschichte um Kerry, Theo und Co. gefällt.
Eure Nachrichten sind es, die mir Mut machen, weiter zu schreiben.

Und natürlich gilt mein Dank meiner Familie, die in der vergangenen Zeit, ihre Mama/ Frau, nur noch vor dem PC erlebt haben.
Danke, dass ihr mich so unterstützt.

Ich liebe euch.

11029901R00298

Printed in Great Britain
by Amazon.co.uk, Ltd.,
Marston Gate.